RAIVA
&
RUÍNA

Rage & Ruin
Copyright © 2024 Jennifer L. Armentrout

Tradução © 2024 by Book One
Todos os direitos de tradução reservados e protegidos pela Lei 9.610 de 19/02/1998. Nenhuma parte desta publicação, sem autorização prévia por escrito da editora, poderá ser reproduzida ou transmitida sejam quais forem os meios empregados: eletrônicos, mecânicos, fotográficos, gravação ou quaisquer outros.

Coordenadora editorial	*Francine C. Silva*
Tradução	*Iana Araújo*
Preparação	*Mariana Martino*
Revisão	*Silvia Yumi FK*
	Tainá Fabrin
Projeto gráfico	*Francine C. Silva*
Capa e diagramação	*Renato Klisman | @rkeditorial*
Tipografia	*Adobe Caslon Pro*
Impressão	*GrafiLar*

Dados Internacionais de Catalogação na Publicação (CIP)
Angélica Ilacqua CRB-8/7057

A757r   Armentrout, Jennifer
Raiva & Ruína / Jennifer Armentrout ; tradução de Iana Araújo. — São Paulo : Inside books, 2024.

464 p. (The Harbinger ; 2)

ISBN 978-65-85086-30-1

Título original: *Rage & Ruin*

1. Ficção norte-americana 2. Ficção fantástica
I. Título II. Araújo, Iana III. Série

23-6475   CDD 813

JENNIFER L. ARMENTROUT

AUTORA DA SÉRIE **DE SANGUE E CINZAS**

RAIVA & RUÍNA

SÉRIE THE HARBINGER

São Paulo
2024

Para Loki, que estava ao meu lado
enquanto eu escrevia *Raiva & Ruína*,
e para Apolo, que está comigo agora
enquanto edito este livro.
Sinto sua falta.
Amo você.

Capítulo 1

Abri os olhos doloridos e inchados e olhei diretamente para o rosto pálido e translúcido de um fantasma.

Ofegando, eu me levantei de supetão. Fios de cabelo escuro caíram sobre o meu rosto.

— Minduim! — Pressionei a base da palma da mão contra o peito, onde o coitado do meu coração martelava como um tambor de festa. — Mas que diabos, cara?

O fantasma, que tinha sido uma espécie de colega de quarto para mim pelos últimos dez anos, sorriu de onde flutuava no ar, vários centímetros acima da cama. Ele estava esticado de lado, com a bochecha apoiada na palma da mão.

— Só estava garantindo que você ainda tá viva.

— Ah, meu Deus. — Exalando com esforço, abaixei a mão para o edredom macio de cor acinzentada. — Eu já te disse um milhão de vezes pra parar de fazer isso.

— Tô meio surpreso que você ainda ache que eu dou ouvidos pra metade das coisas que você diz.

Minduim tinha razão.

Ele tinha aversão a seguir as minhas regras, que eram, tipo, só duas.

Bater antes de entrar no quarto.

Não ficar me olhando enquanto durmo.

Ao meu ver, essas eram regras bastante razoáveis.

Minduim tinha a aparência física da noite em que morreu, nos anos 1980. Sua camiseta do show do Whitesnake era legítima, assim como seus jeans escuros e seus All Stars vermelhos. No seu aniversário de dezessete anos, por alguma razão idiota, ele tinha escalado uma dessas torres enormes de alto-falantes e, em seguida, caído para a morte, provando que a seleção natural existia.

Minduim não tinha atravessado a famosa luz branca cintilante e, há alguns anos, parei de tentar convencê-lo quando ele me disse, bem diretamente, que ainda não era a sua hora. Já havia passado muito da sua hora, mas que seja. Eu gostava de tê-lo por perto, exceto quando ele fazia coisas meio assustadoras como esta.

Afastando o cabelo para longe do rosto, olhei em volta do meu quarto — não, não do meu quarto. Esta nem sequer era a minha cama. Tudo isto pertencia a Zayne. Meu olhar oscilou das pesadas cortinas que bloqueavam a luz do sol até a porta do quarto — a porta fechada do quarto que eu havia deixado destrancada na noite anterior, apenas por precaução...

Balancei a cabeça.

— Que horas são? — Recostei-me na cabeceira da cama, mantendo o cobertor perto do queixo. A temperatura corporal dos Guardiões era mais alta do que a dos humanos, e era julho, em pleno verão, e o ar lá fora devia estar quente e pegajoso como em um círculo do Inferno. Portanto, o apartamento de Zayne era como uma geladeira.

— São quase três da tarde — respondeu Minduim. — E é por isso que eu achei que você estava morta.

Porcaria, pensei, esfregando o rosto com uma mão.

— Voltamos muito tarde ontem à noite.

— Eu sei. Eu estava aqui. Você não me viu, mas eu te vi. Vi vocês dois. Eu estava observando.

Franzi a testa. *Aquilo*, sim, era um comportamento meio assustador.

— Parecia que você tinha passado por um túnel de vento. — O olhar de Minduim passou sobre a minha cabeça. — Ainda parece.

Eu me sentia como se tivesse passado por um túnel de vento. Um túnel de vento mental, emocional e físico. Ontem à noite, depois de eu ter tido um colapso completo e absoluto na antiga casa da árvore, no complexo dos Guardiões, Zayne me levara para *voar*.

Tinha sido mágico lá em cima, com o vento cálido da noite, onde as estrelas que sempre me pareceram tão fracas se tornaram brilhantes. Eu não queria que acabasse, mesmo quando meu rosto ficou dormente e meus pulmões começaram a doer com o esforço que eu fazia para respirar. Eu queria ficar lá em cima, porque nada poderia me atingir em meio ao vento e ao céu noturno, mas Zayne me trouxera de volta à Terra e à realidade.

Isso foi há apenas algumas horas, mas parecia uma vida inteira. Eu mal lembrava de voltar para o apartamento. Nós não tínhamos falado sobre o que acontecera com... Misha, ou sobre o que acontecera com Zayne. Nós não tínhamos falado absolutamente nada, na verdade, além de Zayne me perguntar se eu precisava de alguma coisa e eu balbuciar um "não".

Eu tinha me despido e ido para a cama, e Zayne tinha ficado na sala de estar, dormindo no sofá.

— Sabe — disse Minduim, afastando-me dos meus pensamentos —, eu posso estar morto e tal, mas você parece muito pior do que eu.

— Pareço? — murmurei, apesar de não estar surpresa ao ouvir isso. Considerando a forma como eu estava sentindo o meu rosto, eu provavelmente parecia que tinha enterrado a cara em uma parede de concreto.

Ele assentiu.

— Você andou chorando.

Eu tinha chorado.

— Muito — acrescentou ele.

Isso era verdade.

— E quando você não voltou ontem, eu fiquei preocupado. — Minduim flutuou ereto e sentou na beira da cama. Suas pernas e quadris desapareceram alguns centímetros colchão adentro. — Eu achei que tinha acontecido alguma coisa com você. Fiquei em pânico. Eu não consegui nem terminar de assistir a *Stranger Things*, de tão preocupado que estava. Quem vai cuidar de mim se você morrer?

— Você tá morto, Minduim. Ninguém precisa de cuidar de você.

— Eu ainda preciso ser amado, querido e lembrado. Sou como o Papai Noel. Se ninguém vivo está aqui pra me querer e acreditar em mim, então deixo de existir.

Fantasmas e espíritos não funcionavam assim. Nem um pouco. Mas ele era tão maravilhosamente dramático. Um sorriso repuxou os cantos dos meus lábios até me lembrar que eu não era a única que conseguia ver Minduim. Uma garota que morava neste edifício também podia vê-lo. Ela devia ter sangue angelical diluído em suas veias, assim como todos os humanos que eram capazes de ver fantasmas ou que mostravam outras habilidades psíquicas. O suficiente para torná-la... diferente de todo mundo. Não existiam muitos humanos com vestígios de sangue angelical, por isso foi um choque saber que havia alguém assim tão perto de onde eu estava hospedada.

— Achei que você tinha feito uma nova amiga? — lembrei-lhe.

— Gena? Ela é legal, mas não seria a mesma coisa se você acabasse batendo as botas, e os pais dela não são chocantes, sabe? — Antes que eu pudesse confirmar que *chocante* queria dizer *legal* na gíria dos anos 1980, ele perguntou: — Onde você estava ontem à noite?

O meu olhar se deslocou para aquela porta fechada e *destrancada*.

— Eu estava no complexo dos Guardiões com Zayne.

Minduim se aproximou e levantou uma mão fantasmagórica. Ele deu um tapinha no meu joelho, mas eu não senti nada através do cobertor, nem mesmo o ar frio que geralmente acompanhava o toque dele.

— O que aconteceu, Trinnie?

Trinnie.

Só Minduim me chamava assim, enquanto as outras pessoas me chamavam de Trin ou Trinity.

Fechei os olhos doloridos enquanto compreendia tudo. Minduim não sabia, e eu não tinha certeza de como contar tudo a ele, não quando as feridas deixadas pelas ações de Misha ainda não haviam cicatrizado. O máximo que eu tinha feito foi colocar um curativo frouxo pra caramba sobre elas.

Eu estava me segurando. Muito mal, mas estava. Então a última coisa que eu queria fazer era falar sobre aquilo com *qualquer pessoa*, mas Minduim merecia saber. Ele conhecia Misha. Gostava dele, mesmo que Misha nunca pudesse vê-lo ou se comunicar com ele, e viera comigo até DC para encontrar meu amigo desaparecido em vez de ficar para trás na comunidade Guardiã da região do Potomac.

Tudo bem, eu era a única que podia ver e se comunicar com o fantasma, mas ele se sentia confortável na comunidade. Não foi coisa pouca ele viajar comigo.

Mantendo os olhos fechados, puxei o ar longa e tremulamente.

— Então, é, a gente... a gente encontrou Misha, e não... não foi bom, Minduim. Ele se foi.

— Não — ele sussurrou. E então, mais alto, ele repetiu: — *Não.*

Assenti com a cabeça.

— Meu Deus. Eu sinto muito, Trinnie. Sinto muito mesmo.

Engolindo saliva através do nó na minha garganta, encontrei seu olhar.

— Os demônios...

— Não foram os demônios — interrompi. — Quero dizer, eles não o mataram. Não queriam que ele morresse. Na verdade, ele estava trabalhando com eles.

— *O quê?* — O choque em sua voz, a forma como aquelas duas palavrinhas saíram tão estridentes quase ao ponto de trincar vidro, teria sido engraçado em qualquer outra situação. — Ele era o seu *Protetor.*

— Ele armou tudo. O sequestro e tudo o mais. — Puxei os joelhos de baixo do cobertor, pressionando-os contra o peito. — Até fez com que Ryker me visse naquele dia usando a minha *graça.*

— Mas Ryker matou...

A minha mãe. Fechei os olhos novamente e os senti arder, como se fosse possível haver mais lágrimas dentro de mim.

— Não sei o que havia de errado com Misha. Se ele sempre... me odiou, ou se foi o vínculo de Protetor. Descobri que ele nunca deveria ter sido ligado a mim. Deveria ter sido Zayne desde sempre, mas houve um erro.

Um erro do qual o meu pai tinha conhecimento, e não só não tinha feito nada para corrigi-lo, como parecia não se importar com ele. Quando perguntei por que ele não tinha feito nada, ele disse que queria ver o que aconteceria.

Quão doentio era isso?

— O vínculo pode ter corrompido Misha. Fez com que ele se tornasse... mau — continuei a falar, minha voz embargada. — Não sei. Nunca vou saber, mas *o porquê* não muda o fato de que ele estava trabalhando com Baal e aquele outro demônio. Ele até disse que o Augúrio o havia escolhido. — Eu me encolhi quando o rosto de Misha se formou na minha mente. — Que o Augúrio disse a ele que ele também era especial.

— Esse não é o demônio que anda matando Guardiões e demônios?

— É. — Abri os olhos quando tinha certeza de que não iria chorar. — Eu tive que...

— Ah, não — Minduim parecia saber sem que eu precisasse falar.

Mas eu precisava falar, porque era a realidade. Era a verdade com a qual eu viveria o resto dos meus dias.

— Eu tive de matá-lo. — Cada palavra parecia um pontapé no meu peito. Eu continuava vendo Misha. Não o Misha na clareira perto da casa do senador, mas aquele que tinha esperado por mim enquanto eu falava com fantasmas. Que tinha cochilado em sua forma de Guardião enquanto eu ficava sentada ao lado dele. O Misha que tinha sido o meu melhor amigo. — Fui eu. Eu o matei.

Minduim balançou a cabeça, seu cabelo castanho escuro sumindo e reaparecendo quando ele se tornou mais corpóreo por um momento e depois perdeu a força.

— Não sei o que dizer. Não sei mesmo.

— Não há nada a ser dito. É o que é. — Expirando, estiquei as pernas na cama. — Agora Zayne é meu Protetor, e eu vou ficar aqui, no apartamento dele. Temos de encontrar o Augúrio.

— Bem, essa parte é boa, certo? — Minduim se elevou da cama, ainda sentado. — Zayne ser seu Protetor?

Era.

E não era.

Tornar-se meu protetor salvara a vida de Zayne, então isso foi uma coisa boa — uma coisa ótima. Zayne não hesitara em aceitar o vínculo, e isso foi antes de ter descoberto que sempre deveria ter sido ele. Mas também significava que Zayne e eu... Bem, nós nunca poderíamos ser mais do que éramos agora, e não importava o quanto eu quisesse ser mais ou o quanto eu gostasse dele. Não importava que ele era o primeiro cara em quem eu ficava seriamente interessada.

Inclinei a cabeça para trás em vez de me sufocar com o travesseiro. Minduim se tornou um borrão enquanto flutuava em direção à cortina, embora isso não tivesse nada a ver com sua forma fantasmagórica.

— Zayne tá acordado?

— Tá, mas ele saiu. Deixou um bilhete pra você na cozinha. Li enquanto ele escrevia. — Minduim parecia bastante orgulhoso. — Tá escrito que ele foi ver alguém chamado Nic. Eu acho que era um dos caras que foram com ele pra comunidade, não é? De qualquer forma, ele saiu tem talvez meia hora.

Nic era o apelido de Nicolai, o líder do clã em Washington, DC. Zayne provavelmente tinha assuntos pendentes com ele, já que tinha ido embora da reunião que eles estavam tendo ontem à noite para ir me encontrar.

Zayne tinha *sentido* as minhas emoções através do vínculo. Aquela estranha nova conexão o levara direto para a casa da árvore. Eu não tinha certeza se eu estava impressionada com isso, irritada ou muito incomodada. Provavelmente uma mistura dos três.

— Por que será que ele não me acordou? — Empurrando a coberta para o lado, arrastei-me para a beira da cama.

— Na verdade, ele veio aqui e deu uma olhada em você.

Congelei, rezando para que eu não estivesse com baba escorrendo pelo rosto ou fazendo algo estranho.

— Ele veio?

— Sim. Achei que ele fosse te acordar. Parecia que ele estava em dúvida, mas tudo o que fez foi puxar o cobertor sobre os seus ombros. Achei isso super descarado da parte dele.

Eu não tinha certeza do que *descarado* queria dizer, mas achei que aquilo foi... Deus, foi gentil da parte dele.

Era tão a cara de Zayne.

Eu podia conhecê-lo há apenas algumas semanas, mas sabia o suficiente para ser capaz de imaginá-lo puxando cuidadosamente o edredom sobre mim, certificando-se de fazê-lo de maneira delicada para não me acordar.

Meu peito apertou como se meu coração tivesse caído em um moedor de carne.

— Preciso tomar um banho. — Eu me ergui sobre pernas que esperava estarem trêmulas, mas que estavam surpreendentemente fortes e estáveis.

— Precisa, mesmo.

Ignorando o comentário, conferi meu celular. Havia uma chamada perdida de Jada. O meu estômago despencou. Eu soltei o celular e caminhei com os pés descalços até o banheiro, acendi a luz e estremeci com a luminosidade repentina. Os meus olhos não eram muito bons em captar qualquer tipo de luz forte. Ou áreas escuras, ou sombras. Na verdade, os meus olhos eram péssimos 95,7% das vezes.

— Trinnie?

Com os dedos ainda pousados no interruptor, olhei por cima do ombro para Minduim, que se aproximara do banheiro.

— Sim?

Ele inclinou a cabeça e, quando olhou para mim, senti-me exposta.

— Eu sei o quanto Misha era importante para você. Sei que deve estar doendo pra caramba.

Matar Misha não tinha doído. Tinha, possivelmente, *matado* uma parte de mim, substituindo-a por um poço aparentemente sem fundo de amargura azeda e raiva à flor da pele.

Mas Minduim não precisava saber disso. Ninguém precisava.

— Obrigada — sussurrei, virando-me e fechando a porta quando a ardência do choro atingiu o fundo da minha garganta.

Não vou chorar. Não vou chorar.

Embaixo do chuveiro, com seus múltiplos jatos de água e box grande o suficiente para caber dois Guardiões adultos, usei os minutos sob a torrente quente e dolorosa de água para arrumar os pensamentos.

Ou, em outras palavras, para racionalizar o que aconteceu.

Eu tinha tido o meu tão necessário colapso ontem à noite. Eu tinha me dado tempo para chorar tudo o que precisava, e agora era o momento de pôr as coisas de lado, porque eu tinha um trabalho a fazer. Depois de anos de espera, finalmente aconteceu.

O meu pai tinha me convocado para cumprir o meu dever.

Encontre o Augúrio e detenha-o.

Então havia muito a ser filtrado e categorizado no meu arquivo mental para que eu pudesse fazer o que nasci para fazer. Comecei com o mais crítico. Misha. Empurrei o que ele tinha feito e o que eu tive de fazer para o fundo do arquivo, escondido debaixo da morte da minha mãe e do meu fracasso em impedir isso. Essa gaveta era identificada como FALHAS MONSTRUOSAS. A próxima gaveta foi para onde eu mandei a causa dos hematomas azuis-escuros que cobriam o lado esquerdo do meu quadril e o comprimento da minha coxa. Outro hematoma coloria o lado direito das minhas costelas, onde Misha havia dado um chute dos fortes. Ele tinha me dado uma surra e tanto, mas, mesmo assim, eu o venci.

O sentimento habitual de presunção ou orgulho por ter vencido alguém que era bem treinado não surgiu dentro de mim.

Não havia algo de bom em nada daquilo.

Os hematomas, os sofrimentos e toda a dor foram colocados na gaveta que chamei de CAÇAMBA DE PESADELOS, porque a razão pela qual Misha conseguira acertar tantos golpes brutais era porque ele sabia que eu tinha visão periférica limitada. Ele usara isso contra mim. Essa era a minha única fraqueza quando eu lutava, algo em que eu precisava melhorar, tipo, pra ontem, porque se este Augúrio descobrisse o quão ruim era a minha visão, iria tirar vantagem disso.

Assim como eu faria se os papéis estivessem invertidos.

E, sim, isso seria um pesadelo, porque não só eu morreria, como Zayne também. Um tremor me percorreu enquanto me virava lentamente sob o jato de água. Eu não poderia ceder a esse medo — não poderia me debruçar sobre ele por um segundo sequer. O medo faz as pessoas realizarem coisas imprudentes e idiotas, e eu já fiz o suficiente disso sem qualquer motivo.

A gaveta de cima estava vazia e sem identificação até agora, mas eu sabia o que iria arquivar ali. Era ali que eu colocaria tudo o que tinha acontecido com Zayne. O beijo que eu tinha roubado quando voltamos às Terras Altas do Potomac, a atração crescente e todos os *desejos*, e aquela noite, antes de sermos vinculados, em que Zayne me beijara e que acontecera tudo como eu tinha lido nos romances que a minha mãe um dia amara. Quando Zayne me beijou, quando tínhamos ido o mais longe que podíamos ir sem concluir o caminho, o mundo realmente tinha deixado de existir ao nosso redor.

Peguei tudo isso, juntamente com a necessidade violenta que eu tinha do seu toque, da sua atenção e do seu coração — que muito provavelmente ainda pertencia a outra pessoa —, e fechei o arquivo.

Relacionamentos entre Protetores e Legítimos eram estritamente proibidos. Por quê? Eu não fazia ideia, e imaginei que a razão pela qual a explicação era desconhecida era por eu ser a única Legítima que restava no mundo.

Fechei aquela gaveta, que identifiquei apenas com ZAYNE, e saí do chuveiro para o banheiro cheio de vapor. Depois de me enrolar numa toalha, inclinei-me para a frente e esfreguei a palma de uma mão sobre o espelho coberto de névoa.

O meu reflexo veio à tona. Próxima como eu estava, as minhas feições estavam só um pouco borradas. Minha pele normalmente tom de oliva, cortesia das raízes sicilianas da minha mãe, estava mais pálida do que o normal, o que fez meus olhos castanhos parecerem mais escuros e maiores. A pele ao redor deles estava inchada e escura. Meu nariz ainda era inclinado para o lado, e minha boca ainda parecia quase grande demais para o meu rosto.

Eu estava idêntica à noite em que Zayne e eu saímos deste apartamento para ir à casa do senador Fisher, na esperança de encontrarmos Misha ou provas de onde ele estava sendo mantido.

Mas não me sentia a mesma.

Como podia não haver uma manifestação física mais visível de tudo o que tinha mudado?

O meu reflexo não tinha uma resposta, mas, quando me afastei dele, eu disse a única coisa que importava.

— Eu consigo — sussurrei, e depois repeti, mais alto: — Eu consigo.

Capítulo 2

De cabelos úmidos e provavelmente parecendo uma bagunça completa, sentei-me na ilha da cozinha, sacudindo os pés descalços, olhando para paredes nuas enquanto segurava um copo de suco de laranja.

O apartamento de Zayne era tão incrivelmente *vazio*, lembrando-me de uma casa modelada.

Além dos meus coturnos pretos, que estavam perto da porta do elevador, não havia pertences pessoais espalhados. A menos que eu considerasse o saco de areia pendurado no canto e os tapetes de ginástica azuis encostados na parede como pertences pessoais. Eu não considerava.

Um cobertor macio de cor creme foi dobrado cuidadosamente, colocado sobre o sofá cinza, pronto para ser fotografado. Nem mesmo um copo perdido tinha sido deixado no balcão da cozinha, ou um prato na pia. O único cômodo aqui que parecia remotamente habitado era o quarto, e isso porque as minhas malas tinham vomitado roupas por todo o lado.

Talvez fosse o design industrial que contribuía para a frieza. Os pisos de cimento e grandes ventiladores de metal que giravam silenciosamente, pendurados nas vigas de metal exposto, não traziam calor ao espaço aberto e arejado. As janelas do chão ao teto também não, e elas precisavam de uma película, porque a luz do sol que as atravessava me fazia querer arrancar os olhos.

Eu ficaria doidinha de pedra se fosse a única pessoa morando aqui.

Era nisso que eu estava pensando — coisas realmente importantes — quando senti uma súbita explosão de calor no peito.

— O que diabos? — sussurrei para o espaço vazio. O calor aumentou.

Eu estava tendo um ataque cardíaco? Certo. Esse era um pensamento idiota por uma infinidade de razões. Esfreguei o peito. Talvez fosse indigestão ou o princípio de uma úlce...

Espera.

Abaixei o copo. O que eu sentia era um eco do meu próprio coração, e de repente soube o que era. Jesus Cristinho, era o vínculo — era Zayne, e ele estava perto.

Agora eu tinha um radar de Zayne, e isso era um pouco — ou muito — estranho.

Comecei a morder a unha do dedão, mas peguei meu suco, terminando de bebê-lo com dois goles barulhentos e desagradáveis. A minha frequência cardíaca disparou com a chegada do elevador, e meu olhar se voltou em direção às portas de aço enquanto eu era tomada pelo nervosismo. Larguei o copo antes que pudesse deixá-lo cair. Toda vez que eu via Zayne, era como vê-lo pela primeira vez, mas não era só isso.

Eu chorei em cima de Zayne ontem à noite — tipo, chorei *muito* em cima dele.

Um calor subiu pela minha nuca. Eu não era de chorar e, até a noite passada, eu havia começado a acreditar que eu tinha dutos lacrimais defeituosos. Infelizmente eles estavam em pleno funcionamento. Houve muitos soluços feios e melequentos.

A porta se abriu, e o nervosismo explodiu em meu estômago quando Zayne entrou.

Caramba.

Ele fazia uma camiseta branca lisa e jeans escuros parecerem feitos sob medida exclusivamente para ele. O material se esticava por seus ombros e peito largos, mas era bem assentado em sua cintura estreita e cônica. Todos os Guardiões eram grandes em sua forma humana, mas Zayne era um dos maiores que eu já tinha visto, chegando a quase de dois metros de altura.

Zayne tinha lindos cabelos loiros espessos, com o tipo de ondulação natural que eu não conseguiria recriar com horas de sobra, um tutorial do YouTube e uma dúzia de modeladores de cabelo. Hoje o cabelo estava amarrado para trás e preso na altura da nuca, e eu pedi a Deus que ele nunca cortasse o cabelo.

Ele me viu imediatamente, e, mesmo que eu não pudesse ver seus olhos de onde eu estava sentada, podia sentir seu olhar em mim. Era de alguma forma pesado e gentil, e enviou um belo arrepio de consciência dançando pelos meus braços, deixando-me feliz por não estar mais segurando o copo de vidro.

— Oi, dorminhoca — disse ele enquanto a porta do elevador se fechava atrás de si. — Fico feliz em te ver de pé e ativa.

— Desculpa ter dormido até tão tarde. — Levantei minhas mãos e depois as deixei cair de volta ao meu colo, sem saber o que fazer com elas.

Ele carregava algum tipo de papel enrolado e enfiado debaixo de um braço e um saco de papel pardo na outra mão. — Você precisa de ajuda com isso? — perguntei, embora essa fosse uma pergunta idiota, considerando que Zayne poderia levantar um suv com uma mão.

— Nem. E não peça desculpas. Você estava precisando descansar. — Sua feição estava embaçada para mim, mesmo com meus óculos, mas ela se tornava mais clara e nítida a cada passo que ele dava em minha direção.

Meu olhar se afastou, mas isso não me impediu de saber como ele estava.

Que era absolutamente, brutalmente belo — de tirar o fôlego. Eu poderia citar mais adjetivos para descrevê-lo, mas, com toda a honestidade, nenhum deles lhe faria justiça.

Sua pele era de um tom dourado que não tinha nada a ver com se bronzear sob o sol. Maçãs do rosto altas e salientes combinavam com uma boca larga e expressiva que foi finalizada com uma mandíbula que poderia ter sido esculpida em granito.

Queria que ele fosse menos atraente — ou que eu fosse menos superficial —, mas, mesmo que ambos fossem o caso, isso faria pouca diferença no final das contas. Zayne não era apenas uma casca bonita que escondia um interior feio ou uma personalidade insípida. Ele era muito esperto, com uma inteligência aguçada que era tão afiada quanto sua perspicácia. Eu o achava engraçado e divertido, mesmo quando ele estava me dando nos nervos e sendo superprotetor. O mais importante, porém, era que Zayne era genuinamente *bom*, e Deus, a bondade era tão subestimada pela maioria das pessoas.

Ele tinha um bom coração, grande e gracioso, embora lhe faltasse uma parte da alma.

Dizia-se que os olhos eram a janela da alma, e era verdade. Pelo menos para os Guardiões era, e, por causa do que lhe aconteceu, os seus olhos eram um tom pálido e gelado de azul.

Ele estava namorando com Layla, a meio demônio, meio Guardiã, com quem ele crescera, que também por acaso era filha de Lilith. Ela e Zayne tinham se beijado, e, por causa da forma como as habilidades de Lilith se manifestaram em Layla, ela tomou parte de sua alma.

Minhas mãos se fecharam em punhos. O lance de sugar a alma dele tinha sido acidental, e Zayne tinha conhecimento dos riscos em questão, mas isso não impediu o lampejo de raiva e algo muito mais azedo que disparou através de mim. Zayne a queria o suficiente — a amava o suficiente — para correr esse risco. Colocar a si mesmo e à sua vida depois da morte em perigo, só para beijá-la.

Isso era pesado, porque eu duvidava que uma alma fragmentada fosse vista favoravelmente quando se chegava aos portões do Céu, não importava quão bom fosse o coração da pessoa.

Esse tipo de amor não poderia simplesmente morrer, não em sete meses, e algo que eu não queria reconhecer — algo que eu tinha arquivado naquela gaveta — murchou um pouco no meu peito.

— Você tá bem? — Zayne perguntou enquanto colocava a sacola e o papel enrolado na ilha da cozinha. O cheiro que vinha do saco marrom me lembrava carne grelhada.

Perguntando-me se ele estava sentindo alguma coisa através do vínculo, mantive meus olhos fixos na sacola de papel enquanto acenava com a cabeça.

— Tô. Então, hm, sobre a noite passada.

— O que tem?

— Desculpa por, sabe, chorar em cima de você. — O calor varreu minhas bochechas.

— Você não precisa se desculpar, Trin. Você passou por muita coisa...

— Você também. — Olhei para os meus dedos e para as minhas unhas lascadas e sem pontas.

— Você precisava de mim, e eu precisava estar lá. — Zayne fazia tudo parecer tão simples, como se sempre tivesse sido assim.

— Você disse isso ontem à noite.

— Ainda é verdade hoje.

Apertando os lábios, assenti novamente enquanto respirava fundo e depois soltava o ar lentamente. Senti o calor da mão dele antes de seus dedos tocarem meu queixo. No momento em que a pele dele tocou a minha, um estranho choque de eletricidade, de consciência, percorreu-me, e eu não fazia ideia se isso era devido ao vínculo ou se era apenas ele. Aquele seu aroma único, que me lembrava a hortelã invernal, provocava os meus sentidos. Ele inclinou minha cabeça para cima, levantando o meu olhar para o dele.

Zayne estava debruçado sobre a ilha, com o braço esticado sobre o papel enrolado. Aquele olhar pálido tremeluziu sobre o meu rosto, e um canto dos seus lábios se curvou para cima.

— Você tá usando seus óculos.

— Tô.

Aquele meio sorriso cresceu.

— Você não os usa com frequência.

Não usava, e não por causa de algum motivo vaidoso esfarrapado. Além de ajudar a ler ou a usar o computador, eles não ajudavam muito além de tornar algumas coisas um pouco menos borradas.

— Gosto deles. Gosto deles em você.

Os meus óculos eram apenas aros pretos quadrados simples, sem cor ou padrão maneiros, mas de repente senti que deveria usá-los com mais frequência.

E então eu não estava pensando nos meus óculos, porque os dedos no meu queixo se mexeram e senti o polegar dele deslizar ao longo da pele logo abaixo do meu lábio. Um belo arrepio dançou sobre a minha pele, seguido por um tipo totalmente diferente de rubor, um que era inebriante e emocionante.

Você quer me beijar outra vez, não quer?

Eu podia ouvi-lo falar essas palavras como se ele as tivesse dito em voz alta, como tinha feito depois de eu ter ajudado a remover a garra de um diabrete do peito dele. Eu tinha dito *sim* naquele momento, sem hesitar, apesar de não ter sido exatamente uma boa ideia.

Ideias imprudentes sempre foram divertidas — muito divertidas.

O olhar dele desceu, os cílios cobrindo-lhe os olhos, e pensei que ele poderia estar olhando para a minha boca, e que... eu queria isso demais.

Afastei-me, o suficiente para ficar fora do seu alcance.

Zayne abaixou a mão, limpando a garganta.

— Você dormiu bem?

— Sim. — Encontrei a minha voz enquanto o calor diminuía, e o meu coração acalmava. — E você?

O olhar que ele me lançou quando se endireitou dizia que não tinha certeza se acreditava em mim ou não.

— Dormi só porque estava exausto, mas poderia ter sido melhor.

— O sofá não deve ser muito confortável.

Seu olhar encontrou o meu novamente, e prendi a respiração. Eu sabia que não deveria oferecer-lhe a cama, mas era grande o suficiente para ser compartilhada e nós éramos dois adultos maduros. Mais ou menos. Nós tínhamos compartilhado a cama antes sem que safadezas acontecessem, mas safadezas do tipo divertidas e proibidas definitivamente tinham acontecido na última vez que dividimos aquela cama.

Zayne deu de ombros.

— Viu meu bilhete?

Aliviada com a mudança de assunto, balancei a cabeça.

— Minduim viu você escrevendo e me contou. Disse que você foi ver Nicolai.

Ele congelou, os dedos no processo de abrir a sacola. Eu apertei meus lábios para segurar meu sorriso enquanto ele olhava atrás dele.

— Ele tá aqui agora?

Olhei em volta do apartamento vazio.

— Não que eu saiba. Por quê? Você tá assustado que ele tava com você e você não tinha ideia? — provoquei. — Com medo do pobre Minduim?

— Confio o suficiente no quanto sou malvadão pra reconhecer plenamente que ter um fantasma por perto me dá medinho.

— Medinho? — Eu ri. — Você tem o quê? Doze anos?

Ele bufou enquanto desenrolava a sacola e o cheiro de carne grelhada aumentava.

— Cuidado, ou eu vou comer este hambúrguer que comprei pra você bem na sua frente e me deliciar.

Meu estômago resmungou quando ele tirou uma caixa branca.

— Eu te chutaria contra uma parede se você fizesse isso.

Zayne riu quando colocou a caixa na minha frente e depois pegou outra.

— Quer algo pra beber? — Ele se virou para a geladeira. — Eu acho que pode ter uma Coca aqui, já que você se recusa a beber água.

— Água é pra pessoas que se preocupam com a saúde, e eu não sou adepta desse tipo de vida.

Balançando a cabeça novamente, ele puxou uma lata de delícia gaseificada e uma garrafa de água. Ele deslizou o primeiro sobre a ilha na minha direção.

— Você sabia que beber oito copos de 250 mililitros de água por dia é tão inútil quanto toda essa história de "é melhor prevenir do que remediar" pra maioria das pessoas saudáveis? — perguntei. — Que você realmente só precisa beber água quando tá com sede, porque, adivinha, é por isso que a gente sente sede, especialmente porque ingerimos água em outras bebidas, como meu lindo refrigerante cheio de calorias, e de alimentos? Sabia que os estudos que vieram com toda essa coisa de oito copos também afirmavam que se pode obter a maior parte dessa água através dos alimentos que se come, mas quando os relatórios foram tornados públicos eles convenientemente deixaram isso de fora?

Zayne arqueou uma sobrancelha enquanto abria a tampa da garrafa.

— Prove que tô errada. Não há qualquer evidência científica que apoie essa regra dos oito copos, e não sou alguém que precise se afogar em água — Abri o meu refrigerante. — Então me deixa viver a minha vida.

Ele bebeu metade da garrafa em um gole impressionante.

— Obrigado pela lição de saúde.

— De nada. — Sorri para ele enquanto eu abria a caixa do hambúrguer. Meu estômago fez uma dancinha feliz quando bati os olhos no hamburger grelhado entre um pão de gergelim torrado e com acompanhamento de batatas fritas. — E obrigada pela comida. Vou manter você por perto.

— Que bom. Quero ser mantido por perto.

Meu olhar voou para ele. Ele não estava olhando para mim porque estava ocupado desembrulhando a própria comida, o que foi uma coisa boa, porque a minha imaginação tinha pego essas cinco palavras e vislumbrado todo tipo de coisa.

Uma sensação explodiu no centro do meu peito, e me lembrou estranhamente do cheiro de pimenta. Parecia uma frustração, e pensei que poderia estar vindo de Zayne.

Foi estranho.

— Mas você realmente não pode se livrar de mim a esta altura do campeonato, pode? — Ele olhou para cima através de cílios espessos. — Você tá presa a mim.

— É. — Eu pisquei e terminei de desembrulhar meu hambúrguer. Mas não pensava nisso dessa forma. Ele era o meu Protetor vinculado. Eu era a Legítima que ele guardava. Juntos, éramos uma força a ser temida, porque fomos moldados um para o outro, e a única coisa que poderia nos separar era a morte.

No fundo, será que ele nos via como se estivéssemos *presos* um ao outro, mesmo que ele não tivesse hesitado quando o vínculo lhe fora oferecido? Não foi isso o que acontecera com Misha? Além do fato de que nunca deveríamos ter sido vinculados, eu tinha sentido uma inquietação crescente nele, mas eu estivera tão envolvida em mim mesma que não tinha prestado atenção.

Não até que fosse tarde demais.

Zayne ficou sabendo que a minha mãe deveria ter me levado até o pai dele, e, porque ela não tinha feito isso, seu pai pensou que Zayne deveria receber Layla, de alguma forma confundindo a mim — uma Legítima que carregava um monte de sangue angelical — com uma meio demônio, meio Guardiã.

O que meio que era um *grande* erro.

Eu não fazia ideia de como Zayne se sentia sobre isso. Ou se ele se importava que devia ter sido criado comigo.

Peguei o pão e removi a fatia grossa de tomate enquanto abria a boca para falar. Mas cometi o erro de olhar para a caixa de comida dele. Ele tinha comprado um sanduíche de frango grelhado. Meu lábio se curvou, porque parecia tão sem graça quanto um peito de frango sem tempero poderia ser. Enquanto eu colocava a fatia de pão de volta no meu hambúrguer, Zayne tirava a fatia de cima do dele.

— Você é um monstro — eu sussurrei.

Zayne riu.

— Você vai comer isso? — Ele apontou para o tomate do qual eu tinha me livrado. Balancei a cabeça. — Claro que não. Você não gosta de vegetais ou de água.

— Não é verdade. Gosto de cebola e de picles.

— Só se estiverem dentro de um hambúrguer. — Ele deu a volta na ilha da cozinha carregando o embrulho de comida e se acomodou no banco ao meu lado, pegou o tomate e então o colocou no seu infeliz sanduíche de peito de frango grelhado. — Coma, e então vou te mostrar o que eu peguei quando me encontrei com Nic.

Comemos lado a lado, trocando guardanapos, e não havia ânsia de preencher o silêncio com palavras inúteis. Havia uma intimidade naquilo tudo que era bastante surpreendente. Quando terminamos, eu me voluntariei para limpar as coisas, já que ele tinha saído e comprado a comida e eu não tinha feito nada além de dormir. Assim que tinha terminado de limpar o tampo da ilha, voltei para o banco ao lado de Zayne.

— Antes de me mostrar o que você pegou, quero pedir um favor. — Respirei fundo.

— Feito — respondeu ele.

Arqueei as sobrancelhas.

— Eu não disse qual é o favor.

Ele ergueu um ombro largo, em um movimento de displicência.

— Seja o que for, eu faço.

Eu o encarei.

— E se eu fosse te pedir pra você trocar seu Impala vintage por uma minivan dos anos oitenta?

Zayne olhou para mim com as sobrancelhas franzidas.

— Esse seria um pedido muito estranho.

— Exatamente, e você acabou de concordar em fazer isso!

Ele inclinou a cabeça para o lado.

— Você é estranha, Trin, mas eu não acho que seja tão estranha assim.

— Sinto que deveria ficar ofendida com essa declaração.

Zayne sorriu.

— Qual é o favor?

— Eu preciso de ajuda... com treinamento. — Eu empertiguei os ombros. — Misha e eu treinávamos todos os dias. Não preciso disso, mas tenho de praticar numa determinada área.

Isso prendeu sua atenção.

— Que área?

— Você sabe que eu não tenho muita visão periférica. — Eu tirei os pés do chão e os apoiei na barra de ferro do banquinho. — É literalmente um ponto cego pra mim. Por isso, quando luto, tento manter uma distância suficiente entre mim e o meu adversário pra que a pessoa fique na minha visão central.

Ele assentiu.

— Faz sentido.

— Bem, Misha sabia da minha fraqueza e a explorou, e é por isso que ele acertou tantos golpes. Eu faria o mesmo numa luta. Vale tudo.

— Concordo — ele murmurou.

— E duvido que Misha tenha guardado isso pra si. Pode ter contado pra Baal. Talvez até pro tal Augúrio — expliquei. — Eu preciso melhorar. Não sei como, mas preciso...

— Aprender a não contar com a sua visão? — ele sugeriu.

Expirando, acenei com a cabeça.

— Isso.

Zayne franziu os lábios.

— Trabalhar nisso é uma ótima ideia e treinar é sempre uma boa. Não pensei nisso.

— Bem, essa história de vínculo acabou de acontecer, então...

Ele me deu um breve sorriso.

— Deixe-me pensar em alguma maneira de trabalhar no que você tá pedindo.

Aliviada, sorri.

— Vou fazer o mesmo. Então, o que você queria me mostrar?

Ele desenrolou o papel, abrindo-o sobre o tampo da ilha da cozinha.

— Pedi pra Gideon imprimir as plantas baixas da casa do senador Fisher de que Layla tirou fotos. Imaginei que você iria querer ver.

Eu não tinha conseguido vê-las naquela noite, então isso foi incrivelmen-te... atencioso da parte dele. Inclinando-me sobre o documento que acabava por tomar metade do tamanho da ilha da cozinha, observei os desenhos enquanto Zayne se levantava da banqueta. Eu não tinha experiência em analisar plantas baixas de construção, mas, em pouco tempo, eu soube que as suposições deles foram certeiras.

— Estas realmente são plantas pra uma escola, não são? Estes quadrados são salas de aula. Isto é uma cafetaria, e aqueles ali são dormitórios.

— É. — Zayne voltou para a cozinha com um notebook. — Gideon fez uma rápida pesquisa de registros públicos e não conseguiu encontrar qualquer autorização vinculada ao senador e a uma escola, mas quero ver se consigo achar algo na internet que faça menção a isso enquanto Gideon ainda pesquisa em outros bancos de dados.

— Parece uma boa — murmurei, olhando para as plantas.

— Ouve só — Zayne disse depois de alguns minutos. — Sabemos que Fisher é o líder da maioria no Senado e que ele é conhecido por ser um homem temente a Deus e íntegro, bastante chegado aos valores da família tradicional da década de 1950.

— Que ironia — murmurei.

— Nem consigo te dizer quantos sites estão aparecendo aqui, dedicados a ele por grupos religiosos. Até uns dos Filhos de Deus.

Revirei os olhos.

— Bem, só isso já deveria indicar muita coisa.

Ele riu, desdenhoso.

— Segundo o site, eles acreditam que ele é algum tipo de profeta ou salvador que tá destinado a salvar o país. Do quê, não faço ideia. — Com os dedos movendo sobre o *touchpad*, ele balançou a cabeça. — Felizmente, estas pessoas parecem ser uma minoria muito, muito pequena.

Graças a Deus. Havia uma ironia meio doentia na situação com o senador. O homem definitivamente não era um fã de Deus, considerando que ele andava com um demônio de Status Superior ancestral e ia atrás de bruxas para conseguir feitiços que transformavam humanos em buchas de canhão ambulantes — o mesmo *coven* que tinha nos traído contando tudo ao demônio Aim, que agora estava bem morto. Felizmente.

Cara, eu queria poder lançar feitiços, porque assim amaldiçoaria o *coven* com uma varíola tenebrosa e coisa e tal.

— Eu duvido que o que ele tá planejando seja algo bom.

— Concordo. — Os dedos de Zayne corriam pelo teclado, digitando. — Parece que o incêndio virou notícia. — Ele inclinou o notebook para que eu pudesse ver uma foto de uma casa destruída e carbonizada sob a manchete "Incêndio noturno destrói casa do líder da maioria no Senado, Josh Fisher". — Não diz muito além de culpar uma fiação defeituosa.

Eu bufei.

— Posso não ser uma especialista em incêndios criminosos, mas duvido seriamente que qualquer coisa sobre esse incêndio faça alguém pensar que foi uma falha elétrica... — Eu parei de falar quando vi as chamas vermelhas e profanas na minha mente e Zayne, que em sua forma de Guardião era quase indestrutível, queimado e quase morto...

— Provavelmente tem gente trabalhando com Fisher no corpo de bombeiros — Zayne explicou, arrancando-me dos meus pensamentos. — Quando demônios se infiltram em círculos humanos, isso se torna uma epidemia, sendo o demônio a doença. O primeiro humano que corrompem se torna o portador e a espalha. Como um vírus transmitido por contato, quanto mais longe a fonte fica da pessoa afetada, mais incapazes os humanos ficam de perceber para que ou quem eles estão realmente trabalhando.

— Mas o senador sabe que tá trabalhando com um demônio. Ele foi até o *coven* e conseguiu aquele encantamento. — Franzi a testa. — E ele também prometeu partes de um Legítimo, de mim, em troca. Babaca.

Um rosnado baixo arrepiou os minúsculos pelos por todo o meu corpo, e olhei em volta da cozinha para ver de onde vinha o som. Eu nunca tinha visto um cão infernal, e imaginei que era o tipo de barulho que eles faziam, mas o som vinha de Zayne.

Meus olhos se arregalaram.

— Isso não vai acontecer. — Seu olhar cintilava um azul pálido intenso. — Nunca. Isso eu te prometo.

Eu me vi acenando com a cabeça lentamente.

— Não vai.

Ele fixou seu olhar no meu e depois voltou à sua pesquisa na internet. Meus músculos se enrijeceram quando uma explosão de medo me espetou no peito, seguida pela súbita compreensão de que Zayne... ele morreria por mim. Ele já quase tinha morrido, e isso foi antes de estarmos vinculados. Ele tinha me tirado do caminho quando Aim me atacou, e quase pagou por isso com a vida. Aim tinha sido terrivelmente talentoso com Fogo Infernal, algo que poderia queimar qualquer coisa no seu curso, incluindo um Guardião.

Como meu Protetor, dar a vida pela minha era parte do trabalho de Zayne. Se eu morresse, Zayne também morreria, e, se ele morresse me protegendo, eu viveria, e imaginava que outro Protetor o substituiria — outro como Misha, que nunca deveria ter sido vinculado a mim.

— Você não precisa ter medo — ele disse, olhando para a tela do notebook.

Meu olhar disparou para ele. O brilho da tela iluminava seu perfil.

— O quê?

— Eu consigo sentir. — Ele colocou a palma da mão esquerda contra o peito e os meus ombros ficaram tensos. — É como uma estaca de gelo no meu peito. E sei que você não tem medo de mim ou por si. Você é durona demais. Você tá com medo *por mim*, e não precisa ter. Sabe por quê?

— Por quê? — sussurrei.

Então Zayne olhou para mim, seu olhar inabalável.

— Você é forte, e você é uma guerreira e tanto. Posso ser o seu Protetor em alguns casos, mas quando lutamos, sou seu parceiro. Sei que você não vai me trazer problema por não saber se virar. Não tem como eu perder com você ao meu lado, e ninguém vai te vencer comigo ao seu lado. Então, tire esses medos da sua cabeça.

O ar ficou entalado na minha garganta. Aquilo possivelmente era a coisa mais legal que alguém já tenha dito sobre mim. Eu meio que queria abraçá-lo. Mas eu consegui conter as minhas mãos e braços.

— Eu gosto quando você diz que eu sou durona.

Isso me arrancou um sorriso largo.

— Nem um pouco surpreso ao ouvir isso.

— Isto significa que você, finalmente, vai admitir que eu o derrotei e que ganhei naquele dia na sala de treinamento na Comunidade? — perguntei.

— Qual é. Não vou mentir pra você se sentir melhor.

Eu ri enquanto arrumava o cabelo, enrolando os fios compridos.

— Vamos patrulhar hoje à noite?

Era isso que os Guardiões faziam para manter a população de demônios sob controle, mas não era a esse tipo de patrulha que eu me referia. Estávamos à procura de um demônio específico e de uma criatura que não tínhamos ideia de como chamar além de "Augúrio".

Ele fez uma pausa.

— Estava pensando que a gente podia só ficar de boa esta noite. Ir com calma.

Ir *com calma* com Zayne? Uma grande parte de mim se sobressaltou com o comentário, mas o fato de eu querer tanto isso era uma clara indicação de que "ir com calma" era a última coisa que eu deveria fazer.

— Acho que a gente deveria ir procurar o Augúrio — eu disse —, precisamos encontrá-lo.

— Sim, mas será que uma noite vai fazer diferença?

— Sabendo da nossa sorte? Sim.

Um sorriso rápido apareceu e depois sumiu do rosto dele.

— Tem certeza de que você tá pronta pra isso? Ontem...

Fiquei tensa.

— Ontem já passou. Tô pronta. Você tá?

— Sempre — ele murmurou. Então, mais alto, ele disse: — Vamos patrulhar hoje à noite.

— Que bom.

Ele voltou a se concentrar na tela.

— Encontrei uma coisa. É um artigo publicado em Janeiro no *Washington Post* em que Fisher fala sobre a aquisição de financiamento pra uma escola pra crianças com doenças crônicas. Diz aqui que "esta escola se tornará um lugar de alegria e de aprendizagem, onde a doença não define o indivíduo e nem determina o futuro". E então ele fala sobre como vai ter uma equipe médica no local, juntamente com acompanhamento pedagógico e uma instalação de reabilitação de última geração.

— Não pode ser verdade, certo? Que ele tá construindo uma escola pra crianças doentes? Tipo um hospital pra crianças versão demoníaca? — Repugnada, tudo o que eu podia fazer era olhar fixamente para as palavras que não conseguia ver com clareza suficiente para ler. — Usar crianças doentes como fachada? Cara, isso é tipo um novo nível de maldade.

— Bem, espere até ouvir isto. — Zayne se recostou, cruzando os braços. — Ele diz que toda a proposta e plano são em homenagem à sua esposa, que faleceu após uma longa batalha contra o câncer.

— Meu Deus. Não sei bem qual é a pior parte.

— São igualmente terríveis. — Ele olhou de relance para mim. — Diz aqui que ele já conseguiu o terreno pra escola, então é curioso que Gideon ainda não tenha encontrado um registro disso. Por que será que essa informação pública não é facilmente encontrada?

Dei um gole no meu refrigerante.

— Não acredito que isto seja real. Que ele realmente tá construindo uma escola. Tipo, qual o motivo disso? Duvido sinceramente que seja pelo bem de qualquer pessoa.

— Concordo. Sabe o que é mais perturbador? As pessoas realmente precisam de uma escola como essa, e não vai faltar gente disposta a participar. — Aquela era uma verdade aterradora. — Consigo imaginar um milhão de motivos terríveis por trás disso, especialmente porque o senador tem ligação com Baal e o Augúrio.

E todos eles — Baal, Aim, o Augúrio — levavam ao Misha.

E era por isso que precisava sair dali e encontrá-los. Isso era de extrema urgência. Não só porque o Augúrio estava caçando Guardiões e demônios, ou porque o meu pai tinha nos avisado que o Augúrio era um sinal do fim dos tempos, mas também porque era pessoal.

Misha tinha dito que o Augúrio o tinha escolhido, e eu precisava saber o porquê... por que ele tinha sido escolhido, por que ele tinha se deixado levar por tudo isso. Eu precisava saber por que ele tinha feito o que fez.

Eu *precisava* entender.

Olhando para baixo, percebi que eu estava cerrando os punhos com tanta força que as minhas unhas arredondadas estavam enfiadas nas palmas das minhas mãos.

A noite precisava chegar rápido.

Capítulo 3

— Fique aqui, Trin. Volto já.

— O que... — Virei-me para onde Zayne estivera parado, mas já era tarde demais.

O safado já havia desaparecido na multidão de pessoas que desfrutavam da noite amena em Washington, movendo-se mais rápido do que a minha visão conseguia acompanhar.

Fiquei boquiaberta enquanto olhava para o borrão de rostos desconhecidos. Zayne realmente tinha me deixado na calçada enquanto corria atrás do demônio de Status Superior que eu tinha sentido, como se eu fosse de quinta categoria ou algo assim?

Atordoada, pisquei estupidamente, como se Zayne de alguma forma fosse reaparecer na minha frente.

É.

Ele tinha feito exatamente isso.

— Você só pode estar tirando com a minha cara! — exclamei. Um homem falando ao celular franziu a testa na minha direção. O que quer que ele tenha visto no meu rosto fez com que ele não apenas desse um largo passo para longe de mim, mas também que depois atravessasse a rua.

Provavelmente uma boa ideia, porque eu estava armada e irritada o suficiente para lançar uma adaga de ferro em alguma pessoa aleatória.

Eu não podia acreditar que Zayne tinha simplesmente me largado ali, especialmente quando ver um demônio de Status Superior era meio que importante. Eram os demônios mais perigosos que andavam sobre a Terra, camuflando-se em aparência humana para que pudessem se infiltrar nos meios que continham algumas das pessoas mais poderosas e influentes no mundo. Com a capacidade de manipular as pessoas, eles usavam o livre-arbítrio dado aos humanos por Deus contra eles mesmos. Demônios de Status Superior eram os adversários mais formidáveis na batalha interminável para manter o equilíbrio entre o bem e o mal no mundo, mas eles estavam escassos desde que a criatura conhecida como o Augúrio aparecera, meses antes de eu ter chegado na cidade.

Ver ou sentir um demônio de Status Superior era algo incrível, mas era ainda mais incrível do que o normal por causa de *onde* o tínhamos visto. Zayne e eu estávamos patrulhando a zona da cidade onde o demônio Baal tinha sido visto com o senador Fisher.

Havia uma chance de que este demônio nos levasse até Baal, ou de que pudéssemos usá-lo para descobrir o que diabos o senador realmente planejava fazer com a escola. E se este demônio tivesse nada a ver com o Augúrio, ainda assim eu poderia praticar um pouco da minha agressividade. Mas, em vez de me juntar a Zayne na caçada, eu estava aqui como uma mera lembrança deixada de lado, e isso não era nada legal.

Zayne obviamente não compreendia que ser meu Protetor vinculado não significava deixar a mim — a Legítima *dele* — para trás enquanto rastreava demônios. Tudo bem, o nosso vínculo era recente, então eu daria a Zayne este passe, mas ainda assim.

Eu *não* era uma cliente satisfeita.

Uma buzina soou na rua, e alguém gritou. Eu afundei em um banco, soltando um suspiro contrariado enquanto olhava em volta. Como a minha visão era super embaçada, era difícil distinguir se as pessoas que passavam por mim eram seres humanos comuns ou mortos.

Fantasmas e espíritos — e havia um mundo de diferença entre os dois — muitas vezes não apenas me sentiam, mas também sabiam que eu podia vê-los e me comunicar com eles antes mesmo que eu fosse capaz de perceber que estavam ali. Já que ninguém estava me incomodando, eu supunha que as pessoas ao meu redor pertenciam ao time Vivinhos da Silva.

Joguei uma perna sobre a outra e enfiei um cotovelo no joelho, apoiando meu queixo na palma da mão. Sobre o cheiro de escapamento, eu sentia o aroma de carne cozida, o que me deixou com fome, embora Zayne e eu tivéssemos feito um lanche há apenas uma hora ou coisa assim. O sempre presente formigamento quente na minha nuca me dizia que havia demônios por perto, provavelmente de status baixo, como Demonetes, então eu não me daria ao trabalho de ir atrás deles — contanto que não estivessem fazendo mal aos humanos.

Eu não estava familiarizada com a cidade, e, com a minha visão medíocre, perambular por aí não seria a mais inteligente das ideias, mas ficar aqui sentada como um cão obediente amplificava a minha irritação de maneira extraordinária.

A chance de eu dar um soco na garganta de Zayne quando ele reaparecesse atualmente estava entre 60% e 70%. Embora isso provavelmente fosse muito mais inteligente do que o que eu normalmente queria fazer quando o via.

Concentrei-me na pequena bola de calor pulsante no centro do meu peito. Eu nunca tinha sentido isso com Misha, mas já que não havia outros Legítimos com quem trocar figurinhas, a falta daquela sensação não tinha sido um sinal de alerta.

Mas não era como se os outros não tivessem começado a achar que havia algo de estranho entre mim e Misha. Thierry, o Duque que administrava os Guardiões na região das Terras Altas do Potomac, e seu marido, Matthew, começaram a suspeitar que houve algum erro desde quando Zayne chegara. Sendo honesta comigo mesma, eu sabia que algo estava rolando. Desde o momento em que pus os olhos em Zayne, havia *alguma coisa* ali. Agora eu podia sentir aquela bolinha de calor, mas não conseguia perceber emoção através dela como ontem, quando senti a frustração dele como se fosse minha. Talvez a distância tivesse algo a ver com isso.

Precisávamos explorar tudo isso.

O meu olhar voou sobre a multidão para o restaurante à minha frente. Eu não conseguia ler o nome do lugar, mas definitivamente era uma hamburgueria. Se eu tinha de esperar aqui, eu poderia muito bem me aproveitar de algumas gostosuras fritas. Um resmungo do meu estômago indicou que ele mais do que concordava com a ideia.

Eu não fazia ideia do porquê de estar sempre com fome. Talvez fosse o excesso de caminhada. Eu estava queimando muitas calorias e...

O meu celular vibrou no bolso e eu o pesquei. Uma pressão me apertou o peito quando vi o rosto bonito da minha melhor amiga encarando-me na tela. Jada estava ligando mais uma vez.

O meu dedo pairou sobre o botão de responder à chamada. Eu precisava atender, porque sabia que ela provavelmente tinha mais perguntas sobre o que acontecera com Misha, mas eu não estava...

Calor explodiu ao longo da minha nuca, fazendo com que eu erguesse a cabeça abruptamente. A pressão quente e formigante era um sistema de alerta codificado no meu DNA.

Havia um demônio muito próximo.

Deixando a chamada de Jada ir para o correio de voz, deslizei o celular de volta no bolso enquanto examinava a calçada movimentada. Demônios que pareciam humanos se misturavam facilmente com a população. A única coisa que os distinguia eram os olhos, que refletiam a luz como os de um gato. Identificar um demônio em uma multidão de humanos não era tarefa fácil para alguém com dois globos oculares funcionando normalmente e, para mim, era um exercício de frustração. Apertei os olhos e desejei que a minha visão ficasse um pouco mais nítida.

Isso não ajudou.

Eu não via alguém que obviamente não fosse humano e que saudasse a Lúcifer, mas a pressão ainda estava ali, fixando-se entre as minhas omoplatas. O demônio tinha de estar...

Ali.

O meu olhar pousou em um homem de cabelos louros vestido com um terno escuro e andando pela calçada, as mãos nos bolsos das calças. Tudo nele parecia normal, e o homem não estava perto o suficiente para que eu pudesse ver os olhos dele, mas algum sentido intrínseco me disse que ele era o demônio.

E não só isso, mas um demônio de Status Superior.

A certeza me preencheu quando plantei as minhas botas no chão. Antes de chegar em Washington para procurar Misha, eu tinha visto apenas alguns demônios, e nunca em uma situação como esta, mas eu sabia que estava certa.

E se ele era o segundo demônio de Status Superior visto na mesma área em que Baal estivera, isso tinha de significar alguma coisa.

Antes mesmo de perceber o que estava fazendo, eu estava em pé. Logo ele estaria no cruzamento, e eu não seria capaz de acompanhá-lo. Se esperasse que Zayne voltasse, eu o perderia de vista.

Zayne tinha me dito para ficar aqui, mas eu estava achando que isso tinha sido mais uma sugestão do que uma ordem.

Decidida, rapidamente contornei um grupo de pessoas que estavam esperando para atravessar a rua e me posicionei atrás do Demônio de Terno. Eu fiquei perto dos prédios para evitar esbarrar nas pessoas, torcendo para que a criatura permanecesse sob a luz dos postes.

Quando o sinal de pedestres ficou verde, ele atravessou para o próximo quarteirão. Um demônio que respeitava semáforos. Que inesperado.

Eu não tinha um plano enquanto o seguia e passava por um banco e vários escritórios administrativos fechados, mas isso não me impediu.

O Demônio de Terno abruptamente dobrou à direita em uma esquina, desaparecendo do meu campo de visão. Praguejando, acelerei o passo e percebi que ele havia entrado em um beco estreito e mal iluminado que ficava entre dois edifícios altíssimos. Hesitei na entrada, examinando a passarela relativamente limpa. Estava vazia...

Ergui o olhar.

— Cacete.

Vislumbrei uma forma embaçada dando uma de Homem-Aranha, esgueirando-se pela lateral do edifício. Eu olhei por cima do ombro, mas ninguém estava apontando boquiaberto para a cena.

Isso era bom. Ainda que o público em geral estivesse ciente dos Guardiões, a grande maioria não fazia ideia de que demônios eram reais. Devido a todo um conjunto de regras celestiais sobre livre-arbítrio e fé cega, os humanos não deveriam saber que havia, de fato, consequências na vida pós-morte para atos cometidos quando vivos.

As pessoas pensavam que os Guardiões eram algum tipo de cruzamento genético entre humanos e sabe-se lá o quê. Eu não fazia ideia de como eles se convenceram de que qualquer coisa nisso fosse remotamente possível, mas a natureza humana exigia respostas lógicas, mesmo que a resposta fosse, na verdade, ilógica.

Para as pessoas, os Guardiões eram como lendas e super-heróis vindos da pedra que com frequência ajudavam a polícia. Mas os Guardiões não estavam por aí caçando criminosos.

Entrei no beco, tropeçando na pavimentação irregular que eu não conseguia ver. Na metade do caminho, avistei uma escada de incêndio a vários metros do chão.

— Afe — resmunguei, olhando de volta para a entrada do beco e depois para a escada, analisando a distância entre o chão e o primeiro patamar.

A Trinity inteligente exigiu que eu voltasse para onde Zayne me dissera para esperar. Eu não tinha um plano, e, se alguém visse o que eu estava pensando em fazer, seria difícil explicar.

A Trinity impaciente berrou *vai logo* como um grito de guerra.

— Afe mesmo — rosnei quando a segunda Trinity venceu.

Corri pelo beco e me lancei no ar, rezando para que eu não batesse de cara no edifício, porque isso certamente iria doer.

As palmas das minhas mãos acertaram o degrau de metal. Eu me balancei para a frente, os músculos em meus braços estendendo. Plantei os meus pés na parede do prédio e empurrei *com força*. Balançando para trás, eu dei uma cambalhota enquanto me soltava, saltando sobre o corrimão.

Estremeci ao som do metal sacolejando quando pousei na base da escada de incêndio. Fiquei parada por um momento, esperando para ver se alguém começava a gritar, e, quando não houve nada além de silêncio, fiquei meio desapontada por ninguém ter testemunhado o meu feito de excelência ginástica.

História da minha vida.

Eu subi rapidamente a escada de incêndio que devia violar umas cem regulamentações de segurança diferentes. Com apenas o luar para guiar-me, o instinto tomou conta, e eu não me deixei pensar sobre como eu não conseguia ver muito para onde minhas mãos ou pés estavam indo. Se eu deixasse que a dúvida me invadisse, poderia cair, e eu estava alto o suficiente para terminar com alguns ossos quebrados.

Um vento quente e pegajoso acertou os fios de cabelo soltos que tinham escapado do meu coque quando cheguei ao telhado. Colocando as duas palmas no parapeito de cimento, examinei a área. Felizmente, holofotes brilhantes estavam acesos em três galpões de manutenção, cada um deles equipado com a sua própria antena gigante. Eu não via o Demônio de Terno, mas sabia que ele tinha de estar aqui em cima. Podia senti-lo.

Puxei-me por cima do parapeito. A brisa era mais forte aqui em cima, ao que agradeci em silêncio enquanto ela passava sobre a minha pele úmida de suor. Com as adagas presas aos quadris, os meus dedos se contraíam pelo desejo de desembainhá-las enquanto eu atravessava o telhado.

Perto do segundo galpão, avistei o Demônio de Terno. Ele estava no parapeito do outro lado de onde eu havia subido, agachado de uma maneira tão parecida a um Guardião que franzi a testa. Ele havia se livrado do paletó em algum momento, e sua camisa branca ondulava ao vento. O demônio parecia estar observando o mundo lá embaixo. Ele estava à espera de alguém? Talvez estivesse aqui esperando pelo demônio que Zayne havia seguido.

Talvez até por Baal.

Um plano rapidamente se formou em minha mente, graças a Deus. Pegar o demônio desprevenido, ganhar a vantagem e fazê-lo falar.

Parecia legítimo e bem-pensado.

Saí de trás do galpão, mantendo as minhas mãos abertas ao lado do corpo.

— Olá!

O Demônio de Terno se virou abruptamente, erguendo-se com uma fluidez sobrenatural. Ele estava sobre o parapeito estreito e então, em um piscar de olhos, ele estava a poucos metros de mim.

Uma pessoa racional teria sentido algum nível de medo naquele momento, mas não era isso o que acontecia comigo.

Ele estava perto o suficiente para que eu pudesse perceber que era bonito, o que não era surpreendente. Os demônios raramente tomavam a forma de uma pessoa que não fosse universalmente atraente. O que escondia uma malignidade nua e crua melhor do que um rosto bonito?

Inclinando a cabeça, o demônio franziu a testa. Ele olhou para mim como se tivesse pedido por um filé marinado macio, mas recebido um hambúrguer achatado de carne barata. Fiquei meio ofendida.

Eu era 100% carne Angus orgânica, obrigada, de nada.

Mas o demônio não percebeu isso porque, para ele, eu parecia com qualquer humano banal que já tinha tolamente cruzado o caminho dele... em um telhado.

O vinco em sua testa suavizou, e apesar de não conseguir ver seus olhos, eu podia sentir seu olhar pairando sobre mim, como se ele estivesse me medindo. Eu senti o momento exato em que ele me descartou.

Grande erro.

O Demônio de Terno sorriu.

— O que você está fazendo aqui em cima, garota?

Surpresa por ele não ter usado o diminutivo de *garota*, dei de ombros.

— Estava prestes a te fazer a mesma pergunta.

— Estava? — Ele deu uma risadinha, e o som me irritou. Era condescendente. — Você parece um pouco nova pra pertencer à polícia de telhados.

— E você parece velho o suficiente pra não usar palavras como *polícia de telhados*.

O bom humor desapareceu quando uma explosão de ar quente fluiu pelo telhado.

— Bem, você obviamente não é inteligente o suficiente pra saber quando é hora de segurar a língua.

— Engraçado você insultar a minha inteligência quando não fazia ideia de que eu estava te seguindo.

Seu lábio superior se contraiu em um rosnado tão agressivo que teria impressionado uma onça-parda.

— Estava me seguindo? Se isso é verdade, então você cometeu o erro mais idiota da sua vida.

— Bem — alonguei a palavra, dando um pequeno passo para trás. Tive o cuidado de manter alguma distância entre nós para que ele não saísse da minha visão central. — Acho que isso nem entraria no meu top *dez* de erros mais idiotas que cometi.

Ele sibilou e, sim, já não parecia mais com uma onça-parda, mas com um leão muito irritado.

— Você vai implorar pelo meu perdão. — Ele se agachou, mãos tornando-se garras. — E rezar pra morrer.

Fiquei tensa, mas plantei um sorriso no rosto.

— Que clichê. Tô sentindo vergonha alheia por você. Por que não ser um pouco mais criativo?

O Demônio de Terno me encarou. Continuei:

— Tipo, que tal "você vai implorar pra que eu pare de mastigar as suas entranhas" ou "reze pra que eu te jogue do telhado"? Isso, sim, que é agradável, não acha?

O Demônio de Terno piscou.

— Por que você não tenta essas? — sugeri, prestativa. — E vamos ver se eu incluo este encontro no *top* vinte da minha lista de idiotices?

O demônio soltou um grunhido agudo e longo, uma mistura entre um recém-nascido berrando e uma hiena raivosa. Os pelos em todo o meu corpo se eriçaram ao que deveria ser um dos sons mais infames de todos os tempos.

— Vou arrancar sua língua fora — ele prometeu —, e depois enfiá-la *pela* sua garganta.

— Agora sim! — Aplaudi com entusiasmo. — Isso é muito melhor...

O Demônio de Terno se lançou no ar, tal como eu esperava, e aposto que ele achava que parecia assustador o suficiente para que eu molhasse as calças. Desejei que eu pudesse ver a expressão dele quando disparei para o ataque, mas, infelizmente, teria de fingir que ele tinha um olhar de *essa não* no rosto.

Afundando, deslizei sob ele enquanto estendia as minhas mãos e agarrava as suas pernas. A inércia e a força do demônio agiram ao meu favor enquanto eu puxava as pernas dele para baixo. Com força. Mais do que eu imaginava. Soltando-o, eu me ergui enquanto ele atingia o telhado de barriga para baixo a vários metros de distância, o impacto sacudindo a porta do galpão próximo e fazendo com que as luzes oscilassem. Um líquido escuro como nanquim foi pulverizado pelo telhado — saindo do rosto do demônio.

Caramba.

Não sabia que eu era *tão* forte.

Desembainhando as adagas, caminhei cautelosamente até o demônio. Eu tinha uma arma diferente — uma muito melhor. A minha *graça*. Mas era arriscado demais liberá-la aqui, no coração da cidade, embora estivesse ardendo no meu estômago como ácido, exigindo que eu a soltasse.

Que eu a usasse.

O demônio se virou de barriga para cima, deixando de lado a fachada da sua forma humana. O cabelo claro desapareceu enquanto sua pele mudava para um laranja queimado, marmorizado com linhas de preto rodopiantes.

Ele levantou a mão e a substância escura em sua pele fluiu para a sua palma, formando uma bola sombria.

Ah, de jeito maneira.

Eu me joguei para a frente, acertando o abdômen dele com o meu joelho enquanto nivelava a ponta de um dos punhais em sua garganta e o outro acima de seu coração. Qualquer uma das zonas seria fatal.

— São adagas de ferro — avisei-o —, o que quer que você esteja prestes a fazer com essa bolinha de pesadelos, pense duas vezes. Você não será tão rápido quanto eu.

Seus olhos sem pupilas, escuros como breu, arregalaram-se, e imaginei que ele estava chocado com a minha força e grandiosidade em geral. Ele não fazia ideia do que eu era, mas, se fizesse, estaria tentando devorar-me da mesma forma que eu ficaria feliz em devorar um hambúrguer. Consumir a minha *graça* não só daria ao demônio poder e força inimagináveis, como também seria o mais próximo que ele poderia chegar do Céu.

Eu era uma Legítima e, na gigantesca hierarquia das coisas, comparado a mim, este demônio de Status Superior não passava de um gatinho com as garras amputadas.

A bola de sombras pulsou e depois se dissolveu em uma fina poeira de poder desperdiçado.

— O que você é? — ele ofegou.

— A polícia de telhados — retruquei —, e você e eu vamos ter uma conversinha.

Capítulo 4

— Sua humana tola e idiota — zombou o demônio. — Eu sou...

— Não muito observador e sem criatividade? Já estabelecemos isso e é hora de seguir em frente. — Pressionei a adaga na garganta dele, contra a pele, e acho que o demônio parou de respirar. — Responda às minhas perguntas e talvez eu não empale você no telhado pela *sua* garganta.

O demônio me encarou em silêncio.

Eu sorri de volta para ele.

— Você está trabalhando com Baal?

As narinas do demônio se abriram ligeiramente, mas ele permaneceu quieto.

— Você vai preferir colaborar e bem rapidinho, porque eu tenho a paciência de uma criança faminta e um sério problema de impulsividade. Não penso antes de agir. Você está trabalhando com Baal?

Seus lábios se afastaram em um rosnado, revelando dentes irregulares como os de um tubarão, e eu me perguntei se ele tinha um pouco de Rastejador Noturno nele.

— Baal não está na superfície.

— Conversa. Fiada. Ele tá, sim. Eu o vi com os meus próprios olhos, e ele foi visto nesta mesma área da cidade. Tente outra vez.

Ele rosnou.

Revirei os olhos.

— Você percebe que, a menos que tenha informações úteis, estará morto antes de conseguir escovar os dentes. — Fiz uma pausa. — E você precisa escovar. Urgente. Porque o seu hálito tá de matar.

— Você é uma coisinha fofa — ele retrucou. — Bem, não tão pequena. Acho que o seu rabo tá esmagando o meu diafragma.

— É o meu joelho, seu idiota, e isso não vai ser a única coisa a ser esmagada. — Para enfatizar a ameaça, eu deslizei meu joelho para baixo na barriga dele, parando logo abaixo do cinto. — Diga onde Baal está.

O demônio olhou para mim por um momento, e então ele riu — uma gargalhada profunda que me abalou.

— Sua vaca imbecil...

Eu virei a adaga na garganta dele, de modo que o punho ficasse para baixo, e acertei um soco na lateral da cabeça dele, cortando suas palavras. Algo molhado e quente respingou contra a minha mão.

— Sua mamãe demônio não te ensinou que se você não tem nada de bom pra dizer é melhor calar a boquinha?

Ele praguejou enquanto eu pressionava a outra adaga com mais força em seu peito, rasgando o material fino de sua camisa.

— Você está... completamente... fora de si... se acha que... eu vou dizer qualquer coisa sobre Baal. Não tenho medo da morte.

— Mas você tem medo de Baal?

— Se você sabe qualquer coisa sobre Baal, então sabe que essa foi uma pergunta idiota em uns sete níveis diferentes.

— Você acha que ele pode fazer algo pior com você do que eu? — A raiva explodiu, e a necessidade de dominar tomou conta de mim quando me inclinei para que ficássemos ao nível dos olhos. Eu sabia que não deveria fazer aquilo. Era errado por uma centena de razões diferentes, mas eu deixei apenas um pouquinho da minha *graça* cintilar. Os cantos da minha visão, que geralmente eram escuros, tornaram-se um branco brilhante. — Porque eu tô aqui pra te dizer que ele *não pode*.

Os olhos dele se arregalaram, e quando ele falou, havia uma mistura de horror e de admiração em sua voz.

— É você. Você é a nefilim.

Eu forcei a *graça* de volta, e a luz branca desapareceu.

— Em primeiro lugar, o termo *nefilim* é tão obsoleto, e segundo, você *tem* falado com Baal, porque...

— Se fosse do conhecimento geral que alguém da sua espécie estava na cidade, você já estaria morta. — Seus olhos ficaram semicerrados, e um sorriso preguiçoso cruzou seu rosto laranja e preto. — Ou pior. Certo? É verdade? O que dizem sobre a sua espécie e a minha?

Torci os lábios enquanto olhava para ele. Ele parecia quase orgástico, e isso era mais do que um pouco perturbador.

— O que é verdade?

— Que se um demônio *comer* você...

Eu me mexi, enfiando o meu joelho em sua virilha. Ele gritou de dor, murchando debaixo de mim.

— É, eu vou interromper você aí mesmo. Diga onde...

— Não foi Baal que... — Ele puxou o ar em uma respiração profunda, ofegando através da dor. — Não foi Baal quem me falou sobre você, sua p...

Socando-o novamente, desta vez na mandíbula, certifiquei-me de que o cabo da adaga o atingisse.

— É bom que seja a palavra *poderosa* que estava prestes a sair da sua boca.

Depois de cuspir sangue e, possivelmente, um dente, o demônio endireitou a cabeça.

— Foi ele.

Uma frieza penetrou em mim mesmo enquanto eu me dava conta do aumento do calor pulsante no meu peito.

— Quem?

— Aquele que te entregou. Qual era o nome dele? — O demônio riu, cuspe e sangue escorrendo dos cantos de sua boca enquanto seus braços jaziam, frouxos, um em cada lado do corpo dele. — Ah, é. *Misha*. O engraçado é que não o vejo há uns dias. Fico me perguntando o que está acontecendo com ele. Além de estar morto.

— Você falou com Misha? — Um tremor percorreu meu corpo. — O que é que ele te disse? O que você...

— Você o matou. Não é mesmo? Enviou a alma dele para o Inferno. É lá que ele está agora, porque era tão maligno quanto eu.

Um arrepio me abalou.

— Você tá mentindo.

— Por que eu mentiria?

— Consigo pensar em muitas razões — eu disse reprimindo a raiva, mas mesmo enquanto eu dizia as palavras, elas soaram falsas. — Diga-me o que ele falou ou...

— Ou o quê? Você vai me matar? Você é a nefilim. Eu já estou morto — ele disse, e eu não tinha ideia do que isso significava. O demônio levantou a cabeça do chão, seu pescoço marcado pelos tendões tensionados. — Você o matou, e já é tarde demais. Não faz ideia do tamanho do problema que arranjou.

Empurrei a cabeça dele para baixo de novo.

— Diga-me o que você fez com ele!

— Ele foi escolhido. — Ele riu, arrepiando-me até o âmago. — O Augúrio finalmente está aqui, e não há como impedir o que está por vir. Os rios se tornarão vermelhos. O fim dos tempos, querida, e não há como você parar o Augúrio. Você vai ser parte de tudo isso.

Eu abri a boca, mas o demônio se mexeu de repente. Não para me afastar nem para atacar. Ele agarrou o meu pulso da mão que segurava a adaga contra o coração dele, e então se empurrou para cima enquanto me puxava para baixo.

Empalando-se.

— Mas o que...! — gritei, levantando em um salto e tropeçando para trás enquanto as chamas se espalhavam do buraco em seu peito e lambiam seu corpo.

Em segundos, ele não passava de uma marca chamuscada no chão do telhado.

Olhei para a adaga, depois para a mancha cinza e de volta para a adaga.

— Mas que Inferno aconteceu...

A bola de calor no meu peito, ao lado do coração, pulsou e, um momento depois, uma coisa gigantesca despencou do céu e pousou agilmente no parapeito, como um míssil cheio de raiva sendo mirado em Trinity.

Putz.

O Guardião ficou totalmente em pé. As asas abertas, tão largas quanto o corpo era alto. Sob o luar prateado, cabelos dourados se agitavam entre dois chifres espessos e altivos.

Zayne era uma visão aterradora quando ele pisou no telhado e caminhou lentamente em minha direção, o queixo baixo. Algumas pessoas podiam achar que os Guardiões eram grotescos em sua verdadeira forma, mas não eu. Eu achava que ele era belo de uma forma crua e primitiva, como uma cobra enrolada momentos antes de atacar.

Na forma de Guardião, a pele de Zayne era de um cinza ardósia, e aqueles dois chifres podiam perfurar aço e pedra, assim como aquelas garras perversamente afiadas, e pensei, provavelmente pela centésima vez, que era muito bom que os Guardiões estivessem do Lado do Bem.

À medida que ele se aproximava, percebi que as suas presas estavam expostas. Aqueles dentes eram enormes, e eu o conhecia bem o suficiente para saber que aquilo significava que ele estava muito, muito zangado. Mas mesmo que eu não tivesse visto as presas dele, eu saberia. Eu conseguia *sentir* a sua raiva bem ao lado do meu coração. A sensação era como o cheiro de pomada para resfriado, e era mais uma confirmação de que este vínculo era uma via de mão dupla, alimentando sentimentos entre nós.

Lentamente, embainhei as adagas e depois cerrei as minhas mãos em punhos. Alguns segundos se passaram, e então eu deixei escapar a primeira coisa que me veio à mente.

— Você sabe que eu amo fogos de artifício?

Nossa. Isso foi aleatório, até para mim.

— Aqui seria um lugar incrível pra assistir a um show de fogos — acrescentei. — Queria ter conhecido este edifício antes do Dia da Independência.

Zayne ignorou isso.

— Você não tá onde eu te deixei.

Olhei ao redor do telhado vazio.

— Não, não tô.

— Que parte de "fique onde você está" você não entendeu?

— A parte em que você pensou que eu realmente iria te obedecer? — sugeri.

Zayne parou a uma certa distância de mim.

— Trin...

— Não. — Cortei-o com um aceno de mão. — Você me deixou.

— Eu te deixei por alguns minutos pra ver quem este demônio era antes de te envolver. Esse é o meu trabalho...

— O seu trabalho não é me deixar na calçada como um cachorro que não pode entrar num restaurante.

— O quê? — O vento arrebatou seu cabelo dourado na altura dos ombros, jogando vários fios sobre seus chifres. — Um cachorro...

— Você me deixou pra trás, e eu entendo que esta coisa toda de ser um Protetor é nova pra você, mas me deixar pra trás...

— Aparentemente não é a coisa inteligente a se fazer, porque, quando eu viro as costas pra você por cinco minutos, você acaba em um telhado a vários quarteirões de onde eu te deixei — ele falou por cima de mim. — Como é que você chegou aqui? Melhor ainda, *por que* você tá aqui em cima?

Cruzei os braços sobre o peito.

— Eu corri e pulei.

— Sério? — ele respondeu secamente, dobrando as asas para trás.

— Por uma escada de incêndio — acrescentei. — Ninguém me viu, e eu vim aqui...

— O que diabos? — De repente, Zayne estava ao meu lado, olhando para o pedaço de cimento queimado. Muito lentamente, ele levantou a cabeça. — Por favor, me diz que você não seguiu um demônio até aqui em cima.

— Detesto que você tenha perguntado com tanta gentileza quando eu vou ter que te dizer o que você não quer ouvir.

— Trinity — Ele inclinou o corpo para mim. — Você combateu um demônio?

— Sim, assim como você foi combater quando saiu correndo — eu observei. — Eu o vi enquanto te esperava, e como pensei que provavelmente era um grande problema que dois demônios de Status Superior estivessem na mesma área em que Baal tinha estado, decidi que seria inteligente da minha parte investigar o que estava acontecendo.

Ele abriu a boca para falar.

— Você sabe muito bem que eu consigo me cuidar. Você mesmo disse isso. Ou era mentira? — Eu o interrompi antes que ele pudesse dizer algo que me lembrasse que eu tinha planejado dar-lhe um soco na garganta. — Sou uma lutadora. Foi pra isso que fui treinada, e você sabe que posso me defender, com ou sem você. Assim como sei que você pode se defender sem mim. Você não me coloca de canto, não só porque isso não é legal, mas porque é uma perda de tempo. Não vou ficar lá.

Zayne levantou o queixo e um momento longo e consiso passou.

— Tem razão.

Surpresa passou por mim.

— Sei que sim.

— Mas também tá errada.

Pisquei.

— Como é?

— O que eu disse antes ainda vale. Não duvido da sua capacidade pra se defender. Já te vi em ação. Pedir que você ficasse pra trás enquanto eu verificava o demônio não se tratava de te colocar de castigo porque achei que você não conseguiria lidar com a coisa.

— Então, do que se tratava?

— Se tratava do que aconteceu com Misha — ele disse, e eu recuei, dando um passo para trás enquanto meus braços caíam aos lados do meu corpo. — *Isso* — Zayne disse. — Exatamente isso. A sua reação. Você acabou de passar por algo horrível, Trin, e...

— Estou bem.

— O cacete — ele retrucou, e eu engoli o impulso de rir que sempre surgia quando ele dizia um palavrão. — Você e eu sabemos que isso não é verdade, e tudo bem. Ninguém em sã consciência esperaria que você estivesse bem.

Mas eu *tinha* de estar bem.

Será que ele não entendia isso? O que tinha acontecido com Misha foi uma merda, mas tudo o que eu sentia sobre isso foi arquivado e escondido, e iria ficar assim para toda a eternidade. Tinha de ser assim. Eu tinha um trabalho a fazer, um dever a cumprir.

Zayne suspirou.

— Eu acho que era bastante óbvio que eu não queria patrulhar hoje à noite. Que achava que devíamos ficar em casa. — Ele fez uma pausa.

— Mas eu também entendo por que você quer estar aqui, fazendo alguma coisa, então eu cedi.

A irritação aumentou.

— Como meu Protetor, você não pode *ceder* ou não quando se trata de...

— Como seu *amigo* posso, sim, intervir quando acho que alguma coisa não é uma boa ideia. — A mandíbula de Zayne endureceu. — É isso que amigos fazem, Trin. Não te deixam simplesmente fazer o que quiser e, se deixam, então não são seus amigos.

Pensei em Jada. Eu sabia que ela teria sugerido a mesma coisa. Ir com calma. Lidar com o que aconteceu e processar tudo da melhor forma possível.

Mas realmente não havia como processar nada disso.

As asas de Zayne se contraíram, mas permaneceram dobradas.

— Eu queria que você ficasse de fora porque pensei que fosse uma boa ideia você ir com calma, porque você teve de tirar a vida de alguém com quem se importava profundamente.

Inspirei um ar quente e cortante.

— E se você acha que isso tá errado, que seja. Sinto muito se te fiz pensar que duvidei de você, mas não lamento estar pensando no que você passou.

Engoli com força, querendo retrucar alguma coisa malcriada, mas... o que ele estava dizendo fazia sentido. Desviando o olhar, sacudi levemente a cabeça.

— Estou pronta pra isso.

Zayne não disse nada.

— Estou bem. Eu não estava distraída ou em perigo. É óbvio. — Eu me virei e prontamente tropecei em algo, porque, é claro, Deus me odiava. Equilibrando-me, levantei o olhar para Zayne.

Ele ergueu os braços em frustração.

— Sério isso?

Olhei para baixo e vi o que terminou sendo um cabo.

— Eu não vi isso. Que seja. — Era hora de mudar de assunto. — Você encontrou o demônio?

Ele murmurou o que pareceu um xingamento.

— Eu o rastreei, mas ele virou uma esquina na First Street e desapareceu.

"First Street" significava nada para mim.

Zayne deve ter percebido isso, porque explicou:

— A First Street pode levar a vários edifícios do Senado. Não significa que era pra lá que o demônio estava indo. O que aconteceu aqui?

Eu me virei e olhei para a mancha carbonizada.

— Bem, o demônio meio que decidiu acabar com as coisas por si próprio.

— Como é? — Sua cabeça girou em minha direção, lábios cinzentos pressionados em uma linha fina.

— Ele se empalou na minha adaga — Dei de ombros. — Ele tava cheio de atitude e ameaças até que eu o derrubei de costas. Queria fazê-lo falar, sabe? Descobrir se ele sabia alguma coisa sobre Baal ou o Augúrio.

— Fazê-lo falar?

Assenti com a cabeça, decidindo que era uma boa ideia guardar para mim o fato de ter mostrado ao demônio o que eu era.

— Aprendi que posso ser muito convincente.

Ele abriu a boca para falar.

Eu me apressei a continuar:

— De qualquer forma, ele não me disse nada sobre Baal, mas ele o conhecia... e a Misha também.

Ele se aproximou quando voltei a olhar para o local da mancha.

— Como você pode ter certeza?

Um nó se formou no meu estômago.

— Ele falou de Misha, e deve ter descoberto quem eu era por conta das perguntas que eu tava fazendo. — Isso não era exatamente mentira. — Ele sabia que eu tinha matado Misha.

— Trin — Zayne estendeu a mão para mim, e senti o roçar de seus dedos quentes contra o meu braço.

Uma onda imediata de emoção nua e pulsante rodopiou através de mim, e eu me afastei do seu toque.

— Ele também sabia sobre o Augúrio. Disse quase a mesma coisa que o meu pai. Os rios se tornariam vermelhos e era o fim dos tempos. — Deixei de fora a parte sobre a alma de Misha, e sobre eu ser uma parte disso tudo, porque eu não conseguia acreditar na primeira e a segunda não fazia sentido. — Não disse nada de muito útil antes de literalmente se empalar na minha adaga. Foi bizarro, mas acho...

— Acha o quê?

— Não sei. Ele disse que já estava morto porque eu era o nefilim — Cruzei os braços. — Como se tirar a própria vida fosse a única opção.

Zayne parecia refletir sobre isso.

— Como se tivesse medo de que Baal ou o Augúrio soubessem que ele entrou em contato com você, e aquele seria o fim pra ele?

Eu assenti lentamente.

— Realmente não faz muito sentido.

— Se o demônio tivesse tanto medo do que o Augúrio faria se acreditasse que ele tinha falado, faz, sim. — Suas asas se abriram, criando sua própria rajada de vento. — Ou o demônio entendeu, quando descobriu o que você era, que não havia como escapar. Você o mataria de qualquer maneira.

Verdade.

Eu super o teria matado só porque ele fez ameaças realmente idiotas, mas não achava que fosse isso. O demônio tinha mais medo do Augúrio do que de mim, e isso não era um bom sinal.

Nem um pouquinho.

Capítulo 5

O resto da noite foi bastante tranquilo. Não houve mais demônios, apenas violência entre humanos. Terminou com um tiroteio em uma boate por onde passávamos, aparentemente por causa de uma bebida derramada na namorada de alguém.

Uma coisa era certa: os humanos não precisavam de demônios para levá-los a fazer coisas terríveis.

Pensei nisso depois de voltarmos ao apartamento de Zayne e nos separarmos; ele para a sala de estar e eu, para o quarto. Às vezes eu me perguntava por que Deus fez tanto esforço para salvar os humanos e suas almas quando eles eram tão precipitados em jogar tudo fora.

Tinha de haver um equilíbrio entre o bem e o mal. Era por isso que alguns demônios, como os Demonetes, eram permitidos na superfície. Eles eram um teste, irritando até o último nervo dos humanos ao destruírem coisas aleatórias para ver se as pessoas perdiam o controle. Uma explosão de raiva não era uma passagem para o Inferno, mas tudo o que um ser humano fazia ou pensava era contabilizado, e, desde a invenção das redes sociais, eu só imaginava quão longas essas contas estavam ficando. Até mesmo alguns demônios de Status Superior tinham um propósito, interagindo com os humanos para tentá-los a usar o livre arbítrio para o pecado e comportamentos depravados. Tornou-se um problema apenas quando eles cruzaram a linha e começaram a manipular ativamente as pessoas ou a feri-las. É claro que os demônios que não pareciam humanos — e havia muitos desses — não eram permitidos perto deles, e foi aí que os Guardiões intervieram.

Mas, enfim, a maioria dos Guardiões matava todos os demônios que visse, até mesmo Demonetes, e o faziam desde, bem, sempre.

Mas Deus havia criado os Guardiões para cuidar das pessoas, para arriscar suas vidas de maneira a ajudar a impulsionar as chances em favor da glória eterna em vez da condenação eterna, e as pessoas simplesmente... Elas ainda procuravam destruir umas às outras e a si próprias, como se fosse inerente. Alguns diriam que isso veio da natureza autodestrutiva de Adão e Eva e da maçã, que a batalha se desenrolava todos os dias, em todas as pessoas, e essa era a maior conquista — ou maldição — da serpente, mas, no final das contas, os seres humanos escolhiam seus próprios caminhos.

Havia muitas perdas acontecendo ultimamente. Assassinatos e agressões, roubos e ganância, racismo e fanatismo, ódio e intolerância — tudo isso aumentando em vez de melhorar, como se estivéssemos chegando ao limite. Será que essas coisas eram sinais de que os demônios estavam fazendo um trabalho muito bom, ou os seres humanos estavam comprometidos e determinados a fazer o trabalho dos demônios por eles?

Às vezes meio que te faz pensar sobre qual é a porcaria do objetivo disso tudo.

— Meu Deus — murmurei enquanto mexia os braços. — Isso é tenebroso.

Irritada com os meus pensamentos, rolei de lado e fechei os olhos. Senti falta daquelas estrelas bregas que tinham enfeitado o teto do meu quarto. Elas brilhavam em um sutil branco luminoso no escuro, e faziam eu me sentir... reconfortada. Eu sabia que isso soava estranho.

Eu era estranha.

Eu não fazia ideia de quando o meu cérebro desligou e eu adormeci, mas pareceu que apenas alguns minutos tinham se passado quando abri os olhos e vi que a escuridão havia desaparecido do quarto.

Sentindo como se eu não tivesse dormido nem um pouco, arrastei-me para fora da cama e comecei a rotina matinal. Deixando meu cabelo secar naturalmente, vesti-me com a mesma velocidade que tomara banho e estava pronta para sair do quarto, com os óculos empoleirados no nariz, quinze minutos depois de acordar.

Hesitei antes de abrir a porta do quarto, preparando-me para ver um Zayne sonolento e desgrenhado. Eu tinha deixado a porta destrancada outra vez e me recusei a pensar no porquê. Demorou um pouco para os meus olhos se ajustarem ao cômodo mais iluminado. Zayne não estava no balcão da cozinha, então isso significava...

O meu olhar deslizou para o sofá, e, sim, lá estava ele, sentado e...

Os músculos se flexionaram sob a pele dourada e ondularam pelos ombros nus quando ele levantou os braços sobre a cabeça, espreguiçando-se. As suas costas arquearam, e eu não sabia se deveria estar grata ou desapontada pelo sofá que bloqueava boa parte da minha visão.

— Não consigo desviar o olhar, mesmo precisando — Minduim disse, e eu pulei a vários centímetros do chão quando ele apareceu do nada ao meu lado. — Ele me faz sentir que preciso passar mais tempo na academia.

As minhas sobrancelhas se ergueram na testa.

Zayne se virou para onde eu estava.

— Oi — ele disse, a voz áspera de sono enquanto passava uma mão pelo cabelo bagunçado.

— Bom dia — murmurei, agradecida quando Minduim sumiu de onde estava. Levantei a mão e mordisquei uma unha.

— Dormiu bem? — ele perguntou, e eu acenei que sim com a cabeça, embora isso fosse uma mentira.

Quando Zayne se levantou, eu desviei o olhar e corri em direção à cozinha, o tempo todo esperando que meu rosto não estivesse tão vermelho quanto eu o sentia. Não precisava olhar para o peito maravilhoso de Zayne.

— Quer alguma coisa pra beber?

— Não, mas obrigado — ele respondeu. — Volto daqui a pouco.

Zayne não era muito de falar quando acordava de manhã, algo que eu estava aprendendo. Depois de pegar um copo de suco de laranja, dei um gole e o coloquei na ilha da cozinha, ao lado das plantas para a escola. O papel ainda estava desenrolado.

Eu ouvi o chuveiro ligar e rezei que Minduim não estivesse no banheiro dando uma de *stalker*. Fui para o sofá e liguei a TV, parando em um canal de notícias, e então dobrei a colcha cinza macia e a coloquei no encosto do sofá antes de voltar para a cozinha. Terminei o meu suco e tinha pegado uma lata de refrigerante quando Zayne finalmente saiu do quarto. O nervosismo me fez mastigar a unha do meu polegar novamente enquanto eu me perguntava por que ele demorou o dobro do tempo que eu demorei para tomar banho. Seu cabelo estava molhado e penteado para trás e ele estava, felizmente, totalmente vestido com um par de calças de nylon azul marinho e mais uma de suas camisas brancas sem estampa. Ele estava descalço.

Ele tinha pés bonitos.

— Refrigerante de café da manhã? — ele comentou enquanto passava por mim, pegando minha mão e puxando-a suavemente para longe da minha boca.

Suspirei.

— Esta é a sobremesa.

— Que bom. — Ele foi até a geladeira. O cheiro invernal que sempre se agarrava a Zayne permaneceu no ar. Será que era algum tipo de sabonete líquido? Não achava que era, porque eu já tinha espiado as embalagens no chuveiro.

Eu me virei.

— Preciso te lembrar da nossa conversa de ontem sobre beber água?

— Por favor, meu Deus, não. — Ele abriu a geladeira. — Quer ovo?

— Claro. Posso ajudar?

Ele olhou para mim enquanto colocava uma caixa de ovos e um pote de manteiga no balcão.

— Não é você a pessoa que quase incendiou a casa de Thierry tentando fazer frango frito?

Eu bufei.

— Não é você a pessoa que disse que me ensinaria a fazer sanduíche de queijo grelhado?

— Sabe, você tá certa. — Ele pegou um ovo e o apontou para mim. — Mas eu preciso me alimentar primeiro.

— Prioridades.

— E eu realmente não quero que você faça os ovos. Mesmo que seja difícil errar essa receita, tenho a suspeita de que você seja capaz de fazer exatamente isso, e depois vou ficar com vergonha alheia por você.

— É mesmo? — murmurei secamente.

Ele sorriu, e eu tinha certeza de que fiquei com uma cara meio de pateta enquanto o observava.

— Você gosta de ovos mexidos?

— Claro, chef Zayne.

Isso me angariou uma risada baixinha.

— Sabe, você pode se sentar no sofá. É bem mais confortável do que o banco.

— Eu sei. — E provavelmente era, mas Zayne dormia lá e, por alguma razão, eu sentia que aquele era o espaço dele.

Até quando poderíamos continuar assim? Zayne dormindo no sofá, nós compartilhando um banheiro? Mas para onde iríamos? Precisávamos ficar na cidade. Havia o complexo do clã dele, o qual tinha espaço para nós, mas exceto Nicolai e Dez, eles não sabiam o que eu era, e precisava continuar assim. Além disso, eu tinha a sensação de que Zayne não aceitaria essa proposta.

— Acho que a gente poderia treinar depois do café da manhã — Zayne disse, chamando minha atenção de volta para ele. — Eu não consegui pensar em nada em particular pra ajudar com a coisa da visão, mas se você e Misha treinavam diariamente, deveríamos fazer isso.

Olhei de relance para mim mesma. A minha calça legging e a camisa folgada eram perfeitas para treinar.

— A menos que você tenha algo melhor planejado?

Atingi-o com um olhar seco.

— Ah, é, fiz planos com aquele demônio que se empalou na minha adaga. Ele vai voltar à vida e a gente vai sair.

Zayne sorriu.

— Então que tal você abrir os tatames? — Uma pausa. — Se você for capaz de lidar com isso.

— Eu sou *capaz* — eu o imitei, pulando do banco —, se você for capaz de lidar com a surra épica que vai receber.

Ele riu disso, tão alto que me virei para olhá-lo.

— Você vai se arrepender dessa risada — murmurei, e marchei até os tatames.

Enquanto Zayne começava a preparar os ovos, eu levantei os tapetes surpreendentemente pesados e os deixei cair no chão com um *tum* alto. Depois de desenrolá-los e unir as duas grandes seções, limpei o suor da testa e me juntei a Zayne lá na ilha da cozinha. Assim que terminamos os ovos amanteigados, senti-me muito mais energizada, como se eu tivesse realmente descansado noite passada.

Limpamos tudo e depois segui Zayne até os tatames, alongando os braços.

— Eu normalmente faria um pouco de aquecimento primeiro. — Ao pisar no tapete, Zayne puxou um elástico de cabelo do pulso, juntou o cabelo e o prendeu em um rabo de cavalo meio solto que parecia mil vezes melhor nele do que quando tentei usar o penteado. — Pelo menos correr um pouco, com certeza.

Eu franzi a testa enquanto agarrava meu cotovelo dobrado e o puxava sobre o peito até sentir o ombro alongar.

— Não gosto de correr.

Zayne me encarou.

— Que surpresa.

— Rá. Rá.

— Pensei que a gente poderia começar com técnicas de bloqueio e quedas. — Parado ali, com os braços cruzados e os pés plantados com os quadris alinhados aos ombros, Zayne me lembrou tanto de Misha que tive de desviar o olhar. — Em seguida, passamos para a defensiva...

— Então, o básico? — Imitando Zayne, cruzei os braços. — As coisas que aprendi quando comecei a treinar?

Ele assentiu com a cabeça.

— Coisas que sempre podem ser melhoradas, não importa quanta experiência você tenha.

— Hã. E você continua praticando técnicas básicas de bloqueio? — Arqueei as sobrancelhas.

Zayne disse nada.

— Vou considerar isso como um não. O que te faz pensar que preciso disso? — perguntei.

Ele inclinou a cabeça.

— Porque eu tenho muito mais experiência em campo do que você.

— Isso é verdade. — Descruzei os braços.

Zayne endireitou a cabeça, o rosto marcado pela confusão, como se ele esperasse uma discussão maior.

Eu sorri.

E então eu fiz a minha jogada. Disparando para a frente, deslizei como se estivesse chegando à base, plantando as palmas das mãos no tatame enquanto eu girava e chutava com uma perna. Eu tirei os pés de Zayne do chão com o movimento, e ele desabou como uma árvore, caindo de lado com um grunhido e depois rolando para ficar de costas. Levantando-me em uma flexão, eu girei e deixei meus joelhos caírem em ambos os lados dos quadris de Zayne assim que ele começou a se sentar. Empurrei-o com as mãos na altura dos ombros, montando sobre seu abdômen enquanto o segurava onde estava, usando da minha força — e da força que ele me emprestava. Eu podia sentir a tensão nos meus músculos, mas ele não se mexia.

Demorei-me um segundo para absorver o olhar de surpresa dele e o meu sentimento de prazer puro e verdadeiro por tê-lo superado.

— Acho que não sou eu quem precisa praticar técnicas defensivas.

Os olhos de Zayne ficaram semicerrados.

— *Touché.*

— Isso é tudo o que você tem a dizer? — perguntei, sentindo seu peito subir.

Um canto de seus lábios se curvou para cima.

— O que você e Misha faziam durante o treino?

— A gente lutava.

As sobrancelhas dele se levantaram.

— Só isso?

Assenti com a cabeça.

— A gente lutava de verdade, sem se conter. — Coloquei minhas mãos no peito dele, ignorando o calor que eu sentia sob a camisa fina. — Bem, talvez Misha se contivesse um pouco, mas a gente lutava e depois eu praticava com as adagas.

— A coisa da adaga vai ser difícil de praticar aqui — ele comentou, e eu acenei com a cabeça. — Mas acho que podemos fazer isso no complexo. Tem muita terra e muitas árvores pra esfaquear.

— Não tenho certeza se gosto de esfaquear árvores, mas vai funcionar.

— E os seus olhos? A luz do sol não vai ser um problema?

Dei de ombros.

— A luz do sol pode ser um problema. Assim como um dia muito nublado, mas não é como se eu sempre fosse ter a iluminação ambiente perfeita numa luta, então provavelmente seja mais inteligente praticar em circunstâncias desconfortáveis.

— Tem razão. — Zayne parecia bastante confortável debaixo de mim, como se estivesse fazendo uma pausa para descansar.

— Você vai conseguir realmente lutar comigo? Não vai pegar leve? — perguntei. — Porque eu não preciso de você pra dar socos ou chutes.

— Por que você acha que eu não consigo fazer isso?

— Bem, talvez porque você quisesse começar com o básico? E você é um cara legal. Da última vez que lutamos, você não me atacou de verdade. Não com toda a força que você poderia.

— E é por isso que você conseguiu me vencer?

Os meus lábios se afinaram.

— Que seja. Preciso saber se consegue fazer isso em vez de ficar deitado aí, como você tá agora, porque, como eu disse, você é um cara legal.

Aquele meio sorriso cresceu.

— Talvez eu esteja apenas deitado aqui porque tô me divertindo.

Pisquei.

— O que...

As mãos de Zayne pousaram em meus quadris, e uma explosão de choque me deixou desequilibrada. Em um piscar de olhos, eu estava de costas e Zayne estava sobre mim, os joelhos apoiados no tatame um de cada lado dos meus quadris. Comecei a me sentar, mas ele agarrou meus pulsos e os prendeu contra o tatame.

Meu coração disparou e minha pulsação aumentou porque ele se inclinou sobre mim e parou quando sua boca estava a poucos centímetros da minha. O peso das suas mãos em meus pulsos e o calor do seu corpo fizeram a minha imaginação saltar alegremente para a sarjeta.

— Não gosto da ideia de te causar dor, e isso vai acontecer quando treinarmos. É inevitável. — Uma mecha de cabelo se soltou de seu rabo de cavalo e caiu sobre sua bochecha. Meus dedos coçaram para afastá-la do rosto dele. Felizmente eu não conseguia mexer as mãos. — Mas também sei que me conter não vai te ajudar. Não vai me ajudar. Sei o que preciso fazer como seu Protetor.

Como seu Protetor.

Por alguma razão, essas palavras se repetiram várias e várias vezes até que ele disse:

— E eu tava dizendo a verdade. Eu fiquei deitado lá porque eu estava gostando, não porque eu sou um cara *legal*.

Meus lábios se separaram quando uma explosão inebriante de euforia me atingiu, batendo na gaveta do arquivo identificada com ZAYNE. Eu não sabia como responder, ou mesmo se deveria, porque provavelmente era melhor que eu não o fizesse.

Zayne soltou meus pulsos e recuou, ficando de pé. Ele estendeu a mão para mim.

— Pronta?

Se era assim…

Exalando uma respiração irregular, sentei-me e coloquei a minha mão contra a palma da mão dele. Sua mão se fechou em torno da minha, o aperto quente e firme enquanto ele me puxava até que eu ficasse em pé com mínimo esforço da minha parte.

— Pronta. — Dei-me um tapa mental na cara.

Nós nos posicionamos no centro dos tatames, e achei que eu teria que começar, mas me enganei. Zayne me atacou primeiro. Superei o choque inicial e disparei por debaixo do braço dele. Eu era rápida e leve, mas Zayne também. Revidei o ataque, mas ele fingiu ir em uma direção apenas para girar, chutando a perna na minha direção. Eu bloqueei o chute, e, naquele momento eu soube que Zayne não estava se contendo, porque o golpe ecoou pelo meu braço, forçando-me a dar um passo para trás.

E isso me fez sorrir.

Meio doentio, mas que fosse.

Eu girei para evitar um golpe certeiro que sem dúvida teria doído e desferi um chute lateral um tanto brutal nas costas dele.

Zayne grunhiu, mas se manteve de pé enquanto me encarava.

— Ai!

— Desculpa. Só que não. — Eu me atirei em direção a ele, perdendo a distância que o mantinha na minha visão central, e Zayne deve ter percebido isso porque ele disparou para a direita. Fiquei sem fôlego e senti a respiração explodir do meu peito. Eu não conseguia me mover rápido o suficiente. O punho dele me acertou no ombro, fazendo-me girar. Eu cambaleei para trás, oscilando entre irritação e respeito. Ele tinha feito o que precisava fazer. Encontrou a minha fraqueza e a explorou.

Continuamos daquela forma, golpe após golpe. A maioria eu desviava. Alguns eu não conseguia evitar; estávamos lutando muito de perto, e ele era rápido demais para que eu conseguisse ganhar qualquer distância. O suor umedecia a minha testa, e o meu coração batia forte pelo esforço.

— Eu te derrubei cinco vezes — disse a ele, passando o braço sobre a testa quando nos separamos.

— E eu te fiz beijar esses tatames seis vezes — ele respondeu. — Não que eu esteja contando.

— Aham. — Eu o ataquei, abaixando-me e mirando nas suas pernas, algo que eu estava aprendendo ser a fraqueza *dele*.

Zayne percebeu o que eu estava fazendo e mirou um soco novamente, mas desta vez eu fui rápida o suficiente, movendo-me para o lado de forma que pudesse ver seu punho. Eu o peguei e torci.

Zayne *suspirou* e quebrou o contato com muita facilidade, mas eu estava preparada. Girei nos calcanhares, movendo-me para trás dele. Firmando meu peso em um pé, balancei os braços em um arco baixo para ganhar impulso enquanto pulava do pé esquerdo e girava no ar com a perna direita mais baixa do que o normal, dando um chute da borboleta nas rótulas de Zayne.

Ele caiu de costas enquanto eu pousava e me levantei para ficar acima dele.

— Estamos empatados agora. — Sorri apesar da dor nos antebraços e nas pernas.

Zayne se levantou.

— Você tá gostando disso — ele disse, empurrando a mecha de cabelo para longe do rosto.

— Estou — eu cantarolei.

— Um pouco demais.

Rindo, comecei a andar em direção a ele, mas parei quando vi que ele havia abaixado as mãos e estava olhando para mim com uma expressão bastante estranha no rosto.

— O quê?

Ele mordeu o lábio inferior.

— A sua risada.

— O que tem?

Um sorriso se formou e depois desapareceu quando ele balançou a cabeça.

— Não é nada.

— Não. É alguma coisa. Minha risada foi estranha? Eu fiz um barulho esquisito? Minduim diz que eu gargalho. Feito uma bruxa.

— Não. — Metade daquele sorriso voltou. — Não foi uma gargalhada. Foi boa. Na verdade, foi uma bela risada. É que você... Eu não te ouvi rir assim muitas vezes.

Mudei o peso do corpo de um pé para o outro.

— Não?

— Não. — Ele afastou o cabelo do rosto novamente. — Acho que a última vez em que te ouvi rir assim foi quando você pulou aqueles telhados e quase me matou do coração.

Eu sorri. Eu tinha deixado Zayne em pânico, e ele tinha vindo atrás de mim, com raiva, e... Bem, raiva não tinha sido a única coisa que ele estivera sentindo naquela noite. O meu sorriso desapareceu. Aquela fora a noite em que os Diabretes tinham atacado e eu tirara uma garra do peito dele e...

Desviei o olhar, soltando um suspiro e freando aquela linha de pensamento.

— Talvez eu pule de alguns telhados de novo pra você me ouvir rindo.

— Por mais que eu ame o som, isso seria totalmente desnecessário.

— Discordo. — Fui até onde tinha deixado meu refrigerante e dei um gole, desejando que estivesse mais fresco. — Acho que vou precisar de outro banho.

— Idem. — Zayne saiu do tatame.

Minha pele ficou vermelha quando pensei no fato de que havia apenas um chuveiro, estávamos ambos suados e economizar água era bom para o meio ambiente.

Ele parou no sofá e apoiou um quadril contra o encosto.

— Sabe o que eu acho?

Espero que o mesmo que eu. Ou talvez fosse melhor não.

— Você não se valoriza o suficiente.

Fiquei boquiaberta.

— É, eu sei que é chocante ouvir isso, já que você se gaba o tempo todo. — Ele deu um sorrisinho de lado quando fechei a boca. — Mas eu estava propositalmente entrando nos seus pontos cegos, e você tava se saindo muito bem.

Tentando não ficar satisfeita demais, coloquei os meus óculos e sentei em uma das banquetas. O rosto de Zayne ficou um pouco mais nítido.

— Mas não tá perfeito, e eu preciso ser perfeita.

— Ninguém pode ser perfeito — ele corrigiu —, mas você poderia melhorar e eu acho... — Zayne parou de falar quando seu celular apitou. Ele o pegou, e depois suas sobrancelhas retesaram, e a mandíbula ficou tão dura que pensei ter partido um molar. — Saco.

Enrijeci.

— O que foi?

— É o Roth — ele cuspiu. — Ele tá aqui e trouxe alguns amigos.

Capítulo 6

Roth.

Também conhecido como Astaroth, que por acaso era o Príncipe da Coroa do Inferno.

— Ele sabe onde você mora? — perguntei.

— Aparentemente — Zayne resmungou. — Esse bairro agora já era.

Eu segurei a risada enquanto Zayne atravessava o apartamento e colocava o celular na ilha da cozinha. Eu não estava tão preocupada assim com Roth soubendo onde Zayne morava ou que ele estivesse aqui. Sim, Roth era um demônio — um demônio de Status Superior muito poderoso —, mas não era o inimigo.

Pelo menos, não o nosso.

Zayne e Roth tinham uma relação estranha.

Muito disso tinha a ver com o fato de que Guardiões e demônios sendo remotamente amigáveis um com o outro era algo inédito, porque, bem, por razões óbvias. Um representava o Céu. O outro representava o Inferno. Guardiões caçavam demônios. Demônios caçavam Guardiões. Esse era o ciclo da vida em si, e era perfeitamente compreensível que fossem inimigos natos.

Só que não era o caso.

Zayne foi o primeiro Guardião que eu conhecera que não via todo tipo de demônio como se fossem o mal encarnado. Como todos os Guardiões, fui criada para acreditar que não havia dúvida quando se tratava da maldade deles, mas, por causa de Zayne, eu estava aprendendo que os demônios eram... complexos, e alguns pareciam ser capazes de exercer o livre-arbítrio, assim como os humanos e os Guardiões.

Nem todos os demônios eram irracionalmente maus. No entanto, eu não tinha certeza se ser *racionalmente* mau era melhor, mas eu estava aprendendo que o bem e o mal não eram definitivos. Que ninguém, nem mesmo Guardiões ou demônios, nasceu de uma maneira e ficou estagnado em suas escolhas e ações. Os demônios eram capazes de grande bondade, e os Guardiões podiam causar grande mal.

Por exemplo... Misha. Embora os Guardiões nascessem com almas puras — e se houvesse uma lista de tudo o que há de bom e puro no mundo, eles estariam muito perto do topo —, Misha tinha feito coisas horríveis. Ele tinha sido maligno. Não havia como negar isso.

Mas não era apenas o que Zayne e Roth eram que tornava estranho que eles fossem meio que amigáveis um com o outro. Era o que eles tinham em comum.

Layla.

Enfim, eu achava que Zayne e Roth eram uma espécie de animigos — amigos que são inimigos.

Roth havia ajudado a mim e Zayne a nos encontrarmos com o *coven* de bruxas responsável por colocar um encantamento em humanos, e isso era algo que ele não precisava ter feito. Outra coisa estranhamente nada demoníaca que ele fizera foi quando tínhamos sido emboscados por demônios de Status Superior e quase morremos na casa do senador Fisher. Roth voltara para ajudar Zayne depois que ele tinha deixado Layla em um lugar seguro. Talvez ele tivesse feito isso por causa da história complicada de Layla com Zayne, mas ele tinha voltado, e isso significava algo.

— Espere — eu falei. — Você disse que ele tá trazendo amigos?

Ele assentiu com a cabeça.

— Isso.

Todos os músculos do meu corpo retesaram quando Zayne foi até o console ao lado da porta e apertou um botão bem quando um zumbido veio do interfone.

— Subam — ele disse no alto-falante, com a voz cheia de exasperação.

Quando Roth disse *amigos*, ele quis dizer Layla? Será que ele realmente a traria aqui, sabendo tudo o que havia acontecido entre ela e Zayne? Foi o demônio que me contara sobre a história confusa de Zayne e Layla. Eu não fazia ideia daquilo até Roth ter me contado.

Contudo, se ele a tivesse trazido, eu não tinha problema com Layla estar aqui. Ela não tinha sido nada além de gentil comigo — bem, ela não tinha exatamente me recebido de braços abertos quando a conheci. Eu ainda achava que havia uma boa chance de ela querer me devorar, mas ela parecia legal e era evidente que estava profundamente apaixonada por Roth.

Talvez Roth estivesse trazendo Cayman, um corretor demoníaco que permutava almas e outros bens valiosos por uma série de coisas que os humanos estavam dispostos a dar. Ele até fazia acordos com outros demônios, então ele era um jogador justo. Eu esperava que fosse Cayman, porque eu sabia que estava suada, bagunçada e que o meu cabelo estava um ninho de...

Senti a súbita pressão quente ao longo da nuca e, em um piscar de olhos, a porta se abriu. A primeira pessoa que vi foi o príncipe demônio.

Roth era a morte e o pecado embrulhados em beleza. Cabelo escuro e espetado. Maçãs do rosto altas e angulares. Boca exuberante. Só o rosto dele já seria capaz de vender milhares de capas de revistas e provavelmente de iniciar algumas guerras.

— Você parece tão feliz em me ver — disse Roth, com seu tom leve e aqueles lábios curvados em meio sorriso enquanto olhava para Zayne. O demônio era um pouco mais alto que o Guardião, mas não tão largo.

— Tô simplesmente animadíssimo. Mal consigo me conter. — Zayne permaneceu perto da porta, seu tom seco como um pedaço de pão queimado. — Não tinha ideia de que você sabia onde eu morava.

— Eu sempre soube — respondeu o demônio.

— Bem, isso é... ótimo.

— Eu não sabia. — Uma voz familiar falou por trás de Roth. — Ele nunca me disse que sabia onde você morava.

Meu olhar se concentrou no vão do elevador. Roth não estava sozinho, e ele definitivamente não tinha trazido Cayman.

Quem falou foi *ela*. Layla. E, meu Deus, ao vê-la era fácil entender por que Zayne tinha se apaixonado tanto por ela. O motivo pelo qual até um demônio como Roth se apaixonaria. Ela era um paradoxo. Com cabelos loiros brancos, olhos grandes e uma boca arqueada, ela tinha uma mistura surpreendente de inocência de boneca e de sedução crua esculpidas em cada traço do rosto. Ela era a personificação do bem e do mal, filha de um Guardião e de um dos demônios mais poderosos do mundo, a qual felizmente estava enjaulada no Inferno.

Eu sabia que havia mais nela do que o fato de que era interessante de se olhar. Tinha de haver para Zayne tê-la amado. Ele era muito menos superficial do que eu.

— Meio surpreendente que ele manteve esse segredo — Zayne disse, claramente entretido e talvez até um pouco feliz. — Vejo que alguém veio com vocês.

— Não conseguimos nos livrar dela. — Roth se virava para mim quando outra pessoa saiu do elevador e praticamente se lançou sobre Zayne.

Com facilidade, ele segurou a garota alta e magra, vestindo calça jeans escura e uma regata azul-violeta. Os braços dela envolveram os ombros de Zayne, e os dele contornaram a cintura estreita dela.

Quem, em nome de Deus, era aquela?

Minhas entranhas pareciam estranhas, geladas até os ossos, enquanto eu observava Zayne abaixar a cabeça e dizer algo para a garota, o que lhe rendeu uma risada abafada dela. O que é que ele tinha dito? Melhor ainda, por que ele ainda a segurava como se fossem velhos melhores amigos que não se importavam que um deles estivesse super suado?

— Olá.

Levei um segundo para perceber que Roth estava falando comigo. Olhei de relance para o demônio e depois voltei a encarar Zayne e a garota.

— Oi.

Roth se aproximou de onde eu estava sentada.

— Layla tava preocupada com Zayne e queria...

— ...Ver por mim mesma que ele realmente tava bem. — Layla entrou na conversa. — Roth iria me dizer que Zayne tá bem, mesmo que não estivesse, só pra que eu não ficasse chateada.

— É verdade — Roth concordou, e não havia nem um pingo de vergonha ali.

— E essa é uma das razões pelas quais estamos aqui — Layla finalizou. A voz dela estava baixa e tão cheia de alívio que tive de desviar o olhar de Zayne e a garota, que ainda brincavam de polvo. Layla estava olhando para mim, seus olhos azuis quase do mesmo tom que os de Zayne, o que era estranho. — Ele realmente tá bem, né? Ele parece bem.

Piscando como se estivesse saindo de um transe, acenei com a cabeça.

— Ele... ele tá perfeito.

A cabeça de Layla se inclinou ligeiramente enquanto um par de sobrancelhas castanhas claras se uniam.

Percebi o que eu tinha dito.

— Quero dizer, ele tá totalmente bem. Em perfeita saúde e tal. Muito bem.

Roth riu enquanto Layla assentia lentamente com a cabeça.

Finalmente, depois de cerca de vinte anos, o feliz reencontro à porta se desfez. Eu sabia que Zayne estava sorrindo, embora eu não pudesse ver seu rosto com nitidez.

Eu sabia disto porque conseguia *sentir* o sorriso através do calor no meu peito. Felicidade. Era como deitar-se sob o sol, e *eu* com certeza não estava sentindo isso no momento.

Zayne estava genuinamente feliz em ver esta garota, ainda mais do que ele estava em ver Layla.

— Essa é Stacey. — Layla me informou. — Ela é uma amiga nossa, e eles se conhecem há... Deus, há anos.

Stacey.

Eu conhecia aquele nome.

Esta era Stacey — a garota de quem Roth havia me contado a respeito na mesma noite em que tinha lançado a bomba sobre Layla. Eu não conhecia *tudo* sobre ela, mas conhecia o bastante para saber que ela apoiara Zayne depois que ele perdera o pai e Layla, e ele a apoiara depois que ela também perdera alguém.

Eles tinham sido amigos... mas mais do que isso. Essa foi a impressão que Roth tinha me passado, e Zayne também. Com base naquele reencontro, eles poderiam ainda ser mais.

Uma sensação desconfortável se agitou através de mim, e eu tentei desesperadamente fazê-la desaparecer enquanto plantava um sorriso no meu rosto e torcia que ele não parecesse tão bizarro quanto eu o sentia. Meu estômago estava dando cambalhotas por todo o lado. Talvez os ovos não estivessem bons, porque achei que poderia vomitar.

A cabeça de Zayne girou em minha direção, e eu enrijeci, percebendo que ele estava captando as minhas emoções através do vínculo.

Mas que Inferno.

Comecei a pensar em... lhamas e alpacas, como eram tão parecidas, como se fossem um cruzamento entre ovelhas e pôneis. Alpacas eram como gatos e lhamas eram como cachorros, isso era...

— Quando soube que você tava ferido, tive de vir vê-lo. — Stacey recuou, mas depois bateu no braço de Zayne com o soco mais fraco que eu já tinha visto. Parei de pensar em lhamas e alpacas. — Especialmente porque não sei de você tem uma era. Tipo uma era *mesmo*.

— Sinto muito por isso. — Ele se voltou para ela. — Ando super cheio de coisas pra fazer ultimamente.

Stacey inclinou a cabeça.

— Ninguém neste mundo tá tão ocupado que não tenha cinco segundos pra enviar uma mensagem dizendo *oi, ainda tô vivo*.

Ela podia ter um soco fraco, mas também tinha razão, e isso me fez pensar em Jada. Que desculpa eu daria por não ter retornado as ligações dela?

— Tem razão. — Zayne levou Stacey até o resto de nós. — Essa é uma desculpa esfarrapada. Não vou mais usa-la.

— É bom mesmo. — Stacey chegou à ponta da ilha da cozinha, e agora ela estava perto o suficiente para que eu pudesse ver suas feições. Cabelos castanhos na altura do queixo emolduravam um rosto bonito, e então ela estava olhando para mim da maneira que eu imaginava estar olhando para ela. Não com hostilidade imediata, mas definitivamente com uma parcela saudável de suspeita. — Então, esta é ela.

Eu me sobressaltei, e a minha língua se descolou do céu da minha boca.

— Depende de quem você acha que *ela* é.

— Sim, esta é Trinity. — Layla interveio. — Ela é a garota de quem falamos. Ela morava em uma das maiores comunidades de Guardiões da Virgínia Ocidental e veio aqui pra procurar por um amigo dela.

Voltei meu olhar para Roth enquanto eu me perguntava o que mais eles tinham dito à Stacey. Tipo, o que eu era. Se fosse o caso, nós estávamos prestes a ter um problemão. Talvez eu tivesse de silenciar Stacey. Comecei a sorrir.

Roth piscou um olho âmbar para mim.

Meu sorriso se transformou em uma carranca. Olhei de volta para Stacey.

— É, essa sou eu.

— Sinto muito pelo seu amigo — Stacey disse depois de alguns segundos, e havia verdade em seu tom. — Isso é uma merda.

Desconfortável, pois eu recém estava planejando a morte dela e sorrindo por isso, murmurei:

— Obrigada.

— Eles me disseram que você é treinada pra lutar como esse grandalhão. — Ela levantou um cotovelo em Zayne. — Isso é bem legal. Não sabia que os Guardiões treinavam seres humanos.

— Ou que os criavam — Roth acrescentou —, como animais de estimação.

Meu olhar estreitado pousou no demônio.

— Eu não fui criada como um animal de estimação, seu idiota.

Ele sorriu.

— E os Guardiões não costumam treinar humanos. — Meu olhar se voltou para o de Zayne. Ele abaixou o queixo, e parecia que ele também estava segurando o riso. Tirando o fato de Roth ter me comparado a um animal de estimação, esta era uma boa notícia. Roth e Layla não tinham dito tudo. Respirei fundo.

— Eu sou uma... casualidade.

— Casualidade — Roth repetiu baixinho enquanto olhava para mim. — Isso você é, mesmo.

Eu estava a quinze segundos de mostrar a ele exatamente o que eu tinha sido treinada para fazer.

— Muitas casualidades rolando ultimamente.

O sorriso de Roth aumentou um pouco.

— Então, quando você vai voltar pra casa? — Stacey perguntou.

Aquilo não era tanto uma pergunta, mas mais como se ela estivesse me dispensando. Tipo, *prazer em te conhecer, mas é hora de você ir embora.* Quanta grosseria.

— Ela não vai — Zayne respondeu, encostando-se no balcão. — Ela vai ficar comigo por tempo indeterminado.

A sala ficou tão silenciosa que poderia se ter ouvido o espirro de um grilo. Se grilos de fato espirrassem. Eu não fazia ideia se eles tinham vias nasais ou problemas respiratórios.

— Ah — Stacey respondeu. Sua expressão não murchou em decepção ou ficou vermelha de raiva. Ela não mostrou *qualquer* emoção, e normalmente eu era boa em ler as pessoas.

Comecei a desviar o olhar dela, mas algo estranho chamou a minha atenção. Havia uma... sombra atrás de Stacey, na forma de uma... pessoa? Da mesma altura que ela, talvez um pouco mais alta e um pouco mais larga. Apertei os olhos enquanto eu me concentrava nela e vi... nada. Nenhuma sombra.

Stacey estava começando a franzir a testa...

...porque eu a estava encarando.

Um rubor penetrou nas minhas bochechas enquanto eu me ocupava em olhar para a minha lata de refrigerante vazia, deixando a sombra estranha de lado. Às vezes os meus olhos faziam isso — faziam-me pensar que eu via coisas quando não havia nada lá.

— Bem, já que isso tá resolvido, vocês realmente vieram aqui só pra ter certeza de que tô vivo? — Zayne quebrou o silêncio constrangedor. — Não que eu não esteja feliz em ver vocês...

— Você deveria estar emocionado em nos ver — Roth o interrompeu.

— A gente sabe que você não tá feliz em ver *ele.* — Os lábios de Stacey se abriram em um sorriso.

— Mas é bom você estar feliz em me ver, sim — Roth disse.

— É claro que tô feliz em te ver — ele disse, e assim o fez com um sorriso. — Mas, como vocês podem ver, eu tô bem. Não precisavam se preocupar.

— Eu só precisava ver com os meus próprios olhos. *Nós* precisávamos ver. — Layla estava ao lado de Roth, de braço dado com o demônio enquanto ela se inclinava para ele. Roth vestido todo de preto e Layla com aquele cabelo loiro-branco e um lindo vestido maxi rosa-claro-e-azul eram um belo contraste de luz e trevas. — Espero que não esteja zangado por termos vindo.

Esperei com a respiração presa pela resposta de Zayne, porque eu honestamente não estava captando muito através do vínculo, exceto por aquela fagulha momentânea de felicidade quando ele abraçara Stacey. Eu não sabia se isso significava que ele não estava sentindo algo poderoso o suficiente para eu sentir, ou se ele era melhor do que eu em controlar as próprias emoções. Esse devia ser o caso, mas eu sabia que quando Zayne e Layla tinham conversado, enquanto Roth e eu estávamos nos encontrando com as bruxas, ele não parecera tão aliviado com a conversa. Na verdade, ele tinha ficado taciturno e...*confuso* naquela noite.

Zayne olhou para Layla, e eu pensei que aquela devia ser a primeira vez que ele tinha realmente olhado diretamente para ela desde que eles tinham chegado.

— Não, não tô zangado — ele disse, e acreditei nele. — Apenas surpreso. Só isso.

Layla não conseguiu esconder sua surpresa, e eu me perguntei se ela tinha esperado que Zayne dissesse o contrário. Uma parte minúscula e honesta de mim realmente se sentiu mal por ela enquanto um sorrisinho hesitante começava a se abrir.

— Que bom — ela sussurrou, piscando rapidamente.

Roth abaixou a cabeça, pressionando os lábios contra a têmpora dela, e o meu olhar disparou para Zayne. Não houve reação. Nenhuma explosão de ciúme ou inveja através do vínculo ou no rosto dele.

Zayne apenas sorriu fracamente e perguntou:

— Como você tá se sentindo?

— Bem. — Ela limpou a garganta enquanto dava tapinhas no abdômen. — Só um pouco dolorida. Acho que aquele Rastejador Noturno maldito tava tentando me estripar.

O rosnado baixo que veio de Roth era surpreendentemente semelhante ao som que Zayne havia feito.

— Acho que tô feliz por nunca ter visto um Rastejador Noturno. — Stacey ponderou com os lábios franzidos. — O nome por si só não remete a nada agradável.

— Havia uma horda inteira deles incubando nos vestiários antigos da escola — Layla comentou, casual, como se não fosse grande coisa. — Foi um tempo atrás, e Roth e eu matamos todos eles, mas, cara, aquelas coisas são horríveis.

Eu tinha tantas perguntas sobre por que uma horda de Rastejadores Noturnos incubando estaria nos vestiários de uma escola humana.

— Eu realmente não precisava saber disso — Stacey estremeceu. — Nem um pouquinho.

— Ei, você só tem mais algumas semanas de escola de verão, e daí você vai receber o seu diploma. — Layla sorriu para a amiga. — Aí você não vai ter que se preocupar com a nossa pequena versão de *Buffy* da Boca do Inferno.

— Acho que temos mais atividades demoníacas naquela escola do que *Buffy* teve em todas as temporadas juntas — Stacey comentou.

Eu tive de me perguntar quantos outros demônios além de Roth e talvez Cayman ela tinha visto. Apenas humanos que foram acidentalmente introduzidos ao mundo dos terrores noturnos, e que de alguma forma sobreviveram, e aqueles que foram confiados de manter a verdade em sigilo sabiam sobre os demônios.

Stacey provavelmente achava que eu era uma dessas exceções.

— Escola de verão? — Eu não tinha ideia se isso era normal no mundo humano, e também não tinha muita certeza se eu sabia o que isso significava.

— Acabei perdendo muitas aulas no início do ano. — Stacey afastou uma mecha curta de cabelo para trás da orelha e cruzou o outro braço sobre a barriga. — Muitas aulas pra eu repor, então tô presa na escola pelas próximas semanas.

— Mas eles a deixaram desfilar com a turma durante a formatura — Layla me disse. — Essas aulas são mais como uma tecnicalidade.

— Uma tecnicalidade? — Stacey riu suavemente. — Quem me dera. Parece mais uma espécie de castigo cósmico. Por acaso você sabe o cheiro que fica naquela escola durante o verão?

— Isso eu não sei — Roth respondeu. — Mas tô morrendo de vontade de saber.

Stacey o atingiu com um olhar.

— Cheiro de desesperança, injustiça e um par de tênis velhos e úmidos que foram usados pra cruzar todos os becos da cidade enquanto a pessoa não usava meias.

Eca.

— Sabe, eu costumava pensar que tava perdendo toda a coisa de frequentar uma escola pública, mas me enganei. — Zayne fechou os olhos brevemente. — Bastante.

— Eu meio que sinto falta daquele cheiro — Layla murmurou, e todos a lançaram um olhar duvidoso. Ela deu de ombros.

— Bem, ninguém mais vai conhecer aquele cheiro e gostar dele como você — Stacey sorriu.

— Ah, é. A escola vai ser reformada ou algo assim no outono. Já era hora. Tenho quase certeza de que os armários e o sistema de ar-condicionado já são peças de museu.

— Assim como a comida — Roth disse.

Confusão passou por mim.

— Como você sabe como era a comida?

O sorriso de Roth era como fumaça.

— Eu recebi educação pública por um período muito curto de tempo.

Eu quase ri do absurdo que era o Príncipe da Coroa do Inferno frequentar a escola pública.

— Enfim... — Layla se virou para mim. — Você salvou a minha vida algumas noites atrás. Duas vezes.

Enrijeci.

— Não exatamente. Quer dizer, eu só tava fazendo o que eu... precisava fazer.

Seu olhar pálido se manteve sobre o meu.

— Você sabe que não foi nada. Foi algo importante, e as coisas poderiam ter ficado ainda pior do que já estavam.

Isso era verdade. Eu tinha me cortado intencionalmente para atrair os demônios que cercavam Roth e Layla. No momento em que sentiram o cheiro do meu sangue, toda a massa deles tinha se apressado em me cercar como se eu fosse um *buffet* livre para demônios, permitindo que Roth tirasse Layla de lá.

— Eu te agradeço — ela concluiu.

Quis começar a discutir, mas percebi que não fazia sentido, por isso apenas assenti com a cabeça.

— Essas são as plantas baixas que encontramos na casa do senador? — Layla mudou de assunto, escapando de Roth e chegando à ilha da cozinha para olhar o papel.

— Isso — Zayne respondeu.

Enquanto ele contava aos outros sobre o que sabíamos, o que não era muito, sentei-me e escutei. Bem, fingi escutar enquanto olhava furtivamente para Zayne... e para Stacey.

Eles acabaram lado a lado quando Zayne começou a mostrar para todos os artigos que tinha encontrado sobre o senador Fisher. Ela fez muitas perguntas, como se discutir senadores poderosos que estavam envolvidos com demônios fosse uma conversa que ela tinha uma vez por semana. E isso não foi tudo o que ela fez.

Stacey gostava de *encostar*.

Muito mesmo.

Parecia despretensioso. Um soquinho provocador ou um tapinha no braço, como se fosse algo que ela fazia com bastante frequência. Uma jogada de quadril contra quadril interrompia os soquinhos de vez em quando, e Zayne reagia com um sorrisinho rápido ou um balanço da cabeça. Mesmo se eu não soubesse que eles tinham sido íntimos antes, e, mesmo com a minha experiência em relacionamento sendo praticamente limitada a ficar na plateia, ainda assim eu teria percebido. Havia tranquilidade entre eles, uma naturalidade que dizia que se conheciam muito bem.

A queimação amarga na minha garganta tinha muito gosto de inveja, então abri a gaveta identificada como ZAYNE e joguei esse sentimento lá dentro, depois a fechei com força.

Ela permaneceu aberta, apenas uma lasca.

Descansando meu cotovelo no balcão e meu queixo na mão, vi os quatro se amontoarem em torno das plantas da construção. Agora eu sabia como Minduim se sentia em uma sala cheia de gente com ninguém prestando atenção nele. Ele também mergulhava em autopiedade como eu estava fazendo? Provavelmente.

Eu arrastei meu olhar para longe do grupo e encarei o chão de cimento cinza. Zayne estava falando sobre os demônios da noite passada, mas deixando de fora certos detalhes, talvez para que Stacey não fizesse perguntas.

Os meus óculos escorregaram pelo meu nariz e apertei os olhos. Havia uma pequena rachadura no cimento, e me perguntei se tinha sido feita de propósito. Perfeição em excesso era considerada uma coisa ruim hoje em dia, um defeito em si. Quão irônico era isso?

Por que diabos eu estava pensando em rachaduras no chão? A minha mente era normalmente um pensamento sem sentido contínuo após o outro, mas isto era ridículo. Ainda assim, era melhor do que...

— Ei. — A voz de Zayne foi seguida pelo peso de sua mão no meu ombro.

Levantei a cabeça tão depressa que os meus óculos começaram a levantar voo. O reflexo de Zayne estava em dia. Ele os apanhou antes que deixassem o meu rosto por completo, endireitando-os.

— Você tá bem? — ele perguntou, a voz baixa.

— Sim. Super. — Sorri quando percebi que tínhamos uma audiência. — Só viajei um pouco. Perdi alguma coisa?

Seu olhar procurou o meu enquanto um leve vinco aparecia entre suas sobrancelhas.

— Eles estão se preparando pra ir embora.

Por quanto tempo eu ficara olhando para aquela rachadura? Meu Deus.

— Mas antes você vai me levar pra um *tour* pelo seu apartamento — Layla disse.

Zayne levantou um ombro.

— Bem, não tem muito mais do que o que você tá vendo agora.

Layla se virou para as portas fechadas.

— Tem de haver mais. — Ela começou a caminhar em direção às portas. — Me mostra.

Zayne não teve muita escolha. Ele alcançou Layla assim que ela abriu a porta do roupeiro. Roth estava apenas alguns passos atrás deles, e isso significava...

Olhei para a direita e encontrei Stacey sorrindo para mim.

— Oi — eu disse, porque não tinha ideia do que mais dizer. — Você não vai se juntar a eles no *tour*?

Ela balançou a cabeça.

— Não. Já estive aqui antes.

Manter meu rosto sem expressão foi um esforço digno de um Oscar.

— E você não contou pra Layla?

— Não. Zayne não queria que ela soubesse, e, sim, achei isso ridículo, mas aprendi há muito tempo a não ficar entre eles e a sua disfunção funcional. — Inclinando o corpo na minha direção, ela apoiou o quadril contra a ilha da cozinha. — Você sabe que eu sei.

— Sabe o quê? — Eu olhei de relance e vi Zayne e a dupla desaparecendo para dentro do quarto.

— Que tem só um quarto aqui.

Voltei-me para ela.

— Tem razão.

Seus olhos castanhos encaravam os meus.

— Zayne é um cara muito legal.

Um calor irritadiço invadiu minha pele.

— Ele é um cara incrível.

— E eu não sei o que tá acontecendo aqui de verdade, mas tenho a sensação de que Layla e Roth não estão sendo completamente honestos sobre você.

— O que quer que esteja acontecendo aqui não é da sua conta — eu disse a ela, minha voz baixa.

— Vamos ter que discordar sobre isso, porque Zayne é meu amigo e eu me preocupo muito com ele, então é da minha conta, sim.

— Tem razão. Vamos ter que discordar sobre isso.

Ela arqueou uma sobrancelha.

— Só saiba que se você machucá-lo, de qualquer forma, vai ter que lidar comigo.

Eu teria rido na cara dela, mas na verdade respeitei essa ameaça. Respeitei, mesmo. Fiquei contente por Zayne ter uma amiga assim. Um pouco irritada, também, mas principalmente contente.

Então, eu disse:

— Você não tem com o que se preocupar, Stacey. Sério.

— Vamos ver. — Seu olhar se afastou de mim enquanto ela se distanciava do balcão. — Como foi o tour?

— Curto — Roth disse. — Muito curto.

— É. — Layla parecia um pouco preocupada. — É um lugar bacana. O banheiro é incrível.

Eu me perguntei se ela estava pensando a mesma coisa que Stacey sobre o quarto. Nenhuma das duas precisava mais perder tempo com a ideia de algo de interessante acontecendo naquela cama.

Infelizmente.

Houve uma rápida sucessão de despedidas, e eu saltei da banqueta, minha pobre bunda formigando.

Zayne seguiu as garotas até a porta do elevador, mas Roth ficou para trás. Eu não percebi que ele estava tão perto de mim até que ele entrou na minha visão central. Aqueles olhos alaranjados sinistros se encontraram com os meus, e quando ele falou as suas palavras foram proferidas apenas para os meus ouvidos.

— Voltarei a te ver, em breve.

Capítulo 7

— Você tentou comer o cachorro!

Meu grito foi abafado por buzinas soando de uma rua congestionada nas proximidades enquanto eu corria por um beco estreito e fedorento.

Não que fosse fazer algum efeito, mas tentei não respirar fundo demais. O cheiro rançoso provavelmente vinha de lixeiras transbordantes, e o fedor penetrava nas minhas roupas e encharcava a minha pele.

Às vezes eu pensava que toda a cidade de Washington, DC, cheirava assim — como humanidade esquecida e desespero misturados com cano de escape e tons fracos de decadência e podridão. Eu quase não conseguia lembrar do ar puro das montanhas das Terras Altas do Potomac neste momento, e parte de mim se perguntava se eu iria sentir aquele cheiro novamente.

Uma parte ainda maior de mim se perguntava se eu queria senti-lo, porque a comunidade já não pareceria mais ser a minha casa sem...

Sem Misha.

O meu coração se apertou como se alguém tivesse enfiado a mão dentro de mim e o esmagado em um punho cerrado. Eu não podia pensar nisso. Não *iria*. Tudo com Misha foi arquivado sob FALHAS MONSTRUOSAS, e essa gaveta estava bem selada.

Em vez disso, enquanto corria pelo beco mais fedorento de todo o país, concentrei-me em como a minha noite tinha passado de entediante para *isto*. Após a mensagem de despedida enigmática de Roth, Zayne e eu tínhamos zanzado pelo apartamento a tarde toda e depois saímos para procurar o Augúrio.

Passamos a noite patrulhando a área onde tínhamos visto os dois demônios, sem sorte. As ruas estavam mortas, com exceção de alguns Demonetes bagunçando os semáforos, o que, por alguma razão, tinha me dado vontade de rir. Além de causar uma pequena colisão que havia criado um engarrafamento, aquilo foi bastante inofensivo.

Tudo bem, se eu tivesse sido um dos dois motoristas ou as pessoas presas atrás dos dois homens gritando que seus respectivos semáforos estavam verdes, eu provavelmente não teria pensado que era tão engraçado.

Enquanto os Demonetes estavam testando a paciência dos humanos, Zayne estava testando a minha ao perguntar se eu estava bem por cerca de quinhentos milhões de vezes. Como se eu fosse uma frágil flor de vidro prestes a se quebrar, e eu odiava me sentir assim, porque eu estava *bem*. Completamente bem com tudo. Eu não estava importunando-o com perguntas sobre Stacey e seu status anterior de mais-do-que-apenas-amigos. Mesmo que ele tivesse percebido algo através do vínculo enquanto Stacey estivera no apartamento, havia sido um lapso momentâneo de controle. Eu estava agindo normalmente, por isso não sabia por que é que ele estava tão preocupado.

Quando finalmente tínhamos avistado os demônios Torturadores, fiquei feliz pela distração. Até ter sentido o cheiro deste beco.

Listando uma série de palavrões, concentrei-me na tarefa em questão. Com minha visão limitada e embaçada e o brilho vacilante do poste solitário do beco, eu não poderia me dar ao luxo de me distrair quando se tratava do idiota comedor de cachorrinhos que parecia uma espécie de rato.

Se ratos tivessem um metro e oitenta de altura, andassem sobre duas patas e tivessem a boca cheia de dentes afiados como navalhas.

O maldito de cauda comprida e seu bando de demônios de status inferior feios tinham acabado de tentar pegar um cachorro que me lembrou o alienígena azul de *Lilo e Stitch*.

Que tipo de cachorro era aquele? Um buldogue francês? Talvez? Eu não fazia ideia, mas o Torturador tinha agarrado o cãozinho tão-feioso--que-era-fofo e o seu dono usando um chapéu fedora, ao chegarem perto do beco em que a horda de Torturadores estava vasculhando.

Felizmente, o Homem Fedora não tinha visto o demônio. Eu nem sequer saberia por onde começar a explicar o que aquela coisa era para um ser humano. Um rato de esgoto geneticamente modificado? Improvável.

O demônio tinha assustado o pobre do cachorrinho, fazendo-o ganir e cair de lado com as perninhas rígidas no ar. E isso me fez ativar imediatamente o modo Esse Desgraçado Precisa Morrer.

Tentar comer seres humanos já era ruim o bastante, mesmo que fosse resultado de um carma cósmico para o humano usando um fedora na umidade de julho, mas tentar mastigar um doguinho fofinho?

Completamente inaceitável.

Eu tinha acertado o infeliz com uma adaga, assustando-o e dispersando a horda, e agora ele estava disparando sobre duas patas traseiras musculosas enquanto Zayne ia atrás do resto. A coisa parou e se agachou. Antes que pudesse saltar, lancei-me do cimento e fui para o ar.

Durante cerca de dois segundos.

Pousei nas costas lisas do Torturador, meus braços envolvendo seu pescoço grosso enquanto a criatura soltava um guincho que soava muito como um brinquedo de cachorro.

O demônio se lançou para a frente e bateu com força no chão do beco, o impacto chocando-me até o osso. Ele se ergueu, mas me segurei enquanto o demônio tentava me atirar para longe.

— Aquele doguinho não fez nada pra você! — Gritei enquanto balançava para trás, plantando meus joelhos no chão coberto por algo molhado e duvidoso. Nem queria pensar nisso. Apertei o braço em volta do pescoço dele. — Um doguinho! Como você se atreve!

A coisa trepidou e estalou a mandíbula enquanto mordia o ar.

Arranquei a adaga que se projetava para fora do seu flanco.

— Você vai se arrepender...

O Torturador caiu de cara no beco e ficou mole. Despreparada para aquela tática, virei-lhe a cabeça, caindo de costas no que era bom que fosse uma poça causada pela tempestade ao entardecer.

— Eca. — Esparramada, senti o cheiro do que definitivamente não era chuva.

Eu ia passar umas belas *dez horas* embaixo do chuveiro depois disso.

Hálito quente e fétido atingiu meu rosto, fazendo-me engasgar, quando o Torturador cambaleou até ficar de pé e pairou sobre mim. Meu estômago deu uma cambalhota. Eu não devia ter comido aqueles dois cachorros-quentes ou aquelas batatas fritas... ou metade daquele falafel. Pela primeira vez, fiquei grata pela minha visão ruim. Na luz fraca do beco, os traços mais detalhados do rosto do Torturador nada mais eram do que um borrão de dentes e pelos.

Eu me levantei em um solavanco e agarrei o demônio pelos ombros antes que ele pudesse me pegar com seus dentes ou garras. A pelagem era irregular e áspera, a pele escorregadia e absolutamente repulsiva. Puxei-o para trás, canalizando a minha força de Legítima enquanto sentia a pequena bola de calor e luz no meu peito queimar mais forte conforme Zayne se aproximava.

O Torturador atingiu o chão, braços e pernas se debatendo. Eu caí para a frente, montando no demônio enquanto colocava uma mão no peito dele e o segurava.

Algo estalou na minha cabeça. Ou talvez tenha acendido. Eu não sabia e não estava pensando direito. Estava apenas *agindo*. O meu punho acertou a mandíbula do demônio. Um dente tilintou no chão do beco enquanto uma dor queimava ao longo dos nós dos meus dedos. Eu desferi o próximo golpe, e outro dente saiu voando, quicando do meu peito, e…

O meu gabinete de arquivos mental perfeitamente lacrado se abriu, papéis voando em todas as direções. Uma raiva primitiva se derramou sobre mim, iluminando cada célula e fibra do meu ser como a *graça* costumava fazer quando eu a canalizava. Fúria rugiu através de mim como um tornado quando eu agarrei o demônio pela garganta e o levantei do chão, e então acertei outro soco na cara dele.

Raiva não era a única coisa que corria pelas minhas veias, fazendo com que o meu sangue parecesse contaminado com ácido sulfúrico. A dor nua e crua estava lá, rasgando passagem através da fúria. Um sofrimento desamparado que eu não tinha certeza se algum dia diminuiria.

O beco, os sons dos carros e dos transeuntes, o cheiro maldito, o mundo inteiro comprimido, até restar apenas eu, este demônio devorador de cachorrinhos e esta… esta *raiva*, e um fluxo contínuo de imagens passando pela minha mente.

A minha mãe, morrendo à beira de uma estrada suja, assassinada por Ryker. Aim com duas cabeças, provocando-me. Eu, cega e *estupidamente*, correndo para fora da casa do senador, exatamente como o demônio sabia que eu faria — exatamente como Misha sabia que eu faria. Zayne, queimado e morrendo, ainda tentando lutar. Meu pai chegando, sem demonstrar qualquer remorso pelo erro cometido.

As imagens se misturavam, emaranhadas, cada uma poderosa e fulminante, mas a que mais se destacou, a que eu não conseguia ignorar, era o olhar no rosto de Misha. O lampejo de surpresa naqueles belos olhos azuis, como se, por um segundo, ele não pudesse acreditar que eu faria o que eu precisava fazer.

O que eu *fora obrigada* a fazer.

Como Misha tinha sido capaz de fazer isso? Comigo? Com si mesmo? Com *a gente*?

Meu punho acertou o focinho do Torturador enquanto a tristeza e a raiva davam lugar à culpa e cavavam suas garras sórdidas e amargas no fundo da minha alma. Eu não conseguia tirá-la de mim. Como eu não tinha visto o que Misha realmente era? Como eu pude ter ficado tão envolvida nos meus próprios problemas que não tinha percebido aquela *perversidade* apodrecendo dentro dele, como não tinha notado...

— Trin.

Ouvi a voz familiar, mas não parei. Eu não conseguia. Meu punho acertava o focinho do Torturador repetidas vezes. Algo quente e fedorento borrifou no meu peito.

— Você precisa parar.

— Ele tentou comer um cachorrinho. — Minha voz tremeu em uma respiração fraca e trêmula. — Um cachorrinho fofinho.

— Mas não comeu.

— Só porque o impedimos. — Soquei o demônio mais uma vez. — Não significa que tá certo.

— Não disse que estava. — A voz estava mais próxima, e o calor no meu peito se expandia, repelindo os sentimentos sombrios e pegajosos que tinham se espalhado como uma erva daninha nociva. — Mas tá na hora de acabar com isso.

Eu sabia disso.

Meu punho acertou a mandíbula do demônio mais uma vez, e mais alguns dentes atingiram o chão.

— *Trinity.*

Levantei o braço de novo, vagamente consciente de que a forma da cabeça do Torturador parecia errada na escuridão do beco, como se metade do seu crânio estivesse afundado. O demônio não estava revidando. Seus braços estavam moles aos lados do corpo, a boca pendurada...

O cheiro de hortelã invernal se sobrepôs ao fedor do beco logo antes de um braço quente e forte envolver a minha cintura. Zayne me puxou para longe do demônio prostrado. Pela quantidade de calor que ele estava emanando, eu sabia que ele ainda estava em sua forma de Guardião.

As minhas mãos se abriram por reflexo quando eu as abaixei, apertando o braço dele. Eu pretendia forçá-lo a me soltar, mas o contato das nossas peles era chocante, como uma carga estática passando entre nós, causando um curto-circuito nos meus sentidos. A sensação de familiaridade, de muitas peças móveis finalmente encaixando-se no lugar enquanto o calor no meu peito batia em conjunto com o meu coração, assumindo o controle. O meu aperto em seu braço afrouxou e os meus dedos pareciam ter vontade própria. Eles deslizaram sobre a pele de granito de Zayne até as pontas de suas garras.

Concentrei-me nisso, na sensação do corpo dele, enquanto eu respirava de forma curta e laboriosa. Eu precisava me controlar. Precisava recolher aquela papelada e guardá-la. E fiz exatamente isso, imaginando-me correndo pelo beco, colhendo arquivos de memórias e emoções. Juntei-os contra o peito e depois os obriguei a voltarem para aquele armário nos recessos da minha alma.

— Trin? — A preocupação áspera em sua voz.

— Estou bem. — Lutei para recuperar o fôlego. — Eu tô bem. Tá tudo bem.

— Tem certeza disso?

— Tenho. — Assenti com a cabeça para dar mais ênfase.

— Se eu te soltar, você me promete uma coisa? — Zayne nos virou para longe do demônio, suas asas largas agitando o ar ao nosso redor. — Você não vai correr pra lá e começar a bater no demônio como se fosse seu próprio saco de pancadas pessoal.

— Eu prometo. — Contorci-me contra o seu abraço e imediatamente senti uma queimação que me acertou no meu peito, bem ao lado do meu coração. Aquela queimação desceu... e ferveu abaixo do meu umbigo. Fiquei imóvel enquanto tentava compreender o que eu estava sentindo. Era como uma frustração afiada que tinha gosto de chocolate amargo. Uma mistura de desespero e indulgência.

Desejo.

Desejo proibido, para ser exata.

E eu tinha certeza de que aquelas sensações potentes não partiam apenas de mim.

Surpresa me percorreu enquanto eu inspirava um ar inebriante. Eu não tinha percebido *isto* através do vínculo antes. Os meus dedos pressionaram a pele dura de Zayne enquanto meus olhos se fechavam. Apesar de estarmos fingindo que a noite em que tínhamos nos beijado nunca acontecera, a memória consumia os meus pensamentos a uma velocidade alucinante.

A gaveta identificada com o nome de Zayne sacudiu insistentemente, abrindo a lasca que eu havia deixado antes em uma pequena fissura, e o meu coração acelerou a todo vapor com ela.

Não havia como impedir isso.

Deixei-me *sentir*.

Capítulo 8

O tumultuado estrondo de emoções fez o meu coração disparar e os pensamentos se dispersarem. A expectativa e o anseio criaram raízes, espalhando-se por mim como uma flor buscando a luz do sol, e o sentimento de que *isto* era *certo* repeliu as pequenas explosões de medo.

O que Zayne faria se eu me virasse em seu abraço, erguesse meus braços e os envolvesse no pescoço dele? Ele resistiria a mim? Ou iria encontrar-me a meio caminho? Abaixar a boca para a minha e me beijar, não importava que fosse proibido? Aqui e agora, com um demônio Torturador moribundo a poucos metros de nós, enquanto estávamos em um beco fedorento, cercados por pilhas de lixo.

Super romântico.

Mas um tremor ainda percorreu a minha espinha, fazendo minha respiração falhar. Eu estava com calor. Tão incrivelmente com calor, e de repente o mundo ao nosso redor não importava. Nada importava além do calor e das batidas do meu coração.

O braço de Zayne se apertou à minha cintura, puxando-me impossivelmente para perto dele, até que não houvesse qualquer distância entre nós. Senti-o se mover atrás de mim, as pontas macias do seu cabelo fazendo cócegas na lateral do meu pescoço, e depois o toque irresistivelmente suave dos seus lábios logo abaixo da minha orelha. Todos os músculos do meu corpo se contraíram quase que dolorosamente em desejo.

Foi o alerta que eu precisava por uma infinidade de razões. Se aquele desejo voraz e acumulado realmente vinha dele, era apenas um subproduto da atração mútua. Isso obviamente existia entre nós, mas não era — *não podia* ser — mais do que superficial.

Demorei para acalmar aquele meu órgão idiota, para frear esta loucura de desejos... mas eu consegui.

Consegui.

Abri os olhos e toquei-lhe com suavidade no braço.

— Você vai me colocar no chão ou pretende me carregar por aí o resto da noite feito uma bolsa abarrotada?

— Você promete não começar a bater no demônio de novo? — Ele limpou a garganta e, quando falou novamente, a embriaguez na sua voz havia desaparecido. — Porque você não concordou.

Revirei os olhos.

— Só pra ter certeza de que tô te entendendo: você tá dizendo que eu *não* devo ir atrás de demônios devoradores de cachorrinhos?

— Você pode ir atrás deles, desde que prometa que vai matá-los no momento em que pegá-los.

— Sinceramente, não sei qual é o problema.

— Sério? — Ele abaixou a cabeça de novo e, desta vez, aqueles fios macios de cabelo deslizaram sobre a minha bochecha. — O que você tava fazendo era um pouco agressivo.

— Caçar demônios requer agressão.

— Não daquele jeito. Não aquele tipo de violência.

Zayne estava sendo racional, e isso era irritante.

— Me coloca no chão.

Seu suspiro me atravessou mais uma vez.

— Fique parada.

Girei a cabeça em sua direção enquanto minhas sobrancelhas se arqueavam, mas antes que eu pudesse falar sobre a coisa toda de *fique parada*, ele me depositou sobre meus pés com a maior gentileza do mundo.

Zayne deslizou o braço para longe da minha cintura, deixando uma série de arrepios em seu rastro. Sobressaltei-me ao sentir o mais suave toque da palma da mão dele ao longo do meu quadril.

Ele levantou a mão, revelando que tinha pegado uma das minhas adagas.

Guardião sorrateiro.

Fechando as asas, ele caminhou lentamente até o demônio Torturador. Surpreendentemente, a coisa ainda estava viva — gemendo, mas respirando.

Não por muito tempo.

Uma facada rápida depois e o demônio não passava de uma pilha de cinzas carmesim brilhantes que se desvaneceram rapidamente.

Quando Zayne se levantou, ele estava de frente para mim, e eu pude ver o brilho de seus olhos azuis pálidos.

— Isso é o que você deveria ter feito no momento em que encurralou e derrubou o demônio.

Achei que não melhoraria a minha situação se eu mencionasse que saltei nas costas do Torturador feito um gato raivoso.

— Obrigada pela lição que eu não precisava.

— Aparentemente, você precisa, sim.

Estendi a mão e mexi os dedos. Alguns segundos se passaram e eu expirei pesadamente.

— A adaga.

Vagarosamente, ele se aproximou de mim, mudando para sua forma humana ao fazê-lo. A camisa preta que ele usava tinha rasgado ao longo das costas e ombros quando ele se transformara e agora parecia bem acabada.

Os Guardiões realmente precisavam comprar muitas camisas.

Suas asas se dobraram para os seus trapézios, enfiando-se em fendas finas que não seriam visíveis aos olhos humanos, enquanto seus chifres se retraíam tão rápido que era como se nunca tivessem aberto caminho sob seus cabelos loiros na altura dos ombros.

Deus, ele era lindo.

E isso me irritava — ele e... os seus lindos cabelos e olhos... e boca e tudo o mais.

Ugh.

Mexi os dedos outra vez.

Ele parou na minha frente, ainda segurando a minha adaga.

— Eu sei que você não tá acostumada a patrulhar, Trin, então eu não vou ficar aqui e te dar um sermão.

— Não vai? — perguntei. — Porque parece muito que você tá prestes a fazer exatamente isso.

Aparentemente, Zayne tinha audição seletiva.

— Uma das razões pelas quais lidamos com os demônios rapidamente é pra que eles não sejam vistos pelos humanos.

Olhei em volta, vendo apenas as formas escuras das lixeiras e as sombras irregulares dos sacos de lixo.

— Ninguém viu.

— Alguém poderia ter visto, Trin. Estamos perto da rua. Qualquer pessoa poderia ter vindo até aqui.

— Isto *realmente* soa como um sermão — observei, engolindo um gemido.

— Você precisa ter cuidado. — Ele colocou o cabo da adaga na minha palma. — *Nós* precisamos ter cuidado.

— É, eu sei disso. — Eu embainhei a adaga, certificando-me de que estava escondida mais uma vez sob a bainha da minha camisa. — Eu tava sendo supercautelosa.

— Você tava sendo supercautelosa enquanto esmurrava o demônio Torturador até a morte?

Acenei com a cabeça quando meu celular vibrou contra a minha coxa. Quando o tirei do bolso da calça jeans, o rosto de Jada sorriu da tela. Meu estômago deu uma cambalhota quando rapidamente guardei o celular de volta no bolso. Pela primeira vez, eu tinha uma boa razão para não atender, porque duvidava seriamente que Zayne fosse gostar que eu atendesse a uma chamada no meio do seu sermão-que-não-era-sermão.

A cabeça de Zayne estava inclinada quando olhei para ele de novo.

— Sem querer dizer o óbvio...

— Mas já dizendo.

— De jeito nenhum que você teria visto um humano entrar neste beco. Acho que não teria ouvido o Godzilla entrar.

Meus lábios afinaram em aborrecimento, em parte porque a primeira coisa que ele dissera era verdade, enquanto a segunda era ridícula, mas principalmente porque isto realmente era um sermão.

— Além do risco de exposição, também matamos rapidamente porque é a coisa mais humana a se fazer — ele continuou. — É uma coisa decente, Trin.

Um músculo ficou tenso ao longo da minha mandíbula enquanto eu desviava o olhar dele. Ele tinha razão. Matar rapidamente era decente e humano. Considerando todo o sangue angelical que corria nas minhas veias, ser decente e humana deveria ser um instinto natural para mim. Inferno, devia ser algo inerente.

Aparentemente, o lado ser humano, violento e destrutivo de mim estava no controle.

— Você não pode se deixar levar pelos *porquês* da caçada. Mesmo que o demônio quisesse lanchar um cachorrinho — ele disse, e meu olhar voou de volta para o dele. — Fazer isso deixa você distraída e vulnerável, mais propensa a erros e receptiva a ataques. E se não fosse eu quem surgisse atrás de você? E se fosse um demônio de Status Superior?

— Eu o teria sentido e socado também — eu retruquei. — E então você estaria me tirando de cima desse outro demônio.

Ele deu um passo à frente.

— Você pode ser a pessoa mais durona do mundo, mas se um demônio de Status Superior surgir por trás de você e estiver despreparada, pode se preparar pra apanhar.

O aborrecimento deu lugar à raiva enquanto eu olhava para ele.

— Você é o meu Protetor, Zayne, mas fala como se fosse meu dono. Você não é meu pai.

— Graças a Deus por isso — ele retrucou, parecendo perturbado.

O calor penetrou nas minhas bochechas e eu fiquei quieta.

— Eu sei que você não teve nenhum treinamento oficial, não como eu e outros Guardiões, mas sei que você entende o básico do que fazer quando se depara com demônios. Já provou isso.

— Thierry e Matthew me ensinaram o básico, sim. — Assim como Misha, mas nenhum deles tinha me preparado para patrulhar, porque ninguém imaginou que eu acabaria fazendo isso. Mas eu conhecia as regras. Principalmente porque as regras eram meio que senso comum. — Eles falavam sobre... um monte de coisas.

— Você os ouviu?

— Claro — eu disse, ofendida.

Uma risadinha profunda e rouca irradiou dele.

— Olha, sem querer parecer um detector de mentiras, mas vou ter que dizer que isso é falso.

— Certo. Então eu tive um tiquinho de muita dificuldade em prestar atenção, porque me distraio facilmente e sofro de tédio crônico. Como agora. Tô entediada. Com essa conversa — acrescentei. — Então, tô sofrendo.

— Não tanto quanto eu tô sofrendo agora.

Franzi ainda mais a testa, até que senti que meu rosto ficaria congelado naquela expressão.

— Eu quero saber o que isso significa?

— Provavelmente não. — Ele estava mais perto agora, a não mais do que alguns centímetros de distância. — Eu entendo.

— Entende o quê?

O olhar pálido de Zayne capturou o meu.

— Eu entendo por que leva horas pra você pegar no sono.

Eu não tinha certeza se queria saber como ele estava ciente disso.

— E eu entendo por que você sente tanta raiva.

Respirando fundo, dei um passo para trás, para longe de Zayne, como se eu pudesse colocar uma distância física entre mim e o que ele estava dizendo.

— Eu não... — Balancei a cabeça, não querendo entrar nesta conversa com ele. — Não sinto raiva. Na verdade, eu sinto é fome.

— Sério? — ele respondeu secamente.

Eu arqueei uma sobrancelha.

— Por que parece que você não acredita em mim?

— Talvez porque você comeu dois cachorros-quentes de um vendedor ambulante há menos de uma hora.

— Cachorros-quentes não enchem a barriga. Todo mundo sabe disso.

— Você também comeu batatas fritas e metade do meu falafel.

— Eu não comi metade! Eu dei, tipo, uma mordida — argumentei, mesmo que eu tivesse dado duas... ou três mordidas. — Eu nunca tinha comido falafel antes e tava curiosa. Não é como desse pra encontrar um desses nas colinas da Virgínia Ocidental.

— Trin.

— E socar o Torturador de forma *desumana* e *indecente* queima muitas calorias. Tudo o que eu comi foi usado e agora tô com deficiência calórica. Morrendo de fome.

Ele cruzou os braços.

— Não acho que seja assim que as calorias funcionam.

Ignorei isso.

— Podemos voltar naquele lugar e pegar outro falafel pra você — eu disse, começando a passar por ele. — Talvez eu compre um pra mim. Então podemos "falafelar" juntos.

Zayne pegou meu braço, impedindo-me. O calor da sua mão e o choque do contato eram desconcertantes.

— Você sabe que pode conversar comigo, certo? Sobre qualquer coisa, a qualquer hora. Tô aqui pra te ajudar. Sempre.

Um caroço se formou na minha garganta, e eu não ousei olhar para ele enquanto sentia as gavetas começarem a chacoalhar mais uma vez.

Conversar com ele?

Sobre qualquer coisa?

Como o fato de eu nunca ter conhecido Misha de verdade? Nunca ter sabido que um homem que eu amara como um irmão não só me odiava até o meu último fio de cabelo como também tinha orquestrado o assassinato da minha mãe? Dizer-lhe como eu odiava Misha por tudo o que ele tinha feito, mas de alguma forma ainda sentia falta dele? Como eu queria desesperadamente acreditar que o vínculo tinha sido o culpado por tudo, ou que tinha sido o demônio Aim ou esse tal de Augúrio que tinham levado Misha a fazer coisas tão horríveis? Será que Zayne achava que eu poderia dizer a ele que o que eu mais temia era que talvez a escuridão em Misha sempre tivesse existido e eu nunca a tivesse notado porque eu sempre, *sempre* estive tão absorta em mim mesma?

Ou eu poderia dizer a ele o quão eternamente grata estava pelo vínculo ter salvado a vida dele, mas que odiava o que isso significava para nós — que agora não poderia haver um "nós" —, e quão culpada me sentia por poder ser egoísta o suficiente para desejar que ele não fosse o meu Protetor. Dizer-lhe o quanto sentia falta de Jada e do namorado dela, Ty, mas que estava evitando as chamadas dela porque não queria falar sobre Misha. Ou como eu não tinha ideia do que se esperava de mim. Como eu deveria encontrar e lutar contra uma criatura quando eu não sabia como ela era ou quais eram suas motivações, em uma cidade que era completamente desconhecida para mim. Confessar-lhe que eu tinha medo de que a minha visão defeituosa continuasse a degradar-se ao ponto de perder a minha capacidade de lutar, de sobreviver e de ser... independente.

Será que eu deveria dizer a ele que eu estava apavorada que ele fosse morrer por minha causa, como quase tinha acontecido naquela noite na casa do senador?

Com o coração disparado como se eu tivesse corrido uma maratona, balancei a cabeça.

— Não há nada pra dizer.

— Há coisa pra caramba pra dizer — ele retrucou. — Eu tenho te dado espaço. Você precisava disso, mas tem de conversar sobre o que aconteceu. Confie em mim, Trin. Já sofri perdas. Pessoas que eu amava morreram. Outras, viveram... e se foram. Eu *sei* o que acontece quando você não expressa a dor e a raiva.

— Não há nada pra conversar — repeti, minha voz pouco acima de um sussurro. Virei-me para ele, então, com o estômago agitado. — Eu tô bem. Você tá bem. Poderíamos estar muito mais perto de comer um falafel, e você tá atrasando o banquete de frituras.

Algo feroz brilhou naqueles olhos pálidos de lobo, tornando-os momentaneamente luminosos, mas então ele soltou o meu braço, e o que quer que fosse aquilo... desaparecera.

Um segundo se passou, e então ele disse:

— A gente vai precisar passar no meu apartamento antes.

Um sopro de alívio saiu de mim. O armário na minha cabeça parou de tremer.

— Por quê? Pra você pegar outra camisa? — Comecei a caminhar em direção à rua. — A gente devia começar a trazer umas de reserva.

— Eu preciso de uma camisa nova, mas precisamos voltar porque você fede e precisa de um banho.

— Nossa. — Olhei para o Guardião quando ele me alcançou. Podia vislumbrar um meio sorriso no rosto dele. — Que habilidade de me deixar sem jeito.

Quando chegamos à calçada, olhei para os dois lados antes de sair do beco, evitando ser atropelada por alguém com pressa. Pisquei rapidamente, tentando fazer com que os meus olhos se ajustassem às luzes mais fortes dos postes, faróis de carros e vitrines acesas.

Não ajudou muito.

— Sentir esse seu fedor tá me deixando sem jeito.

— Meu Deus — murmurei.

— O que Ele tem a ver com a sua inhaca? — ele brincou.

— Você não parecia se incomodar com o meu cheiro quando a gente tava no beco — ressaltei. — Sabe, quando você me pegou e me segurou como se eu estivesse em uma daquelas coisas que as pessoas usam pra carregar bebês por aí.

— O cheiro comprometeu meu discernimento.

Uma risada explodiu de mim, e sob as luzes mais fortes da rua, eu podia ver agora que definitivamente havia um sorriso em seu rosto.

— Se é isso que você precisa acreditar...

— É, sim.

Apertei os lábios, decidindo que era melhor ignorar isso por completo. Zayne ficou bem perto de mim enquanto caminhávamos em direção ao apartamento, ele do lado da rua e eu bem próxima dos edifícios. Era mais fácil para mim caminhar desse jeito, pois conseguia entender onde as pessoas estavam para que eu não esbarrasse em ninguém. Eu nunca tinha dito isso a Zayne, mas ele parecia ter percebido rapidamente a minha preferência.

— A propósito, você rolou no que lá no beco? — ele perguntou.

— Uma poça de péssimas escolhas de vida.

— Hm. Sempre me perguntei qual seria o cheiro disso.

— Agora você sabe.

Apesar do fedor que eu emanava, outra risada fez cócegas no fundo da minha garganta enquanto eu olhava para ele novamente. A camisa preta que ele vestia estava um horror, mas a calça de couro resistia sob a constante transformação de humano para Guardião e vice-versa, e deveria ser por isso que ele a usava quando patrulhava.

E eu não estava reclamando dela. Nem um pouquinho.

Imaginei que, entre o meu cheiro e a camisa rasgada dele, estávamos chamando bastante atenção. Contudo, eu tinha certeza de que as pessoas tinham visto coisas mais estranhas nesta cidade e definitivamente sentido um cheiro pior. Perguntei-me se alguém percebia o que ele era.

— As pessoas reconhecem o que você é? — perguntei, mantendo minha voz baixa.

— Não tenho certeza, mas ninguém nunca me viu em minha forma humana e perguntou se eu era um Guardião — ele respondeu. — Por quê?

— Porque você não se parece com outros humanos. — Eu sabia que os Guardiões raramente se transformavam em público. Era por questão de privacidade e de segurança, uma vez que havia pessoas por aí, como os fanáticos dos Filhos de Deus, que acreditavam que os Guardiões, ironicamente, eram demônios e deviam ser exterminados.

Ele afastou uma mecha de cabelo do rosto.

— Não tenho certeza se isso é um elogio.

— Não é um insulto. — Pensei ter visto um sorriso de canto de boca antes de ele virar o rosto para examinar a rua.

— Como é que não me pareço com os outros seres humanos? — ele perguntou. — Acho que me misturo bem.

Eu guinchei. Feito um porquinho.

Sexy.

— Você não conseguiria se misturar nem se cobrisse o corpo com um saco de papel — eu disse.

— Bem, nesse caso eu definitivamente não me misturaria — ele retorquiu, e ouvi o sorriso em seu tom de voz. — Andar por aí vestindo um saco de papel seria meio perceptível.

A imagem de Zayne vestindo nada além de um saco de papel imediatamente se formou nos meus pensamentos e senti minhas bochechas arderem. Eu me odiava por ter colocado isso no universo.

— Você também não se mistura — ele disse, e ergui o queixo na direção dele.

— Porque sou fedorenta como uma bunda mofada?

Zayne riu, um som estrondoso e profundo que gerou pequenas agitações interessantes na boca do meu estômago.

— Não — falou, parando em um cruzamento movimentado. — Porque você é linda, Trin. Você tem esta *coisa*. É esta faísca que vem de dentro. Uma luz. Não existe uma única pessoa aqui que não consiga ver isso.

Capítulo 9

Eu estava esperando por Zayne no centro dos tatames, sentada de pernas cruzadas, e, em vez de me alongar, estava sonhando acordada com uma vida diferente onde não havia problema em Zayne me dizer que eu era bonita. Tudo bem, a tal faísca ou luz que ele dizia que todo mundo podia ver provavelmente era minha *graça*, e não os meus atributos físicos impressionantes.

— Eu tenho uma ideia — Zayne anunciou enquanto saía do quarto.

O meu olhar pousou na mão de Zayne. Ele segurava uma tira de pano preto. Arqueei as sobrancelhas.

— Eu deveria me preocupar?

— Só um pouquinho. — Ele sorriu, mostrando o pano.

Quando percebi que ele estava segurando uma gravata, pensei em pedir por mais detalhes, mas a campainha do interfone tocou.

— Esperando alguém?

— Não. — Zayne correu para a entrada. — Alô?

— Sou eu, seu novo melhor amigo para sempre. — A voz muito familiar flutuou através do fone.

— Mas que Inferno é isso? — Zayne murmurou.

— É quem eu penso que é? — Ergui-me e fiquei de joelhos.

— Se você tá pensando que é Roth — ele respondeu com um suspiro —, então você acertou.

— Você tá me ignorando? — A voz de Roth veio mais uma vez através do interfone. — Se for assim, vou ficar malzão.

Meus lábios se contorceram com isso. Pensei que as palavras de despedida de Roth no dia anterior exemplificavam o talento demoníaco de fazer uma declaração normal soar como algo que um *serial killer* diria.

Um momento depois, senti o alerta da chegada de Roth, e então as portas do elevador se abriram.

— E aí. — Ouvi Roth dizer, mas de onde eu estava sentada, eu não podia ver muito dele.

— Dois dias seguidos? — Zayne disse. — A que devemos a honra? Roth de uma risadinha.

— Tô entediado. Essa é a honra.

— E você decidiu vir aqui?

— Eu tava por perto, então, sim. — O Príncipe da Coroa passeou pela sala de estar de Zayne como se fosse uma ocorrência comum e cotidiana. Ao se aproximar, vi que estava bebendo algo de um copo descartável branco. Havia letras vermelhas na embalagem, mas eu não conseguia entendê-las. Roth me viu e sorriu. — Ei, Anjinha, você parece que tá rezando. Espero estar interrompendo.

Anjinha?

— Desculpe decepcionar, mas não estou.

— Estávamos prestes a começar a treinar. — Zayne seguiu o demônio, sua expressão uma mistura entre exasperação e diversão relutante. — Estamos meio ocupados.

— Não me deixe atrapalhar. — Roth piscou para mim enquanto levantava a mão livre e a girava. Ao lado do sofá, a poltrona que eu nunca tinha visto Zayne usar deslizou para que ficasse de frente para o tatame.

Bem, essa era uma habilidade e tanto que me deixava com só um pouquinho de inveja.

Roth se assentou na cadeira e cruzou uma perna sobre a outra. Ele tomou outro gole.

Zayne olhou para ele como se não soubesse bem o que dizer. Imagino que eu tivesse a mesma expressão no rosto.

— Onde está Layla? — Zayne finalmente perguntou.

— Dia das garotas com Stacey, já que é sábado — ele respondeu e, diabos, eu não tinha ideia de que já era o fim de semana. — Elas vão almoçar e depois passar em algumas lojas. Ou algo assim. O que quer que garotas façam.

Uma pequena bolinha de inveja se formou no centro do meu peito. *O que quer que garotas façam.* Nós passávamos tempo juntas. Partilhávamos sobremesas e lanches. Falávamos de coisas idiotas e compartilhávamos as nossas experiências mais profundas e sombrias. Lembrávamos umas às outras de que nunca estaríamos sozinhas. Era isso o que garotas faziam.

Sentia saudades de Jada.

— Sabe, Layla e Stacey adorariam que você se juntasse a elas — Roth continuou, quase como se estivesse lendo a minha mente. — Contanto que o Pedregulho te deixe ficar longe dele por algumas horas.

É, bem, eu não tinha certeza se sair não com uma, mas duas garotas com quem Zayne tinha se envolvido era a minha ideia de diversão.

— Trinity pode ir e vir quando quiser — Zayne respondeu secamente. — Parece que Cayman também não tá disponível?

— Não. Ele tá trabalhando. Você sabe, trocando pedaços de almas humanas por coisas frívolas. — Roth acenou as sobrancelhas para mim. — Isso ofende seus sentidos angélicos?

Levantei um ombro.

— Não é como se ele estivesse por aí persuadindo os humanos a fazerem isso. Estão fazendo as próprias escolhas, por isso podem lidar com as consequências.

Roth apontou o copo na minha direção.

— Não é uma coisa muito angelical de se dizer. Você deveria se importar. Você deveria estar *ofendida*.

— Eu estou ofendido — Zayne murmurou. — Com esta visita inesperada.

— As mentiras que contamos a nós mesmos. — Roth olhou entre nós. — Sorte a minha. Vou ter a oportunidade de ver uma Legítima e um Guardião lutarem... Bem, lutarem de mentirinha, se é que vocês dois vão fazer outra coisa além de me encarar como se tivessem sido abençoados pela minha visita.

Mordi o lábio para me impedir de rir, porque tinha a impressão de que só antagonizaria o demônio e irritaria Zayne.

Para ser sincera, fiquei contente em ver Roth. Zayne e ele podiam estar presos em uma rivalidade estranha e ter diferenças fundamentais, mas ainda eram amigos, e desde que eu tinha chegado aqui, além de ontem, ninguém tinha vindo visitar Zayne. Nem mesmo os membros de seu próprio clã. Todo mundo precisava de um amigo, mesmo que tal amigo fosse o Príncipe da Coroa do Inferno.

Ficando de pé, virei-me para Zayne.

— Não tenho nenhum problema com ele nos assistindo a treinar.

Zayne parecia querer dizer que ele tinha, mas simplesmente balançou a cabeça e foi para o tatame.

— Então, qual é a da gravata? — perguntei, e Zayne olhou para ela como se tivesse esquecido que a estava segurando.

— Agora essa é uma pergunta que eu tava morrendo de vontade de fazer — Roth comentou. — Sadomasoquismo, Pedregulho? Tô passado.

Minhas bochechas coraram enquanto Zayne atirava a Roth um olhar fulminante antes de concentrar-se novamente em mim.

— Lembra quando você disse que queria aprender a não depender da sua visão durante uma luta?

— Por que você iria querer fazer isso? — Roth perguntou.

— A visão de um Legítimo não é como a de um Guardião ou de demônio à noite — Zayne explicou. — Como a maior parte do nosso patrulhamento é feito à noite, acho que você consegue entender o resto sozinho.

Eu não tinha ideia se Roth acreditou nele, mas percebi o que Zayne estava dizendo sem revelar muito. Assenti com a cabeça.

— Achei que a melhor maneira de praticar seria te forçar a não usar sua visão, e é por isso que peguei a gravata. — Zayne mostrou o pano. — Lamento desapontar, Roth.

— Treinar com os olhos vendados. Não é tão sexy quanto eu imaginava, mas ainda é bastante entretenimento. — Veio o comentário da nossa plateia de um homem só.

— É uma boa ideia. — A antecipação rodou no meu peito. — Vamos lá.

— Isso vai ser divertido de assistir — Roth declarou.

— Será que daria pra você ficar quieto? — Zayne retorquiu enquanto caminhava até onde eu estava.

— Não acho que esta seja uma promessa que eu possa fazer.

Apertei os lábios enquanto esticava as mãos para pegar a gravata, mas Zayne foi para trás de mim.

— Deixa comigo — ele disse. — Me diz quando você estiver pronta.

Em outras palavras, dizer pra ele quando eu estivesse pronta para ficar completamente cega. Perguntei-me se ele se lembrava de como eu tinha surtado na noite em que a comunidade tinha sido atacada e ele fechara as asas à minha volta, bloqueando todas as fontes de luz.

Eu esperava não surtar daquela forma de novo, especialmente considerando que tínhamos uma audiência.

Respirando superficialmente, sacudi os braços.

— Pronta.

Um segundo depois, senti o calor de Zayne às minhas costas. Fiquei parada enquanto a gravata aparecia no meu campo de visão. À medida que se aproximava do meu rosto, já bloqueando a maior parte da luz, meu coração começava a bater mais forte.

Eu não gostava disso.

Não gostava nadinha disso.

O que tornava difícil não querer parar tudo isso quando a gravata tocou o meu rosto e a escuridão se instalou sobre os meus olhos. Por algum tipo de super força de vontade, permiti que Zayne amarrasse a gravata.

O tecido era surpreendentemente macio e não era completamente opaco. Eu podia ver formas vagas na minha frente e, quanto mais eu olhava, mais eu conseguia ver um pequeno ponto de luz.

Seria assim depois que a doença tivesse cobrado o seu preço? Nada além de formas e uma fresta de luz?

O pânico explodiu no meu estômago e levei as mãos para a gravata, querendo arrancá-la do meu rosto e queimá-la.

Era isto que você queria.

Dizer isso a mim mesma foi a única coisa que me impediu de arrancar o tecido dos olhos. Eu podia lidar com isso. Eu tinha de lidar. Eu só precisava que meu coração parasse de bater como se fosse pular pela minha boca e que a sensação de asfixia na minha garganta diminuísse.

As mãos de Zayne pousaram nos meus ombros, fazendo-me sobressaltar.

— Você tá bem? — Sua voz era suave, e eu não fazia ideia se Roth podia ouvi-lo. — Podemos tentar isto outro dia.

Outro dia sendo *nunca mais* parecia uma excelente ideia, mas outro dia significava que eu estava um dia mais perto de fazer isto tudo de novo. Eventualmente o meu tempo iria acabar.

Eu respirei novamente e me concentrei, inspirando e expirando...

Meu Deus.

De repente, percebi por que Zayne queria colocar a venda. Ele tinha cortado dois buraquinhos minúsculos na gravata, e de alguma forma ele os tinha alinhado perfeitamente às minhas pupilas, e eu só estive surtada demais para perceber. Eu não conseguia ver muito com uma visão tão restrita, mas se eu me concentrasse, ainda havia uma pequena quantidade de luz, como provavelmente haveria quando a retinite pigmentosa seguisse seu curso. Zayne deve ter pesquisado sobre isso naquele notebook dele, e isso significava muito para mim.

A emoção obstruiu minha garganta, mas aqueles buraquinhos quase insignificantes me ajudaram a respirar mais com mais facilidade.

— Estou bem.

Zayne apertou meus ombros.

— Me avisa se você mudar de ideia.

Assenti com a cabeça.

— Retiro o que disse. — Roth falou da lateral dos tatames. — Isto é sexy.

Atrás de mim, Zayne suspirou.

— Eu me pergunto o que Layla pensaria sobre isso.

Roth bufou.

— Ela provavelmente iria querer experimentar.

— Valeu pela informação — murmurei.

— Não tem de quê — Roth respondeu. — A Anjinha é muito mais educada do que você, Pedregulho.

— Me chame de Anjinha mais uma vez e eu vou te mostrar como sou educada — adverti enquanto sentia Zayne se mover por trás de mim.

— Isso seria mais assustador se você não estivesse aí com os olhos vendados.

Zayne riu.

— Tô na sua frente.

Antes que eu pudesse dizer que conseguia vê-lo vagamente, Roth falou. De novo.

— Dizer a ela onde você tá meio que tira o propósito disto, não?

— Cale a boca — Zayne e eu dissemos em uníssono.

Uma risada veio da direção de onde Roth estava sentado.

— Vocês dois estão em sintonia.

Provando exatamente isso, nós dois o ignoramos e começamos a treinar.

— Sem a sua visão, você tem de confiar em seus outros sentidos. São igualmente importantes no combate corpo a corpo.

Eu não tinha tanta certeza de que isso era verdade, mas, mesmo assim, acenei com a cabeça.

— Audição. Olfato. Tato — Zayne continuou falando. — Todas essas coisas vão te dizer qual será o próximo passo do seu oponente.

— Especialmente se eles cheiram mal — Roth acrescentou. — Ou se forem barulhentos e desajeitados.

Eu sorri com isso.

— Você vai precisar se concentrar muito pra fazer isso — Zayne continuou. — E quando eu digo muito, quero dizer *muito mesmo*.

Os cantos dos meus lábios começaram a virar para baixo.

— Certo.

— Você não pode se deixar distrair. Tudo nesta sala, especialmente a vela que chegou sem ser convidada, tem de desaparecer.

— Ei — Roth disse —, isso me ofende.

— Olha a minha cara de quem se importa — Zayne respondeu.

Apoiei as mãos nos quadris.

— Acho que sei como me concentrar, Zayne.

— E acho que estive com você o suficiente pra saber que você tem a capacidade de concentração de um cachorrinho em seu primeiro passeio de carro.

Roth riu.

Abri a boca para falar e voltei a fechá-la. Eu não conseguiria argumentar com essa observação.

— Sinto-me pessoalmente atacada por essa declaração.

Houve um barulho baixo de risada partindo de Zayne.

— Uma vez que você se concentre, vai notar coisas que nunca tinha percebido antes. Ok? Quando estiver pronta, me avisa.

Fiquei ali alguns segundos.

— Pronta.

— Certeza? — Zayne parecia duvidoso.

— Sim. — Eu me mexi para me posicionar, preparando-me enquanto esperava...

A mão de Zayne bateu no meu antebraço, assustando-me. Estendi o braço e acabei passando a mão sobre o peito dele, o que significava que ele tinha começado. Tentamos de novo, afastando-nos um do outro, e depois ele voltou a atacar. Ele se moveu diversas vezes, e eu... fiquei ali, parada, perdendo todos os movimentos dele e basicamente bloqueando o ar em vez de seus golpes. A pior parte era que ele estava pegando leve com os socos e pontapés.

— Eu não consigo te ver — eu disse, abaixando os braços. — Não consigo ver nadinha.

— Essa é a ideia — ele me lembrou.

— Bem, sim, mas... — Eu parei de falar, balançando a cabeça enquanto abria e fechava as mãos.

— Você não pode ficar frustrada tão rápido. — Zayne ficou perto desta vez, sem recuar.

— Não tô frustrada.

— Parece que tá, sim — Roth disse.

— Não tô, não. — Eu virei a cabeça na direção dele.

Dedos se fecharam em volta do meu queixo, guiando minha cabeça de volta à direção de Zayne.

— *Sim*, você tá.

Eu queria discutir, mas não fazia sentido, porque sabia que ele estava percebendo.

— Eu só... Eu não acho que consigo fazer isso.

— Consegue — ele disse, e pensei que ele tivesse recuado. — E vai fazer.

Estendi os braços, minhas mãos sentindo o ar vazio. Eu tinha razão.

— Você sabia que ele não estava aí — Roth disse —, certo?

Fechando a mão em torno do nada, acenei com a cabeça.

— Como? — o demônio insistiu.

— Eu... eu não conseguia sentir o calor dele — admiti, puxando minha mão para trás e esperando que isso não soasse tão estranho quanto eu pensava.

— Os demônios são do mesmo jeito — Roth disse —, emitimos muito calor. Se você consegue sentir isso, então sabe que um demônio tá perto o suficiente pra tocá-lo. Perto demais. Que tal...

O calor dançou ao longo da minha pele. Levantei a mão antes mesmo que Roth terminasse de falar. Meus dedos roçaram contra algo duro e quente. O peito de Zayne.

— Eu consegui senti-lo chegar perto.

— Boa. — Desta vez, foi Zayne quem falou, e pude sentir a vibração das suas palavras na palma da minha mão.

Sem aviso, Zayne agarrou meu braço e me girou.

— Volte à sua posição.

Fiz exatamente isso, abrindo as pernas e plantando os pés no tatame enquanto levantava as mãos.

— Ele tá perto de você? — Roth perguntou.

Medi a temperatura do ar à minha volta.

— Não.

— Correto — Zayne confirmou. — Concentre-se.

Eu inspirei profundamente e depois expirei vagarosamente, concentrando-me no espaço ao meu redor. Não apenas na temperatura, mas em qualquer movimento. Havia nada... e então senti uma ligeira mudança no movimento ao meu redor. Uma agitação de ar quente, e desta vez eu não fiquei só parada ali.

Eu ataque e acertei em nada.

— Mas que Inferno!

— Quase me pegou — Zayne disse, e minha orelha esquerda formigou. Eu girei, chutando o ar, mas de repente ele estava às minhas costas, sua respiração ao longo da minha nuca. — Quase.

Girando, eu golpeei com o cotovelo, mas, com uma rajada de ar, senti-o se mover para... o meu lado *direito*. Rodopiei, encontrando o espaço vazio mais uma vez. Deus, isto estava me deixando um pouco enjoada. Eu joguei a mão para a frente, e minha palma roçou nele.

— Rá! — gritei, tendo tocado nele. Foi fraco, mas ainda assim.

— Quase — Zayne repetiu.

Seguindo o som da sua voz, dei um passo à frente e encontrei nada. A frustração aumentou, e eu pulei quando senti a agitação do ar e pousei na ponta dos meus pés, desequilibrada.

— Legal — Roth murmurou. — Isso teria sido um chute nas pernas. Eu sorri.

— Não fique metida — Zayne alertou.

O segundo seguinte provou exatamente por que eu não deveria ficar metida, pois errei Zayne por um quilômetro no golpe seguinte. O próximo soco que dei foi apenas mais um toque de relance, assim como o seguinte e o seguinte.

— Quase — Zayne dançou à minha volta e eu brincava de acertar a pinhata em forma de Guardião.

Um jogo no qual eu era péssima.

E eu estava realmente começando a odiar a palavra *quase*.

— Você tá perdendo a concentração — ele me disse. — Respire fundo e foque de novo, Trin.

— Eu *estou* me concentrando. — Ergui uma perna e, desta vez, não cheguei nem perto dele. A raiva transformou meu sangue em ácido enquanto eu me movia, procurando Zayne pelos buraquinhos da gravata.

— Trin. — A voz de Zayne era um murmúrio de advertência, e eu sabia o que ele estava querendo dizer.

O ar voltou a agitar-se à minha volta e eu ataquei com o braço. Fiquei um pouco descontrolada com o soco, mas era tarde demais para recuar. Indo longe demais, perdi o equilíbrio. Zayne deve ter visto isso, porque senti as mãos dele nos meus ombros. Nenhum de nós conseguiu recuperar o equilíbrio, então quando eu caí, ele desabou junto. Eu pousei de costas com um grunhido, Zayne em cima de mim.

Tentei golpeá-lo novamente, já que sabia exatamente onde ele estava agora, mas Zayne pegou meus pulsos e os prendeu acima da minha cabeça antes que eu pudesse encostar nele.

— Você perdeu o foco — ele disse.

A fúria rugiu através de mim quando eu levantei os meus quadris, conseguindo libertar uma perna.

— Não perdi, não!

— Perdeu — ele disse baixinho. Ele me pressionou para baixo, e quando tomou ar, seu peito se inflou contra o meu. Na escuridão da venda, tudo o que eu conseguia sentir era ele e seu hálito quente contra os meus lábios. Parei de lutar e não me atrevi a me mexer. Nem uma fração de centímetro.

— Você perdeu o foco, sim.

As minhas mãos se abriram e fecharam, inutilmente, contra o tatame.

— Como você sabe?

— Porque você ficou frustrada. — Sua voz era baixa, ainda incrivelmente suave e gentil, considerando que ele estava prendendo-me no chão. — E isso dominou você.

Apertei os lábios para impedir a negação que queria sair.

O aperto de Zayne nos meus pulsos afrouxou. Sua mão deslizou pelo comprimento do meu braço, até o meu ombro. Ele fechou a mão na minha bochecha.

— Você tava indo muito bem.

— Não tava, não. — Suor umedeceu minha testa. — Eu mal consegui chegar perto de você.

— Mas você chegou perto de mim. — Ele se moveu ligeiramente, e seu polegar roçou meu lábio inferior. — Esta é a primeira vez que você tenta isso. Você não vai ser perfeita logo de cara. — Seu peito se ergueu contra o meu novamente, enviando uma onda de calor pela minha espinha. — Você tem que se dar tempo.

— Não sei se consigo fazer isso — admiti em um sussurro.

— Eu sei que você consegue — ele insistiu, e minha respiração seguinte saiu trêmula —, não tenho nem uma única dúvida em minha mente.

Queria poder vê-lo. Os olhos dele. Seu rosto. Ver como ele estava olhando para mim, porque se eu pudesse enxergar aquela fé que ele tinha em mim, então talvez eu pudesse senti-la.

O polegar de Zayne se moveu mais uma vez, desta vez deslizando pelo meu lábio inferior. A minha respiração ficou presa quando fui invadida por uma expectativa indesejada.

— Tudo bem?

Eu não tinha ideia do que ele estava perguntando, mas eu acenei com a cabeça, e então nenhum de nós se mexeu para além dos nossos peitos subindo e descendo com a respiração. Os meus braços ainda estavam esticados acima da minha cabeça. Eu podia movê-los, mas não o fiz, e sabia que a boca dele ainda estava perto da minha porque a respiração dele provocava os meus lábios. Eu teria dado praticamente qualquer coisa para saber o que ele estava pensando naquele momento. Se ele sentia aquela expectativa, se estava cheio de anseio pelo que não poderia acontecer.

Talvez *houvesse* algo que aguçasse os outros sentidos quando não se podia ver, porque eu jurava que havia uma tensão no ar que não tinha estado lá antes. Eu podia senti-la.

— Pergunta. — A voz de Roth quebrou o silêncio e, caramba, eu tinha esquecido que ele estava ali. Zayne também, com base na forma como seus músculos ficaram tensos contra mim. Quando Roth falou novamente, a diversão praticamente pingava de cada palavra. — E tô perguntando pra um amigo. Que tipo de treinamento vocês estão fazendo agora, exatamente?

Capítulo 10

O treino com os olhos vendados não poderia ter terminado mais rapidamente. Zayne tinha rolado para longe de mim e me ajudado a levantar. A gravata foi removida em seguida, e eu meio que desejei que não tivesse sido, porque preferia não ter visto o rosto estranhamente presunçoso e sorridente de Roth.

No entanto, não paramos de treinar. Passamos a lutar sem a venda e, pelo que imaginei ser tédio, Roth se juntou a nós. O demônio realmente ajudou, na maior parte do tempo. Então Layla ligara e ele tinha desaparecido do apartamento.

Simplesmente evaporou no ar.

Mais uma habilidade que eu gostaria de ter.

A patrulha naquela noite não tinha resultado em nada remotamente emocionante, e eu queria saber por quanto tempo iríamos vagar sem rumo antes de encontrarmos algo — qualquer coisa — que nos levasse ao Augúrio.

Na manhã seguinte, eu tinha acabado de amarrar o cabelo em um rabo de cavalo e estava prestes a me juntar a Zayne no tatame para mais um treino com os olhos vendados quando meu telefone tocou da mesinha de cabeceira. Quando vi o nome de Thierry, quase deixei a ligação cair na caixa postal. Mas eu não podia ignorar uma chamada dele.

Com o estômago dando cambalhotas, eu atendi com uma saudação que soou como se eu tivesse sido socada na barriga no exato momento em que eu disse *alô*.

— Trinity? — A voz profunda de Thierry abalou meu coração com força. — Você tá bem?

— Sim. Super. — Limpei a garganta. — O que tá rolando?

— O que tá rolando? — ele repetiu as palavras lentamente. — Eu acho que várias coisas estão *rolando* agora.

Fechando os olhos, deitei-me na cama, sabendo o que ele queria dizer. Misha. As chamadas perdidas de Jada. Meu bem-estar mental e emocional em geral.

— É, tem muita coisa rolando agora.

Seu suspiro era pesado e tão familiar que causou uma pontada no meu peito. Sentia falta dele. Sentia falta de Matthew, de Jada e de Ty e de... Cortei aquele pensamento quando Thierry falou.

— Eu sei que você anda ocupada, mas eu preciso falar com você. Aconteceu algo em relação ao seu futuro.

Abri os olhos.

— Eu tô meio com medo de perguntar o que é.

— É uma coisa boa.

— Sério?

— Sério — ele confirmou com uma risada suave. — Como você sabe, servir como Guardião é financeiramente lucrativo para aqueles que completam o treinamento e dedicam suas vidas a lutar contra aqueles que procuram causar o mal — Thierry disse, e eu sabia disso. A grana era muito, muito boa. Eu não fazia ideia de onde os Guardiões tiravam o dinheiro, mas gostava de imaginar os Alfas sobrevoando e aleatoriamente deixando montes de dinheiro para eles. — Até que você fosse convocada pelo seu pai, cuidamos de você e da sua mãe, proporcionando toda a estabilidade financeira de que vocês precisavam.

Eu estava começando a achar que eu estava sendo cortada financeiramente, mas ele tinha dito que isso era uma boa notícia, então eu mantive minha boca fechada.

— Isso não é mais necessário — ele continuou. — Vou te enviar uma captura de tela da conta bancária que foi estabelecida em seu nome e que terá todas as informações necessárias para você acessá-la em alguns dias, assim que a transferência for liberada...

— Espera. O quê?

— Você está sendo paga pelos serviços que está prestando — ele explicou, e a maneira como disse isso me fez sentir que precisava de um banho. — E acho que você vai ficar satisfeita com o que verá.

— Eu não tô entendendo. Nunca tive dinheiro. Ou mesmo uma conta bancária. É surpreendente que eu sequer saiba usar um cartão de crédito — respondi. — Como que tenho dinheiro agora?

— Seu pai quer ter certeza de que você terá suas necessidades supridas e que seu foco não vai ser distraído por... Como é mesmo que ele disse? "Conceitos humanos frívolos, como dinheiro."

Certo. Parecia algo que o meu pai diria.

— Você o viu?

— Infelizmente.

Uma risada inadequada subiu pela minha garganta.

— Quando? Não o vejo desde...

— Eu sei. — Todo o bom humor tinha desaparecido do seu tom de voz. — Ele esteve aqui esta manhã, em toda a sua glória. Queria garantir que esses fundos fossem criados e que, por enquanto, você estivesse assegurada. Ele disse que você deveria verificar o que você considera ter de mais precioso, e, sim, ele foi tão vago quanto angelicamente possível.

Verificar o que eu considerava mais precioso? Imediatamente, meu olhar girou para a brochura desgastada de Johanna Lindsey que tinha sido o livro favorito da mamãe. Parecia... mais grosso do que o normal?

— Você ainda está aí? — A voz de Thierry chamou a minha atenção.

— Aham. Sim. — Limpei a garganta. — Desculpa. É que isto me pegou de surpresa.

— Como aconteceu comigo e Matthew. Não esperávamos que seu pai fosse considerar coisas como você precisar de dinheiro para comprar comida. — Eu quase podia imaginá-lo apertando a testa. — Na verdade, estávamos planejando nós mesmos transferirmos algum dinheiro para você, mas isso não será necessário.

— Valeu — murmurei, sem saber como responder. Na Comunidade, o dinheiro não era algo com que eu tivesse de me preocupar. Eu tinha sido privilegiada de muitas maneiras, e perceber isso, agora, enquanto olhava para o livro, me deixava um pouco desconfortável.

— Trinity. — Thierry começou a falar, e eu fiquei tensa, reconhecendo aquele tom. — Eu não vou perguntar como você está. Eu já sei, mas... Sinto muito. Eu deveria ter sabido que Misha não era seu...

— Tá tudo bem. — Engoli em seco. — Todos fizeram o que achavam que deviam fazer, e eu... fiz o que tinha de fazer. Tudo vai ficar bem.

Thierry ficou em silêncio. Por tempo demais.

Esfreguei os dedos sobre a têmpora.

— Como... como Jada está?

— Chateada. Confusa. — Uma pausa. — Ela sente sua falta.

— Sinto falta dela — sussurrei. — Sinto falta de todos vocês.

— Nós sabemos. Ela sabe — ele respondeu. — E ela sabe que você precisa de tempo para processar tudo. Só não se esqueça de que ela está aqui. Que estamos todos aqui, e que sentimos a sua falta.

— Eu sei.

Thierry não me manteve ao telefone por muito mais tempo. Desliguei, sentindo-me um pouco triste e um pouco feliz por ter ouvido a voz dele.

Lentamente percebendo que não estava sozinha, coloquei meu celular de lado e olhei para cima.

Zayne estava na porta.

— Tudo certo?

Eu acenei com a cabeça, sorrindo um pouco.

— Era Thierry. Ele ligou pra dizer que o meu... meu pai tinha aparecido pra garantir que eu tivesse boas condições financeiras.

— Então isso é uma boa notícia.

Em outras palavras, ele provavelmente estava se perguntando por que estava captando tristeza através do vínculo, mas eu não estava disposta a oferecer essa informação quando me inclinei e peguei o livro. Parecia diferente e, ao virá-lo nas mãos, vi que havia lacunas entre várias das páginas.

— Acho que... meu pai esteve aqui — eu disse olhando para Zayne.

— Sério? — Zayne se encostou ao batente da porta. — Quando?

— Talvez ontem à noite? — Eu não tinha prestado atenção ao livro ontem. Dando-lhe uma pequena sacudida, não fiquei assim tão surpreendida quando vi papel verde flutuar sobre a coberta em um fluxo interminável de dinheiro.

Zayne fez um som de engasgo.

— Caramba...

— Notas de cem dólares — eu disse, com os olhos arregalados enquanto encarava dezenas e dezenas delas. Era possível que houvesse uma nota enfiada em cada página do livro. Olhei para cima com um sorriso.

— Acho que hoje eu pago o jantar.

Acabei realmente pagando o jantar, mas isso acabou por ser um pouco constrangedor, porque ele escolheu comer Subway e eu tive que pegar troco para cem dólares por dois sanduíches de trinta centímetros.

Não muito tempo depois de eu ter terminado a ligação com Thierry, a captura de tela que ele prometeu veio como uma mensagem de texto com todas as informações necessárias. Eu nunca tinha visto tantos zeros depois de um número em toda a minha vida, e eu não fazia ideia de quanto o meu pai achava que comida e aluguel custavam, mas ele devia ter errado por algumas centenas de milhares de dólares ou mais.

— Eu. Tô. Tão. Entediada — choraminguei, horas depois de começar a vaguear pelas ruas.

— A maioria dos Guardiões consideraria isso uma coisa boa — Zayne respondeu.

Olhei para ele, capaz de distinguir apenas o suficiente de seu perfil na pouca luz enquanto ele olhava para o parque da cidade. Seu cabelo estava amarrado para trás naquele coque samurai. Ele estava em sua forma humana, e imaginei que as pessoas que nos vissem pensariam que éramos um casal de jovens ou amigos curtindo a noite.

Duvidava que o fato de estarmos ambos vestidos de preto dos pés à cabeça, como ladrões de filme antigo, fosse muito notável.

Contudo, Zayne em calças de couro preto era muito notável para mim.

Durante a última hora e pouco, estivemos explorando a área onde tínhamos visto os demônios de Status Superior na outra noite. Mas além de um punhado de Demonetes, não tínhamos encontrado nenhum outro tipo.

— Se estivéssemos aqui mantendo as ruas livres de demônios e os humanos seguros, então acho que ficar entediada seria uma coisa boa — ponderei. — Mas estamos procurando pelo Augúrio, então uma noite monótona parece uma coisa ruim. Não estamos mais perto de encontrá-lo do que estávamos ontem.

Zayne parou sob um poste de luz ao lado da entrada do parque.

— Sabe o que eu acho?

— Não, mas eu aposto que você vai me dizer. — Fui subir na mureta de calcário com meio metro de altura que ladeava a entrada, mas assim que minha bota atingiu a borda, percebi que havia julgado mal a altura. Comecei a cair para trás...

Zayne me pegou pelos quadris, estabilizando-me até que meus pés se fixassem na mureta.

— Eu não tenho ideia de como você consegue saltar de um telhado pra outro e escalar uma escada de incêndio, mas quase rachar a cabeça em uma mureta de contenção de menos de um metro de altura.

— Tenho habilidades — murmurei, virando-me de modo que estivesse de frente para ele. Pela primeira vez, era eu a olhar para baixo. — Valeu.

— Sem problema. Eu te ajudo. — Suas mãos permaneciam em meus quadris, seu aperto leve logo acima das adagas de ferro que eu usava escondidas sob a camisa. — Tá de boa?

Assenti com a cabeça.

— Acho que sim.

— Eu quero que você tenha certeza. — Seu tom de voz era leve, até provocante, enquanto ele olhava para mim. — Eu não seria um bom Protetor se você acabasse quebrando um braço nas minhas primeiras semanas de trabalho.

Os meus lábios estremeceram.

— É, isso significaria que você é bem ruim no que faz, mas acho que você tá esquecendo um fato importante.

— E qual seria? — O peso das mãos dele nos meus quadris mudou, de alguma forma tornando-se... mais pesado.

— Seria preciso mais do que uma queda de um metro pra rachar a minha cabeça.

— Sei não — ele respondeu enquanto um grupo de adolescentes atravessava a rua, afastando-se de nós enquanto gritavam uns com os outros.

— Coisas mais estranhas já aconteceram.

— Não tão estranhas.

Ele inclinou a cabeça para um lado.

— Quando eu era mais novo e tava aprendendo a voar, julguei mal um pouso e caí. Quebrei o braço. Eram apenas alguns metros.

Era raro que um Guardião sofresse alguma fratura em uma situação em que até mesmo um humano provavelmente sobreviveria.

— Quantos anos você tinha?

— Seis.

Eu ri.

— É, bem, eu não tenho seis anos. Estou bastante confiante de que não vou quebrar nada se cair.

— Então, você tem certeza absoluta de que se eu te soltar, você não vai cair? — ele perguntou, e eu percebi que seus polegares se moviam. Eles estavam lentamente deslizando para cima e para baixo, bem no centro de cada osso da pelve, e eu nem tinha certeza se ele estava ciente disso.

Mas eu estava.

Totalmente absorta, na verdade, e o meu coração acelerado. Um rubor inebriante me varreu e de fato me senti um pouco instável. Não tinha nada a ver com o meu equilíbrio e tudo a ver com a forma como ele me tocava.

— Que tal a gente fazer um acordo?

— Depende do acordo. — Eu não estava ciente do que fazia até que percebi. As minhas mãos pousaram nas dele. Não para afastá-las, mas para mantê-las ali.

Zayne se aproximou o máximo que podia de mim, estando eu em cima de uma mureta. Nossos corpos não estavam se tocando, mas toda a frente do meu corpo esquentou como se estivessem.

— Se conseguir manter os pés no chão, ambos os pés — ele acrescentou —, vou abastecer a geladeira com tanto refrigerante quanto você consiga beber.

— Sério?

— Sério — ele repetiu, sua voz mais profunda, mais espessa.

— Incluindo Coca-Cola?

— Vou até acrescentar umas caixas de cerveja sem álcool.

— Hmm. Cerveja sem álcool. As pessoas que não gostam disso são monstros. Esse é um ótimo acordo. — Abaixei a cabeça, parando a alguns centímetros da dele. No brilho suave e amanteigado do poste, vi os olhos dele ficarem semicerrados, e o olhar que ele me deu, mesmo que não percebesse, mesmo que não significasse nada, derreteu-me. — Mas eu posso fazer isso sozinha e ainda manter meus pés fora do chão e bem alto. Recuso o seu acordo.

Zayne riu.

— Então eu preciso pensar em um acordo melhor.

— Precisa mesmo.

Seu lábio inferior escorregou entre os seus dentes enquanto seu aperto em meus quadris ficava mais forte, ambas as ações provocando uma sensação profunda e firme dentro de mim. Eu senti a tensão nos tendões das mãos dele, a força em seus braços e a flexão dos músculos em seus antebraços e bíceps. Ele ia me levantar. Talvez me colocar no chão. Ou talvez me colocar contra ele.

Eu sabia que não deveria permitir, porque a gaveta identificada como ZAYNE ainda estava levemente aberta, mas não recuei e coloquei uma distância entre nós. Aqueles olhos pálidos lupinos se encontraram com os meus, e os nossos olhares se conectaram. *Nós* nos conectamos. Ele não se mexeu. Nem eu. Nada foi falado entre nós.

Uma buzina de carro soou. Zayne deixou cair as mãos como se as palmas estivessem queimadas. Eu congelei, presa entre xingar a buzina do carro até o quinto dos Infernos e ficar grata pela interrupção. Em seguida, virei-me de lado e puxei fundo o ar de exaustão e do doce aroma de limão de uma magnólia próxima. Controlei os meus hormônios e me agarrei desesperadamente ao bom senso.

Zayne caminhou alguns metros à frente, com as mãos fechadas em punhos ao lado do corpo. Ele ficou perto da mureta, ao meu alcance, provavelmente no caso de eu decidir me atirar dali, o que parecia uma ótima ideia no momento. Mas eu tinha razão antes. Uma queda desta altura só machucaria o meu ego.

O silêncio permaneceu, e tentei sentir através da conexão o que ele estava sentindo, mas eu não conseguia me afastar do que estava acontecendo comigo.

Olhando para o céu escuro, expirei longa e lentamente. Hora de voltar aos trilhos e seguir em frente. Seguir em frente era algo em que eu poderia fingir ser boa.

— Então... você tava prestes a me dizer o que achava?

Ele olhou por cima do ombro, observando-me lentamente colocar um pé na frente do outro como se eu estivesse em uma trave olímpica.

— Eu tava pensando em quanto tempo o Augúrio esteve aqui, nestas ruas, caçando Guardiões e demônios, e nenhum de nós teve um vislumbre dele, até onde sabemos. Fico achando que poderíamos passar todas as noites por aqui, procurando, e não encontrá-lo.

Parei, um pé no ar.

— Por que você não acha que vamos encontrá-lo?

— Porque não acho que encontraremos o Augúrio até que ele queira ser encontrado.

Pouco antes da meia-noite, arrepios quentes irromperam entre as minhas omoplatas.

Nós tínhamos saído do parque para percorrer uma área da Colina do Capitólio que Zayne chamou de Eastern Market, que era uma Meca de restaurantes com cheiros deliciosos, fazendo a minha barriga resmungar. Fiz uma anotação mental para começar a nossa próxima patrulha daqui para que eu pudesse provar algo de cada lugar.

Parei de andar e olhei para trás.

— Sinto a presença de um demônio.

Zayne parou, a cabeça inclinada para o lado e queixo para cima. Virando-me para a rua larga, apoiei as mãos nos quadris. Ainda havia pessoas na rua e um bando de sirenes sempre presentes soando de várias direções diferentes, mas não estava nem de longe tão cheio quanto no início da noite.

— Tenho um pouco de inveja da rapidez com que você pode senti-los — Zayne comentou enquanto caminhava em direção ao meio-fio.

— Sim, bem, você pode voar, então... — Eu o segui, apertando os olhos, mas não vendo nada além das luzes dos postes públicos. — Vê alguma coisa?

Ele balançou a cabeça.

— Tá por perto. Deve ser um Demonete, mas vamos dar uma olhada.

Deixando que os olhos incríveis de Zayne liderassem o caminho, segui-o para o outro lado da rua. Não fazia ideia para onde estávamos indo e não conseguia ler as placas, mas quanto mais andávamos, mais escuras ficavam as calçadas. Esperando que estivessem em boas condições, fiquei perto dele enquanto minha visão limitada piorava a cada passo.

— Onde estamos? — sussurrei enquanto atravessávamos para outra rua arborizada. Estava assustadoramente silenciosa.

— Estamos na Ninth Street — ele respondeu. — Sudeste. Não estamos muito longe do estaleiro naval. Normalmente não vemos muita atividade demoníaca por aqui.

Imaginei que os demônios não gostavam de marinheiros.

Havia muitas construções escuras e janelas iluminadas à nossa volta. Pareciam prédios residenciais ou condomínios.

— A propósito, vou ter que adiar o treinamento amanhã para o final da tarde — Zayne disse. — A menos que você queira acordar cedo.

— É, dispenso. — As folhas se agitaram acima de nós quando o que eu esperava que fosse um pássaro alçoou voo. — O que você vai fazer?

— Tenho umas coisas... Espera. — Zayne levantou um braço e eu dei de cara nele. Abaixando o braço, Zayne avançou pela rua, passando por um beco estreito e depois parou. Ele se ajoelhou. — Olha pra isso.

Minhas botas esmagaram o cascalho quando me juntei a ele, ajoelhando-me. Os dedos de Zayne estavam em parte de uma cerca de arame quebrada.

— Eu... não vejo nada além dos seus dedos.

Zayne praguejou baixinho.

— Desculpa. Não achei...

— Tá tudo bem. — Eu o dispensei com a mão. — O que é?

— Sangue. Fresco. Bem, mais ou menos.

Levantei-me, olhando em volta.

— O que isso significa?

— Tá úmido, mas muito denso. Estranho. — Ele inclinou a cabeça para cima, olhando para as árvores do outro lado da cerca, e então se levantou. Voltando para a calçada, ele olhou pela rua e depois voltou. — Acho que sei o que tem depois dessa cerca.

Arqueei as sobrancelhas.

— Uma fatia grande de pizza? Sendo otimista?

Ele riu enquanto avançava.

— Não exatamente. É um antigo edifício industrial que deveria ser convertido em apartamentos, mas o financiamento deu errado uns anos atrás.

— Um edifício abandonado?

— Se você não considerar demônios sangrando como moradores, então sim. — Ajoelhando-se novamente, ele agarrou a parte quebrada da cerca e a puxou. — Vamos dar uma olhada.

— Claro. Por que não? — Mergulhei pela abertura e esperei sabiamente que Zayne se juntasse a mim, já que eu não conseguia ver nada devido aos galhos das árvores bloqueando toda e qualquer luz.

Meus passos diminuíram e depois pararam. A ausência de luz era desconcertante, fazendo com que o meu coração começasse a palpitar. Isto era tão ruim quanto a venda. Talvez pior. Meu estômago gelou enquanto eu olhava para os diferentes tons de nada.

— Cuidado — Zayne advertiu, avançando. — Os galhos são muito baixos aqui. Preciso tirá-los do caminho.

— Valeu. Eu... — Respirando fundo, eu disse a mim mesma para superar isso e só pedir pelo que eu precisava. — Posso colocar minha mão nas suas costas? É muito...

Antes que eu pudesse sequer terminar, a mão de Zayne envolveu a minha, e um segundo depois minha palma estava aberta contra suas costas. Com a respiração esfarrapada, fechei os dedos em volta da camisa dele e sussurrei:

— Obrigada.

— Sem problema. — Houve uma pausa. — Pronta?

— Pronta.

Minha Gárgula-Guia ainda em treinamento me levou em torno de árvores e galhos baixos que certamente teriam me acertado. Eu contava meus passos e notava quando Zayne diminuía a velocidade para anunciar uma pedra grande ou um galho de árvore caído. Foram necessários cinquenta e dois passos antes que a espessura da escuridão abrandasse e as formas começassem a se manifestar sob o luar prateado.

Pisamos em um gramado que não era cuidado há anos, a grama chegando aos meus joelhos. Arbustos e ervas daninhas obstruíam uma entrada de carros que era cortada pela cerca de arame. Dei um passo e percebi que carrapichos haviam se agarrado às minhas leggings.

Afe.

Soltando a camisa de Zayne, abaixei, tirei aquelas pestinhas de mim e depois me endireitei, tendo meu primeiro vislumbre da construção.

Era... Hm, deve ter sido adorável nos seus dias de glória.

Agora, a construção monstruosa parecia algo saído de um filme de terror. Com vários andares de altura, tinha duas alas e um monte de janelas fechadas com tábuas. Eu nem sabia dizer que cor o prédio devia ser. Cinza? Bege? Cimento queimado?

— Bem... — Eu alonguei a palavra. — Isso definitivamente parece assombrado.

— Então você será útil, não é mesmo?

Lancei um olhar enviesado para Zayne pelas costas enquanto ele atravessava o quintal fantasiado de selva para chegar à lateral do edifício. Parando em uma porta fechada com correntes, ele olhou para mim.

— Você ainda sente o demônio, certo?

— Sim, senhor capitão.

— Sim, senhor capitão — ele repetiu, balançando a cabeça enquanto se movia para a janela mais próxima. Ele agarrou uma das tábuas e puxou. A madeira rachou e cedeu. Ele a apoiou contra o lado da construção.

Dei um passo à frente e agarrei a próxima tábua e depois puxei. A madeira velha se soltou e fiz menção de atirá-la para longe.

Zayne me impediu.

— As tábuas ainda têm pregos presos. Se voltarmos por onde viemos, não quero que você pise numa sem querer.

— Ah. — Decepcionada, coloquei suavemente a tábua contra a parede.

— Bem pensado.

— Eu sou bem útil. — Zayne puxou a última tábua, que se juntou às suas amigas contra a parede. Esticando-se, ele se inclinou pela janela. — Tudo limpo.

Fiquei feliz em ouvi-lo falar, porque eu estava imaginando algo saído de um filme de terror dos anos 1980. O tipo de filme que Minduim gostava de ver e que envolvia muitas decapitações bizarras.

Zayne se ergueu pela janela e desapareceu. Um nanossegundo depois, sua mão surgiu. Ele mexeu os dedos.

— Vem.

Revirei os olhos.

— Se afaste.

Houve um suspiro, e então a mão dele desapareceu. Plantei as palmas das minhas mãos na vidraça empoeirada, depois pulei pela janela e pousei com agilidade nas tábuas do chão que gemeram sob o meu peso. Eu me endireitei, encontrando Zayne parado de pé alguns metros na minha frente.

— Exibida — ele murmurou.

Sorri enquanto olhava em volta. Faltava uma boa parte do teto, como aparentemente também do telhado ou de uma parede interior, porque uma quantidade razoável de luz da lua entrava. Havia um labirinto de cadeiras quebradas e derrubadas, e pichações marcavam as paredes.

Saímos do cômodo em silêncio, entrando em um corredor onde havia menos luar.

— Droga — Zayne murmurou. — Parece que boa parte desse piso tá apodrecido.

Desta vez sem perguntar, agarrei a parte de trás da camisa dele.

— Mostre o caminho, onde quer que ele esteja.

Passamos por vários cômodos com portas quebradas, mas não encontramos qualquer sinal do demônio, exceto pelo sangue que Zayne podia ver.

Entramos em outro salão mais amplo com janelas, que permitia a passagem de mais luz. Soltei a camisa dele e vasculhei em volta para entender melhor o que nos cercava. Havia várias outras salas abertas, e o cheiro de mofo estava começando...

Uma visão em branco irrompeu de uma parede... bem, na verdade não uma visão. Era uma pessoa... de uniforme branco. Calças brancas. Blusa branca. Até um chapeuzinho estranho branco. Uma enfermeira. Era uma enfermeira.

A qual atravessou outra parede sem olhar na nossa direção, como se estivesse com pressa.

Parei de andar.

— Hã, você viu aquilo?

Zayne olhou por cima do ombro para mim.

— Não.

— Ah. — Olhei para o corredor vazio. — O que você disse que este lugar costumava ser?

— Um antigo edifício industrial — ele respondeu. — Por quê? Espera. Será que eu quero saber?

Eu balancei lentamente a cabeça.

— Provavelmente não, mas acho que devemos ir naquela direção — eu disse, apontando para a esquerda.

Fomos até onde eu tinha visto a enfermeira fantasma desaparecer e chegamos a um conjunto de portas duplas amarelas e enferrujadas. Com cautela, Zayne as abriu o mais silenciosamente possível. Todos os músculos do meu corpo ficaram tensos enquanto eu me preparava para ver o demônio.

Mas não foi isso que descobrimos.

Era uma plataforma, de cerca de três por três metros. Apenas um guarda-corpo nos separava do vazio amplo e exposto abaixo.

— Tô tão confusa — disse, olhando para trás e depois para cima, apenas para confirmar que ainda estávamos no primeiro andar. — Nós não subimos nenhuma escada, certo?

— Não. — Zayne manteve a voz baixa enquanto se aproximava da grade e olhava para baixo. — É uma piscina velha. Esvaziada, mas deve ter ficado no porão ou num nível inferior a onde entramos. Provavelmente era usada pra reabilitação.

Juntei-me a ele, colocando as mãos na barra de metal do guarda-corpos, surpresa ao descobrir que era firme. Este definitivamente não era um porão normal, porque toda a parede oeste estava cheia de janelas intactas, permitindo que a luz se espalhasse pela piscina de cimento alvejado.

Era dali que a enfermeira fantasma tinha vindo? Não havia qualquer cômodo entre onde eu a tinha visto e aqui, mas isso não significava muito. Ela poderia ter vindo de qualquer lugar, mas...

Passos ecoaram através do espaço aberto. Zayne de repente agarrou minha mão e me puxou para baixo, de joelhos. Minha cabeça girou em direção a ele, mas ele colocou um dedo sobre os lábios e depois moveu o queixo em direção à piscina.

Segui seu olhar, sem ver muito no início, e então alguém se moveu em direção aos degraus que levavam à extremidade rasa. Devia ser o demônio, mas...

Algo parecia errado na maneira como se arrastava, dando alguns passos e depois contraindo-se incontrolavelmente, a cabeça sacudindo para a esquerda uma e depois duas vezes.

Liberando minha mão do aperto de Zayne, agarrei as barras do guarda-corpo e me inclinei para a frente o mais longe que pude. Os meus olhos eram ruins, mas eu ainda enxergava o suficiente para saber que havia algo realmente esquisito acontecendo com aquele demônio.

Em seguida, ele passou por um raio de luar, e mesmo que seu rosto não passasse de um borrão difuso para mim, eu conseguia perceber que estava sem o nariz.

E quando ele sacudiu a cabeça novamente, algo pendeu para fora de sua bochecha. Pele solta, percebi. Solta, e parcialmente descolada. O que estávamos vendo definitivamente não era um Demonete ou um demônio de Status Superior. Era algo...

Algo que costumava ser humano.

Capítulo 11

As palmas das minhas mãos suavam enquanto eu observava a criatura parar no centro da piscina.

— É... é o que acho que é?

Zayne se inclinou, com o braço pressionado contra o meu, e quando falou, sua voz era quase um sussurro.

— Se você acha que isso é o que acontece quando um demônio Imitador morde um humano, você estaria correta.

— Jesus Cristo. — Apertei a mão contra a barra de metal. Agora eu sabia por que aquela pobre enfermeira fantasma estava dando o pé daqui. Aquela coisa lá embaixo assustava até fantasmas.

Imitadores eram demônios que pareciam e agiam como humanos, com exceção de seu apetite insaciável, força descomunal e o hábito desagradável de morder pessoas. Sua saliva infecciosa era transferida através de uma mordidinha dos seus dentes, e três dias depois o pobre coitado que virou lanche se transformava em um possível figurante para a série *The Walking Dead*, completo com a tendência de comer tudo, incluindo outras pessoas, e uma boa dose de raiva incontrolável. Nós os chamávamos de zumbis. Não era um nome muito criativo, mas a palavra *zumbi* e o seu significado já existiam muito antes de a cultura pop se apoderar dela.

— Nunca tinha visto um antes, e você? — ele perguntou.

Balancei a cabeça.

— Eu nunca nem vi um demônio Imitador. Pelo menos, acho que não.

— Eles são raros. — A respiração de Zayne agitou os cabelos finos ao redor da minha orelha. — E, como você pode ver, a mordida deles não é coisa boa, mas eles não mordem os humanos com frequência.

Meu olhar saltou sobre o rosto de Zayne.

— Porque eles só podem morder sete vezes antes de morrer?

Ele afirmou com a cabeça enquanto se voltava para a piscina lá embaixo.

— O que é que esse zumbi tá fazendo aqui, num edifício abandonado?

— Turismo urbano? — sugeri.

Sua risada foi baixa.

— Quando um humano é mordido, ele vai pra um lugar familiar. Pra casa. Pra onde trabalhava. Mas o sujeito lá embaixo já passou da data de validade pra ser uma mordida fresca. A essa altura, ele deveria estar perseguindo qualquer coisa que esteja viva.

Por isso era importante eliminar os Imitadores quando eram encontrados. Tudo o que tinham de fazer para causar o caos era morder um humano. Assim como nos filmes, o humano infectado então espalhava o vírus demoníaco para outro humano através de uma mordida, saliva... qualquer fluido corporal. Isso aconteceu no passado, provavelmente com mais frequência do que eu imaginava. À medida que a infecção demoníaca se espalhava, os zumbis perdiam as capacidades de função cognitiva para além de andar e comer.

— Vou chutar que o plano de ação é eliminá-lo.

— Sim, mas eu quero ver o que ele tá fazendo. Tem que haver uma razão pra ele estar aqui, quando...

Uma porta do outro lado do cômodo se abriu, e o som de pés se arrastando sobre os ladrilhos subiu até que se tornou um zumbido alto. O meu queixo caiu.

Zayne enrijeceu.

— Santo...

— ...Apocalipse zumbi. — Terminei para ele, olhando para as criaturas mancando e se contorcendo. Eles não estavam gemendo, era mais como um latido de rosnados cortados e cruéis intercalado com bater de dentes. — Tem de haver uma dúzia lá embaixo.

— E mais um pouco.

Respirei fundo e imediatamente me arrependi. O fedor era avassalador, uma mistura de enxofre e carne podre deixada ao sol, e isso desencadeou meu reflexo de vômito.

— Lembre-me de nunca mais dizer que tô entediada.

— Ah, confie em mim, eu nunca mais vou permitir que você diga isso de novo. — Ele inclinou o corpo para mim. — Tem alguma coisa acontecendo. Eles não andam em rebanho assim, especialmente onde não tem nada pra comer.

Isso era algo que a cultura pop errou em relação aos zumbis. Não viajavam em grupos. A razão podia ser vista ali embaixo, enquanto eles estalavam as mandíbulas e rosnavam uns para os outros enquanto cambaleavam para a frente e batiam nas paredes da piscina vazia.

— É como se estivessem à espera de algo — Zayne acrescentou. — Mas isso não faz nenhum sentido.

Muito pouco disto fazia sentido. Tipo, como é que sentimos um demônio e acabamos aqui, onde uma assembleia de mortos estava à espera e o demônio estava desaparecido? Uma inquietação nasceu dentro de mim. Poderíamos ter sido conduzidos até aqui?

— Zayne...

Ar frio soprou na minha nuca. Girei a cabeça. A temperatura fria me lembrou de quando eu acidentalmente atravessei um fantasma, mas esta não foi pelo corpo inteiro. Essa sensação gelada se instalou no mesmo lugar que queimava quando eu sentia um demônio, ao longo da base do pescoço e entre as omoplatas.

— O quê? — Zayne tocou no meu braço.

Esfreguei a nuca. A pele parecia normal, mas o frio ainda estava lá, formigando.

— Você sente algo estranho?

— Não. Você sim?

O meu olhar encontrou o dele quando deixei cair a mão.

— É estranho. Como algo gelado...

Um uivo gutural fez as nossas cabeças girarem abruptamente em direção à piscina. Um dos zumbis dera um passo à frente, com a cabeça jogada para trás enquanto gritava. Eu tinha uma leve suspeita de que tínhamos sido vistos.

— Hm, acho que eles querem dar um oi — murmurei.

— Droga — Zayne rosnou. — Bem, não vamos mais esperar pra ver o que eles estão fazendo aqui. Não podemos deixá-los sair.

— Sabe, tô começando a achar que eles não planejam sair — eu disse, nem me preocupando em manter a voz baixa enquanto outro zumbi gritava. — Acho que nós somos a razão deles estarem aqui, mas como eles não têm a capacidade de planejar, tô achando que aquele demônio nos trouxe até aqui.

— Eu acho que você tá indo pelo caminho certo. — Zayne se ergueu. — Mas "por que" seria a questão.

— Não sei. Talvez achem que não podemos com eles. — Olhei por cima do guarda-corpo. — Quão alto você acha que a gente tá?

— Uns três metros e meio daqui até o deck da piscina. Por quê?

— Perfeito. — Dei um sorriso para ele. — Aposto que chego lá antes.

Zayne girou em minha direção, meu nome um grito em seus lábios, mas eu fui rápida. Saltei sobre o corrimão de metal e caí no nada. O ar mofado parecia puxar-me para baixo. A queda levou alguns segundos, mas pousei com os dois pés no chão. O impacto foi chocante, disparando uma explosão de dor ao longo dos meus tornozelos e até os meus joelhos e meus quadris, mas desapareceu rápido o suficiente. Levantei-me, desembainhando as minhas adagas.

— Hora do jantar — chamei.

Vários zumbis se viraram para mim, e os mais frescos correram para a parede da piscina, clamando pelas laterais lisas. Eu tive vislumbres de pele rasgada e feridas escancaradas nas gargantas. Um veio pelo lado para o deck e bloqueou a maior parte do luar.

Eu deveria ter antecipado isso, mas tudo bem. Já tinha visto o suficiente para saber para onde mirar. O zumbi avançou com uma velocidade surpreendente, e eu o atingi ainda mais rápido, empurrando a adaga para o centro da bolha em forma de cabeça. Um líquido pegajoso e fedorento atingiu o ar quando puxei a adaga para fora. O zumbi dobrou-se como um saco de papel, mas foi rapidamente substituído por outro.

Eu me joguei para a frente quando Zayne pousou no lado fundo da piscina, suas asas abertas. Ele tinha se transformado, o que era bom, porque eu não achava que dentes de zumbi pudessem rasgar a pele de um Guardião.

Eu, por outro lado? Eu não tinha ideia do que aconteceria se eu fosse mordida. Também não queria descobrir. Desta vez enfiei a adaga debaixo da garganta, porque este zumbi era super alto.

— Juro por Deus, Trinity — Zayne rosnou enquanto pegava um zumbi pela cabeça. Ouviu-se um som úmido e de rasgamento, e tudo o que pude ver foi um corpo caindo, sem uma parte superior importante. Zayne jogou a cabeça, que se chocou com um som gosmento contra a parede da piscina.

Essa era uma maneira interessante de destruir o cérebro.

— Você não deve jurar por Deus. — Eu pulei na parte rasa, imaginando que Zayne estava preocupado que eu começasse a socar zumbis como eu fiz com o Torturador. — O menino Jesus não aprovaria.

Zayne xingou enquanto arremessava outro zumbi sem cabeça para o lado.

— Eu acho que você é suicida.

— Nada. Só queria ganhar de você. — Eu agarrei o cabelo de um zumbi que cambaleava em direção ao fundo da piscina e o puxei para trás, mas isso não deu muito certo. Houve uma sensação estranha de algo molenga rasgando, e o zumbi continuou a caminhar sem o cabelo e a maior parte do couro cabeludo. — Eca!

Deixei cair o escalpo, engasgando com a sensação de vômito.

— Eu nunca vou esquecer a sensação desse negócio. Nunca. Nunquinha.

— Você pulou aqui, então pare de choramingar.

Sacudindo a mão, estremeci e engoli o gosto da bílis.

— O couro cabeludo dele estava na minha mão, Zayne. O *couro cabeludo*.

Ele se levantou no ar, pegando o zumbi escalpelado.

— Atrás de você! — ele gritou.

Eu girei enquanto pulava para trás. Meu pé escorregou em uma meleca e minha perna saiu de debaixo de mim. Tentei me equilibrar, mas estava muito perto da inclinação abrupta que levava ao lado fundo da piscina. Quando o meu pé desceu, não havia nada lá. Eu caí com força no cimento e rolei como um tronco pelo chão da piscina. Quando parei, estava deitada de costas, braços e pernas abertos.

Um corpo bateu em mim, e com base no fedor que eu estava sentindo entrar pelas minhas narinas, eu sabia que era o zumbi. Um segundo depois, os dentes dele estalaram a poucos centímetros do meu rosto. A criatura estava tão perto que consegui dar uma boa olhada em uma mandíbula exposta e um olho pendurado, preso por um cabo de tecido rosado e gelatinoso.

— Ai, meu Deus — eu gemi, agarrando-o pela garganta. Eu me encolhi quando meus dedos afundaram em pele e músculos. Balançando o outro braço, enfiei a adaga na lateral da cabeça dele. Líquido salpicou meu rosto e meu peito enquanto a dor na minha bunda diminuía.

— Eu odeio zumbis — murmurei, empurrando o cadáver para longe de mim.

— Você tá bem? — Zayne gritou.

— Sim. — Sentei-me, apertando os olhos enquanto me virava para a extremidade rasa. Vi Zayne, mas ainda havia quatro zumbis em pé entre nós. Três deles vinham diretamente para mim.

Gemendo, eu me pus de pé em um salto e comecei a trabalhar. Os zumbis não eram difíceis de matar. Eles não eram lutadores natos, e a coordenação motora definitivamente não era algo que revivia junto com eles, mas eles com certeza faziam bagunça. Quando finalmente terminei, eu estava parada no meio de um monte de meleca e nojeira.

— Você terminou por aí? — gritei com os olhos procurando os raios da luz da lua.

Zayne apareceu onde a piscina começava a afundar.

— Você tá bem? — ele repetiu.

Presumi que isso significava que não havia mais zumbis.

— Tô bem. Nem um arranhão ou mordida.

Ele se virou de lado.

— Acho que tinha pelo menos duas dúzias deles aqui.

— Isso é bizarro, não é? Não tem como essa quantidade de zumbis terem simplesmente se arrastado até aqui. As pessoas estariam tão em pânico que as ouviríamos daqui.

— Pois é — Zayne concordou, erguendo as asas e depois as abaixando.

— Eu peguei doze. E você?

Franzi a testa.

— Eu não tava contando.

Ele riu, zombeteiro.

— Amadora.

Eu mostrei um dedo.

— Não precisa ficar assim tão raivosa. — O humor desapareceu de sua voz quando ele falou novamente: — Eu preciso notificar isto.

Isso fazia sentido. Esta quantidade de zumbis reunidos em um prédio abandonado aleatório era altamente anormal e gerava um monte de perguntas que precisavam de respostas.

Olhei para o que restava dos zumbis e, pela primeira vez, provavelmente em toda a minha vida, eu não estava com fome. Levantando meu olhar enquanto Zayne puxava o celular do bolso, pensei em algo.

— O que eu digo quando o resto do clã chegar aqui? Vão ter perguntas. Inferno, eles provavelmente já têm perguntas.

— Tô ligando pra Dez — ele respondeu, referindo-se ao único outro Guardião além de Nicolai que sabia o que eu era. Ele tinha acompanhado Zayne e o líder do clã deles até a Comunidade. — Vou pedir que ele te leve de volta pro meu apartamento antes que o resto do pessoal chegue aqui.

— E se mais zumbis aparecerem enquanto você espera que os outros cheguem? — perguntei.

— Eu posso lidar com eles. — Ele colocou o telefone no ouvido. — E os outros vão chegar aqui bem rápido.

Eu acenei com a cabeça, embora odiasse ter que sair de fininho. Embainhando as minhas adagas enquanto ele falava com Dez, olhei ao redor da piscina. Parecia um açougue.

— Dez tá a caminho — Zayne disse, colocando o telefone no bolso. — Mas alguma coisa tá rolando.

— Como assim?

— Ele parecia estranho. — Zayne olhou para baixo. — Deixa eu te tirar daqui.

— Eu posso me tirar...

—Tem corpos e vísceras cobrindo quase todos os centímetros quadrados da piscina. Você vai andar sobre isso e escorregar. — As asas de Zayne se abriram e ele se ergueu no ar. — E eu duvido que Dez fosse ficar feliz com você espalhando massa encefálica por todo o assento do carro.

Franzi a testa.

— Já tem massa encefálica em mim.

— Mais um motivo pra você não se sujar ainda mais. — Ele pairou sobre mim, estendendo os braços. — Só me deixa te tirar da piscina.

Zayne tinha razão, mas hesitei, sentindo que precisava provar que era capaz de fazer isto sem ajuda. Já tinha precisado da ajuda dele uma vez esta noite. A frustração queimou enquanto eu dava um passo e sentia algo pegajoso debaixo da bota.

— O que é? — As asas de Zayne batiam silenciosamente. Quando eu não respondi, ele foi para o meu outro lado. — Fale comigo, Trin.

— É só que... eu já precisei da sua ajuda hoje quando não conseguia enxergar, e eu *consigo* sair daqui. Posso sair suja, mas eu só... — Minhas mãos se abriram e fecharam, e pensei em como eu tinha me saído mal enquanto treinava com os olhos vendados. — Eu preciso ser independente.

— O quê? — A confusão encheu-lhe a voz.

Olhando para o que eu pensei ser as costelas expostas de um cadáver, lutei para encontrar as palavras que explicassem o que eu sentia.

— Eu não quero que você nem ninguém pense que eu não posso ser... independente, ou que eu preciso da ajuda dos outros o tempo todo.

— Nem por um segundo penso que você aceitar ajuda quando precisa significa que não é independente.

— Sim, bem, outras pessoas não vão concordar com você.

Zayne pousou ao meu lado, provavelmente no único ponto limpo do chão. Ele fechou as asas para trás.

— Quem são essas pessoas?

Eu tossi uma risada seca.

— Todo mundo? Você já viu como as pessoas falam sobre quem... — Eu engoli em seco. — Sobre quem tem alguma deficiência?

Meu Deus, dizer aquilo era mais difícil do que eu tinha imaginado. *Deficiência.* Que palavra carregada, uma que eu não tinha certeza de ter falado em voz alta antes. Talvez eu nunca tivesse dito isso por causa do que ela implicava, que havia algo diferente em mim, algo que tinha de ser adaptado.

Mas deficiência *não era* uma palavra ruim, e não significava algo ruim. Ela queria dizer simplesmente isso. Eu era uma Legítima. E uma grande lutadora. Mas eu ainda era uma pessoa com deficiência no final das contas.

E eu sabia que isso não me definia. Não era o todo de quem eu era. Era apenas uma parte de mim.

Ainda assim, era uma palavra difícil de se dizer.

E fiquei mal por sentir que era uma palavra difícil. Como se estivesse traindo outras pessoas com deficiência ao achar difícil admitir que eu, também, tinha uma deficiência.

Não mudava o fato de que eu sentia que precisava provar minha capacidade.

— Trin? — A voz de Zayne era suave.

Balancei a cabeça.

— As pessoas esperam que você seja autossuficiente e forte o tempo todo. Como se você devesse ser um brilhante exemplo de superação das merdas que a vida atira na sua cara, ou que você tá aqui pra servir a algum propósito maldito de provar como qualquer um é capaz de contrariar as estatísticas se simplesmente for *positivo* o suficiente. Até as pessoas que têm os mesmos malditos problemas às vezes acham isso.

— Thierry ou Matthew disseram algo assim pra você? — ele perguntou de uma forma que me fez ficar preocupada com o bem-estar do casal.

— Não exatamente. Quero dizer, eles me ensinaram a não deixar que isso me impedisse. Assim como a minha mãe, mas... — Comecei a esfregar as mãos no rosto e percebi que estavam cobertas de sangue de zumbi. — Eu fazia parte deste grupo de apoio às pessoas com baixa visão alguns anos atrás. Era uma coisa on-line, e eu queria saber o que os outros pensavam; sabe, quem tava lidando com algo parecido. A maioria era ótima, mas tinha alguns que estavam tão empenhados em garantir que as suas opiniões fossem ouvidas e como lidavam com as coisas, que nunca ouviam mais ninguém. Eles estavam tão ocupados dizendo pra todo mundo no grupo como a gente deveria se adaptar ou sentir, ou mesmo como deveríamos falar sobre o que sentíamos, ou os desafios e... — Eu levantei as mãos. — Eu nem sei por que tô falando disso agora. A gente tá rodeado por zumbis mortos e fedorentos.

— Não tem momento melhor do que agora — ele disse.

— Ah, eu consigo pensar em *vários* momentos melhores que não envolvem massa encefálica. — Apoiei as mãos nos quadris. — Olha, eu só não quero ser...

Um fardo. Uma vítima. Um desafio. Alguém de quem se deve ter pena, ou se deve mimar e se preocupar. Alguém tratado como sendo *menos* do que os outros, mesmo com as melhores intenções.

Respirei fundo.

— Não sei o que dizer. Tá tarde. Eu tô cansada, e tem cérebro na minha roupa.

— Tudo bem. Sei exatamente o que dizer.

— Ótimo — murmurei.

— Em primeiro lugar, eu não dou a mínima pro que uma pessoa aleatória na internet que se autointitulou como porta-voz de todas as coisas pensa. Você já provou um monte de vezes que é independente e forte. Você acabou de pular daquele... — disse, e gesticulou para o guarda-corpo — ...e não pensou duas vezes. Eu ainda gostaria que você não tivesse feito isso, mas que seja. Você precisar da minha ajuda uma ou duas ou cinco vezes numa noite não é um indício de perda da sua independência.

— Então o que é?

Seu peito subiu e depois desceu.

— Você tá fazendo o melhor que pode, Trinity.

Eu prendi a respiração. Aquelas foram as palavras que eu tinha falado para ele quando contara sobre a minha visão. *Estou fazendo o melhor que posso*. Eu tinha dito isso.

— Você é tão incrível e nem percebe isso.

Meus olhos arregalados encontraram os dele.

— E você também é muito frustrante — ele acrescentou. Os cantos dos meus lábios se viraram para baixo. — Sabe, eu já esqueci diversas vezes que você não consegue ver bem e, quando eu me lembro, fico realmente meio chocado que você não precise de mais ajuda, e você não tem ideia de como... de como eu fico *maravilhado* com você, que você faz o que faz nestas circunstâncias. Que você tá cumprindo o seu dever sem hesitar ou deixar que a sua visão te limite. Então, caramba, Trinity, não deixe que o que os outros pensam ou dizem, ou mesmo que os seus medos te contenham quando você precisar de ajuda. Não perca um segundo sequer se preocupando com isso. Deixa eu te ajudar. Deixe qualquer pessoa te ajudar quando precisar, e isso vai te tornar ainda mais forte.

— Você... você fica maravilhado comigo? — perguntei, minha voz soando muito miúda.

— Essa é a única parte do que acabei de dizer que você ouviu?

— Bem, não. — Eu coloquei meu peso nos calcanhares, balançando-me para trás. — Eu ouvi tudo.

Zayne se inclinou para a frente, suas asas se abrindo para equilibrá-lo, e mesmo que eu não pudesse ver seus olhos, sentia a intensidade de seu olhar.

— Você nunca deixa de me surpreender, Trinity. Não acho que em algum momento você vai deixar de me surpreender. Então, sim, fico maravilhado com você.

Abri a boca para falar e voltei a fechá-la. No meu peito, havia uma onda de emoção tão poderosa que pensei que poderia me arrastar para longe.

— Mas eu ainda acho que você deveria beber mais água.

Uma risada trêmula escapou de mim.

— Isso é tudo... muito legal. Não a parte da água, mas o que você disse. Obrigada. — Minhas bochechas coraram enquanto eu estendia as mãos. — Tá bem. Você pode me tirar daqui.

Zayne olhou para mim, com o rosto meio escondido nas sombras.

— Você me deixa louco.

— Sinto muito?

— Não sente, não — Zayne suspirou.

Ele não me pegou pelas mãos. Em vez disso, ele dobrou um braço em volta da minha cintura e me puxou contra ele enquanto alçava voo, da mesma forma que ele tinha feito na noite em que voamos o mais alto possível. Por instinto, as minhas mãos pousaram nos ombros dele. O contato contra toda a extensão do seu corpo foi tão chocante quanto a aterrissagem que eu tinha feito antes, porque ele estava muito quente e causava uma sensação maravilhosa demais.

A viagem ao deck da piscina foi rápida, e quando ele pousou, tirei as minhas mãos de seus ombros. Ele não me soltou, pelo menos não imediatamente. Ele me segurou contra ele, e eu não ousei levantar a cabeça para ver se ele estava me olhando. Eu também não me concentrei no vínculo para ver se eu conseguia detectar o que ele estava sentindo além do meu próprio coração disparado.

Seu peito se encheu contra o meu, e o queixo dele roçou o topo da minha cabeça.

— Me promete uma coisa.

— Qualquer coisa — respondi, repetindo sem querer o que ele tinha dito quando pedira um favor.

O braço de Zayne se apertou ao meu redor.

— Me promete que sempre que precisar de ajuda, não importa o que aconteça, você vai me pedir.

Fechei os olhos, comovida, e as palavras me deixaram sem muito esforço.

— Eu prometo.

— Que bom — ele respondeu, e então senti seus lábios contra a minha testa.

Um beijo tão casto, tão doce, que não deveria ter tido tanto impacto em mim, mas teve. O beijo mexeu profundamente comigo, tal como as suas palavras. Eu *quase* quis que ele retirasse o que tinha dito, e o beijo na testa também, porque seria mais fácil assim. Muito mais fácil. Mas eu valorizei tudo isso, provavelmente até demais.

Ele se virou de repente, e então seu aperto em volta da minha cintura se afrouxou e eu deslizei para o chão, ficando em pé. O atrito foi uma explosão para os meus sentidos, e dei um passo para trás.

— Desculpe — ele disse, a voz rouca —, tinha... sujeira no deck.

— Sem problema. — Olhei em volta, evitando os olhos dele. Soltando um longo suspiro, limpei as mãos na parte externa das coxas. Era hora de voltar ao que importava. — Tenho um mau pressentimento sobre tudo isso.

— Eu também. Um demônio nos trouxe diretamente pra este lugar onde uma horda de zumbis estava convenientemente à espera.

Cruzei os braços, olhando para Zayne. Ele ainda estava em sua forma de Guardião.

— Existem demônios que podem controlar zumbis?

— Não que eu saiba, mas tudo o que você precisaria seria um demônio Imitador mordendo um humano e, em seguida, trazer mais pessoas pra serem infectadas.

— Alguns deles pareciam estar a um segundo de se decompor e restar só os ossos.

— Eles se decompõem bem rápido. Os mais acabados poderiam ter estado aqui há só alguns dias — Zayne explicou.

Parecia terrível. Pessoas sendo arrancadas das ruas para serem transformadas em mortos-vivos, deixadas aqui onde não havia nem mesmo algo para comer. Bem, a menos que houvesse alguns sem-teto aqui, procurando abrigo do calor e das tempestades.

E isso era ainda pior.

— Dez chegou — Zayne anunciou.

Virei-me assim que uma parte da parede se abriu, uma porta escondida grunhindo em suas dobradiças enferrujadas.

O Guardião de cabelos escuros estava em sua forma humana, e deu para perceber o momento exato em que ele viu a bagunça na piscina e no deck, porque ele parou de repente.

— Você não estava exagerando.

— Infelizmente não. — Zayne se moveu para ficar ao meu lado.

— Olá. — Acenei com a mão ensanguentada para Dez. — Já viu algo assim? — Gesticulei para trás de mim... e para a minha volta.

— Eu só tinha visto cinco zumbis em toda a minha vida, e cada um deles com vários anos entre si. — Ele levantou uma mão e a passou pelos cabelos escuros. — Você disse que vocês sentiram um demônio e ele os trouxe até aqui, onde esses pobres desgraçados estavam esperando?

— Sim — Zayne respondeu. — Estamos achando que...

— ...Foi uma armadilha? — Dez o interrompeu, e o desconforto ressurgiu ainda com força total. — Vocês não viram o demônio?

— Não. — Dei um passo à frente. — Por que você acha que foi uma armadilha? Porque estávamos começando a achar a mesma coisa.

Quando Dez falou, sua voz estava tão cansada quanto um soldado exausto da batalha.

— Porque há cerca de dez minutos, Greene foi encontrado morto. Eviscerado e pendurado no maldito Eastern Market.

— Onde? — Zayne perguntou enquanto meu estômago despencava.

— Na plataforma do metrô — Dez confirmou. — A poucos quarteirões daqui.

Julgando pela maneira com Dez estava me olhando enquanto eu subia no banco do passageiro do suv, imaginei que ele queria abrir um hidrante e me dar um banho, mas estava resistindo.

Enquanto Dez corria pela frente do veículo, olhei pela janela. Tudo o que eu via eram as formas vagas das árvores, mas sabia que Zayne ainda estava no prédio e que, em poucos minutos, outros Guardiões chegariam para ajudar a limpar a bagunça e vasculhar o resto do prédio, garantindo que não houvesse mais zumbis.

Detestei deixar Zayne ali, sozinho, depois de saber que um dos membros do seu clã tinha sido assassinado, e exatamente onde tínhamos passado.

O demônio conduzir-nos a este edifício abandonado não poderia ter sido uma coincidência. Será que o Augúrio esteve por ali, seguindo Greene, e não tínhamos ideia? Ou Greene estivera em outra zona da cidade e foi trazido até ali como um recado doentio, para que soubéssemos que tínhamos sido vistos?

Que tínhamos sido enganados.

O suv balançou quando Dez ajustou seu corpo comprido no banco do motorista. Olhei para ele, capaz de distinguir o seu perfil com a luz do poste. Dez era jovem, apenas um pouco mais velho do que Zayne, e ele já estava acasalado, com dois gêmeos adoráveis que estavam aprendendo a se transformar.

Muitos Guardiões cresciam sem pais, tendo perdido a mãe durante o parto ou para ataques de demônios e o pai para a guerra sem fim. As estatísticas não estavam a favor dos gêmeos, mas eu esperava que Izzy e Drake não tivessem o mesmo destino que tantos outros.

— Sinto muito pelo que aconteceu com o Guardião — eu disse enquanto Dez apertava o botão de ignição.

Ele olhou para mim, seu semblante escondido no interior sombrio do carro enquanto ele manobrava para longe do meio-fio.

— Obrigado.

Queria perguntar se Zayne o conhecera bem, mas isso pareceu insensível.

— Ele estava com o clã há muito tempo?

— Sim, ele estava aqui há vários anos — ele respondeu, e meu coração apertou. — Ele não era acasalado, então acho que isso é uma bênção.

Que triste que isso tinha de ser acrescentado, como se o lembrete de que poderia ter sido pior precisasse ser dito.

— Mas ainda assim ele vai fazer falta.

— Claro. Ele era um ótimo guerreiro e um amigo ainda melhor. Greene não merecia acabar assim. — Ele suspirou. — Nenhum dos que foram mortos antes de você chegar aqui mereciam.

Um nó preencheu a minha garganta enquanto eu me voltava para a janela, sem saber o que poderia dizer ou se algo além de *meus sentimentos* poderia ser dito. Pensei em mastigar a unha, mas parei quando me lembrei que as minhas mãos estavam cobertas de sangue de zumbi.

— Estávamos bem ali, não mais do que trinta minutos atrás. Aquela parte da cidade tava praticamente vazia, e não sentimos nada além do demônio. Se tivéssemos sentido ou se a gente soubesse o que estava procurando...

— Mas vocês não sabiam — Dez finalizou. — Vocês estão tão no escuro quanto nós estamos, e não digo isso como uma crítica. O que quer que esta criatura seja, é esperta. Esperou até que você e Zayne tivessem se afastado.

Acenei com a cabeça enquanto o mal-estar se desenrolava na boca do meu estômago, espalhando-se como uma erva venenosa. O Augúrio não era apenas esperto. Eu suspeitava que, apesar de não fazermos ideia de quem ou do que se tratava, ele sabia exatamente quem e o que Zayne e eu éramos.

Meu corpo inteiro se sobressaltou enquanto eu arquejava, o sangue circulando tão rápido pelas minhas veias que eu podia ouvir o fluxo em meus ouvidos enquanto a confusão me varria. Levei um momento para perceber que tinha adormecido depois de tomar banho.

Caramba, não queria ter apagado. Queria estar acordada quando Zayne chegasse. Eu não tinha ideia de por quanto tempo estive dormindo ou se Zayne...

— Trinity! — O rosto fantasmagórico de Minduim estava subitamente a poucos centímetros do meu, iluminado pelo brilho da luminária de cabeceira que eu tinha deixado acesa.

— Jesus Cristo — eu exclamei, pressionando uma mão contra o peito. — Por que você faz isso?

— Trin...

— Às vezes eu acho que você tá tentando me matar do coração. — Eu me afastei do fantasma, a irritação zumbindo pelas minhas veias como um ninho de vespas enquanto os meus olhos se ajustavam. Percebi que a porta do quarto que eu deixara aberta para ouvir o retorno de Zayne estava fechada, significando que ele provavelmente havia chegado e a fechado, porque eu duvidava seriamente que Minduim teria feito isso. — Minduim, tô falando sério. A próxima vez que você fizer isso...

— Me escuta, Trin, tem...

— Eu vou exorcizar essa sua cara feia pro além — eu retorqui. — Isso não tá certo, Minduim. Nem um pouquinho.

— Eu não estava vendo você dormir ou tentando te assustar! — Minduim tremeluziu.

— Que seja — murmurei e peguei meu telefone para ver a hora.

— Me escuta! — Ele gritou tão alto que, se pudesse ser ouvido por outras pessoas, teria acordado metade do prédio.

Eu nunca o tinha ouvido gritar antes. Nunca. Eu me concentrei nele, realmente olhei para ele, e, para um fantasma, ele parecia apavorado.

— O quê?

Minduim recuou um pouco.

— Tem alguma coisa aqui... alguma coisa no apartamento.

Capítulo 12

Eu saltei da cama como se um foguete estivesse preso ao meu traseiro.

— Como é?

Minduim acenou com a cabeça.

— Tem alguma coisa aqui.

— Você precisa me dar mais detalhes. — Peguei uma adaga da mesa de cabeceira. — Agora.

— Eu vi no outro cômodo, perto da ilha da cozinha — ele disse. — Não é coisa deste mundo.

Meu Deus, Zayne estava lá fora.

E se o Augúrio tivesse nos seguido? Era possível, especialmente se soubesse que tínhamos estado no Eastern Market. Não o tínhamos sentido, por isso poderia estar aqui sem ser detectado. Disparando, escancarei a porta e entrei na sala, iluminada pelo luar e pelo brilho suave da iluminação sob o armário da cozinha. Meu olhar disparou da ilha da cozinha para o sofá... espere aí. Algo estava atrás da ilha. Bloqueava uma parte da luz.

Dei um passo à frente, a mão agarrando a adaga enquanto eu apertava os olhos. A forma era... a de uma pessoa, mas não era sólida. A cada dois segundos, eu via as luzes dos armários piscando, como se a forma estivesse tremeluzindo…

— Você tá vendo? — Minduim perguntou atrás de mim. — Ele não deveria estar aqui.

Então eu o vi.

Lentamente, abaixei a adaga.

— Ele estava olhando em volta e tal, dando uma conferida em Zayne — Minduim continuou, ficando atrás de mim como se eu fosse seu escudo pessoal. Lentamente, fui em direção ao sofá. — Eu perguntei o que ele estava fazendo, mas ele não respondia. Ele me ignorou como se não pudesse me ver, mas certeza de que esse não é o caso.

Eu lancei um olhar de esguelha para baixo quando cheguei ao sofá, e o alívio me atingiu no meio do peito. Zayne *estava* ali, dormindo. Um braço estava enfiado atrás da cabeça dele, o outro apoiado sobre a barriga. Seu rosto estava virado para mim, e um raio de luar beijava sua bochecha.

Disparei meu olhar de volta para a cozinha, meu coração acalmando. Zayne estava bem, mas a forma sombria ainda estava ali, e não era o Augúrio ou um demônio que de alguma forma tinha conseguido passar pelo meu radar interno.

Era um fantasma... ou um espírito.

O que teria sido bom que Minduim tivesse mencionado quando me acordara, em vez de me dar um pequeno ataque cardíaco.

Fantasmas e espíritos, na maior parte, eram benevolentes, mesmo aqueles que podiam interagir com o ambiente, como Minduim. Havia alguns que ficavam presos e relutantes em reconhecer que estavam mortos, e sua raiva virava uma infestação, apodrecendo suas almas. Tornavam-se espectros. Era preciso ter cuidado com eles, pois podiam ser perigosos e violentos.

Imaginei que este fantasma tinha me visto em algum lugar e me seguido até aqui. Não seria a primeira vez que um fantasma me sentira e então me encontrara mais tarde.

— Faz ele sumir — Minduim sussurrou.

Dei-lhe uma olhada enviesada e depois me concentrei no visitante inesperado. Eu poderia estar aqui para encontrar o Augúrio, mas ajudar fantasmas e espíritos era importante para mim. Para muitos deles, eu era a única oportunidade para transmitirem uma mensagem ou obterem ajuda para a travessia.

De tudo o que eu era capaz de fazer, ajudar os mortos a seguirem em frente ou comunicar a mensagem de um espírito era o dom mais incrível que eu tinha no meu arsenal. Pelo menos para mim.

Quando me aproximei do balcão da ilha, a forma mudou sem aviso prévio. Roupas apareceram. Uma camisa de flanela preto e branco sobre uma camiseta com algo escrito foi subitamente preenchida por um torso e braços. Um rosto se formou. Um rosto arredondado, quase juvenil. Cabelo castanho bagunçado que parecia o de alguém que havia acabado de acordar. Óculos empoleirados em um nariz reto. Ele tinha mais ou menos a minha idade.

E ele era um espírito.

Eu soube disso imediatamente, porque sua pele carregava um brilho etéreo que me dizia que ele tinha visto a luz e ido para ela. Mas eu nunca tinha visto um espírito fazer o que acabara de fazer: mudar de uma forma preta e sombria para uma aparição corpórea.

— Eu não gosto dele — Minduim sussurrou. — Não o quero aqui.

O espírito se focou em Minduim.

— Pra um fantasma, você não é muito camarada.

Minduim se engasgou.

— Eu não sou o Gasparzinho, seu tolo insolente.

— Engraçado você mencionar Gasparzinho — o espírito respondeu, sua cabeça inclinada. — Você sabia que quando o Gasparzinho foi criado pela primeira vez, ele era um fantasma de um menino que morreu? Mas então os criadores ficaram preocupados que uma criança morta fosse muito pesado, então mudaram pra que ele tivesse nascido um fantasma e o deram pais fantasmas, porque, na cabeça deles, fantasmas tendo bebês fantasmas era menos difícil de explicar?

Pisquei.

— O quê? — Minduim vocalizou minha confusão.

— Exatamente. — O espírito assentiu. — Quer dizer, pra mim, a ideia de que fantasmas nascem e são capazes de se reproduzir é muito mais perturbadora, mas quem sou eu?

Certo.

Eu não fazia ideia de que horas eram, mas sabia com bastante certeza que era tarde demais ou cedo demais para ouvir esse tipo de tolice. Erguendo a mão, acenei com a adaga.

— Oi. Como eu posso te ajudar?

Os olhos do espírito se arregalaram atrás dos óculos.

— Você pode me ver?

— Pergunta idiota — Minduim murmurou. — Porque é claro que sim. Se eu pudesse dar um tapa nele, eu teria dado.

— Hã. Sim. Consigo te ver e te ouvir. Não é por isso que você tá aqui?

— Cacete — o espírito sussurrou, e depois sua imagem desvaneceu no ar.

Ergui as sobrancelhas enquanto abaixava a adaga. O espírito não voltou a aparecer.

Minduim foi para onde ele estivera. Pairando a alguns metros do chão, ele olhou para baixo.

— Ele não está escondido aqui.

— Só pode ser brincadeira — murmurei.

— Trin? — A voz áspera de sono de Zayne chamou, e eu girei. Ele estava sentado e olhando por cima do encosto do sofá. — Tá tudo bem?

Duas opções que me foram apresentadas. Dizer a Zayne que havia tido um espírito no apartamento dele, mas não saber dizer quem era ou por que esteve aqui. Ou dizer-lhe absolutamente nada, porque ter um fantasma na casa dele já era gente morta demais.

— Eu tava esperando por você, mas devo ter adormecido — eu deixei escapar, minha boca tomando a decisão por mim enquanto eu habilmente escondia a adaga atrás da perna. — Eu saí pra ver se você tava acordado, e quando vi que não estava, fui beber alguma coisa.

— Mentirosa — Minduim retorquiu. — Mentirosa do nariz comprido.

— Desculpa te acordar — acrescentei, pisando de lado.

— Tudo bem. — Ele passou a mão pelo cabelo. No momento em que abaixou o braço, aquelas mechas espessas voltaram ao mesmo lugar. — Você pegou algo pra beber?

— Aham. — Eu também acenei com a cabeça, e quando Minduim não comentou, olhei para trás e vi que ele tinha ido embora.

— Você tava me esperando acordada? — ele perguntou, apoiando o braço no encosto do sofá.

— É. Queria ver como você estava. — Aproximei-me, mantendo as mãos atrás das costas. — Se estava bem.

— Sempre.

— Sempre? — repeti. — Dez me disse que Greene morou com o clã por vários anos. Você o conhecia, e ele tá...

— Ele tá morto. — Ele afastou o cabelo para trás do rosto novamente. — Não há mais nada a ser dito.

— Tem muito mais a ser dito. — Eu senti um toque de luto através do vínculo. — Você o conhecia...

— Realmente não tem nada pra falar, Trin. — Ele passou a mão pelo rosto. — É a vida.

Ele não estava sendo desdenhoso ou sem coração. Ele estava evitando a perda e a dor que se seguia. Eu conseguia entender bem isso.

— Sinto muito, Zayne. Sinto mesmo. — Engoli o nó na minha garganta. — Queria poder fazer alguma coisa.

Não conseguia ver o rosto dele com clareza, mas pensei ter visto um breve sorriso.

— Você vai voltar pra cama?

— Acho que sim.

— Mesmo? Você parece bem acordada — ele disse, e, cara, era verdade. — Você realmente vai voltar a dormir, ou vai ficar lá deitada, olhando pro teto?

— Você sabe ler mentes? — brinquei. Mais ou menos.

Zayne riu enquanto se virava novamente.

— Agora tô acordado. A gente podia se fazer companhia. Sabe? Até que um de nós ou os dois apaguem.

A oferta me roubou um pouco o fôlego, e que besteira me sentir assim. Eu deveria bocejar alto e de maneira desagradável, mas ele tinha acabado de perder alguém e eu faria qualquer coisa para tornar essa situação melhor para ele.

— Claro. — A adaga quase me queimava a palma da mão. — Hã, eu volto já.

Sem esperar por uma resposta, corri para o quarto, com os pés descalços deslizando sobre o chão frio de cimento. Coloquei a adaga na mesa de cabeceira e depois corri de volta para a sala de estar. Eu parei de supetão quando não vi Zayne no sofá. Olhando para a cozinha, também não o vi lá. Ou Minduim. Ou um espírito aleatório.

Eu estava realmente acordada, ou isso era algum tipo de sonho bizarro?

— Zayne?

— Tô aqui. — Veio a resposta imediata.

Franzindo a testa, virei-me para o sofá e avancei pela lateral dele, e lá estava Zayne, deitado de lado com a bochecha apoiada na dobra do braço. Havia um travesseiro vago ao lado do seu cotovelo.

Ele deu um tapinha no espaço ao seu lado.

Eu olhei dele para o travesseiro e depois de volta para ele, minha garganta de repente fazendo-me desejar realmente ter bebido alguma coisa antes. Minha pele parecia pesada e eu realmente precisava me recompor. Ele estava me convidando para me deitar ao lado dele, não para me deitar *com* ele.

— Há espaço suficiente — ele disse. — Prometo.

Havia espaço suficiente no sofá para caber um dinossauro rex, mas eu ainda estava parada ali, com as mãos abrindo e fechando ao meu lado. Eu não sabia por que estava sendo tão esquisita. Esta não seria a primeira vez que ficávamos lado a lado enquanto não conseguíamos dormir. Tinha sido um breve hábito, até... até a noite em que tínhamos feito mais do que falar e dormir.

— Trin? — Zayne começou a se levantar. — Você tá bem?

— Sim, tô bem. — Eu me deitei no sofá ao lado dele, pousando de costas com a graciosidade de uma vaca despencando.

— Nossa — ele murmurou.

— O quê? — Juntei as mãos, fechando-as sobre a barriga. Havia alguns centímetros entre nós, mas eu ainda podia sentir o calor do corpo dele.

— Só fiquei surpreso que você não tenha quebrado as costas com esse movimento.

— Cala a boca — murmurei.

Zayne riu.

Eu remexi os dedos dos pés e depois a bunda, afundando um pouco na almofada.

— Sabe... este sofá é mais confortável do que eu pensava.

— Não é nada mal.

Mas ainda não era tão confortável quanto a cama dele.

— Eu me sinto péssima por ter me apossado do seu apartamento, do seu banheiro. — Fiz uma pausa. — Da sua cozinha. Da sua *cama*.

— Não se preocupe com isso.

Minhas sobrancelhas se uniram e virei a cabeça em direção a ele. Não sabia dizer se seus olhos estavam abertos ou não.

— É difícil não me preocupar. Eu poderia dormir aqui e...

— Isso iria contra todas as regras que eu sigo. Não vai rolar — ele respondeu. — O que te acordou?

O espírito que eu tinha visto se formou nos meus pensamentos. Tremendo, eu me perguntei se ou quando ele voltaria e o que ele queria. Às vezes eles nunca voltavam.

— Frio? — Zayne esticou uma mão e pegou o cobertor enrolado em sua cintura. Com gesto da mão dele, o tecido macio flutuou pelo ar e depois caiu sobre as minhas pernas.

— Valeu — murmurei. — Eu só acordei. Não sei por quê. Desculpa mesmo por ter te acordado.

— Tá tudo bem. — Ele fez uma pausa. — Pensei ter te ouvido falando com alguém quando acordei.

— Você devia estar ouvindo coisas.

— Aham.

Os meus lábios estremeceram.

— Foi Minduim. — Isso não era exatamente mentira.

Zayne se mexeu ao meu lado.

— Ele ainda tá aqui?

Quando abri os olhos, pude ver o suficiente para saber que ele estava olhando em volta. Meu sorriso aumentou.

— Ele não tá aqui agora.

— Hm. — A cabeça dele se inclinou para a minha. Quando ele falou, senti sua respiração na minha testa. — Pra onde ele vai... quando não tá aqui?

— Essa é uma boa pergunta. Espero que ele não esteja incomodando a menina que vive em algum apartamento do prédio. O que me lembra, eu realmente preciso verificar isso. — Suspirei, acrescentando isso mentalmente à minha lista de coisas que tinha de fazer para ontem. — Sempre que pergunto pra onde ele vai, ele me dá uma resposta ridícula. Tipo, uma vez ele disse que foi pra lua.

— Talvez tenha ido. Talvez os fantasmas possam viajar até a lua.

Eu ri enquanto voltava o olhar para o teto.

— Eu não sei, não.

— Mas seria bem legal.

— Sim, seria. — Os meus olhos se fecharam. — Eu realmente tentei te esperar acordada, por causa de... de Greene, e também porque eu queria saber se você encontrou mais zumbis.

Zayne ficou em silêncio por um momento.

— Eu dei uma olhada em você quando voltei. Você tava apagada. Nem sequer me ouviu tomar banho — ele disse. — Não encontramos mais zumbis. Depois da limpeza, fui até a plataforma do Eastern Market. Greene já tinha sido removido. Um policial o encontrou. Ele ainda tava lá.

— Você falou com ele?

— Sim, mas ele não viu nada. — Zayne dobrou os joelhos o mínimo possível. — Não havia sinais de luta ou vestígios de sangue, e o policial esteve na área o tempo todo. Ele teria ouvido uma luta. Greene foi morto em outro lugar e depois levado pra lá por uma razão.

Eu refleti sobre isso.

— Estive pensando sobre esse assunto. Greene foi... exibido, assim como os outros Guardiões e demônios. Foi deixado lá pra ser encontrado. Não acho que seja precipitado dizer que o Augúrio tá por trás de tudo isso.

— Concordo.

— Já houve casos em que os corpos de Guardiões foram encontrados onde outros estavam minutos antes, mas não tinham visto nada?

Zayne ficou em silêncio por um momento.

— Não que eu saiba. A maioria deles foi encontrada em locais públicos extremamente movimentados. Essa plataforma fica deserta àquela hora da noite.

— Então isto foi um recado. — Fiz uma pausa. — Pra *nós*. O Augúrio matou Greene e o levou pra um lugar em que estivemos, e o demônio tem de estar trabalhando com ele.

— Eu sei onde você tá querendo chegar com este pensamento. Que é possível que o demônio ou o Augúrio saibam quem somos... que saibam o que você é.

Eu me virei de lado, de frente para ele. Cabelo caiu no meu rosto, mas não tentei arrumá-lo, mantendo os braços cruzados entre nós.

— Você acha isso?

— Eu acho que é possível.

— Isso significa que o Augúrio tem a vantagem — sussurrei. — Uma vantagem muito grande.

— É uma vantagem, mas isso significa apenas que precisamos estar mais atentos — ele disse, e o senti se mexer. — Fique parada. A minha mão vai chegar perto do seu rosto.

Um piscar de olhos depois, senti as pontas dos dedos dele roçarem a minha bochecha. O toque não me assustou. Ele pegou as mechas de cabelo e as afastou, colocando-as atrás da minha orelha. Seus dedos permaneceram ali, seu polegar acariciando a linha da minha maçã do rosto. Depois de um segundo, ele deixou cair a mão.

— Valeu — murmurei.

— Sem problema.

— Fico só com um pouquinho de inveja da visão que os Guardiões têm — acrescentei. — Mas, né, se eu tivesse olhos totalmente funcionais, ainda teria inveja.

— É, ser capaz de ver no escuro tem seus benefícios — ele disse.

O silêncio caiu entre nós enquanto ficávamos ali, deitados cara a cara. Não sei por que razão me veio à mente o meu próximo pensamento, mas veio, e, por alguma razão, perguntar coisas no meio da noite não era tão difícil.

— Tenho uma pergunta aleatória.

— Você? Jamais...

Eu sorri.

— Com que frequência você, hã, faz o negócio de dormir profundamente? Sabe, aquela coisa do sono de pedra. Misha costumava... — Meu peito apertou quando respirei bruscamente. — Ele costumava cochilar muito nessa forma, mas ainda não vi você fazer isso.

— Eu faço isso quando preciso — ele respondeu. — Costumava cochilar por algumas horas aqui e ali. Cochilando como... sim, como ele, se eu estava me sentindo desgastado ou tinha sido ferido, mas desde que rolou o lance do vínculo, não precisei mais.

— Ah. Isso é meio que interessante.

— É muito interessante, e eu gostaria de saber o porquê, mas a menos que seu pai reapareça com um manual para Protetores, acho que não saberei.

— É, eu não ficaria esperando sentada por isso.

— Te incomoda... — Ele expirou. — O jeito que as coisas são com seu pai... Isso te incomoda?

— Ninguém nunca me perguntou isso — eu disse quando fui atingida por essa compreensão. — Nossa. Nem sei como responder isso.

— Tente — ele disse baixinho.

— Eu... não sei. Eu nem penso *nele* como o meu pai. Thierry e Matthew ajudaram a me criar. São os meus pais. Mas se me irrita que ele não tenha estado presente? Sim. E me tira do sério que ele sabia que Misha era a escolha errada e não fez nada sobre isso. Não pareceu nem um pouquinho preocupado. Como se ele não tivesse emoções ou... — Eu me interrompi quando a raiva veio à tona. — Não importa.

Zayne tocou no meu braço.

— Eu acho que sim.

— Não, não importa. De qualquer forma, provavelmente é uma coisa boa que você não precisou fazer a coisa do sono profundo. Fico com uma vontade enorme de irritar qualquer Guardião quando ele tá nessa forma.

— É bom saber, mas o seu pai...

— Eu *realmente* não quero falar sobre ele. Além disso, tenho outra pergunta.

— Queria que você pudesse ver a minha cara de surpresa.

Eu sorri por isso.

— Por que parece que ninguém mora no seu apartamento?

— O quê? — Ele riu.

— Você sabe o que quero dizer — Soltando as mãos, levantei uma delas. — Não tem nada aqui. Sem fotos ou qualquer coisa pessoal. Sem bagunça...

— Como é que não ter bagunça é uma coisa ruim?

— Não é, mas é como...

— É como o quê? — Zayne se mexeu novamente e senti seus dedos roçarem meu braço exposto.

Era difícil ignorar o choque de consciência que se seguia ao seu toque.

— É como se *você* não morasse aqui. Mais como se estivesse... ficando aqui.

Zayne não respondeu. Por um bom tempo. Pensei que talvez tivesse caído no sono, mas então ele disse:

— É só um lugar pra descansar a cabeça, Trin.

Pensei nisso.

— Isso é... meio triste.

— Por quê?

Eu dei de ombros.

— Não sei. Você deveria pensar nesse lugar como o seu lar.

— Você sente falta do seu lar? — ele perguntou.

Torci os lábios. Sim. Não? Ambos. E, no entanto, nenhum dos dois?

— Às vezes — eu respondi, optando pelo meio termo.

— Resposta estranha.

Era, mas...

— Sinto falta das minhas estrelas — disse. — Mas não estamos falando de mim. Estamos falando de você.

Houve uma risada baixinha.

— Então me faça uma pergunta diferente.

Eu pisquei com isso.

— Então tá... — Eu alonguei a palavra enquanto outra pergunta que eu não tinha nenhum direito de fazer preencheu meus pensamentos.

— Você quer fazer outra pergunta.

Virei a cabeça em direção à dele.

— Como você sabe disso?

— O vínculo.

— O quê? — Comecei a me sentar.

— Tô brincando. — Ele riu, pegando meu braço e me segurando. — Dá pra ver no seu rosto.

— Meu rosto? — Eu me acomodei de volta no sofá.

— Você enruga o nariz sempre que pensa em algo que quer dizer, mas tá tentando não dizer.

— Sério? — Não fazia ideia se isso era verdade. A parte do nariz, quero dizer. Todo o resto, como diria Minduim, certeza de que era o caso.

— Sério. Sou observador nesse nível. — A mão de Zayne escorregou para o espaço entre nós. As juntas dos seus dedos repousavam contra o meu braço. — O que você quer perguntar? Tenho a sensação de que essa vai ser das boas.

Levantei uma sobrancelha. Então eu disse a mim mesma para não perguntar. Meu cérebro não escutou.

— Você pareceu muito feliz em ver Stacey.

No instante em que aquilo saiu da minha boca, eu me perguntei o quão rápido eu poderia rolar para fora do sofá e correr de cabeça contra a parede mais próxima. Havia tantas coisas mais importantes que poderíamos discutir além do seu apartamento não-muito-aconchegante e amizades coloridas.

— Tem certeza de que foi uma pergunta? — ele perguntou. — Porque soou como uma afirmação, mas, sim, fiquei feliz. Já não a via há algum tempo.

Apertei os lábios, pensando na advertência dela.

— Ela parecia feliz em te ver.

— Acho que sim. — Zayne afastou a mão enquanto se acomodava na almofada. — Stacey e eu somos apenas amigos.

O som que saiu do meu nariz soou vagamente como um javali correndo de caçadores.

— Olha, acho que não se pode dizer que vocês são apenas amigos. Não que eu me importe nem nada. Ou que seja da minha conta.

— Certo. Tem razão. Fomos mais do que amigos — ele respondeu. — Não que você não soubesse disso. Ou se importe.

Deitando-me de costas, cruzei os braços.

— Eu realmente não me importo.

— Então por que tocou no assunto?

— Porque sou intrometida — admiti. Então eu me forcei a dizer: — Ela parece muito legal.

— Ela é. Espero que vocês se conheçam melhor. Acho que você iria gostar dela.

Eu não estava tão certa disso.

— Eu não sabia que ela já tinha vindo aqui.

Zayne ficou em silêncio por um momento.

— Tem muita coisa que você não sabe, Trin.

— O que é que isso quer dizer?

— Exatamente o que parece.

Enrijeci. Seu tom não era frio nem nada, mas havia algo estranho na forma como ele falou, e ele estava fechando totalmente a porta para aquela conversa. O que era direito dele, mas me fez sentir como se eu tivesse... ultrapassado os limites, e talvez eu tivesse mesmo.

E, rapaz, isso colocava um holofote sobre o constrangimento da nossa relação. Havia quase um aspecto profissional sobre nós, com todo o vínculo de Protetor e Legítima. Éramos amigos, mas tínhamos sido brevemente mais do que isso, e uma parte de mim sentia que ainda estávamos pisando em ovos sobre essa linha, apesar de que a linha era na verdade uma muralha. E mesmo que eu tivesse arquivado o que sentia por Zayne, eu ainda era um monstrinho ciumento quando se tratava de Layla e Stacey. Eu não tinha direito a esses sentimentos, e Zayne era... bem, ele era Zayne, e eu não tinha ideia de como ele se sentia sobre *qualquer parte* disso.

— Como você se sente sabendo que era para ter sido eu a ser criada por Abbot? — Deixei escapar. — Que se minha mãe tivesse feito o que deveria fazer, você poderia nunca ter conhecido Layla?

— Essa é... — Zayne se remexeu como se estivesse tentando ficar mais confortável. — Essa é uma pergunta difícil de responder. Não sei o que pensar, ou se pensar nisso sequer importa, porque não foi isso que aconteceu. O passado é o passado, e o que deveria ter acontecido não muda isso, mas se você tá perguntando se eu me arrependo dessa série de erros que levaram a este momento?

Minha respiração falhou.

— Não tô perguntando isso. Claro que não se arrepende. Eu não...

— Não me arrependo — ele me cortou. — E me arrependo.

Congelei.

— Se o que deveria ter acontecido tivesse acontecido, teríamos tido anos de treinamento e preparação juntos. Nós não estaríamos tentando correr atrás do tempo, e talvez eu não... — Ele parou e, em seguida, puxou o ar de maneira audível. — Estaríamos mais preparados do que estamos agora, e tudo o que aconteceu com Misha não teria acontecido.

Eu me encolhi, o coração despencando um pouco.

— Mas não posso me arrepender que meu pai tenha acolhido Layla — ele continuou. — Mesmo com o resultado de tudo isso, não posso me arrepender. Não me arrependo.

Absorvi isso.

— Eu entendo. — E entendia, mesmo. De verdade, e fiquei feliz por ele não parecer estar ponderando sobre isso.

Zayne não respondeu, e eu decidi que tinha feito perguntas aleatórias suficientes para pelo menos as próximas horas.

Eu provavelmente deveria me levantar, mas estava confortável e... eu sentia falta disto.

Sentia falta de ter alguém com quem conversar.

Pensei nas ligações de Jada. Eu precisava mesmo ligar para ela.

— Você sente falta das suas estrelas — Zayne falou na escuridão. — As que estão na sua casa, no teto. Demorei um pouco pra perceber do que você tava falando, mas me lembrei.

— É — eu sussurrei. — Essas estrelas.

— Tenho uma pergunta.pra você. Uma rápida.

Virei a cabeça para ele.

— Qual?

— Se você tava vindo aqui pra ver se eu ainda tava acordado, por que você estava com a adaga?

Mas que Inferno.

— Sabe... — eu comecei.

— Não, não sei.

Revirei os olhos.

— Sabe, eu não sei por que eu a peguei. Hábito, acho eu.

— Hábito estranho.

— É, acho que sim.

— Depois de uma noite como esta, pegar uma adaga não foi uma má ideia — ele acrescentou, e eu não estava totalmente convencida de que isso significava que ele acreditava em mim. Ele riu baixinho.

— O quê? — perguntei.

— Não é nada. Eu só tava pensando... Eu tava pensando em Greene. — Ele limpou a garganta. — Ele não dormia bem, ficava acordado de manhã e à tarde, o que pode ser normal pros humanos, mas não pra gente. Eu o via muito, já que eu mantinha a mesma rotina por causa de Layla e do horário escolar. Enfim, nós dois tínhamos dificuldade em dormir, então acabávamos assistindo a novelas juntos.

— Sério? — Voltei a me deitar de lado, olhando para ele.

— Sim. *Days of Our Lives*.

— Você tá de brincadeira.

— Não. — Ele riu. — Estávamos muito envolvidos no drama de Deveraux e Brady.

— Uau. — Eu ri, mas era pesado. — Lamento muito pelo que aconteceu com Greene.

— Eu também. — Ele expirou pesadamente. — Greene era quieto e, pra além de assistir a *Days of Our Lives*, ele ficava na dele, mas era alguém com quem qualquer um de nós podia contar. Ele até foi contra o meu pai em tudo o que aconteceu com Layla. O que aconteceu com ele é triste. É errado. A vida dele não devia ter terminado assim. A pior parte é que o nome dele é agora só mais um nesta lista que continua a crescer. Ficaremos de luto por Greene. Ele vai fazer falta. E então o nome dele vai se tornar o da próxima pessoa que perderemos. Depois o terceiro e o quarto, e vamos ter de parar de ficar em luto por ele pra dar espaço a outra pessoa, porque, depois de um tempo, você não tem espaço suficiente. Você simplesmente não consegue.

Zayne passou uma mão pelo rosto.

— Eu sei que isso soa insensível. Talvez como se eu nem me importasse, mas... você se acostuma com a morte. Se acostuma demais. Não tem necessidade das sete etapas do luto. Você vai direto do choque pra aceitação.

A tristeza me preencheu enquanto eu ficava deitada ali. Eu sabia em primeira mão como era perder alguém, mas também estava muito longe das perdas quase semanais que alguns clãs sofriam. A tristeza que eu sentia no meu peito não vinha só de mim. Também fluía dele, uma dor tingida de raiva e aceitação, e eu queria reconfortá-lo. Eu queria aliviar o que ele estava sentindo, e eu não sabia como fazer isso.

Então, fiz a única coisa em que pude pensar.

Arrastando-me em direção a ele, descruzei os braços e passei um por cima do ombro dele. Ele congelou, mas eu continuei me contorcendo, abrindo caminho contra o peito dele. Uma vez ali, apertei.

Zayne não se mexeu.

— Estou te abraçando — eu disse, voz abafada contra o peito dele. — Caso você não tenha ideia do que eu tô fazendo.

— Achei que era isso. — Sua voz soou como quando ele tinha acabado de acordar. — Ou que você tava fingindo ser uma foca.

Eu soltei uma pequena risada, mas Zayne permaneceu tão rígido quanto uma parede. Percebendo que o meu abraço desajeitado foi um fracasso, comecei a recuar.

Zayne então se moveu, dobrando um braço sobre minha cintura. Seus dedos se fecharam na parte trás da minha camisa enquanto ele me segurava onde eu estava. Então, depois de alguns segundos, senti seu corpo relaxar contra o meu, mas o aperto na minha camisa ainda estava lá.

Seu peito se ergueu contra o meu.

— Obrigado.

Capítulo 13

Enquanto eu flutuava pela sensação do despertar, tudo cheirava a neve fresca e inverno. No entanto, eu estava quentinha, quase quente demais. Lembrou-me da vez em que eu tinha cochilado no telhado ao lado de Misha enquanto ele dormia em sua forma de Guardião. Tinha sido o início do verão, então o sol não estava muito forte e o calor tinha sido surpreendentemente relaxante.

Mas eu tinha acabado com uma queimadura desagradável.

Eu tinha quase certeza de que não tinha adormecido em um telhado. Comecei a me mover, mas só consegui mexer poucos centímetros. Eu estava envolta em um casulo feito de cobertor? Eu já tinha feito isso antes, revirando-me na cama até que os cobertores acabaram me envolvendo como celofane.

Esticando as pernas, congelei quando senti outro par de pernas contra as minhas.

Ontem à noite.

Eu adormecera no sofá com Zayne. Não tinha sido a minha intenção. Será que ele tinha adormecido antes de mim? Ou será que eu tinha apagado contra ele como estava neste momento? Eu o abraçara e ele me agradecera e então... Nenhum de nós tinha dito qualquer coisa depois disso.

Deus, eu esperava não ter desmaiado e o prendido contra o encosto do sofá como um...

O braço em volta de mim se apertou e Zayne soltou um grunhido profundo que senti até às pontas dos dedos dos pés.

Os meus olhos se abriram e me vi olhando para um peito coberto por uma camisa branca. Foi precisamente quando percebi que a minha bochecha não estava em um travesseiro, mas, sim, em um bíceps bastante firme.

Ai, meu Deus.

Havia poucas coisas na vida mais estranhas do que acordar inesperadamente nos braços de alguém. Ou mais maravilhosas do que quando era nos braços de alguém como Z...

Pare.

Cortando esses pensamentos, concentrei-me no que fazer a partir daquele ponto. Lentamente, inclinei a cabeça para trás e levantei o olhar.

Zayne ainda estava dormindo.

Cílios grossos abanavam suas bochechas e sua boca estava ligeiramente aberta. Ele parecia tão... relaxado. Até mesmo vulnerável. Meu olhar vagou por seu rosto. Eu provavelmente deveria parar de olhar para ele enquanto dormia, porque isso era mais do que super bizarro, mas era tão raro eu estar perto assim dele e ter uma visão tão desobstruída.

Ele tinha uma sarda. Três delas, na verdade, sob o olho direito. Eram desbotadas, mas eu podia vê-las, e formavam um pequeno triângulo. Será que ele tinha mais? Examinei seu rosto. Eu não vi outras, mas havia uma sombra fraca ao longo de sua mandíbula e queixo. Eu nunca o tinha visto com barba, e me perguntava como ele ficaria se deixasse crescer.

Provavelmente ainda mais gostoso. Parecia impossível, considerando que ele era tão bonito que beirava a obscenidade.

Por um momento, fiz uma coisa estúpida e me deixei... sonhar.

Fechei os olhos, imaginando como seria se eu acordasse nos braços dele e ele fosse meu e eu fosse dele. Eu o beijaria e depois me aconchegaria mais perto, e, se isso não o acordasse, eu faria algo irritante para fazê-lo acordar. Minha imaginação preencheu o que viria a seguir. Por causa de quem ele era, Zayne não ficaria aborrecido por eu ter roubado minutos ou mesmo horas de seu sono. Ele iria rir e depois me daria aquele sorriso sonolento e sexy dele. Então ele rolaria para cima de mim e me beijaria. E, claro, na minha fantasia perfeita, não haveria bafinho de sono. Então esse beijo seria profundo e longo, uma carícia lânguida que levaria a mais beijos. Apertei os lábios, contorcendo-me enquanto minha pele esquentava. Zayne tiraria a camisa, assim como eu tiraria a minha e então não haveria mais nada...

O braço à minha volta me apertou outra vez, e de repente estávamos peito contra peito, quadril contra quadril. Arregalei os olhos e olhei para Zayne. Ele ainda estava dormindo, mas seu corpo — bem, uma certa parte dele definitivamente estava acordada.

Ah, meu bom Deus.

Será que ele conseguia perceber o que eu estava sentindo, mesmo que estivesse dormindo? Se fosse assim, isso seria total e completamente irritante.

Era hora de me levantar. Já tinha definitivamente passado da hora, porque, se eu não me afastasse, as coisas ficariam estranhas e eu já estava no auge do constrangimento, então precisava evitar isso. Levantei o olhar, respirando fundo.

Olhos azuis pálidos encontraram os meus.

Tarde demais.

— Bom dia — murmurei.

Aqueles cílios se abaixaram e depois se ergueram.

— Bom.

Minha pulsação estava disparada. Seu braço ainda estava ao meu redor, mais relaxado, mas ainda ali.

— Não tive intenção de pegar no sono aqui.

— Não me importei. — Aqueles olhos estavam entreabertos agora, e os dedos ao longo das minhas costas estavam se movendo para cima e para baixo em movimentos curtos e lentos.

— Mesmo?

— De modo algum. Foi bom.

Meu coração estava agora batendo como um bobinho feliz.

— Também gostei. Acho que tive a melhor noite de sono em dias.

— Idem. — Ele virou a cabeça, bocejando como um leão. — É bom ter algo pra abraçar enquanto dorme.

Algo para abraçar? Tipo um bichinho de pelúcia?

Isso perturbou a felicidade da bateção cardíaca. O meu coração estúpido caiu de cara no chão, e uma parte de mim estava feliz. Porque eu não deveria ser tão idiota.

Por que eu estava pensando no meu coração como se fosse algo fora de mim, que eu não controlava?

Eu precisava de ajuda.

Eu também precisava me levantar.

— Tô com sede — anunciei, afinal, por que não?

Afastando-me, rolei de lado enquanto Zayne levantava o braço e começava a se sentar. Ele se deslocou, e a mudança repentina de peso na almofada me fez cair sobre ele. Zayne congelou enquanto os nossos corpos se alinhavam nas partes mais interessantes que enfatizavam a grande diferença entre as áreas rígidas e macias.

Todo o meu rosto ruborizou enquanto eu tentava rolar para longe dele. Meu quadril roçou uma zona *muito* delicada.

— Eu vou só... — Eu me sobressaltei e, de alguma forma, isso só piorou as coisas, porque Zayne gemeu — Me levantar e...

— Você pode parar de se mover só por um segundo? — A mão de Zayne pousou no meu quadril, sua voz rouca. — Só fique parada. Ok?

Fechei os olhos, praguejando baixinho, e fiz o que ele sugeriu. Respirei fundo e, em seguida, fiquei em pé rapidamente, sem me esfregar nele como um gato de rua em êxtase. Com o rosto em chamas, afastei-me do sofá.

— Desculpe por isso — Zayne murmurou. — Especialmente se isso te deixou desconfortável.

— Não, tá tudo bem. — Desconfortável *não* era a palavra que eu usaria. Pelo menos não da forma que ele estava insinuando. Olhei por cima do ombro para ele. Ele estava sentado, e eu mantive o meu olhar acima de seus ombros. — Quero dizer, não é grande coisa. Sei como os homens ficam de manhã.

Zayne olhou para mim, sobrancelhas levantadas enquanto seus lábios se contraíam.

— Sabe?

— Claro. — Eu forcei uma risada. — Você não precisa fazer parte do pelotão dos pintos para saber disso.

— Pelotão dos pintos? — Ele mordeu o lábio inferior. — Então tá certo.

Sentindo que poderia ter guardado isso para mim, sorri com rigidez e cruzei os braços.

— Vou trocar de roupa e podemos começar a treinar. — Eu estava orgulhosa do quão firme e indiferente a minha voz soava. — A menos que você queira comer alguma coisa primeiro?

Zayne pegou o celular, xingando baixinho.

— Eu tenho que tomar uma ducha e sair daqui em, tipo, trinta minutos ou vou me atrasar.

— Se atrasar...? — Não completei a pergunta.

— Eu te disse ontem que tenho algumas coisas pra resolver hoje. — Ele se levantou e deu a volta no sofá, seus movimentos um pouco rígidos. — Lembra?

Agora que ele mencionou, sim.

— Esqueci. O que você precisa fazer?

— Só umas coisas. — Ele se dirigiu para o quarto, de costas para mim. — Vai levar algumas horas, mas devo voltar em tempo pra treinarmos um pouco.

Lentamente, descruzei os braços. Por que ele estava sendo tão vago? Dei um passo à frente enquanto abria a boca para começar a falar, mas a fechei ao lembrar do que Zayne tinha dito ontem à noite.

Tem muita coisa que você não sabe.

Se Zayne quisesse que eu soubesse, ele iria me contar, e se não quisesse, então eu precisava fazer uma coisinha chamada cuidar da própria vida.

Detestava cuidar da minha própria vida.

— Mas o que você vai... — Eu ouvi o trinco da porta do banheiro clicar, fechando-se. — Certo. Vou esperar aqui enquanto você toma seu banho que dura dez anos e depois vou esperar aqui a tarde toda até você acabar de fazer o que quer que seja.

Não houve resposta.

Obviamente.

Eu deixei minha cabeça cair para trás e grunhi.

— Ugh.

— É.

Guinchando, eu me virei e vi Minduim perto do balcão da cozinha. Ele assentiu com a cabeça.

— Vocês dois são tão constrangedores quanto ser flagrado cutucando o nariz. Deviam melhorar isso.

Suspirei.

— Obrigada pelo conselho que não pedi.

— De nada. — Ele fez um gesto de joinha para mim com metade do braço transparente. — E a propósito... Um cara ficar no banho por tanto tempo, depois de acordar de manhã? O que você acha que ele tá fazendo lá? Lavando o cabelo duas vezes e fazendo hidratação profunda com óleos essenciais à base de ervas? Hã, não mesmo.

— Eu... — Meus olhos se arregalaram. — Ah. *Ah.*

— Deixe-o curtir a vida. — Minduim desapareceu.

O meu olhar voou para o quarto e a minha imaginação correu *sooolta* por cerca de 10,3 segundos. Então, porque não havia mais nada a fazer, eu caminhei até o sofá e me joguei de cara nele.

— "Quando você era jovem, nunca precisava de ninguém" — Minduim cantarolou em algum lugar do apartamento.

Eu precisava lavar roupa. Imaginei que poderia fazer isso naquela tarde, já que eu estava...

— "Sozinha". — Minduim atravessou a parede do quarto e continuou a cantar sobre eu, ou *alguém*, estar sozinha e insegura e incapaz de identificar o amor.

Eu pisquei lentamente.

— Você é um idiota.

— "Mas você tá sozinha!" — ele cantou de volta para mim, desaparecendo através da parede.

Eu estivera sozinha desde que Zayne saiu cerca de trinta minutos atrás, para fazer *coisas*, e eu não tinha ideia do que fazer naquela tarde. Era o primeiro tempo livre que tive desde que viera para cá.

Amarrando o cabelo em um coque no alto da cabeça, virei-me para a porta aberta do quarto.

— Ei, Minduim, você ainda tá aqui?

— Tô — ele exclamou em resposta. — Qual a boa, coroa?

— Aquele espírito que apareceu ontem à noite... Ele disse alguma coisa pra você?

— Além de me chamar de Gasparzinho? — Minduim apareceu em um passe de mágica sob o batente da porta. — Não. Estava só bisbilhotando o apartamento como se aqui fosse o lugar dele.

— Isso é estranho. — Olhei para a cama desarrumada, franzindo a testa. — Acho que ele me viu na rua e me seguiu até aqui.

— Então por que ele surtou quando percebeu que você podia vê-lo?

Essa era uma boa pergunta, mas mesmo que os fantasmas e os espíritos pudessem sentir que eu podia me comunicar com eles, ficavam muitas vezes surpreendidos quando eu confirmava suas suspeitas. Quando fantasmas e espíritos experimentavam emoções agudas, tendiam a perder a conexão com a consciência que lhes permitia tomar forma e serem vistos.

Bem, não havia o que eu pudesse fazer agora sobre a estranha visita de ontem à noite. Em vez disso, verifiquei a máquina de lavar, que estava encaixada acima da secadora em um dos toalheiros. Depois de mudar minhas roupas para secar, olhei ao redor da sala, meu olhar fixando-se nas janelas coloridas.

Queria sair. Vaguear. Explorar. Estar lá fora com *pessoas*. Para ver e observar, antes...

Antes que eu não conseguisse mais enxergar.

Cruzei os braços enquanto a indecisão me preenchia. Eu já havia andado com Zayne pela cidade o suficiente para me sentir bastante confiante de que poderia me orientar sem me perder de forma preocupante, mas, considerando os meus olhos, me perder era uma coisa assustadora de se pensar. Eu teria de contar com estranhos para me ajudarem a ler placas na rua ou meu celular se eu usasse um desses aplicativos de mapas, e, bem, as pessoas nem sempre eram prestativas com quem precisava de ajuda.

Mas eu poderia andar pelo menos alguns quarteirões, se não um pouco mais. Eu conseguiria fazer isso.

O meu estômago despencou precariamente no instante em que concluí aquele pensamento. Comecei a mordiscar a unha do polegar. Ontem à noite eu dissera a Zayne que queria ser independente, que precisava ser, e ainda assim aqui estava eu, com medo de sair sozinha.

Talvez devesse dar uma averiguada na menina que Minduim andou visitando. Isso parecia uma coisa mais importante e mais fácil de se fazer. Mas eu precisava me arrumar primeiro. Girando nos calcanhares, dirigi-me ao banheiro e tomei uma ducha que durou uma eternidade. Enquanto eu enrolava uma toalha pelo corpo, um alerta de mensagem apitou no meu telefone. Com pressa, eu me dirigi de volta para o quarto, onde o aparelho estava carregando na mesa de cabeceira, e o peguei. Não reconheci o número, mas abri a mensagem.

Sou eu, o Demônio Príncipe, seu amigão da vizinhança. Vou te ligar.

Minha boca se abriu em surpresa. Roth, o verdadeiro Príncipe da Coroa do Inferno, tinha me enviado uma mensagem.

Havia algum tipo de lista telefônica universal do Inferno e do Céu? Porque eu duvidava que Zayne lhe tivesse dado o meu número.

Eu obviamente não tinha problemas com Roth, mas pequenos nós de incerteza se formaram no meu estômago enquanto eu olhava para o celular.

De repente, ele tocou na minha mão, assustando-me. Atendi, cautelosa:

— Alô?

— Zayne não tá aí, certo? — Foi a saudação de Roth.

Arqueei as sobrancelhas enquanto voltava, vagarosamente, para o banheiro.

— Não, ele não tá aqui. Você tá tentando falar com ele?

— Não.

Então por que ele perguntou sobre Zayne?

— Você tá ocupada? — ele perguntou.

— Hã... — Eu olhei em volta como se fosse encontrar minha resposta ali enquanto segurava as duas pontas da toalha juntas. Será que Stacey e Layla estavam passeando de novo e Roth estava mais uma vez entediado e precisava de companhia? — Não muito. E você?

Houve uma risada profunda e áspera.

— Prestes a ficar. E você também.

— Eu também?

— Sim. Vou aí te buscar. Agora temos planos.

— Temos? — Pisquei uma e então duas vezes para o meu reflexo difuso no espelho do banheiro. — Acabei de sair do banho.

— Bem, você vai precisar vestir alguma coisa, porque duvido que Layla vá ficar muito feliz se eu for te pegar e você estiver nua como no dia em que foi chocada do pequeno ovo de Legítima que você veio.

Eu totalmente não tinha sido chocada em um ovo, e ele sabia disso.

— Ela...? — Eu deixei a frase morrer no ar, de repente incapaz de dizer o nome dela enquanto olhava para o espelho. Apertei os olhos.

Layla.

Layla.

Layla.

Um lampejo de inveja misturada com raiva explodiu no meu peito, e eu odiei me sentir assim. Sendo tão boba sobre o passado dela com Zayne.

Quando reabri os olhos, ela não apareceu no espelho como uma versão atualizada e totalmente personalizada da Loira do Espelho.

Enruguei o nariz para o meu reflexo. Havia algo de muito errado comigo. Eu sabia o que era. O monstro de olhos verdes. Ciúmes. E por que o ciúme era um monstro de olhos verdes? Por que as pessoas diziam "verde de inveja"? O que havia de errado com a cor verde? Era por que cédulas de dinheiro eram verdes? Eu realmente precisava pesquisar no Google sobre isto, já que...

— Você ainda tá aí? — A voz de Roth me tirou dos meus pensamentos, graças a Deus. — Ou você desligou na minha cara? Isso não seria legal. Os meus sentimentos seriam feridos.

— Ainda tô aqui. Layla tá com você? — perguntei.

— Não — ele respondeu. — Ela não pode fazer parte disso.

Virei-me de costas para o espelho, apertando o celular com força na mão. De repente, Minduim reapareceu atravessando a parede, fazendo uma pirueta como uma bailarina pelo quarto, através da cama.

— O que faz você pensar que eu quero fazer parte do que quer que isso seja? — eu exigi.

— Porque você me deve um favor, e é hora de eu cobrar.

Quando eu tinha pensado em explorar a cidade, não era isto que eu tinha em mente.

Mas aqui estava eu.

Encostada a uma parede, apertei os olhos por trás dos meus óculos escuros. Enquanto eu esperava por Roth, um fluxo constante de pessoas passava por mim, cada uma delas parecendo com pressa para chegar aonde quer que estivessem indo. Como eu não tinha ideia do que Roth estava aprontando, decidi que esperar por ele na calçada era uma boa.

Eu tinha me arrependido disso em grande parte, porque eu estava ali fora há apenas alguns minutos e sentia como se estivesse derretendo.

O suor pontilhava a minha testa enquanto eu me mantinha à sombra do edifício de Zayne. Mesmo que a minha camisa regata e calça jeans fossem leves e o meu cabelo pesado e ainda molhado estivesse preso em um rabo de cavalo, eu estava quase a ponto de arrancar todas as minhas roupas.

Nas Terras Altas do Potomac ficava quente, mas com o ar da montanha e os campos abertos, sempre havia uma brisa fresca. Aqui havia apenas correntes de ar fumacentas, quentes e fedorentas passando entre os edifícios altos.

Uma energia nervosa zumbia em minhas veias enquanto eu deslocava meu olhar das calçadas para a rua congestionada cheia de táxis amarelos e carros pretos. O formigamento quente na minha nuca me alertou para a presença de demônios, mas nenhum parecia próximo.

Contudo, eu estava prestes a ficar bem perto de um.

Por um favor.

Um favor que eu devia ao Príncipe da Coroa do Inferno.

Porcaria.

Eu não tinha exatamente me esquecido de Roth ter dito que nos ajudaria a encontrar Misha porque queria que uma Legítima lhe devesse um favor, mas isso não estava muito presente nos meus pensamentos.

Eu não tinha ideia do que poderia fazer por Roth que o príncipe demônio não pudesse fazer por si mesmo. Ele tinha todos os tipos de habilidades bacanas que eu invejava, e seja lá o que fosse, eu duvidava que Zayne ficaria feliz em ficar sabendo disso tudo. Eu deveria mandar uma mensagem para ele, caso ele voltasse antes de mim e não me encontrasse em canto nenhum; mas, se mandasse, Zayne faria perguntas. Perguntas que obviamente eu não conseguiria responder. Não só isso, ele provavelmente interviria e interromperia qualquer favor que Roth precisasse de mim, e sendo sincera, eu estava mais do que apenas um pouco curiosa.

Distração e evasão eram os dois melhores mecanismos de defesa existentes. Eu não estava nem aí para o que os terapeutas do mundo todo achavam disso.

Além do mais, Zayne estava ocupado fazendo *coisas* ultrassecretas, então, tanto faz.

Só esperava que o que Roth quisesse não envolvesse nada muito... malévolo.

Deslocando meu peso de um pé para o outro, cruzei os braços quando uma onda de vento quente pegou a bainha da minha camisa longa, brincando com as pontas. As adagas de ferro finas e leves, presas no momento aos meus quadris, permaneceram escondidas. Roth poderia ser um demônio legal noventa e nove por cento do tempo, mas eu não era idiota. Não que eu precisasse das adagas quando eu tinha a minha *graça*, mas eu não iria empunhá-la a torto e a direito por aí como se fosse uma festa.

Eu poria *fim* a uma festa com ela.

O borrão de veículos diminuiu quando um carro elegante e caro parou no meio-fio e o calor arrepiante ao longo do meu pescoço e ombros aumentou. Uma janela escura rolou para baixo e eu ouvi:

— Ei, Anjinha, quer uma carona?

Revirei os olhos. Eu me afastei da lateral do edifício e avancei, com cuidado para não ser atropelada pelos humanos apressados. Comecei a me curvar para olhar pela janela, mas a porta do carro se abriu sem que nenhum de nós a tocasse.

Outra vez. Habilidades bacanas.

— Entra. — A voz de Roth flutuou, vinda do interior sombrio do veículo.

Hesitei.

— Que tal dizer um "por favor"?

Uma risada obscura foi a minha resposta.

— Essas palavras não estão no meu vocabulário.

Grunhindo, entrei e fui atingida por ar gelado. Roth estava ao volante, vestido de preto e muito parecido com o que qualquer um imaginaria ser um príncipe demônio.

Um dedo adornado com anel tamborilava o volante. Seus anéis eram de prata e tinham algum tipo de marcação, mas eu não conseguia distingui-las.

Meu olhar pairou sobre o interior do carro. Mesmo com as janelas fumê, eu precisava dos meus óculos de sol, mas o brilho não era tão ruim como de costume. Pude ver um emblema dourado no volante.

Isto era... um Porsche? Meu Deus, por que havia tantos botões em um *carro*?

— Ser um demônio deve pagar bem.

— Ser o Príncipe da Coroa paga. — Roth sorriu para mim enquanto dirigia o carro para longe do meio-fio.

— Então, o que Layla tá fazendo?

— No momento, maratonando *Doctor Who* com Cayman — ele respondeu. — E eu não quero fazer parte disso.

Uma bolinha de melancolia se formou no meu peito. Maratonar filmes e seriados. Eu costumava fazer isso com os meus amigos.

Sentia saudades de Jada.

— Parece divertido. Que favor é esse que você quer?

— Você não curte conversa fiada, né? — O Porsche parou no semáforo.

— Você disse a Zayne que tava saindo comigo?

— Não. — Eu ri. — Duvido que ele ficasse de boa com o que quer que isto seja.

— Por quê? Você acha que ele não confia em mim?

Cruzei os braços e não respondi.

Roth deu uma risadinha.

— Ele sabe que sou uma má influência.

— Então o favor que você quer é algo que vai se encaixar na categoria de ser uma má influência?

— Ah, definitivamente. — O carro começou a se mover novamente. Lá fora, os prédios eram borrões bege. — Preciso da sua ajuda.

— Isso eu percebi. — Olhei de relance para ele.

Um leve sorriso reapareceu.

— Você se lembra de Bambi?

Pensei imediatamente na cobra do tamanho de um carro que agiu como um cachorrinho abandonado que precisava de carinho quando viu Roth. Familiares muitas vezes residiam como tatuagens no corpo do demônio que os controlava, mas Bambi estava agora com aquele maldito *coven* de bruxas que eu esperava que logo se encontrassem inesperadamente no meio de uma fogueira. Assenti com a cabeça.

— A cobra gigante que tá com Faye, a bruxa.

Ele inclinou a cabeça.

— Bambi tá comigo há muito tempo. Não que eu tenha favoritos, mas ela é... especial pra mim. — O olhar de Roth estava fixo na estrada. — Quando Layla foi ferida pelo próprio clã, eu não consegui ajudá-la. Ela tava tão mal e tava... — Ele apertou o maxilar. — Ela tava morrendo, e isso significava que eu faria qualquer coisa pra salvá-la.

Fiquei em silêncio, deixando-o falar, embora Zayne já tivesse me contado a maior parte desta história.

— Há bruxas boas e há bruxas más. O *coven* de Faye adora a mãe de Layla, Lilith, então tenho certeza de que você consegue descobrir de que lado eles estão.

Do lado que não teve problemas em vender encantamentos para serem usados em humanos que acabariam massacrados. A raiva fervilhou, fazendo minha pele pinicar.

— Imaginamos que elas estariam dispostas a ajudar a salvar Layla pra ganhar uns pontinhos com Lilith — ele explicou. — Cayman foi vê-las e voltou com uma cura. Só depois fiquei sabendo que tinham exigido Bambi em troca.

— Saber disso teria mudado alguma coisa?

— Não — ele respondeu sem hesitação. — Elas poderiam ter pedido a minha vida e eu a teria entregado pra salvá-la.

Isso eu já tinha presumido, mas ainda assim fiquei surpresa. As ações dele eram tão... pouco demoníacas.

— Eu poderia ter recusado — acrescentou.

— E por que não fez isso?

— Se tivesse, Cayman teria morrido. Ele é um corretor demoníaco, Anjinha. A vida dele tá atrelada à sua palavra.

Olhei para o perfil do rosto dele. Mais uma vez, muito pouco demoníaco.

— De qualquer forma, eu quero Bambi de volta, e você vai me ajudar a pegá-la. — Ele entrou em uma vaga de estacionamento.

Pisquei.

— Como eu poderia te ajudar nisso?

Roth sorriu para mim, e um arrepio se espalhou pelo meu pescoço.

— Você vai usar sua força especial de Legítima e acabar com esse *coven*.

Capítulo 14

Minha *graça* ganhava vida como uma fagulha que se transforma em uma chama.

Agora, isso sim era definitivamente uma coisa muito demoníaca de se pedir, mas ainda fiquei chocada. Encarei Roth, atordoada, e com certeza devia tê-lo ouvido mal.

Ele realmente tinha me pedido que matasse, não apenas uma, mas um *coven* inteiro de pessoas? Pessoas más. Pessoas más que tinham nos traído, mas mesmo assim. Ele não podia estar falando sério.

Ele soltou uma risada que teria sido encantadora se não tivesse sido dada depois de ele exigir que eu matasse um *coven* inteiro de bruxas.

— Você devia ver a sua cara.

— Eu não preciso ver pra saber que tem *PQP* escrito na minha testa — eu disse a ele.

Roth inclinou-se na minha direção. Fiquei tensa, e imaginei que ele reparou, com base na forma como o seu sorriso cresceu.

— É quase como se você tivesse esquecido quem eu sou.

— Não esqueci. — Os músculos das minhas costas se tornaram rígidos.

— Tem certeza disso? — Uma sobrancelha escura subiu. — Muitas pessoas esquecem o que eu sou... Quem eu sou, no âmago do meu ser.

— É mesmo? — murmurei.

Ele assentiu.

— As pessoas confundem meu amor por Layla com um grão de bondade que vai se enraizar dentro de mim como uma semente, eventualmente desabrochando em uma flor de pureza e luz.

— Eu não pensei *isso* nem por um segundo.

— Mas muita gente pensa, provavelmente até mesmo o Pedregulho — Roth respondeu. — Assim como muitos outros demônios. Faye e o *coven* dela acham isso. Sabe como sei?

— Uma habilidade demoníaca supersecreta e extra especial?

Ele riu, e os pelos nos meus braços se eriçaram, porque o som se instalou sobre mim como fumaça e cinzas.

— Porque eles *tinham* que acreditar que sou um demônio transformado em algo delicado e bom pra sequer cogitarem, por um instante, me trair como fizeram.

— Ah — murmurei. A pele dele estava... ficando mais fina?

— Mas vou te contar um segredinho, minha amiga meio-anjo, porque você também não entende de verdade quem eu sou. — Seu dedo pousou na ponta do meu nariz. Eu me encolhi, não tendo visto ele mover a mão. — Cada célula e molécula de quem eu sou deseja, precisa e cobiça Layla. Os humanos chamam isso de amor. Eu chamo de obsessão. A mesma coisa, suponho, mas sou um demônio, Trinity. Eu sou brutalmente egoísta e há pouquíssimas coisas que realmente me importam. Embora eu possa cometer aleatoriamente atos de aparente bondade, eu faço isso apenas pra que Layla esteja feliz. Porque quando ela não tá feliz, isso me leva a querer fazer coisas muito, *muito* ruins com o que ou quem quer que a tenha perturbado.

Tudo isso era meio romântico. E também super perturbador.

Afastei-me da mão dele.

— Tá bem. Obrigada pelo festival de confissões, mas...

— Mas, no final das contas, eu sou o Príncipe da Coroa do Inferno. Você não vai querer se meter comigo.

Meu queixo travou enquanto eu sentia a *graça* se espalhar dentro de mim.

— E, no final das contas, eu ainda sou uma Legítima que pode reduzi-lo a uma pilha de cinzas, então você não quer se meter *comigo*.

— É verdade, mas quer saber outra coisa que eu sei? — Ele se inclinou para trás e colocou um braço sobre o volante. — Você pode ter um monte de sangue angélico em você, mas você tá tão longe quanto eu de ser uma santa.

— O que *isso* quer dizer? — eu exigi, ignorando a centelha de poder no fundo da minha barriga.

Ele me encarou.

— Os anjos foram proibidos de fazer safadeza com os humanos há muito, muito tempo, por você sabe quem. — Ele apontou para o teto do carro, fazendo menção a Deus. — Você pode ter sido criada pra ajudar a combater algum malvadão que decidiu brincar com a Terra, mas caso você comece a seguir o caminho que todos os Guardiões tomam e pense que está de alguma forma acima de um demônio, não se esqueça de onde você veio. Você foi criada a partir de um ato de puro pecado.

— Sem querer ofender, mas os Guardiões *estão* meio que acima de demônios na escala bem-contra-o-mal.

Roth inclinou a cabeça enquanto seu olhar passava sobre meu rosto. Então ele riu, uma gargalhada profunda enquanto balançava a cabeça.

— Você também, hein?

— Eu também, o quê? — Aborrecimento se espalhou dentro de mim.

— Você não tem ideia de como os Guardiões passaram a existir, não é? Você acha que Deus os criou pra combater a praga demoníaca na Terra?

— Bem... sim.

— Bem, não — ele retrucou, enfiando a mão pelo cabelo preto bagunçado. Ele riu, desdenhoso. — Nem Layla tinha ideia.

— Ideia de quê? — Agarrei-me aos meus joelhos, sendo empurrada além do ponto de impaciência. — Quer saber, não importa. Historinhas são ótimas e tal, e tô cem por cento convencida de que você é o demônio mais maligno que já andou sobre a face da Terra e que todos deveriam tremer e gritar quando o virem, mas nada disto tem a ver com você me pedindo pra matar um bando de bruxas. Eu sei que te devo um favor, mas não pensei que isso significasse...

— Não saber qual era o favor não tem importância. Você ainda fez o acordo, Anjinha.

— Eu nem sei por que você precisa da minha ajuda com isso.

— Normalmente, eu não precisaria, mas o acordo por Bambi foi intermediado por Cayman. Se eu voltar atrás no acordo, Cayman morre. Eu gosto dele, mas Layla *realmente* gosta dele. Se ele morrer, ela vai chorar. Já estabelecemos o que acontece quando Layla fica chateada. Felizmente, o *coven* ainda não saiu da cidade, mas dizem que vão embora em breve. Temos de agir agora.

— Você espera que eu acabe com todo mundo enquanto você joga *Candy Crush* no celular?

—*Candy Crush não*. Acho que vou jogar *Wordsy*.

— *Wordsy?*

— Gosto de juntar palavras, mas, sim. É o que espero.

— Eu não mato pessoas, Roth.

— Eu não achei que matasse. Pensei que matava demônios que te atacavam e seres que desejam o mal pra você e outras pessoas. Às vezes, isso inclui os seres humanos. Às vezes inclui Guardiões e... ex-melhores amigos.

Todo o meu corpo se encolheu.

— Sabe, eu tava começando a simpatizar contigo, mas você é um idiota.

Ele levantou um ombro.

— E às vezes você mata bruxas que te traíram. Ou você se esqueceu que Faye disse a Aim que falamos com ela, desencadeando uma série de acontecimentos que quase mataram o Guardião que você ama?

Eu o encarei, boquiaberta.

— Eu não amo Zayne.

Ele arqueou uma sobrancelha.

— Erro meu.

— Não amo — repeti, o coração trovejando por algum motivo. — Eu me preocupo com ele. Só isso.

Roth deu de ombros.

— Ainda assim. A questão permanece. Você se esqueceu do que este *coven* fez?

A respiração que tomei não deu em nada enquanto eu fechava as minhas mãos em punhos.

— Não, não me esqueci.

— Então tenho certeza de que você também não se esqueceu de que, por causa disso, Layla se feriu e Zayne, o Guardião por quem você não tá apaixonada, mas com quem se preocupa, quase morreu.

— Claro que não. — Minha frequência cardíaca aumentou quando a imagem de um Zayne ferido se formou em minha mente. Nunca esqueceria o cheiro da carne carbonizada dele.

— E como Zayne não morreu? — ele perguntou.

— Ele não te disse? — Eu não sabia o quanto Roth e Layla sabiam sobre o novo super *status* de Zayne.

— Foi o seu pai, não foi?

Não respondi.

Um momento de silêncio passou enquanto Roth olhava para fora pelo para-brisa.

— Zayne é seu Protetor agora, não é? Ligado e verdadeiro.

Eu não tinha ideia se isso era apenas um palpite bom ou óbvio, ou se Roth sabia de algo que eu não sabia, mas as palmas das minhas mãos ficaram suadas contra os meus joelhos.

— Sim — eu disse. — Era... para ser.

— Era?

Soltei os meus joelhos. Não queria dizer a ele o que o meu pai tinha dito e o que Matthew tinha confirmado sobre mim e Layla.

— Era — repeti.

O olhar de Roth se voltou para o meu.

— Se o seu pai não tivesse decidido ligar Zayne a você, ele estaria morto agora. Layla estaria devastada, e tenho certeza de que você se sentiria igualmente dilacerada ou até pior. — Uma pausa. — Mesmo que você apenas *se importe* com ele.

Ignorei isso, porque estava perdida em pensamentos, imaginando perder Zayne e Misha. Não tinha certeza se seria capaz de me recuperar.

— Elas nos traíram, Trinity, e fizeram isso sabendo quais seriam as consequências. Sim, quero a minha familiar de volta, mas também quero que elas paguem — ele continuou. — E eu sei que você também quer. Consigo sentir o cheiro da raiva em você. Ele me lembra pimenta caiena. Você quer fazê-los pagar também, e, Anjinha, às vezes olho por olho é a coisa certa a fazer.

Arrastando meu olhar do dele, olhei pela janela. Não via nada além de um borrão de cinza do outro lado da rua, mas mesmo que minha visão fosse cristalina, duvidava que veria alguma coisa naquele momento. Tentei conter a raiva que o demônio conseguia sentir, mas não adiantava. Ela se emaranhava com a minha *graça*, queimando-me de dentro para fora, exigindo ser usada... ou alimentada.

Ela queria sair, essa raiva. Não tinha terminado ao derrotar Misha. Tinha começado ali.

Roth tinha razão. Eu queria vingança, porque Faye e quem mais fosse que tivesse participado disso merecia morrer.

Layla tinha sido ferida.

Zayne tinha quase morrido. Eu não fazia ideia se aquela noite teria sido diferente se o *coven* não tivesse nos entregado, mas ele desempenhou um papel importante no que tinha acontecido e merecia sofrer consequências duradouras por aquela noite.

Faye merecia o que estava por vir, mas... procurar vingança não era certo.

Eu tinha aprendido isso quando tinha seis anos de idade e empurrara um menino que tinha me derrubado para chegar ao balanço no parquinho. Minha mãe me ensinara isso. Ela tinha me sentado e explicado que dois errados nunca resultavam em um certo. Thierry tinha reforçado isso inúmeras vezes quando Misha e eu éramos mais novos, e eu retaliava sempre que ele me superava no treinamento, escondendo seus sapatos ou pegando suas batatas fritas ou biscoitos favoritos e comendo-os ou jogando tudo fora.

Caramba, eu tinha sido um terrorzinho.

Mas, de qualquer forma, matar Faye e seu *coven* não era a mesma coisa que esconder os sapatos de Misha ou jogar fora seu salgadinho favorito.

Era mais parecido com o que eu fizera com Ryker depois de ele ter assassinado a minha mãe.

Eu o matara.

Imediatamente e sem arrependimento.

Ninguém tinha me punido por isso. Eu nunca tinha pensado duas vezes no fato de que eu o tinha matado. O que eu tinha feito não parecia importar em comparação ao que ele tinha feito.

Mas isto não era a mesma coisa.

Ou era?

Matar Ryker tinha sido um ato de retaliação imediata. Os crimes eram diferentes. Assim como matar... matar Misha. Era a mesma coisa. Eu *tive* de fazer aquilo.

No fundo do meu estômago, minha *graça* queimava e pulsava. Era a fonte da minha força e do meu poder. Uma arma soldada do próprio fogo dos Céus percorria minhas veias e queria ser usada. Para o que Roth estava pedindo. A confusão rodopiava dentro de mim. Não deveria estar se encolhendo diante de tal pedido? Ou eu estava errada? Talvez eu devesse fazer isto, não porque devia um favor a Roth, mas porque o *coven* estava indiretamente ligado a este Augúrio. Quando tinham ajudado o senador Fisher a obter o encantamento para usar nos humanos que tinham atacado a comunidade em que eu crescera, o *coven* ajudara Misha e Baal, ambos ligados ao Augúrio.

Pensei no Guardião que tinha morrido ontem à noite. E pensei em todos aqueles humanos inocentes que tinham sido infectados e deixados para apodrecer no edifício abandonado. As bruxas não tinham feito nada disso diretamente, mas ainda faziam parte daquilo.

Respirei fundo. Não deu em nada.

— E se eu recusar? — perguntei enquanto olhava pela janela, sem ver nada.

Roth não respondeu de imediato. Uma eternidade pareceu estender-se entre nós.

— Eu não acho que você vai recusar, então por que fazer a pergunta?

Enganei-me sobre aquele ar que tomei. Foi para algum lugar. O ar inchou no meu peito. A pressão diminuiu enquanto a minha *graça* pulsava como uma onda de calor. Os meus pensamentos aceleraram enquanto eu tentava aceitar o fato inquestionável de que... eu queria acabar com o *coven*.

Queria fazê-los pagar.

Nem sequer estava muito furiosa com Roth por ter feito o pedido. Claro, eu estava incomodada. O cretino estava usando a minha necessidade de vingança para fazer o seu trabalho sujo, mas eu também entendia o seu desejo mortal e esse entendimento atenuou a minha indignação.

Fiz um movimento para pegar o celular, escondido no bolso da calça jeans, depois parei, perguntando-me para quem eu ligaria. Zayne? Sim. Era quem eu procurava, e isso não era bizarro? Tinha de ser o vínculo, porque raramente pensava em pedir conselhos a alguém. Eu meio que apenas fazia o que queria, sem falar com ninguém. Nem com Jada. Nem mesmo com Misha, antes de... bem, antes de tudo ter se acabado com ele. O que Zayne diria? Duvidava que ele iria aprovar isso.

Conhecendo-o, ele teria uma alternativa menos mortal.

Abri os olhos e encarei Roth. Ele estava me observando de uma forma curiosa, como se estivesse esperando para ver o que eu diria, embora ele já tivesse afirmado que eu não recusaria.

— E se eu puder fazer Faye libertar Bambi sem matá-la?

Um canto de seus lábios se enrolou em um meio sorriso misterioso.

— Bem, por que não vemos como você pode conseguir isso?

— Como vão as coisas entre você e o Pedregulho?

Lancei um olhar afiado a Roth enquanto caminhávamos pelo corredor bastante banal no décimo terceiro andar do hotel em que o *coven* de Faye se encontrava com frequência.

— Não vou falar de Zayne.

— Por que não?

Endireitando os óculos de sol empoleirados na minha cabeça, eu disse:

— A lista de razões seria mais longa do que o tempo que levaria pra gente andar por toda a extensão deste corredor.

— Me dê a versão resumida.

— A razão número um é que eu não vou falar sobre Zayne com *você* — declarei.

— Por que sou o Príncipe da Coroa do Inferno? — Ele me deu um olhar astuto.

— Não. — Parei. — Porque você é o namorado da garota que ele ama, e falar sobre qualquer coisa pessoal que diz respeito a ele parece errado.

— Hm. — Roth parou. — Ama? Ou é amava?

Encontrei o seu olhar âmbar.

— Não foi você quem me disse, não faz muito tempo, que ele ainda era apaixonado por ela? Que ele iria passar por cima de mim pra salvá-la?

— Mas ele não fez isso, fez?

Joguei minha cabeça para trás.

— Como é?

— A noite na casa do senador. Quando Layla foi ferida, ele não saltou por cima de você pra chegar até ela — ele ressaltou. — Ele permaneceu na batalha, lutando ao seu lado... E isso foi antes de estar vinculado a você. — Ele fez uma pausa. — Pelo menos no sentido metafísico.

Abri a boca para dizer que ele não sabia do que estava falando, mas ele tinha razão. Zayne não tinha saído de perto de mim por Layla. O que é que isso significa?

Nada.

— Você tava errado? — desafiei. — É isso que você tá dizendo?

Roth deu de ombros.

— Seria a primeira vez.

Eu bufei.

— Sério?

Ele sorriu.

— Olha, não significa o que você tá dizendo — eu disse a ele. — E, mesmo se fosse esse o caso, e isso é um *se* tão grande quanto todo o continente da América do Norte, não podemos ficar juntos. É proibido entre Legítimos e Protetores.

— Que graça teria se não fosse proibido? — Enfiando as mãos nos bolsos, ele girou e começou a andar. — Você vem?

Fazendo uma careta para as costas dele, apressei-me para alcançá-lo. Ele cantarolava uma música que me era vagamente familiar e que iria me deixar louca até que eu descobrisse qual era.

— Você tem um plano? — Roth perguntou.

Quase ri.

— Claro que sim.

Isso era, em grande parte, uma mentira. Eu não tinha outro plano senão assustar Faye até fazê-la rezar a Deus pela vida.

Espera. Bruxas acreditam em Deus? Não fazia ideia.

— Isto deve ser interessante de se assistir — ele comentou. — Quase tão interessante quanto ver você e Zayne treinarem.

Dei-lhe um olhar sombrio enquanto seguíamos pela curva que o corredor fazia. O restaurante apareceu. Tudo o que eu podia ver acima das janelas de vidro fumê e paredes do restaurante no final do corredor eram luzes de teto fracas.

Quantas pessoas estavam lá dentro? Eram todas bruxas?

Roth parou, levantando a mão direita. Ele estalou os dedos e ouvi um estalido agudo. O cheiro de plástico frito encheu o corredor.

— Câmera — ele disse, movendo o queixo em direção ao canto do corredor. — Quero ter certeza de que não há provas, só por precaução.

Só por precaução...

Eu estremeci.

— Não se esqueça de que você não pode matar Faye enquanto Bambi estiver na pele dela... Isso também a mataria. Não faça isso — Roth alcançou a porta.

— Espere — chamei, e ele olhou para mim. — Isto seria algo que apenas Faye teria decidido fazer...

— A menos que tenham agido pelas costas da Anciã, o *coven* é uma democracia. Nenhuma decisão é tomada sem o apoio unânime dos membros — ele respondeu. — Eles não são apenas cúmplices.

Mas que Inferno.

Eu não sabia muito sobre *covens*, mas sabia o quão poderosa era uma Anciã, a líder do *coven*, e quão insano seria fazer algo pelas costas dela.

Eliminar uma bruxa seria mais fácil de lidar do que um *coven* inteiro, se chegasse a esse ponto. Pensando bem...

— Quantas bruxas estão neste *coven*?

— Eu realmente não sei. — Ele se afastou de mim. — Um pouco mais de cinquenta, talvez.

Um pouco mais de cinquenta?

Cinquenta?

Deus do Céu e todos os santos. Talvez nem todas estivessem aqui. Eu duvidava que Roth esperasse que eu caçasse cada uma delas. Isso levaria muito tempo, e não haveria jeito de fazer isso antes de Zayne voltar para casa.

Meio que horrorizada comigo mesma, balancei a cabeça. Aqui estava eu, pensando em como seria demorado matar cinquenta bruxas ou mais.

Quais más escolhas eu tinha feito que levaram a este momento na minha vida?

Meus olhos se estreitaram nas costas da camisa preta de Roth. Ah, sim. Ali estava. Bem ali. Concordar em dever um favor a um maldito príncipe demônio. A culpa era de Zayne. Parecia certo. Quer dizer, ele tinha me apresentado ao Roth. Eu ia dar um murro na garganta de Zayne quando o visse.

Pensando bem, como Roth sabia que Zayne não estava em casa? Foi um golpe de sorte e ontem era sobre isso? Roth não estivera entediado, mas tinha vindo na esperança de encontrar Zayne ausente? Antes que eu pudesse perguntar, Roth abriu a porta, e o som de um jazz se elevou, junto com o burburinho de conversa. A mesma mulher de cabelos escuros que estivera lá da última vez que tínhamos vindo estava parada atrás da mesa da recepção.

Ela abriu a boca quando a porta se fechou atrás de mim. Ouvi o clique da fechadura e sabia que aquilo era obra de Roth.

— Não somos esperados, Rowena. Eu sei — Roth a interrompeu com a mão levantada antes que ela pudesse falar. — E não nos importamos.

A bruxa fechou a boca abruptamente e algo profano cintilava, ofuscante, em seus olhos. Um brilho que não era inteiramente humano. Meio que como eu. Seu olhar se deslocou para mim e depois para longe, como se eu não fosse uma preocupação.

— Vou notificar Faye que vocês estão aqui.

— Que tal você ficar aí e fazer o que quer que você faça. Conhecemos o caminho.

Era verdade. Rowena não parecia feliz com isso, nem parecia ouvir. Enquanto passávamos por ela, ela estava pegando o que eu imaginava ser um telefone, seus movimentos rápidos e bruscos, como se sua demonstração de aborrecimento fosse uma fachada desmoronando.

Atravessando um labirinto de estofados e mesas, notei que havia pelo menos vinte e poucas bruxas aqui. Elas não trabalhavam?

Como aconteceu da última vez, a conversa parou enquanto passávamos pelas mesas. Os garfos pararam a meio caminho da boca. As colheres tilintaram em pratos. Canudos de plástico vacilaram na frente de lábios.

Bem, este era um lugar que não tinha consciência ambiental. Acrescentei isso à minha lista de razões para não me sentir mal se tivesse de eliminar todas elas.

Enquanto seguia Roth, uma parte de mim reconheceu que eu não estava aterrorizada com o que poderia acontecer. Tudo o que eu podia sentir era raiva — raiva sobre o tipo de coisa de que o *coven* tinha participado, o que Misha tinha feito e o que isso significava para mim e Zayne, e raiva de Roth por esta maldita situação.

E a minha *graça*.

Ela zumbia em minhas veias, fazendo meus dedos e lábios formigarem. O que era estranho, porque nem uma vez sequer, enquanto eu enfrentara os zumbis, eu a tinha sentido lutar para sair, para ser usada. Era porque eu não estava em perigo naquele momento, mas de alguma forma ela sentia que agora eu estava?

Não fazia ideia.

À frente, vi a forma de uma mulher a se erguer de um assento estofado e, embora as suas feições estivessem desfocadas, eu sabia que era Faye.

— Sente-se — Roth ordenou. — Precisamos ter mais uma conversinha.

O cabelo escuro de Faye balançou na altura do seu queixo enquanto sua cabeça chicoteava do demônio para mim. Sua mão voou para o braço, os dedos se enrolando firmemente em torno de uma sombra escura.

O lábio de Roth se torceu em um rosnado, e percebi que de alguma forma a bruxa havia impedido Bambi de sair de sua pele, como a familiar fizera da última vez em que tínhamos estado aqui.

E isso fez um certo príncipe demônio ficar muito insatisfeito. Os olhos de Roth cintilaram em um vermelho brilhante e intenso antes de suavizarem para um âmbar fresco.

A expressão de Faye se tornou impassível enquanto ela se sentava lentamente.

— A que devo a honra *desta* visita inesperada?

— Honra? — A risada de Roth era como seda envolta em escuridão enquanto ele se sentava em frente a ela e deslizava pelo banco estofado para abrir espaço para mim. — Você parece surpresa em nos ver.

Sentei-me, mantendo as mãos no colo enquanto olhava para Faye, realmente olhava para ela, de uma forma que não tinha feito da última vez.

Ela era jovem, talvez na casa dos vinte e poucos anos, e parecia uma mulher normal que poderia passar despercebida por qualquer pessoa na rua. Ela *era* majoritariamente humana, com exceção do sangue demoníaco, cortesia de alguém de sua família ter se relacionado com um demônio em gerações passadas. Era isso que dava às bruxas as suas habilidades e que a permitia ter Bambi como familiar. Estas bruxas não eram nada como os humanos que se autodenominavam wiccanos. Não que houvesse algo de errado com a Wicca. Eles apenas não tinham o mesmo tipo de poder que as bruxas natas tinham.

— É claro que estou surpresa — Faye disse. — Não é como se eu soubesse que vocês dois estavam vindo, e estamos muito ocupados agora. Como já disse, partiremos muito em breve. Todo o *coven*.

— Você não parece ocupada — observei enquanto Roth esticava um braço sobre a parte de trás do banco, agindo como se estivesse se acomodando para uma soneca da tarde.

— As aparências enganam — ela disse, mal se prestando a me olhar. O que era engraçado, considerando que ela tinha concordado em ajudar o senador com o encantamento em troca de partes de um Legítimo — de partes *minhas*. Só por isso eu já deveria matá-la.

— As aparências *realmente* enganam — concordei, sentindo a raiva na minha pele como mil vespas irritadas.

Faye sorriu com força enquanto fechava um pequeno caderno preto à sua frente.

— Como posso ajudá-lo? — Isto foi uma pergunta para Roth. Não para mim, porque eu obviamente não era vista como remotamente importante. — Da última vez em que esteve aqui, contei-lhe tudo o que sabíamos.

— É mesmo? — Roth murmurou.

A bruxa assentiu com a cabeça enquanto se recostava no assento estofado e colocava as mãos no colo.

— Vamos parar de joguinho — eu disse, não querendo ficar de conversa fiada. — Sabemos que você disse a Aim ou, possivelmente, a Baal que a gente tinha vindo te ver. Ou talvez disse ao senador Fisher. Só Deus sabe pra quem você contou, mas sabemos foi *você*.

Seus olhos se arregalaram ligeiramente.

— Eu não...

— Não se faça de inocente. — A voz de Roth era enganosamente suave. — Aim traiu você, assim como você nos traiu. Deveria escolher pessoas melhores pro seu time.

Mesmo com pouca luz e com meus olhos prejudicados, eu conseguia ver Faye empalidecer, e senti um prazer perverso nisso.

— E consigo presumir com segurança que você percebeu, no instante em que nos viu, que as coisas não terminaram bem pra Aim — acrescentei. — Ele tá super morto agora.

Ela não respondeu, e isso me irritou ainda mais.

— Eu posso não saber muito sobre bruxas, mas tinha a impressão de que vocês não deveriam ser do lado do bem ou do mal — eu disse. — Mas, caramba, vocês realmente vestiram a camisa do lado do Mal, Morto e Burro.

— E de que lado você está? — Os seus olhos escuros cintilaram na minha direção. — Enquanto se senta ao lado do Príncipe da Coroa do Inferno?

— Hmm — Roth murmurou baixinho e gutural, como um grande gato ronronando. — Eu amo a maneira como você diz Príncipe da Coroa.

Fixei meu olhar no de Faye.

— Como você disse. As aparências enganam.

A garganta dela estremeceu enquanto ela se forçava a engolir em seco. Ela abriu a boca, fechou-a e depois tentou de novo.

— Não tivemos escolha.

— Sempre se tem uma escolha — Roth disse. — Sempre.

— Você não está entendendo. Não procuramos por eles. Vieram atrás de nós pouco depois da sua chegada. Na mesma noite...

— Não me interessa — eu disse, não reconhecendo minha própria voz ou o que estava invadindo meu sistema. Era como se uma personalidade totalmente nova fosse desbloqueada e assumisse o controle. — Você não tinha que dizer nada a eles, mas você disse. Por causa disso, caímos numa armadilha. Uma armadilha que *você* ajudou a montar. Pessoas foram feridas, Faye.

Os lábios da mulher se afinaram quando ela lançou um olhar nervoso para Roth.

— Layla — ele sussurrou. — Ela ficou ferida.

Agora Faye parecia que estava prestes a engasgar.

— Nós nunca faríamos nada que colocasse a filha de Lilith em perigo. Nunca. Não era essa a nossa intenção.

— Intenções não significam nada no final das contas. Quer dizer, você poderia atear fogo num arbusto e nunca ter a *intenção* de que ele se espalhe para o condomínio próximo, mas quando isso acontece, ainda é culpa sua.

— Abri as mãos sobre o colo. — Quais *eram* as suas intenções? O que lhe ofereceram pra terem essa informação?

Ela sacudiu rapidamente a cabeça e olhou ao redor do salão de jantar e depois de volta para nós.

— Se não disséssemos a eles, teriam assassinado todas as pessoas aqui.

— O que te fez pensar que não faríamos isso depois de descobrirmos? — Roth indagou.

Os lábios de Faye se separaram.

— Tô achando que ela não acreditava que sobreviveríamos — eu disse a ele, acenando com a cabeça quando ela apertou os lábios. Pensei no que Roth tinha me dito no carro, no quanto ele era um demônio poderoso e malvado. Um pensamento cruzou minha mente. — O *coven* arriscou te irritar em vez de arriscarem com Aim e o senador Fisher, e... — Virei-me para Faye. — Não tem como você não ter pensado por um segundo que se Roth estivesse envolvido, Layla não estaria. Então vocês não só estavam apostando suas fichas no outro lado, como não parece que se importaram com o fato de Layla ser filha de Lilith.

— Isso é verdade — Roth concordou. — E isso não me deixa nem um pouquinho feliz.

— Agora, Aim era realmente irritante e falador, mas ele não era *tão* assustador assim. — Aquela última parte não era exatamente verdade. Aim não era um demônio de baixo status. Ele quase matara Zayne.

Entendendo para onde eu estava indo com isso, Roth entrou na conversa.

— E embora a presença de Baal possa impressionar os... impressionáveis... — ele disse, e duas manchas rosadas apareceram no centro das bochechas de Faye — ...ele não é eu.

— Com quem você tava realmente trabalhando? — perguntei, ficando ciente do silêncio que nos rodeava. — Quem poderia tornar você e seu clã estúpidos o suficiente para nos desafiar?

— Nós só falamos com o senador, como eu disse...

— *E* você disse que não sabia por que ele queria o encantamento que transformava humanos inocentes em bucha de canhão — interrompi com o coração batendo forte. — Mas eu não acredito em você. Você conhecia Misha?

O lábio superior dela se retraiu.

— Eu não tenho ideia de quem é esse, e você pode querer pensar duas vezes antes de falar comigo assim novamente, *humana*. Eu poderia amaldiçoar toda a sua linhagem com algumas simples palavras.

Eu quase ri. Quase.

— Misha era um Guardião que trabalhava com Aim e Baal.

— Certo, e daí? — Ela levantou um ombro e se concentrou em Roth. — Nós não tratamos com Guardiões. Nunca.

Eu não tinha certeza se acreditava nela, mas Roth inclinou a cabeça e disse:

— Bruxas não confiam em Guardiões. Pela questão de matar indiscriminadamente qualquer coisa com sangue demoníaco. Mas, devo dizer, vou ficar muito ofendido se acharam que era melhor arriscar irritar a mim em vez de a Aim ou Baal.

Faye inspirou fundo e vários segundos se passaram.

— Nós conversamos apenas com o senador no início. Isso não é mentira.

— Mas? — Roth incitou.

Os ombros da mulher ficaram tensos.

— Mas não foi o senador que veio depois que vocês chegaram. Foi o Baal. E você tem razão. Não arriscaríamos ofender você em vez dele.

— Mas? — Roth disse mais uma vez.

Ela fez menção de pegar um copo de água, mas parou e colocou a mão sobre a mesa.

— Eu disse a vocês que o *coven* está indo embora da cidade... Inferno, estamos indo embora para a outra costa do país. Nos últimos dois meses, nossa Anciã sentiu algo *crescendo*. Algo com que não queremos nos envolver. Já te disse isso. — Ela brincou com a ponta de um guardanapo. — Pensamos que tínhamos tempo. Mas nos enganamos. Já está aqui. O Augúrio.

Capítulo 15

O Augúrio.

Faye confirmou o que eu suspeitara. O *coven* sabia sobre o Augúrio e deviam ter ajudado a criatura de maneira consciente, direta ou indiretamente.

— Você conheceu o Augúrio? Você o viu? — perguntei, porque se ela pudesse me dar alguma descrição, ajudaria.

Faye balançou a cabeça.

— Não. Nós nem sequer sabemos *o que* ele é, mas quando Baal chegou depois de vocês irem embora, eu sabia que alguém estava nos vigiando. Sabiam que vocês estiveram aqui.

Roth deu de ombros.

— Mas eles não sabiam o que você nos disse. Você contou pra eles, e poderia ter mentido. Isso tá começando a me aborrecer, Faye.

— Baal sabia que estávamos planejando ir embora. Ele... sabia que tínhamos sentido essa... essa grande *perturbação*. Um desequilíbrio que nenhum de nós tinha sentido antes. — Ela abaixou o olhar enquanto seus dedos ficavam imóveis sobre o guardanapo. — Quando Baal veio, ele nos disse que não tínhamos feito um acordo apenas com o senador, mas com *aquilo*, esta coisa que ele chamou de Augúrio. Não sabíamos até então que era ele o que estávamos sentindo.

— Você nos traiu porque ele lhe disse o nome de alguma coisa sobre a qual você não sabia nada? — Roth deu uma risada seca. — Que escolha ruim, bruxa.

— Sabíamos o suficiente. — Inclinando-se para a frente, ela manteve a voz baixa. — Ele nos mostrou do que o Augúrio é capaz. Um dos membros do nosso *coven*, que estava em casa, tinha sido morto. Baal tinha fotos — Sua pele enrugou-se em torno de seus lábios, empalidecendo. — Paul. Paul foi assassinado.

Eu não fazia ideia de quem era Paul.

Aparentemente Roth sabia e não se importou.

— E?

Faye recuou, os ombros alinhando-se. Demorou um instante para ela falar.

— Eu nunca... eu nunca tinha visto nada assim. Os olhos dele estavam abertos na foto, queimados. As órbitas vazias. Ele não tinha mais a língua, e as orelhas... parecia que alguém tinha enfiado picadores de gelo nele, mas ele estava... ele estava *sorrindo*. O olhar no rosto dele era pacífico, como se ele estivesse *feliz*. Como é que isso poderia ser possível? A morte dele foi brutal. Como ele poderia estar sorrindo?

Bem, isso com certeza parecia horrível.

— Por que você acha que isso não é algo de que Baal seria capaz de fazer? Imagino que queimar os globos oculares não seja exatamente difícil, e também não seria difícil convencer alguém de que todo o processo foi bom enquanto estava sendo feito. — Roth tirou o braço do encosto do sofá. — Os demônios podem não ser capazes de persuadir grandes grupos de humanos a fazer ou a sentir coisas, mas um só? Mel na chupeta.

— Estamos protegidos contra a persuasão demoníaca — ela insistiu. — Nenhum demônio pode quebrar esse feitiço.

Roth parecia querer tentar, mas o método daquela morte não nos dizia qualquer coisa sobre o Augúrio.

A bruxa se concentrou em Roth mais uma vez.

— Lamento que Layla tenha sido colocada em uma situação de perigo. Sinto muito mesmo, mas fizemos um acordo com o senador, e vocês... interferiram neste acordo e...

— Ah, sim. A coisa do Legítimo — Roth a cortou. — Foi-lhe prometido um Legítimo em troca da ajuda do seu *coven*.

— Partes de um — lembrei-lhe. — Partes de um Legítimo.

— Sim. Foi isso que nos foi prometido. Ainda está prometido — acrescentou.

Minhas sobrancelhas se levantaram enquanto a raiva fervia até o ponto de ebulição dentro de mim.

— Você ainda acha que eles vão cumprir o acordo?

— Por que não cumpririam? — Ela pegou o copo. — Mantivemos nossa parte do acordo e não ouvi nenhum de vocês dizer que mataram alguém além de Aim.

Eu podia sentir Roth começar a se mover, mas fui mais rápida quando me inclinei para a bruxa.

— Posso te garantir com cem por cento de certeza que eles não vão conseguir manter a parte deles no acordo.

Seu olhar desdenhoso, quase desagradável, voltou-se sobre mim, e percebi que, embora ela fosse majoritariamente humana, ela não gostava de humanos. Ela não se considerava um deles.

Considerando que eu continuava a me referir aos humanos como *eles* talvez eu também não me considerasse.

— E como *você* saberia disso? — ela perguntou, a voz sarcástica.

Era errado. Era extremamente perigoso e provavelmente mais do que um pouco estúpido, mas ela estar tão totalmente desavisada do quão perto estava de ser chutada para a próxima encarnação era mais forte do que eu.

E eu sabia o que significaria o que eu faria a seguir.

Eu podia não ter vindo aqui querendo matar uma bruxa, mas é o que acabaria fazendo. No momento em que lhe mostrasse o que eu era, ela seria um problema — um problema irritante. Ela já tinha nos traído antes, e uma vez que soubesse o que eu era, definitivamente usaria essa informação a seu favor.

Talvez me sentiria mal sobre isto mais tarde. Talvez a culpa se espalhasse e apodrecesse dentro de mim, porque certamente poderia haver uma maneira não violenta de lidar com isso.

Mas no momento... não me importei.

Permiti que a minha *graça* fluísse para a superfície da minha pele. Os cantos da minha visão ficaram brancos e dourados.

— Porque eu sou a Legítima que foi prometida a vocês.

Faye se engasgou com a água, os olhos esbugalhados enquanto ela se jogava para trás contra o estofado do assento. O copo escorregou de seus dedos e se espatifou na mesa e, imaginei que com a ajuda de Roth, tombou em direção à bruxa. A água espirrou e derramou em seu colo, mas ela não pareceu notar enquanto me encarava.

— Pois é. — Eu deixei que ela absorvesse minha admissão antes de retrair a minha *graça*. Guardá-la foi mais difícil do que deveria ter sido. — Nunca vai acontecer.

— Meu Deus do Céu — ela sussurrou.

— Praticamente isso. — Descansei os cotovelos sobre a mesa e coloquei o queixo nas mãos. — Você não traiu apenas Roth, o Príncipe da Coroa do Inferno. Também me traiu e, por isso, alguém muito importante pra mim ficou gravemente ferido. Por causa disso, eu tive que... — eu me interrompi, sabendo que o que tinha acontecido com Misha teria acontecido com ou sem a interferência do *coven*. — Você fez merda. E das grandes.

— Você tá com medo dela. — A voz de Roth era suave.

— Aterrorizada — a bruxa admitiu.

Aquilo provavelmente fazia de mim uma má Legítima, mas os cantos dos meus lábios se curvaram para cima em um sorriso.

O olhar de Faye disparou para o lado, e então seus lábios se abriram como se ela estivesse prestes a falar.

— Nem pense nisso — Roth advertiu.

Eu olhei para ele, minhas sobrancelhas arqueadas.

— Ela estava prestes a lançar um feitiço — ele esclareceu. — Não ia? Provavelmente algo ruim que ela acha que vai nos paralisar ou nos fazer guinchar como galinhas. O que ela tá esquecendo é que esses feitiços não funcionam em mim, e eles com certeza não vão funcionar em um ser de sangue angelical.

Os lábios da mulher afinaram enquanto seu peito subia e descia. Passou-se um longo tempo.

— Há mais de vinte bruxas aqui, cada uma delas poderosa por si só. Os feitiços não são as nossas únicas armas.

— Isso é uma ameaça? — Roth indagou.

— Se for, você tá completamente sem juízo — eu disse. — Talvez não tenha nenhum, mesmo. Então, eis o que vai acontecer. Você vai libertar Bambi e Roth do acordo que ele fez com você.

— O quê? — Faye ofegou, seu olhar esbugalhado oscilando em direção ao demônio. — Fizemos um acordo para salvar a vida de Layla. Se voltar atrás, o seu demônio pagará o preço.

— Ele não tá pedindo pra ser liberado do acordo — eu disse, e não precisei olhar para Roth para saber que ele estava sorrindo. — Eu que tô te mandando. Você vai oferecer Bambi de volta pra ele. A escolha será sua, por isso, obrigada. O acordo será anulado.

— Isso são aspectos técnicos — ela cuspiu, um rubor invadindo suas bochechas mais uma vez. — Ele pediu pra você fazer isso.

— Mas não sou eu pedindo pra ser libertado do acordo. — A presunção escorria da voz de Roth. — E você sabe que essa é a única coisa que importa.

Faye começou a tremer de raiva, ou medo, ou possivelmente ambos.

— E se eu recusar? Você vai me matar? Vai matar todo mundo que está aqui? Porque é isso que vai acontecer. Se me atacarem, eles vão me defender. — Ela abaixou o queixo, e uma rajada de ar quente virou um guardanapo e mexeu os cachos de cabelo ao redor do meu rosto. — Eu vou me defender.

— Você acabou de fazer isso? Fez uma *brisa* voar sobre a mesa? — Arregalei os olhos. — Assustador. Realmente muito assustador, na verdade agora tô tremendo de medo aqui.

Roth bufou.

— E quando foi que eu disse que permitiria que você vivesse depois de entregar Bambi? — continuei, o meu queixo ainda descansando nas minhas mãos. — Isso é muito presunçoso da sua parte.

Faye inspirou bruscamente.

— Afinal, você quer que eu morra. Você realmente precisa que eu morra pra fazer uso de todas as minhas partes gloriosas, que eu duvido que serão usadas para o bem de qualquer pessoa além de você ou seu *coven* — eu disse a ela. — Como diabos você poderia pensar que sairia desta viva?

— Essa é uma pergunta muito boa — Roth disse. — E você deveria ouvi-la e facilitar as coisas. Liberte Bambi e anule o acordo. Sabe o que precisa ser dito. "Eu concluo este acordo negociado pelo demônio Cayman e libero este familiar." Isso é tudo. Diga.

— Eu... — Faye balançou a cabeça e depois estremeceu. Sua mão flutuou até o braço, onde Bambi repousava. Ela ia liberar a familiar, embora fosse muito...

Ela levantou as mãos.

A mesa entre nós nos acertou, prendendo-nos na cabine estofada. A dor me atravessou o estômago enquanto Roth xingava.

Certo. Isso definitivamente não foi uma brisa.

Eu mexi meus dedos entre a mesa e minha barriga enquanto Faye se levantava de seu assento, seu cabelo preto erguendo-se de seu rosto enquanto seus dedos se estendiam. Sua pele enrubesceu e seus olhos escuros brilharam em um marrom canela. Desci meu olhar. Sim. Seus saltos pretos e discretos estavam a vários centímetros do chão.

Ela estava levitando.

Eu queria poder levitar.

— Isso é o melhor que você consegue? — Roth riu, e eu realmente queria que ele calasse a boca, porque a mesa agora estava afundando nas palmas das minhas mãos e estava começando a doer. — Você precisa de algo maior.

— Eu nem comecei a mostrar o que posso fazer. — A voz de Faye era espessa como lama.

— E você também não viu do que eu sou capaz. — Roth colocou as palmas das mãos na mesa.

O cheiro de enxofre atingiu o ar, e a mesa virou pó em um nanossegundo. Tudo o que tinha estado sobre a mesa — o copo, a velinha envolta em alumínio, os guardanapos — desapareceu. Até o caderno que Faye tinha.

Certo. *Isso sim* era legal.

Enquanto eu me apressava para ficar em pé, a raiva da bruxa pulsou como uma onda de choque, ondulando através do restaurante, e minha *graça* respondeu, acendendo sobre a minha pele.

— Lide com ela. — Roth girou em direção ao salão de jantar. — Eu vou lidar com eles.

Eles eram as outras vinte ou mais bruxas que também levitavam.

Faye levantou a mão, e o ar parecia vibrar acima de sua palma. Seus lábios se moveram em um cântico baixo e rápido que eu não conseguia entender. Uma bola de fogo apareceu.

Eu desviei para o lado quando a esfera de chamas do tamanho de uma bola de softbol atingiu a cabine em que eu estivera sentada. A madeira pegou fogo, engolindo todo o assento muito rápido, lembrando-me do fogo que o demônio Aim havia empunhado.

— Isso não foi legal! — Voltei-me para a bruxa.

O instinto entrou em ação, e eu podia sentir a *graça* comandando meu braço, exigindo ser usada. Não podia. Não ainda. Não com Bambi ainda na bruxa. Se eu a matasse, mataria a familiar.

Outra esfera de chamas se formou acima da mão dela enquanto um grito de dor e uma explosão de calor vieram da direção de Roth. O olhar de Faye disparou para a nossa direita.

Eu a ataquei, acertando-a no estômago com meu ombro. Ela gritou enquanto eu a levava para o chão. A bola de chamas esmaeceu quando seu corpo ricocheteou na madeira. Caí com ela, enfiando o joelho no estômago da mulher. Ela grunhiu enquanto balançava a mão em minha direção.

— Ah, não mesmo. — Agarrei-lhe um pulso e depois o outro. — Sem mais truques de fogo. Liberte Bambi.

Faye tentou me afastar, contorcendo-se, mas ela não era treinada para lutar, pelo menos não fisicamente. Eu a contive com facilidade, prendendo os braços dela na altura da cabeça.

— Me larga! — ela gritou.

— Não vai rolar. — Outra explosão de ar quente subiu, desta vez de Faye, e o ar ao seu redor começou a distorcer. A pele dela esquentou debaixo das minhas mãos e, cacete, ela estava prestes a se acender como o Tocha Humana das histórias em quadrinhos.

Ah, de jeito maneira.

Agarrei-a pela garganta, cortando-lhe o ar antes mesmo de ela perceber que tinha dado o seu último suspiro.

— Nem pense nisso.

Com sua concentração quebrada, o calor evaporou de seu corpo. Seus lábios se afastaram, mas nenhum ar estava entrando ou saindo. Não com os meus dedos cravados em sua traqueia. Precisava me acalmar, ou ela iria asfixiar, mas a minha mão permaneceu ali. A raiva me consumia, fazendo com que os pelos finos do meu corpo se eriçassem. Era como a noite com os demônios Torturadores. A necessidade de rasgar pele e tecido foi substituída pelo desejo de esmagar os ossos frágeis da garganta. Eu podia fazer aquilo. Facilmente.

Os olhos de Faye se arregalaram, sua pele ficou com um tom violento de vermelho quando ela abriu a boca, ofegando por ar que não entrava.

Pare, eu disse a mim mesma. *Você precisa parar ou Bambi vai morrer.*

Forcei os meus dedos a afrouxarem e a observei puxar o ar para os pulmões. Um tremor passou por mim. Praguejando baixinho, olhei para Roth e o vi segurando um homem a vários metros do chão. Não havia mais ninguém. Nada além de montes de cinzas e de...

Caramba.

Com o estômago dando cambalhotas, olhei rapidamente para Faye. O meu olhar encontrou com o dela e, tão perto quanto estávamos, vi o pânico por trás do enxofre. O sentimento fazia com que os seus olhos parecessem esferas frágeis de vidro.

Meus dedos se contraíram, afrouxando ainda mais. Faye tinha traído a nós, traído a mim. Ela precisava que eu morresse para poder usar partes de mim para feitiços ou qualquer outra coisa assim. Ela tinha acabado de tentar me transformar em uma grande bola de fogo. Eu soube que ela tinha de morrer no instante em que lhe mostrei o que eu era. Talvez eu já soubesse disso quando Roth veio cobrar o seu favor. Inferno, eu já deveria saber disso lá no fundo, quando percebemos que ela tinha nos traído.

Mas ela estava com *medo*.

Podia vê-lo nos olhos dela. Medo e pânico. Será que os olhos de Ryker ficaram assim? Tudo tinha acontecido tão depressa naquele momento, mas, mesmo que eu tivesse visto o medo nos olhos dele, isso não teria me impedido. Não depois de ele ter matado a minha mãe.

O choque que eu tinha visto nos olhos de Misha também não me impedira.

Não iria me impedir agora.

Faye se ergueu, libertando-se do meu aperto. Ela me golpeou, seu punho acertando-me na mandíbula. Foi um soco fraco, mas chamou a minha atenção.

Agarrando os braços, dela que se agitavam com uma das mãos, voltei a prendê-la como antes, com os membros imobilizados e a minha mão em volta da sua garganta.

— Solte Bambi agora — eu mandei, apertando meus dedos em sua garganta, colocando a quantidade certa de pressão em sua traqueia. — Diga as palavras. Vamos.

Faye engasgou enquanto seus olhos se esbugalhavam.

— Se eu fizer isso, você vai me matar. Mas se ela estiver em mim, estou segura.

Aparecendo ao meu lado, Roth se ajoelhou.

— Só pra você saber? Se Bambi morrer por causa das suas ações, vou alongar a sua morte até que me implore pra acabar com você. E quando implorar? Vou caçar todos os membros da sua família e eles vão pagar pelas suas transgressões. Então, e só então, depois de você ver todas as pessoas que conhece e ama morrerem por sua causa, vou acabar com a sua vida.

— Sério? — eu disse a ele.

Ele não me respondeu, ainda focado em Faye.

— Você tá me entendendo?

A bruxa gritou enquanto eu relaxava meu aperto em sua garganta.

— Eu vou morrer, então por que eu me importaria?

— *Sério?* — repeti, olhando para ela.

Faye respirou fundo e depois parou de lutar contra mim. Seu corpo ficou mole contra o chão.

— Vá em frente. Me mate. Mas eu nunca vou liberar a familiar.

— Por quê? — eu exigi.

— Se eu não posso tê-la, ninguém a terá.

— Você tá falando sério? — Furiosa, golpeei meus dedos na lateral dela, quebrando pelo menos duas costelas. Ela gritou. — Desculpa. Os meus dedos escorregaram.

— Será que escorregaram mesmo? — Uma voz desconhecida reclamou.

Olhando para cima, eu quase engasguei com a minha própria respiração. Uma velhinha estava entre duas mesas quebradas, a apenas meio metro de nós. E ela não era apenas velha. Ela parecia ter bem mais de cento e tantos anos de idade. Tufos de cabelo branco como a neve emolduravam um rosto de pele escura. Ela estava perto o suficiente para eu ver como suas bochechas e testa eram enrugadas e cheias de vincos. Em sua camisa rosa pálido estava escrito A MELHOR VOVÓ DO MUNDO e combinava com um par de calças curtas de linho rosa que cobriam seu corpo frágil. Os tênis brancos de sola grossa completavam o visual. Ela estava ladeada por um homem e uma mulher que eu reconheci como Rowena, a recepcionista. Eu não tinha ideia de como ela estava em pé por conta própria e não morta e enterrada, mas aqueles olhos eram tão afiados quanto uma lâmina e sua voz soava tão forte quanto a de qualquer um de nós.

— A Anciã — Roth explicou em um murmúrio, com todo o seu corpo ficando tenso ao meu lado. — Isto vai terminar muito mal ou não tão mal assim.

Ah, excelente.

Isso parecia realmente excelente.

— Veja o que eles fizeram! — Faye guinchou, lutando contra o meu aperto, mas eu não a soltei. — Veja o que eles fizeram ao *coven*.

— O que *eles* fizeram? — a Anciã respondeu, e sobrancelhas brancas semelhantes a lagartas subiram em seu rosto. — Não foi você quem os conduziu até aqui? Não foi você quem negociou um acordo com um demônio, para começo de conversa?

— Q-Quê? — Faye gaguejou, confusão iluminando seu rosto, e eu estava acompanhando seu sentimento.

A Anciã deu um passo à frente com pernas finas.

— Quando você ofereceu o elixir em troca da vida da filha de Lilith, você o fez fora dos limites deste clã. Avisei-lhe, então, que cada ato, cada palavra destinada a beneficiar uma pessoa volta três vezes mais forte.

Olhei para Roth. Ele estava observando a Anciã com olhos âmbares. Estava ficando mais claro a cada segundo que Faye e alguns membros do *coven* haviam agido pelas costas da Anciã.

— Mas era a filha de Lilith e...

— E você queria um familiar poderoso, pelo qual não trabalhaste nem o ganhaste por seu próprio mérito — a Anciã a interrompeu. — Nós não interferimos na natureza, e se a natureza exigiu a vida da filha de Lilith, então que assim fosse.

Sabiamente, e um pouco surpreendentemente, Roth manteve a boca fechada.

— Mas você foi gananciosa, e essa ganância levou a outro acordo com outro demônio, e agora você trouxera algo muito pior para as portas do nosso *coven*.

Debaixo de mim, Faye parou de lutar novamente.

— Você acha que eu não sabia sobre o encantamento humano? O acordo que você fez? — A gargalhada da Anciã eriçou os pelos por todo o meu corpo. — Parece que você conseguiu o que queria, mas não da maneira que esperava.

Ela sabia.

A Anciã sabia o que eu era.

— E parece que aqueles que a seguiram também receberam três vezes as suas bençãos. — A Anciã moveu milimetricamente a cabeça. — Eu sabia que iria vê-lo novamente, jovem príncipe.

Roth baixou a cabeça.

— Mais uma vez, é uma honra.

Ela riu como se estivesse se divertindo.

— Você sempre traz criações tão... interessantes com você. Nunca pensei que veria um Príncipe da Coroa ou a filha de Lilith, mas vi por sua causa, e agora a filha de um anjo está diante de mim. — Ela sorriu, revelando dentes amarelados e opacos. — Que amizades estranhas você cultiva.

— Torna a vida interessante — ele respondeu, levantando o queixo, e então se levantou lentamente.

Fiquei onde estava.

— Tenho certeza de que sim. — O olhar de aço da velha encontrou o meu, e o silêncio se estendeu. Um arrepio dançou ao longo da minha pele. Ela olhava para mim como se pudesse me ver por dentro. — Você não é como eles. Você não vê em preto e branco. Vês o cinza e tudo o que existe no meio, e não sei se isso é uma habilidade ou uma fraqueza.

Sem ideia de como responder a nada daquilo, decidi ficar calada.

— Liberte a familiar, Faye. — A voz da Anciã endureceu, parecendo ser feita de aço. — Agora.

Faye fechou os olhos, sua resistência se fora. Não havia mais o que implorar. Não havia negociação.

— Eu concluo este acordo negociado pelo demônio Cayman e libero este familiar.

O ar se deformou atrás da cabeça de Faye, e por um momento eu pensei que era minha visão esquisita, mas então Cayman apareceu ali.

Seus longos cabelos escuros estavam presos, deixando seu rosto bonito à mostra. Hoje ele não usava macaquinho. Em vez disso, ele estava usando um macacão de veludo roxo que parecia vintage. Na mão direita, ele segurava o que parecia ser um... contrato.

Cayman sorriu para a bruxa no chão.

— O acordo negociado está anulado. — As chamas lamberam a espessa folha de papel, deixando apenas cinzas para trás. — Bendita seja, vaca.

O demônio corretor fez dois joinhas para mim e Roth e depois desapareceu em uma ondulação do ar.

E então aconteceu.

Uma sombra descascou do braço de Faye, expandindo-se rapidamente e engrossando até que pude ver milhares de pequenas bolinhas. Elas giraram como um minitornado e caíram no chão, tomando forma e contorno. Bambi apareceu como uma cobra do tamanho do Monstro do Lago Ness — um monstro bebê.

A familiar disparou em direção a Roth, sua cauda sacudindo como a de um filhote quando vê seu dono após um longo período de ausência.

— Minha garota. — Tudo no rosto do príncipe demônio suavizou quando ele colocou a mão na cabeça oval da cobra. A língua bifurcada de Bambi saiu em resposta. — Layla vai ficar muito feliz em te ver.

Bambi se remexeu com alegria.

Os dois eram estranhamente adoráveis...

Mãos bateram nos meus quadris, atirando-me para trás. Eu caí de cima de Faye enquanto ela se levantava, respirando rápido. Seus olhos estavam selvagens enquanto ela se dirigia para a Anciã. O par silencioso que ladeava a idosa se moveu para bloquear Faye. Ela deu um passo para trás enquanto eu me levantava. A bruxa girou novamente, segurando algo na mão.

A minha adaga — ela roubara uma das minhas adagas. Preparei-me para o ataque, mas ela não veio atrás de mim e, assim que percebi o que ela estava prestes a fazer, uma fúria explodiu dentro de mim.

Faye se jogou em Bambi, seu braço arqueado alto, o punhal prestes a afundar nas costas grossas da familiar. Era de ferro, mortal para os demônios, e eu não parei para pensar.

Deixando a *graça* finalmente vir à tona, saudei a explosão de força enquanto avançava e agarrava um chumaço de cabelo de Faye. Eu a arranquei para longe de Bambi e Roth, jogando-a no chão enquanto chamas brancas e douradas explodiam ao longo do meu braço direito. Minha mão se fechou em torno do cabo aquecido que se formava contra a palma da minha mão. O peso da espada era acolhedor enquanto o fogo cuspia e sibilava dos fios afiados da espada.

— Você sabe o que precisa fazer, Legítima. — A Anciã falou com a voz alta. — É para isso que você nasceu.

As palavras me acertaram como um soco. *Para isso que nasci.* Uma arma desde o nascimento. Eu não era filha do meu pai. Eu era a Espada de Miguel.

Ergui a espada e a balancei para baixo, acertando Faye na altura dos ombros. Era como uma faca cortando o ar. A espada não encontrou resistência, queimando através de ossos e sangue antes mesmo que pudesse se derramar no ar. Levou segundos.

E Faye já não existia.

A *graça* recuou, flutuando de volta para dentro de mim enquanto as chamas ao redor da espada tremeluziam e então se apagavam. Fiapos de fumaça e poeira dourada e reluzente dançavam no ar enquanto a luz penetrava de volta na minha pele.

Cambaleei para trás, respirando pesadamente enquanto olhava para a minha adaga, a centímetros de uma pilha de cinzas marrom ferroso. Havia silêncio. Nada fora ou dentro da minha cabeça. Apenas um vasto vazio neste momento de quietude, e tudo o que eu sentia era...

Raiva.

A raiva ainda estava lá, abafada e um pouco mais oca, mas presente.

— Obrigado — Roth falou, quebrando o silêncio. Lentamente, olhei para ele. — Obrigado.

— Tinha... Tinha que ser feito — eu disse, minha voz soando fraca.

Olhos âmbar encontraram os meus.

— Tinha.

— Era inevitável — a Anciã afirmou. — Nós não escolhemos lados, e as ações recorrentes de Faye poderiam ser percebidas como tal. Embora a ajuda dela tenha favorecido você no passado, os atos egoístas disfarçados de presentes sempre se voltam contra nós. Sempre há um preço a ser pago — ela disse a Roth. Então, para mim, ela disse: — Você sabe o que ela poderia ter feito com apenas um quarto de sangue de uma Legítima?

Neguei com a cabeça.

— Ela teria sido capaz de me depor e adquirir outro item desejado sem fazer por merecer. A ganância pelo poder é uma das coisas mais perigosas do mundo, tão volátil quanto a perda da fé. — A Anciã levantou o queixo afiado. — Você não tem nada a temer do *coven*. A sua identidade está segura.

Eu acenei com a cabeça meu agradecimento enquanto meu olhar se voltava, furtivo, para restos mortais de Faye. Abaixei-me, peguei minha adaga e a embainhei enquanto me aprumava, pensando nas palavras da Anciã sobre o que Faye tinha acarretado ao seu clã. Algo pior do que demônios.

— Posso fazer uma pergunta? — indaguei.

Os olhos da Anciã eram astutos.

— Apenas uma.

Será que ela queria dizer isso literalmente? Eu não quis perguntar, caso fosse isso mesmo.

— Você sabe quem ou o que o Augúrio é?

Aqueles olhos antigos se fixaram em mim e depois se voltaram para Roth.

— O que eu lhe disse da última vez em que esteve aqui, Príncipe? Que aquilo que procuras está bem diante dos seus próprios olhos.

Roth endureceu, mas não respondeu, e eu não tinha ideia do que isso poderia significar, já que o Augúrio não estava bem na nossa frente. Não tive oportunidade de perguntar-lhe mais nada.

— Vocês dois precisam ir embora. — Ela se virou para ir, mas parou. Ela olhou por cima do ombro, seu olhar encontrando o meu. — Tenho a sensação de que voltarei a vê-la, mas não acompanhada pelo príncipe. Vai trazer-me algo que nunca vi antes. Um verdadeiro prêmio.

Hã.

Eu não tinha palavras. Nem umazinha, enquanto observava uma das bruxas levá-la para fora do restaurante. Apenas Rowena permaneceu, e ela estava olhando para a bagunça de uma forma que me dizia ter acabado de descobrir que era ela quem teria de limpar tudo isto. Meu olhar encontrou o caminho de volta para as cinzas.

— Um verdadeiro prêmio? — Roth disse. — Tô meio ofendido por ela não me considerar um verdadeiro prêmio.

— Bem, ela também não me considerou um, e eu sou parte anjo, então... — Eu realmente precisava parar de olhar para as cinzas de Faye. — O que a Anciã quis dizer quando respondeu à minha pergunta?

Roth não respondeu de imediato.

— Não tenho certeza. Da última vez que ela disse isso, pensei que tava falando de Layla, mas se fosse o caso, ela estaria errada.

— A Anciã nunca está errada — Rowena retorquiu, e quando eu olhei para cima, ela estava empunhando um aspirador de pó potente.

Ela ia aspirar o que restava do seu clã.

Isso era...

Eu não tinha palavras.

— Não sei o que ela quis dizer — Roth acrescentou. — Mas tenho certeza de que um dia, quando for tarde demais, será terrivelmente óbvio.

Um toque no meu ombro chamou a minha atenção. Virei-me e engoli um grito de surpresa.

A cabeça em forma de diamante de Bambi estava a poucos centímetros da minha. Sua língua bifurcada vermelho-rubi surgiu quando ela abriu a boca.

E sorriu para mim.

Capítulo 16

Eu tinha perdido meus malditos óculos de sol — e aquele era o meu par favorito — em algum lugar entre ter uma mesa deslizando sobre mim e matar uma bruxa. Felizmente, o sol estava encoberto por nuvens espessas e, com base na cor do céu, parecia que continuaria assim. Meus olhos ainda doeriam, mas não seria tão ruim.

Mas que Inferno.

— Eu não quero ir pra casa... Quer dizer, pro apartamento de Zayne — anunciei, e essa foi a primeira coisa que um de nós tinha dito desde que saímos do restaurante, Rowena murmurando baixinho enquanto começava a aspirar o que sobrou de seu *coven*.

Quando ele não respondeu, olhei para ele. Os dedos de Roth tamborilavam no volante enquanto ele navegava as ruas congestionadas da capital com mais paciência do que eu imaginava que a maioria dos humanos tinha. Bambi estava muito menor agora, abrigada em seu braço, com metade de seu corpo escondido sob a camisa. A cabeça dela estava enfiada bem debaixo do colarinho dele, mas a cada dois minutos eu tinha a estranha sensação de que algo estava me encarando, e, quando eu olhava para Roth, a cabeça de Bambi era visível no pescoço dele.

— Ela gosta de você.

— O quê?

— Bambi — ele explicou. — Ela tá tentando ficar de olho em você enquanto descansa.

Mais uma vez, perguntei-me se Roth era capaz de ler pensamentos. Ele alegava que não.

— Fico... feliz em saber disso.

— Deveria, mesmo. Normalmente ela gosta de comer as pessoas.

Arqueei as sobrancelhas.

— Você ouviu o que eu disse?

— Você não quer ir pra casa. Pra onde você quer ir?

Não fazia ideia.

— Surpreenda-me.

— Você acha que isso é sábio?

Franzi a testa.

— O que é que isso quer dizer?

— Você sair pela cidade sem Zayne. — Em um semáforo, ele inclinou a cabeça para trás contra o assento. — Ele acha que você tá em casa, esperando que ele chegue.

— Eu não preciso da permissão de Zayne pra ir a lugar nenhum, nem preciso que alguém tome conta de mim. — Não podia acreditar que estava dizendo isso. — Eu consigo me cuidar por conta própria. Tenho certeza de que você já sabe disso.

— Eu sei. — Ele levantou a cabeça do assento, e o carro acelerou enquanto ele passava pelo cruzamento. — Sou bastante observador. Sabia disso? Percebo as coisas.

— Isso é o que *observador* significa. — Senti a minha testa enrugar. — Espero que você esteja observando minha expressão agora.

Ele riu disso.

— Você não enxerga muito bem, não é?

Minha boca se abriu em uma inspiração aguda.

Roth deslizou um olhar breve e esperto em minha direção.

— É por isso que você tava fazendo o treinamento com os olhos vendados. É por isso que você se sobressalta ou recua quando algo chega muito perto do seu rosto. — Uma pausa pesada. — Por isso você não viu a bruxa pegar sua adaga.

Tudo o que eu podia fazer era encará-lo enquanto me perguntava por que, se tinha notado isso, ele não interveio.

— Você também tava usando óculos no outro dia, e tenho a sensação de que é algo mais do que só uma visão ruim. E, também, tem o fato de eu saber muito bem que a visão de uma Legítima seria melhor do que a de um ser humano normal. Seria melhor do que a de um Guardião ou a de um demônio.

Desviei o olhar. Jesus amado, era assim tão óbvio? Eu balancei a cabeça novamente, irritada e envergonhada, embora o meu lado racional soubesse que eu também não tinha motivos para ficar assim, mas Roth estava perguntando se era sensato que eu saísse por aí sozinha.

Os meus receios anteriores ressurgiram. Havia um mundo grande e cruel lá fora que eu não conseguia enxergar.

— Não vejo bem — murmurei. — Na verdade, não vejo nada bem.

Roth ficou quieto pelo que pareceu uma eternidade.

— Deus... Ele é cheio de ironias, não é?

Torci o lábio.

— Por que você presume que Deus é "ele"?

Ele riu.

— Na verdade, Deus é um ser além de um sexo biológico, mas chamar Deus de "isso" ou "aquilo" parece ofensivo.

— E por que você se preocuparia em ofender a Deus?

— Só porque não respondo a Deus não significa que não O respeite.

Roth era um demônio tão estranho.

Um sorriso apareceu.

— O Chefe odeia o fato de que Deus está além de toda a coisa do sexo biológico, e é por isso que sempre muda de aparência. Não é como os seres humanos que se identificam com um gênero diferente do de nascença. O Chefe faz isso pra ser mais como com Deus.

— Quando você fala sobre o Chefe, você tá falando sobre... Satanás? — perguntei, estremecendo quando disse o nome em voz alta. Ninguém que soubesse, sem sombra de dúvida, que Satanás era real falava o nome em voz alta.

Seus lábios repuxaram em um sorrisinho.

— O primeiro e único, mas se Lúcifer ouvisse você usar o nome que lhe foi dado depois de ele ser expulso do Céu, ele viraria suas entranhas do avesso.

— Mas... ele é um anjo. — A confusão me inundou. — Ou era. Que seja. Como ele pode mudar de aparência?

— O que amaldiçoou Lúcifer no Céu é o que lhe dá poder no Inferno — o demônio respondeu. — Soberba.

— Soberba?

— Sim. Ele é basicamente uma pequena locomotiva que acredita ser capaz de puxar um trem enorme pelas montanhas.

Agora, a imagem que essa declaração forneceu era algo que eu nunca poderia esquecer.

— O Chefe opera puramente no mantra de "se eu acho que posso, eu vou". — Ele franziu os lábios. — Ele é como o primeiro *coach* motivacional, se você parar pra pensar. Bem, o primeiro fraudulento, mas não são todos assim?

— Hã...

— Enfim, tô divagando. Os textos religiosos se enganaram em algumas partes. Pra começar, Lúcifer ainda é um anjo, o que leva a outra coisa que geralmente tá incorreta. Linhas temporais questionáveis. Ele foi o primeiro a ser lançado do Céu, e uma vez que Deus não tinha experiência quando o assunto era arrancar anjos de suas elevadas nuvens de perfeição, ele não tirou as asas de Lúcifer. Ele ainda tem a *graça* dele, e é tão sombria e perturbadora quanto você puder imaginar.

Eu realmente não queria imaginar.

— Claro, Deus aprendeu depois disso. Os outros que caíram perderam as asas e as suas *graças*.

Esses anjos caídos podiam ter perdido suas *graças*, mas com base no que eu aprendi sobre eles, eles faziam com que demônios, mesmo aqueles como Roth, parecessem filhotinhos inofensivos.

Ele deslizou um olhar divertido na minha direção.

— Ainda bem que os Guardiões eliminaram os Anjos Caídos eras atrás, não é?

— Aham. — Não fazia ideia de como havíamos chegado a este assunto. Alguma coisa sobre Deus ser irônico?

Roth riu como se soubesse de algo que eu não sabia.

— Você pode me fazer um favor, Anjinha?

— Por acaso envolve quebrar o seu nariz quando você me chamar assim? — perguntei com doçura.

— Não. Melhor ainda.

— Considerando o que acabei de fazer, não tenho certeza se quero fazer mais favores a você.

— Este não é nada do tipo. Quero que pergunte a Zayne o que aconteceu aos Caídos. — Roth levantou um ombro. — Ou pergunte a um dos Guardiões que te criaram. Mal posso esperar pra ouvir o que vão dizer.

Eu sabia o que tinha acontecido aos anjos que haviam caído. Os Guardiões os mataram. Quer dizer, foi para isso que eles foram criados em primeiro lugar, porque nenhum mortal poderia lutar contra um Caído. Dã.

— De qualquer forma, você acabar com uma visão de merda soa como uma espécie de acordo sinistro que Deus e Lúcifer fizeram.

Eu pisquei com mudança rápida de volta ao tópico original.

— Eles... eles ainda se falam?

— Você não faz ideia.

A minha boca se abriu. Em seguida, fechei-a. Meu cérebro estava começando a doer.

— Por que você não simplesmente usa a sua *graça*? Se você vê bem ou não, qualquer coisa que se aproxime não vai sobreviver a ela. — Eu estava tendo um trabalho imenso em conseguir acompanhar o rumo desta conversa.

— Por que se estressar ou se colocar em perigo tentando compensar seus olhos de uma maneira diferente?

Era uma boa pergunta, mas respondê-la poderia revelar coisa demais. Roth era o maldito Príncipe da Coroa do Inferno, mas eu...

Deus.

Eu realmente *confiava* nele, o que provavelmente significava que havia algo drasticamente errado com minhas habilidades em fazer escolhas de vida razoáveis.

Mas Zayne também confiava em Roth.

Bem, isso poderia mudar se ele soubesse o que aconteceu hoje. O que nunca, jamais aconteceria.

— Usar minha *graça* pode ser cansativo. — Então me ocorreu que eu não estava cansada. Toquei meu nariz, percebendo que estava seco. Não tinha sangrado. O choque passou por mim. Era por que eu tinha usado a *graça* apenas brevemente? Ou por que eu estava vinculada ao Guardião certo agora?

Essa era uma descoberta possivelmente interessante — uma descoberta surpreendente, se fosse esse o caso.

— Mas você ainda pode manejá-la quando necessário, quando seus olhos estiverem falhando, sem nenhum dano real pra você. Certo? — ele perguntou. — Não é como se você desmaiasse no meio de uma batalha.

— Usá-la pode me deixar fraca, mas consigo aguentar o tranco, se necessário. — Porém agora eu não tinha certeza se era esse o caso, já que não sentia nenhum efeito de a ter usado mais cedo.

— Então talvez haja uma razão diferente pra você não usá-la.

O meu olhar incisivo se fixou nele.

— O que você quer dizer?

— Você foi criada por Guardiões?

— E pela minha mãe — eu disse. — Até ela morrer.

— Mas você foi criada com as crenças e opiniões deles, com os pensamentos e persuasões dos Guardiões — ele explicou. — Se aprendi alguma coisa com Layla, é que os Guardiões são fortes defensores de orientar aqueles que são diferentes deles a lutar contra seus instintos naturais. Eles são bons em convencer os outros de que *não* usar suas habilidades naturais é o que é melhor pra eles.

Eu não tinha ideia de como responder a isso, porque Thierry, Matthew e até minha mãe me pediram para invocar a *graça* apenas quando tudo o mais falhasse, tanto que resistir ao seu chamado se tornou natural para mim. Mas eles tinham uma boa razão. Além do fato de me deixar fraca, usá-la revelava o que eu era. Usar minha *graça* sempre foi um risco, mas...

— Chegamos — Roth anunciou.

Alarmada, afastei meu olhar dele e olhei pela janela do carro. Vi uma placa marrom que não conseguia ler e um monte de árvores à volta de um amplo caminho.

— Onde estamos?

— Parque Rock Creek. Tá meio que ligado ao zoológico. Muitas trilhas. É pra onde vou quando... preciso de um lugar pra ir.

Tive dificuldade em imaginar Roth passeando por um parque, mas aquela era a escolha perfeita. As árvores forneciam sombra e, embora houvesse pessoas correndo e passeando com cachorros, não era nem de longe tão opressor quanto as calçadas e ruas da cidade.

Fiquei me perguntando se Roth tinha escolhido o lugar por essa razão.

— Valeu — eu disse, estendendo a mão para a porta do carro. — Acho que te vejo por aí.

— Você verá.

Acenando possitivamente com a cabeça, abri a porta e saí para o ar úmido e pegajoso.

— Anjinha?

Suspirando, virei-me e me abaixei para ver o interior do carro.

— O que foi, Soldado do Inferno?

Seus lábios se esticaram em um sorriso.

— Só pra você saber, o que eu sentia por Layla e o que ela sentia por mim era proibido. Isso não nos impediu.

A faísca indesejada dentro do meu peito parecia muito com esperança. Essa explosão de desejo foi ofuscada pelo aborrecimento, porque estávamos agora de volta ao assunto Zayne.

— É bom saber. Fico feliz por vocês, mas não tem nada disso rolando entre mim e Zayne.

— Eu quase acredito nisso — ele respondeu. — Ambas as partes da sua declaração.

Levantei as mãos.

— Por que você tá se metendo na minha vida amorosa inexistente, Roth?

— Porque eu vi a maneira como ele olhava pra você, e eu sei como ele costumava olhar pra Layla. Era diferente.

Minhas sobrancelhas se uniram no meio da testa.

— Bem, eu não tenho certeza de como isso é uma coisa boa.

— Diferente não é ruim, Trinity. Diferente pode ser bom.

— Ou pode não significar nada, como é o caso nesta situação. — Comecei a me erguer.

— Ei — ele chamou novamente.

— O quê? — retorqui.

O príncipe demônio sorriu para mim, parecendo imperturbável pelo meu aborrecimento.

— O que você fez hoje precisava ser feito. Não desperdice tempo com culpa. Não teria sido desperdiçado por você.

A porta deslizou das minhas mãos, fechando-se na minha cara antes mesmo de eu poder responder. Eu me endireitei e recuei enquanto Roth se afastava do meio-fio.

As palavras de Roth se repetiram várias vezes na minha cabeça enquanto eu ficava parada na beira da estrada movimentada durante vários minutos. Ele tinha razão quanto à última parte. Faye não teria passado um segundo sentindo-se culpada se eu tivesse sido entregue em pedacinhos a ela.

Lentamente, virei-me e entrei no parque. Estava mais refrescante ali, sob a espessa copa das árvores. Ainda úmido e pegajoso, mas suportável enquanto eu seguia o caminho sem pensar. Depois de caminhar tanto à noite patrulhando em busca do Augúrio, fazer uso dos músculos das minhas pernas não estava exatamente na minha lista de tarefas para o dia, mas isto era...

Era legal, e era relaxante.

Acompanhada pelo zumbido distante da conversa e pelo trinado das cigarras, afundei-me em meus pensamentos. Não sobre Zayne. Eu não tinha capacidade mental para lidar com qualquer coisa que Roth tinha acabado de compartilhar sobre ele. Não quando eu tinha acabado de matar alguém.

Alguém que era essencialmente humano e que queria — na verdade, precisava — que eu morresse. Que não teria lamentado a minha morte. Que teria a usado para fins nefastos.

Ainda assim... alguém que eu tinha matado.

Eu não queria voltar para o apartamento. Eu não queria... ficar presa lá com estes pensamentos. Precisava arquivá-los antes de encarar Zayne.

Eu andei sem parar, passando por cursos d'água deslumbrantes, antigas rochas e até mesmo uma cabana rústica de madeira que parecia prestes a desabar com a próxima ventania. Atravessei uma ponte de pedra, impressionada pelo fato de ela ainda estar de pé e, enquanto caminhava, repassei mentalmente o que eu tinha feito.

Parte de mim não conseguia acreditar que eu não tinha encontrado uma outra solução. Outra parte de mim sabia que eu deveria ter mantido a calma e não cedido à raiva que me levara a mostrar à bruxa o que eu era. A partir do momento que eu tinha feito isso, não havia como voltar atrás. E reconheci que não era a primeira vez que eu matara algo que não fosse um demônio.

Houvera Ryker, depois Clay.

E houvera Misha.

Todos eles tinham sido atos de autodefesa, mas embora Faye tivesse me atacado, eu tinha conseguido contê-la. Ela não tinha sido uma ameaça real para a minha segurança. Além disso, eu a tinha provocado bastante, e... se eu fosse honesta comigo mesma, pagar-lhe na mesma moeda tinha sido *bom*.

Chegando a um banco, sentei-me pesadamente e levantei o olhar para as árvores. Este lugar me fazia lembrar da Comunidade, onde eu tinha crescido. O ar parecia mais fresco aqui. Recostei-me, percebendo que não sentia demônios por perto.

Acho que não gostavam de parques.

Olhei para uma placa à minha frente, sem ter ideia do marco que ela anunciava, e tudo o que pude pensar foi que, quando Faye gritou, eu não hesitei, e, quando acabei com a vida dela, não senti qualquer coisa além de uma retribuição justa.

Era por isso que eu precisava andar. Esses eram os sentimentos que eu precisava resolver. As palavras de despedida de Roth foram poderosas, mas sem sentido, porque eu não sentia um pingo de culpa. Eu não tinha certeza se deveria sentir ou não, e, se devesse, eu não sabia o que isso dizia sobre mim.

Ou do que eu era capaz.

Capítulo 17

Eu não fazia ideia de quanto tempo tinha passado quando o meu telefone começou a tocar. Mas eu tinha uma suspeita aterradora sobre quem estava ligando quando peguei o celular na mão.

Zayne.

Eu realmente deveria ter encontrado o caminho de volta para o apartamento antes de ele voltar, mas eu teria que ter gritado por um táxi ou descoberto como usar o aplicativo de caronas, o qual eu mal teria conseguido enxergar. Duas coisas que nunca tinha feito antes.

Eu provavelmente deveria ter pensado nisso antes de deixar Roth ir embora.

Eu atendi, estremecendo quando soltei um cumprimento esganiçado.

— Alô?

— Onde você tá? — Zayne perguntou, a preocupação tão aparente na voz que eu podia imaginá-lo andando de um lado para o outro. — Você tá bem?

— Eu tô bem. — Eu me sentia mal por fazê-lo se preocupar. — Completamente bem. Tô no Parque Rock Creek.

— Onde? — A surpresa inundou sua voz.

— É um parque perto do zoológico...

— Eu sei onde fica. Como você chegou aí?

— Ah, eu meio que andei... e acabei aqui.

— Essa é uma distância e tanto para se andar a pé, Trin.

Assistindo a um casal correr em roupas de ginástica combinando, eu me perguntei o quão longe eu estava do apartamento de Zayne.

— É, eu sei. É por isso que eu meio que só fiquei aqui sentada num banco. — Cruzei as pernas na altura dos tornozelos. — Então, você cuidou de tudo o que precisava?

— Sim. — Zayne ficou em silêncio, e por um segundo eu pensei que a chamada tinha caído. — Você quer que eu vá te buscar?

Uma pequena parte de mim estava prestes a dizer não, mas eu teria de lidar com as perguntas de Zayne cara a cara mais cedo ou mais tarde.

— Você pode? Porque isso seria ótimo.

— Chego aí em uns trinta minutos.

— Perfeito — eu falei com tanto entusiasmo que a palavra poderia ter se transformado em um canto de torcida. — Você quer que eu te encontre na entrada?

— Eu te encontro pelo parque. — Houve um pouco de silêncio. — Trin, eu...

Uma criança passou por mim, perseguindo a guia de um cão que tinha três vezes o seu tamanho.

— Sim?

Ele não respondeu imediatamente.

— Nada. Chego em trinta minutos.

Zayne desligou e fiquei olhando para o celular, imaginando o que ele queria ter dito. Não havia como ele saber o que eu tinha feito hoje. A distância definitivamente parecia silenciar o vínculo, então, mesmo que ele tivesse sentido a minha raiva, não poderia ter sido o suficiente para preocupá-lo, porque ele não tinha me ligado para saber como eu estava.

Abri as chamadas perdidas. Todas eram de Jada, exceto uma de Matthew. Ele tinha ligado esta manhã, antes de eu acordar no sofá com Zayne...

Eu vi a maneira como ele olhava pra você ontem.

— Pare com isso — eu sussurrei. O meu polegar pairava sobre o nome de Jada. Sentia falta dela. Precisava falar com ela. Eu estava devendo uma ligação e tanto a ela. Fiz um movimento para tocar no nome, mas meu estômago despencou tão fundo que achei que fosse ter ânsia de vômito. Estava sendo ridícula. Precisava falar com ela, mas não estava pronta.

Tocando no aplicativo de mensagem, digitei uma nota rápida e cliquei em enviar antes que eu pudesse desistir. Eu nem tinha certeza do que tinha dito, além de lamentar ter sumido e que ligaria para ela em breve. Coloquei o celular no modo silencioso, como a covarde que eu era, antes de guardá-lo de volta no bolso.

Olhei para frente e notei um casal de idosos caminhando, apoiando-se um no outro em busca de equilíbrio. O sol rompeu as nuvens e raios brilhantes de luz se infiltraram pelos ramos das árvores, parecendo seguir o casal. Eles foram até um banco em frente ao meu, seus cabelos grisalhos quase brancos à luz do sol. O homem se sentou primeiro, com a mão ainda segurando uma bengala enquanto olhava para a esquerda. A mulher permaneceu de pé. Eu pensei que ela poderia estar falando com ele, mas ele ainda estava olhando para longe. Talvez ele tivesse dificuldades auditivas? Ou talvez...

A forma da mulher tremeluziu e depois estabilizou. Apertei os olhos, percebendo que o brilho ao redor dela não era devido à luz do sol.

Ela era um espírito.

Possivelmente a esposa falecida do homem, e ela estava bem ao lado dele — ela o tinha ajudado a ir até o banco — e ele não fazia ideia de que ela estava lá. Uma umidade suspeita se acumulou em meus olhos. Nunca tinha visto algo tão triste e tão bonito. Comecei a me levantar quando o espírito se virou para mim. Embora eu não pudesse distinguir o rosto dela, sabia que estava ciente de mim. Os espíritos sempre estavam. Eu poderia ajudá-la — ajudar aos dois —, se fosse isso que ela quisesse. Ela devia ter uma mens...

Um arrepio rastejou vagarosamente sobre a minha nuca e se assentou entre os meus ombros. Virando-me, examinei a área atrás de mim, mas não havia nada além de grama e árvores. Ninguém estava ali parado como *stalker*, mas o sentimento permaneceu e me fez lembrar do que eu tinha sentido no prédio de zumbis.

Olhei de volta para o casal. O espírito se fora, e o velho ainda estava olhando para longe, parecendo ignorar quase tudo. Eu me remexi no banco, incapaz de afastar a estranha sensação de arrepio. Os músculos ao longo da minha coluna enrijeceram.

Eu não me sentia apenas vigiada. Sentia-me vigiada como um ratinho se sente vigiado por um falcão. Ficando hiper consciente, aproximei uma mão de uma das minhas adagas. Algo estava perto de mim.

Meus dedos deslizaram sobre o cabo... e então o calafrio desapareceu e a sensação de ser observada se foi com ele.

Mas que Inferno foi isso?

Olhei em volta novamente. Nada tinha mudado. À minha frente, o velho se levantou e começou a seguir pelo caminho, confiando na bengala em vez de na esposa.

Quando comecei a sentir a esfera quente no meu peito pulsar intensamente, eu ainda não tinha uma explicação para o que eu tinha passado. Zayne deve ter dirigido como um morcego fugido do Inferno, porque eu não achava que trinta minutos tinham se passado. Eu me empertiguei no banco, olhando para a ponte. Apertei os olhos, mas as coisas eram só um borrão difuso. Zayne tinha de estar perto. Podia sentir a sua presença...

A minha cabeça girou para o outro lado, e sob um dos raios deslumbrantes de luz do sol, Zayne avançou, seu cabelo dourado assumindo um efeito de auréola à luz do sol.

Na forma humana, ele parecia mais um anjo do que eu. Quase uma cópia de carbono dos anjos de batalha nas pinturas no teto do Salão Nobre na Comunidade. Fazia muito tempo desde a última vez em que pude vê-las em detalhes, mas minhas memórias eram claras. Mamãe e eu costumávamos sentar-nos debaixo deles, e ela inventava histórias tolas, dando-lhes nomes como Steve e Bill.

Embora eu não pudesse ver seus olhos, já que estavam protegidos por óculos de sol prateados, eu podia sentir o olhar de Zayne em mim.

Eu sei como ele olhava pra Layla.

Um tipo muito diferente de arrepio se espalhou na minha coluna. *Pare com isso.* Meu coração disparou à medida que os passos dele diminuíram. Duas mulheres correndo quase tropeçaram em seus próprios pés quando bateram os olhos em Zayne. Um sorriso puxou meus lábios. Não podia culpá-las por isso.

— Ei — Zayne falou primeiro, parando na minha frente. Respirei fundo, captando seu cheiro de menta invernal.

Com uma mão, acenei para ele.

— Oi.

Seus lábios se contraíram.

— Você deve estar exausta.

Levei um segundo para perceber o que ele queria dizer.

— Não tô tão cansada. Foi uma caminhada boa.

— Aposto que você queimou um monte de calorias. — Suas mãos estavam enfiadas nos bolsos da calça jeans. — Com toda essa andança.

— Tô morrendo de fome. — Essa foi a primeira verdade que eu disse. — E tenho certeza de que isso é uma surpresa.

Ele riu.

— Nem um pouco. Espera. — Ele inclinou a cabeça para um lado. — Onde estão os seus óculos de sol? O sol deve estar acabando com seus olhos.

Ah, velho, ele tinha reparado. Metade de mim estava toda felizinha por ele ter notado e estar preocupado. A outra parte queria que ele não tivesse percebido nada, porque como que eu ia explicar isto?

— Bem, eu, os óculos caíram quando eu tava atravessando uma rua. Eu tive que correr, e eles escorregaram... — Isso parecia meio crível. — Quando percebi que tinham caído, já estavam atropelados.

— Droga. Você tem outro par em casa?

Assenti com a cabeça.

— Queria que você tivesse dito alguma coisa. Eu teria trazido os óculos. — Ele levantou a mão e tirou os próprios óculos de sol. — Aqui. Fica com esses.

A surpresa passou por mim.

— Valeu, mas e você?

— Meus olhos vão ficar bem. Os seus, não. — Ele os estendeu. — Pegue os óculos de sol. Por favor.

Sentindo-me como um pateta, coloquei os óculos. Eu pisquei, imediatamente vendo e sentindo a diferença, embora as lentes não fossem nem de longe tão escuras quanto as que eu usava.

— Obrigada.

— Posso me sentar?

Eu acenei com a cabeça, perguntando-me por que ele sentiu a necessidade de pedir permissão.

Puxando as mãos dos bolsos, ele se sentou ao meu lado, perto o suficiente para que sua coxa tocasse a minha.

Era diferente.

Eu me odiava e odiava Roth por ter colocado aqueles pensamentos na minha cabeça.

— Obrigada por ter vindo me buscar.

— Sem problema. — Ele se moveu, esticando as pernas enquanto inclinava o queixo para cima. O sol parecia acariciar amorosamente seu rosto. — Fiquei surpreso ao saber que você chegou até aqui. Fazia uma eternidade desde a última vez que tinha vindo nesse parque ou no zoológico.

— O zoológico. — Eu batia os pés no chão. — Eu gosto de animais. Pensei em encontrar a entrada, mas não tinha ideia se custava dinheiro ou algo assim. Eu podia ter pesquisado isso, mas... — Eu dei de ombros. — Eu também gosto deste lugar. Sabe o que é estranho? — continuei falando.

— O que é? — Abaixando a cabeça, ele olhou para mim.

Ter toda a atenção dele me fazia sentir culpada, tonta, esperançosa... e amargurada. Lancei o meu olhar para o chão.

— Não senti um demônio desde que cheguei aqui.

— É por causa do zoológico.

— Como assim? — A minha atenção se voltou para ele. Não esperava uma resposta de verdade.

— Os animais conseguem senti-los, especialmente os felinos maiores. Eles ficam loucos quando os demônios se aproximam deles — ele respondeu. — É raro encontrar um demônio por aqui.

— Hm. — Então o que eu senti definitivamente não poderia ter sido um demônio. Mas, pensando bem, Roth disse gostar do parque. — Acho que o zoológico é um lugar seguro, então.

— Mais seguro do que a maioria dos lugares, pelo menos, até mesmo do que uma igreja.

O que era bastante perturbador, pois muitos demônios podiam atravessar terreno sagrado.

— Então, eu... senti algo enquanto estava aqui — eu disse, decidindo que, se eu não fosse contar a ele sobre Faye, eu deveria contar sobre isto. — Algo estranho. Como uma frieza no lugar em que normalmente sentiria a presença de um demônio. Exatamente do mesmo jeito, na verdade, mas frio invés de quente. Senti isso uma vez antes.

O olhar dele vasculhou o meu rosto.

— Quando estávamos no prédio abandonado? Você me perguntou se senti alguma coisa quando estivemos lá.

— Sim, foi quando eu senti isso antes. Nas duas vezes, nada parecia estar lá. Não sei o que é. — Levantei os ombros. — Parece quando eu acidentalmente atravesso um fantasma ou um espírito, só que esta sensação específica é restrita uma área do corpo.

As sobrancelhas de Zayne se levantaram.

— Você quer dizer... um ponto frio? Essas coisas são reais?

Eu ri baixinho.

— São, sim.

Ele desviou o olhar com um rápido balanço de cabeça.

— Agora você tá preocupado pensando se passou por fantasmas? Talvez até por Minduim. — Eu bati meu ombro contra o dele. — Não se preocupe. As pessoas atravessam fantasmas, tipo, o tempo todo. É tão estranho pro fantasma quanto é pra você.

— Não tenho certeza se saber disso faz com que eu me sinta melhor.

Eu sorri.

— De qualquer forma, não sei se é apenas uma nova sensação fantasmagórica ou outra coisa.

— Você acha que é uma coisa ruim?

O fato de ele estar se submetendo a mim me fez gostar ainda mais dele, e eu não precisava gostar dele mais do que já gostava.

— Nada de ruim aconteceu quando eu senti isso... Bem, eu tive essa sensação antes de toda a coisa da horda de zumbis, mas não sei se os dois estão relacionados ou não. Nada aconteceu agora, além de eu ficar um pouco assustada.

— Mas pode estar relacionado. Devemos ficar de olho, com certeza. — Ele olhou para mim. — Então...

Esperei.

— Então o quê?

— Você realmente tá bem?

A pouca sensação de calmaria que eu estivera sentindo voou por uma janela.

— Sim, claro. Por que não estaria?

— Bem... — Ele se sentou para a frente, deixando cair as mãos entre os joelhos, e eu fiquei tensa a ponto de pensar que os meus ossos iriam quebrar. — Você tá aqui, sozinha, sentada em um parque.

— Tem algo de errado com isso? — Cruzei uma perna sobre a outra enquanto me inclinava para trás.

— Não. Mas sei que... Já aconteceu muita coisa, e você não tinha feito isso antes.

— E você não tinha me deixado sozinha durante o dia por um longo período de tempo antes — ressaltei. — Você tinha coisas pra fazer, e eu tinha roupa pra lavar combinada com um Minduim cantor e dançarino.

Ele deu uma risada seca.

— Isso realmente soa como um belo espetáculo.

— Não é. Confie em mim — assegurei-lhe. — Muita coisa aconteceu, mas tô bem. — Essa era a verdade. Na maior parte. — E foi você quem perdeu alguém ontem à noite. Eu não.

— Só porque eu perdi alguém não elimina o que você passou, Trin. — Sua voz estava baixa, muito baixa.

Durante todo o tempo em que tinha me preocupado com o que iria dizer a Zayne para esconder o que eu fizera, não tinha considerado que ele pensaria que o meu passeio no parque tinha algo a ver com... Misha e tudo o mais.

— Eu só queria sair. Sabe? Eu queria ver a cidade durante o dia — menti. Bem, foi uma mentira parcial. Eu realmente queria ver a cidade durante o dia. — E eu pensei que hoje seria um dia bom pra isso, já que você tava ocupado.

— Caramba. — Zayne passou a mão pelo cabelo. — Eu nem pensei nisso.

— Pensou em quê?

— Que você gostaria de fazer isso. — Ele olhou por cima do ombro para mim. — De fazer algo normal durante o dia em vez de apenas comer e treinar.

— Ei, esses são dois dos meus passatempos favoritos — brinquei. — E treinar é importante. Mais do que ver a cidade.

Zayne não sorriu quando se recostou, virando-se na minha direção.

— Não tem nada mais importante do que ver a cidade.

Inclinei a cabeça enquanto levantava as sobrancelhas acima dos óculos de sol.

— A cidade vai estar sempre aqui, Zayne. Não é assim tão importante.

O seu olhar encontrou o meu.

— Mas a sua visão, não.

O próximo ar que respirei ficou preso na minha garganta.

— Eu sei que você não vai perder a visão amanhã e talvez nem mesmo no ano que vem, mas por que esperar e arriscar algo assim?

Fiquei em silêncio.

Ele olhou para o céu.

— Já que o sol vai se pôr em algumas horas, vamos pegar algo pra comer e fazer uma patrulha antecipada, pra não voltarmos tarde demais. Amanhã vou te mostrar tudo o que conheço. Vai ser a nossa programação do dia.

Uma confusão selvagem de emoções me fustigou de todos os lados.

— Mas... mas precisamos patrulhar o máximo que pudermos esta noite. O Augúrio...

— Não é tão importante quanto você.

Eu o encarei, boquiaberta.

— Ele é extremamente mais importante do que eu, e você, e meus olhos e tudo o mais. Ele tá matando Guardiões e demônios. Temos de encontrá-lo e detê-lo antes que passe a matar seres humanos. — Mantive a voz baixa. — Essa é a única coisa que é importante.

— Não. — Ele balançou a cabeça. — Não é. Você, e ver a cidade, é muitíssimo mais importante.

Meu coração pulou algumas batidas enquanto a confusão de emoções girava ainda mais. Eu olhei para ele, percebendo que ninguém, nunca, tinha *me* colocado acima do meu dever. Sim, a minha vida era importante e constantemente colocada acima dos outros, mas ninguém nunca me colocou acima do que eu fui projetada para fazer, e isso sempre me fez sentir como se eu não fosse uma pessoa, mas uma coisa. Uma arma. Eu sabia que ninguém teve a intenção de me fazer sentir assim, especialmente Thierry, Matthew e a minha mãe, mas o treinamento tinha vindo sempre em primeiro lugar. Saber que um dia eu seria chamada pelo meu pai sempre foi o futuro — o único futuro. Mas não para Zayne.

Era tão estranho ouvir um Guardião dizer o que ele estava dizendo. Os Guardiões nasceram para lutar contra o mal e acasalar para que pudessem procriar. Claro, eles tinham mais vida do que eu, mas eles também eram estritamente focados no seu dever.

Queria abraçá-lo. Queria beijá-lo. Eu também queria dar-lhe um soco, porque ele não estava sendo nem um pouquinho útil em manter a porta do gabinete de arquivos rotulada ZAYNE fechada. Era quase como se ele estivesse tentando arrombá-la! E ele sabia que não deveria fazer isso.

— Você torna isso tão difícil — murmurei.

— Torno o que tão difícil?

Irritada e encantada, e incomodada porque eu estava encantada, eu olhei para ele.

— Não gostar de você — admiti.

Os lábios de Zayne se curvaram, e um sorriso largo e bonito apareceu, roubando meu fôlego novamente.

Meus olhos se estreitaram enquanto eu cruzava os braços.

— Não sei por que você tá sorrindo.

— Talvez porque... — Ele se levantou, estendendo a mão para mim. — Talvez porque eu não esteja tentando facilitar, Trin.

Capítulo 18

Para a minha surpresa, pegar algo para comer acabou virando um jantar sério, em uma churrascaria pela qual tínhamos passado muitas vezes em patrulha.

Com base na quantidade de homens em ternos escuros e mulheres em saias e calças caras que desfrutavam do jantar, era o tipo de lugar que tinha um código de vestimenta tão elegante quanto os cortes das carnes. Certamente Zayne de calça jeans e eu usando uma camiseta folgada estávamos o violando, mas isso foi deixado de lado no instante em que a recepcionista pôs os olhos em Zayne. Acho que a mulher nem percebeu que eu estava lá.

Eu também não acho que a garçonete, que tinha idade suficiente para ser *minha mãe*, percebeu que Zayne não estava jantando sozinho.

Mas quem se importava? Não eu, com a barriga cheia de carne suculenta, aspargos grelhados e batata frita trufada. Não quando os segundos se transformaram em minutos que se transformaram em horas enquanto falávamos sobre coisas *humanas*. Nada de Augúrio. Nada de demônios. Nada de dever. Tudo isso ficou em segundo plano.

Descobri que tínhamos os mesmos gostos musicais. Ele era fã de música antiga, como eu, e concordávamos que metade do que tocava no rádio hoje em dia não era nem de longe tão bom quanto as músicas que tinham sido lançadas entre os anos 1980 e o início dos anos 2000.

Enquanto eu tinha devorado o filé de costela mais grosso que eu já tinha visto na vida, e Zayne comera meticulosamente um filé mignon, descobri que ele nunca tinha assistido a um único episódio de *Game of Thrones*, algo que eu estava determinada a corrigir o mais rápido possível. Expliquei como recentemente fiquei obcecada por *sitcons* mais antigos dos anos 1990, como *Um maluco no pedaço* e *Step by Step*. Acabou que seu filme favorito era *Jurassic Park*, o que foi bem aleatório. Eu admiti que não tinha um filme favorito e que não conseguia entender como alguém era capaz de escolher apenas um, o que levou a uma discussão acalorada.

Não tínhamos os mesmos gostos em filmes e séries de TV.

— Aposto que você consegue falar o diálogo de todos os quinhentos filmes de *Velozes e furiosos* — eu disse, brincando com a bainha da minha camisa. — De cor.

Zayne riu enquanto a chama da velinha na mesa dançava.

— "Olha, eu sou um daqueles caras que aprecia um belo corpo, independentemente do modelo."

Pisquei.

— Como é?

Ele sorriu enquanto se inclinava para a frente, apoiando os antebraços na mesa.

— É uma fala de *Velozes e furiosos*. O primeiro, e só pra você saber, eu parei no sete.

— Tem sete filmes?

Seus olhos se arregalaram.

— Tem mais de sete, pobre jovem.

Eu bufei enquanto me inclinava para trás.

— Filmes de ação não são a minha praia.

— Qual é a sua praia?

Não tive de pensar nisso.

— Eu adoro um filme de terror engraçado.

— Filme de terror *engraçado*? Parece uma contradição.

— Na verdade, não. Tem muito filme de terror que é assustador e nojento e, na verdade, muito engraçado. Como os antigos filmes da saga *Pânico*. Eles eram inteligentes e engraçados. Assim como *O segredo da cabana*.

Zayne revirou os olhos.

— *Inteligente* e *horror* também soa como uma contradição.

O meu queixo caiu.

— Acho que não podemos mais ser amigos.

Ele riu quando pegou o copo d'água e depois tomou um gole.

— Só dizendo.

— E você acha que os filmes de ação são inteligentes? — desafiei.

— Não. A maioria é bastante estúpido. — Ele colocou o copo na mesa. — Ao contrário de você, reconheço as falhas inerentes nas coisas de que gosto.

Agora eu estava revirando os olhos.

— E ao contrário de você, eu tenho bom gosto.

Zayne sorriu para mim, e a minha respiração idiota ficou entalada quando seu olhar cruzou o meu. Meu peito parecia tão cheio quanto meu estômago enquanto olhávamos um para o outro sobre a vela tremeluzente.

Ele mordeu o lábio inferior, arrastando os dentes sobre a carne, e senti os dedos dos pés se contraírem dentro das minhas botas.

Não estou tentando facilitar.

Essas foram suas palavras — palavras que não podiam significar o que eu pensava que significavam —, mas quanto mais tempo ele segurava meu olhar, mais incerta eu ficava. O ar estava frio aqui, mas a minha pele estava quente demais. O meu coração batia de maneira irregular, e, embora houvesse uma pequena parte de mim que se sentia boba, como se estivéssemos fingindo sermos normais por algumas horas, eu estava tendo a melhor noite de que me lembrava em muito tempo — e ainda teríamos o dia seguinte. Um dia de turismo e de apenas... passear. Fiquei tão entusiasmada com isso que queria avançar o tempo e apertar o *pause* para realmente saborear a ansiedade. Mais ou menos como eu sempre gostei mais da véspera de Natal do que o Natal em si. Era a tensão, a emoção e a maravilha do que estava por vir.

Uma garganta feminina pigarreou, e eu afastei meu olhar de Zayne para onde o som veio. Era a garçonete. Como ela se chamava mesmo? Daisy? Dolly? Seu cabelo loiro solto parecia super brilhante e cheio de movimento — e bem diferente do rabo de cavalo que ela estava usando quando entramos.

Zayne olhou para cima com um sorriso.

— Estamos ficando além do horário do restaurante?

A resposta normal deveria ter sido sim. Estávamos aqui há muito tempo e não tínhamos pedido a sobremesa. Nem sequer tínhamos olhado para o cardápio de doces.

Essa, certamente, não foi a resposta.

— Claro que não, querido. — A mulher uniu as mãos, criando uma exibição bastante evidente de um decote impressionante. — Você é mais do que bem-vindo para ficar o tempo que quiser. Só queria ter certeza de que não precisava de mais nada.

— Estou bem. — Zayne olhou para mim. — Trin?

Olhei para a minha Coca-Cola meio cheia e balancei a cabeça.

— Estamos bem. — Zayne olhou para onde seu celular estava na mesa. O aparelho estivera acendendo de vez em quando, e eu me perguntava quem estava mandando mensagens para ele. Ele respondeu uma vez. — Na verdade, queria pedir a conta. — Seu olhar encontrou o meu mais uma vez. — A menos que você queira sobremesa?

— Deus. — Eu ri. — Se comer sobremesa, a próxima parada vai ser a minha cama pra tirar um cochilinho.

Ele me deu um sorriso torto.

— Só a conta, por favor.

Enquanto a garçonete se apressava, eu levantei uma sobrancelha e Zayne olhou para mim como se não tivesse ideia do porquê de eu estar olhando para ele. Será que ele era tão desligado assim?

— Que horas são?

— Quase nove — ele respondeu.

— *Quê?* — exclamei. Não tínhamos vindo direto do parque; tínhamos voltado para o apartamento, porque Zayne precisava falar com o administrador do condomínio ou algo assim, mas estávamos aqui há quase três horas.

Zayne se recostou, levantando o ombro.

— O tempo não existe quando a gente tá se divertindo.

Isso era verdade.

Ele sacudiu a cabeça rapidamente.

— Sabe, eu menti pra você.

Arqueei as sobrancelhas.

— Sobre o quê?

— Lembra de quando você me perguntou se alguma vez eu já quis ser outra coisa além de um Guardião? — ele perguntou, e eu assenti. — Não sei por que comecei a pensar nisso, mas não disse a verdade. Acho que menti porque fui pego desprevenido pela pergunta.

Lembrei que ele dissera que ninguém tinha feito aquela pergunta antes, e eu imaginei que isso significava que nem mesmo Layla havia perguntado.

— Você queria ser o quê?

Zayne acenou com a cabeça.

— Quando era criança, eu... eu queria ser médico. — Ele virou a cabeça, e eu teria jurado por Deus que suas bochechas ficaram cor-de-rosa. — Um médico traumatologista.

— Um traumatologista? Uau. — Não consegui evitar. — Essa é uma ótima profissão pra personalidades egoístas.

Ele riu daquele jeito dele, fazendo-me sorrir como uma idiota.

— Você tá me chamando de egomaníaco?

— Nunca — brinquei. — O que te fazia querer ser médico?

— Não sei. Na verdade, sei. — Ele passou uma mão pelo cabelo. — Todo sábado de manhã, meu pai costumava me levar a uma sorveteria na cidade. É um daqueles salões de estilo antigo que parece algo de uma época diferente, e foi uma tradição que acabei continuando com Layla.

Esperando sentir uma onda familiar de ciúmes, fiquei surpresa quando tudo o que senti foi uma pontada de tristeza. Não por causa de Layla. Não porque isso poderia — deveria — ter sido comigo, mas porque Misha e eu também tínhamos tido os nossos pequenos rituais.

— Enfim, uma vez quando eu estava lá com meu pai, uma mulher entrou correndo carregando um menino que havia sido atropelado por um carro. Tinha sangue pra todo lado e ninguém se mexia enquanto a mãe da criança gritava por socorro. Até o meu pai tinha congelado. Consegue imaginar isso? Um Guardião como ele, ficando incapaz diante de um acidente humano inesperado?

— Não — sussurrei, embora também não pudesse imaginar o que eu teria feito.

— E então esta mulher saiu de algum lugar da sorveteria e simplesmente assumiu as rédeas. Sem medo do sangue ou de que iria fazer algo errado. Ela sabia manter a cabeça e o pescoço do menino imóveis e foi capaz de manter o coração dele batendo até que os paramédicos aparecessem. Eu tinha uns seis ou talvez sete anos, e fiquei fascinado. Eu a ouvi dizer aos paramédicos que ela era médica antes de começar a falar num jargão médico que parecia uma língua diferente.

Ele se inclinou para mim, os olhos pálidos intensos.

— Eu não tenho ideia se aquele menino sobreviveu, mas tudo o que eu conseguia pensar era o quão incrível a mulher tinha sido. Eu queria ser aquela pessoa aleatória na multidão que consegue assumir o comando e salvar uma vida. Então, eu queria ser médico.

— Alguma vez você contou isso pro seu pai?

— Não. — Ele riu baixinho enquanto pegava o copo, mas não o levou até a boca. — Não faria sentido. Você sabe disso. Fui criado e preparado pra ser o lí... É, bem, você conhece essa história. Não é como se ele fosse rir ou ficar zangado. Conhecendo-o, teria comprado livros de medicina pra eu ler. Mas eu sabia que não era pra isso que estava aqui.

Eu balancei a cabeça lentamente, entendendo que o que ele quis dizer com *aqui* não era um lugar, mas um propósito.

— Sabe, você pode não ter se tornado um médico, mas você é essa pessoa.

Suas sobrancelhas juntaram em confusão.

— Aquela pessoa aleatória na multidão que é capaz de intervir e salvar a vida de alguém — expliquei, percebendo que estava inclinada para ele. — Você já fez isso. Provavelmente mais vezes do que se pode contar. Você não é médico, mas você é essa pessoa.

Zayne olhou para mim por tanto tempo que comecei a me preocupar em ter dito a coisa errada.

— Você tá bem? — perguntei.

— Sempre — ele murmurou, e então mordeu aquele lábio inferior dele de novo. — Eu só nunca pensei nisso dessa maneira.

— Olha só pra mim. — Eu sorri. — Sendo super útil e tal, te mostrando uma maneira totalmente nova de pensar.

— Você sempre é útil. — Com cílios espessos levantados, e eu me senti perfurada até o âmago por seu olhar. — E você já vem me mostrando uma maneira nova de pensar.

Abri a boca, para dizer o que não fazia ideia, mas Zayne mudou de assunto.

— Estive pensando sobre as nossas condições de moradia nos últimos dias — ele disse. — Não podemos ficar lá, pelo menos não naquele apartamento. Precisamos de algo com dois quartos e dois banheiros. Essa era uma das coisas que eu estava fazendo hoje. Eu me encontrei com o administrador da propriedade pra ver se eles têm algum outro apartamento disponível.

Procurar por um lugar maior fazia sentido. Zayne não poderia continuar dormindo no sofá e, apesar da rotina da manhã estar funcionando para usar o banheiro, ainda era um pouco chato. Mas fui pega estranhamente desprevenida, porque ele não tinha falado da ideia comigo.

Ele passou um dedo ao longo da base da vela.

— Os contratos de aluguel do edifício são mensais, por isso, se nos mudarmos, não ficamos presos ao apartamento.

Eu estava acenando com a cabeça, porque isso também fazia sentido. Ele e eu, enquanto eu vivesse e ele também, éramos uma coisa permanente. Uma coisa para sempre. E era inteligente e seguro vivermos juntos. Era por isso que Misha e eu tínhamos vivido na mesma casa lá na Comunidade.

Eu não fazia ideia de por que estava agindo como se ele falasse uma língua que eu não entendia.

Dando uma boa sacudida na cabeça, fiquei aliviada ao descobrir que o bom senso havia voltado para mim.

— Tem apartamento disponível?

— Tem dois, mas um precisa de uma boa reforma, e isso me preocupa, considerando que o edifício é novo. Quem sabe o que o inquilino anterior fez ao local.

A minha mente foi imediatamente para uma cena de crime que exigia uma limpeza de risco biológico... o que era uma clara indicação de que havia algo de errado comigo.

— E o outro apartamento?

— No momento, ele tá sob um contrato de compromisso, mas as pessoas ainda não assinaram o contrato do aluguel, então talvez deem pra trás. Se derem, é nosso.

— Nosso? — Eu soltei uma risada nervosa. — Então isso significa que eu quero contribuir com o aluguel. Agora tenho dinheiro. — Eu parei, ainda vendo os zeros e sem acreditar. — Preciso pagar a minha parte.

— Se é isso que você quer, é o que faremos.

Sorri e acenei com a cabeça novamente, não me sentindo mais uma aproveitadora. Mas então algo mais me ocorreu, e meu sorriso desapareceu. Pensei no que ele tinha dito na noite anterior, em como o seu apartamento era apenas um lugar para descansar a cabeça.

— Você realmente não planeja voltar a morar com seu clã, nunca?

Zayne balançou a cabeça.

— Não.

— É por minha causa e do vínculo?

— No momento em que me mudei, sabia que não voltaria. Quem eu era quando morava lá, dentro daquelas paredes, debaixo daquele teto e com o meu clã? — ele disse. — Eu não sou mais essa pessoa, e isso não tem nada a ver com ser seu Protetor.

Pensei nisso.

— Por causa do seu pai e... e do que aconteceu com Layla?

— É, por causa disso, mas também tem um monte de coisas com as quais não concordo pra seguir sendo parte delas como era antes. E eles sabem disso. Muitos deles já não confiam mais em mim e, obviamente, também não confio em muitos deles. A minha saída foi a melhor coisa a se fazer.

Ele estava falando sobre seu posicionamento em relação aos demônios. Eu conseguia ver como isso geraria uma grande divisão entre ele e os outros Guardiões, embora Nicolai parecesse com a mente mais aberta.

Bem, Nicolai não cuspiu e fez o sinal da cruz quando o nome de Roth foi mencionado. Não tenho certeza se isso significava que ele tinha uma posição diferente sobre os demônios.

Eu também sabia, sem dúvida, que, embora Zayne tivesse basicamente se excluído do clã e tivesse feito isso no momento em que ficara do lado de Roth e Layla, ele ainda apoiaria e ajudaria qualquer um desses Guardiões.

Dolly Daisy, a garçonete, voltou com a conta. Seu corpo se inclinou em direção a Zayne, de costas para mim, enquanto ela apoiava um quadril contra a mesa.

Fiz uma careta para Zayne que ele ou não viu ou ignorou.

— Demore o tempo que precisar. — Ela colocou o porta-conta sobre a mesa, o qual Zayne pegou imediatamente, abrindo-o. — E, se você precisar de alguma coisa, é só me dizer. Vou ficar feliz em poder te ajudar.

Zayne o viu no momento em que eu o vi. Até eu conseguia enxergar o que estava sobre a conta. Um cartão com um número escrito em letra grande e cheia de floreios, ao lado de um nome que eu não conseguia ler. A única coisa que faltava era a marca de seus lábios vermelhos brilhantes que nunca ficavam sem batom.

Santas gárgulas voadoras do mundo todo, eu não podia acreditar no que eu tinha testemunhado.

A garçonete deu o número de telefone dela na minha frente! Por um momento, fiquei simplesmente atordoada e quis rir, exceto que fiquei, bem, ofendida. É verdade que essa mulher poderia ter idade suficiente para realmente ser minha mãe, mas ela era muito bonita para a idade que tinha, e pelo que conseguia ver da sua maquiagem, estava impecável. A mulher madura era deslumbrante, mas, mesmo que pensasse que eu era o cocô no sapato de alguém, aquela foi uma jogada ousada.

Eu reagi sem pensar — sem esperar para ver qual seria a reação de Zayne. A impulsividade, como de costume, foi mais forte do que eu.

— Oi — eu disse em voz alta. — Daisy? Dolly?

A mulher se virou para mim, a sobrancelha erguida de forma interrogativa.

— Meu nome é Debbie, querida. Precisa de alguma coisa?

— Bem, meu nome não é querida. — Eu sorri para ela. — Você acabou de dar seu número de telefone pra ele?

Ela abriu a boca para falar.

— Comigo sentada aqui, num encontro com ele? — continuei falando. As bochechas bronzeadas da mulher ruborizaram para uma cor rosada enquanto Zayne soltava um estranho som de engasgo. Mais uma vez, ela abriu a boca. — Eu adoro um empoderamento feminino e tal, abraçar nossas necessidades sexuais e todas essas coisas legais, mas tente respeitar suas irmãs primeiro. Isso não foi nada respeitoso.

Debbie ficou ali, com os braços abaixados para os lados. Olhei para Zayne. Uma mão estava fechada sobre sua boca enquanto ele encarava a mesa.

— Quer acrescentar algo à conversa? — Parei, estreitando os olhos. — *Querido?*

— Ah, não. Acho que você já falou tudo o que tinha pra falar. — Ele abaixou a mão e olhou para cima, os olhos dançando. — Você pode ficar com o número. Não vou precisar dele.

Debbie não pegou o cartão. Ela murmurou um "com licença" baixinho e saiu correndo tão rápido quanto seus saltos a conseguiam levar.

— Bem — Zayne disse, chamando minha atenção. — Duvido que ela faça isso de novo.

— Acho que não. — Esticando um braço sobre a mesa, peguei o cartão. — Você quer?

— Não. — Ele riu baixinho.

— Tem certeza? — Joguei o papel para o seu lado da mesa. — Não acredito que ela fez isso. Ela não sabia quem eu era. Se eu era sua namorada ou não.

— Talvez ela pensasse que você era minha amiga — ele disse, lançando um olhar de soslaio na minha direção. — Ou talvez minha irmã?

Eu o encarei, boquiaberta.

— Sério?

Ele riu.

— Tô brincando.

Meus olhos se estreitaram mais uma vez.

— Rá. Rá.

— Mas, falando sério agora, foi grosseiro, e eu estava prestes a comentar isso quando você falou a mesma coisa desse jeito tão atrevido. — Zayne se inclinou e tirou uma carteira fina do bolso.

— Eu tenho dinheiro. — Peguei no maço de dinheiro que tinha apanhado antes de sairmos do apartamento. — Posso pagar...

— Deixe comigo. — Ele deixou cair várias notas, uma delas de um valor bastante alto.

— Eu já tô morando no seu apartamento, comendo da sua comida e roubei sua...

— Eu entendi, Trin. — Ele fechou o porta-contas. — É o que eu faço num encontro.

Eu quase engasguei com o meu próprio cuspe. Graças a Deus não tinha dado um gole em nada.

— Um encontro?

Zayne afirmou com a cabeça, empurrando o porta-conta para o final da mesa com um dedo longo.

— Não é isso que estamos fazendo?

Meu Deus.

O meu rosto queimava mais forte do que mil sóis.

— Olha, eu não disse isso pra Dolly...

— Debbie — ele corrigiu.

— ...porque pensei que estávamos num encontro. Eu só tava tentando validar o meu argumento.

— Eu sei.

— E não é como se eu pensasse que é disso que isto se trata. — Eu ia morrer. Aqui mesmo. Implodir de constrangimento. — Eu não disse isso pra fazer você pagar.

— Eu sei — ele repetiu, ficando de pé. — Mas se tem orelha de porco, focinho de porco, rabo de porco... deve ser um porco.

— O quê? — Eu me levantei apressadamente.

— Isto parece um encontro e tem jeito de um. — Ele esperou que eu chegasse ao outro lado da mesa. — Então, talvez seja um encontro.

— Não é um encontro — sibilei. Meu olhar saltou dele para os espaços estreitos e tortuosos mal iluminados entre as mesas.

— Por que não? — Ele andava um pouco à minha frente.

— Porque não podemos ter um encontro — eu disse a ele, meu quadril esbarrando na ponta de uma mesa. Com as bochechas ficando ainda mais vermelhas, eu pedi desculpas às pressas para as pessoas na mesa em que eu tinha esbarrado. — Sinto muito.

Zayne se virou e rapidamente avaliou a situação. Sem dizer uma palavra, ele colocou as mãos nos meus ombros, guiando-me para que eu ficasse à frente dele. Demos alguns passos antes de ele voltar a falar:

— Você sabe que tô só te provocando, certo?

Abri a boca para falar e voltei a fechá-la. Claro que ele estava brincando. E, claro, eu era uma idiota.

— Eu te odeio.

Rindo, ele apertou os meus ombros.

— Bem que você queria.

Ele não tinha ideia do quanto isso era verdade.

Mantive a boca fechada enquanto ele me conduzia para fora do restaurante lotado e para o ar ameno da noite. Tirei um segundo para examinar os nossos arredores. Havia uma antiga igreja do outro lado da rua e vários outros restaurantes e lojas.

Ficando perto dos edifícios enquanto caminhávamos, olhei para Zayne. Aquele sorriso estúpido e sexy estava estampado no rosto dele. Um nervosismo passou por mim.

— Não acredito que ficamos lá por tanto tempo assim. Já deveríamos estar patrulhando a esta altura da noite.

— Possivelmente, mas temos permissão pra aproveitar a vida — ele respondeu, contudo, meu pai provavelmente discordaria disso. — Falando em aproveitar a vida, quais são lugares você quer ver amanhã?

— Hm... eu não sei. — Eu passei por um cara falando no celular e percebi que eu não tinha olhado o meu desde que mandara aquela mensagem para Jada. — Eu gostaria de ver os dinossauros.

— Isso é no Museu de História Natural. Tem um monte de coisas legais nele. Muitos fósseis e artefatos. Tem até um pavilhão de borboletas.

Isso parecia ser algo bonito.

— E eu queria ver o Museu do Holocausto. Esse é perto do outro?

— Sim, cerca de quinze minutos a pé. Algum outro lugar?

Assenti com a cabeça.

— O Museu Afro-Americano... Ah, e aquele com os foguetes e tal.

— Museu Nacional do Ar e Espaço.

— É, esse. E eu queria ver alguns dos memoriais — eu continuei falando. — Provavelmente o Monumento de Washington também.

— Parece que vamos tirar um dia no Passeio Nacional, então.

— Tudo bem com isso? — Olhei para ele. — Quer dizer, você provavelmente já viu essas coisas um milhão de vezes.

— É perfeito, e, na verdade, eu só visitei alguns deles poucas vezes e já faz um tempo — Zayne explicou enquanto examinava as ruas. — É estranho quando você mora aqui toda a sua vida. Você quer conhecer as coisas, mas como pode ir a qualquer momento, você adia.

Acho que isso fazia sentido.

— Como é, hm, a iluminação nos museus?

— Alguns deles são bem claros, então podem ser um pouco desagradáveis pra os seus olhos, e outros são escuros. Se tiver algum problema em algum deles, é só me dizer.

Aliviada, acenei com a cabeça. Eu odiava usar óculos escuros dentro dos lugares porque me preocupava, estupidamente, o que as outras pessoas pensavam quando me viam. Como se eu fosse muito descolada ou algo assim. E mesmo que eu soubesse que não deveria me importar com o que estranhos aleatórios pensavam de mim, ainda me deixava desconfortável. Eu também me preocupava se eu seria capaz de ver algumas das exposições se eu não conseguisse chegar perto, mas eu esperava que isso não fosse um problema. Mesmo que eu pudesse ver apenas metade delas, ainda seria incrível e...

Zayne praguejou. Esse foi o único aviso. Um segundo eu estava andando, e no próximo eu já não estava com os pés no chão.

Capítulo 19

A rua se tornou um borrão enquanto Zayne se movia assustadoramente rápido. Ouvi um grito quando ele virou e nos afastou de uma erupção de vozes raivosas, onde o som de metal estridente foi seguido pelo barulho de carne sendo esmagada contra algo sólido. As luzes da rua diminuíram quando ele entrou em um beco, e então as minhas costas foram pressionadas contra uma parede enquanto Zayne me prendia contra ela, bloqueando meu corpo com o dele. Gritos de risada e o som de rodas de metal sobre cimento abafaram o caos do meu coração batendo forte.

— O que diabos foi isso? — Levantei a cabeça e vi o contorno do perfil de Zayne por trás de seu cabelo. Eu senti o zumbido baixo de um demônio próximo, mas isso era normal para Washington.

— Uma garotada andando de skate e de patins saíram desse beco feito um bando de idiotas suicidas. Um deles bateu num cara que saía de um táxi.

Bem, isso explicava os gritos em curso.

O tom de Zayne era duro.

— Eles vão acabar se machucando ou machucando muito outra pessoa. Espero que seja a primeira opção. Idiotas.

— Eu nem sequer... — Meu olhar caiu de seu perfil para onde minhas mãos descansavam em seu peito. — Eu nem os vi.

— Eu sei. Eles estavam vindo de lado, muito rápido pra você ver. — Ele olhou para mim. — Eram feito uma gangue de skatistas.

— Assustador.

Seu rosto estava sombreado, mas vi um leve sorriso aparecer.

— Eles provavelmente vão causar mais dores de cabeça e danos do que uma horda de Demonetes.

— Provavelmente. — As batidas do meu coração tinham abrandado, mas continuavam batendo forte, e isso não tinha nada a ver com a gangue de skatistas. Havia apenas poucos centímetros nos separando. Respirei fundo. — De qualquer forma, os humanos devem causar mais danos do que a maioria dos demônios.

— Verdade. — Ele abaixou o queixo.

Respirei outra vez, com mais força, e o meu peito roçou no dele. Um arrepio provocador dançou sobre a minha pele. Ele tinha se aproximado? Estava provavelmente na hora de nos afastarmos um pouco. Mas eu não disse isso. Eu também não me afastei. Minhas mãos permaneceram onde haviam pousado, e eu podia sentir cada respiração que ele tomava, longa e lenta, e não tão estável.

— Obrigada. — A minha voz soava estranha aos meus próprios ouvidos. Mais densa. Mais aprofundada.

— Pelo quê?

Deixei minha cabeça cair contra o muro enquanto procurava o semblante dele nas sombras.

— Pelo jantar. Não te agradeci. Então, obrigada.

— Você ter se divertido já é agradecimento suficiente.

O meu coração deu uma cambalhota feliz.

— Você sempre diz as coisas certas.

— Eu digo o que tô pensando. Não sei se é certo ou errado. — Zayne se aproximou enquanto falava. As coxas dele tocaram as minhas. Seus quadris encontraram meu estômago, e eu sabia que estava captando o que eu estava sentindo. O calor atingiu minhas bochechas, mas um tipo diferente de calor infundiu minha pele quando um grunhido baixo irradiou das profundezas do peito de Zayne. Não havia nem um centímetro sequer entre os nossos corpos, e senti esse som em todas as partes do meu ser. Os meus dedos cavaram em sua camisa enquanto o pouco ar que eu consegui levar para os meus pulmões se esvaía lentamente de mim.

— Trin — ele disse, meu nome era um rosnado rouco de advertência. De *desejo*.

Deslizei meus dedos pelo peito dele, parando em seu abdômen retesado. *Por que não?* Essa foi a pergunta que percorreu os meus pensamentos. Por que eu não podia me esticar e tomar o que eu queria, o que eu suspeitava que ele queria também? Em um sentido físico, eu sabia que sim. Não havia como negar que estávamos atraídos um pelo outro. Isso não significava que Roth estava certo. Que ele me olhava de forma diferente ou que... que eu o amava. Significava apenas que eu o desejava.

Ninguém havia explicado por que um relacionamento era proibido entre Legítimos e seus Protetores. Talvez a regra tivesse feito sentido quando havia mais Legítimos, mas agora só havia eu, e eu não conseguia entender por que seria um problema.

Eu finalmente encontrara alguém de quem eu gostava — muito —, alguém em quem eu estava interessada para além de toda a atração física, e eu não poderia tê-lo.

A vida era injusta, e o coração, cruel, não era?

A respiração de Zayne dançava ao longo da minha bochecha, e tudo o que eu precisava fazer era virar a cabeça um pouco para a esquerda e nossas bocas estariam alinhadas. Ele não estava me soltando e nem colocando distância entre nós, e ele conhecia as regras. Talvez ele estivesse pensando o mesmo que eu?

Que mal poderia trazer um beijo?

Só um?

Virei a cabeça. Os lábios de Zayne roçaram o contorno da minha bochecha, chegando a meros centímetros do canto da minha boca. Todos os nervos do meu corpo pareceram disparar de uma só vez, e algo mais pesado, mais picante, invadiu os meus sentidos, deslizando daquela esfera quente de luz no meu peito.

Zayne.

Ele era o peso denso no meu peito, ao lado do meu coração, e estava se misturando à mesma sensação que se instalara no meu estômago.

Deus, aquilo realmente vinha dele. Ele *estava* sentindo o que eu estava sentindo. Havia algo entre nós, mais do que apenas um vínculo entre Protetor e Legítima, e, o que quer que fosse, me fazia sentir quente e tonta, como se eu tivesse ficado sentada sob sol o dia todo.

Não o vi se mexer, mas não hesitei quando os dedos dele roçaram a minha bochecha, o polegar dele na minha mandíbula. Ele inclinou ainda mais a minha cabeça para trás. A antecipação dançou ao longo da minha pele. Naquele momento, eu queria um beijo tanto quanto precisava do ar que respirava. Cada parte de mim concordava com isso. Queria voltar a sentir os lábios dele contra os meus. Queria sentir o hálito dele na ponta da minha língua. Eu queria *muito mesmo*.

Havia uma vozinha perversa no fundo da minha mente que me desafiou a provocar a frustração e a necessidade que eu sentia rodopiando dentro dele, para esticar aquele limite entre nós o mais longe possível.

— O que quer que você esteja pensando, pare. — A voz de Zayne parecia estar cheia de areia grossa.

— Então se afaste.

Ele não se afastou.

E eu não conseguia parar de pensar em como beijá-lo pareceria ser atingida por raio ou como era a sensação de estar em seu abraço, pele contra pele. Os meus músculos se transformaram em líquido de uma forma igualmente agradável e dolorosa.

A testa de Zayne caiu sobre a minha e senti o peito dele expandir-se com a sua próxima respiração irregular.

— Comporte-se.

Os cantos dos meus lábios se levantaram.

— Tô tentando.

— Você não tá tentando o bastante.

Fechei os olhos quando os meus quadris se arquearam para longe da parede, e então a minha respiração ficou presa quando a outra mão dele se fechou em torno do meu quadril.

— Você também não tá tentando.

— Você tem razão — ele disse. — Não tô tentando, e deveria estar. Deveríamos ser mais fortes do que isso.

— Ser forte é superestimado — murmurei.

Ele soltou uma risada.

— A gente deveria estar patrulhando. Caçando o Augúrio. Não fazendo isto.

Isto.

O que quer que *isto* fosse.

— Concordo — admiti. — Mas foi você que começou isto. Não eu.

— Não tenho certeza disso.

— Você não pode colocar esta culpa em mim — argumentei. — Não quando é você que tá me segurando. A culpa é sua.

— Eu consigo sentir você. — A voz dele era apenas um sussurro, mas estrangulou os meus nervos. — O calor. O desejo. Consigo sentir você. Acho difícil resistir.

A minha boca ficou seca.

— E eu consigo sentir você. Pensou nisso? Porque *eu* acho difícil resistir.

— Tá bem. — Seu hálito quente passou outra vez sobre os meus lábios. — Que tal sermos mutuamente culpados.

— Tá mais pra sessenta por cento sua culpa e quarenta por cento minha, mas que seja.

Sua risada foi um som áspero e sedutor.

— Precisamos focar no objetivo.

Precisávamos, mesmo.

E o que Zayne tinha dito há alguns segundos estava certo. Não a coisa do *culpa mútua*, mas sobre não estarmos sendo fortes. Não tínhamos ideia de quais seriam as consequências se ficássemos juntos, mas eu sabia que não devia ser algo legal e agradável. A regra foi criada pelos arcanjos, a mais alta ordem e a mais poderosa de todas as criaturas angélicas. Eles até supervisionavam os Alfas, que eram responsáveis pela comunicação com os Guardiões.

Não só os arcanjos eram notoriamente rigorosos e tradicionalistas, como eram frequentemente da variedade do Antigo Testamento, o que significava que operavam na base do olho por olho, literalmente. Só Deus sabia que tipo de castigo eles iriam criar, tendo eras de experiência por trás deles quando se tratava de distribuir punição como se fosse doce e todas as noites fossem Halloween.

O medo aumentou, deixando a minha pele gelada, e não foi pelo meu próprio bem-estar. Considerando como os arcanjos muitas vezes exageravam quando se tratava da coisa de "castigo adequado ao crime", eles poderiam ferir Zayne.

Poderiam até matá-lo.

Quando o medo transformou o meu sangue em lama, pensei no meu pai, em como ele não fora afetado pela forma como Misha tinha se revelado e pela morte dele. Meu coração tropeçou em si mesmo. Eu duvidava que ele interviesse caso a punição fosse colocada em prática, mesmo com Zayne destinado a ser o meu Protetor.

Talvez estivesse exagerando em relação a parte de matar Zayne. Eles precisavam de mim para encontrar o Augúrio, e precisavam de mim no máximo das minhas habilidades para fazer isso, e isso significava que eles precisavam de Zayne vivo e inteiro, então talvez isso significasse que tínhamos a vantagem. Talvez...

Um grito atravessou o murmúrio distante de carros e pessoas. Nós nos afastamos subitamente, e eu cambaleei para longe da parede, virando-me em direção à saída do beco. Outro grito rasgou o ar, seguido por berros.

— Mas que diabos? — Zayne agarrou minha mão. — Vamos.

Zayne disparou, e, com ele guiando o caminho, eu era capaz de acompanhar com facilidade enquanto chegávamos na calçada e esquivávamos do aglomerados de pessoas.

Outro berro aumentou a minha adrenalina. À frente, uma pequena multidão de pessoas nas calçadas se espalhava pela rua e bloqueava o tráfego dos carros. Os passos de Zayne diminuíram enquanto eu lutava para ver o que estava acontecendo. O zumbido na minha nuca me dizia que havia demônios ao redor, mas não perto. Então... violência entre humanos?

Um clarão de luz chamou a minha atenção, seguido de outro. Levei um segundo para perceber que as pessoas estavam... elas estavam com seus celulares em mãos e estavam tirando fotos de algo...

— Deus do Céu. — A mão de Zayne apertou e depois soltou a minha.

— O quê...? — Segui o olhar dele até o edifício em que todos estavam parados em frente, à medida que o ruído distante das sirenes se aproximava.

O lugar era uma igreja, uma das antigas, feitas de pedra, a mesma igreja que eu tinha visto quando saímos do restaurante. Algo estava pendurado em um dos campanários — algo grande e com asas, mas espere... não estava pendurado. Estava mais para preso.

O desconforto formou uma bola de chumbo no meu estômago. Dei um passo incerto para a frente e apertei os olhos.

— O que é?

Zayne rosnou baixo em sua garganta, fazendo com que os pelos minúsculos ao longo da minha nuca se eriçassem.

— É um Guardião.

Capítulo 20

Zayne se transformou tão rápido que duvidei que alguém perto de nós percebesse que o enorme Guardião alado teve aparência humana um segundo antes.

— Fique aqui — ele ordenou, e, pela primeira vez, eu não perdi a cabeça com a ordem. Não quando havia um Guardião morto pendurado em uma igreja.

Não quando deveríamos estar patrulhando em vez de jantando em um bom restaurante e fazendo o que quer que estivéssemos fazendo naquele beco. Não era preciso pensar muito para concluir que, se estivéssemos cumprindo a nossa obrigação, poderíamos ter visto quem tinha feito isto. Poderíamos ter pegado o Augúrio ou quem quer que fosse o responsável.

Esta era a segunda vez que um Guardião aparecera morto onde tínhamos estado havia pouco.

Com uma onda de vento, as poderosas asas de Zayne o ergueram no ar. Seguiram-se arquejos de susto enquanto as pessoas que estavam à nossa frente se viravam e esticavam o pescoço para assistir a Zayne voar em direção à igreja. Mais luzes explodiram de celulares quando ele se tornou nada mais do que uma forma alada embaçada para mim.

Eu sabia que no tempo que eu levaria para descobrir como escrever *falafel*, fotos do Guardião morto estariam estampadas por todas as redes sociais. Como é que chamavam mesmo isso? Tesão por tragédia.

As pessoas eram doentias.

— Jesus Cristo, ele é enorme — exclamou um homem próximo, admiração preenchendo sua voz. — Cara, eu não sabia que eles eram tão grandes.

— Você nunca viu um? — outra pessoa perguntou, e eu me virei e vi dois homens de meia-idade, ambos vestidos com calças escuras e camisas brancas de botão. Ambos tinham bolsas de couro tipo mensageiro penduradas nos ombros e algum tipo de crachá em volta do pescoço. Pessoal de escritório. Talvez trabalhassem no Capitólio.

O cara de cabelo mais claro balançou a cabeça.

— Não de perto assim.

— Todos eles são grandes — o outro homem respondeu, manuseando o celular que segurava. — Como lutadores bombadões.

— É, e alguém pregou aquele desgraçado gigante lá em cima como se não fosse nada. O maldito crucificou a coisa. — O homem de cabelos escuros balançou a cabeça. — Pensa nisso por um minuto.

— Não tô muito afim, cara.

Olhei para onde Zayne estava removendo o Guardião da igreja, e depois foquei de volta nos homens.

— Com licença? — eu disse, e ambos me encararam. — Vocês viram o que aconteceu com aquele Guardião?

— O que tá lá em cima pendurado? — O cara de cabelos louros perguntou enquanto luzes azuis e vermelhas piscavam nas calçadas. A polícia havia chegado. — Não. A gente tava a caminho do metrô e alguém gritou. As pessoas estavam apontando pro alto da igreja.

O outro homem balançou a cabeça.

— Sim, foi estranho. Aconteceu *do nada*. A coisa apareceu lá em cima num piscar de olhos. Não vi nada... Cacete, tem outro. Vejam!

Meu olhar seguiu para onde ele apontava. Contra o céu noturno nublado, a forma mais escura de outro Guardião se dirigia para Zayne e a igreja. O alívio afrouxou um pouco da tensão nos músculos do meu pescoço. Eu não tinha ideia de quem era o Guardião falecido, mas tinha de ser alguém que Zayne conhecia e possivelmente tinha crescido ou passado anos com ele, como Greene. Fiquei grata por ele ter apoio, porque eu não poderia ajudar muito, sem asas e de pé na calçada.

— Caramba — o homem loiro disse novamente. — Não consigo superar o tamanho dessas coisas.

— Eles não são coisas — retruquei, recebendo olhares duvidosos dos dois homens. — São Guardiões.

— Tanto faz — um deles murmurou, e ambos se afastaram de mim e levantaram seus celulares para tirar uma foto.

Precisei de *muito* autocontrole que eu nem sabia que tinha para resistir ao impulso de arrancar os telefones das mãos deles e quebrá-los no chão. Achei que já tinha feito escolhas ruins o suficiente hoje para durar pelo menos até a próxima semana. Puxando o ar rapidamente, examinei a multidão. Alguém devia ter visto como aquele Guardião chegou lá. A menos que quem tivesse feito aquilo pudesse se mover tão depressa que o olho humano não conseguisse localizá-lo. Muito poucos demônios de Status Superior eram tão poderosos. Roth era, mas será que ele era tão rápido assim? Capaz de crucificar um Guardião na fachada de uma igreja em uma rua movimentada sem ser visto?

Mais uma vez, o que quer que tivesse feito isto estivera aqui fora enquanto estávamos patrulhando — bem, onde deveríamos estar patrulhando. Poderia estar aqui agora mesmo, e não tínhamos ideia.

— Droga — murmurei, a frustração aumentando. Onde estava este...

O roçar de dedos gelados sobre a minha nuca enviou um arrepio pelas minhas costas. Os pelos minúsculos em todo o meu corpo se eriçaram enquanto minha respiração escalava profundamente no meu peito. Era *aquela* sensação de novo. Girei, examinando as pessoas que estavam perto de mim, todas olhando para a igreja. Todos pareciam humanos para mim. Ninguém suspeito.

Estendendo a mão para trás, esfreguei os dedos ao longo da base do pescoço. A pele estava quente, mas aquela sensação gelada ainda estava lá.

Espere.

Um deles não parecia nada normal.

Perto de um caminhão de entrega branco estacionado ali perto, o corpo de uma mulher oscilava na luz como o sinal ruim de uma televisão antiga. Ela estava usando um uniforme de serviço azul escuro e, embora eu não pudesse ver ferimentos visíveis, seu rosto ostentava a pálida magreza da morte. Ela era um fantasma... e estava encarando algo ou alguém.

O fantasma desapareceu e depois reapareceu na calçada, seu corpo virado de costas para mim. A surpresa se apossou de mim. O fantasma não sabia que eu estava lá, o que era estranho.

Enquanto a observava passar pelos espectadores como se tivesse um alvo em mente, algo me ocorreu. Não poderiam ter a certeza se a velhinha do parque tinha me visto mais cedo. Ela tinha olhado na minha direção, mas então senti aquela frieza.

Passei pelas pessoas até chegar à ponta do aglomerado de espectadores. O fantasma estava a poucos metros à minha frente quando a sua forma começou a oscilar rapidamente. Abri a boca, totalmente preparada para parecer que estava falando sozinha.

A mulher fantasma se sobressaltou, seus braços finos se sacudindo, curvando-se para trás, como se uma corda invisível presa à sua cintura tivesse sido puxada com força. Um segundo depois, ela desapareceu diante dos meus olhos.

Puxei o ar. Fantasmas e espíritos tinham o hábito irritante de desaparecer aleatoriamente. Isso não era nenhuma grande novidade, mas a maneira como seu corpo tinha se sobressaltado, como se ela tivesse sido pega...

Algo escuro e grande se moveu na minha visão periférica, prendendo a minha atenção. Virei-me, mas não vi nada além de uma parede de tijolos. Eu a encarei, segundos passando sem que qualquer coisa acontecesse.

Eu não fazia ideia se tinha visto alguma coisa. Poderia ter sido uma pessoa, ou um estranho efeito da luz de um carro que passava, ou o resultado da minha mente tentando compensar as lacunas na minha visão periférica. Poderia até ter sido um fantasma ou um espírito. Talvez aquele cara que tinha me seguido até o apartamento de Zayne. Ou absolutamente nada. Com os meus olhos, como eu poderia saber?

Mas a sensação gelada que pressionava a minha nuca tinha desaparecido, o que fazia disso uma estranha... coincidência.

— Trin.

Eu me virei de supetão. Zayne havia voltado à forma humana, o que eu sabia que ele tinha feito longe dos olhares indiscretos dos humanos. Meu olhar passou rapidamente sobre ele. Havia manchas escuras espalhadas ao longo dos restos esfarrapados de sua camisa.

Sangue. Sangue de Guardião.

— Quem era? — perguntei, tirando da cabeça o que acabara de acontecer.

Sua mandíbula estava dura quando ele disse:

— Morgan. Ele foi transferido pro nosso clã há um ano. — Sua mão apertou algo que ele estava segurando enquanto soltava um som baixo de um rosnado que eu realmente esperava que ninguém ao nosso redor ouvisse. — Novo na área, mas bem treinado e mais do que capaz de se defender. Dez vai levá-lo de volta ao complexo.

Uma parte enorme e terrível de mim ficou aliviada ao saber que não tinha sido Dez lá em cima, mas o alívio durou pouco. Não sabia nada de Morgan. Ele poderia ter uma família — parceira e filhos. Mesmo que ele não tivesse nada disso, eu sabia que havia outros que sentiriam a falta dele, que ficariam de luto por ele.

— Sinto muito. — Eu engoli em seco enquanto levantava meu olhar para o de Zayne. — Sinto muito mesmo.

Ele acenou com a cabeça e depois se aproximou, levantando a mão.

— Isto foi usado pra empalá-lo à igreja.

Zayne abriu a mão. Descansando contra a sua palma havia duas estacas longas e estreitas que definitivamente não eram as comumente encontradas em jardins. Estas emanavam um brilho fraco de ouro luminoso. Eu não tinha conhecimento de nenhum tipo de metal ou pedra que brilhasse assim.

— O que são? — Levantei um braço para pegá-las, mas Zayne fechou a mão em volta delas.

— Não faço ideia — ele respondeu, seu peito subindo com uma respiração profunda. — Eu nunca tinha visto nada do tipo na minha vida.

Eu estava em um canto do escritório de Nicolai, tentando ficar fora do caminho dos Guardiões entrando e saindo. Vários enviavam olhares curiosos ou suspeitos em minha direção quando percebiam que eu estava lá, escondida como alguém que não pertencia ao lugar. Ver uma verdadeira estranha no coração do complexo de Washington, enquanto eles lidavam com a perda de mais um Guardião, tinha de ser desconcertante.

Jasmine, esposa de Dez, me disse que o Guardião Morgan tinha sido acasalado, mas havia perdido sua esposa no parto pouco antes de sua transferência para o complexo de Washington.

Meu olhar deslizou para as estacas descansando no centro da mesa de Nicolai, brilhando suavemente. Isso de fato não era algo que se via todos os dias.

— O que quer que seja este metal, foi capaz de matar Morgan com uma perfuração na parte de trás da cabeça — Zayne disse. — Quando retiramos a estaca, deu pra ver que cortou o tronco encefálico internamente.

Encolhi-me. Isso tinha de ter sido... feio, e era definitivamente chocante. Além das garras e dentes dos demônios e do Fogo Infernal, eu não tinha conhecimento de nenhuma outra arma que pudesse facilmente perfurar o crânio de um Guardião.

— Tem algum tipo de escrita nelas. Não tenho ideia de que língua seja — Gideon disse enquanto se ajoelhava ao nível dos olhos com a mesa.

Eu tinha visto Gideon brevemente na noite em que tínhamos voltado da casa do senador, mas nunca tínhamos sido apresentados oficialmente. Eu sabia que ele era o especialista em tecnologia e segurança no complexo dos Guardiões. Aparentemente, ele também era uma espécie de estudioso, porque Zayne e Nicolai estavam olhando para Gideon como se ele tivesse admitido colecionar bonecas de porcelana assustadoras.

— O quê? — Gideon exigiu, levantando a ponta mais grossa da estaca com um par de pinças de cozinha. — Não conheço todas as línguas do mundo.

— Isso é um choque — Zayne respondeu secamente. — Eu achava que você sabia tudo.

— Bem, isto vai entrar pra história, então. — Gideon balançou a cabeça enquanto olhava para a estaca. — Parece semelhante ao aramaico antigo, mas não é a mesma coisa.

Arqueei as sobrancelhas. Aramaico Antigo? Esse era de um dos primeiros períodos conhecidos da linguagem escrita e não era algo que se ouvia referenciar com frequência.

Nicolai, que era o líder de clã mais jovem de que já vira na vida, deslizou o polegar sobre os pelos ruivos no queixo. Pela primeira vez desde que tínhamos chegado, ele olhou para mim. Ao contrário dos outros Guardiões, não havia suspeita em seu olhar, mas havia uma cautela.

— Suponho que você não tenha visto uma arma como esta antes? — Nicolai perguntou.

Balancei a cabeça.

— Nunca.

Ele voltou a concentrar-se em Gideon, ainda com o dedo no queixo.

— Você acha que consegue descobrir o que diz e de onde isso deve ter vindo?

Gideon acenou positivamente com a cabeça escura enquanto colocava a estaca de volta no pano branco.

— Pode demorar alguns dias, mas eu acho que consigo.

— Que bom. — Nicolai abaixou a mão e cruzou os braços. — Porque eu com certeza gostaria de saber que tipo de metal brilha assim.

— Idem — Zayne murmurou. Ele limpou a garganta. — Estou pensando que Morgan foi morto em outro lugar e depois transportado para a igreja para ser exibido. Assim como Greene.

— Nenhuma das pessoas nas ruas viu o que aconteceu. — Eu entrei na conversa usando de informação relevante em vez de ser tão útil quanto uma planta. — Perguntei a algumas pessoas que estavam por perto e disseram que ele apareceu na igreja num piscar de olhos.

Gideon estava olhando para mim com curiosidade, provavelmente perguntando-se por que eu estava por aí patrulhando ao lado de Zayne. Como ele não tinha ideia do que eu era, não fiquei surpresa com o interesse dele.

— Nenhum demônio é tão rápido assim — Nicolai disse. — Nem mesmo os demônios de Status Superior mais poderosos. Nem mesmo Roth.

À menção do Príncipe da Coroa do Inferno, enrijeci. Deus, durante a última hora, eu tinha realmente me esquecido do que Roth e eu tínhamos feito. Cara, isso agora parecia que tinha acontecido há uma semana, mas quão terrível isso me fazia ser? O peso assentou nos meus ombros.

— Chegamos praticamente à conclusão de que, seja o que for este Augúrio, não é um demônio. — Zayne olhou para mim. — Não temos ideia do que poderia estar por trás disso.

— O que significa que não temos ideia do que estamos procurando — acrescentei, saindo aos poucos do meu canto. — Greene foi... deixado em uma área onde tínhamos acabado de estar, e o mesmo aconteceu hoje à noite. Acho que os locais foram escolhidos de propósito.

— O que você acha? — Nicolai perguntou a Zayne enquanto Gideon franzia a testa.

— Acho o mesmo que Trinity. — Zayne cruzou os braços. — É como se estivesse nos provocando.

— E nenhum de vocês viu nada? — Nicolai perguntou.

— Estávamos jantando no restaurante em frente à igreja e depois fomos patrulhar. Tínhamos andado um quarteirão quando ouvimos os gritos.

Nicolai franziu a testa.

— Jantando?

— Foi o que eu disse — Zayne respondeu.

O maxilar de Nicolai se retraiu.

— Houve *qualquer coisa* que algum de vocês reparou que parecia anormal?

Zayne balançou a cabeça, mas pensei na sensação que tinha sentido e no fantasma que tinha visto. Eu não fazia ideia se estava relacionado ao Augúrio, mas era alguma coisa.

Olhei para Gideon, sem saber o que eu poderia dizer na frente dele, e decidi compartilhar o mínimo de informação possível.

— Bem, eu vi um fantasma.

A cabeça de Gideon ricocheteou na minha direção.

— Um fantasma?

Assentindo, eu me vi olhando para Zayne.

— Provavelmente não tem nada a ver com o Augúrio, mas o fantasma estava se comportando de um jeito esquisito.

— Você vê fantasmas? — Gideon perguntou, falando devagar.

— E espíritos — Zayne respondeu, descruzando os braços enquanto inclinava o corpo em minha direção. — Você não disse nada sobre isso mais cedo.

O tom de voz dele fez minha pele coçar.

— Bem, estávamos meio ocupados em voltar ao complexo porque havia um Guardião morto pra cuidar.

— Espera aí. — Gideon olhou para mim. — Você pode ver fantasmas e espíritos?

— Sim, não é nada demais...

— Não é *nada demais*? — Gideon deu uma risada seca. — Você percebe que isso significa que você tem um anjo empoleirado em algum galho da sua árvore genealógica em algum lugar, não é?

Sim, havia um bem em cima da minha árvore genealógica. Ele era um arcanjo, e seu nome era Miguel, *o* arcanjo Miguel.

De alguma forma, consegui manter o meu rosto impassível. Foi preciso um esforço impressionante, porque normalmente eu não sabia como não mostrar o que estava pensando através das minhas expressões faciais.

— Fiquei sabendo disso.

— Uau. — Gideon olhou para Nicolai, que parecia estar sorrindo... ou fazendo careta. — Eu nunca tinha conhecido alguém que pudesse ver os mortos. Cara, você teria sido útil há alguns meses, quando tínhamos um espectro à solta por aqui. Teria nos poupado um mundo de problemas e... — Ele deixou a frase morrer com um pequeno tremor de cabeça. — Definitivamente teria sido útil.

— Como o fantasma estava agindo? — Zayne interveio antes que eu pudesse questionar aquela história.

— Não sabia que eu estava lá, o que é estranho. A mulher fantasma estava focada em alguma coisa, mas antes que eu pudesse descobrir o que, ela meio que se sacudiu e depois desapareceu.

— Talvez este fantasma pudesse sentir o Augúrio. — Nicolai supôs enquanto se encostava ao lado de sua mesa.

— É possível — eu disse, principalmente porque tudo era possível àquela altura do campeonato. — Fantasmas e espíritos têm o hábito de desaparecer aleatoriamente, então pode não ser nada demais, mas... — Mas eu não tinha certeza se poderia dizer o que também sentia sem ter que explicar as coisas para Gideon.

Felizmente, ele já estava preocupado com outras coisas.

— A propósito, ainda não encontrei nada sobre onde essa escola que o senador planeja construir está localizada, e eu fui longe na pesquisa... Longe nível informações confidenciais de estado. Ainda estou vasculhando, mas fico me perguntando se o terreno foi comprado com um nome ou empresa diferente.

— E o senador não está na cidade desde antes do incêndio, quando foi flagrado com Baal — Nicolai lembrou. — Os assessores dele têm lidado com tudo enquanto ele se ocupa com uma emergência familiar inesperada em seu estado de origem.

Eu bufei.

— Tá mais pra uma emergência demoníaca inesperada.

Nicolai sorriu.

— Isso nos fez questionar se o senador sequer ainda está vivo.

— Com base na experiência com demônios como Baal, se o senador não for mais útil, então você pode apostar que vamos ouvir falar sobre um acidente prematuro que resultou em morte — Zayne comentou.

— Espero que não. — Os três olharam para mim. — Bem, porque senão, ele seria um rastro que esfriou. Literalmente.

— De fato. — Gideon embrulhou cuidadosamente as estacas. — Vou acessar as câmeras de rua e de lojas próximas para ver se elas pegaram alguma coisa de hoje à noite. Espero que nos mostrem alguma coisa. O que aparentou ser invisível ao olho humano pode ter sido capturado em filme.

— Como fantasmas? — sugeri.

Gideon acenou com a cabeça.

Eu sorri, pensando em quantas vezes as pessoas descartaram imagens fantasmagóricas em gravações considerando um truque estranho de câmera. Estava disposta a apostar um engradado de cerveja sem álcool que as pessoas conseguiam provas de fantasmas com mais frequência do que gostariam de saber.

— Me avise o que encontrar — Zayne disse. — Mesmo que seja nada.

Olhando para o embrulho que segurava, Gideon acenou positivamente com a cabeça.

— A única coisa que posso dizer é que essas estacas não foram feitas por seres humanos, e elas não são algo que eu já vira um demônio usando. — Ele olhou para cima. — Faz a gente se perguntar de onde vieram, não é?

Capítulo 21

No instante em que a porta se fechou atrás de Gideon, encarei Nicolai e Zayne.

— Se nem humanos, nem demônios criaram essas estacas, isso não deixa muitas opções.

— Exatamente — Zayne concordou, observando-me.

Sentindo o peito estranhamente apertado, cruzei os braços. Havia uma origem em potencial que eu conseguia pensar — uma que não fazia sentido.

— Eu nunca tinha visto armas angélicas antes.

— Eu já. Nós dois já vimos — Zayne respondeu, olhando para Nicolai. — Os Alfas carregam espadas. Não como a sua. A sua é especial.

A minha *realmente* era super especial.

— As espadas dos Alfas parecem ser uma estranha mistura de ferro e ouro — Nicolai explicou. — Ao menos pelo que pudemos ver. Nenhum de nós já segurou uma delas.

— Sabe o que é estranho? — Eu mudei meu peso de um pé para o outro. — Eu sou parte anjo, e o único anjo que eu já vi é o meu pai, mas vocês veem os Alfas o tempo todo.

— É, bem, nenhum de nós já viu um arcanjo — Nicolai respondeu.

— Exceto eu — Zayne lembrou.

— E olha você sendo especial — Nicolai afastou um fio de cabelo castanho na altura dos ombros enquanto Zayne sorria. — Eu nunca vi um anjo carregar algo assim e, além disso, por que este Augúrio teria algo que foi forjado no Céu?

Essa era uma boa pergunta.

— Talvez seja roubado de um anjo — sugeri com um encolher de ombros. — Quero dizer, se não é de criação humana ou demoníaca, então o que nos resta? Extraterrestres?

As sobrancelhas de Zayne se levantaram.

— Extraterrestres *são* a próxima conclusão lógica.

— Você sabe de uma raça ou espécie que eu não conheço, mas todo mundo conhece? — perguntei.

— Sim, todo mundo sabe que tem várias outras espécies por aí e só você não sabe. — Diversão escorreu pelo vínculo, irritando-me. O sorriso de Zayne aumentou um pouco. — É mais provável que seja uma arma angelical que nunca tínhamos visto antes. E, sim, sempre tenho valor a agregar.

Ugh.

O que ele disse era mais provável.

Mas...

Meu estômago despencou um pouco.

— Mas isso significaria que este Augúrio a pegou, e *isso* significaria...

— Extraterrestres? — Zayne perguntou.

— Eu vou te socar. Pra valer — eu disse. — Como eu estava dizendo, isso significaria que ele foi capaz de matar um anjo. E que tipo de criatura seria capaz disso?

— Bem, o familiar de Roth comeu um Alfa uma vez, então matar anjos não é inédito — Zayne refletiu. — E, sim, testemunhar isso foi tão perturbador quanto se poderia imaginar.

A imagem da cobra que fazia sucuris parecerem fraquinhas se formou nos meus pensamentos. Bambi era aterrorizante, mas me lembrei de como ela estivera feliz por ver Roth. Feito uma cachorrinha muito ansiosa, e ela tinha... sorrido para mim.

Por matar Faye.

— E queimou o outro Alfa até a morte — Zayne continuou. — Tambor reduziu aquele anjo a cinzas em, tipo, um nanossegundo.

Olhei para Zayne.

— Você não tá falando de Bambi, certo?

Um sorriso fraco apareceu no rosto dele.

— Roth tem vários familiares. Um deles é um dragão — explicou, e me lembrei de ter visto a vibrante tatuagem azul e dourada em Roth. — Longa história, mas, sim, Tambor teve uma boa refeição naquele dia.

— Nossa — sussurrei, imaginando como Roth ainda estava vivo depois disso. — E você não parece preocupado com o fato de que os familiares de Roth mataram dois anjos.

Olhando para cima, Zayne encontrou meu olhar.

— Os Alfas estavam lá pra matar Layla.

— Ah. — Desviei o olhar. Sua falta de preocupação fez sentido, porque essa provavelmente seria a única circunstância em que Zayne não se importaria se anjos fossem mortos.

— Estou entendendo aonde você quer chegar com isso — Nicolai disse. — Mas ainda não sabemos todos os fatos para começarmos a entrar em pânico e a operar na ideia de que este Augúrio pode derrotar os anjos.

— Não estou em pânico. Estou apenas apontando a possibilidade de estarmos diante de algo que nunca tínhamos visto antes. *Não* um extraterrestre. — Lancei uma olhadela para Zayne. — Mas definitivamente algo que pode derrubar os seres mais poderosos já criados.

— Ela tem razão. — Zayne pegou um pequeno objeto circular da mesa de Nicolai. — Mas também não sabemos ainda. Estas estacas podem ser algo antigo que só nunca tínhamos visto antes. E mesmo que o Augúrio tenha conseguido pegar uma arma de origem angelical, isso não significa que o anjo foi derrotado. As estacas podem ter sido encontradas. Precisamos de uma pista.

— Talvez vocês encontrem uma na próxima vez em que estiverem jantando — Nicolai sugeriu.

Pisquei.

— O que isso quer dizer, Nic? — Zayne perguntou. — Porque é melhor que você não esteja dizendo o que eu acho que está. Precisamos comer. Era isso que estávamos fazendo. E podemos comer onde e quando bem quisermos.

Nicolai olhou para Zayne por um longo momento e depois se ergueu da mesa.

— Temos outra questão urgente que precisamos discutir. Alguns dos outros começaram a fazer perguntas sobre Trinity.

Tensão radiou de Zayne para mim através do vínculo, e eu a sentia brilhosa sobre a minha pele.

— E você disse a eles que não era da conta de ninguém — Zayne afirmou, a advertência em seu tom fazendo com que cada palavra soasse como um soco verbal. — Certo?

Eu me virei lentamente para Zayne, sobrancelhas arqueando. Só a posição de líder do clã em si já exigia respeito, mesmo que o atual líder não a tivesse merecido. Zayne sabia disso, e não porque todos os Guardiões sabiam, mas porque seu pai tinha sido o líder, e porque Zayne deveria ter tomado o lugar dele no clã. O título era passado para um herdeiro homem maior de idade, e Zayne era maior de idade.

Ele simplesmente tinha recusado.

A mandíbula de Nicolai endureceu mais uma vez, e eu esperava que ele lembrasse a Zayne com quem ele estava falando, mas sua expressão suavizou depois de vários segundos de tensão.

— Posso dizer isso a eles o quanto quiser, mas isso não muda o fato de terem perguntas. — Ele se sentou atrás da escrivaninha e voltou o olhar para mim. — Manter o segredo do que você é não é fácil. Você está se hospedando com Zayne e patrulhando com ele. Ambas as coisas chamam atenção.

— Eu sei. — Apoiei as mãos no encosto da cadeira. — Mas precisamos manter isso em segredo.

— Algum de vocês já pensou no fato de que, em algum momento, um dos outros Guardiões os verá em ação? — Nicolai indagou. — No instante em que eles verem você lutar, vão saber que você não é humana. E se verem você usar a sua *graça*...

— Você realmente acha que isso não me ocorreu? — Zayne rebateu, colocando o objeto circular de volta na mesa. Percebi que era um peso de papel preto brilhante. — Você sabe muito bem que os Guardiões não patrulham em grupos ou na mesma região, a menos que algo esteja acontecendo. Se tivermos cuidado, não cruzaremos com outro Guardião.

— O seu cuidado tem limites. Sei que usou Dez para tirá-la daquele armazém antes dos outros chegarem. Nem sempre será assim tão simples.

— Pode ficar complicado, mas as coisas são como são — Zayne disse.

— Não me importa se é fácil ou não. Você é o líder do clã. Certifique-se de que eles não descubram pelo máximo de tempo possível. Esse conhecimento representa um risco muito grande.

Achei que não era um bom momento para lembrar a Zayne que atualmente havia dois demônios e uma meio demônio que sabiam exatamente o que eu era.

E isso já dizia muita coisa.

Zayne confiava naqueles demônios mais do que no seu próprio clã. Tudo bem, ele não soubera que Roth seria capaz de descobrir o que eu era, mas ele não tinha reagido desta maneira quando Roth descobriu e expôs o que eu era para Layla e Cayman. Se Nicolai descobrisse isso, eu não conseguiria nem começar a imaginar o que ele faria, o que todo o clã pensaria.

Seria também um mau momento para lhes dizer que a Anciã, Rowena e uma outra bruxa aleatória sabiam o que eu era.

— Estou surpreso por você ter se lembrado de que sou o líder deste clã. — A voz de Nicolai era suave. — Eu estava começando a pensar que você tinha esquecido.

— Não esqueci. — Zayne encontrou o olhar de Nicolai. — Nem por um segundo.

O lábio de Nicolai se curvou em um sorriso de escárnio assustador semelhante ao que eu tinha visto em Thierry mais vezes do que eu gostaria de lembrar. Era um sinal de que ele estava perto de explodir.

— Há alguma razão para acharmos que qualquer um dos membros do nosso clã poderiam colocar Trinity em perigo?

Levantei a mão.

— Quero deixar claro que, se eu ficar em perigo, consigo me cuidar muito bem sozinha.

Ambos me ignoraram, como estava tornando-se costume na minha vida quando as pessoas falavam de mim como se eu não estivesse presente.

— Você não quer que eu responda essa pergunta — Zayne retrucou.

— Eu sei que você tem seus problemas com o clã, Zayne, e eu entendo. De verdade. — Nicolai se recostou. — Mas você realmente acha que eu permitiria que qualquer um do meu clã usasse o que Trinity é contra ela?

— Ninguém achava que meu pai permitiria que seu clã fizesse o que fizeram com Layla. — Zayne colocou as mãos na mesa. — Achavam?

Eu prendi a respiração. Ah, cara, eles estavam prestes a percorrer um caminho doloroso, um que levava diretamente à Layla. Hora de intervir.

— Teve um Guardião na Comunidade que descobriu o que eu era. — O meu estômago azedou, porque este era um dos meus caminhos dolorosos. — Ninguém sabia que Ryker acreditava que uma Legítima faria mal a um Guardião. Parece loucura, não é mesmo? Até a minha mãe, que ele acabou matando quando foi atrás de mim, nunca suspeitou. Misha pode ter orquestrado tudo, mas Ryker tinha essas crenças muito antes de Misha ser capaz de explorá-las.

Em silêncio, Zayne se aproximou de mim enquanto eu falava, e eu não queria pensar sobre o que ele estava sentindo através do vínculo. Era uma mistura confusa de mágoa e culpa, tristeza e fúria. Seu olhar azul pálido estava preso em mim enquanto ele falava com Nicolai.

— Eu adoraria acreditar que todos os membros do clã aqui são estáveis e lógicos e não acreditariam nem por um segundo que Trinity seria uma ameaça a eles, mas nós simplesmente não sabemos disso. A última coisa de que qualquer um de nós precisa é ficar desconfiado de Guardiões enquanto tentamos encontrar o Augúrio.

O silêncio estendeu-se. O relógio do escritório soava como um contador de uma bomba. O olhar azul brilhante do líder se desviou para o meu.

— Foi por isso que você foi atacada na Comunidade Potomac quando estávamos lá?

Ele estava falando de Clay. Balancei a cabeça.

— Não. Ele só... — Ciente de que Zayne estava me observando, lembrei-me do que Misha havia me dito. — Isso não teve nada a ver com o que eu era. Mas Ryker não foi o único que acreditava que eu era perigosa. Havia outros que sentiam que eu precisava ser eliminada. O clã... cuidou deles. — Passei os dedos pelas costas da cadeira. — Sinceramente, não sei por que qualquer Guardião se sentiria assim, mas alguns se sentiam. Podem ter outros que sintam o mesmo.

— Você não sabe o porquê? — Uma descrença genuína encheu o tom de Nicolai.

Pega de surpresa, franzi a testa.

— É, não. Não sei.

O foco de Zayne voltou ao líder de seu clã.

— Por que um Guardião teria medo de um Legítimo?

— Um Legítimo tira forças de um Guardião...

— Isso é uma via de mão dupla — Zayne o interrompeu. — O Protetor ganha forças do Legítimo. Não é como se ela fosse um parasita.

Um parasita.

Nossa.

Nunca olhei para isso dessa forma, mas agora aquela ideia estava alojada na minha mente para me deixar paranoica mais tarde.

— Eu não estava sugerindo isso. — Os dedos de Nicolai tamborilavam no braço da cadeira, um ritmo lento e constante. — Só não é totalmente surpreendente que alguns ficassem preocupados com o que ela é.

— Surpreendente ou não, é imperativo que mantenhamos o que ela é debaixo dos panos. — Zayne nos colocou de volta nos trilhos. — Eu preciso que você concorde com isso, Nic.

— Farei o que puder, mas vocês dois precisam se preparar pra quando o clã descobrir a verdade.

— Eu nunca disse que não estava preparado. Estou. — Zayne se moveu de forma que seu corpo bloqueava o meu. Ele encarou o líder do clã, o homem sentado na posição que deveria ter sido de Zayne. — Eu era um Guardião, mas agora sou um Protetor. O Protetor dela. Se algum deles sequer fizer uma pergunta sobre Trinity de uma forma que me preocupe, será a última coisa que farão.

Capítulo 22

— Você acha que aquilo foi necessário? — perguntei no instante em que saímos do escritório de Nicolai para o corredor vazio.

— O que foi necessário? — Zayne caminhou pelo estreito corredor iluminado por arandelas. Já era tarde, e o grande complexo estava quieto de uma forma que me lembrava a casa em que eu crescera.

Ignorei uma pontada no peito enquanto me apressava para acompanhar o seu ritmo de pernas longas.

— O que você disse a Nicolai lá dentro. Sabe, ao líder do seu clã.

— Eu sei quem é Nicolai, Trin. Assim como eu disse a ele, não me esqueci nem por um segundo com quem eu tava falando.

— Bem, não pareceu nem um pouco.

Um grande ombro se levantou em desdém quando entramos em uma cozinha silenciosa, espaçosa e de alguma forma ainda aconchegante, que conseguia ter uma mesa capaz de acomodar um time de futebol inteiro.

— Ele precisava saber que não vou pensar duas vezes antes de eliminar ameaças contra você, não importa de quem elas venham.

Zayne abriu portas duplas brancas que levavam a uma cozinha menor com aparelhos de aço inoxidável dispostas de uma parede à outra. Imaginei que a comida era preparada aqui. Normalmente, eu me perguntaria por que é que alguém precisava de duas cozinhas, mas havia muitos Guardiões no complexo.

— Apesar de admirar o gesto, você não pode ir atrás de alguém só porque fizeram perguntas sobre o que ou quem eu sou... — Eu engoli um gritinho quando Zayne girou para me encarar. — Oi?

Zayne abaixou o queixo e uma cortina de cabelos loiros deslizou para a frente, roçando sua mandíbula.

— Eu sou o seu Protetor. Ninguém, seja ele demônio, Guardião ou humano, vai colocá-la numa posição de perigo.

Fixei meu olhar no dele.

— Você é o meu Protetor, não meu cão de guarda raivoso que morde qualquer um que chegue muito perto.

— Ah, vou fazer muito mais do que morder — ele respondeu, e revirei os olhos. — O meu trabalho é te manter em segurança, e não tô afim de esperar que perguntas se tornem problemas.

— Mas eles já estão perguntando — eu apontei. — E Nicolai tem razão. Eventualmente, eles vão descobrir. Talvez... talvez estejamos errados? Talvez a gente precise contar ao clã. Correr esse risco.

— Esse não é o risco que devemos correr agora. Como eu disse a Nic, não precisamos ficar desconfiados agora. O meu clã não vai descobrir. Não se eu tiver alguma coisa a ver com isso.

Apoiei as mãos nos quadris.

— E o que você vai fazer, Zayne?

— O que quer que seja preciso. Não permitirei que você se machuque. — Ele bateu com o punho no peito e depois o manteve ali, acima do coração. — Esse é o voto que fiz.

Duas metades de mim estavam em uma guerra aberta. Parte de mim transbordava de aborrecimento. Não só porque sua advertência era desnecessária e poderia prejudicar ainda mais a relação dele com o clã, mas também porque eu poderia muito bem cuidar de mim mesma, muito obrigada. Eu não precisava que ele desse uma de vingador para cima dos outros Guardiões sem causa justa.

A metade mais estúpida de mim estava toda derretida por ele, porque Zayne estava disposto a se colocar entre mim e uma bala, por assim dizer, até mesmo ir contra seu clã para me proteger.

Essa parte era bem burrinha, por causa da razão por trás de seu voto. O vínculo fazia com que ele se sentisse assim — disposto a ficar na frente de um trem em alta velocidade por mim — no que se tratava dele e de seu clã. *Não* era a mesma coisa que o levara a beijar Layla mesmo sabendo do perigo, ou que lhe tinha permitido recuar e assistir aos familiares devorando Alfas porque eles a ameaçaram, ou a buscar um relacionamento com a meio demônio mesmo quando ele sabia que seu clã nunca apoiaria isso.

Ele *precisava* me proteger. Ele *quis* proteger Layla. E havia um mundo de diferença entre querer e precisar. Meu peito apertou, embora eu não estivesse me comparando com Layla por ciúme ou amargura. Não havia concorrência entre nós. Era apenas a... a simples diferença de que, mesmo que Zayne e eu partilhássemos jantares incríveis, e ele me dissesse coisas amáveis e doces, havia uma diferença entre precisar fazer algo e querer fazê-lo.

Zayne inclinou a cabeça para um lado.

— O que foi? — Seu olhar varreu meu rosto. — Qual o problema? Olhei para a porta com painéis de aço em que tínhamos parado na frente.

— Não tem nada errado.

— Você parece continuar esquecendo que eu consigo sentir o que você tá sentindo.

— Pode acreditar, não me esqueci disso. — Era hora de mudar de assunto. — Como vamos voltar pra sua casa? — Tínhamos pegado uma carona para o complexo com um outro Guardião que aparecera pouco depois que Dez tinha partido com o corpo de Morgan. — Vamos voando de novo?

Zayne não respondeu por um longo tempo. O silêncio apertou meus nervos, forçando-me a olhar para ele novamente. No instante em que os nossos olhos se conectaram, eu não conseguia desviar. Não consegui colocar ar suficiente nos meus pulmões com a respiração superficial que tomei.

— Você tá triste — ele disse, com a voz baixa. — Parece... um peso no meu peito. Consigo sentir isso, Trin.

Fechei os olhos, pensando que eu *realmente* precisava controlar melhor as minhas emoções.

— Fala comigo — ele sussurrou baixinho.

— Eu tava... tava pensando em Misha. — Isso era uma mentira, mais uma que eu tinha dito hoje, e também não era um assunto que eu queria falar. Mas era melhor do que a verdade. — Foi só uma memória aleatória. Não é importante.

A mão dele tocou meu ombro, surpreendendo-me. O peso era leve, mas eu podia sentir o calor de sua mão através do tecido da minha camisa, marcando minha pele.

— Mas é importante, sim.

Soltando o ar bruscamente, eu disse nada.

— Eu sei que você sente falta dele. — Os dedos dele se fecharam no meu ombro. — Mesmo com tudo o que ele fez, você ainda sente falta dele. Eu entendo.

Será que ele realmente entendia? As coisas poderiam ter sido tensas entre Zayne e o seu pai antes da morte dele, mas não era como se o pai o tivesse querido morto ou tivesse tentado traí-lo. Ou orquestrado a morte da sua mãe. Contudo, o pai de Zayne *tinha* ido atrás de Layla.

— Eu sei que nunca vou substituí-lo. Nunca vou ser o que ele foi pra você.

Meus olhos se abriram enquanto minhas mãos se fechavam em punhos.

— Isso é uma coisa boa. Não quero que você seja nem um pouco como ele. Tudo nele era mentira, Zayne. Eu não o conhecia de verdade.

Seus cílios baixaram, protegendo aqueles olhos extraordinários.

— Mas há boas recordações, Trin. O que ele se tornou não muda isso, e elas não vão embora por causa do que ele acabou fazendo.

— Mas elas *se foram*. — Afastei-me do seu toque. Eu precisava de espaço antes que tudo que incluía Misha se derramasse. — Porque e se ele sempre tivesse sido assim, e tudo fosse falso?

— Você não sabe disso.

— Isso não importa. Ele manchou essas memórias, Zayne. Ele as tornou irreais.

Zayne deixou a mão cair.

— Elas são reais, contanto que pertençam a você.

Respirei fundo, as palavras dele me atingindo com força no peito. Quando olhei para ele novamente, encontrei-o me observando, sua expressão rígida.

Zayne deu um passo na minha direção, seus braços erguendo-se como se estivesse prestes a me puxar para um abraço, mas ele se conteve bem na hora. Alívio e decepção me inundaram. Sua postura endureceu e então ele se virou para a porta de aço.

— Vem. Vamos pra casa.

Para casa.

Suspirando, esperei até que ele abrisse a porta. O leve cheiro de escapamento de carro entrou na cozinha quando Zayne acendeu uma luz, revelando um compartimento grande que abrigava vários veículos. Ele apertou um botão na parede, e a porta da garagem se abriu. Uma brisa quente e pegajosa soprou espaço adentro.

Fechei a porta atrás de mim e ouvi a trava fechando-a automaticamente.

Zayne pegou um conjunto de chaves da parede e contornou a frente de dois suvs enquanto caminhava em direção a algo coberto com uma lona.

— Você não tem medo de moto, tem?

— Hã. Eu nunca andei em uma, mas acho que não? Quero dizer, eu não deveria ter medo — raciocinei enquanto o observava pegar uma ponta do pano bege e puxá-lo para o lado, revelando uma motocicleta preta que parecia chegar a altas, muito altas velocidades. — Ela é sua?

Zayne acenou com a cabeça enquanto estendia a mão para a manopla.

— Sim, não saio com ela tem algum tempo.

Eu estava tentando processar o fato de que Zayne era dono de uma moto e que eu achava isso tão... gostoso. Era apenas um meio de transporte, não era grande coisa, mas me sentia um pouco corada.

— Eu sempre fico na ideia de sair com ela toda vez que venho pra cá — ele disse, girando algo na parte central da moto enquanto levantava um pé e o colocava em um dos pedais.

Empurrando o cavalete para cima, ele endireitou o guidão. O refletor de segurança foi acionado, iluminando Zayne e a moto enquanto ele a levava para a entrada da garagem.

— Será que você pode pegar dois capacetes? Estão na prateleira à sua direita. Desculpa. Não tem nenhum rosa.

— Eu tava realmente querendo um capacete rosa com orelhas de gatinho. — Fiz o que ele disse, pegando dois capacetes pretos. Eles eram mais pesados do que eu esperava, mas imaginei que era uma coisa boa quando você quer algo entre o pavimento e o seu crânio ao dirigir a cem quilômetros por hora ou mais.

A porta da garagem se fechou atrás de mim quando me juntei a Zayne na saída de carros. Parando, olhei para trás, para todas as janelas escuras. A maioria dos Guardiões estava nas ruas agora, mas voltariam para casa em breve.

— Você não sente falta de estar aqui?

Zayne balançou a cabeça enquanto passava uma coxa pesada sobre a moto e se sentava de uma maneira que dizia que ele havia feito isso centenas de vezes. Segurando uma das manoplas, ele estabilizou a moto enquanto estendia uma mão e pegava um dos capacetes de mim.

— Estes capacetes têm microfone, então se precisar falar comigo, consigo te ouvir.

— Legal. — Eu olhei para o capacete que segurava e depois para Zayne, pensando naqueles Guardiões patrulhando por aí, em Morgan e Greene e em todos os outros que eu não conhecia. — Sinto muito pelo que aconteceu com Morgan. Não me lembro se já disse isso, mas, caso não tenha dito, sinto muito.

— Valeu. — Ele olhou para a mansão. — O que eu disse antes não mudou. Outro nome na lista de luto. Só não tava pensando que outro substituiria o último tão rapidamente.

— Eu também — admiti, meu estômago revirando enquanto meus pensamentos se deslocavam para o parque e o jantar e nós naquele beco enquanto...

— Eu acho que sei o que você tá pensando. — Ele voltou o olhar para o céu, expondo sua garganta. Estava nublado, então eu não conseguia ver nenhuma estrela. — Se é isso, é o que eu tô pensando também.

Apertei as mãos com mais força no capacete. Eu não queria dizer o que estava na minha mente.

Com a cabeça ainda jogada para trás, ele fechou os olhos enquanto colocava o capacete entre as mãos grandes, e eu pensei que ele também não queria dar voz àquelas palavras. Ele abriu os olhos.

— Coloque o capacete e suba, pra que a gente possa sair daqui.

Coloquei o capacete e, depois de alguns segundos tentando descobrir como subir na traseira da moto sem parecer uma idiota, montei no assento atrás de Zayne. Quando olhei para cima, ele já estava com o capacete.

Ele apertou em algo na lateral do capacete, esperou alguns segundos e, em seguida, estendeu a mão para o meu e pressionou também. Sua voz estava subitamente dentro do capacete.

— Você vai precisar se segurar em mim.

Mordendo o lábio, coloquei minhas mãos no flanco de Zayne e tentei ignorar o quão firme era essa área. Eu não fazia ideia de por que tinha sido tão fácil me segurar a ele como um polvo cheio de tesão no beco mais cedo, mas agora parecia tão estranho quanto tentar navegar em um labirinto no escuro.

Houve uma pausa.

— Você vai ter que se segurar mais do que isso. — O divertimento cobria seu tom de voz e eu revirei os olhos. — E chegue mais perto, ou no momento em que essa Ducati se mover, você vai voar direto da traseira.

— Parece que se isso acontecer, a culpa é sua — retruquei, mas firmei as minhas mãos contra os lados do corpo dele. — E se eu chegar mais perto, eu vou estar montando suas costas como se eu fosse uma mochila.

— Essa é uma frase que eu nunca pensei que ouviria. — Sua voz estalou através do microfone.

— De nada.

A sua risada veio através do alto falante, e quando dei por mim, as mãos dele estavam sobre as minhas. Ele puxou até que minhas coxas ficassem rentes contra seus quadris e meus braços circulassem sua cintura.

— Você quer ir rápido? — ele perguntou, e pensei que sua voz soava mais profunda, mais áspera. O calor no centro do meu peito estava queimando mais forte.

Olhei ao redor da saída de carros, incapaz de ver muito através da viseira fumê.

— Claro.

— Que bom. — Sua mão passou sobre as minhas, onde elas estavam unidas sobre seu abdômen. — Segure-se.

O motor ressoou, ligando debaixo de nós, um ronronar que viajou pelas minhas pernas. Eu comecei a me afastar para trás, e então a moto disparou, arrancando pelo caminho. Engoli um grito de surpresa.

Com o coração disparando, segurei Zayne como se a minha vida dependesse disso. Eu meio que pensei que dependia mesmo, enquanto o vento chicoteava em torno de nós, o som dos arredores abafado pelo rugido do motor. Eu esperava que Zayne conseguisse ver para onde ia, porque tudo o que eu via era um borrão de escuridão e velocidade.

O medo se apossou de mim, aumentando quando ele chegou em uma curva na estrada, e eu jurei que nos inclinamos para o lado enquanto ele seguia o caminho, mas quando a moto se endireitou e meu coração desacelerou, lembrou-me daquela noite em que Zayne me ajudou a voar.

Isto era muito parecido.

O vento chicoteando. A sensação de leveza do corpo. O vazio que a velocidade e a escuridão traziam consigo. Estar na traseira da moto era libertador, e eu queria aproveitar a sensação sem a queimadura purulenta da culpa. Culpa que eu não tinha sentido por Faye, mas que ameaçava me engolir agora. Mesmo que Zayne e eu não tivéssemos dito isso em voz alta, o que era tácito entre nós não desapareceu. Não importava o quão libertador fosse o vento que me puxava, isso não mudava a verdade.

Hoje, perdemos de vista o nosso propósito. Tínhamos ficado muito tempo naquele restaurante e ainda mais tempo naquele beco. O Augúrio soubera disso, e Morgan era uma mensagem de que ele sabia o que nem Zayne nem eu queríamos reconhecer.

Tínhamos pisado na bola... e uma pessoa morrera.

Capítulo 23

Depois de vestir uma blusa comprida que eu usava como pijama porque era grande demais para usar normalmente, saí do banheiro e me enfiei nas cobertas. Eu sabia que não iria adormecer, embora já fosse tarde e eu estivesse exausta mental e fisicamente. Eu estava muito agitada, minha mente ocupada com uma centena de coisas diferentes.

Hoje tinha sido, por vezes, maravilhoso e, depois, terrível, e eu tinha sentido de tudo, desde a apatia ao horror. Ainda que isso fosse muita coisa para lidar — o que eu tinha feito com Faye, como tinha me sentido no jantar com Zayne, e a dor e culpa sobre a morte de Morgan —, eu sabia que Zayne estava sentindo um monte destas coisas, também.

Eu queria ir até ele, mas não tinha certeza se isso era inteligente. A minha cabeça caiu para o lado e me vi encarando o antigo livro da minha mãe. Ainda não conseguia acreditar que o meu pai tinha estado aqui sem que eu soubesse. Comecei a mordiscar a unha do polegar. Não que eu não fosse grata pelo dinheiro, mas teria... teria sido bom vê-lo. Eu tinha perguntas. Muitas delas. Precisávamos saber mais sobre o Augúrio e por que ele falara sobre isso como se fosse causar destruição humana em um nível apocalíptico. Até onde sabíamos, a criatura não tinha atacado humanos. Eu queria que ele confirmasse o que eu suspeitava sobre as estacas — que elas eram de origem angélica.

Apaguei a luminária de cabeceira e, em seguida, ajustei-me na cama, puxando as cobertas até o queixo. Quando fechei os olhos, o primeiro pensamento que me veio à mente foi: e se Zayne e eu não tivéssemos ido jantar? E se não tivéssemos nos distraído um com o outro naquele beco?

Morgan ainda estaria vivo? Ou ele teria sido morto e depois exibido em outro lugar? Não havia uma única parte de mim que duvidava que ele tinha sido crucificado como um recado para nós.

Estou bem debaixo dos seus narizes.

Era o que o Augúrio estava dizendo.

O que eu não entendia era: por que ele não tinha se revelado? O que estava tentando fazer? Era como se estivesse à espera, mas de que eu não fazia ideia.

Uma batida suave na porta me afastou dos meus pensamentos. Minha respiração ficou presa quando eu me ergui sobre um cotovelo.

A porta se abriu e uma fina faixa de luz apareceu.

— Você tá acordada? — Zayne perguntou.

— Sim — respondi. — Você tá acordado?

No momento em que a palavra *você* saiu da minha boca, eu me perguntei se havia momentos específicos em que meu cérebro simplesmente não funcionava como deveria.

Zayne não apontou o ridículo da minha pergunta. A porta se abriu e eu vi o contorno do seu corpo. Um arrepio de consciência passou por mim.

— Quer companhia?

Todo o bom senso morreu ali mesmo, no escuro.

— Sim — eu sussurrei.

Zayne entrou, deixando a porta apenas entreaberta. Meu coração estava martelando enquanto ele atravessava o quarto escuro. Ele hesitou ao lado da cama, e então estava acomodando-se ao meu lado. Respirei fundo e senti o gosto do inverno na ponta da língua.

Nenhum de nós falou durante muito tempo.

Zayne quebrou o silêncio.

— Pisamos na bola hoje à noite.

Fechei os olhos. Eu não deveria ter ficado surpresa com o fato de Zayne ter a coragem de dar voz a essas palavras antes de mim.

— Eu sei.

— Mas não me arrependo. Do jantar — ele acrescentou. — E do que aconteceu depois, no beco.

Virei a cabeça em sua direção e meus olhos abertos.

— Nada aconteceu no beco.

— Mas ia acontecer.

Eu não conseguia puxar ar suficiente para os pulmões enquanto olhava para o perfil sombrio de Zayne.

— Se a gente não tivesse ouvido o grito, alguma coisa teria acontecido. Mesmo depois de eu ter dito que não deveríamos estar fazendo nada além de procurar pelo Augúrio, ia acontecer — ele continuou. — Você sabe disso. Eu sei disso.

Com a garganta seca, eu me virei. Uma grande parte de mim não conseguia acreditar que ele estava falando tão abertamente. Eu não sabia se deveria estar entusiasmada por ele reconhecer isso ou preocupada por causa de aonde isso poderia nos levar.

Corações partidos.

Porque, mesmo que as palavras dele levassem a algum lugar, *nós* não poderíamos ir a lugar algum, e, mesmo com a minha falta de experiência, eu sabia que estar fisicamente atraída por alguém não significava tudo ou realmente qualquer coisa.

Mas eu lhe devia honestidade. Devia isso a mim mesma e, no escuro, era mais fácil falar.

— Eu sei.

Então ouvi o próximo suspiro que Zayne deu. Foi pesado e cheio.

— Você entrou na minha vida e na minha cabeça. E não consigo te tirar.

Todos os músculos do meu corpo ficaram tensos. Eu não disse uma palavra. Não conseguia.

— Talvez não seria assim se não tivéssemos começado isso naquela noite, se eu não tivesse beijado você. Ou talvez acabasse chegando a este ponto, eventualmente. — Sua voz era mais profunda, mais áspera, como tinha sido quando estávamos na moto. — Porque não é só o seu gosto que me faz perder o chão. É *você*. Tudo em você. Não só a memória da sensação da sua boca contra a minha, ou de como foi te abraçar como eu fiz. É a maneira como você fala e ri, quando você ri de verdade. É a maneira como você luta e como você não desiste. — Ele soltou uma risada baixa. — Mesmo quando você briga comigo. Quando tenho certeza de que você tá discutindo comigo só por discutir. É tudo em você.

A última parte não era nenhuma surpresa. Por vezes eu discordava dele apenas para antagonizá-lo e, secretamente, acreditava que ele gostava disso. Mas o resto do que ele disse? A minha pele estava dormente e, ao mesmo, hipersensível.

— Então, é — ele disse —, eu tô em um constante estado de distração, e nós erramos feio esta noite. A culpa não é sua. Não tô dizendo isso. Eu *deveria* ser melhor do que isso. Eu deveria ser capaz de fazer isto... profissionalmente.

Encontrei a minha voz.

— A culpa não é só sua, Zayne. Eu... eu me sinto da mesma forma. Só não consigo elaborar as palavras com tanta eloquência quanto você. — Eu balancei um pouco a cabeça. — Eu tô distraída também, e eu sei qual é o meu dever. Sei o que eu deveria estar fazendo. *Nós* erramos feio. Não você. Nós.

— Então, o que fazemos?

— Talvez se não estivéssemos resistindo tanto, não seria uma distração tão grande — eu disse, resfolegando.

— Eu tava realmente pensando isso.

— O quê? — Girei a cabeça para ele abruptamente. — Eu tava brincando.

— Eu não.

Na escuridão, eu podia sentir seu olhar em mim.

— Você... você tá falando sério?

— Sim — ele respondeu, e essa palavrinha singela me surpreendeu. — Eu sei que não devemos, mas isso não muda o fato.

Meu Deus, não mudava. Não importava o que eu dizia a mim mesma repetidamente, isso não mudava nada.

— Você acha... o quê? Que se pararmos de lutar contra a nossa atração, as coisas vão ficar mais fáceis?

Ele se moveu para me encarar de frente.

— Parece loucura, não é? Mas fingir que isto não tá acontecendo entre nós não tá funcionando. Esta noite é prova disso.

Eu pensava que nos rendermos a isso tornaria as coisas muito piores, mas meu corpo e meu coração já estavam a bordo da linha de pensamento de Zayne. O torpor havia desaparecido da minha pele, que agora formigava, e meus membros pareciam mais pesados.

— Não podemos ficar juntos — sussurrei. — Existem regras.

— Nós nem sabemos por que elas existem.

— Mas *existem*.

— Algumas regras existem apenas pra controlar as pessoas — ele disse, com sua voz tão baixa quanto a minha. — Eu, mais do que ninguém, sei disso.

Imaginei que ele estava pensando na regra que o teria impedido de ficar com Layla antes de Roth entrar em cena. A regra que o impediria de se estabelecer com alguém que não fosse um membro de sua própria espécie.

— Algumas regras precisam ser quebradas.

— Não estas regras — eu disse, mesmo enquanto me deitava de lado, deixando apenas alguns centímetros entre nós.

— Regras são quebradas todos os dias. — As pontas dos dedos de Zayne roçaram minha bochecha, e, quando eu me sobressaltei, não tinha nada a ver comigo não vê-lo se movendo e tudo a ver com ele me tocando. — Já quebrei mais regras do que posso contar. Esta certamente não pode ser mais problemática do que trabalhar com demônios.

— Você pode ter razão. — Meus sentidos se concentraram em seus dedos traçando a linha da minha mandíbula. A lógica ainda lutava para chegar à superfície da minha mente. — Mas se não podemos arriscar que seu clã descubra sobre mim, então como podemos arriscar qualquer consequência que possa vir disso?

— Você *está* considerando isso?

Segurei a respiração quando o dedo dele roçou o meu lábio inferior.

— Eu não disse isso.

— Então o que você tá dizendo?

— Tô dizendo... — Perdi a linha de pensamento quando os dedos dele deslizaram pelo meu queixo, pela minha garganta e pelo meu ombro. Um rastro de arrepios seguiu seu toque.

— Você tava dizendo? — Sua voz estava cheia de diversão e algo mais espesso, mais rico.

— Eu tava dizendo que tenho um problema com impulsividade e fazer as coisas no calor do momento, sem pensar.

— Você? Nunca.

Os meus lábios contraíram.

— E passo a outra metade do tempo pensando demais em tudo.

— Também nunca teria imaginado isso.

— Você tem que ser a voz da razão nisto.

— Não posso fazer isso, Trin. — Ele brincou com a alça folgada da minha blusa. — Eu tô tão cansado de ser racional, lógico e, especialmente, responsável.

Eu me inclinei para o seu toque sem ter a intenção, levantando meu ombro enquanto seu dedo deslizava sob a alça.

— Você não ajuda em nada.

— Não ajudo, mesmo.

Com o estômago dando cambalhotas, eu quis que ele fizesse *alguma coisa*. Qualquer coisa. Ou continuar a me tocar, ou recuar. Quando sua mão parou de se mexer, mas não se afastou, eu me remexi para mais perto, parando apenas quando senti sua respiração firme contra meus lábios.

Seus dedos se tornaram sua mão inteira e seu aperto em mim ficou mais forte.

— Eu quero você, Trinity.

Um movimento rápido invadiu meu peito, inflando-o, e tudo o que eu podia dizer era o nome dele, e era ao mesmo tempo uma oração e uma maldição.

Zayne me rolou de costas enquanto se movia sobre mim, a maior parte de seu peso apoiado no braço enquanto sua mão deslizava do meu ombro para cobrir meu rosto. Eu me movi com ele, chutando as cobertas e erguendo as mãos para tocá-lo. Minha mão se fechou no cabelo dele eu tocava seu rosto com a outra, amando a sensação da barba por fazer ao longo do seu queixo.

A testa dele caiu sobre a minha, e a respiração que tomamos foi compartilhada.

— Aconteça o que acontecer, isto vai valer a pena — ele disse, e soou como uma promessa. — Isto é certo, não importa o que aconteça.

Hesitei, com os dedos no rosto dele enquanto tentava vasculhar seu semblante na escuridão. Se fizéssemos isso, poderíamos voltar? Seria pior? Ou seria melhor, já que saciamos esta necessidade? Seria algo de apenas uma noite ou todas as noites seriam como esta? Meus dedos do pé se enrolaram com o pensamento, e a pulsação que vinha de dentro, a resposta puramente física, foi quase dolorosa.

Limites. Regras. Linhas. Se mantivéssemos isto como algo meramente físico, então não estaríamos juntos de verdade. *Detalhes semânticos*, sussurrou a voz surpreendentemente sã dentro de mim. Mas era, mesmo? As pessoas faziam isto o tempo todo sem deixar que os sentimentos crescessem. Eu conseguiria fazer isto. Nós conseguiríamos.

E eu queria isto. Eu estava *pronta*. Pronta para mais do que apenas beijar e tocar. Eu estava pronta para Zayne, para todo ele e tudo o que isso implicava. Meu coração disparou com esse pensamento. Estar pronta era uma decisão enorme, monumental. Havia coisas de que precisávamos, como camisinhas. Talvez não no plural. Provavelmente apenas uma, mas precisávamos disso, porque eu não fazia ideia se fazer bebês era possível entre nós. Mas eu estava pronta, e isso não era a coisa mais estranha, de repente ter tanta certeza? Ter acordado hoje, sem sequer pensar em perder a minha virgindade, e ainda ter tanta certeza que me fazia querer gritar?

— Você quer isto? — ele perguntou.

Deus, se eu queria isso, se o queria. Com tanta intensidade que era um pouco constrangedor.

— Sim.

Um tremor balançou seu corpo, e ele inclinou a cabeça. Seu hálito quente tocou meus lábios...

— Nada de beijo. — Minha mão puxou seu cabelo quando ele parou por cima de mim. — Beijar... beijar faz isto ser *algo mais*. — A minha lógica tinha tantos buracos, mas fazia sentido para mim. E não só porque eu tinha visto *Uma linda mulher*, mas porque beijar era... era lindo quando estava certo, e seria lindo demais com ele. — Sem beijo.

O peito de Zayne se inflou contra o meu e então ele se moveu para ficar de lado.

Apertando os lábios a fim de parar a súbita vontade de chorar, olhei para ele. Queria desfazer aquelas palavras, mas não podia. Tinha de ser assim...

Zayne se acomodou ao meu lado e seus dedos se fecharam em volta do meu queixo. Por um instante que gelou meu coração, pensei que ele iria ignorar a minha regra recém-estabelecida.

— Podemos trabalhar nisso — ele disse.

Relaxei e depois fiquei tensa quando o polegar dele deslizou sobre o meu lábio inferior.

— Eu tô... ávido o suficiente por qualquer coisa. — Seu polegar se moveu ao longo do meu queixo e depois alcançou a linha da minha mandíbula. — Ou talvez seja porque eu tô desesperado por qualquer coisa que você permita.

Uma parte terrível e insidiosa de mim veio à tona, forçando palavras que eu não tinha pensado que ousaria falar.

— Poderia ser mais fácil.

— O que poderia ser? — Os dedos dele voltaram para o meu queixo.

— Isto — eu disse, soltando o ar com força. — Você poderia fazer isto literalmente com qualquer outra pessoa, e seria mais fácil.

Os dedos de Zayne pararam.

— Você tem razão. Poderia ser. Sem regras. Sem complicações. — Ele começou a se mover novamente, traçando a linha da minha garganta. — Seria muito mais fácil.

Pensei na garçonete.

— Não é como se não houvesse candidatas.

— Realmente.

Meus olhos se abriram.

— Então por que eu?

— Boa pergunta.

Eu não tinha certeza se gostava dessa resposta, mas sua mão chegou ao colarinho da minha blusa. Meus lábios se separaram quando as pontas dos dedos de Zayne desciam pelo meu pescoço e foram mais baixo, entre meus seios, e depois ainda mais baixo, para baixo e sobre a descida da minha barriga. Seus dedos deslizaram para cima e sobre meu tórax. Aquela voz terrível e insidiosa voltou para o buraco de onde tinha saído, graças a Deus.

Ele achatou a mão contra a minha pele e o polegar puxou minha camisa enquanto seguia a ondulação do meu corpo até que as minhas costas se arquearam e um gemido ofegante escapou de mim. O cabelo macio dele roçou o meu queixo enquanto seus lábios seguiam o caminho que seus dedos haviam feito.

— Espero que isto não conte como um beijar — ele sussurrou contra o tecido fino da minha camisa.

Contava?

— Acho... acho que não.

— Fico aliviado em ouvir isso. — Ele estava em movimento novamente, sua boca roçando acima da minha camisa até onde seu polegar se movia em círculos lentos e preguiçosos.

A minha mão apertou as costas da camisa dele. Eu não fazia ideia de quando tinha agarrado Zayne outra vez, mas obviamente tinha acontecido. As minhas pernas se moviam inquietas, apertando-se, enquanto o tecido fino da minha camisa ficava úmido sob a boca dele.

A mão de Zayne se moveu para onde a bainha da minha blusa tinha subido até a metade da minha barriga, expondo muita pele à visão noturna perfeita de um Guardião. Os calos na palma da mão dele criavam um atrito único enquanto ele levantava o tecido.

— Sim? Não?

— Sim — sussurrei.

Ar frio seguiu a subida da minha blusa, e eu não tenho certeza de que tipo de magia passou pela cabeça e saiu de mim, mas com a respiração dele contra a minha pele, eu não me importei.

— E isto? — ele perguntou. — Isto é considerado beijar? Acho que pode ser.

— Não — eu disse, sentindo os limites borrarem, mas não conseguia me importar.

— Hmm.

Os lábios de Zayne encostaram na minha pele, e pensei que aquela certamente era a tortura mais extraordinária do mundo. Perdi toda a noção de tempo, e a camisa dele pode ter começado rasgar sob minha mão.

Lentamente, fiquei consciente de sua mão abrindo e fechando ao longo da minha cintura, do meu quadril e, em seguida, da pele exposta da minha coxa. Um de seus dedos deslizou sob a faixa de algodão estreita ao longo do meu quadril e seu polegar se moveu pelo elástico, mergulhando o suficiente para fazer a minha cabeça se jogar para trás.

A cabeça de Zayne se ergueu.

— Eu quero... eu quero te tocar. Você quer isso?

— Sim. — Não houve nem meio segundo de hesitação.

E da parte dele também não houve. Eu conseguia distinguir apenas o contorno de Zayne, mas sabia que ele estava sendo cauteloso. Eu podia sentir a intensidade de seu olhar enquanto ele deslizava a mão sob a calcinha que agora eu lembrava ter pequenos tubarões estampados. Na parte distante do meu cérebro ainda em funcionamento, eu me perguntava se ele conseguiria ver os desenhos.

Então ele destruiu aquela pequena parte do meu cérebro com o primeiro toque suave como uma pena. Todo o meu corpo se ergueu enquanto eu arfava. Tínhamos feito muita coisa na noite dos Diabretes. Eu tinha ficado completamente nua, e ambos tínhamos atingido o clímax, mas não tínhamos feito isto. *Ele* não tinha feito isto. Ninguém além de mim tinha me tocado ali, e eu nunca tinha sentido nada como agora. Cada movimento se tornou mais ousado e mais curto até que…

Todo o ar me deixou. Os meus pensamentos se dispersaram, enquanto Zayne emitia um som que só aumentava a sensação de plenitude. Eu estive errada mais cedo, porque perdi toda a noção de tudo. Meus quadris se moviam com a mão dele, e uma adrenalina enlouquecedora e estranguladora me varreu. Eu estava falando. Pensei que estava dizendo o nome dele quando ergui uma das pernas para cima.

— Zayne, eu... — a tensão aumentou impossivelmente enquanto meus olhos se arregalaram.

Ele soltou aquele som novamente, um gemido gutural.

— Eu consigo te ver. Cada respiração que você toma. A forma como os seus lábios estão separados. Como os seus olhos estão arregalados, e como a sua pele tá corada. Essa luz dentro de você. A faísca. Consigo vê-la e é linda. Você é linda.

Talvez fossem as suas palavras ou o que ele estava fazendo, ou talvez fosse só porque era ele e éramos nós, mas fosse o que fosse, despenquei de um precipício e caí em ondas pulsantes que pareciam vir de todos os lados.

Em algum momento, percebi que a testa de Zayne estava apoiada na minha e que sua mão estava agora no meu quadril, seu dedos apertados contra a minha pele, mas nem um pouco doloroso.

Meus olhos se abriram e, novamente, desejei poder vê-lo. Eu finalmente soltei a pobre camisa e toquei sua bochecha. A cabeça dele se ergueu o mínimo possível. Tudo sobre ele parecia incrivelmente rígido, e então sua cabeça se inclinou de uma forma que eu sabia o que estava por vir.

— Nada de beijo — lembrei-lhe. — Beijar faz com que isto signifique mais do que deveria.

Zayne levantou a cabeça, e eu busquei tocá-lo, meus dedos roçando o cós da sua calça. Ele segurou o meu pulso.

Eu fiquei imóvel, levantando o olhar e desejando poder ver o rosto dele.

— Eu quero...

— Eu sei. Quero que faça comigo o que você quiser, mas não.

— Não? — Repeti estupidamente. Os meus sentidos estavam confusos demais para sequer começar a decifrar o que estava vindo ou indo através do nosso vínculo.

— Não — ele disse. — Porque faria com que isto significasse mais do que deveria pra mim.

Ouvir as minhas próprias palavras vindas dele foi desconcertante. O que ele estava dizendo não parecia justo. Ele podia fazer isso comigo, mas eu não podia lhe retribuir? E havia mais coisa. Eu estava *pronta*, mesmo depois de tudo o que eu tinha acabado de vivenciar. Eu sabia que havia mais, e eu queria que ele sentisse o que eu sentia.

— Zayne — comecei, mas ele se virou de costas. Um momento se passou e então ele se levantou da cama. Sentei-me. — Onde você tá indo?

— Lugar nenhum. — Ele se afastou da cama e depois parou. — Boa noite, Trinity.

Minha boca se abriu em confusão quando ele saiu do quarto. Com o breve lampejo de luz da sala de estar, ele se foi, fechando a porta atrás de si, e eu fiquei sentada ali, imaginando o que diabos tinha acabado de acontecer.

Eu tinha feito algo errado? Devia ter feito, considerando que ele tinha passado da velocidade máxima para não apenas um freio abrupto, mas sair do carro e ir embora. Mas eu *não tinha* feito nada de errado.

Eu nem sequer tinha iniciado isto.

Puxando as minhas pernas de onde estavam emaranhadas no cobertor, saí da cama. Caminhei em direção à porta, percebi que estava sem camisa e depois voltei para a mesa de cabeceira e tateei até encontrar o interruptor. A luz dourada inundou o quarto. Encontrei minha camisa no pé da cama, vesti-a e depois corri para a porta e a abri com agressividade. Zayne estava parado à ilha da cozinha, bebendo uma garrafa d'água como se estivesse morrendo de sede.

— Qual é o problema? — eu exigi.

Zayne olhou para mim enquanto abaixava a garrafa.

— Você esqueceu sua calça.

— Quase esqueci da minha camisa — respondi. — Que *você* tirou de mim. O que acabou de acontecer ali? Tava tudo bem. Ótimo, na verdade. Perfeito, e daí você simplesmente foi embora...

— Imaginei que fosse isso que você preferiria.

— O quê? — Eu o encarei. — Por que você pensaria isso? Não faz sentido.

— Não faz sentido? — Zayne riu, mas soou estranho. Ele tomou outro gole da garrafa. — Você conseguiu o que precisava, certo? Não sei do que você tá reclamando.

Agora o meu queixo estava no chão.

— Como é que é?

— Você tem razão. Tava ótimo e perfeito. E então deixou de estar. — Ele começou a andar em direção ao sofá. — E se você não se importa, eu gostaria de dormir um pouco.

— Ah, nem vem. Nem sei por que você diria algo assim. Consegui o que eu precisava? Amigo, não fui eu que comecei isto. Foi você. — Meu coração batia forte enquanto algo escuro e oleoso se espalhava dentro do meu peito. — Eu não tô entendendo. Era você que queria me tirar da sua cabeça!

Zayne bufou, balançando a cabeça.

— Eu não disse isso.

— E eu não disse...

Minduim apareceu de repente, saindo de uma parede interna do apartamento. Ele olhou para mim, vestindo camisa e calcinha, e depois para Zayne olhando-me furioso.

— Nah. — O fantasma deu a volta e desapareceu de volta para a parede.

Zayne seguiu meu olhar.

— Aquele fantasma tá aqui?

— Aquele fantasma tem um nome — retruquei. — E não. Já não tá mais. — Cruzando os braços, encontrei o olhar de Zayne e tentei conter a minha raiva. — Isto parece uma terrível falta de comunicação entre a gente. Eu não sei por que você teria a impressão de que...

— Que isso significa mais pra mim do que simplesmente gozar? — Ele me interrompeu e os meus olhos se arregalaram. — É, tô vendo que isso não passou pela sua cabeça.

— Não tenho ideia de onde você tá tirando isto! — gritei e estremeci, esperando que seus vizinhos não pudessem me ouvir. Forcei minha voz a ficar mais baixa. — Eu te disse que te queria. Eu te *mostrei* e...

— E *houve* uma falta de comunicação. — Ele se virou na minha direção, olhos pálidos faiscando. — Quando você disse "sem beijo" eu não tava entendendo o que você queria dizer com *mais*. Se eu soubesse, nada daquilo teria acontecido.

Inclinei-me para a frente, a sensação oleosa se espalhando dentro de mim.

— Tudo isto porque eu não deixaria você me beijar? Você tá falando sério?

Zayne inclinou a cabeça para o lado, as sobrancelhas levantadas.

— Uau, Trinity. Sua memória seletiva não é um dos seus traços mais cativantes.

— Memória seletiva? Eu te disse pra gente não beijar porque...

— Faria com que isto significasse mais do que deveria. Suas palavras. Não minhas.

Eu prendi a respiração. Meu Deus, eu tinha dito aquilo. Descruzei os braços, meu coração agora trovejando.

— Eu não quis dizer...

— Olha, eu já fui o passatempo de alguém quando ela tava entediada ou queria atenção. Já passei por isso, e deveria ter tido o maldito bom senso de não passar de novo.

Todo o meu corpo se sobressaltou. Não apenas por causa de suas palavras — percebi que a lama espessa que deslizava em minhas veias vinha dele. Raiva. Desilusão. Pior de tudo, *vergonha*. Senti a sua vergonha quando ele deu mais um passo em minha direção.

— Talvez o que a gente tava fazendo lá não signifique nada pra maioria das pessoas, mas significa pra mim. Isso significa coisa pra cacete pra mim, então não vou voltar a seguir esse caminho — ele disse, com o olhar me varrendo de cima a baixo. — Não importa o quão tentador seja.

Segurando uma súbita umidade nos olhos, levantei as mãos enquanto o horror me atravessava. Deus, não me admirava que ele estivesse se sentindo daquele jeito. Ele se abriu para mim, falando com sinceridade e me dizendo que eu entrei na cabeça e na vida dele, e eu... Eu não tinha dito a ele por que eu não queria beijar. Não lhe tinha contado sobre os meus receios em relação aos Alfas e ao que poderiam fazer. Eu não tinha dito...

Não tinha dito a verdade a ele. Que, embora eu soubesse que não deveria e estivesse fazendo tudo o que estava ao meu alcance para não permitir isso, eu estava me apaixonando por ele. Que talvez eu já tivesse chegado neste ponto. Não disse nada nada além de que o queria. Eu tinha dito até para mim mesma que, se mantivéssemos isso uma coisa puramente física, tudo ficaria bem, mas eu tinha de traçar aquelas linhas. Só não tinha dito a Zayne o porquê.

Respirei tremulamente, precisando explicar, mesmo que não pudesse consertar isto.

— Eu não queria fazer você se sentir assim. Eu não tava pensando em você...

— Claro que não. — Ele desviou o olhar enquanto a garrafa d'água se amassava sob sua força. — Essa é a sua marca registrada, certo? Sempre pensando em si mesma.

Gelo encharcou a minha pele. Eu tinha dito isso a ele na casa da árvore, depois de tudo o que acontecera com Misha. Eu tinha dito a Zayne que eu era egoísta e que Misha tivera razão. Zayne tinha me dito que isso não era verdade.

Dando um passo para trás, tentei respirar através do que derramava de mim, mas aquele sentimento estava profundamente enraizado e oprimia o que eu sentia dele.

— Droga — ele rosnou, jogando a garrafa no sofá. Ela ricocheteou na almofada e bateu no chão. Zayne passou a mão pelo cabelo, puxando-o para longe do rosto. — Precisamos acabar com esta conversa.

Eu fiquei ali parada, com os braços frouxos para baixo.

— Não sei o que eu tava pensando esta noite. Por que eu disse qualquer uma daquelas coisas pra você — ele disse, parecendo muito cansado. — Este noite foi um erro, e precisamos esquecer tudo isto.

— É — eu me ouvi sussurrar.

Seu olhar disparou para o meu, e sua mandíbula endureceu. Ele sorriu, mas não era nada como os sorrisos que eu conhecia.

— A boa notícia é que eu não acho que a gente precise se preocupar mais com estarmos distraídos, porque isso... isso não vai acontecer novamente.

Capítulo 24

Os dias que se seguiram foram *horríveis* por uma multiplicidade de razões.

Obviamente, todo o plano de visitar museus tinha ido para o brejo, não apenas por causa do que tinha acontecido entre mim e Zayne, mas porque não parecera certo logo após a última morte de um Guardião. Ainda assim, isso não impedia a onda de decepção sempre que eu pensava naqueles planos.

Caçar o Augúrio todas as noites tinha sido um tédio sem fim — um tédio constrangedor e tenso. Todas as noites encontrávamos nada, nem mesmo um demônio Torturador. Imaginei que isso não era exatamente algo ruim, já que nenhum Guardião havia sido morto, mas significava que não estávamos mais perto de encontrar o Augúrio.

Isso também significava que havia muito tempo de inatividade sem provocações entre nós, sem brigas de mentirinha ou longas conversas sobre o clã de Zayne ou se eu sentia falta da Comunidade. Zayne não era grosso comigo; ele estava afastado e totalmente inacessível enquanto treinávamos e procurávamos pelo Augúrio. As coisas eram apenas... profissionais entre nós, e, apesar de isso ajudar durante o treinamento com a venda, também me deixava muito, muito triste. De coração partido, a bem da verdade.

Eu não captava nada através do vínculo. E havia uma pequena e *egoísta* parte de mim que estava grata por isso, porque eu queria esquecer aquele sentimento viscoso de vergonha que foi o resultado das minhas próprias ações, intencionalmente ou não.

Zayne estava lá todos os dias, mas, ao mesmo tempo, não estava, e eu me perguntava se seria assim a partir de agora. Estávamos ligados até à morte, o que, eu esperava, estava bem longe de acontecer.

Também era um longo tempo para sentir falta da intimidade entre nós, da camaradagem e da *diversão* que tínhamos simplesmente por estarmos na companhia um do outro. Era muito tempo para lamentar a perda de tudo o que fizera Zayne se tornar o que ele significava para mim, que era mais do que meu Protetor, mais do que apenas meu amigo.

Parecia um pouco tarde demais para perceber que o fingimento não tinha impedido os meus sentimentos por ele de crescerem. Nem o meu armário de arquivos mentais idiota e defeituoso. Tudo o que eu tinha conseguido fazer foi camuflar as minhas emoções. Aquela gaveta rotulada como ZAYNE tinha sido escancarada e tudo o que eu sentia por ele tinha sido despejado, espalhado por tudo em mim. Era uma bagunça pela qual eu vasculhava todas as noites depois de voltar para o apartamento.

Eu nunca expliquei a Zayne o que eu quis dizer com aquela regra de não beijar e por que eu tinha tentado estabelecê-la. Eu nunca lhe disse que ele era a coisa mais distante de um passatempo. Que ele e eu não éramos ele e Layla. Que o que eu sentia por ele não tinha nada a ver com tédio ou a necessidade de prazer físico e tinha tudo a ver com querer muito o que não poderíamos ter.

Zayne não trouxe esse assunto à tona. Tornou-se algo que não mencionávamos, mas que permanecia como um muro erguido entre nós. Na semana seguinte, depois daquilo a que agora eu me referia como a noite do Trin É Uma Idiota — TEUI para abreviar —, acordei ainda magoada, mas resignada. Talvez isso fosse o melhor. Não poderíamos ficar juntos.

E não ficaríamos.

Eu torci meu cabelo úmido e enfiei um prendedor no meio, peguei o celular e depois coloquei os óculos. Quando entrei descalça na sala de estar, Zayne estava no sofá. Ele não olhou para cima enquanto eu andava até a cozinha.

— Bom dia — murmurei quando abri a geladeira e peguei um refrigerante.

Zayne murmurou quase da mesma forma que eu enquanto me sentava no balcão, imaginando que ele anunciaria quando quisesse começar a treinar.

— Gideon tá vindo pra cá — Zayne disse após um longo momento de silêncio. — Disse que tem uma novidade pra gente.

Eu olhei por cima do ombro para a parte de trás da cabeça dele.

— Ele descobriu o que são aquelas estacas?

— Não sei. Acho que vamos descobrir daqui a pouco. — Zayne se levantou e desapareceu no quarto sem mais uma palavra.

Meu peito apertou. Era assim que as manhãs eram agora. Virando-me, comecei a morder a unha do polegar enquanto olhava para o celular. Jada não tinha me respondido depois da mensagem que eu enviara no parque. Eu não sabia bem o que pensar disso. Eu me sentia culpada, como uma amiga ruim, porque eu *era* uma amiga ruim. Eu tinha sido egoísta, assim como Misha tinha me acusado de ser, assim como Zayne tinha me lembrado que eu era.

Empurrando os óculos para cima da cabeça, eu desbloqueei meu celular e digitei uma mensagem rápida que dizia: *Sinto muito por ter desaparecido. Saudades.*

Eu cliquei em *Enviar* e não esperava uma resposta rápida, então quando vi a bolhinha aparecer e desaparecer e depois aparecer mais uma vez, meu estômago despencou. Dentro de alguns segundos, a resposta de Jada chegou.

Também sinto muito.

O meu peito ficou vazio. A bolha surgiu novamente. Ela ainda estava escrevendo.

Eu sei que tem rolado mta coisa pra vc lidar. Tô tentando ser compreensiva, mas tbm tem sido mt difícil pra todo mundo aqui. Eu precisava falar com vc. Não só sobre Misha. Eu precisava ter certeza q vc tava bem. É oq as amigas fazem. Vc não me deixou te ajudar. Tô tentando não deixar isso me afetar, mas afetou.

Fechei os olhos e apertei os lábios. Uma queimação subiu pela minha garganta. Cara, eu tinha pisado na bola. Eu estava pensando apenas no que eu não queria fazer, e não no que Jada poderia precisar, tanto como alguém que cresceu com Misha quanto como alguém que era minha amiga.

Abrindo os olhos, engoli aquele nó enquanto dizia a mim mesma que precisava dizer isso a ela. Eu não podia simplesmente ficar aqui sentada aqui pensando nisso. Eu não era telepata e ela não era vidente. De mãos trêmulas, comecei a digitar.

Vc tem razão. Eu te afastei qdo não deveria e só fiquei pensando em mim. Desculpa. Eu não sei oq dizer além disso e sei que isso não desfaz o fato de que eu tenho sido uma amiga de merda. Mas eu sinto mt mesmo.

Vários minutos, que pareceram uma vida inteira, passaram antes de Jada responder.

Eu sei. Me liga qdo estiver pronta e eu sei q vc não tá pq mandou uma mensagem em vez de ligar. A gnt conversa qdo vc ligar.

O fato de Jada me conhecer bem o suficiente para me criticar naquela última mensagem me fez querer chorar. Não porque tivesse me magoado, mas porque era uma prova de quão bem ela me conhecia. Ela sabia que, apesar de eu ter percebido que estava sendo uma péssima amiga, ainda não estava pronta para atravessar aquela linha.

Soltei o celular e descansei o rosto nas mãos. Qual era o meu problema? Não era como se eu fosse incapaz de falar o que pensava a cada cinco segundos, então por que não conseguia quando realmente importava? Por que é que eu estava escolhendo ser uma covarde? Porque era isso que eu estava fazendo. Era o oposto de quem eu era. Eu poderia perseguir demônios de Status Superior e pular de prédios e discutir sobre tudo, desde a ingestão de água até sobre o melhor filme da Marvel, mas ficava quieta como um túmulo quando chegava a hora de enfrentar problemas pessoais reais.

Quando precisava enfrentar a mim mesma.

Esfreguei os dedos pelo rosto como se esfregar as bochechas e os olhos fosse trazer alguma clareza à situação.

Não trouxe.

Aos poucos, percebi que não estava mais sozinha. Levantei a cabeça, deixando cair as mãos no granito frio do balcão enquanto olhava para onde Zayne estava parado na sala de estar.

Pareceu que ele estava prestes a dizer alguma coisa, mas então passou reto por mim e pegou uma água da geladeira. Seguiu-se um silêncio constrangedor. Felizmente, durou pouco tempo, uma vez que a campainha anunciando a chegada de Gideon soou logo depois.

Gideon não chegou de mãos vazias e nem sozinho. Surpreendentemente, a irmã mais nova de Jasmine estava com ele. O cabelo preto lustroso de Danika estava solto em torno de seus ombros. Ver uma Guardiã fora de uma Comunidade ou de um complexo era algo inédito.

— Espero que você não se importe que eu esteja acompanhando — Danika disse enquanto passava por Zayne, socando-o levemente no ombro. Ele sorriu para ela, e senti uma pontada no peito, por ter perdido aquele sorriso. — Eu tava entediada, e os gêmeos estão passando pela fase terrível dos dois anos, então eu precisava vazar depressa.

— Os gêmeos não têm mais do que dois anos? — Zayne perguntou.

— Tô aprendendo que a fase terrível dos dois anos não começa e termina num único ano. — Ela olhou para mim. — Você deveria ver a sua cara agora.

Pisquei e depois abaixei os óculos. O rosto dela ficou com mais detalhes.

— Desculpa. Eu só não...

— Tem o costume de ver uma fêmea com potencial para engravidar solta nesse mundo grande e cruel? — Ela sorriu ao dar a volta pelo outro lado da ilha da cozinha. — Eu sei. Guardiões de todo o mundo estão se revirando em suas sepulturas. Não dou a mínima, e Nicolai não é besta de tentar me impedir.

Eu queria muito confirmar se ela e Nicolai estavam juntos, mas não era da minha conta.

— Lugar bacana — Gideon comentou, juntando-se a nós. Ele carregava um notebook, que colocou na ilha enquanto olhava em volta. — O estilo é muito... industrial.

Escondi o sorriso atrás de uma mão.

Ele olhou pelo espaço aberto, os olhos azuis vibrantes não perdendo nem um detalhe.

— Só tem um quarto?

— Tô prestes a pegar um apartamento de dois quartos no andar de baixo — Zayne respondeu, e minha mão escorregou da minha boca. — Você vai ficar feliz em saber que é tão industrial quanto este aqui.

— O apartamento tá disponível? — perguntei.

Zayne olhou de relance para mim.

— Tá. Acabei de saber do administrador ontem à noite. Devemos poder nos mudar até o final da próxima semana.

— Ah. — Eu voltei meu olhar para o notebook de Gideon, tentando não ficar magoada porque ele não tinha mencionado isso para mim. Não era como se ele não tivesse tido tempo enquanto ficávamos sentados em silêncio até Gideon e Danika aparecerem. — Essa é uma boa notícia.

— Você teve que dividir um banheiro com esse cara? — Danika indicou Zayne com um movimento do queixo. — Meu Deus, isso é injusto.

Dei-lhe um sorriso, gostando da mulher.

— Tá tudo bem. Até agora.

— Eu acho que você tá sendo gentil. — Seus olhos azuis estavam dançando. — Estes caras perdem mais cabelo do que a gente.

Uma risada inesperada escapou dos meus lábios.

— Sabe, eu notei isso. Tanto cabelo loiro por todo o lado.

— É, você acha isso porque não viu a quantidade de cabelo castanho escuro que tá literalmente em tudo — Zayne comentou, e, antes que eu pudesse descobrir se ele estava me provocando ou sendo um idiota, ele se virou para Gideon. — O que você tem pra mim?

— Pra nós — murmurei baixinho.

O sorriso de Danika aumentou um pouco.

— Duas coisas — ele disse, sentando-se na banqueta. — As estacas ainda estão brilhando, caso vocês queiram saber.

— Eu as vi. — Danika pulou na ilha e girou no balcão até a metade, de forma que ficasse de frente para nós. — Estacas brilhantes são esquisitas.

— Isso elas são — concordei.

— Não encontrei nada que me diga que tipo de linguagem tá escrita nelas — Gideon continuou. — Isso me leva a acreditar que ou é um idioma que precede qualquer registo conhecido de escrita ou é uma língua que nunca tínhamos visto antes.

— Ou nem sequer é uma língua — Danika sugeriu, e quando olhamos para ela, ela deu de ombros. — Parecia apenas arranhões e círculos pra mim. Pode ser uma espécie de desenho.

— Você tem razão. — Zayne se encostou no balcão. — Pode ser o que Gideon sugeriu, ou algum tipo de desenho.

— Ou pode ser de origem angélica. — Eu ainda acreditava que essa era a resposta. Danika olhou para mim, sua expressão pensativa. — Quer dizer, alguém já viu escrita angélica?

— Escrita angélica existe? — Zayne perguntou.

— Eu nunca vi. — Gideon abriu o notebook.

Arqueei uma sobrancelha, pensando que o mesmo poderia ser dito sobre mim.

— Só porque não vimos algo antes não significa que não exista.

— Esse também é um bom ponto. — Danika inclinou a cabeça enquanto olhava para mim. Pensei ter visto uma pitada de especulação no olhar dela.

Olhei para a tela que Gideon estava mostrando, percebendo que eu deveria ficar calada neste momento. O fato de eu sequer estar presente enquanto eles discutiam isto era suspeito.

— Consegui acessar as câmeras de segurança ao redor da catedral e, embora não tenha conseguido um único vislumbre da coisa, encontrei algo interessante.

A decepção ficou palpável enquanto Zayne se aproximava para ficar do outro lado de Gideon. Pegar o Augúrio em vídeo, mesmo que fosse apenas um vislumbre, teria sido alguma coisa.

— Estão vendo isso? — Gideon apontou para a tela. Era uma imagem surpreendentemente boa em preto e branco da rua e da igreja. Metade do campanário era visível. — Olhe pro topo aqui, à direita.

Eu olhei, incapaz de ver o que ele estava apontando.

— Nove e dez da noite — Zayne murmurou. — Tô vendo.

Gideon apertou o *play*.

— Esta câmera tá do lado de fora do restaurante Morton's. Fique bem de olho pra quando o relógio muda pra nove e onze.

Mordendo a unha do meu dedo indicador, contorci-me quando a explosão de culpa me atingiu. Era o restaurante em que estivemos.

De repente, o vídeo mostrou um branco brilhante e intenso, como se uma bomba tivesse explodido e continuasse explodindo.

— Espera aí. — Zayne inclinou-se para a frente. — O que é isso?

— Não sei. Dura cerca de trinta segundos e depois... — A imagem do vídeo voltou ao normal. — E depois... Bem, ali está Morgan.

Respirei fundo, capaz de distinguir apenas o suficiente do corpo grande, os braços estendidos, para saber o que estava vendo.

— Mostre os outros pra eles — Danika insistiu.

— Recebi vídeos do Distrito, do Chase Bank e de uma loja de varejo. — Clicando pelo computador, ele puxou outra gravação, esta de uma visão lateral da igreja. — Acontece a mesma coisa.

E acontecia.

Em cada gravação, a mesma coisa podia ser vista. A tela ficava branca por trinta segundos e, quando a imagem voltava, o Guardião estava empalado na igreja.

— É uma espécie de interferência. — Gideon se recostou. — Atingiu todas as câmeras que tinham a igreja à vista. Nenhuma das câmeras voltadas pra outras direções foram afetadas. Verifiquei todas.

Zayne soltou uma respiração baixa, endireitando-se.

— Não sei o que pensar.

— Nem eu, então fiquei curioso. — Gideon olhou para Zayne. — Eu verifiquei as gravações das câmeras do Eastern Market que estão voltadas pra plataforma onde Greene foi encontrado. Duas tinham a plataforma à vista, e a mesma coisa rolou. Uma luz intensa que apagou a tela inteira por cerca de quinze segundos.

— É possível que alguém tenha feito isso com as gravações? — Zayne perguntou. — Que tenha sabotado?

— É possível na gravação do Eastern Market, mas essas da igreja não são monitoradas, e você sabe que, em se tratando de um Guardião, a polícia não teria puxado a gravação.

Zayne acenou positivamente com a cabeça.

— A polícia não se envolveria sem que pedíssemos.

— Exatamente — ele respondeu. — E eu verifiquei se o vídeo foi manipulado ou editado. Não vejo evidência disso. A interferência veio de fora da gravação.

— O que poderia causar isso? — perguntei.

— Um alienígena? — Danika sugeriu.

Um sorriso lento puxou meus lábios enquanto eu olhava para ela.

— Eu gosto do seu jeito de pensar.

O tom de Zayne foi neutro quando ele disse:

— Não vamos começar a conversa sobre alienígenas de novo. Por favor.

Os olhos de Danika se estreitaram.

— Olha, eu acredito nessas coisas. Nem por um segundo eu acho que Deus criou a Terra e a humanidade e se deu por satisfeito. — Gideon disse. — Então eu não tô dizendo que é impossível, mas eu vasculhei todos os livros de demonologia, incluindo o *Chave Menor*, e eu não encontrei um único demônio que seja capaz de fazer isso a um vídeo sem destruí-lo.

Como Roth tinha feito. Ele não causou uma interferência no hotel. Ele tinha destruído a câmera diretamente. Isto era diferente.

Então percebi o que ele tinha dito.

— A *Chave Menor*? Tipo *a Chave Menor*? A verdadeira?

Gideon me olhou com claro interesse.

— Se você tá pensando sobre a *Chave Menor de Salomão*, então sim.

— Cacete de asa — murmurei. A *Chave Menor* era uma espécie de Bíblia demoníaca, contendo um monte de encantamentos que poderiam invocar praticamente qualquer demônio que existe. Graças a Deus estava nas mãos dos Guardiões.

— O que quer que seja essa coisa, tem armas que nunca vimos antes e habilidades que nem sequer conseguimos entender. — Gideon fechou o notebook. — E isso não ajuda muito, mas estamos todos em alerta máximo. Ainda mais, agora.

A conversa passou para outros assuntos de Guardião, e então eles se prepararam para ir embora, à caminho de alguma loja para comprar uma TV nova para Jasmine. Era algo sobre um dos gêmeos ter derrubado a antiga. Eu ainda estava surpresa que Danika estivesse fora do complexo como estava. Era perigoso para ela, e eu a admirava para caramba por não permanecer na sua jaula dourada.

Gideon gesticulou para Zayne de lado e eles se afastaram. Eu os observei, imaginando o que ele estava dizendo a Zayne.

— Ei — Danika sussurrou, e eu olhei para ela. Ela deslizou do topo da ilha, pousando com agilidade sobre suas sandálias de dedo. Ela se abaixou para ficar perto de mim. — Preciso te perguntar uma coisa.

Imaginando que seria sobre mim e Zayne dividirmos um apartamento de um quarto, eu me preparei.

— Diga lá.

Seu olhar deslizou de mim para trás de mim, e então ela disse em voz baixa:

— O que você é?

Certo. Não esperava por isso.

— Eu sei que você não pode ser só uma garota que foi criada com os Guardiões — ela continuou. — Ninguém no clã acredita nisso.

Meus músculos enrijeceram quando encontrei o olhar dela. Isso não era um bom sinal, mas também não era inesperado. Eu não sabia como Zayne esperava impedir o seu clã de descobrir.

Eu não sentia nada além de curiosidade da parte dela, mas isso não significava que era hora de compartilhar nossos sentimentos.

— Sou só uma garota que foi criada com os Guardiões.

— Sério? — Sua voz baixou quando ela falou a palavra.

— Fui treinada pra lutar — eu disse. — Essa é basicamente a única coisa diferente sobre mim.

— Interessante. — Ela franziu o nariz. — Nunca ouvi falar de humanos sendo treinados pra lutar, porque você poderia ser uma assassina profissional, mas ainda seria uma ratinha quando comparada até mesmo a um demônio de status inferior. Você não é uma ratinha.

— Danika? — Zayne chamou. — O que você tá sussurrando?

Ela se endireitou, levantando as sobrancelhas.

— O que vocês dois estavam sussurrando?

— Nada. — Gideon colocou o notebook debaixo do braço.

— Ah. — Ela piscou para mim. — Estávamos falando de menstruação e cólicas e fluxo menstrual...

— Tá bem. — Zayne levantou as mãos enquanto eu me engasgava com uma risada. — Desculpe por perguntar.

Ela se afastou do balcão da cozinha.

— Espero voltar a te ver em breve. Faça Zayne te levar no complexo. Ou o deixe aqui. Isso seria ainda melhor.

— Valeu — Zayne murmurou.

Danika o ignorou.

— Tenho certeza de que Izzy mal pode esperar pra voar pra cima de você novamente.

Sorri para isso, desejando poder visitá-la. De alguma forma, não via isso acontecendo tão cedo. Despedi-me com um aceno de mão quando eles entraram no elevador.

— Esperem — Zayne chamou enquanto pegava as chaves do balcão junto ao fogão. — Eu acompanho vocês até a porta.

Gideon segurou a porta do elevador.

— Tranquilo.

Foi então que percebi que Zayne não estava vestido para treinar, como eu. Ele estava vestindo jeans e uma camisa azul claro que era quase o mesmo tom dos seus olhos.

Eu girei na banqueta, colocando um pé no chão.

— Você vai sair?

Zayne acenou positivamente com a cabeça enquanto caminhava até o sofá e pegava o celular. — Tenho umas coisas pra fazer. Vou ficar um tempo fora.

Perguntas se formaram na ponta da minha língua. Queria saber que coisas, e queria saber por que é que ele não tinha me falado do apartamento antes de contar para outras pessoas. Queria falar sobre o que Gideon tinha descoberto. Eu queria *falar*, para que nós — para que eu — pudéssemos sentir que éramos um time e não o que quer que fossemos agora.

Exceto que, quando abri a boca, ele já estava entrando no elevador e as portas estavam se fechando atrás dele e dos outros Guardiões.

Meus lábios se contorceram em uma careta quando a raiva fumegante inundou meu sistema. Peguei meu celular, meio tentada a jogá-lo contra a parede, mas consegui resistir.

Passei os próximos minutos andando em volta do sofá, e depois desisti e procurei algo para comer. Só tínhamos ovos, abacate e maionese.

— Deus — gemi, fechando a porta da geladeira. Se Zayne estivesse por aí comendo qualquer coisa que não fosse anunciada como uma dieta *lowcarb*, eu iria acabar com ele.

Marchando da cozinha, decidi que era hora de encontrar um daqueles serviços de entregas de mercearias locais. Eu iria pedir todo o tipo de comida que engorda, com alto teor calórico e literalmente nenhum valor nutricional e estocar toda a cozinha com porcaria. Os armários de Zayne ficariam transbordando de batatinhas e salgadinhos, pizzas congeladas e sacos de batatas fritas estariam abarrotando o freezer, todo o tipo de refrigerante estocaria a geladeira, e eu iria substituir todo aquele óleo de coco dele pela boa e velha *banha*. Sorrindo para mim mesma, abri meu notebook e fiz exatamente isso, e, quando as sacolas e mais sacolas de porcarias chegaram duas horas depois, eu fiz alegremente o que havia planejado.

Mal podia esperar para ver a cara de Zayne.

Depois de jogar o saco de pão branco no balcão perto do fogão, fui para o sofá, colocando outra fatia salgada e frita de...

Congelei onde estava à medida que um formigamento familiar de consciência se precipitou pelas minhas costas. Virei-me para a área da cozinha, pensando que era Minduim.

O que vi não foi o meu colega de quarto fantasma, que estava desaparecido desde ontem à noite. Abaixei as batatinhas, o saco amassando nas minhas mãos.

Era o espírito da noite em que Greene tinha sido morto, parado no mesmo lugar em que eu o tinha visto pela última vez, atrás da ilha e em frente ao fogão.

O espírito estava de volta.

Capítulo 25

— Você — eu disse, a curiosidade substituindo a cautela ao ver o espírito novamente no apartamento de Zayne.

— Você pode me ver — o espírito respondeu. — Tenho tantas perguntas sobre como você é capaz de me ver.

A maioria tinha, então isso não era uma surpresa.

— Eu vejo pessoas mortas. É tudo o que você precisa saber.

O espírito inclinou a cabeça.

— Tipo aquele menino no filme *O sexto sentido?*

Fazia muito tempo desde que Jada me obrigou a assistir a este filme porque ela achava que seria engraçado.

— Sim, tipo ele. Então, qual o seu nome?

— Qual é o seu? — ele perguntou.

Eu arqueei uma sobrancelha enquanto colocava outra batatinha na boca.

— Você me seguiu até aqui e não ouviu meu nome?

— Eu não tava te seguindo — ele respondeu. E, antes que eu pudesse questionar isso, ele continuou: — Eu nem tive a intenção de vir aqui no início, mas depois voltei... — Suas palavras soaram enquanto ele desaparecia e voltava a se materializar. — ...e vi aquele fantasma super grosseiro. Preciso da sua ajuda.

Eles *sempre* precisavam de ajuda.

Ele sumiu novamente, desaparecendo por completo. Abri a boca, mas arquejei quando ele surgiu diretamente na minha frente.

— Deus. — Eu cambaleei para trás contra o sofá enquanto esticava o braço para frente. O saco escorregou dos meus dedos e pedacinhos de perfeição salgada se derramaram pelo chão. — Minhas batatinhas!

— Desculpa! — Ele estendeu a mão para segurar meu braço. Isso não ajudou, porque a sua mão me atravessou, deixando para trás um rastro de ar frio.

Eu me segurei antes de bater com a cara no chão.

— Ah, droga. Desculpa mesmo. Sério. — Ele puxou a mão para trás e olhou para ela com a testa enrugada. — Eu não queria te assustar.

— Você não deveria sumir e aparecer desse jeito. — Ajoelhei-me e recolhi o que provavelmente seria também o meu jantar. Regra dos cinco segundos. — É esquisito.

— Por quê? Você sabe que eu tô morto. Não deveria ter medo.

— Você não me dá medo, mas isso também não significa que o negócio de evaporar no ar não assuste. — Todas as batatinhas onduladas resgatadas de volta ao saco, enrolei a abertura superior e o coloquei no balcão. — Enfim, imagino que você tenha uma mensagem pra enviar e precisa da minha ajuda, já que você atravessou pra cá.

— Como você pode... — Ele desapareceu sem aviso prévio, e eu me vi olhando para o espaço vazio novamente.

Alguns segundos depois, ele começou a tomar forma, seu cabelo castanho bagunçado aparecendo primeiro e depois seu rosto juvenil. Seus ombros magros apareceram, assim como sua cintura, mas nada além disso. Eu podia ver a ilha da cozinha onde as pernas dele deveriam estar.

— Cara, eu *odeio* quando isso acontece. — Ele estremeceu. — Me faz sentir como se eu fosse feito de vento.

— Eu posso imaginar — murmurei, tentando não encarar a metade inferior que faltava. Eu sabia que os espíritos podiam ser sensíveis a este tipo de coisa. — Olha, eu posso te ajudar, mas você tem que me dizer o que precisa antes...

— Antes que eu desapareça de novo? Eu sei. Foi por isso que vazei da outra vez. Quanto mais tempo tô aqui, mais difícil é pra eu ficar. Não consigo controlar isso.

Assenti com a cabeça.

— É porque você não deveria estar aqui, pelo menos não por longos períodos.

— Eu sei. É o que Eles me dizem sempre que me pegam saindo. "Você seguiu em frente", Eles dizem. E tudo bem dar uma olhada nas pessoas de quem gosto, mas não muito, porque eu poderia ficar... preso.

Eu tinha a sensação de que "Eles" eram quem monitorava as idas e vindas das almas. Provavelmente um anjo da Segunda Esfera. Eram como os Recursos Humanos do Céu.

— O que você quer dizer com "poderia ficar preso"?

— Posso não ter permissão pra voltar ou algo assim. Eles não foram muito específicos — ele explicou, e isso não me deixou surpresa.

— Certo. Então mãos à obra — eu disse. — Me diz o seu nome e o que precisa de mim, e talvez eu possa ajudar.

— Não pode haver nenhum *talvez...* — Ele olhou para si mesmo e sorriu. — Ei, minhas pernas estão de volta. Fantástico. A propósito, você sabia que as águas-vivas mortas ainda podem te queimar se você pisar nelas?

Comecei a considerar seriamente que, quando as pessoas morriam, desenvolviam um caso sério de déficit de atenção. Eu saberia, já que havia uma boa chance de eu ter TDAH.

— Não, eu não sabia disso.

— Desculpa. — Ele encolheu os ombros. — Vomitar fatos aleatórios é uma mania minha quando fico nervoso.

— É, isso foi bastante aleatório.

— De qualquer forma, preciso da sua ajuda — ele repetiu. — Por favor, não negue. Você é a minha única esperança.

Inclinei a cabeça.

— Eu não sou o seu Obi-Wan.

Um sorriso pateta irrompeu em seu rosto.

— Você acabou fazer uma referência a *Star Wars*? Gosto de você. Olha, eu tô tentando transmitir a mensagem há semanas, mas tem sido difícil me comunicar com ela. — Havia uma afeição em seu tom de voz que era adorável. — Eu a amo de coração, mas, cara, ela não é a pessoa mais atenta do mundo.

Juntei dois e dois.

— Você precisa enviar uma mensagem pra uma namorada?

Seu sorriso diminuiu à medida que seu olhar se distanciava.

— Namorada? Ela foi quase... ela foi quase isso.

A aspereza em seu tom fez meu coração apertar. Poderia ter sido apenas um punhado de palavras, mas elas estavam cheias de mágoa e possibilidades inalcançadas, e fizeram o fundo dos meus olhos arderem com lágrimas.

Cara, eu conseguia me ver nele.

Ele desviou o olhar.

— Eu preciso que você envie uma mensagem pra ela. Só isso.

Olhei para a porta.

— Eu quero te ajudar, quero mesmo, e não tô dizendo que não vou, mas você tem que entender uma coisa. Se eu disser a ela o que você quer que eu diga, ela provavelmente não vai acreditar em mim. Com base em experiências, ela vai acabar pensando que tem algo de errado comigo.

— Não, ela não vai. Ela... bem, ela presenciou umas coisas estranhas na vida. Talvez não no nível "eu vejo gente morta" de estranho, mas definitivamente níveis de estranheza extremos. — Ele chegou mais perto, oscilando no ar novamente. — Por favor. É importante. Sei que é pedir muito, mas não posso...

— Me deixar em paz até que eu faça o papel de médium pra você, ou descansar em paz até que isto aconteça? — Mordiscando minha unha do polegar, olhei para a porta novamente. — Onde ela tá? E como é que eu vou encontrá-la? Não conheço nem um pouco essa cidade.

— Eu posso te mostrar. Não é muito longe daqui.

Hesitei, porque não era como Roth me deixando em um parque. E se o espírito fosse sugado de volta para o Céu, e eu ficasse por aí na rua, sem conseguir ver direito? Uma carga de nervosismo me encheu o peito.

O que diabos eu estava pensando? Eu poderia fazer isso. Eu era independente, e se este espírito me desse um perdido, então eu iria me virar. Assim como eu conseguira quando Zayne tinha me deixado na calçada e eu seguira o demônio de Status Superior. Eu não tinha hesitado naquela hora. Eu não iria hesitar agora.

Eu era uma Legítima, e eu era durona, e este espírito precisava da minha ajuda.

— Tudo bem — eu disse, levantando o queixo. — Vamos fazer isso.

Alívio se espalhou pelo seu semblante e ele se jogou na minha direção, braços estendidos como se ele estivesse prestes a me abraçar, mas ele parou e deixou os braços caírem para os lados.

— Obrigado. Não faz ideia do que isto significa pra mim.

Eu tinha uma ideia do quanto era importante, e era por isso que estava ajudando.

— Meu nome é Trinity, a propósito. Vai me dizer o seu?

Ele parecia que estava prestes a me oferecer a mão em uma saudação, mas lembrou que não iria funcionar.

— Eu sou Sam. Sam Wickers. Prazer em te conhecer, Trinity.

Andar pela rua ao lado de um espírito era super estranho, mas não era a primeira vez que eu tinha conversado com um em público. Na Comunidade, eu geralmente tinha Misha ou Jada comigo, então não parecera que eu estava falando sozinha.

Eu não tinha esse luxo hoje, mas tinha criatividade.

Sam olhou para mim com estranheza enquanto eu colocava meus enormes óculos escuros no rosto. Estava nublado e parecia que ia começar a chover em algum momento hoje.

Ele finalmente falou quando eu puxei um par de fones de ouvido do bolso da frente da minha bolsa, que tinha pegado no quarto antes de sairmos. Conectei-os ao meu telefone e coloquei os fones nos ouvidos.

— Qual é a dos fones de ouvido? — ele perguntou enquanto caminhávamos pela calçada lotada em direção à Fourteenth Street. Bem, eu caminhava. Ele deslizava alguns centímetros acima da calçada manchada. — Você vai me ignorar e ouvir música? Espero que não, porque sou tagarela. Irritantemente tagarela.

Mantive meu olhar focado para garantir que não esbarrasse em ninguém. Falar também me impediria de enlouquecer com a possibilidade de ficar super perdida.

— Ouvir música seria meio falta de educação.

— Sim, seria.

— Os fones de ouvido fazem parecer que eu tô falando no celular. — Eu levantei o fio do fone, sacudindo o microfone. — Eu posso falar com você sem que as pessoas pensem que tô falando sozinha.

— Ah. Caramba. Isso é inteligente. — Ele manteve o ritmo ao meu lado. — Você deve ter muita experiência com este tipo de coisa.

— Um pouco. — Uma brisa pegajosa passou pela calçada, empurrando meu cabelo para o rosto e trazendo consigo o cheiro forte de escapamento.

— Que tipo de experiência?

Olhei na direção do espírito, percebendo interesse genuíno em seu tom. As palavras borbulharam até a ponta da minha língua, mas este cara — este pobre cara morto — não me conhecia. Provavelmente não fazia ideia de que tinha entrado no apartamento de um Guardião. Então, como eu poderia explicar como tinha sido quando fiz coisas assim antes?

— Eu tenho uma pergunta pra você — eu disse em vez disso.

— Terei uma resposta.

Tirei o cabelo do rosto.

— Você... atravessou, não foi? Viu a luz e atravessou por ela?

Essa pergunta me rendeu alguns olhares estranhos das pessoas que passavam, mas paciência.

— Isso mesmo! Você disse isso antes e eu queria perguntar, mas desapareci. Como você sabe disso? — ele perguntou. — Que eu vi a luz e fui até ela?

— Tem uma diferença entre fantasmas e espíritos — expliquei, mantendo minha voz baixa. — Fantasmas estão presos. Eles não sabem que estão mortos, ou se recusam a aceitar o fato, e geralmente têm a aparência de quando morreram. Você não se parece nem age assim, e, além disso, tem um... um brilho em você. Uma luz celestial, eu acho.

— Tenho? — Ele olhou para o braço. — Não consigo ver.

— Você tem. — Eu pensei em como Sam tinha parecido diferente no início. — Quando os espíritos atravessam e voltam pra dar uma olhada nos entes queridos ou fazer o que quer que os espíritos façam com seu tempo, eles parecem normais, exceto pelo brilho. Eles podem parecer mais jovens do que eram quando morreram, ou com a idade em que morreram. Mas quando te vi pela primeira vez, você parecia que não tinha... que não tinha rosto.

— Talvez eu tenha parecido diferente porque... quando morri, não atravessei imediatamente. Eu não conseguia.

Chegamos a um cruzamento cheio de pessoas esperando para atravessar.

— Em frente ou viramos?

— Em frente. São só mais dois quarteirões.

Eu acenei com a cabeça e comecei a mordiscar a unha do polegar novamente.

— Por que você não conseguiu atravessar imediatamente? Você não queria, ou...

Sam ficou quieto enquanto atravessávamos a rua. Olhei para baixo, mas não conseguia ver o meio-fio através das pernas das pessoas. Achei que tinha...

Os dedos do meu pé direito acertaram o meio-fio, causando uma dor aguda. Tropecei, mas me segurei.

— *Porcaria.*

— Você tá bem? — Alguém que não era Sam perguntou.

— Sim. — Olhei para a direita e vi um homem mais velho de paletó falando comigo.

— Você deveria prestar atenção pra onde tá indo e não em quem tá falando no celular — ele aconselhou e depois seguiu em frente, balançando a cabeça.

— Valeu, babaca, pelo conselho que ninguém pediu! — Sam gritou sem sucesso. — Talvez eu devesse empurrá-lo em cima daquele carrinho de cachorro-quente.

— Você consegue fazer isso?

— Infelizmente, não. — Ele suspirou, desamparado. — Eu não descobri como me tornar um *poltergeist* e mover as coisas.

Poucos espíritos ou fantasmas podiam interagir com os seus arredores, mas guardei isso para mim enquanto respirava através da dor detestavelmente horrível de um dedo do pé topado.

— Acho que acabei de matar o meu pé.

Sam se aproximou de mim, tentando evitar passar por uma senhorinha em um sobretudo.

— Você sabe por que os dedos dos pés doem tanto quando a gente topa com eles? É porque eles têm todo um grupo de terminações nervosas que fornecem retorno sensorial ao seu sistema nervoso central. Então, quando você topa com o dedo do pé, essa dor é enviada até o cérebro mais rapidamente. Além disso, tem pouco tecido pra amortecer o golpe.

— Não acredito que saiba disso.

— Como eu disse, eu sei muitas coisas. Não tenho certeza de quão útil isso é agora — ele disse, enfiando as mãos nos bolsos da calça jeans. — Estando morto e tal.

— Eu tenho uma informação aleatória pra você.

— Manda.

Um sorriso me puxou os lábios.

— Eu não acho que os *poltergeists* sejam de fato fantasmas ou espíritos. Tem algumas evidências que apontam pra atividade *poltergeist* como um acúmulo de energia de uma pessoa viva.

— Sério?

Assenti com a cabeça.

— Elas estão manipulando as coisas ao seu redor sem saber. Geralmente é alguém passando por algo muito intenso.

— Uau. Não sabia disso. — Sam ficou quieto por um momento. — Na verdade, eu fui até a luz primeiro, mas fiquei... preso e fui pra outro lugar.

— Outro lugar?

Sam não respondeu.

Olhei para ele e um mal-estar floresceu em mim.

— Espere um segundo.

Ele franziu a testa.

— O que foi?

Parei ao lado de um bar, mantendo as costas perto da parede de tijolos.

Sam parou também, sua expressão marcada com confusão.

— O que você tá fazendo?

— Olha, eu quero ter certeza de que qualquer que seja a mensagem que você queira dar a essa garota não seja algo ruim ou bizarro. Se você quer atormentá-la, não vou fazer isto.

— Por que você pensaria... — Seus olhos se arregalaram quando um homem fazendo corrida o atravessou. Ele desapareceu como fiapos de fumaça antes de voltar a se formar. — Vou tentar de novo. Por que você pensaria que eu iria procurar alguém pra dizer algo horrível?

— Porque as pessoas são babacas, e algumas delas ficam ainda mais quando estão mortas — disse-lhe. — Alguns fantasmas, e até mesmo espíritos, só estão entediados e gostam de assustar as pessoas ou mexer com elas.

— Sério? — A surpresa em seu tom era genuína, ou pelo menos eu pensei que era.

— E você disse que foi pra outro lugar primeiro — eu acrescentei.

— Tem apenas um outro lugar que eu consiga pensar, e não se vai pra lá acidentalmente.

— Você tá falando do Inferno? Não fui pra lá acidentalmente. Eu fiquei preso lá, e não foi minha culpa. Eu obviamente não teria um brilho celestial se devesse estar lá — argumentou. Ele tinha razão, mas eu começava a ter sérias dúvidas sobre isso. — É uma longa história, mas eu não era esse tipo de pessoa quando tava vivo e não sou agora. Eu não tô aqui pra machucar ninguém, especialmente ela. Eu tô tentando salvar a vida dela e a vida de outras pessoas.

Capítulo 26

Uma onda de arrepios varreu a minha pele. Eu não esperava que ele dissesse algo tão intenso.

— O que isso quer dizer?

— Significa que eu preciso enviar uma mensagem pra eles antes que seja tarde demais.

— Tarde demais pra quê?

— Vamos — ele disse em vez de responder, sua mandíbula se apertando de impaciência. — Estamos quase lá.

Inalando o cheiro oleoso de fritura das redondezas, afastei-me da parede e segui Sam. Percebi que ele tinha dito *eles* em vez de *ela*, mas ele estava deslizando em uma velocidade acelerada, e era uma luta acompanhá-lo com todas as pessoas que se aglomeravam na calçada.

Outro quarteirão, e então Sam parou do lado de fora de uma sorveteria, um lugar super fofo pelo que pude ver ao olhar pela grande janela. Pisos em xadrez preto e branco. Cabines estofadas e bancos vermelhos, e uma fila que quase chegava na porta.

Eu não era muito fã de sorvete, mas quando a porta se abriu e eu senti o cheiro de calda quente e cones de biscoito saborosos, estava de repente desejando uma clássica tigelona de sorvete de chocolate afogado em calda.

— Ela tá aqui. — Sam atravessou a parede, deixando-me do lado de fora.

Tentando afastar a sensação de mal-estar, eu usei a porta como uma pessoa normal e *viva* e entrei na sorveteria, envolvida pelo cheiro de calda quente e baunilha. Subi os óculos de sol e olhei em volta. Havia cabines alinhadas às paredes e quadros emoldurados pendurados em todos os lugares. Eu não conseguia entender os detalhes, mas pareciam versões *pop art* de alguns dos monumentos da cidade.

Eu fiquei perto da porta, já que o lugar estava tão cheio. Meu coração começou a bater forte. Havia tantas pessoas, algumas esperando na fila, outras andando pelas mesas, atacando seus sorvetes, e enquanto eu examinava os rostos, havia algumas que eu não tinha certeza se estavam vivas. As luzes da loja dificultavam que eu focasse por qualquer período de tempo.

Por alguns segundos, perdi Sam de vista enquanto brincava com o fio do meu fone de ouvido, mas então ele reapareceu ao meu lado, parado na frente da porta.

— Ela tá aqui? — perguntei.

— Ela tá ali. — Sam apontou para a área à esquerda do mostruário de sorvetes. — Naquela mesa.

Seguindo com o olhar para onde ele apontou, vi uma garota com cabelo castanho na altura do queixo sentada de frente para a entrada. Algo sobre ela era familiar. Aproximei-me, piscando rapidamente como se isso fosse suavizar o brilho das luzes fluorescentes cintilantes de alguma forma. Dei mais um passo, e as feições borradas da garota ficaram claras para mim. Reconheci seu rosto bonito e a franja pesada.

— Caramba — eu sussurrei. — É Stacey. Eu a conheço... bem, eu a conheci. — Fui inundada pelo entendimento. — Foi isso que você quis dizer quando disse que não tava me seguindo. Você tava seguindo Stacey.

Sam era o que eu tinha visto quando Stacey foi até o apartamento com Roth e Layla. Ele era aquela sombra estranha que eu tinha visto atrás dela, e isso significava...

— Você conhece Zayne? — perguntei.

— Sim, mas isso não importa. Você precisa falar com ela.

— Não *importa*? Totalmente importa. — Um pai e a filha passaram por nós, entrando na fila enquanto eu continuava fingindo que estava falando ao celular. — Por que você não me disse isso?

— Porque eu não sabia quem você era. — Ele ainda estava olhando para Stacey. — Ou por que você estava no apartamento dele. Quando percebi que podia me ver, não sabia se poderia confiar em você, não até eu ver que você ia me ajudar.

Eu olhei para ele, estupefata. Sua aparição repentina não foi coincidência. Ele conhecia Zayne e era amigo de Stacey. Ele era...

De repente, lembrei-me do que Zayne tinha dito sobre Stacey. Que ela tinha perdido alguém, assim como ele. Eles tinham ficado próximos por causa disso, e agora eu sabia sem sombra de dúvida que este espírito, Sam, era a pessoa que Stacey perdera. Eu não fazia ideia do que tinha acontecido com ele, mas com base nas informações mínimas que ele tinha compartilhado, eu tinha a sensação de que não foi uma morte natural.

Ah, cara, tudo isto tinha *péssima ideia* gritando para todos os lados. Se ele tivesse me dito quem ele era — quem ele era para Stacey e que conhecia

Zayne, eu teria exigido saber exatamente qual era a mensagem antes de concordar em ajudar. Eu teria, com toda a certeza, contatado Zayne primeiro, não só para dizer a ele que o espírito de Sam estava por perto, mas também para descobrir o que havia acontecido com Sam.

Pensando bem, por que Sam não perguntou por que eu estava morando com Zayne? Ele não tinha feito uma única pergunta sobre quem eu era ou como estava envolvida nisso.

— Cara... — eu disse.

— Tá tudo bem. — O olhar de Sam se voltou para o meu. — De verdade. Vamos falar com ela.

— Você precisa me dizer o que tá acontecendo.

Sam se virou para mim.

— Isto não pode esperar. Você não entende. Tô ficando sem tempo.

Eu o encarei.

— Você não tá nem um pouco curioso sobre quem eu sou? — sussurrei. — *O que* eu sou?

— Eu pensei que, já que você tá com Zayne, você é gente boa. — Seu olhar saltou para onde Stacey estava sentada. — Eu sei o que ele é.

— Mas você disse que não me contou quem ela era porque você não me conhecia. Você não confiou em mim...

— Eu menti. Tá bom? — Ele ergueu os braços, um deles atravessando o peito de um homem que passou por nós. O homem parou, franzindo a testa, e depois saiu, balançando a cabeça. — Eu sei o que você é. No instante em que percebi que você conseguia me ver, eu soube o que você era, e soube que se você estava com Zayne, tinha de significar alguma coisa, mas não sabia se você era... se você era um dos bons.

— O quê? — Eu o encarei, boquiaberta. — Tá bem. Você precisa me dizer tudo, e você precisa arrumar tempo...

— Trinity?

A minha cabeça se ergueu de supetão ao som da voz de Stacey. Ela estava olhando na minha direção, começando a se levantar. Saco.

— Olha. — Sam agarrou meu braço, mas sua mão passou por mim. — Ela te viu.

Todos os meus instintos me diziam que isto ia acabar mal, mas era tarde demais para fugir. Xingando mentalmente a mim e a Sam, caminhei até a mesa. À medida em que me aproximava, vi os dedos de Stacey sobre a tela do celular. Respirei fundo enquanto olhava sobre a mesa...

Aquilo era um... pacote de Twizzlers ao lado do sorvete em frente a Stacey?

Era *mesmo*.

Ah, meu Deus, quem comia Twizzlers com sorvete? Essa era a coisa mais nojenta que eu já vi na vida.

— Eu não esperava te ver aqui. — Uma franja espessa caiu sobre sua testa quando ela largou o telefone e olhou ao redor da sorveteria.

— Eu também — murmurei, e as sobrancelhas de Stacey desapareceram sob sua franja, arqueadas.

Soltando o ar audivelmente, olhei para Sam, que estava sentado ao lado de Stacey.

— Isto vai soar realmente aleatório, mas...

— Tô acostumada com coisas aleatórias. Você... você tá bem? Parece um pouco pálida... — Ela parou de falar, franzindo a testa enquanto olhava para onde Sam estava sentado.

Os rostos deles estavam a centímetros de distância, a coxa dele pressionada contra a dela, mas ela não podia vê-lo e isso... acabava com ele. Por mais irritada que estivesse com o espírito, eu podia ver a dor lancinante enquanto ele olhava para ela.

— Ela me sentiu, não sentiu? — O vinco na testa diminuiu no rosto de Sam. — Uau. Ela *me sentiu*.

Não pude respondê-lo.

— *Você* tá bem?

— Sim. — A testa de Stacey se suavizou enquanto ela esfregava as mãos sobre os braços. — Só... não sei. Desculpa. Você tava dizendo alguma coisa sobre isto ser aleatório?

— Tudo bem. — Eu forcei um sorriso fácil que eu esperava que não saísse tão estranho quanto eu o sentia. Comecei a falar... e senti o calor no meu peito.

Zayne.

Ele estava por perto. Mas que Inferno. Se eu o senti, então ele estava me sentindo e provavelmente se perguntando o que diabos eu estava fazendo fora de casa. Apesar da forma como as coisas estavam entre nós agora, eu *mal podia esperar* para contar a ele sobre esta história. Só esperava que ele não surtasse.

— Trinity? — As sobrancelhas de Stacey se ergueram quando me concentrei nela.

Respirei fundo.

— Tenho algo pra te dizer. Vai soar realmente doideira, e você provavelmente não vai acreditar em mim.

Um meio sorriso apareceu.

— Certo.

— Eu... — Esta sempre era a parte mais estranha. — Eu vejo... espíritos.

A boca de Stacey se abriu, mas ela não disse nada, o que fez Sam sorrir.

— Essa é a cara que ela faz quando não sabe como reagir. Conheço muito bem essa cara.

— Sim, eu percebi isso — murmurei, e o nariz de Stacey se mexeu. — Eu sei que isto soa completamente bizarro, mas tem alguém aqui que quer falar com você. Aparentemente, ele tem andado por perto, tentando chamar a sua atenção.

Ela olhou para mim e, em seguida, em volta, como se estivesse esperando que alguém interviesse, o que era uma reação comum e que também significava que era hora de falar a real.

— É... é Sam — eu disse a ela. — E ele quer falar com você.

O sangue desapareceu tão rapidamente do rosto dela que fiquei com medo que ela desmaiasse. Tudo o que ela fez foi olhar para mim.

— Você... você conhece um Sam, certo? — perguntei, assustada quando senti a vibração no meu peito se intensificar.

— Sim. Eu *conhecia* um Sam. Zayne te falou dele?

— Não, não falou. — Olhei para o espírito. — Ele tá sentado do seu lado.

A cabeça de Stacey girou para a esquerda tão abruptamente que me perguntei se ela acabou dando um mal jeito no pescoço.

— Eu tô bem aqui — Sam disse, e eu repeti o que ele disse.

Stacey não respondeu. Ela olhou para onde Sam estava sentado por tanto tempo que comecei a realmente me preocupar que ela tivesse desmaiado sentada e com os olhos abertos.

Isso era possível?

Adicionando isso à minha lista de coisas para pesquisar no Google mais tarde.

As bochechas de Stacey ficaram vermelhas e o meu estômago despencou. O olhar dela se ergueu para mim.

— Isto é algum tipo de piada?

— Diga a ela que não é uma piada — Sam disse desnecessariamente.

— Não é uma piada. Eu sei que parece ser, mas Sam *está* aqui. Na verdade, ele tem estado por perto há algum tempo — repeti. — E ele quer que eu te diga uma coisa. Parece ser realmente importante...

— Por Deus. — A mandíbula de Stacey se moveu enquanto ela se inclinava sobre a mesa, na minha direção. — O que tem de errado com você pra você fazer uma coisa assim? É por causa de Zayne?

— O quê? — Eu me sobressaltei. — Isto não tem nada a ver com ele...

— Por que ficamos juntos por um tempo? E você tá zangada com isso?

— Meu Deus, não. Sério. Não tem nada de errado comigo. Juro. Pode perguntar a Zayne. Ou mesmo Layla. Eles sabem que eu consigo ver gente morta. Não tô inventando isto. — Sentindo o calor no meu rosto aumentar, virei-me para Sam. — Acho que é hora de você me dizer sua mensagem.

— Eu sei que tem um monte de coisas estranhas à solta por aí que eu não entendo, mas eu não sou idiota. Você precisa ir embora agora — Stacey disse, sua voz baixa. — Tipo *agora mesmo*.

Sam praguejou.

— Diga a ela que ela não pode voltar para aquela escola.

A confusão trovejou através de mim.

— Que tipo de mensagem é essa?

— Você tá fingindo que tá falando com ele? — A voz de Stacey se ergueu quando ela colocou as mãos sobre a mesa. Eu não precisava olhar em volta para saber que as pessoas provavelmente estavam começando a olhar. — Cacete, você tá falando sério?

— Sim. — A minha atenção voltou para ela. — Sam tá aqui, e eu não tenho ideia de por que ele tá dizendo que você não pode voltar pra escola, mas é isso que ele tá dizendo.

Stacey riu, e a risada soou áspera e perturbadora.

— Você realmente acha que eu vou acreditar em você? Se fosse verdade, por que ninguém mencionou o seu pequeno talento?

— Porque não é da sua conta — retruquei.

— Como é? — Seus olhos se arregalaram.

— Olha, eu não tô inventando isto. Ele... — Eu segurei o ar rapidamente enquanto o calor no meu peito queimava intensamente.

Ah, não.

Ah, não, não.

Nem pensar.

— Zayne! — Stacey gritou, ficando de pé abruptamente. — Você precisa vir buscar sua garota.

Meu estômago despencou até os dedos dos meus pés. Respirei fundo, mas o ar ficou preso na minha exponencial descrença e confusão.

Sam estava dizendo alguma coisa, mas eu não conseguia ouvi-lo por causa das batidas do meu coração. Stacey estava olhando para trás de mim, com os olhos castanhos arregalados, e ela estava dizendo algo também, mas nenhuma de suas palavras estavam fazendo sentido.

O meu olhar se deslocou para a mesa — a mesa que era para mais de uma pessoa — e eu pensei sobre o que Sam tinha dito, referindo-se a *eles* em vez de *ela*. A minha respiração ficou esquisita no meu peito quando as coisas começaram a se encaixar. Zayne não tinha me dito o que ia fazer hoje. Só disse que tinha coisas para fazer.

Assim como tinha tido coisas para fazer da última vez em que fizera planos e, para além de se encontrar com o administrador do apartamento, não tinha me dito que coisas eram essas.

Lentamente, virei-me.

Na confusão de rostos e corpos embaçados, eu o vi com a camisa azul clara que ele estava usando quando saíra do apartamento, abrindo caminho pela multidão como uma espécie de Moisés gostosão.

Dei um passo para trás, olhando ao redor desta sorveteria bonitinha, e percebi que conhecia este lugar. *Esta* era a sorveteria que o pai o levava, uma tradição que Zayne mantivera com Layla à medida que cresciam. Este lugar era importante para Zayne.

E ele nunca tinha me trazido aqui.

Esta sorveteria era importante, e no entanto ele nunca o tinha partilhado comigo. Mas ele ficara com raiva porque eu disse que um beijo significava algo mais? Um beijo poderia ser qualquer coisa ou nada, mas compartilhar um pedaço do seu passado com alguém significava muito.

Ainda que uma parte racional da minha mente reconhecesse que ele não tinha de me levar a lugar algum e nem de me dizer absolutamente nada, a dor dilacerante no meu peito parecia muito real. Eu me sentia... *traída*. Uma queimação cresceu no fundo da minha garganta e rastejou para cima, fazendo meus olhos arderem.

A urgência de largar tudo e correr me atingiu com força, e os meus músculos ficaram tensos, prontos para fazer exatamente isso. Eu queria espaço — eu precisava de distância para controlar o que eu estava sentindo enquanto observava os passos de Zayne ficarem mais lentos. Não era difícil de identificar seu olhar de surpresa, e era como se ele tivesse me sentido e não pudesse acreditar que eu estava aqui.

Eu estava me intrometendo.

O calor varreu as minhas bochechas enquanto o meu estômago se revirava. Cara, em que exatamente eu estava me intrometendo? Zayne alegou que ele e Stacey eram apenas amigos, e amigos se encontravam para tomar sorvete o tempo todo, mas amigos não escondiam isso.

A minha cabeça estava em curto-circuito, como se houvesse um fio solto em algum lugar entre as minhas sinapses. Sob uma camada imensa de constrangimento havia... decepção.

Não ciúmes.

Não inveja.

Decepção.

Zayne puxou o ar e algo passou pelo seu rosto.

— O que você tá fazendo aqui?

As minhas emoções estavam uma bagunça muito grande para que eu captasse qualquer coisa a partir do vínculo, mas a maneira como ele tinha falado as palavras me disse tudo o que eu precisava saber. Ele não estava feliz em me ver aqui.

— Ela acabou de aparecer, e eu pensei que ela tava com você, mas ela disse... — A voz de Stacey, espessa e áspera, atraiu meu olhar. — Ela disse que *Sam* tá aqui.

Suas palavras me arrancaram da espiral de emoção.

— Sam? — Zayne se mexeu para ficar na minha linha de visão. — O que tá acontecendo, Trinity?

— Eu tô aqui — o espírito em questão disse, de onde ainda estava sentado ao lado de Stacey. — Diga a eles que eu tô aqui.

O meu coração estava batendo forte e os meus músculos ainda estavam tensos, prontos para correr, mas eu me mantive parada. Eu não tinha feito nada de errado. Bem, eu provavelmente deveria ter pedido mais informações para Sam antes de concordar em ajudar, mas eu estava fazendo o que devia fazer. Não era minha culpa que isso tenha me levado ao encontrinho de Zayne.

— Trinity — Sam suplicou, e eu olhei para ele. O brilho dourado em torno dele estava desaparecendo. — Não tenho muito mais tempo. Consigo sentir. Tô sendo puxado de volta.

Recomponha-se.

Este é o seu dever.

Eu empurrei tudo o que estava sentindo para o lado. O meu rosto ainda ardia, assim como a minha garganta e os meus olhos, mas ignorei tudo isso. Eu tinha um trabalho a fazer. Eu tinha um dever. Eu me recompus.

— Sam tá aqui. — Eu odiei o quão rouca a minha voz soou. — Eu o vi no apartamento uma vez antes — continuei falando, sem olhar para Zayne ou Stacey —, mas ele desapareceu antes que pudesse me dizer quem ele era. Ele seguiu Stacey quando ela veio com Roth e Layla, mas eu não percebi que ele tava com ela na hora.

— Eu tava. — Sam acenou com a cabeça.

— Ele acabou de confirmar isso — eu disse.

Stacey parecia estar perto de desmaiar ou de ter um colapso absoluto enquanto olhava para nós.

— Zayne...?

— É verdade? — Zayne perguntou, tocando meu braço. — Sam tá mesmo aqui?

Atordoada por ele estar me questionando, afastei o meu braço com agressividade enquanto uma nova onda de mágoa pulsava dentro de mim.

— Por que eu mentiria sobre isso, Zayne?

Ele piscou.

— Você não mentiria.

— Não diga — cuspi, mágoa dando lugar à raiva. Eu queria pegar o sorvete de Stacey e atirá-lo na cara dele. Em vez disso, gesticulei para a mesa. — Sente-se.

Zayne hesitou como se não fosse me obedecer, e eu me virei para ele, arregalando os olhos. Seus lábios afinaram, mas ele caiu no assento e deslizou pela cabine, deixando espaço livre. Sentar-me ao lado dele era a última coisa que eu queria fazer, mas já estávamos chamando atenção o suficiente para durar uma vida inteira e Sam *estava* ficando sem tempo.

Tirando os fones do ouvido, enfiei-os no bolso e depois me sentei, minhas costas rígidas.

— Até chegarmos aqui, eu não tinha ideia de que Sam tava me trazendo pra Stacey. Ele convenientemente omitiu essa informação.

Sam teve a decência de parecer envergonhado.

— E como Zayne pode confirmar — eu disse a Stacey —, eu não sabia quem era Sam. Ninguém me falou dele. Se alguém tivesse me falado, eu poderia ter percebido logo de cara quem ele era.

Ela olhou para mim.

— Isto é real? — Seus olhos arregalados dispararam para Zayne. — Ela pode vê-lo?

— Ela consegue ver fantasmas e espíritos. — Zayne deixou cair o braço sobre a mesa, ao lado do pacote de Twizzlers. — Se ela diz que Sam tá aqui, então é verdade.

— Eu não consigo... — Ela olhou para onde Sam estava sentado, balançando a cabeça. — Me diz como ele é.

Eu fiz exatamente isso, e Stacey pressionou a palma da mão contra a boca.

— Mas você poderia ter visto uma foto dele online — ela raciocinou. — Isso não significa nada.

— Ela tá dizendo a verdade. — Zayne insistiu, seu tom baixo, evitando que eu tivesse de perguntar por que diabos eu estaria procurando por uma foto de Sam.

Stacey disse alguma coisa, mas sua voz estava abafada demais para eu entender. Ela abaixou a mão, os dedos se fechando em uma bola apertada sobre o coração.

— Sam?

— Eu tô aqui — o espírito disse, levantando uma mão para ela, mas parando. — Eu sempre estive aqui. Sempre.

Repeti o que ele disse e o rosto de Stacey se contorceu.

— Sinto muito. Não sei o que tá acontecendo comigo. Desculpa. Diga a ele que eu tô...

— Ele pode ouvir você — eu disse.

— Ele consegue me ouvir? Certo. Acho que faz sentido. — Lágrimas percorriam suas bochechas enquanto ela olhava para mim e depois para Sam. — Sinto sua falta — ela sussurrou, levantando a mão do peito até o queixo.

— Eu também sinto sua falta — Sam disse, e eu repeti.

— Meu Deus. — Os ombros magros de Stacey tremeram. — Sinto muito. Eu...

Zayne fez um som de angústia, estendendo o braço sobre a mesa. Ele colocou sua mão larga sobre a dela.

— Tá tudo bem — ele disse. — Tá tudo bem.

Mas realmente não estava.

Normalmente, eu teria sido mais atenciosa com as emoções que este tipo de situação causa, mas eu não estava nem aí no momento e não tínhamos muito tempo.

— Ele tem algo que precisa dizer...

— Diga a eles — Sam corrigiu, e meus olhos se estreitaram no espírito — que eu sabia que eles iam se encontrar hoje.

Um espírito soube e eu não.

— Eles costumavam vir aqui uma vez por semana depois... bem, depois de tudo — acrescentou.

Bacana.

Isso era simplesmente fantástico.

Com as mãos abrindo e fechando, eu mantive meus olhos em Sam.

— Ele tem uma mensagem para os dois. Alguma coisa a ver com uma escola?

Sam acenou com a cabeça e depois se virou em direção a Stacey.

— Ela não pode voltar pra aquela escola. Tem alguma coisa acontecendo lá. Não é seguro.

— Você vai precisar me dar mais detalhes, Sam. Preciso saber por que não é seguro.

— Ele tá dizendo que a escola não é segura? — Zayne questionou.

— Tem muitas... almas lá. Almas demais. É como se elas estivessem se reunindo pra alguma coisa — Sam explicou, com sua forma oscilando mais rapidamente agora. — Eu tenho checado o lugar desde... bem, desde que pude, e nem sempre foi assim.

— O que você quer dizer com almas se reunindo lá? — perguntei, e Zayne se inclinou para a frente.

— Almas. Pessoas mortas que não atravessaram...

— Fantasmas? — eu sugeri, e quando ele assentiu com a cabeça, olhei para Stacey, que estava olhando para Sam, mas não o vendo. — Tem muitos fantasmas lá? Quantos?

Os olhos de Stacey se arregalaram ainda mais.

— Na escola?

O espírito assentiu.

— Mais de cem. Tentei contar um dia, mas eles desaparecem e estão confusos. Meio que correndo de um lado pro outro, caótico. É como se estivessem presos.

— Os fantasmas estão presos na escola — repeti. — Mais de cem.

— Como isso pode acontecer? — Zayne perguntou.

— Espíritos e fantasmas podem ser invocados pra um lugar — expliquei.

— Tipo através de um tabuleiro Ouija? — Stacey soltou uma risada nervosa e carregada.

— Sim, na verdade, esse jogo pode funcionar nas circunstâncias certas — eu disse. — Mas quase nunca as pessoas conseguem se comunicar com quem elas acham que estão se comunicando. A não ser que a pessoa saiba como... canalizar um certo espírito, e nem eu consigo fazer isso.

Stacey olhou para mim.

— Esses tabuleiros são vendidos em lojas de brinquedos.

Ao lado dela, Sam riu.

— Deus, eu senti falta dessa expressão no rosto dela. — Um sorriso apareceu. — Você sabia que o publicitário de tabuleiros Ouija morreu numa queda enquanto supervisionava a construção de uma fábrica de Ouija?

Franzi a testa para ele.

Ele deu de ombros.

— Meio estranho se você pensar bem.

— Como os fantasmas podem ficar presos? — Zayne perguntou.

— Não sei. Tenho certeza de que há feitiços que podem fazer isso, mas não sei por que alguém iria querer isso. Um fantasma ou mesmo um espírito preso pode se transformar num espectro. Pode levar meses ou anos, mas ficar preso os corrompe — eu disse, horrorizada com a possibilidade de algo assim acontecer. — Como isto poderia acontecer numa escola?

— É uma Boca do Inferno — Stacey murmurou. — Layla e eu não estávamos brincando quando dissemos isso.

Eu a ignorei.

— Os fantasmas estão colocando as pessoas em perigo?

— Uma pessoa caiu da escada há uma semana. Ela foi empurrada por um dos fantasmas — Sam disse.

Quando eu repeti isso, Stacey se empertigou contra o assento.

— Um cara caiu da escada. Terça-feira passada. Não sei os detalhes, mas fiquei sabendo que aconteceu.

— Ouvi sussurros — Sam continuou, e então ele sumiu e reapareceu em uma forma mais transparente. — E sim, tô sendo literal. Ouço sussurros quando tô aqui, sobre não faltar muito tempo e que algo tá por vir. Tentei encontrar a fonte, mas quando os vi, soube que não conseguiria chegar mais perto. Não posso continuar indo pra lá. Eu quero ir, quero mantê-la segura, mas tô com medo de que, se continuar indo, eles me vejam e saibam que não sou como os outros.

Um arrepio me varreu a espinha.

— O que ele tá dizendo? — Zayne perguntou, afastando a mão de Stacey. — Trin?

— Quem são eles? — Engoli em seco. — Você sabe quem tá sussurrando?

A forma nebulosa de Sam se virou para mim.

— Pessoas das Sombras.

Capítulo 27

Pessoas das Sombras.

Duas palavrinhas que eu nunca esperara ouvir faladas em voz alta. Calafrios se espalharam pelos meus braços.

— Ah, cara — eu sussurrei.

— O quê? — Zayne tocou meu braço, e desta vez eu não me afastei. — O que tá acontecendo?

Com o coração a mil, sacudi rapidamente a cabeça e me concentrei em Sam. Eu precisava obter o máximo de informação possível dele antes que ele desaparecesse no ar. — Você os ouviu dizer o que tá por vir?

— Não.

Mesmo que ele não pudesse confirmar, eu tinha a sensação de que eu já sabia. E havia outra coisa que eu precisava saber. Inclinei-me para a frente.

— Como você sabia o que eu era?

— Porque tem alguém lá, na escola, que pode fazer o que você faz — Sam disse, e outro arrepio percorreu a minha espinha. — Eu o vi conversando com... Ah, cara. Tá acontecendo.

Eu pisquei, sabendo o que ele queria dizer. Ele estava sendo puxado de volta.

— Você consegue me dizer como ele é, Sam? Eu preciso...

— Vou tentar voltar assim que puder. — Ele se virou para Stacey e, pelo que pude ver do rosto dele, meu coração se partiu um pouco. — Eu gostaria de ter tido a coragem de dizer o que eu sentia por você. Eu queria... queria que tivéssemos tido mais tempo. Diz isso a ela. Por favor? Diz a ela que eu realmente a amava. — Ele levantou um braço que era mais transparente do que sólido e tocou a bochecha de Stacey. Ela respirou fundo. — Ela sentiu isso. Diga a ela que fui eu. E diga que quero que ela seja feliz. Que ela precisa ser feliz.

Sem aviso prévio, o espaço ao lado de Stacey ficou vazio. Ele tinha ido embora, e eu tive a sensação de que ele não voltaria a aparecer.

— Inferno — murmurei.

— O quê? — Stacey colocou os dedos sobre o ponto em sua bochecha.
— O que acabou de acontecer?

— Você o sentiu quando ele tocou sua bochecha — eu disse, e então contei a ela o que ele havia dito, sem olhá-la enquanto falava. Eu não queria ver as emoções que o rosto dela iria expor. — Agora ele se foi, mas disse que vai tentar voltar. Ele não sabe quando vai conseguir.

Ou se seria capaz de voltar.

Eu não disse essa parte, porque a mensagem que Sam transmitiu fez parecer que ele não estava totalmente certo. Ele esteve voltando demais.

— Com licença. — Zayne tocou no meu braço. — Você pode me deixar sair?

Eu deslizei para fora da cabine e me afastei enquanto Zayne se sentava onde Sam estivera. Ele passou um braço em volta dos ombros de Stacey, puxando-a contra ele enquanto falava com ela.

Lancei o meu olhar para o pacote de Twizzlers, apertando os lábios. Eu era uma vela em um momento dolorosamente íntimo a dois.

— Quando? — A voz de Stacey soou áspera quando ela falou novamente. — Quando ele pode voltar?

— Não sei. Tenho a sensação de que ele vai tentar, mas... — Eu olhei para o doce que eu nunca tinha experimentado antes, porque sempre pareceu nojento para mim. — Mas os espíritos não devem visitar repetidamente os vivos.

— Por que não? — ela exigiu.

— Porque seguir em frente não é apenas o processo de atravessar. É uma jornada contínua para o, hm, falecido, e se as visitas são contínuas, é difícil para aqueles que ficaram pra trás seguirem em frente — expliquei, deixando cair as mãos no colo. — É difícil pra quem morreu encontrar a paz quando ainda está envolvido na vida dos vivos. Os espíritos podem ir e vir quando quiserem, mas existem regras. As viagens deles são monitoradas. Com base no que ele disse, ele já estivera aqui muitas vezes. Ele tá tentando chamar a sua atenção há algum tempo.

— Ah, meu Deus. — A voz dela falhou. — Se eu soubesse, teria falado com ele. Eu teria feito alguma coisa. Qualquer coisa. Eu só não sabia.

— Não havia maneira de você saber. Tá tudo bem — Zayne assegurou.
— Sam tinha que saber disso. Não é como se ele tivesse te culpado.

Algumas pessoas eram muito mais perceptivas a coisas como espíritos e fantasmas, mas Zayne estava certo, Stacey não saberia que Sam estava lá.

— Deus. Eu só... eu não esperava por isto hoje. Era pra ser só uma conversa enquanto a gente tomava um sorvete e talvez uma boa caminhada.

Sabe? Como a gente costumava fazer — O sorvete na frente de Stacey estava mais para uma sopa quando ela pegou os Twizzlers. — Eu até comprei isso pra você. Lembro de como gosta de misturá-los com o sorvete.

O meu lábio tremeu.

Zayne comia Twizzlers com o sorvete? Levantei o olhar. Ele ainda tinha o braço em volta de Stacey, mas seus olhos estavam em mim, o tom pálido de azul era tudo menos frio. Desviei o olhar para os discos de vinil brilhantes emoldurados na parede.

— Tá tudo bem. — Essas pareciam ser três das palavras favoritas de Zayne. — Vamos tentar novamente, o mais rápido possível.

Não pensei e não senti nada em resposta a isso.

— É — Stacey disse, esfregando a palma da mão sob os olhos. — Promete?

— Prometo.

— Que bom. Porque eu vou precisar de alguma *comfort food* que não esteja derretida depois disto. — Ela limpou a garganta. — Então, o que tá acontecendo na escola local assombrada e amaldiçoada do Inferno?

— Tem certeza de que quer falar sobre isso? — perguntei. — Depois de tudo que rolou com Sam?

— Ela tem certeza — Zayne respondeu, e eu mordi a unha do polegar. — Stacey consegue lidar com isso.

Ela riu novamente, o som mais forte quando ela pegou a água e tomou um gole.

— Se você soubesse das coisas que eu vi e presenciei, não perguntaria se eu tenho certeza. Vou lidar com... Sam mais tarde, muito provavelmente quando estiver sozinha e tiver um pacote de bolachas pra acompanhar. O que Sam tava tentando me dizer é obviamente importante. Temos de lidar com isso.

A surpresa passou por mim, rapidamente seguida pelo respeito por sua capacidade de afastar uma profusão de emoções e conseguir priorizar. Deus, Zayne estivera certo. Stacey e eu provavelmente nos daríamos bem... se não fosse por ele.

— Ele te disse algo que te deixou apavorada. — Zayne se mexeu no assento, puxando o braço para longe de Stacey. — O que foi que ele falou?

— Além do boato assustador sobre mais de cem fantasmas presos? — indaguei.

— Mais de cem? — Stacey soltou o ar devagar. — Sim, além desse boato assustador.

— Ele tinha dito que tem Pessoas Sombrias lá — eu disse a eles, mantendo minha voz baixa.

— Pessoas Sombrias? — ela repetiu. — Eu quero saber o que é isso?

— Provavelmente não. — Olhei para Zayne. Um músculo estava pulsando ao longo de sua mandíbula. — Você sabe o que são?

— Tô presumindo que sejam algum tipo de fantasma ou algo assim? — ele disse.

Eu soltei uma risada seca.

— Não exatamente. Eu nunca vi uma Pessoa das Sombras. Tudo o que sei é o que a minha mãe me contou sobre elas. São como espectros, mas nunca foram humanos. São como as almas dos demônios falecidos.

— Ah, cara — Stacey sussurrou.

— Eu não tô entendendo. Almas dos demônios? — Zayne descansou os antebraços sobre a mesa. — Como isso é possível? Eles não têm alma.

— A gente acha que não — corrigi, pensando em Roth. — Mas eu disse que elas são *como* almas. Mais como a essência deles. — Com base na maneira como Zayne estava olhando para mim, eu conseguia perceber que isso era algo que nunca tinha lhe passado pela cabeça. — O que você acha que acontece quando os demônios morrem? Que eles simplesmente deixam de existir?

— Achei que eles voltavam pro Inferno.

— Eles voltam, mas estão mortos, e a menos que alguém com muito poder lhes devolva a forma corporal, eles não deixam de existir sem serem destruídos, e só consigo pensar em algumas poucas pessoas que têm essa capacidade.

— O Ceifador? — ele sugeriu.

Assenti com a cabeça.

— Você quer dizer o anjo Azrael? Sim, ele seria capaz de fazer isso.

— Espera. Quê? — Stacey olhou para nós dois. — Você quer dizer o Ceifador, o cara que Layla conheceu?

Arqueei as sobrancelhas. Layla conheceu o Ceifador. Como é que isso tinha acontecido?

Zayne acenou com a cabeça.

— Ele não é o único que pode destruir as Pessoas Sombrias — eu disse, captando o olhar de Zayne, e vi o momento em que ele percebeu o que eu não podia dizer. Com a espada de Miguel, eu poderia destruí-las assim como um anjo. — Mas estas criaturas são inerentemente más. Tipo, pior do que quando eram demônios vivos e respirando empenhados em perpetuar destruição. Tipo, se você vê uma Pessoa Sombria, é pra dar a volta e correr na outra direção. Eles são poderosos e vingativos, maliciosos e mortais.

Zayne pegou os Twizzlers e puxou um pedaço de doce do pacote.

— Imagino que eles se pareçam com sombras?

Inclinei a cabeça.

— Sim. Parecem contornos sombrios de pessoas. O nome entrega.

Ele mordeu o cano de cereja e açúcar e olhou para mim.

— E eles estão na minha escola? — Stacey perguntou.

— É o que Sam diz, e isso não é tudo.

— Não é? Fantasmas presos e Pessoas Sombrias não são suficientes pra ficar entre mim e o meu diploma? Precisa ter mais?

Os meus lábios estremeceram.

— Ele disse que tem alguém lá que é capaz de se comunicar com os fantasmas e as Pessoas Sombrias. — Olhei para Zayne novamente. — Alguém como eu.

— E o que você é, exatamente? — Ela me encarou e depois voltou o olhar para Zayne. Seus olhos inchados meio que arruinaram o olhar severo que ela estava tentando dar. — Alguém se importa de me inteirar? Porque ela não é apenas uma garota que foi criada com os Guardiões.

Franzi a testa.

— Eu *sou* a garota que foi criada com os Guardiões.

— Que também pode comungar com os mortos? — ela desafiou. — Como outros humanos normais?

— Eu nunca disse que era uma ser humano normal. — Eu sorri. — Como você.

Agora os olhos Stacey se estreitaram.

— Ele conseguiu te dizer como era esta pessoa? — Zayne mudou de assunto. — Alguma informação sobre quem é?

— Tudo o que ele me disse antes de ficar sem tempo é que era um cara — respondi.

— Então não sabemos se é um aluno ou um professor ou apenas uma pessoa aleatória vagando pela escola. — Zayne acabou com o doce com um último estalo frustrado de sua mandíbula. — Tudo o que a gente sabe é que alguém tá reunindo fantasmas e os prendendo na escola, e Pessoas Sombrias estão envolvidas.

Sem saber o quanto Stacey sabia, escolhi cuidadosamente as minhas próximas palavras.

— Isso não é tudo o que a gente sabe. Tenho bastante certeza de que isso tá relacionado com o que tá todo mundo procurando.

A mão de Zayne parou a meio caminho do pacote de doces.

— Você acha que sim?

Assenti com a cabeça.

Ele praguejou baixinho enquanto pegava outra tira de doce.

— Não sei se isso é uma boa ou má notícia neste momento.

— É boa — decidi. — É uma pista.

— Eu não tenho ideia do que vocês dois estão falando. — Stacey tomou um gole. — Não gosto de ficar de fora.

Zayne enviou um breve sorriso para ela.

— Te conto mais tarde.

Ele contaria? Quando seu olhar se voltou para mim, arqueei uma sobrancelha.

— Precisamos ir pra essa escola.

— Concordo.

— Bem, vocês vão ter um problema se forem fazer isso durante o dia, porque sempre tem gente lá, e agora estão fazendo reformas depois do horário das aulas, à tarde e durante o resto da noite. — Stacey colocou seu copo vazio sobre a mesa. — Exceto nos fins de semana.

Que dia era hoje? Segunda-feira. Então não seria uma espera muito longa, mas eu queria ir agora, ver se eu estava certa — de que isto estava ligado ao Augúrio.

Será que Sam tinha nos dado a nossa primeira pista? Droga, era quase conveniente demais, tanto que também era perturbador pensar que, se Sam não tivesse seguido Stacey quando ela fora para a casa de Zayne, não saberíamos sobre o que estava acontecendo na escola.

Isso faria qualquer um questionar a existência de uma interferência cósmica.

Olhando para o outro lado da mesa, vi que Zayne tinha acabado com o segundo Twizzler. Eu não conseguia acreditar que ele realmente comia aquilo com sorvete. O mesmo cara que tirava o pão de sanduíches de frango grelhado.

Tinha algo de errado com ele.

E tinha algo de errado comigo, porque não ter sabido que Zayne comia sorvete com Twizzlers fez meu peito doer.

Como eu era idiota.

Meu olhar oscilou entre Stacey e Zayne, analisando-os sentados lado a lado, ele muito maior e mais largo do que o corpo minúsculo dela. Eles eram bonitos juntos, mesmo que fossem apenas amigos que haviam sido mais do que isso em algum momento, e as coisas seriam mais fáceis para eles se quisessem retomar o relacionamento. Sim, os Guardiões não deveriam namorar humanos, mas Zayne fazia muitas coisas que Guardiões não deveriam fazer. Não era a mesma coisa com a gente.

Já era hora de eu vazar dali.

— Espero que... te ajude saber que Sam obviamente se importa com você e quer garantir que você esteja segura — anunciei desajeitadamente enquanto me concentrava em Stacey. — Eu sei que provavelmente é bom e horrível ao mesmo tempo saber que ele já esteve por aqui, mas, quando você tiver tempo de pensar sobre o assunto, acho, ou pelo menos espero, que seja uma coisa boa. Ele quer que você seja feliz, e se você conseguir fazer isso, vai fazer a melhor coisa possível por você e por ele.

— Você... — Stacey abaixou o olhar enquanto brincava com a colher que saía de seu sorvete de sopa. — Você realmente acha que ele vai voltar?

— Acho. — Eu não tinha certeza se isso seria uma coisa boa a longo prazo. Contive um suspiro. — De qualquer forma, desculpe por ter estragado o seu evento social com sorvete. Realmente não era minha intenção. — Olhei rapidamente para Zayne enquanto deslizava para fora do assento estofado. — Até mais.

A mandíbula de Zayne estava rígida enquanto eu dava um aceno rápido de despedida para eles. Por um breve momento, senti o que estava vindo através do vínculo, e isso me fez recuar e me virar o mais rápido que pude. Logo saí para o ar quente da rua e comecei a andar, os aromas de calda derretida e baunilha me seguindo.

Raiva.

A raiva fervilhante era o que eu sentira, e tinha deixado um gosto apimentado na minha garganta.

Zayne estava com raiva, mas de quê? Do seu evento social com sorvete arruinado? De que eu apareci? A aparição inesperada de Sam e como isso tinha afetado Stacey? Fantasmas e Pessoas Sombrias passando um tempo juntos na escola? Toda a situação, incluindo o que acontecera entre nós? O que não faltava eram opções.

Tanto faz. No fim das contas, pelo menos tínhamos uma pista.

Eu não sabia para onde estava indo. Acho que de volta ao apartamento, pensei, mas não tinha ideia se conseguiria voltar para lá. Àquela altura, não me importava. Eu só continuaria andando sem parar, tentando colocar o máximo de distância entre mim e aquela maldita bolinha de calor no meu peito. O meu caminho estava bem claro quando cheguei ao cruzamento. Eu nunca fui...

Uma buzina soou, o som ensurdecedor enquanto minha cabeça ricocheteava para a esquerda. O carro estava *bem* ali, no meu ponto cego. Os pneus cantaram quando pisaram no freio. Era tarde demais. O carro não conseguiria parar a tempo.

Alguém gritou, mas não fui eu, porque eu estava incapaz de emitir qualquer som. Naqueles segundos que se estenderam pela eternidade, eu sabia que aquele carro ia me acertar. Não me mataria, mas ia doer muito. Eu até poderia quebrar alguns ossos, e, Deus, acabar com gesso pelo corpo depois do dia de hoje seria a cereja do bolo...

Uma faixa de aço circulou a minha cintura e me puxou para trás. Bati com força em uma superfície dura e quente que cheirava ao inverno. Os meus pés deixaram o chão quando me virei. Dentro de um piscar de olhos eu estava olhando para...

Olhando para a camisa azul pálido de Zayne, enquanto o homem no carro gritava e depois se afastava, apertando a buzina. Levantei o rosto e olhos pálidos e furiosos encontraram os meus.

— Você perdeu o juízo?

Eu senti as palavras ressoarem de Zayne, porque estava pressionada quase que por inteiro contra o peito dele. Tentei levantar as mãos para me afastar, mas os meus braços estavam presos para os lados. Eu estava presa contra ele, e seu corpo estava emanando calor como uma fornalha.

Saco.

— Trin...

— Me solta. — Eu sabia que ao nosso redor um público devia estar se formando, considerando que estávamos no meio de uma calçada.

Ele olhou para mim com severidade.

— O que você tava fazendo?

— Eu disse pra me soltar. — O fôlego seguinte que tomei foi como engolir fogo. — Agora.

Zayne respirou fundo, mas me soltou, deslizando o braço para longe de mim em um afastar lento que me enfureceu e me frustrou por meia dúzia de razões diferentes.

Recuei.

Mas não cheguei muito longe.

A mão dele disparou e envolveu meu pulso, seu aperto firme, mas longe de ser doloroso.

— Pra onde você acha que vai?

— Pra qualquer lugar que não seja onde eu tô agora.

A risada de Zayne foi dura.

— Ah, acho que não.

Sem outra palavra, Zayne me arrastou de volta para a sorveteria enquanto um casal de idosos vestindo blusões combinando nos observava. Eles tinham a cabeça inclinada um para o outro enquanto enviavam olhares nervosos em nossa direção. Não intervieram. Ninguém interveio. Imaginei ser por causa da hora do *rush* na capital do país e as pessoas apenas quererem voltar para casa antes de escurecer.

Cidadãos realmente preocupados e prestativos.

Puxei a minha mão.

— Zayne...

— Ainda não — ele disse, entrelaçando seus dedos nos meus. — Aqui não.

A mão ao redor da minha era firme, e seu ritmo de passadas longas era irritante de acompanhar. Olhei de soslaio para ele.

— Eu não tô entendendo por que você tá cheio de atitude.

— Não? — ele exigiu. — Você sabe melhor do eu que não se deve atravessar uma rua sem olhar antes. Você poderia ter se ferido, Trin. E depois?

Tentei libertar a minha mão outra vez. Não tive sorte.

— Mas eu não me machuquei, e, olha, eu invadi o seu encontro na sorveteria. Eu não queria...

— Ainda não — ele me interrompeu.

Comecei a franzir a testa.

— Mas eu...

— Trinity, eu tô falando sério. Não quero ouvir uma única palavra sua agora. — Ele passou na minha frente, quase me fazendo tropeçar, mas ele me segurou antes que eu pudesse cair.

— Mas você me fez uma pergunta! — salientei. — Você não queria que eu respondesse?

— Não exatamente.

Agora eu estava *realmente* franzindo a testa enquanto ele me puxava para um beco que eu tinha passado no caminho para a sorveteria. Zayne parou perto de uma escada de incêndio, longe da calçada cheia de gente, e me encarou. A luz acima de nós piscava, lançando sombras estranhas sobre o rosto dele.

— Você vai me soltar agora? — eu exigi.

— Não sei. Vai voltar a brincar no meio dos carros?

— Ah, sim. É um dos meus passatempos favoritos, então não prometo nada.

O olhar que Zayne me lançou deixou claro que ele não estava impressionado. Respirei fundo e comecei a tentar contar o que aconteceu, mas ele abriu a boca e queimou a largada.

— Você tem muita coisa pra explicar. — Ele me encarou com severidade. Foi a coisa errada a se dizer.

— *Eu* tenho muita coisa pra explicar? Euzinha?

— Não foi você que apareceu aleatoriamente aqui e depois fugiu?

— Você faz parecer que eu fiz tudo isso de propósito, o que não foi o caso, e também não fugi. — Mesmo que quisesse. — Eu *fui embora*.

— Como se isso fizesse diferença. — Seus olhos se abriram, ardentes, quando ele abaixou a cabeça. — Você tava por aí sei lá por quanto tempo, sem proteção e sozinha.

— Ah, como se você se importasse — eu deixei escapar. Era uma coisa tão típica de se dizer, mas que fosse.

— Sério? Você acha isso?

— Considerando a maneira como você tem agido nos últimos dias? Sim.

— Deus, eu nem deveria me surpreender que você pense isso.

Eu o encarei, boquiaberta.

— Você precisa maneirar na sua atitude.

— Eu preciso maneirar?

— Obviamente. Foi o que eu disse. — Puxei a mão outra vez. Já estava de saco cheio dessa porcaria de ficar de mãos dadas. Eu me soltei com agressividade, só para lembrar a ele quem tinha força aqui. — Caso você esteja meio confuso, eu não tenho que te dizer nada sobre o que tô fazendo, então você precisa se controlar com todo esse discurso de você-não-sabia- -onde-eu-estava. Não é assim que funciona. Nunca. Em segundo lugar, eu sou capaz de me proteger...

— Exceto quando você tá atravessando uma rua, aparentemente — ele disparou de volta.

— Sabe de uma coisa? Vá se... — eu me interrompi, dando um passo para trás.

Seus lábios se torceram em um sorriso debochado.

— Termine essa frase se vai te faz se sentir melhor.

Em vez de fazer exatamente isso, levantei a mão e lhe mostrei o dedo do meio.

Uma sobrancelha se ergueu no rosto dele.

— *Isso* te fez se sentir melhor?

— Sim.

Com os lábios afinando, ele desviou o olhar e puxou em uma respiração profunda.

— Você não me disse a verdade na noite em que tava na cozinha.

Meus ouvidos deviam estar me enganando, ou o Nosso Senhor Jesus Cristo estava me testando. Ou ambos.

— Como é que é?

— Era por isso que você tava com a adaga. — Ele voltou a me encarar. — Você não tava pegando alguma coisa pra beber. Sam tava lá, e você não me disse...

— Você não me disse que tava se encontrando com Stacey! — gritei alto o suficiente para que as pessoas na rua conseguissem me ouvir. — Você não mencionou isso quando falou sobre as "coisas" que precisava fazer, então não fique aí parado me dando um sermão. E, também, não é a primeira vez, não é mesmo? Era onde você tava no dia em que me encontrou no parque. A noite em que a gente... — Eu me interrompi. — Na noite em que Morgan foi morto.

Seu olhar voou para o meu.

— Eu almocei com ela naquele dia. Eu não te contei...

— Eu não me importo. — E essa era a mais pura verdade naquele momento confuso. — Não me interessa por que você não me contou.

Zayne se aproximou de mim.

— Você tem certeza disso, Trinity?

Minha postura endureceu.

— Tenho certeza. Tô apenas apontando a hipocrisia.

— Então, se for esse o caso, mal posso esperar pra ver a sua cara no momento em que a hipocrisia voltar pra você.

— Ah, você se acha espertalhão. — Comecei a me afastar, mas parei. — Eu não falei sobre Sam porque eu não tinha ideia de quem ele era naquela noite. Ele desapareceu antes que eu pudesse perguntar pelo nome, e pensei que ele era só um espírito aleatório que me viu na rua e me seguiu. Já aconteceu antes, e não falei disso porque imaginei que ficar sabendo que havia outra pessoa morta no seu apartamento iria te assustar.

Zayne olhou para a rua, braços cruzados sobre o peito.

— Eu não sabia que ele tava me trazendo até Stacey até que eu a vi. Se soubesse quem ele era, eu teria te avisado. Não sou idiota.

A cabeça dele se voltou para mim.

— Eu não disse que você era.

— Então acho que interpretei errado o comentário sobre brincar no meio dos carros. — Agarrei-me à minha raiva como se fosse minha roupa favorita. — E por que você sequer tá aqui agora?

— O que isso quer dizer?

— Sério? — Meu tom era tão seco que um deserto pareceria uma terra úmida em comparação. — Você tem *coisas* pra fazer, e toda a história com Sam parece ter mexido muito com Stacey. Então você deveria estar lá com ela, onde a sua presença é necessária. Não aqui fora, me falando desaforos.

As narinas de Zayne se abriram e suas pupilas se transformaram, esticando-se.

— Tem razão. Eu tinha coisas pra fazer hoje, e *aquilo* que rolou? — Ele apontou com um dedo para a rua. — Realmente mexeu muito com Stacey, porque, quando Sam morreu, ela nem sabia. Nenhum de nós sabia, porque um maldito Lilin assumiu a forma dele e fingiu ser ele de todas as formas possíveis.

Meus olhos se arregalaram. Um Lilin era um fruto de Lilith, mas nada como Layla. Era uma criatura demoníaca proibida de estar na superfície, porque eles podiam despojar as almas das pessoas ao simplesmente encostar em um humano, criando espectros como um vampiro sanguessuga. E agora eu entendi o que Sam quis dizer quando comentou que não tinha atravessado assim que morrera. Sua alma teria sido despojada e ele teria sido…

Meu Deus.

— Eu não sabia — sussurrei. — Eu não sei nada sobre essas pessoas…

— Essas *pessoas* são meus amigos — ele disse, e eu respirei fundo. — E por que alguém te contaria? Você nem perguntou quem Stacey perdeu, apesar de eu ter mencionado.

Eu me encolhi para trás.

— Não achei que você gostaria que eu perguntasse.

— É, e eu me pergunto por que você pensou isso.

O meu queixo caiu.

— Que conversa! Eu tentei te perguntar na noite em que a gente ficou conversando no sofá, e você me disse que havia muitas coisas que eu não sabia.

— Você tava perguntando sobre Stacey ter ido na minha casa antes. Você não tava perguntando sobre *ela*. Você tava perguntando sobre *nós*. Tem uma grande diferença aí.

A sensação de algo me pinicando varreu a minha pele enquanto as pupilas de Zayne voltavam ao tamanho normal. Eu não sabia como responder aquilo. Eu me sentia como se tivesse caído de cara no chão.

— Eu não te falei sobre me encontrar com ela porque achei que não seria algo que você gostaria de ouvir. Talvez eu estivesse errado. Não. Eu *estava* errado. Devia ter dito que ia me encontrar com ela entre as outras coisas que precisava fazer hoje. Nada como a sabedoria do hoje pra pensar o ontem. — Ele olhou para mim. — Stacey é minha amiga, e eu não tenho sido um bom amigo pra ela ultimamente. Era o que eu ia fazer hoje. Era disso que se tratava o outro dia também. Nada mais. Nada menos. Não importa o que a gente costumava fazer ou não.

Meu rosto começou a arder.

— Você não me deve uma explicação...

— Aparentemente devo, sim. Então aqui tá o que você precisa saber. Stacey pensou que tava dizendo ao garoto que conhecia há anos que o amava, mas não era o caso. Ela nunca chegou a falar isso pra Sam — ele disse, fazendo-me recuar. — E aquele garoto tava no Inferno até que Layla o libertou. Stacey soube disso, assim que percebemos que o que estávamos olhando não era o Sam. Não havia nada que ela pudesse fazer, então, sim, ouvir que ele tava presente mexeu muito com ela. — Ele fez uma pausa. — E depois do que aconteceu entre a gente, não posso acreditar que você tá me questionando. Você não quer nada sério comigo, então não deveria importar o que diabos eu estivesse fazendo com ela ou com qualquer outra pessoa. Você fez a sua escolha.

— *Escolha?* — Eu soltei uma risada áspera. — Você não tem *ideia*, então, por favor, continue aí, fazendo com que eu me sinta mal quando foi você que escolheu não me contar sobre Stacey. E que cara de pau. — Eu dei um passo em direção a ele. A raiva e a frustração eram uma tempestade tumultuosa dentro de mim, e as emoções se sobrepuseram ao racional. — Eu não tive *escolha*. Tive de criar um limite, porque se o que tava rolando entre a gente se tornasse mais do que algo físico, não faço ideia do que aconteceria com você. É proibido, por isso criei o limite do beijo, porque isso faz, sim, com que as coisas signifiquem mais pra mim. Você acabou comigo por isso, me fazendo sentir como se eu estivesse te usando como Layla te usou. Você projetou *a sua* bagagem emocional em cima de mim, mas levou Stacey naquela sorveteria. Sei que lugar é aquele. É a que o seu pai te levava. É importante pra você, e você nunca nem sequer pensou em me levar lá.

— É uma maldita sorveteria, Trinity.

— Ah, não se atreva a tentar fazer parecer que aquele lugar não significa nada pra você. Se você fosse outra pessoa? Claro. Eu não sou besta.

Você pode pensar que sou horrível por te excluir de algo que considera importante, mas pode fazer o mesmo comigo?

Um músculo se retesou em sua mandíbula quando ele desviou o olhar.

— Eu acho que você tá resistindo em dizer que não é a mesma coisa?

— Assim como você não me contar sobre Sam não é a mesma coisa? — ele retorquiu. — Ou quando você se recusa a me dizer a verdade quando eu sei que você não tá bem? Ou quando sei que você não tá me contando a história toda?

— Meu Deus. — Balancei a cabeça, e não sei por que admiti o que fiz a seguir. Era como se a situação estivesse fora de controle e eu simplesmente seguisse seu ritmo. — Sabe de uma coisa, eu menti. Aquele dia no parque? Eu não tava andando por aí. Eu tinha ido ver o *coven* das bruxas com Roth.

O olhar de Zayne se fixou em mim.

— Ele queria que eu ajudasse a recuperar Bambi, e pensei que seria uma boa oportunidade pra tentar conseguir mais informações do *coven* — continuei falando, os punhos cerrados. — Eu matei aquela bruxa, Faye. Então, é, nós dois somos ótimos em mentir sobre as coisas importantes, não é mesmo? Somos ambos hipócritas. Isso te faz se sentir melhor, saber disso? Deveria. Agora que sabe do que sou capaz, deveria estar *felicíssimo* por eu ter criado um limite.

Ele me encarou.

— Você tá errada. Sou melhor em manter as coisas em segredo do que você.

— É mesmo? — desafiei.

— Eu sabia sobre Roth e o *coven* — ele disse, efetivamente explodindo meus neurônios e a presunção para longe de mim. — Eu sabia que ele tinha te pedido ajuda. E sei que você não queria matar ninguém, nem ela. Também sei que não matou aquela bruxa até que ela atacou Bambi e a Anciã te disse pra matá-la.

— Bem — eu disse, e isso era tudo que eu podia dizer.

— Roth me ligou depois que ele te deixou no parque.

Meu queixo estava no chão. Aquele demônio filho de uma égua tinha me dito para não contar a Zayne!

— Ele não achou sensato que você ficasse por lá sozinha — ele continuou, e eu quase caí para trás. — Eu tava só esperando que você me contasse, e acho que acabou de fazer isso.

Eu não tinha nada a dizer.

— Aí está. A expressão na sua cara que eu queria ver quando a hipocrisia voltasse pra você. Pena que não seja tão agradável quanto pensei que seria

— ele disse. — E você sabe o que mais? Eu *deveria* estar lá dentro com Stacey, porque é isso que um amigo faz. Em vez disso, tô aqui com você.

A sensação de dor aguda voltou, misturando-se à queimação.

— Eu não te disse pra vir aqui.

Zayne balançou a cabeça enquanto arrastava o lábio inferior entre os dentes.

— Você sabe o caminho de volta pro apartamento?

— Eu consigo descobrir...

— Você sabe ou não o caminho de volta pro apartamento, Trinity? Você ao menos tem algum aplicativo baixado no celular pra te ajudar? Consegue ver as placas nas ruas? Prestou atenção quando Sam te trouxe até aqui? — Quando eu não respondi, quando *não pude* responder, ele disse: — Não é como se eu pudesse simplesmente te deixar vagar por aí, então, quer você me queira aqui ou não, ou eu queira estar aqui, é aqui que eu estou.

A queimação e a dor aguda se tornaram um nó na minha garganta que eu mal conseguia engolir. Toda a minha raiva pulsou, dissipou-se, e voltou como algo inteiramente novo. Meu peito doía, mas minha pele ardia de vergonha e meus ombros caíram sob o peso repentino enquanto eu olhava para o chão de pedrinhas do beco.

Fardo.

Era esse o peso. Um fardo de dever e um fardo de ter de ser ajudada. Zayne tinha razão. Eu nem sequer tinha o Google Mapas no meu celular. Inferno, eu não seria capaz de ler as instruções estúpidas mesmo que tivesse. Ele sabia disso, e estava aqui por causa disso e porque era o meu Protetor.

Não porque eu era uma amiga precisando de ajuda.

Não porque era aqui que ele queria ou precisava estar.

E *isso* era um mundo de diferença. Mesmo que as coisas não tivessem ficado tão complicadas entre nós, esta situação aqui provavelmente ainda teria acontecido.

— Quero voltar pro apartamento — disse, sentindo-me muito pesada. — Eu gostaria disso.

— Claro. — Sua voz era monotônica. — É o seu mundo, Trinity.

É o *seu mundo*.

Misha não disse algo assim? Virei-me para a rua, apertando os olhos atrás dos óculos de sol.

— Eu posso pegar um Uber se você, hm, se você me ajudar a ver o aplicativo e... — O calor fluiu sobre minhas bochechas. — E me ajudar a ver o carro quando ele chegar aqui. Não consigo ver as placas, e algumas marcas...

— Entendi — ele me cortou, e quando olhei por cima do ombro, ele já estava com o celular na mão. Não mais do que alguns segundos depois, ele anunciou: — O carro vai chegar aqui em menos de dez minutos.

E foi tudo o que ele disse.

Capítulo 28

Há cerca de dois anos, Misha e eu tivemos uma briga feia. Jada, Ty e vários outros Guardiões estavam saindo da Comunidade para passar um dia em uma das cidades vizinhas e comerem batata frita com queijo do Outback, por isso, é claro, eu queria ir com eles. Thierry recusou o meu pedido por alguma razão fútil e, conhecendo a minha propensão a não dar ouvidos às suas ordens, chegou a colocar Guardiões de reserva em todas as saídas possíveis da casa. Misha me dissera que não iria e que ficaria trabalhando em algo com Thierry. Ele tinha mentido e ido com o grupo, e, mesmo vindo a descobrir que aquela mentira não era o seu maior crime, naquela época tinha sido o fim do mundo para mim. Eu sabia que a minha raiva e aborrecimento tinham tudo a ver com me sentir excluída e como se a vida fosse injusta, mas Misha ainda tinha mentido em vez de apenas confessar que queria ir com o pessoal. Eu ainda teria ficado com inveja, mas não teria dito nada além de *divirta-se*. Nós dois tínhamos errado, embora eu carregasse a maior parte da culpa; gritamos um com o outro antes de nos retirarmos para os nossos respectivos quartos, cada um fechando sua porta com agressividade. Na manhã seguinte, tivemos de treinar, e eu queria pedir desculpa, mas ainda estava com muita raiva e muito magoada para cruzar essa ponte, então o treino inteiro foi incrivelmente constrangedor e a conversa travou pelo resto do dia.

Isso era muito parecido com o que estava acontecendo com Zayne esta noite.

Ele não tinha voltado para o apartamento até que fosse quase a hora de sairmos, e tudo o que ele disse quando passou por mim na sala de estar foi que achava uma boa ideia verificarmos a área ao redor da escola.

Devemos ter trocado três frases completas desde então, o que não era exatamente diferente dos últimos dias.

Coisa boa.

Enquanto caminhávamos pelas calçadas encharcadas de chuva em direção a Heights on the Hills, que era como a escola era chamada, fiquei com a mesma sensação que tivera depois da briga com Misha, mas, ao contrário de antes, quando eu não conseguia entender por que estava sendo tão covarde, achava que agora tinha entendido. E queria pedir desculpa. Eu era bocuda e birrenta em um dia bom, e não recuava de uma briga, mas eu absolutamente detestava conflito com pessoas de quem gostava. O problema era que, assim como com Misha naquele dia, eu ainda estava furiosa e magoada e a cerca de um milhão de quilômetros de distância de estar pronta para me desculpar.

Mas a culpa não era completamente minha.

Eu conseguia entender, agora que eu tinha tido tempo para me debruçar obsessivamente sobre o que tinha acontecido, por que ele não me dissera que estava se encontrando com Stacey. Ele tinha sentido as minhas emoções quando Stacey estivera no apartamento, e ele tinha entendido o que eu estava sentindo com as minhas perguntas sobre ela. Ele provavelmente queria evitar ferir os sentimentos que sentia em mim ou evitá-los como um todo. Mas isso não significava que ele não deveria ter sido honesto, o mesmo que aconteceu com Misha. A honestidade teria sido horrível no momento, mas teria sido muito mais fácil de lidar do que descobrir uma mentira destinada a cobrir uma mágoa. Ao contrário do que Zayne acreditava, a mentira dele não era nada como eu não contar a ele sobre o que tinha parecido ser um espírito aleatório no apartamento.

Ninguém poderia me convencer do contrário.

E o fato de que ele soubera sobre o que tinha acontecido com o *coven* este tempo todo? Eu não poderia ficar com raiva dele por não ter dito nada, porque eu tinha omitido aquilo, mas não entendia por que ele não tinha me confrontado. Ele estivera mesmo esperando que eu contasse?

Eu duvidava que ele estivesse feliz agora que eu tinha contado.

Um raio atravessou o céu noturno, um arco de luz irregular que iluminou o perfil estoico de Zayne. Seu cabelo estava amarrado para trás, exceto os fios mais curtos. Estes estavam encaixados atrás da orelha.

A única vez que eu teria gostado que ele fosse desonesto teria sido quando me dissera que preferiria estar com uma amiga do que lidar comigo.

Do que me *ajudar*.

Isso ele poderia ter guardado para si.

— Você quer dizer alguma coisa. — Zayne quebrou o silêncio. — Apenas diga.

Eu virei meu olhar dele abruptamente, ruborizada por ser pega encarando-o.

— Não tenho nada a dizer.

— Tem certeza disso, Trin?

Trin.

Pelo menos voltamos aos apelidos e não aos nomes formais.

— Sim.

Ele não respondeu.

— Tem alguma coisa que *você* quer dizer, Zayne? — Eu nem tentei disfarçar o sarcasmo do meu tom.

— Não.

Trovões retumbaram como a explosão de um canhão apontado para o Céu. A chuva torrencial havia parado há cerca de uma hora, mas outra tempestade estava a caminho. Ficar encharcada e possivelmente ser eletrocutada seria uma boa maneira de terminar o dia de hoje.

Eu definitivamente não veria qualquer estrela esta noite.

— O que será que acontece quando um Guardião é atingido por um raio? — Caminhei à frente de Zayne até um cruzamento.

— Provavelmente a mesma coisa que acontece com uma Legítima.

Revirei os olhos, certificando-me de que não havia carros passando antes de atravessar. Não estava nem um pouco disposta a repetir o incidente. Comecei a avançar, meus passos desajeitados quando cheguei ao meio-fio antes do que previ. Eu realmente esperava que Zayne não tivesse visto isso, porque Deus sabia que eu não iria querer que ele...

— Trin?

— O quê? — retorqui.

— Você tá indo pra escola comigo ou pra outro lugar? — ele perguntou, divertimento escorrendo do seu tom de voz como mel espesso. — Só tô curioso, já que você parece ter outros planos em mente.

Parando a meio caminho do outro lado da rua, respirei fundo e fiz tudo que podia para evitar soltar um grito. Eu me virei e descobri que Zayne tinha virado à esquerda no cruzamento. Seguindo meu caminho de volta para a calçada, eu passei em disparada por ele, percebendo que a calçada não estava mais seguindo um curso plano, mas uma inclinação bastante íngreme. Uma risada profunda e estrondosa veio de trás de mim.

— Que bom que você achou isso engraçado — respondi, apertando os olhos enquanto os contornos das árvores davam lugar ao gramado aberto.

— Porque você vai achar muito engraçado quando eu quebrar a sua cara.

— Você é incrivelmente agressiva.

À frente, vi um edifício de dois andares com o andar principal iluminado.

— E você é incrivelmente irritante.

— E você ainda tá indo no caminho errado — ele disse.

Parei.

Deus tinha de estar brincando com a minha cara.

Rodopiando, vi que Zayne estava atravessando a grama. Franzi a testa, olhando na direção em que eu estava indo. Eu não conseguia enxergar direito o grande edifício à minha frente, mas parecia uma escola para mim.

— Aquela ali não é a escola?

— É. — Ele continuou a andar. — Mas eu não acho que você quer entrar pelas portas da frente, não é? Estamos aqui pra explorar o local, não pra anunciar a nossa chegada pra quem quer que esteja trabalhando agora.

Deus do Céu, eu iria pular em cima de Zayne e enfiar a cara dele no chão, e *não* do jeito divertido.

— Passou pela sua cabeça talvez dizer alguma coisa? — queixei-me, tendo de correr para acompanhar os seus passos assustadoramente longos. Uma bandeira flamulava em seu poste, fazendo barulhos de estalido.

— Passou. — Ele abrandou o passo. — Por cerca de um segundo.

— Babaca — murmurei, permanecendo alguns metros atrás dele e para o lado. O solo estava mole e escorregadio em certas áreas, como se a grama tivesse sido assentada recentemente.

— O que você disse? — Zayne olhou por cima do ombro, com o rosto escondido na escuridão. — Eu não te ouvi muito bem.

Sim, ele ouviu; ele só queria que eu me repetisse. Não iria acontecer.

— Pra onde estamos indo?

— Verificar este lado do terreno. Tem um bairro pequeno logo atrás da escola, e quero ver se conseguimos identificar alguma coisa.

Tudo o que eu sentia era o zumbido constante e baixo de atividade demoníaca nas proximidades.

— A única coisa que eu tô identificando é sua atitude combativa.

Zayne riu. Alto o suficiente para que eu me perguntasse se seríamos ouvidos.

— Isso não era pra ser engraçado.

— Mas com certeza me fez rir, hein. — Zayne parou de repente, esticando um braço para o lado e quase me fazendo ficar pendurada nele.

— Credo — eu arquejei, cambaleando um passo para trás.

— Cuidado — ele advertiu. — É difícil de ver, mas a grama acaba aqui e tem seis degraus estreitos depois.

É, eu definitivamente não teria notado isso. É verdade que tropeçar e despencar por aqueles degraus só machucaria o meu orgulho. A palavra *obrigada* queimou a minha língua, mas não a falei enquanto tentava descer a escadaria.

— Não sei se consigo sentir a presença de uma Pessoa das Sombras — eu disse enquanto um raio cortava o céu novamente. — Como eles não são demônios vivos, não sei como isso funciona.

— Com a nossa sorte, provavelmente não. — Ele examinou o que eu percebi ser um estacionamento pequeno e estreito que provavelmente era para professores.

Para além de uma cerca temporária improvisada, várias vans e caminhões de cores mais claras estavam estacionados ao longo da parte de trás do prédio, bloqueando quaisquer entradas que tivessem lá. As palavras *Gui Auro e Filhos Construção* estavam escritas em grandes letras vermelhas e fortes nas vans, iluminadas pelas luzes laterais da entrada. À medida em que nos aproximávamos, pude ouvir o baque constante de martelos e…

— A propósito, conversei com Roth hoje de tarde —Zayne anunciou quando começamos a atravessar o estacionamento. — Ele quer dar uma olhada na escola com a gente no sábado.

— Legal — murmurei. — Ele é como o oposto de um amuleto da sorte, então por que não?

Um estrondo de trovão silenciou o trinado das cigarras e os meus passos diminuíram, depois parei de andar. Olhei para trás. O vento continuava batendo na bandeira e nos ramos das árvores que pontilhavam o gramado. Um arrepio subiu pelos meus braços enquanto eu me esforçava para ouvir… o que eu não tinha ideia. Era um murmúrio baixo. Talvez até o vento?

— Trin? — A voz de Zayne estava próxima. — Você sente alguma coisa?

— Não. Não exatamente. — Voltei-me para a escola e levantei o olhar para as janelas escuras. O arrepio se espalhou enquanto um calafrio sutil o seguia ao longo da minha pele. — É só uma sensação estranha.

— Como o quê?

Levantei um ombro. Eu não tinha certeza se era alguma coisa, mas eu tinha a sensação de centenas de olhos invisíveis em nós. Poderiam ser os fantasmas que Sam dissera estarem presos. Eles poderiam estar naquelas janelas e eu simplesmente não conseguia vê-los.

— Não sei. Só uma coisa estranha. Talvez esta escola *seja* uma Boca do Inferno.

Zayne ficou em silêncio.

Olhei de relance para ele.

— Essa sim deveria ter sido engraçada.

— Deveria, é?

— Quão bravo você vai ficar se eu simplesmente te chutar contra um desses caminhões?

— Bastante bravo, pra ser sincero.

— Certo. — Assenti com a cabeça. — Vou só analisar as minhas chances aqui pra ver se vale a pena te deixar mais bravo do que você já tá.

— Eu não tô bravo.

— Ah, sério? — Disse eu ri alto. — Eu já te vi feliz. Isto não é feliz.

— Também não disse que estava feliz — ele rebateu. Levantei os braços em frustração. — Tem umas portas aqui atrás, pela lateral, se bem me lembro. Vou ver se estão acessíveis ou se tem alguma janela fechada com madeira. Mapear a área pra sábado à noite.

— Divirta-se.

Zayne me encarou.

— Você não vem?

— Não. Deve ter um monte de detritos e porcaria por todo o lado — salientei. — Eu só vou tropeçar e cair em cima das coisas.

— Então, o que você vai fazer? — Ele se aproximou de mim.

— Brincar no meio dos carros.

Ele fez um barulho que parecia um cruzamento entre uma risada e um xingamento.

— Parece divertido. Só tente não ser atropelada e morta. Meio que sobreviva à noite.

— Ser atropelada por um carro não me mataria. — Devolvi-lhe as palavras.

Zayne levantou a mão e achei que talvez ele fosse dar um sinal de joinha antes de dar a volta na cerca.

— Idiota — murmurei, voltando o olhar para as janelas escuras.

Claro que eu não iria brincar no meio dos carros. Enquanto Zayne estava procurando uma boa entrada para sábado, eu queria entender o que estava sentindo e possivelmente ouvindo. Além disso, eu provavelmente quebraria uma perna e alertaria o lugar inteiro sobre a nossa presença tentando andar no meio de uma construção civil no escuro.

Levantei o olhar para as fileiras simétricas de janelas do segundo andar. Poderiam ser apenas insetos, mas a sensação... Sim, a sensação que eu tinha era muito esquisita, e eu não achava que tinha nada a ver com o fato de que eu sabia o que poderia estar lá dentro.

O ar era mais espesso aqui, como sopa. O barulho constante de martelos me fez pensar se os trabalhadores tinham notado alguma coisa. Ferramentas sumindo. Vozes do além. Pessoas aparecendo no canto dos olhos, mas desaparecendo quando se concentrava na área. Essas coisas seriam vivenciadas se houvesse apenas um fantasma em um lugar, mas mais de cem? Deus.

Por que alguém os prenderia aqui? E se isto estivesse relacionado ao Augúrio, o que ele poderia querer com fantasmas? E as Pessoas das Sombras? O enredo estava se complicando, mas o problema era que eu não tinha ideia de qual era a maldita história sendo contada.

Outro clarão de luz riscou o céu, iluminando as janelas por um segundo. Qualquer outra pessoa conseguiria ver se alguma coisa estava naquelas janelas, mas era tudo um borrão para mim. Um trovão se seguiu imediatamente, e então uma grande e pesada gota de chuva me acertou no nariz. Esse foi o único aviso antes que o céu desabasse e a chuva caísse.

Ficando encharcada até os ossos em questão de segundos, suspirei pesadamente. Pelo menos a chuva não estava gelada.

Eu estava debatendo os méritos de rastejar sob uma das vans quando senti dedos frios e gelados deslizarem pela minha nuca. Virei a cabeça, esperando ver alguém com as mãos geladas e absolutamente nenhuma noção de etiqueta, um fantasma ou um abominável homem das neves.

Ninguém estava atrás de mim. Eu lutei para ver através do véu da chuva, examinando o gramado. Era impossível alguém ter me tocado e desaparecido tão rapidamente. A sensação de frio ainda estava lá, assentando-se entre os meus ombros, formando uma pressão. Era a mesma sensação brutalmente gelada que eu tinha sentido naquela noite em que encontramos os zumbis.

Virei-me e caminhei de volta para os degraus. Em vez de subi-los, pulei e pousei na grama espessa. O frio na nuca ainda estava lá, e a sensação de ser observada se intensificou.

Alguém estava aqui.

Eu tinha certeza absoluta disso, conseguia sentir nas minhas entranhas. Lá no fundo, a minha *graça* despertou dentro de mim quando dei um passo em frente. *Ali.* Perto de uma das árvores.

Fora da chuva e da escuridão, uma forma mais espessa se afastou da base da árvore. Era uma pessoa? Um fantasma? Uma Pessoa das Sombras? Eu não conseguia dizer. Não com a distância e a chuva.

Apertando os olhos, eu conseguia ver a figura a cerca de um metro e meio da árvore. Eu caminhei para a frente, e então o instinto se apossou de mim. Meu ritmo acelerou até que eu estivesse trotando e então correndo enquanto pegava uma das minhas adagas, caso...

O chão macio e mole afundou sob meus pés e, por um segundo que fez meu coração parar, congelei. Tão idiota, tão incrivelmente idiota, porque foi um segundo a mais do que deveria. O chão cedeu debaixo de mim, sugando-me antes de eu ter a oportunidade de gritar.

Pedaços de terra e grama caíram comigo enquanto eu despencava no nada. O pânico aumentou, mas eu o esmaguei enquanto cruzava os braços e encolhia as pernas, preparando-me da melhor forma que...

...Atingi o chão duro, o ar saindo dos meus pulmões enquanto a dor explodia na minha pélvis e na perna esquerda. Minha cabeça bateu em alguma coisa, e a visão de estrelas me cegaram quando outra pontada de dor irrompeu ao longo da parte de trás do meu crânio e depois disparou pelas minhas costas. O impacto repentino me atordoou, deixando-me imobilizada. Deitei-me de lado, com as pernas ainda dobradas enquanto eu respirava através da mandíbula cerrada, meus olhos fechados.

Caramba.

Eu tinha de ter caído uns três metros ou mais. Isso explicava a pulsação profunda e constante na minha perna e cabeça. Aquele tipo de queda teria causado ferimentos sérios a um ser humano. Abrindo a boca, respirei fundo e quase me engasguei com o cheiro avassalador de solo fértil e úmido. A pressão gelada ainda estava entre os meus ombros, e onde quer que eu tivesse caído estava incrivelmente frio, pelo menos dez graus a menos do que na superfície.

Abrindo os olhos, vi... *nada*. Nada além de completa e absoluta escuridão.

Uma semente de pânico se enraizou em mim enquanto eu me apressava para ficar em pé e andava para trás até bater em algo duro. A náusea tomou conta de mim enquanto uma onda de dor apertava as minhas têmporas.

Certo. Talvez eu tivesse causado algum ferimento a mim mesma.

— Merda — gemi, levantando a mão para a têmpora, percebendo que estava contra uma parede. Eu me virei na altura da cintura, estremecendo quando estendi um braço, colocando a mão contra a superfície úmida e viscosa. Uma parede de pedra — uma parede de pedra mofada e viscosa.

No que diabos eu tinha caído?

Esforcei-me para ver qualquer coisa, mas só havia escuridão. O lugar era desprovido de qualquer luz? Ou eram os meus olhos? Será eles tinham aproveitado este momento para me deixarem na mão? A muda de pânico desabrochou. Não. *Não.* Não era assim que a retinose pigmentar funcionava, e o meu crânio era duro o suficiente para proteger todas as células cerebrais e nervos importantes responsáveis pela visão. Eu sabia disso, então só precisava acalmar o meu coração... e a minha respiração, porque hiperventilar não estava me fazendo bem. Eu precisava procurar uma saída. Meu telefone. Eu poderia usar a lanterna do celular para ver, e Zayne deve ter sentido meu pânico. Pela primeira vez, fiquei grata pelo vínculo que podia sentir no meu peito. Ele iria procurar por mim.

Espero que não no meio de uma rua próxima.

Apalpei para pegar o celular enquanto rezava para que ele não tivesse sido danificado com a queda, porque isso seria péssimo. Eu precisava de luz. Eu precisava ser capaz de enxergar...

Um baque suave ecoou não muito longe de mim. Eu congelei, tentando não respirar muito alto ou muito fundo enquanto olhava para o nada. O que era aquilo...

Outro som quase inaudível chamou a minha atenção. Um baque mais suave e depois mais um, um som que me lembrou...

Entendendo o que era aquilo, meu estômago despencou enquanto a minha *graça* queimava no meu âmago.

Eu não estava sozinha.

Capítulo 29

O som dos passos cessou enquanto eu me mantinha completamente imóvel. Eu sabia, sem sombra de dúvida, que havia alguém ali comigo.

O que aquele alguém era eu não fazia ideia.

Porque não era Zayne, e nenhum humano poderia ter saltado tão silenciosamente ou com tanta segurança, mas eu também não sentia um demônio. Poderia ser outro Guardião? Se fosse esse o caso, por que não dizer alguma coisa?

Examinei a escuridão, ouvindo apenas o respingo constante da chuva e o estrondo da trovoada. Não havia qualquer outro ruído, nem mesmo o som de uma respiração, mas eu podia senti-*lo*. Todos os sentidos que eu tinha estavam extremamente conscientes da presença ali.

Eu precisava enxergar.

Arrepios varreram os meus braços enquanto eu lenta e cuidadosamente estendia a mão para o bolso de trás. Os meus dedos deslizaram sobre o celular. Coração batendo como a chuva, prendi a minha respiração enquanto o puxava. Se o telefone ainda funcionasse, no momento em que eu apertasse o botão, ele acenderia, alertando o que quer que estivesse aqui comigo. Era o risco que eu precisava correr.

Na escuridão, encontrei o botão no celular. O pequeno clarão de luz quando minha tela inicial entrou em foco trouxe alívio e preocupação, juntamente com uma explosão de dor em meus olhos com o brilho repentino. Não houve qualquer movimento enquanto eu arrastava meu polegar ao longo da parte inferior da tela. Lançando um breve olhar para a tela, apertei os olhos até que o pequeno ícone da lanterna entrou em foco. Apertei o botão e soltei o ar com dificuldade.

A luz branca intensa fluiu do aparelho. Eu segui o funil de luz para... outra parede reluzente que estava a cerca de um metro e meio de mim. Algo tinha sido esculpido na pedra. Eu não conseguia ver o que era, mas percebi que eu estava em um túnel.

Movi o telefone para a esquerda enquanto pegava uma adaga com a outra mão. Meus dedos se fecharam ao redor do punho enquanto eu seguia a luz, vendo pedra verde-acinzentada, pedaços de grama e terra...

Um peso caiu no meu braço, tão rápido que perdi o controle do celular e berrei. Ele caiu no chão e antes que eu pudesse me sentir envergonhada pelo gritinho que dei, o túnel foi mais uma vez lançado em escuridão completa.

O instinto rugiu até a superfície enquanto a minha *graça* clamava dentro de mim. Inclinei-me para a frente, desembainhando a adaga e balançando-a para a frente, cortando nada além de ar. Recuei, ofegante enquanto me pressionava contra a parede. Meu corpo ficou tenso, preparando-me para um golpe que eu não conseguia ver para me desviar. Eu sacudi a adaga para a frente novamente enquanto apalpava pela minha outra lâmina, acertando o nada.

— Onde você está? — gritei. — Onde diabos você está?

Tudo o que recebi em resposta foi o silêncio.

Pânico se espalhou em mim, invadindo a minha consciência como um veneno nocivo enquanto eu tentava me lembrar do meu treinamento com os olhos vendados. Esperei pela alteração no ar — a temperatura, a mudança que ocorreria ao meu redor. Haveria um aviso de que algo estava próximo. O meu olhar disparou descontroladamente de um lado para o outro. Tudo ao meu redor estava frio e o ar estava muito espesso, estagnado. Eu não sentia nada além do suor que pontilhava a minha pele úmida. Uma parte distante do meu cérebro sabia que eu estava cedendo à histeria, mas eu não conseguia conter o pânico. A ausência completa e absoluta da luz mexia comigo de forma aterrorizante, abrindo uma caixa de Pandora repleta de medo e desamparo. Eu sacudi a adaga, causando nada além de um sussurro do ar.

Um cacarejo suave, um som de *tsc-tsc*, respondeu, rastejando sobre a minha pele.

Cada parte do meu ser se concentrou na direção do ruído de desaprovação. Tinha vindo... diretamente da minha frente. Do meu ângulo no chão, eu estava em extrema desvantagem. Eu me aprumei e fiquei de pé, colocando peso na minha perna esquerda...

Meu tornozelo direito foi agarrado por alguém e sacudido para a frente e para cima. Eu caí com força sobre as costas, o impacto arrancando o ar dos meus pulmões. Eu chutei com a outra perna, mas o aperto firme me puxou, *arrastando-me* mais para dentro do túnel, para longe do som da chuva.

Sentei-me, balançando as duas adagas. O aperto no meu tornozelo foi desfeito de repente, e uma risada muito masculina e muito baixa ecoou ao meu redor. O meu corpo entrou em ação. Eu me levantei, ignorando a explosão de dor. Ofegante, apertei as adagas...

Senti um toque frio e úmido pressionado contra o meu rosto, o contato de algo firme deslizando pela minha bochecha. Pele. O toque foi de *pele*. Ofegante, eu brandi uma adaga enquanto levantava meu joelho direito, chutando. O grunhido que ouvi me disse que o meu pé tinha acertado quem quer que estivesse ali em baixo. Comecei a avançar, seguindo o som, quando algo duro e incisivo — um cotovelo — me acertou sob o queixo, empurrando minha cabeça para trás. A dor me desequilibrou. Uma mão segurou o meu pulso, torcendo bruscamente. Os meus dedos se abriram reflexivamente, e a adaga caiu enquanto eu brandia a outra. A mesma coisa aconteceu. Outra mão imobilizou o meu outro pulso. Aquela adaga caiu com estrépito no chão de pedra.

Recuando, mexi-me para usar a força do atacante nos meus pulsos contra ele. Um peso me acertou antes que eu pudesse levantar as pernas. O peso era um corpo — um peito e um torso duros e incrivelmente gelados — que me pressionaram contra a parede. O contato corpo-a-corpo foi um choque para o meu sistema. Tentei empurrar, mas o peso me manteve presa no lugar enquanto as mãos nos pulsos puxavam meus braços para cima, prendendo-os acima da minha cabeça.

O terror explodiu no meu estômago enquanto os meus braços eram esticados, fazendo com que minhas costas se curvassem. O sangue nas minhas veias se transformou em algo espesso como lama enquanto o hálito gelado se movia contra a minha bochecha, seguido pela sensação de lábios mais secos e macios.

A minha luta cessou. Mil cenas horríveis diferentes passaram rapidamente pela minha cabeça, cada uma mais perturbadora do que a anterior, onde eu seria forçada a uma posição vulnerável em que não pudesse revidar, não pudesse fazer nada para impedir o que quer que estivesse por vir...

Não.

Eu *não era* vulnerável. Eu *não estava* capturada. Eu *não estava* indefesa, sem uma arma — uma arma que já deveria ter usado. Uma arma que fui repetidamente treinada para usar apenas como último recurso. A clareza me atingiu com a força de uma bala no cérebro.

Aqueles anos de treinamento estavam *errados*.

E dar ouvidos a eles tinha sido a minha maior fraqueza. Não a minha visão. Não os meus sentimentos ou o meu medo. Eu nunca deveria permitir que as coisas escalassem até o último recurso. Eu nunca deveria estar em uma posição como esta, não quando eu poderia ter evitado isso.

O terror deu lugar à raiva, transformando aquela lama nas minhas veias em fogo. A minha *graça* despertou para a vida, e eu a canalizei. Os cantos dos meus olhos brilharam com uma luz branca dourada.

Quem quer que fosse este desgraçado, estava prestes a levar o maior susto da sua vida.

O aperto em meus pulsos mudou até que uma mão atingiu um osso. A outra me agarrou pelo pescoço, puxando-me para a frente enquanto me segurava. Meus músculos se esticaram a ponto de rasgarem.

— É um pouco tarde pra usar a sua *graça*. — A voz era nitidamente sulista, como o sotaque do Texas, com uma inflexão profunda que teria sido encantadora em qualquer outra situação. Não deixei escapar o fato de que ele sabia o que eu era. — Isso deveria ter sido a *primeira* coisa que você usou, querida.

— É sério que você tá me chamando de querida? — rosnei, sentindo o calor intenso subir pelo meu braço.

— Como deveria te chamar? De Legítima?

— Que tal de "o seu pior pesadelo"?

— Que tal não? Porque isso seria mentira, querida. Na realidade, *eu* sou o seu pior pesadelo.

De repente, fui libertada e cambaleei para a frente antes de me recompor. A *graça* se acendeu da palma da minha mão, o punho se formando enquanto meus dedos se fechavam em torno do peso. As chamas lamberam o comprimento da lâmina, espalhando um brilho dourado pelo túnel.

Pude ver o suficiente dele.

De pé à minha frente, vestido todo de preto, cabelo tão loiro que parecia branco e pele com um tom de alabastro quase translúcido. Houve apenas um vislumbre de seu rosto, mas vi que seus traços eram todos em ângulos perfeitos, embora a torção sardônica de seus lábios transformasse a beleza assimétrica em algo cruel e frio demais, como um homem jovem esculpido em gelo e neve.

A Espada de Miguel cuspia fogo enquanto eu a levantava, mais do que preparada para acabar com a vida dele sem hesitação.

— Brinquedo legal — ele gracejou, estendendo o braço direito. — Eu tenho um também.

O choque com o que eu vi me fez perder o controle da minha *graça*. Ela pulsou intensamente e depois explodiu em cinzas brilhantes.

— Impossível — sussurrei.

Luz dourada tingida de azul tinha se espalhado pelo braço dele, tomando a forma de uma longa e estreita lança de fogo.

Graça. Ele tinha uma *graça.*

— Isto parece impossível pra você? — o homem perguntou, seu tom quase provocador. — Você achava que era a única, não achava? Caramba, teu choque é quase palpável. — Ele fez aquele som de *tsc* de novo, e em seguida a sua *graça* retraiu, lançando o túnel na escuridão mais uma vez. — Querida, tem muita coisa que você não sabe.

A onda de ar foi o único aviso antes de suas mãos apertarem os lados da minha cabeça.

— Mas você vai aprender em breve.

Não houve tempo para me preparar. Uma dor lancinante explodiu ao longo da parte de trás do meu crânio quando minha cabeça acertou a parede, e então não havia nada.

Absolutamente nada.

Um toque suave e quente na minha bochecha me guiou para fora da escuridão. Eu acordei, ofegante por ar em uma sala bem iluminada que machucava os meus olhos. Comecei a me sentar, tentando aliviar a queimação dos olhos enquanto piscava, até que paredes amareladas como manteiga e *boiseries* escuros ficaram visíveis.

— Trin. — De repente, Zayne estava ali, colocando uma mão gentil no meu ombro. — Você precisa ficar deitada. Jasmine vai voltar logo.

Fui falar, mas minha língua parecia pesada e lanosa enquanto ele me apoiava contra algo que parecia ser uma almofada grossa.

— Por favor, fique parada — ele disse.

O semblante de Zayne estava um pouco embaçado enquanto os meus olhos se esforçavam para se ajustarem à luminosidade. Fios de cabelo úmidos se agarravam a bochechas pálidas, e a camisa que ele usara estava rasgada, pendente sobre os seus ombros. Ele havia se transformado em algum momento para a sua verdadeira forma e suas pupilas ainda estavam esticadas verticalmente.

— Onde...? — A parte de trás da minha cabeça latejava, fazendo-me respirar fundo. — Onde estou?

Os olhos pálidos de Zayne passaram pelo meu rosto.

— Você tá no complexo. — Ele se sentou ao meu lado na cama. — Quando eu te encontrei, você não... você não acordava, e sua cabeça tava sangrando. Muito. — Um músculo tensionou ao longo de sua mandíbula. — Como você tá se sentindo?

— Bem. — Comecei a erguer uma mão para a cabeça, mas Zayne foi rápido, capturando suavemente minha mão. — Eu acho.

— Você acha? — Ele fez um breve meneio com a cabeça e, em seguida, acrescentou calmamente: — Seus pulsos.

Meu olhar seguiu o dele até marcas azuis e de um violeta profundo ao longo da parte de baixo dos meus pulsos. Tudo o que tinha acontecido começou a se juntar na minha mente. Várias emoções afloraram — medo e raiva se misturavam, rapidamente seguidos de descrença.

O olhar de Zayne voou para o meu.

— Parecem marcas de dedos.

Porque eram. Eu olhei para elas, meus pensamentos ainda confusos.

— Eu caí através do chão até algum tipo de túnel.

— Eu te senti... pelo vínculo. — Ele colocou a minha mão no meu colo, seus dedos pousando nos meus por alguns segundos. — Pânico e raiva. Saí da escola o mais depressa que pude, mas não te via. O vínculo — ele disse, colocando a mão no peito. — Ele me levou até você, mas demorei muito pra te encontrar.

— Caí numa espécie de túnel — disse. — Eu tava sozinha quando você me encontrou?

— Quando eu cheguei até você, sim. — Ele se levantou, endurecendo a voz. — O que aconteceu, Trin? A lesão na cabeça pode ter acontecido na queda, mas não os outros hematomas.

Olhei para mim mesma. Caramba. Havia manchas de sangue seco nos meus braços e no meu peito. Minha camisa estava escura e úmida em algumas áreas, fosse de chuva ou de mais sangue. Quão ruim tinha sido o machucado na minha cabeça?

Isso não importava agora.

Voltei meu olhar para cima, seguindo Zayne enquanto ele passava ao lado da cama. À medida em que a confusão se dissipava da minha cabeça e do meu corpo, pude sentir a raiva dele através do vínculo, e estava tão quente quando o sol.

— Existe outro Legítimo.

Zayne parou e lentamente me fitou.

— Como é?

— Isso é o que tava no túnel comigo. Ele é um Legítimo, como eu, e acho que ele tem sido o que venho sentindo. Sabe aquele frio estranho e a sensação de estar sendo observada? Acho que é ele. — Voltei a me focar nos meus pulsos. — O Augúrio é um Legítimo.

O choque se espalhou pelo rosto dele e chegou até mim através do vínculo.

— Você é a única.

Eu ri e depois estremeci quando isso fez a minha cabeça doer.

— É, aparentemente não sou, não.

Zayne estava imediatamente ao meu lado, preocupação enrugando suas feições. Era estranho vê-lo tão preocupado depois de dias sendo indiferente ou estando irritado comigo.

— Faz sentido — eu disse depois que minha cabeça parou de parecer um ovo quebrado. — Isso explica por que o Augúrio não tem sido sentido pelos Guardiões, e um Legítimo pode matar um Guardião ou um demônio de Status Superior. Não explica a interferência na gravação do vídeo, mas eu vi a *graça* dele. Ele tem uma lança como a minha espada, e era rápido. — Fiz uma pausa. — E ele tinha um sotaque do sul dos Estados Unidos.

— Ele disse alguma coisa?

— Nada que fosse importante. — Fechei os olhos. — Você não o viu?

— Eu não ouvi nem vi ninguém além de você. — Um momento depois, senti os dedos de Zayne passando pela minha bochecha. Ele pegou uma mecha do meu cabelo, afastando-a para longe do meu rosto. — E você sumiu por uns vinte minutos.

— Acho que ele... Não sei. Ele poderia ter me matado depois que me nocauteou, mas não o fez. Se você não o afastou, então...

— Então isso foi um recado. Ele tava finalmente se revelando.

Abri os olhos e vi que a expressão de Zayne era absolutamente assassina. O que eu estava prestes a dizer não iria ajudar em nada.

— Ele tava na escola, nos observando. Eu o vi no gramado. Eu não sabia o que ele era quando comecei a andar na direção dele, e daí o chão simplesmente cedeu.

— Tenho certeza de que não foi uma coincidência. — O olhar de Zayne encontrou o meu. — Ele queria você lá embaixo, sozinha.

Eu não poderia argumentar contra isso.

— Precisamos voltar lá. Tipo, agora mesmo. Havia coisas escritas naquelas paredes, e ele pode ainda estar lá...

— Não vamos a lugar nenhum agora.

— Eu tô bem. Olha. — Levantei os braços. — Tô bem.

— Trin, você ficou inconsciente por quase uma hora.

Meus olhos se arregalaram. Isso realmente parecia muito tempo.

— Mas tô acordada e perfeitamente funcional.

Ele me encarou como se eu estivesse tentando andar com uma perna quebrada.

— Eu não acho que você tá entendendo a gravidade dos seus ferimentos.

— Eu acho que consigo saber se tô ferida ou não.

Os olhos de Zayne brilharam um azul pálido intenso quando ele se inclinou sobre mim, plantando as mãos nos meus ombros.

— Eu acho que você, principalmente, não consegue saber isso. Você ficou inconsciente. Tem um monte de hematomas por todo o seu corpo, e sei disso porque eu tava aqui quando Jasmine te examinou. Você sangrou o suficiente pra encharcar o que sobrou da minha camisa.

Quando ele disse isso, percebi que havia manchas de cor de ferrugem por todo o seu peito, aparecendo por baixo da roupa rasgada.

— Você também sangrou por todo o travesseiro e toalhas que colocamos embaixo da sua cabeça. — Ele permanecia perto de mim, prendendo-me como se planejasse me manter na cama. — Jasmine acha que a parte de trás da sua cabeça tá aberta, e ela tá juntando material agora mesmo pra trabalhar no ferimento, então, não, não vamos sair correndo pra ver um maldito túnel ou mesmo um filme. Você vai ficar onde está.

— Mas e se eu quiser ver um filme, Zayne? — retorqui, mesmo que o meu estômago tenha dado uma cambalhota. A minha cabeça poderia estar aberta? Eles teriam de raspar o meu cabelo?

Certo, essa era a última coisa com que eu precisava me preocupar.

Os lábios de Zayne se contraíram e parte do calor saiu dos seus olhos.

— Bem, você tá sem sorte. Mesmo que eu te deixasse sair desta cama, todos os cinemas estão fechados. São quase duas da manhã.

Cruzei os braços, sabendo que a minha expressão era visivelmente mal-humorada. Só porque um golpe na cabeça tinha me desmaiado não significava que eu estava *tão* ferida assim.

— Temos que voltar pra lá.

— Vamos voltar. Mas agora não. — Passaram-se vários minutos de silêncio. — Eu fiquei com medo.

Meu olhar disparou para o dele, e eu fiquei presa ali, incapaz de desviar.

— Quando te vi assim, sangrando por todo o lado, e não conseguia te acordar, fiquei com medo, Trin.

O meu coração deu uma cambalhota.

— Porque achou que você poderia morrer?

— Você sabe muito bem que essa não é a razão. — Sua voz estava baixa.

Centenas de coisas diferentes que eu precisava dizer chegaram à ponta da minha língua. Eu não sabia por onde começar, mas não importava. A porta se abriu, e, quando Zayne se inclinou para trás, vi Jasmine entrar correndo na sala carregando uma bandeja de ataduras, toalhas, tigelas e objetos prateados e brilhantes. Seus longos cabelos escuros estavam puxados para cima e para longe do rosto, e ela estava usando algum tipo de robe. Jasmine se surpreendeu.

— Você acordou.

— Acordei. — Esperava ver Danika a seguir a irmã, mas ela não entrou no cômodo.

— Ela acordou há cerca de dez minutos — Zayne acrescentou. — E já pensa que pode sair da cama.

— Tenho certeza de que você a avisou que não era uma boa ideia. — Jasmine colocou a bandeja no suporte perto da cama.

— Meio que me forçou — murmurei.

Zayne me lançou um olhar sério.

— Lamento que tenha demorado tanto tempo pra reunir as coisas do centro médico. Teria sido mais rápido trata-la lá. — Jasmine se apressou a dar a volta na cama.

— Ninguém mais precisa vê-la agora. Só você — Zayne declarou.

Jasmine não respondeu enquanto se sentava ao meu lado, de frente para ele.

— Quero dar uma olhada mais de perto na parte de trás da sua cabeça, pois essa é a preocupação mais urgente. Não consegui ver bem quando ele te trouxe.

— Tudo bem. — Queria saber o que ela achava que iria fazer com aquelas ferramentas. — Você precisa que eu me sente?

— Que tal você apenas virar a cabeça para Zayne. Isso deve funcionar. Fiz o que ela disse.

— Certo, eu vou precisar que você fique deitada de lado. Consegue fazer isso?

— Sim...

Zayne interceptou quando comecei a me virar, fechando uma mão sobre o meu ombro e a outra no meu quadril, virando-me de lado como se eu fosse um tronco. Ele me segurou nessa posição. Fiz uma careta, pensando que ele estava sendo um pouco dramático.

— Zayne, você pode me passar a lanterna? — Braços se moveram sobre a minha cabeça enquanto eu encarava o que percebi ser o umbigo exposto de Zayne.

— Como tá a hemorragia? — ele perguntou.

— Deixe-me ver... — Jasmine afastou meu cabelo para o lado. Sua inspiração suave me preocupou.

— O quê? — Meu olhar encontrou o de Zayne. — Meu cérebro tá exposto ou algo assim?

— Muito pelo contrário. — Jasmine parecia perturbada demais para que isso fosse algo bom. — Sua pele tá...

— O quê? — perguntei, começando a virar em direção a ela, mas Zayne me impediu. — Minha pele tá faltando?

Zayne franziu a testa quando seu olhar passou por cima de mim.

— O que é, Jasmine?

— Isso dói? — ela perguntou em vez de responder, e então eu senti seus dedos logo abaixo do topo da minha cabeça, examinando suavemente.

Eu estremeci com a erupção de dor.

— Não parece exatamente bom, mas tá sob controle.

— Isso é bom — ela murmurou. Jasmine cutucou e examinou um pouco mais e depois se sentou, deixando meu cabelo cair sobre o pescoço. — Só tem um corte fino. Acho que nem precisa de pontos. Feridas na cabeça sangram muito, mas esperava um dano maior.

Isso provavelmente explicava toda a bandeja de instrumentos médicos assustadores e, também, era prova de que Zayne estava exagerando. Seria preciso mais do que uma pancada na cabeça para justificar tudo isto, mesmo que o golpe viesse de um Legítimo.

Jasmine pediu um dos panos esterilizados e, uma vez entregue, limpou a área. Fiquei olhando para o umbigo de Zayne, pensando que era meio que fofo.

— Impressionante — ela murmurou. — Você ficou apagada por um tempo, então eu estava com medo de que você tivesse um possível incha-ço, e isso poderia indicar problemas sérios, mas o sangramento parou e o inchaço é mínimo.

Esperava que Zayne pudesse ver a minha cara agora.

— Ainda há uma chance de que haja mais danos além do que eu consigo ver — ela continuou, esfregando a minha cabeça um pouco mais. — Você precisaria passar por uma tomografia computadorizada e ressonância magnética pra descartar qualquer coisa mais séria do que uma concussão.

Abri a boca.

— Mas tenho a sensação de que você vai se recusar a isso — ela acres-centou. — Você pode deixá-la se deitar de costas agora.

Foi o que Zayne fez, graças a Deus, e eu fiz uma cara feia para ele. Ele me ignorou.

— Você tem certeza de que ela não precisa de pontos?

— Você tá tentando me fazer sofrer? — Eu olhei para ele. — Você se lembra da última vez que tive que fazer pontos...

— Não me esqueci — ele respondeu friamente.

— Não tem necessidade de pontos. Devia ter, mas não é o caso. — Jasmine jogou panos ensanguentados em uma lixeira.

— O que você recomenda? — A mão de Zayne ainda estava no meu quadril, e eu não tinha ideia se ele estava ciente disso ou não.

— Podemos falar com sinceridade entre nós por um momento? Somos só nós três aqui, e, se querem um conselho médico sólido e bem-informado, vocês precisam ser honestos sobre uma coisa.

Guiei meu olhar estreitado para Zayne e disse:

— O que você quer saber?

— Você é humana? — ela perguntou.

— Bem, essa é uma pergunta meio ofensiva. — Sentei-me e quando Zayne se moveu para me impedir, o olhar que lhe dei deve ter queimado as suas retinas. Senti dor quando fiquei ereta, mas nada sério. — Não vou desmaiar se me sentar.

— Uma parte de mim gostaria que sim, porque então pelo menos você...

— Se você disser *ficaria quieta*, vou te mostrar exatamente quão bem eu tô — avisei.

O canto de seus lábios se inclinou de uma forma parecida com os momentos em que ele se divertia, mas eu tinha de estar entendendo errado.

— Eu ia dizer, então pelo menos você ficaria parada.

— Ah. — Bem, nesse caso. — Tudo bem. — Olhei para Jasmine, e seus lábios estavam pressionados como se ela estivesse lutando para segurar um sorriso ou uma careta. — Para responder à sua pergunta, eu sou humana.

Ela se inclinou para mim.

— Nenhum ser humano sangra como se estivesse a segundos de uma hemorragia cerebral intensa e é capaz de se sentar e discutir, como você está fazendo, apenas uma hora depois. Agora, o que eu acho é que você tem uma pele incrivelmente forte e uma cabeça dura...

— Bem... — Zayne alongou a palavra.

— A outra opção é que você foi gravemente ferida, mas tem algum nível de cura acelerada que te permite ficar boa dentro de uma hora — ela continuou, e eu honestamente não sabia. Antes, quando eu me machucava, recebia ajuda médica sempre imediatamente. — O que eu sei é que qualquer uma dessas coisas significaria que você não é humana, e não é como se Zayne tivesse exagerado em te trazer aqui. Ele não exagera.

— Sou obrigada a discordar sobre o último ponto. — Suspirei. — Mas eu sou humana. Em parte.

— Você não é parte demônio — ela disse.

— Ela não é — Zayne confirmou. — Dez sabe. Nicolai também, mas eu não posso...

— Eu sou uma Legítima, ok? — eu disse, tão cansada de mentir, e para quê? O marido dela sabia, e havia outro Legítimo por aí. Inferno, poderia haver uma liga deles, pelo que eu sabia, com times de futebol e tudo.

Zayne me lançou um olhar longo.

— Sério, Trinity?

Dei de ombros e depois fiz uma careta, o que fez com que Zayne parecesse estar a segundos de me forçar a deitar de novo.

— Você é... você é meio anjo? — Jasmine sussurrou, colocando a mão contra o peito. — E isso... — Os olhos dela dispararam para Zayne. — Você é o Protetor dela?

— Sim. Estamos unidos pra todo o sempre — murmurei.

— Meu Deus, eu nunca pensei... Quero dizer, eu pensei que Legítimos não existiam mais.

— Sim, nós também — Zayne murmurou. A confusão marcava as feições de Jasmine, mas Zayne continuou: — Isso era algo que a gente tava tentando manter em sigilo.

Eu encontrei o olhar que ele me enviou com sobrancelhas arqueadas.

— Não vou contar nada a ninguém. Quero dizer, vou com certeza falar com Dez, porque você disse que ele sabe, mas, caso contrário, não vou dizer uma palavra. — Ela soltou uma pequena risada. — Tenho tantas perguntas.

— Tenho certeza de que sim, mas, agora que você sabe o que ela é, pode nos dizer o que acha que devemos fazer a partir daqui? — Zayne disse, colocando-nos de volta nos trilhos, como sempre.

— Bem, não tenho certeza, considerando o sangue angelical dela, mas não acho que você precise se preocupar com um vaso sanguíneo estourando no cérebro — ela disse, e eu torci o nariz. — Mas como ela ficou inconsciente, esse lado humano provavelmente teve uma concussão bem feia. Ela precisa pegar leve durante alguns dias.

Alguns *dias*?

Eu não sabia como Zayne tinha tirado Jasmine do quarto ou quanto tempo isso demorou, porque passei aquele momento preparando-me para a grande batalha que eu sabia que estava por vir.

Assim que ficamos sozinhos e ele se virou para mim, eu disse:

— Não vou pegar leve por alguns dias. Finalmente descobrimos o que é o Augúrio, e aqueles túneis têm de ser importantes. Não tenho como passar dias na cama quando vou ficar bem daqui a algumas horas.

— Você não tem ideia se vai ficar bem em algumas horas. — Ele se sentou na cama. — Você já desmaiou por uma hora?

— Bem, não, mas sei que não preciso ficar de cama.

— Que tal quarenta e oito horas...

— Doze.

— Vinte e quatro.

— Não — discordei.

Zayne parecia querer me estrangular, mas estava resistindo. Graças a Deus, porque isso provavelmente resultaria em mais tempo *pegando leve*.

— Amanhã. Você descansa o dia todo *e* a noite. É isso. E você poderia usar esse tempo, porque tem que arrumar suas roupas, que estão espalhadas por todo o quarto. Vamos nos mudar pro novo apartamento na quinta-feira.

Nossa. Eu tinha perdido a noção do tempo.

— Que tal a gente ir até os túneis amanhã, durante o dia, pra dar olhada, e, se nos depararmos com alguma situação potencialmente perigosa, eu fico de fora ou corro o mais rápido que puder na direção oposta?

Ele soltou a respiração ruidosamente pelo nariz.

— E eu vou ficar em casa durante a noite, arrumando minhas roupas, que *não estão* espalhadas pelo quarto.

— Isso é mentira. — Ele passou a mão no cabelo. — Eu não consigo acreditar que você disse isso com essa cara séria, mas tudo bem. É esse o acordo, mas vou ligar pra Roth. Quero reforços, caso o Augúrio volte a aparecer.

Acenei com a cabeça, pensando que, se o Augúrio aparecesse, não precisaríamos de reforços. Precisávamos de mim e da minha *graça*.

— Sabe, o que aconteceu hoje foi uma bênção — eu disse.

— Eu não tenho ideia de como você pode dizer isso.

— Porque durante todo este tempo pensei que a minha visão era a minha fraqueza. Que era isso que ia acabar me derrubando. E, sim, eu não gosto de pensar nos meus olhos como uma fraqueza e eu odeio como sinto que não posso sequer pensar neles assim, mas eu tava errada. Não era nisso que eu deveria ter me concentrado.

A cabeça de Zayne se inclinou para o lado.

— O que você tá querendo dizer?

— Meu treinamento. Minha crença de que eu não deveria usar a minha *graça* até que fosse preciso. *Isso é* a minha fraqueza. É difícil quebrar todo aquele treinamento. Quando caí naquele túnel, deveria ter usado a minha *graça* imediatamente, mas não fiz isso, e ele ficou com a vantagem. Não só isso, ele chamou minha atenção por não *usá-la*. — Olhei para as minhas mãos. — Nunca mais vou deixar isso acontecer.

Capítulo 30

Já que havia uma chance remota de eu ter uma pequena concussão, Zayne insistiu em me tratar como se eu fosse um ser humano no leito de morte.

Ao chegar ao apartamento, tomei banho enquanto Zayne esperava do lado de fora do banheiro com a porta entreaberta. Eu não sabia se ele esperava que eu desmaiasse e batesse com a cabeça, de novo, no box, mas a cada minuto que passava, eu me sentia mais forte, e o latejar na parte de trás do meu crânio diminuía. Lavar o sangue do meu cabelo, no entanto, não foi uma experiência agradável, pois fez com que o corte ardesse como se uma vespa tivesse tentado acasalar com a minha cabeça.

Depois, Zayne me persuadiu a ir para a sala de estar e me forçou a beber uma garrafinha d'água. Ele não queria me deixar sozinha no quarto, pelo menos não durante as próximas horas, e fiquei secretamente feliz por ter sua companhia e o brilho suave e oscilante da televisão. Depois da escuridão total do túnel, não achava que conseguiria relaxar por um segundo que fosse naquele quarto sem acender todas as luzes.

As coisas não estavam tão cáusticas entre nós como estiveram antes de eu cair no túnel, mas eu não era tola o suficiente para pensar que isso significava que as coisas estavam uma belezinha entre nós. No entanto, eu ainda gostei de poder me sentar ao lado dele sem querer arrancar a sua cabeça como uma louva-a-Deus fêmea depois de acasalar.

Em algum momento, adormeci, e Zayne não intercedeu. Acordei horas mais tarde com a luz do sol passando pelas janelas e uma colcha macia em volta dos meus ombros. O gesto era gentil e fez o meu coração doer mais do que a minha cabeça.

Mas acordei sozinha e não como eu tinha acordado na última vez em que tinha dormido neste sofá, toda quentinha e aconchegada contra Zayne. Engolindo um suspiro, sentei-me, segurando a colcha ao meu redor como uma capa. Descobri que Zayne não tinha ido longe. Ele estava em frente à geladeira, com uma mão na porta e a outra no quadril enquanto balançava a cabeça.

Eu tinha totalmente me esquecido do que eu tinha feito no dia anterior.

— Hã... — murmurei, levantando-me lentamente do sofá.

Vi a cabeça de Zayne girar por cima do ombro. Eu estava longe demais dele para ver sua expressão quando ele disse:

— Como você tá se sentindo?

— Bem. Quase perfeita.

Houve uma pausa.

— Será que eu quero saber por que parece que o corredor de lanches de uma loja de conveniência vomitou dentro da geladeira e de todos os armários?

Com os lábios contraídos, lutei para manter meu rosto inexpressivo.

— Eu... ontem fiquei com fome e pedi compras de supermercado por um desses serviços de entrega.

Fechando a porta da geladeira, ele colocou uma caixa de ovos na ilha da cozinha, ao lado do que parecia ser seu pote de óleo de coco.

— E também ficou com sede, ontem?

Levantei um ombro.

— Porque eu nem sabia que tinha tantas versões de Coca-Cola — ele disse.

— Tem muitos tipos diferentes — concordei. — Limão. Cereja. Baunilha. Normal. Sem açúcar. Açúcar de cana de verdade...

Ele colocou uma frigideira em uma das bocas do fogão.

— Levei uns dez minutos pra encontrar o óleo de coco.

— Sério? — Arregalei os olhos, oferecendo-lhe a minha melhor expressão de choque.

— Sim, por alguma razão, estava escondido atrás de tigelas e um pote de banha — ele disse, quebrando perfeitamente um ovo sobre a frigideira.

— Banha de porco de verdade.

— Que estranho.

— De fato. — Outro ovo foi quebrado. — Tô preparando o café da manhã. Ovos e torradas. — Outra pausa. — A menos que você queira acabar com aquele saco de batatinhas ou o pacote de biscoito de chocolate.

Incapaz de esconder o meu sorriso por mais tempo, abaixei o queixo.

— Ovos e torradas vai ser perfeito.

— Aham — ele respondeu, e eu segurei as bordas do cobertor sobre a boca, sufocando minha risada. Ele olhou para cima e, embora eu não pudesse vê-lo, senti a diversão em sua expressão. — Falei com Roth. Vai nos encontrar dentro de duas horas.

— Ótimo.

A refeição foi quase normal. O silêncio entre nós enquanto comíamos os ovos e torradas — Zayne não comeu a torrada, porque de jeito nenhum que eu ia comprar pão integral — foi muito menos tenso do que nos últimos dias. Quando terminei, lavei o prato e me retirei.

Tinha de fazer uma ligação.

Fechando a porta do quarto atrás de mim, peguei meu celular e liguei para Thierry. Ele atendeu no segundo toque.

— Trinity — ele disse, sua voz profunda, um bálsamo para a minha alma, o que tornou ainda mais difícil o que eu precisava perguntar e dizer.

Eu não iria enrolar.

— Tem outro Legítimo.

— O quê? — Ele arquejou e, a menos que Thierry fosse um ator talentoso, seu choque foi real.

Sentei-me na cama.

— Sim. Eu o conheci ontem.

— Diga-me o que aconteceu — ele disse, e ouvi uma porta se fechar do outro lado da linha.

Contei rapidamente o motivo por que tínhamos ido na escola e o confronto no túnel. Não deixei de fora a parte em que fui ferida.

— Não tenho ideia de qual é o seu nome ou qual o seu parentesco angelical, mas ele me conhecia. Ele tem de ser o Augúrio. — Respirei fundo. — Você sabia que isso podia ser possível? Que tinha outro?

— De forma alguma. — Ele foi rápido em responder. — Seu pai sempre falou como se você fosse a única, e não houve razão para duvidarmos disso.

— Duvido que ele não soubesse. Por que ele não teria nos contado isso? Por que não teria *me* contado?

— Eu gostaria de saber, porque eu não vejo como guardar essa informação de você ou de qualquer um de nós traria qualquer coisa boa. Não saber te tornou vulnerável.

Também poderia ter me matado.

— Ele parecia ter quantos anos? — Thierry perguntou.

— Mais ou menos a minha idade, talvez mais velho. Não tenho certeza. O que eu não entendo é por que ele existe. Fui criada pelo meu pai pra ser usada como a arma definitiva numa batalha. Esta batalha. Como poderia haver outro, e como ele poderia ser... mal? Porque ele definitivamente não era um aliado.

Thierry ficou quieto por tanto tempo que o desconforto formou uma bola pesada no meu estômago.

— O quê? — Agarrei-me no celular.

Seu suspiro pesado veio através da ligação.

— Tem muita coisa que nunca dissemos a você, porque Matthew, eu e a sua mãe não achamos que fosse relevante.

— O que você quer dizer com muita coisa, e o que isso tem a ver com o que tá acontecendo agora?

— Não é que sabíamos sobre outro Legítimo, mas sabíamos por que os Legítimos eram coisa do passado — ele explicou. — É por isso que alguns Guardiões que conhecem a história são cautelosos com qualquer Legítimo. E porque Ryker foi convencido com tanta facilidade a se voltar contra uma Legítima.

O meu estômago se revirou. Não esperava que o nome dele fosse citado.

— Você vai precisar explicar isso pra mim, porque os Legítimos e os Guardiões são como melhores amigos da vida toda. Os Guardiões são os Protetores dos Legítimos, e Ryker estava com medo do que eu poderia fazer...

— Ele estava com medo do que você poderia *se tornar* — Thierry corrigiu.

— *Quê?*

— Eu queria que o seu pai tivesse explicado isso para você. Deveria vir dele.

— Sim, bem, como você sabe, meu pai é tão útil quanto você tá sendo quando se trata de informação — rebati, com a paciência esgotando. — Não nos falamos nem jantamos aos domingos. Posso contar nos dedos de uma mão as vezes que o vi pessoalmente.

— Eu sei. É só... — Houve uma pausa silenciosa. — Eu queria que você estivesse aqui para que a gente pudesse conversar cara a cara. Para que você entendesse porque é que nunca acreditamos que isso pudesse ser um problema para você. Que você é boa na sua essência.

O desconforto se intensificou à medida que as últimas palavras dele assentavam na minha mente.

— Legítimos são apenas meio anjos. A sua outra metade é humana e, por isso, tem livre-arbítrio. A escolha de fazer coisas fantásticas com as suas habilidades ou de causar danos profundos com elas — ele disse.

— Eu não sou o Homem-Aranha — murmurei.

— Não, mas você é mais poderosa do que qualquer Guardião ou demônio. Por causa do lado humano de um Legítimo e da natureza da sua criação, eles são mais propensos a serem... corrompidos, mais propensos a cederem à tentação do poder.

Pensei imediatamente no que Roth tinha dito sobre como nasci de um grande pecado.

— Porque os anjos não devem ter um rolo com humanos?

— É uma forma de se dizer. "Os pecados do pai são passados ao filho."

— Isso é arcaico, e como é que a gente sabe que é realmente verdade?

— Porque, assim como a corrupção da humanidade dos atos originados no Éden, a alma de um Legítimo é mais escura do que a de um humano e não tão pura quanto a de um Guardião.

Lembrei-me do que Layla havia dito quando viu a minha aura — a minha alma. Ela a tinha descrito como simultaneamente escura e clara, e eu não tinha prestado muita atenção nisso.

— Há um equilíbrio em um Legítimo, assim como há um equilíbrio no mundo, mas essas balanças podem ser alteradas.

Fiquei chocada.

— Então você tá basicamente dizendo que eu posso me tornar má?

— Não, Trinity. Nem remotamente. Você é boa. Sempre foi boa e tomamos medidas para evitar que fosse tentada pelas suas capacidades.

Mas será que isso era verdade?

Eu era egoísta e propensa a atos de mesquinhez e violência que mal podia conter. Eu não era uma boa amiga, e a lista das minhas falhas de caráter era quilométrica. Era só ver o que eu tinha feito com Faye. Não sentira remorso.

— Houve uma revolta de Legítimos contra os Guardiões — Thierry explicou, afastando-me dos meus pensamentos. — Isto aconteceu há séculos e muito da história se perdeu no tempo. Tudo o que eu sei é que tinha a ver com um vínculo e, como resultado, muitos Guardiões morreram. Os laços entre Guardiões e Legítimos foram cortados e, depois disso, os Legítimos morreram.

— Eu... Eu não sei sequer o que dizer. — O choque tinha embaralhado os meus pensamentos. — Exceto que vocês deveriam ter me contado isso. Alguém deveria ter me contado.

— Você tem razão — ele disse, a voz pesada. — Deveríamos ter contado, mas nunca pensamos que seria um problema...

— Porque sou um exemplo do mais decente ser humano?

— Porque você é boa, e também nos certificamos de que você não dependesse da sua *graça* e a usasse demais.

Eu prendi a respiração.

— *Graça* é uma coisa linda. É a sua ancestralidade angélica sendo exposta. Mas é também a arma mais mortal conhecida na Terra, no Céu e no Inferno, e esse tipo de poder é perigoso — ele continuou. — Pode ser sedutor. Não queríamos que você se acostumasse a isso.

O quarto parecia girar, embora eu ainda estivesse sentada.

— Mas vocês todos estavam errados. Eu entendo o que estavam tentando evitar, mas estavam errados.

— Trinity...

— Me ensinar a usar minha *graça* apenas como último recurso resultou em eu ficando apagada por mais de uma hora na noite passada. Eu deveria tê-la usado imediatamente, e isso acabou por ser uma grande fraqueza que este outro Legítimo percebeu de cara — eu disse a ele. — Agora eu tenho que desfazer anos de treinamento sobre só usar a minha *graça* como último recurso. *Vocês estavam errados.*

Thierry não respondeu por um longo tempo e, quando falou, o remorso em sua voz foi tão forte quanto a frustração que eu sentia.

— Você tem razão, e eu sinto muito. Não devíamos ter te forçado a ir contra a sua natureza, mesmo que essa natureza pudesse ser corrompida.

Encostada à parede de concreto, ajustei meu novo par de óculos de sol. As hastes estavam frouxas, por isso continuavam a deslizar pelo meu nariz.

— Eu sinto que estamos de bobeira no meio da rua — eu disse. Estávamos à espera de que Roth, e suponho que de Layla também, se juntasse a nós, perto da esquina da rua que levava à escola.

— Deve ser porque estamos tecnicamente fazendo exatamente isso — Zayne respondeu.

Olhei para ele enquanto brincava com a ponta da trança grossa que tinha conseguido fazer antes de sair do apartamento. Ele estava de pé a mais ou menos meio metro da parede, vestido como se fosse patrulhar, assim como eu, embora eu não devesse me envolver em nada. Felizmente, Zayne tinha tido o bom senso de encontrar as minhas lâminas e trazê-las de volta. Elas estavam presas aos meus quadris, mas se as coisas apertassem, eu não iria usá-las.

Não mais.

Suspirei, deslocando meu peso de um pé para o outro. Contei a Zayne sobre a minha chamada no caminho até aqui. Ele estava tão chocado quanto eu.

Eu poderia me tornar má?

Essa pergunta continuava a aparecer na minha cabeça. Toda vez que isso acontecia, eu pensava no outro Legítimo, e eu pensava no que eu tinha feito.

Naquilo que eu sabia que era capaz de fazer.

Um nervosismo passou pelas minhas veias enquanto tentava afastar esses pensamentos.

Zayne olhou para mim, seu semblante difuso em um raio de sol.

— No que você tá pensando?

O vínculo entre nós era tão conveniente quanto desagradável.

— Eu tava tentando *não* pensar no que Thierry me disse.

Ele me encarou.

— Você não é má, Trin. Nunca vai ser.

Eu apreciava a fé que ele tinha em mim, especialmente depois de tudo o que acontecera entre nós.

— Eu não sei se eu deveria estar preocupada que você soubesse exatamente o que eu tava pensando.

— Você não deve se preocupar em acabar como o outro Legítimo.

Um caminhão dos correios passou por nós.

— A questão é que não sabemos nada sobre esse Legítimo e por que ele tá fazendo isso, mas eu... eu matei aquela bruxa.

— A bruxa que nos traiu e foi responsável pela morte de inúmeros seres humanos. — Ele se aproximou.

— Eu sei, mas ela...

— O quê? — ele insistiu com suavidade.

Fechei os olhos atrás dos óculos de sol.

— Ela tava assustada. Ela não queria morrer, mesmo depois que soube que iria acontecer quando a Anciã chegou, e eu... Não sei se me importava ou não. Quer dizer, reconheci que ela tava assustada, mas teve um momento, antes de ela libertar Bambi, em que eu *queria* matá-la. — Sentindo-me como se tivesse me banhado em sujeira, abri os olhos. — A minha mão tava no pescoço dela e eu queria matá-la.

— *Eu* queria matá-la.

Minha cabeça ricocheteou na direção dele.

— Você realmente tá tão chocada assim? Ela entregou encantamentos que não apenas mataram seres humanos, mas que também colocaram Guardiões em perigo. Ela fez isso pra usar partes de você — ele me lembrou. — Não vou perder o sono por causa do que aconteceu com ela. A única coisa que eu queria é que você não se incomodasse com isso.

— Sim — eu sussurrei. — Eu também.

Zayne levantou a mão lentamente, estendendo-a e guiando meus óculos de sol de volta pela ponte do meu nariz.

— O fato de você estar questionando a si mesma e as suas reações é a prova de que você não é má.

— Você acha?

— Eu sei.

Sorri para isso, inclinando cuidadosamente a cabeça contra a parede. As palavras de Zayne fizeram eu me sentir um pouco melhor. Só esperava não me esquecer delas. Que eu pudesse acreditar nelas.

— Você tá ficando cansada ou algo assim? — ele perguntou depois de alguns minutos.

— De outra coisa além do tédio? Não.

— Só me avise se você se cansar de algo além do tédio — ele disse, e depois acrescentou: — ou de mim.

Os meus lábios se alargaram.

— Não tenho certeza se posso fazer essa promessa sobre a última parte.

— Tente resistir.

Afastei-me da parede, sentindo que devia dizer alguma coisa. Ser honesta.

— Eu não acho que eu seria capaz de ficar entediada com você. — Uma surpresa ondulou através do vínculo como uma onda de ar frio. — Já "irritada", é uma outra história — acrescentei.

— Bem, eu não sou besta de esperar por isso.

Aproximei-me dele.

— Você... você fica entediado por estar preso comigo?

Sua cabeça se inclinou enquanto o calor tomava minhas bochechas.

— Eu não sei como você acha que um momento com você poderia ser entediante. Você entupiu toda a minha cozinha com porcaria e escondeu o meu óleo de coco.

— Acusações injustas — disse e depois ri um pouco. — Tá bem. Escondi o seu óleo.

Sua risada aqueceu ainda mais meu rosto.

— Eu não nos vejo como estando presos um ao outro, Trin — ele disse, e o ar se alojou no meu peito. — As coisas têm sido...

Eu senti o arrepio caloroso que avisava de um demônio próximo, efetivamente interrompendo tudo o que Zayne ia dizer. Engoli um suspiro de decepção e me afastei. Segundos depois, Roth e Layla apareceram na esquina, caminhando em nossa direção como a personificação da luz e da escuridão. Eles atravessaram a rua, de mãos dadas, e houve uma pequena explosão de inveja no meu peito quando o casal feliz se juntou a nós.

Eu queria isso.

Olhei para Zayne. Eu queria isso com ele.

— Ei, desculpe o atraso — Layla disse, um sorriso aparecendo quando eles se aproximaram. O vento quente fez fios pálidos do seu rabo de cavalo rodopiarem no ar, jogando-os em seu rosto.

— Não de minha parte — Roth respondeu.

Revirei os olhos enquanto Zayne bufava.

Layla ignorou esse comentário enquanto olhava para mim.

— Zayne nos contou sobre tudo. O Augúrio é outro Legítimo?

— Sim. — Assenti com a cabeça.

— Justamente quando você pensa que é única e especial — Roth sorriu. — Você descobre que é só mais do mesmo.

Eu arqueei uma sobrancelha para ele.

— Pelo menos agora sabemos com o que estamos lidando.

— Mas ainda temos muitas perguntas sem resposta.

Como as estacas brilhantes e marcas esquisitas, a interferência do vídeo ou o que ele estava fazendo com as almas presas.

— Você acha que a gente vai encontrar alguma coisa neste túnel? — Layla perguntou.

— Tinha algo escrito nas paredes. Não consegui ver direito, mas os túneis devem ser importantes, não é? — Olhei entre eles. — Quero dizer, quantas cidades têm túneis subterrâneos?

— Muitas, na verdade — Roth respondeu, seu cabelo escuro uma bagunça espetada para cima. — Mas em Washington, metade dos túneis foram criados por administrações governamentais pra fazer com que pessoas importantes entrassem e saíssem da cidade sem serem detectadas. A outra metade, bem, provavelmente têm origens mais demoníacas.

— Hm. — Estava aprendendo algo novo todos os dias.

— Estivemos em alguns deles. — Layla olhou para Roth. — Não recentemente, mas eles são super assustadores. O fato de eu estar disposta a descer em um de novo é prova da minha dedicação à raça humana.

— Ou que você tem tendência a fazer péssimas escolhas na vida — Roth comentou.

— Isso também. — Layla suspirou.

Totalmente me vendo nela, sorri.

— Você sabia dos túneis? — perguntei a Zayne.

Ele assentiu com a cabeça.

— Eu sei que eles existem. Todos os Guardiões sabem, mas não conheço muitos dos pontos de entrada ou de saída ou ao que se ligam, e não sabia que tinha um perto da escola.

— Não acho que exista um mapa — Roth disse. — E imagino que muitos tolos azarados entraram neles pra nunca mais serem vistos.

— Onde você caiu? — Layla olhou para a colina que levava à escola.

— Eu posso mostrar. — Eu comecei a andar em direção à calçada.
— Não vai ser muito difícil encontrar um buraco do tamanho de uma Trinity no chão.

Começamos a subir a colina, Zayne à nossa frente e Roth logo atrás. Layla acabou ficando ao meu lado.

— Stacey me contou — ela falou quando olhei para ela — que você viu... você viu Sam.

— Eu vi. — Não sabia bem o que dizer. — Lamento pelo que aconteceu com ele. Não sei tudo, mas sei o suficiente pra lamentar muito mesmo.

Layla desviou o olhar, os lábios tremendo antes de apertá-los. Ela não falou até começarmos a atravessar o gramado.

— Ele parecia... bem?

Parei, tocando o braço dela. Ela me encarou, tristeza gravada em suas feições.

— Ele atravessou, para a luz, e isso significa que ele tá em algum lugar bom, com pessoas que conhece e ama. Ele tá mais do que bem.

— Mas ele voltou...

— Os espíritos podem voltar. Eles não deveriam fazer muito isso, mas ele tá preocupado com Stacey. Acho que uma vez que tudo for resolvido com a escola, ele vai ficar mais em paz e não vai voltar tanto — expliquei.
— Mas ele sempre estará aqui com vocês. Por mais clichê que pareça, sei que é verdade. Ele tá mais do que bem.

Quando ela fechou os olhos, os lábios de Layla se moveram sem emitir nenhum som e então ela saltou para a frente, dando-me um abraço que me deixou parada ali com os braços desajeitados ao lado do corpo.

— Obrigada — ela sussurrou. — Obrigada por me dizer isso.

Os meus dedos se mexeram.

— É apenas a verdade.

Ela me apertou.

— E isso significa tudo.

Quando ela recuou, sorriu para mim e depois se virou.

— O que é? — ela gritou.

Segui seu olhar para encontrar Zayne e Roth parados a vários metros de distância, observando-nos.

— Nada. — Roth tinha as mãos nos bolsos. — Só que vocês duas se tocando assim foi meio gostoso.

Zayne virou a cabeça para Roth abruptamente.

O príncipe demônio deu de ombros.

— Olha, tô só sendo sincero. Sou um demônio. Não sei por que é que qualquer um de vocês esperaria algo diferente de mim.

— É uma coisa boa que eu o amo — Layla murmurou enquanto marchava para a frente, e eu comecei a andar. — E eu o amo com todas as partes do meu ser, mas ele... ele simplesmente não sabe ser gente.

Ri disso, olhando para Zayne, que nos observava com uma expressão quase perplexa no rosto. Não tendo ideia do que se tratava aquela reação, dirigi-me para o bosque de árvores, meus passos ficando mais lentos.

— Foi em algum lugar aqui. — Examinei o chão, não querendo voltar a cair em um buraco. — Aconteceu muito rápido, mas...

Roth estava à minha direita.

— Não vejo nada.

— Nem eu. — Zayne andou mais longe, a cabeça baixa. — E você tá certa, o buraco estava bem por aqui.

— Mas que diabos? — murmurei, franzindo a testa.

— Ei — Layla gritou. — É possível que o buraco... tenha se fechado sozinho?

Virei-me. Ela estava a alguns metros atrás de mim, de pé a centímetros de onde eu tinha acabado de pisar.

— Isso seria estranho, mas tudo é possível a esta altura.

Ela estava olhando para baixo enquanto levantava lentamente um pé e depois o outro.

— Você encontrou alguma coisa? — Roth voltava para onde estávamos.

— Não sei. O chão parece estranho aqui.

— Como se fosse mole? — Quando ela afirmou com a cabeça, levantei as mãos. — Acho que você deveria sair daí. Foi assim que senti o chão onde caí.

Layla ajoelhou-se e colocou as mãos no gramado. Sem qualquer esforço, ela levantou pedaços de grama.

— É, acho que o buraco se fechou, mesmo.

— Então você definitivamente deveria sair daí — Zayne aconselhou, vindo ficar ao meu lado.

— Temos de chegar lá embaixo, certo? — Ela levantou o queixo. — A menos que algum de vocês conheça uma entrada próxima pros túneis.

Nós olhamos para Roth.

— Não conheço entradas por perto.

— Então temos que descer por este caminho. — Layla se ergueu.

— O que você vai fazer? — Zayne perguntou. — Pular no chão?

— Parece um bom plano pra mim.

— Baixinha — Roth começou. — Eu não acho que isso seja uma boa ideia.

— Qual foi a profundidade da queda, mais ou menos? — Layla perguntou e eu contei. — Não é tão fundo. Quero dizer, sei que vai acontecer, então consigo me preparar.

— Você realmente só vai ficar pulando pra cima e pra baixo? — Zayne olhou para Roth como se ele esperasse que o demônio interviesse.

Layla fez exatamente isso. Ela pulou.

— Sim.

— Hã... — Eu me perguntei o que os transeuntes achavam que nós quatro estávamos fazendo quando Layla pulou novamente.

— Ah. Espera. O terreno tá ficando mais mole. — Ela olhou para Roth e saltou mais uma vez. — Acho que... — Ela desapareceu antes que Roth pudesse intervir, sugada para dentro da Terra.

— Bem — eu disse. — Não é como se ninguém tivesse dito que não era uma boa ideia.

Roth caiu de joelhos perto do buraco.

— Layla? Você tá bem?

Silêncio, e depois veio a resposta abafada dela.

— Funcionou mesmo! — Uma pausa. — E a queda é alguns metros mais profunda do que você estimou, Trinity.

Levantei as mãos.

— Tá frio aqui e muito escuro — ela disse. — Mal consigo enxergar, mas é definitivamente um túnel.

— Se afaste — Roth chamou. — Vou descer.

Zayne e eu o vimos deslizar para o buraco e quando ouvimos o baque de sua aterrissagem, olhamos um para o outro.

— Eles são seus amigos — eu disse a ele.

Ele riu enquanto caminhava para a frente e parava na beira do buraco, estendendo a mão.

— Deixa que eu te levo até lá embaixo.

Lancei um olhar para ele.

— Consigo pular agora que tô preparada pra isso.

— Eu sei que você normalmente consegue — ele disse. — Mas você prometeu pegar leve, e pegar leve não é pular mais de três metros.

Abri a boca para retrucar.

— E você tava mancando.

— Não tava, não!

— Você tava — ele insistiu. — Um pouco. Eu vi.

— Você super tava mancando — Layla gritou do buraco.

— Ninguém te perguntou — gritei de volta.

— Trin — Zayne quase rosnou. — Deixe eu te ajudar.

Parte de mim queria recusar, embora soubesse que eu estava sendo ridícula. Mas eu caminhei batendo os pés até ele, o que não passou despercebido, porque Zayne sorriu de uma forma irritante quando eu peguei sua mão. Ele me puxou contra o peito dele, e eu tentei não pensar em quão quente e maravilhoso e simplesmente *certa* era a sensação de estar tão perto dele. Tentei não sentir nada enquanto ele me levantava a uns trinta centímetros do chão e passava o outro braço em volta de mim. Tentei não inalar aquele cheiro de menta invernal dele, e tentei com força, força *mesmo*, não pensar na sensação que tive da última vez em que estivemos tão perto assim.

— Segure-se — ele disse, sua voz mais áspera do que antes, e antes que eu pudesse atribuir isso ao que *ele* poderia estar sentindo, Zayne saltou.

O cheiro mofado e rançoso pareceu se erguer e nos agarrar. O pouso dele foi duro, mas não desnorteante, e, quando ele se endireitou, percebi que o túnel não estava escuro desta vez. Havia um brilho suave alaranjado.

Zayne me colocou no chão, suas mãos deslizando sobre as minhas costas enquanto ele soltava. Tremendo, virei-me para a fonte da luz.

— Tochas. — Roth segurava exatamente uma. Era feita de uma madeira grossa com cerca de metade do comprimento de um taco de beisebol. — Elas estão postas a cada poucos metros.

— Não vi isso da última vez — admiti.

Layla pegou uma e a inclinou para a de Roth. O topo acendeu e as chamas subiram. Ela a entregou a Zayne.

— Foi aqui que você caiu?

— Acho que sim. — Virei-me, espiando as paredes de pedra cinza-esverdeada. — Mas acabei andando um pouco, não sei em que direção.

Zayne levou a tocha em direção à parede.

— Não vejo nenhuma escrita.

— Talvez esta não seja a parte certa do túnel.

— Tem um monte de terra por aqui — Roth chamou, vários metros à nossa direita. — Pode ter sido onde ela caiu, mas também não tem escrita por aqui.

Os cantos dos meus lábios se viraram para baixo enquanto eu ia de uma parede para a outra. Nada havia.

— Não tô entendendo.

— Vamos continuar andando. Tem uma chance de você ter acabado indo mais longe do que pensa — Zayne sugeriu, mantendo a tocha perto para que eu pudesse ver.

Seguimos em frente, passando por alguns corredores que se ramificavam em outros túneis.

— Eu realmente espero que não tenha nenhum DEF aqui — Layla disse.

— DEFS? — perguntei.

Roth suspirou.

— Você nunca viu *A Princesa Prometida*? Demoninhos Feiosos? Tipo roedores de um tamanho incomum?

Olhei para Zayne e ele balançou a cabeça.

— Nunca ouvi falar de DEFS.

— Eles parecem mini demônios Torturadores — Layla explicou, parando. — Tão feios e de alguma forma mais assustadores quando são menores. Vivem em túneis.

— Ah, que ótimo — murmurei.

— Tem uma porta aqui — ela disse. — Tá trancada de algum jeito.

Ela tinha razão. Não havia maçaneta ou tranca, e, quando ela empurrava, a porta não se movia.

— Tem outra aqui. — Roth apontou a tocha para a direita. — Vamos ver muitas portas e é melhor deixá-las fechadas.

— Tem que estar uns vinte graus mais frio aqui embaixo. — Zayne olhou para o teto enquanto passávamos por mais uma abertura para um corredor escuro. — Você tá sentindo alguma coisa?

— Não. Não sinto nada.

— Isso não significa que a gente não vá encontrar nada — ele argumentou.

— Mas eu não tô entendendo. — Passamos por mais portas de pedra, difíceis de serem vistas. — Eu sei que vi algo escrito nessas paredes.

— Poderia ter sido terra? — Roth perguntou.

— Acho que não, mas, caramba, não sei. Eu realmente pensei que isto nos levaria a alguma coisa.

Zayne tocou no meu braço.

— Nos levou. Você descobriu quem é o Augúrio.

— Sim, mas... — Era difícil explicar a decepção que eu estava sentindo. Eu não sabia o que estava esperando encontrar, mas não era um labirinto interminável de túneis.

— Um destes túneis, aposto, leva diretamente até a escola. — Roth parou e recuou enquanto olhava para o leste e para o oeste. — Provavelmente pra antiga quadra de esportes, no andar de baixo, e pra área dos vestiários.

— Onde estavam os Rastejadores Noturnos? — Zayne perguntou, e eu estremeci.

— Explicaria muitas coisas, tipo como que aquele zumbi entrou na sala da caldeira daquela vez — Roth disse. — Nós nunca descobrimos como ele entrou na escola sem ser visto.

— Deus, nem me lembre disso — Layla gemeu. — Eu ainda não tô emocional ou mentalmente preparada pra falar disso ou dos globos oculares estourando.

Mordi o lábio.

— Tem de haver uma centena de portas e túneis diferentes se ramificando aqui embaixo. Como é que encontraremos o que tá ligado à escola?

— Não precisamos encontrar. — Zayne ergueu a tocha em direção ao teto. — Pelo menos não agora. Não precisamos destes túneis pra entrar na escola. Quando os trabalhadores não estiverem aqui no sábado, podemos entrar pelas portas da frente. Ou uma das outras portas. Janelas. Seja o que for.

— Ah, é. Tem razão. Dã — eu disse.

Zayne sorriu para mim e voltou a examinar o teto em busca das malditas letras.

— Descobrir qual deles se conecta até lá e destruí-lo seria bom pra gente. Pode não impedir que espíritos ou fantasmas entrem ou saiam — Roth ponderou —, mas vai parar os demônios e o Augúrio. Vou pedir ao meu pessoal que verifiquem, encontrem a entrada e a explodam.

— Você tem um pessoal? — Levantei as sobrancelhas. — Chique.

— Eu sou o Príncipe da Coroa — ele respondeu. — Tenho legiões de demônios que servem a mim.

— Ah — murmurei. — Super chique, então.

Continuamos por mais vários campos de futebol de um túnel sinuoso e torto antes de eu parar, exasperada, com frio e começando a me sentir um pouco claustrofóbica.

— Não vamos encontrar nada — eu disse, e eles pararam, voltando-se para mim. — Não entendo por que não tem a escrita. Não sei se os meus olhos estavam me enganando ou o quê, mas tá claro que a gente poderia andar pra sempre e morrer aqui antes de encontrarmos o Augúrio.

À frente, Roth olhou para Layla.

— Eu odeio dizer isso, mas você provavelmente tem razão.

— Mas podemos continuar — Layla insistiu. — Quem sabe o que vamos encontrar aqui embaixo.

— Provavelmente um grupo de morcegos gigantes que vivem em cavernas — eu disse, colocando minha mão contra uma parede. — E...

Alguma coisa aconteceu.

Um zumbido vibratório irradiou sob a palma da minha mão. Girei a cabeça em direção à parede. Um fulgor dourado fraco cintilou e então rolou sobre as paredes e o teto em um flash rápido antes de desaparecer. As marcas agora estavam lá, mas, se eu tivesse piscado, teria perdido a rápida luz dourada.

— É o quê?

— Nossa — Zayne se aproximou com a tocha. — Isto aconteceu da última vez?

— Não. Quero dizer, não que eu tenha notado, mas tava completamente escuro quando toquei na parede e eu tava... — Eu olhei para Zayne. — Eu tava meio que em pânico.

— Compreensível — ele murmurou, aproximando-se da parede. — Vocês estão vendo isso?

— Sim — Layla respondeu. — Parece... uma linguagem muito antiga ou algo assim. Foi isto o que você viu?

— Exatamente.

— Todos nós tocamos nestas paredes, certo? — Layla estava com o nariz na parede. — E isto não aconteceu?

Todos tinham tocado, exceto eu, o que suscitava à questão de saber por que razão aquilo reagia a mim. Lentamente, tirei a mão enquanto Roth caminhava em nossa direção. As marcas não desapareceram, pelo menos ainda não.

— É o mesmo tipo de escrita daquelas estacas — Zayne disse, levantando a tocha.

Eu iria ter de acreditar na palavra dele. Eu olhei para as marcas rabiscadas gravadas na pedra. Pareciam palavras espaçadas em frases.

Roth ficou bastante imóvel atrás de nós.

— Vocês têm estacas com estas palavras nelas?

Olhei para ele. O brilho da tocha que Layla segurava lançava uma luz oscilante sobre o rosto dele.

— Você conhece este idioma? Que estas gravuras são realmente palavras?

— Sim, e eu vou perguntar novamente: vocês têm estacas com palavras como estas escritas nelas?

— Não sei se são exatamente as mesmas palavras, já que não conseguimos ler — respondi. — Mas nós encontramos as estacas empalando um Guardião numa igreja. Elas também brilham.

— Bem, é claro que brilham. — Roth praguejou baixinho, e eu fiquei tensa. — Eu sei o que é isto e sei por que suas estacas brilham.

— O quê? — perguntei.

— Isso é uma escrita angelical — ele respondeu, olhando para mim. — E isso significa que vocês estão em posse de lâminas de anjo.

Capítulo 31

Língua angelical.

Eu acertei!

A minha presunção por ter estado certa durou pouco tempo quando percebi que a confirmação também significava que o Augúrio estava em posse de armas angélicas.

— Espere um segundo. — Layla cruzou os braços. — O Augúrio simplesmente deixou essas estacas pra trás?

— Parece que sim — Zayne respondeu enquanto examinava a escrita na parede.

— Isso não faz sentido. — Roth se virou para nós. — Lâminas de anjo não são simplesmente largadas por aí. Esses espetinhos podem matar praticamente qualquer coisa. Na verdade, não apenas praticamente. Podem totalmente matar qualquer coisa, incluindo outro anjo. Se este Legítimo deixou aquelas lâminas pra trás, ou é extremamente descuidado ou teve um motivo.

— Ele não parece ser do tipo descuidado — murmurei, olhando para as marcas fracas nas paredes do túnel.

— Se essas lâminas não foram encontradas, como é que um Legítimo as tirou de um anjo? — Layla perguntou. — Eu sei que um Legítimo é forte pra caramba e que os anjos não são exatamente invencíveis, mas desarmar ou mesmo matar um anjo?

— Não é um anjo qualquer, Baixinha. — Roth inclinou a cabeça. — Apenas arcanjos carregam lâminas de anjo, e duvido que algum fosse entregá-las às suas crias meio angélicas.

— Ninguém realmente sabe do que os Legítimos são ou não são capazes — Zayne disse. — Já se passaram muitos anos desde que eram qualquer coisa além de um mito.

— Eu nem sei se partilho das mesmas habilidades com este Legítimo, além de ele ser capaz de ver espíritos e fantasmas. Isso é uma coisa de anjo, mas isso não é algo que a gente pode pesquisar no Google ou ler em um

livro. — Pensei no que Thierry tinha partilhado comigo naquela manhã.
— Acho que a nossa história foi propositadamente esquecida. Apagada.

— Não seria a primeira vez. — Roth olhou para Zayne.

Ele encontrou o olhar de Roth, a expressão dura. Eu não fazia ideia do que isso se tratava, nem era importante neste momento.

— Você consegue ler? — perguntei a Roth.

— Não sou exatamente um especialista em língua angelical. Poderia se pensar que você seria mais apta nessa área. É parecido com o aramaico.

Pelo menos Gideon estivera no caminho certo.

— Reconheço algumas palavras. — Caminhando alguns metros para frente, Roth parou. — Eu acho que isto é algum tipo de feitiço. Não o tipo de feitiço de bruxaria, mas mais de uma proteção angelical.

— Que tipo de proteção? — Zayne segurou a tocha perto da parede.

— Uma armadilha — ele disse, recuando. — Eu acho que é uma proteção pra afastar almas, impedindo-as de entrar nestes túneis. Agora tô me perguntando se algo desse tipo tá escrito dentro da escola.

Pelos se eriçaram por todo o meu corpo.

— Se for o caso, impediria as almas de deixarem a escola.

— Deus — Layla murmurou. — Nada de bom pode vir disto.

— Não, mesmo — Roth concordou.

Layla descruzou os braços.

— Stacey ainda tem mais ou menos duas semanas de escola de verão.

— Ela voltou? — perguntei, surpresa.

— Ela precisa, ou não vai conseguir o diploma de ensino médio — Layla explicou. — E eu disse que ela poderia simplesmente pegar um certificado de supletivo, mas ela não quer fazer isso. Ela tá na aula agora. Sam disse se Stacey tava diretamente em perigo? Que os fantasmas a tinham como alvo ou algo assim?

Neguei com a cabeça.

— Não. Só que empurraram um garoto escada abaixo e que estão ficando mais raivosos. Quanto mais tempo ficarem presos, pior eles vão se tornar.

— Existem feitiços que podem tirá-los da escola. — Layla olhou para Zayne. — Nós já fizemos isso antes com espectros. Basicamente um exorcismo.

Ele assentiu com a cabeça.

— Existem. Quando formos à escola no sábado à noite, podemos forçá-los a sair.

Levantei a mão.

— Tenho um pequeno problema com isso. Sabe o que acontece quando se exorciza um espírito? Você não tá só o forçando a sair de uma residência ou de um prédio. Você os envia para o oblívio. Eles não conseguem atravessar. Com um espectro, isso é compreensível. São uma causa perdida. Mas pode haver espíritos e fantasmas lá dentro que são bons, e eles não merecem isso.

— Assumimos esse risco? Não tem Pessoas das Sombras lá também? — Layla argumentou.

— Sim, e o exorcismo os mandaria de volta pro Inferno, mas você não pode simplesmente escolher quem vai ser exorcizado. Vai pegar todos os espíritos ou fantasmas lá dentro. — Eu girei em direção a Zayne. — Não podemos simplesmente fazer um exorcismo. A gente precisa pensar num plano diferente.

Zayne ficou em silêncio por um momento.

— Vocês duas estão certas. Não seria justo com os fantasmas presos, mas também é um risco.

Eu olhei para ele.

— Essa declaração não ajudou.

— Eu não pensei que fosse ajudar, mas não tenho certeza do que você quer que eu diga. Podemos não ter escolha.

A raiva passou por mim enquanto eu desviava o olhar de Zayne. Recusava-me a acreditar que essa era a nossa única opção. Era errado.

— Apesar de adorar a ideia de ficar aqui ouvindor vocês discutirem, acho que vocês três estão esquecendo uma peça muito importante — Roth disse. — Estes túneis estão protegidos, e aposto que toda a escola também. O exorcismo não vai funcionar.

Ele tinha razão.

Layla xingou baixinho, afastando-se.

— Então, o que a gente faz? Porque eu acho que isso também significa que Trinity não pode ir lá e pra fazê-los atravessar.

— Isso nos deixa com apenas uma opção — Zayne disse. — Temos que derrubar as proteções.

Àquela altura, decidimos em conjunto que já tínhamos visto o suficiente. Peguei carona com Zayne para sair, ficando feliz com o ar livre, mesmo que cheirasse levemente a escapamento de carro.

Atravessando o gramado em direção à calçada, fiquei grata por estar sob a luz do sol brilhante e quente. A minha pele e os meus ossos estavam gelados como se eu tivesse passado horas em uma câmara frigorífica.

Derrubar as proteções angélicas parecia um ótimo plano, mas nenhum de nós sabia como realizá-lo. Nem mesmo Roth, que alguém poderia pensar que sabia algo sobre como contornar esse tipo de coisa. A única pessoa em quem eu conseguia pensar era o meu pai.

Arrancar essa informação dele era quase tão provável quanto eu me abster de fritura e refrigerante.

— Vou falar com Gideon — Zayne dizia enquanto chegávamos às árvores que se alinhavam pela calçada. — Ver se ele sabe como fazer isso.

— Vou perguntar por aí também. — Roth deixou cair um braço sobre os ombros de Layla. — Com cuidado e silenciosamente. — Ele olhou para a rua. — E só pra vocês saberem, tenho pessoas de olho em Baal. Ainda não foi avistado.

— Nem o senador Fisher — Zayne respondeu.

Um caminhão branco passou, indo em direção à escola. Era como um dos veículos que eu tinha visto estacionados do lado de fora na noite anterior.

— Ei. — Virei-me para Zayne. — Aquele caminhão. Qual é o nome na lateral?

Zayne olhou, cabeça inclinada.

— Tá escrito "Gui Auro e Filhos Construção". Esse é o nome da empresa de construção que trabalha na escola. Não tinha visto isso ontem à noite.

— Eu vi e esqueci — disse. — Precisamos ver se conseguimos encontrar alguma coisa sobre eles.

Zayne já tinha o celular em mãos, ligando para Gideon. O Guardião atendeu rapidamente, e, enquanto Zayne contava a ele sobre o túnel, a escola e a empresa de construção, eu subi na calçada e olhei para a escola.

— Uma Boca do Inferno — eu disse. — Não é assim que você e Stacey a chamaram?

— Sim — Layla disse. — E estávamos apenas meio brincando.

Mesmo enquanto a minha pele estava descongelando sob o sol quente, um arrepio passou pelas minhas costas.

— Talvez vocês estivessem certas. Não como a Boca do Inferno de *Buffy*, mas algo assim.

— Gideon tá investigando isso agora. Ele tá impressionado com toda a coisa da língua angélica. Acho que ele libertou o *nerd* interior no momento em que percebeu que tinha armas de anjo de verdade com ele. — Zayne sorriu. — Ele quer que a gente vá até o complexo pra falar com ele sobre as plantas baixas que encontramos na casa do senador. Ele acha que pode estar perto de descobrir algo.

— São boas notícias — eu disse. Precisávamos mesmo de boas notícias.

— Mantenha-nos informados — Roth disse quando começamos a caminhar de volta em direção ao cruzamento. — Especialmente se essas malditas lâminas desaparecerem. Quando os outros perceberem o que têm em posse, quero saber caso apareça um Guardião decidindo que consegue usá-las.

Zayne acenou positivamente com a cabeça.

— Você pode me fazer um favor? — Layla perguntou a Zayne quando chegamos a uma esquina.

— Claro — ele respondeu.

Não pude deixar de notar o quanto os dois haviam evoluído desde a primeira vez que eu os vira juntos. Isso era bom, pensei, sorrindo.

— Quando você ver Stacey mais tarde, você pode tentar convencê-la a ficar fora da escola? — ela perguntou, e o sorriso congelou no meu rosto. — Talvez ela te ouça.

Zayne olhou para mim antes de responder.

— Sim, vou falar com ela.

Desejei que Zayne tivesse vindo de moto, porque ao menos eu poderia fingir que não conseguia ouvi-lo. Infelizmente, estávamos no seu Impala, e eu tinha problemas com a minha visão, não com a audição.

— Eu ia contar sobre Stacey — ele disse, a meio caminho do complexo. Olhando pela janela, mordisquei a minha unha do polegar.

— Você não tem que me contar nada.

— Eu sei que não — ele respondeu, e fiz uma careta para a janela, sem saber por que ele pensou que confirmar isso ajudava. — Eu ia te contar porque queria.

— Ah — murmurei, concentrando-me nos edifícios e nas pessoas, tudo embaçado lá fora. — Legal.

Ele obviamente não acreditava que eu achava legal.

— Ela e eu realmente não conseguimos conversar ontem.

— Compreensível. — Fiquei meio surpresa com o fato de que o encontro na sorveteria tinha sido ontem. Sentia como se uma semana tivesse passado. — Eu meio que estraguei tudo aquilo.

— Não é isso que eu tô dizendo — ele me corrigiu. — É só que com tudo o que aconteceu com Sam e...

— Você não precisa se explicar. Tenho certeza de que isso já foi estabelecido — eu disse com a boca em torno do meu polegar. — Funciona pra mim, de qualquer forma, porque eu preciso fazer as malas.

— Não tô tentando me explicar. Só acabei me esquecendo, por conta de tudo o que aconteceu entre a sorveteria e agora quando Layla falou disso. — Ele parou, e então eu senti seus dedos no meu pulso, enviando um choque de consciência através de mim. Ele puxou a mão da minha boca. — Eu não tava tentando esconder de você.

Olhei para baixo quando ele abaixou a minha mão sobre a minha perna. Seus dedos permaneceram logo abaixo dos hematomas que já estavam desaparecendo.

— Eu juro — ele acrescentou. — Eu não tava tentando esconder.

O meu olhar se dirigiu para Zayne. Ele estava focado na estrada, e eu não sabia se acreditava nele ou não. Eu pensava e sentia que Zayne distorcia os meus instintos quando se tratava dele. Eu queria acreditar nele, mas saber que ele iria se encontrar com ela de novo também fez o meu peito ficar oco, e o meu estômago, pesado.

Sentir ciúme era um saco.

— Eu acredito em você. — Afastei a mão quando voltei a olhar pela janela. Os edifícios tinham dado lugar às árvores, e eu sabia que não estávamos longe do complexo. — Espero que Gideon tenha encontrado alguma coisa.

— Sim — ele respondeu depois de alguns segundos. — Eu também.

Não falamos depois disso e chegamos ao complexo em cerca de dez minutos. Gideon nos encontrou na porta e nos conduziu até o escritório de Nicolai.

O líder do clã não estava lá, mas Danika estava de pé atrás da mesa, com as palmas das mãos apoiadas na madeira brilhante cor de cerejeira. À sua frente estavam duas folhas de papel grandes e quase transparentes, e, apoiados ao longo da mesa, estavam mais dois papéis enrolados.

Danika sorriu para nós, e eu retribuí o gesto com um aceno de mão.

Porque eu era uma pateta.

— Pessoal, tenho algo interessante pra vocês. — Gideon atravessou a sala enquanto Zayne fechava a porta atrás de nós. — Algo que eu gostaria que tivéssemos conhecimento antes. Sabe aquela escola que Layla frequentou? Heights on the Hill? É a peça que faltava.

— O que você encontrou? — Zayne perguntou quando chegamos à mesa. Olhei para baixo, incapaz de enxergar o que estava olhando.

— O que o nosso senador tem feito. — Gideon inclinou-se sobre a mesa. — Mas, primeiro, estou procurando maneiras de quebrar uma proteção angelical. — Ele deu uma risada. — Isso vai levar algum tempo, e não tenho certeza se é possível. — O olhar de Gideon encontrou o meu e então ele olhou para Danika. — Nunca vi escrita angelical antes, então isso é legal. O que não é legal é este Augúrio ter lâminas de anjo e ser capaz de lançar uma proteção angelical. Os únicos seres por aí que eu naturalmente presumiria serem capazes de fazer isso são um anjo ou alguém com muito sangue de anjo correndo nas veias.

Mantendo minha melhor cara de paisagem, olhei para os papéis. Eu não tinha ideia de como ler escrita angélica, mas este outro Legítimo — o Augúrio — sabia, e eu só podia supor que isso significava que seu pai angélico tinha sido muito mais presente do que o meu.

— O que é tudo isto? — Zayne fez um gesto para os papéis, mudando de assunto com naturalidade.

— A camada de cima são as plantas de construção de Fisher, que você encontrou, e por baixo disso temos a escola, que é a planta baixa antiga que encontrei nos registros públicos. Como podem ver, os planos dele se enquadram no *layout* da escola.

— Tô vendo. — Zayne moveu o dedo sobre os desenhos. — As mesmas linhas.

— Mas isso não é tudo. — Danika pegou o papel enrolado mais próximo dela. — Gideon conseguiu as plantas da reforma da escola.

— Foi o nome da empresa de construção — ele explicou, levantando a folha de cima e puxando a de baixo. — Eu consegui invadir os servidores deles em tipo dez segundos batidos, e isto é o que eu encontrei. — Ele sorriu para Danika. — Quer fazer as honras?

Ela desenrolou o papel, espalhando-o sobre as plantas baixas do senador para a escola misteriosa. Vi o nome da empresa rabiscado no topo.

— Diga-me a primeira coisa que você perceber.

Apertei os olhos, tentando me concentrar nos quadrados e linhas borrados.

— São as mesmas malditas plantas — Zayne disse. — Olha aqui, Trin. — Ele deslizou o dedo ao longo de uma forma retangular. — Esse é o refeitório e essas são as salas de aula. — Ele continuou a apontar as áreas. — É a antiga escola de Layla.

— Isso não é tudo — Danika disse, levantando as sobrancelhas para Gideon.

— Então, quando procurei pela primeira vez a empresa Gui Auro e Filhos, não consegui encontrar muito sobre ela, apenas um site barato com um portfólio bastante questionável e informações de contato. Nada on-line sobre os proprietários, mas fiz algumas pesquisas rápidas e encontrei o nome sob o qual a empresa está registrada.

— Natashya Fisher. — Danika se afastou da mesa. — Tipo, a falecida esposa do senador Fisher.

— Obviamente, descobrir que estas plantas baixas da reforma correspondem às do senador nos diz que ele está ligado à escola, mas isso é mais uma confirmação.

Olhei fixamente para o nome da empresa e não sei por que isso se destacou naquele momento ou o que me fez ver, mas foi como se as palavras se mexessem na minha frente e eu visse *aquilo*.

— Caramba. O nome da empresa. Gui Auro. Talvez eu esteja vendo coisas, mas essas letras também não soletram *Augúrio*?

— O quê? — Danika olhou para baixo e então ela se sobressaltou. — Inferno... — Pegando um pedaço de papel e lápis da mesa, ela anotou o nome da empresa e depois *Augúrio* embaixo e rapidamente conectou as letras. — Você tem razão.

— É um anagrama. — Zayne deu uma risada. — Boa, Trin.

Sentindo minhas bochechas corarem, eu encolhi os ombros.

— Quer dizer, a gente já sabe que eles estão conectados, então não é grande coisa.

— É grande coisa, sim. É mais uma prova de que estamos no caminho certo — Zayne disse.

— Ele tem razão — Gideon concordou. — Eu deveria ter visto isso. É meio óbvio depois uma vez que tenha visto.

— Você nem sempre pode ser o mais *nerd* da turma — Danika comentou.

— Discordo. — Gideon pegou o outro rolo de papel e o desenrolou sobre as plantas. — Esta coisa toda me fez pensar: o que diabos está acontecendo com essa escola? Antes disto, a gente via muita atividade demoníaca lá. É o mesmo lugar onde o Lilin foi criado. Agora, o senador vai "renovar" o lugar, e está cheio de fantasmas e espíritos presos, além de túneis que passam perto dela ou por baixo com proteções angélicas. Não tem como tudo isso ser uma mera coincidência.

— Tem que ser a Boca do Inferno — murmurei, olhando para o papel que ele havia esticado. Tudo o que via eram centenas de linhas, algumas mais grossas do que outras.

— Não é uma Boca do Inferno, mas é definitivamente alguma coisa. — Gideon deu a volta na mesa, ficando ao lado de Danika. — O que vocês estão vendo é um mapa das Linhas de Ley, linhas intangíveis de energia. Elas estão alinhadas por todo o mundo, com marcos significativos ou locais religiosos. Os humanos acham que é uma pseudociência, mas é real. Estas linhas são pontos de navegação diretos que conectam áreas em todo o mundo.

— Já ouvi falar disso. — Zayne enrugou a testa. — Em uma série de TV em que as pessoas investigam assombrações falsas.

— Ei. — Lancei um olhar enviesado para ele. — Como você sabe que são assombrações falsas?

Zayne sorriu.

— Muitas coisas estranhas ocorrem ao longo das Linhas de Ley. Grandes eventos históricos no mundo humano, lugares onde as pessoas afirmam sentir maior atividade espiritual — Danika disse. — Áreas onde os Guardiões frequentemente iriam encontrar populações de demônios maiores do que o normal.

— Muitas vezes, encantamentos ou feitiços são mais poderosos e, portanto, mais bem-sucedidos ao longo das Linhas de Ley. Elas indicam áreas poderosas e carregadas — Gideon continuou. — E esta aqui? — Ele deslizou o dedo sobre uma linha vermelha mais grossa e depois parou sobre um ponto vermelho. — Esta é a mesma Linha de Ley que vem desde Stonehenge até à Ilha de Páscoa... E este ponto? — Ele bateu com o dedo. — Este é um núcleo, e não é apenas em torno de Washington, DC, mas quase em cima da área onde Heights on the Hill está localizada.

Caramba.

— Pode ser por isso que o Augúrio tá interessado nesta escola — Zayne disse, olhando para mim. — Não é um local aleatório.

— Faria sentido se o que ele tá planejando exigisse uma quantidade gigantesca de energia do tipo celestial e espiritual. Esse tipo de poder, exercido por alguém que sabe controlá-lo, poderia transformar um pedaço de papel amassado em uma bomba atômica, e isso torna praticamente qualquer coisa possível.

Capítulo 32

— Você realmente é péssima em dobrar roupas. — Minduim observou de onde ele estava flutuando perto do teto.

— Valeu — murmurei, perguntando-me como colocaria todas estas roupas dentro da mala para começar. Olhei para o fantasma. — O que você tá fazendo aí em cima?

— Meditando.

— Então tá. — Dobrei uma blusa enquanto a minha mente voltava, lenta mas seguramente, para o que eu estivera tentando não pensar desde que Zayne saíra do apartamento.

O que ele estava fazendo com Stacey? Será que eles estavam tendo outro encontro na sorveteria? Estavam assistindo a um filme, ou indo àquela churrascaria que ele tinha me levado?

Balancei a cabeça enquanto enfiava a blusa na mala. Não importava, e era melhor assim Ele merecia ter algum tipo de vida além de ser meu Protetor, com quem quer que ele escolhesse. Eventualmente, a dor no meu peito desapareceria, e eu veria Zayne como nada mais do que meu Protetor ou meu amigo. Talvez então eu até tenha encontrado alguém para... para passar o tempo juntos.

Se vivêssemos o suficiente.

O que havíamos descoberto hoje era algo superimportante, mas também tinha criado mais perguntas do que respostas, e eu não conseguia afastar a sensação de que estávamos deixando alguma coisa escapar.

Alguma coisa enorme.

Ainda não sabíamos o que o Augúrio planejava fazer na escola, como o plano envolvia os espíritos presos e por que ele não só tinha lâminas de anjo, mas tinha sido capaz de usar uma proteção angélica para prender os espíritos. Algo não fazia sentido, porque, mesmo que o pai angélico dele fosse eleito o pai do ano, por que um arcanjo ensinaria magia de proteção a um Legítimo? Eu não tinha uma resposta para isso.

Enquanto isso, Zayne provavelmente estava tomando sorvete com Twizzlers.

Peguei uma calça jeans, o material sacudindo enquanto eu o dobrava.

— O que foi que essa calça fez pra você? — Minduim flutuou para ficar ao meu lado.

— Ela existe.

— Alguém tá de mau humor.

Levantei um ombro.

— Cadê Zayne?

— Saiu.

— Por que você não tá com ele?

— Porque eu preciso fazer as malas — eu disse a ele, não querendo entrar na história toda.

— Ele deve levar uns dez minutos pra fazer as malas — ele disse, olhando para o armário. — Ele é tão organizado.

Eu disse nada.

— E você é a coisa mais desorganizada que eu já testemunhei.

Lancei um olhar para ele que prometia a morte certa. Provavelmente teria funcionado se ele já não estivesse morto.

Ele sorriu para mim, e, com a cabeça mais transparente do que sólida, ele parecia uma assustadora abóbora de Dia das Bruxas.

Sentia falta de celebrar este dia.

— Sabe, eu segui Zayne até o novo apartamento ontem. Ele parou lá antes de vir até aqui.

Eu não soubera disso, mas explicava onde ele tinha estado depois de eu ter voltado para o apartamento.

— Como é o lugar?

— Bacana. Dois quartos. Dois banheiros. Cozinha e sala de estar são iguais às daqui. — Ele cruzou as pernas enquanto flutuava para o chão. — Na verdade, é o apartamento mais ou menos embaixo deste aqui.

— Legal. — Eu estava apenas parcialmente com inveja que Minduim tinha visto o lugar novo e eu não. — Eu acho que os caras da mudança vão aparecer amanhã pra pegar o sofá e as outras coisas. Vão levar a cama por último.

— Sério? — Ele alongou a palavra. — Então onde Zayne vai dormir?

Boa pergunta. O meu estômago se revirou, ainda que eu soubesse que não seria comigo.

— Não sei. Talvez ele fique no apartamento novo.

— Isso seria bem solitário.

Dei de ombros.

— O apartamento é como o de Gena, só que ela tem três quartos e um mezanino — ele disse. — Mas eu acho que ninguém usa o mezanino.

Gena.

Caramba, tinha me esquecido daquela garota outra vez.

— Me conta sobre ela — eu disse enquanto dobrava outra camisa.

— Não há nada pra contar.

Olhei para ele.

— Você poderia me contar como a conheceu.

— Bem, eu tava flutuando pra dentro e pra fora dos apartamentos, olhando as pessoas, vendo como a galera bacana vive.

Torci o nariz.

— E eu tava na cozinha dela, olhando os ímãs que eles têm na geladeira... E, a propósito, vocês podiam ter alguns ímãs... E ela me viu e disse oi.

— Não te assustou que ela pudesse te ver?

— Me assustou quando eu descobri que *você* podia me ver?

Baixei a camisa que estava segurando.

— Hã, sim. Você gritou feito uma alma penada.

— Ah. É mesmo. — Minduim riu. — Gritei.

Balançando a cabeça, enrolei a camisa e a joguei na mala.

— Então, em que apartamento ela mora?

— Por que você quer saber disso?

— Porque eu gostaria de conhecê-la.

— Eu não quero que você a conheça.

— O quê? — Fiquei meio ofendida.

— Porque você provavelmente a assustaria, e ela já tem bastante coisa pra se preocupar.

Encostei-me ao pé da cama.

— Com o que ela tem que se preocupar? Lição de casa e os pais?

— Você não tem ideia.

O meu olhar incisivo se fixou nele.

— Então me conta.

— As coisas são... complicadas entre ela e a família. — Ele se deitou de costas e afundou pela metade no chão. — E é tudo o que posso dizer.

Franzi a testa para ele.

— Por que você não pode dizer mais?

— Porque prometi à garotinha que não iria falar com ninguém sobre essas coisas — ele disse. — E mantenho as minhas promessas.

— Mas eu não sou ninguém — raciocinei. — Eu sou... Saco!

Minduim tinha afundado completamente no chão, e eu sabia que ele não voltaria por um tempo.

O fato de ele não me ter dito nada sobre a menina ou a família dela era preocupante. Acrescentei descobrir mais coisas sobre ela à lista de afazeres pela terceira vez, preocupada com o fato de que ou algo de ruim estivesse acontecendo com ela ou a garota estivesse fazendo algo que não deveria.

No instante em que ouvi a porta da frente se abrir, eu pulei da cama. Era tarde. Tarde do tipo já estava escuro lá fora. Eu não esperei que Zayne ficasse fora por tanto tempo assim.

Andando em volta da mala que eu finalmente tinha conseguido arrumar, com exceção de roupas para os próximos dias, eu disse a mim mesma para não ir até a sala, porque pareceria que eu estivera esperando por ele. O que era verdade.

Fechei os dedos ao redor da maçaneta fria da porta.

Mas eu tinha perguntas.

Tipo, o que eles tinham feito? Eles compartilharam um jantar romântico à luz de velas entre amigos? Eles assistiram a um filme depois, ou foram dar um passeio? Ou voltaram para a casa de Stacey? Porque era perto das onze da noite, então não havia como eles apenas terem jantado. Eles passam horas conversando ou dando uns amassos? Eu não tinha sentido qualquer coisa... estranha através do vínculo, mas isso não significava nada, já que a distância o enfraquecia. E, mesmo que Zayne insistisse que eles eram apenas amigos, Stacey era muito bonita, e eles tinham ficado no passado. Havia algum nível de atração ali, física e emocional, e Zayne não tinha...

Ele não poderia ficar comigo.

Ele provavelmente nem queria isso, agora.

O meu estômago se retorceu em nós. Eu precisava agir casualmente. Eu disse a mim mesma enquanto abria a porta do quarto com tanta força que quase a arranquei das dobradiças.

Realmente casual.

A minha visão limitada varreu a sala de estar, parando na forma embaçada de Zayne. Ele estava parado atrás do sofá como se tivesse estacado ali abruptamente.

Ele olhou fixamente para mim.

Retribuí, e o silêncio se estendeu entre nós até que eu não conseguia mais aguentar.

— Oi.

Zayne estava longe demais para eu ver se ele sorriu, mas sua voz carregava um sorriso quando ele falou:

— Olá.

Resistindo ao impulso de acenar para ele feito uma idiota, apertei minhas mãos.

— Você voltou.

— Voltei. — Ele deu um passo em frente e depois outro. — Eu não tinha certeza se você ainda estaria acordada.

E esperando por ele? Encolhi-me. Era assim tão óbvio?

— Eu tava me preparando pra dormir e fiquei com sede.

Era uma mentira completa, mas pelo menos eu estava de pijama.

Saí do quarto, dizendo a mim mesma para simplesmente caminhar até a geladeira, pegar uma garrafa d'água e depois voltar.

Não foi isso o que fiz.

— Você se divertiu?

— Sim — ele disse, e depois houve uma pausa. — Eu acho.

— Você *acha*? — Cruzei os braços. — Você ficou fora até bem tarde, então eu acho que você se divertiu, sim.

Ele inclinou a cabeça.

— Não é tão tarde assim.

— Então... — Eu mudei meu peso de um pé para o outro. — O que vocês fizeram?

Zayne se encostou no sofá, segurando no encosto com as mãos.

— A gente jantou e depois fomos ao shopping. Só andamos e conversamos.

A irritação ganhou vida e tentei reprimi-la, mas *eu* queria andar no shopping com Zayne e não fazer nada além de conversar e rir como pessoas normais, como tínhamos planejado antes de tudo ter ido por água abaixo.

Eu precisava pegar uma água e ir para a cama. Era o que eu realmente precisava fazer.

Portanto, em vez de fazer isso e manter a minha boca fechada, eu disse:

— Parece que foi um encontro bem legal.

Zayne endireitou as costas.

— Encontro?

Eu dei de ombros.

— Quer dizer, eu não estive em muitos. — Ou em um, mas que seja. — Mas é o que parece pra mim.

— Não foi um encontro, Trin. Eu te disse isso. Não é mais assim entre a gente.

— Não é? — A irritação estava dando lugar à raiva... e ao ciúme. E ai, meu Deus, eu precisava manter o controle, porque não era assim entre nós também. — Não é grande coisa. Seja como for, eu não me importo.

— Parece que você se importa, e muito.

— Você tá enganado.

— É, acho que não. Você tá com ciúmes.

Abri a boca enquanto o calor inundava as minhas bochechas. Eu não podia acreditar que ele tivesse chamado a minha atenção.

— Eu não tô...

— Nem diga que não. Consigo sentir. — Ele balançou a cabeça enquanto se afastava do sofá. — Sabe, eu não consigo acreditar que você realmente acha que esta noite foi tipo um encontro.

Eu endireitei as costas.

— Por que eu não pensaria isso? Você é solteiro. Ela também. Vocês têm um passado juntos. Não entendo porque você acha que é uma conclusão tão absurda assim pra se chegar.

— Não entende? — Ele deu mais um passo em minha direção, e seu rosto se tornou menos embaçado. Ele estava definitivamente franzindo a testa. — Você realmente acha que, depois de tudo o que aconteceu entre nós, eu sairia com outra pessoa?

Lentamente, descruzei os braços.

— O que aconteceu entre nós não importa.

As sobrancelhas dele dispararam para cima.

— Não importa?

Balancei a cabeça, embora fosse mais uma mentira, porque o que aconteceu entre nós importava, sim.

Sempre importaria.

— Não pode importar — eu disse, finalmente falando a verdade.

Com os lábios se curvando em um sorriso dolorosamente cruel, ele balançou a cabeça enquanto desviava o olhar.

— Eu não sei quem você pensa que eu sou, e acho que nem quero saber, mas me deixa te dizer uma coisa, Trin. — Seu olhar voltou para o meu. — Não existe a mínima chance de eu estar por aí ficando com outra só porque eu não posso ter a pessoa que eu quero.

Perdi o fôlego.

Zayne estava agora a apenas trinta centímetros de mim.

— Talvez algumas pessoas funcionem assim, mas não eu. Você deveria saber disso.

Eu deveria, mesmo.

Parte de mim totalmente sabia, lá no fundo — a parte lógica à qual eu raramente dava ouvidos. A mesma parte de mim que aparentemente tinha me deixado na mão, sem saber o que falar, naquele momento.

— E se você acha que eu sou capaz de fazer qualquer coisa com alguém, então você obviamente não tem prestado atenção.

Engolindo em seco, dei um passo para trás e depois outro, afastando-me dele.

— Você me deixa louco — ele disse, estreitando os olhos. — Olhando pra você agora, consigo ver que ainda existe uma parte de você que *não* tem *ideia.*

— Eu...

Foi tudo o que consegui dizer. Zayne se mexeu tão rápido que eu não consegui sequer seguir seus movimentos. Provavelmente não teria conseguido nem mesmo se eu tivesse olhos que funcionassem bem. Ele estava lá, e de repente as suas mãos estavam na minha cintura. Ele me levantou e, em um piscar de olhos, as minhas costas estavam pressionadas contra a parede fria de cimento.

Então a boca dele se chocou contra a minha, e não havia nada lento ou hesitante sobre aquele beijo — sobre a maneira como seus lábios se moviam contra os meus —, e meus lábios se separaram para ele. O som que ele emitiu esquentou a minha pele, e eu simplesmente reagi da maneira que eu estive querendo — da maneira que eu estive precisando. Beijei-o de volta. E o beijo era... Ah, meu Deus, era tudo, porque eu não queria suave ou hesitante. Eu queria *aquilo.* Forte. Rápido. Bruto. Ele me beijava como se estivesse se afogando e eu fosse o ar, e eu não tinha certeza de que alguma vez tivesse sido beijada assim. Nem mesmo por ele. Eu sequer sabia que se podia ser beijada assim.

— Desculpe — ele disse. — Eu esqueci que beijar estava fora dos limites.

Eu não sabia o que dizer.

— Só porque eu não deveria querer você, não significa que eu parei de querer você — ele disse. — Só porque o que eu sinto por você fisicamente não deveria significar algo mais, não significa que eu parei de querer você. Isso não mudou.

Suas palavras foram uma mistura surpreendente de calor e frieza enquanto sua boca encontrava a minha novamente. Eu quis ouvi-lo dizer aquilo. Eu *precisava*, porque era bom e caloroso e *correto.* Mas suas palavras também trouxeram consigo um choque de realidade fria.

Ele não deveria estar fazendo isto.

Nem eu.

Tudo isto parecia *algo mais*.

— Você quer isto? — ele disse, voz grossa. — Isso não mudou?

— Não — admiti —, nunca.

A boca dele estava sobre a minha mais uma vez, seus beijos como longos goles de água, e eu queria mais. Eu queria demais. Interrompendo o beijo, inclinei a cabeça para trás contra a parede enquanto meu coração batia forte.

— As regras...

Zayne avançou, eliminando a escassa distância entre nós. Seus lábios roçaram os meus, enviando um arrepio potente pelas minhas costas.

— Fodam-se as regras.

Meus olhos se arregalaram enquanto o fundo da minha garganta ardia com uma risada.

— *Zayne.*

— O que foi? — A testa dele tocou a minha enquanto suas mãos apertavam meus quadris. — Seguir as regras nunca me trouxe nada de bom no passado. Tudo o que fiz na vida foi segui-las.

Sua pele aqueceu sob as minhas mãos enquanto eu olhava fixamente para ele.

— Tenho certeza de que trabalhar com demônios é o oposto de seguir as regras.

— Exatamente. Quando eu finalmente quebrei essas regras, apenas coisas boas aconteceram, num geral. — Eu me perguntei o que ele quis dizer com *num geral*. — Havia outras regras que eu queria nunca ter seguido. Regras que não tinham outro propósito senão me controlar.

— Mas meu pai...

— Eu não ligo — ele disse. — Nada aconteceu da última vez em que nos beijamos, ou quando fizemos mais. Nada aconteceu antes do vínculo, e nada aconteceu depois. Ainda estamos aqui.

— Estamos, mas isso não significa nada.

— Quantas regras existem que não fazem absolutamente nenhum sentido? — Zayne argumentou, e eu não pude responder, porque muitas delas pareciam uma piada. Ele riu, e o som retumbou através de mim. — Eu não posso acreditar que *você é quem tá* defendendo o cumprimento das regras. Normalmente é o contrário.

Os meus lábios estremeceram.

— Talvez seja o dia do contra?

— Talvez... — Suas mãos flexionaram em meus quadris, e então ele me deslocou mais para cima. O instinto me levou a agarrar os ombros de Zayne e a enroscar as minhas pernas em volta da cintura dele. Nossos corpos estavam alinhados da maneira mais interessante... e então ele se pressionou contra mim, fazendo-me ficar sem ar. — E talvez às vezes seguir as regras *não é* a coisa certa a fazer.

— Talvez — repeti, minha pele formigando com o contato enquanto eu deslizava uma mão pela lateral do pescoço dele, até sua mandíbula. A barba que crescia roçou a palma da minha mão enquanto meus olhos vasculhavam o rosto dele. Assim, tão de perto, todos os detalhes do seu semblante eram surpreendentemente nítidos. — Talvez você tenha razão.

Um canto dos seus lábios subiu.

— Sempre tenho razão. Ainda não percebeu isso?

Um sorriso puxou minha boca e depois desapareceu quando meu coração trovejou dentro do peito com um desejo que me fez sentir como se a minha pele fosse se abrir com ele. Zayne estava bem ali, onde eu o queria, onde passei incontáveis momentos desejando que ele estivesse. Agora que ele estava aqui, parecia impossível e, no entanto, de alguma forma, inevitável.

Sua mão deslizou pela minha lateral, parando logo abaixo do meu seio. Cada célula do meu corpo pareceu entrar curto-circuito, como se eu fosse um fio exposto.

Eu desejava Zayne.

Era uma coisa física, sim. Meu corpo ardia por ele — por seu toque, por sua mera presença. A cada dia que passávamos perto um do outro, tornava-se mais e mais difícil ignorar a quase esmagadora *necessidade* que eu sentia, mas era mais do que um desejo físico. Era ele, tudo em Zayne. Seu humor e inteligência. Sua necessidade de proteger aqueles que outras pessoas não achavam dignos de proteção. A maneira como ele às vezes olhava para mim como se eu fosse o ser mais importante que já existiu. Era até mesmo pela maneira que eu sabia que ele tinha amado Layla, foi magoado por essa perda, mas ainda queria que ela fosse feliz com Roth. Eram os *momentos*. Quando uma risadinha sua se transformava em um gargalhar. Quando ele se soltava e saía do papel de Guardião e Protetor para ser apenas Zayne. Era aquele jantar e as noites em que ele estava ali, ao meu lado, para combater os pesadelos. Eram os momentos em que ele me ajudou a esquecer Misha.

E tudo isso... me aterrorizava, porque eu estava... estava me apaixonando por ele, e isso era proibido. Mesmo que não fosse, era arriscado, porque ele tinha amado Layla tão plenamente, e eu não sabia se isso significava que ele tinha a capacidade de sentir esse tipo de amor de novo.

Mas Zayne me queria.

Eu podia sentir o quanto ele me queria, através do vínculo e pela maneira como seu corpo tremia contra o meu, e percebi que ele não estava mais lutando contra isto.

E eu... parei de lutar.

Parei de pensar e de me preocupar.

Nossos lábios se encontraram, e o beijo foi forte e profundo, e quando a ponta da minha língua tocou na dele, eu me perdi no som baixo que ressoou do fundo de sua garganta.

Zayne me pressionou contra a parede, sua mão segurando o meu rosto enquanto ele me beijava, seus quadris em um movimento de vaivém contra os meus. Presa como eu estava entre ele e a parede, não havia como escapar da onda de sensações que cada balançar dos seus quadris produzia. Eu gemi na boca dele, e qualquer controle que Zayne pudesse ter foi perdido.

Com um impulso poderoso, ele me afastou da parede e se virou, sua boca nunca deixando a minha enquanto ele caminhava para trás. De alguma forma, chegamos ao quarto. Ele me deitou de costas e só então seus lábios se afastaram dos meus. Eles fizeram um caminho pelo meu pescoço enquanto suas mãos deslizavam por baixo da minha camisa. Seus dedos se fecharam em torno do tecido enquanto ele levantava a cabeça. Uma pergunta enchia seus olhos luminosos, a necessidade avassaladora emanando de cada centímetro de seu rosto.

— Sim — eu disse a ele.

Suas pupilas se contraíram e depois se afinaram em fendas verticais.

— Graças a Deus.

Eu teria rido, mas não havia ar suficiente nos meus pulmões. Levantei meus braços e ombros, e ele tirou minha camisa e a jogou de lado. Zayne recuou, olhando para mim enquanto seu peito subia e descia com tanta força que esticava o pano de sua camisa.

Ele colocou a palma da mão na minha barriga, logo acima do meu umbigo.

— Eu já disse isto antes, mas sinto esta vontade de me repetir várias vezes. Você é linda, Trinity.

Eu me senti linda quando ele me olhou daquele jeito, quando disse o meu nome daquele jeito, mas depois a sua mão se moveu, e tudo o que eu conseguia pensar era no toque dele. A palma da mão dele passou sobre o meu tórax e depois subiu. Meus dedos se fecharam no edredom grosso enquanto seu polegar deslizava em círculos enlouquecedores em torno de uma área mais sensível.

Então sua boca seguiu a mão, e eu arqueei as costas na direção dele, ofegante enquanto eu enrolava as minhas pernas em torno de seus quadris, movendo-me de maneira inquieta contra ele.

Zayne não estava com pressa, deixando-me sem fôlego quando ele finalmente abriu um caminho com os lábios e a língua pelo centro da minha barriga, demorando-se em torno do meu umbigo e depois indo mais para baixo. Ele tirou as minhas pernas dele com facilidade, afastando-se enquanto puxava meu short.

Levantei os quadris e, em um movimento rápido, fui despojada de todas as roupas. Todas. Um rubor inebriante varreu meu corpo, e ele o seguiu com seu olhar.

— Deus, Trin. — Sua voz era gutural, quase irreconhecível.

Com as mãos trêmulas, levantei-me sobre os cotovelos.

— Isto não é justo.

— Não é? — Ele ainda estava me encarando com intensidade.

— Você ainda tá completamente vestido.

— É verdade. — Seus cílios se ergueram para mim. — Quer tomar providências sobre isso?

— Sim. Quero. — Assenti, caso não tivesse sido claro o que eu disse.

Zayne esperou.

Sentando-me na cama, agarrei-lhe a camisa e a puxei. O tecido se esticou e rasgou, cedendo antes que eu percebesse o que tinha feito.

— Ah. Porcaria. — Eu soltei. A camisa rasgada revelava uma pele dourada e lisa. — Foi mal?

— Não foi. — Ele soltou uma risada. — Isso foi bem gostoso.

Eu sorri.

Zayne jogou a camisa no chão. Alcancei as calças dele, conseguindo soltar o botão e puxar o zíper para baixo antes que ele segurasse meus pulsos.

— Ainda não.

— Por que não?

— Porque tem uma coisa em que estive pensando sem parar e que tô morrendo de vontade de fazer — ele disse, segurando meus pulsos. Ele desceu e prendeu as minhas mãos no colchão. Sua boca cobriu a minha, e então ele começou tudo de novo. Beijando-me até me deixar sem fôlego, sem raciocínio, até que, quando soltou as minhas mãos, eu não conseguia nem me mexer, mas então ele estava seguindo aquele caminho novamente, parando nos meus seios e depois no meu umbigo antes de descer cada vez mais.

Meus olhos se abriram quando senti os lábios dele contra a parte interna da minha coxa. A visão dele ali quase me derrubou, e a sensação da sua língua contra minha pele, aproximando-se cada vez mais, roubou-me a capacidade de falar.

Eu nunca tinha feito isto.

Obviamente.

Mil pensamentos entraram na minha cabeça, ameaçando despedaçar o momento, mas, quando ele parou, perfurando-me com aqueles olhos quando me encarou, eu estava...

Eu estava *onde deveria estar*.

— Posso? — ele perguntou.

O calor me queimava por dentro. Tudo o que eu pude fazer foi acenar com a cabeça, e então ele disse algo que parecia uma oração.

O primeiro toque da sua boca contra mim transformou os meus músculos em fogo líquido.

Emiti um som que certamente me deixaria envergonhada mais tarde, mas, naquele momento, eu não me importava. Tudo o que havia neste mundo era ele e o que ele estava fazendo. Eu nem sabia o que estava fazendo até que me vi segurando seu ombro com uma mão e agarrando seu cabelo com a outra. Eu estava me movendo contra ele, tanto quanto eu podia com a mão dele sobre a minha barriga, segurando-me no lugar enquanto ele... enquanto ele *se lambuzava*.

Perdi toda a noção de mim mesma, de controle, e foi glorioso. Nenhuma preocupação. Nenhuma vergonha. Nenhum medo. Apenas tudo o que ele estava tirando de mim com cada lambida e inserção e...

De repente, foi demais — a contração, a espiral dentro de mim. A onda líquida de sensações cruas se derramando e se debatendo dentro de mim. Cravei meus dedos no ombro de Zayne enquanto jogava a cabeça para trás, ofegante por ar enquanto meu clímax me arrebatava. Eu estava tremendo quando ele se afastou de mim, levantando a cabeça. Ele colocou uma mão no meu quadril, e demorou um pouco para que os meus olhos focassem nele.

— Zayne — eu arquejei, tentando recuperar o fôlego.

Um sorriso lento puxou seus lábios.

— Acho que você gostou disso. — Ele abaixou a cabeça, beijando a minha barriga. — Eu sei que eu gostei.

— Eu gostei. — Engoli em seco, meu coração retumbando. Eu afrouxei o meu aperto no ombro dele. — Mas isso não é tudo.

— Não. — Aqueles lábios roçaram um seio enquanto o cabelo dele fazia cócegas no lado das minhas costelas. — Não é, mas pode ser.

Deslizei minhas mãos pelos braços dele, a antecipação nervosa substituindo a languidez saciada.

— E se... e se eu quisesse tudo?

Zayne levantou a cabeça, suas feições quase sérias. Ele não falou.

— Você quer isto? — sussurrei.

— Deus. Sim. — Sua voz estava áspera. — Quero.

Meu coração saltou quando respirei fundo.

— Tô pronta.

— Eu também — ele disse, e eu sabia o que aquilo significava para ele. Eu sabia o que significava para mim. Senti tudo isso quando ele me beijou de novo. — Já volto, um segundinho.

Eu não sabia muito bem o que fazer quando ele rolou da cama e ficou de pé, sua calça jeans indecentemente baixa nos quadris enquanto ele ia até a cômoda. Eu meio que só fiquei ali deitada, dobrando as pernas enquanto ele abria uma gaveta.

— Uma camisinha? — Eu corei. O que era idiotice. Se eu não conseguia dizer a palavra *camisinha*, então eu provavelmente não deveria estar fazendo algo que precisava de uma.

— Sim. — Ele se virou, segurando uma pequena embalagem entre os dedos. — Eu sei que nenhum de nós pode transmitir doenças, mesmo se tivéssemos estado com alguém, mas...

— Gravidez — sussurrei, arqueando uma sobrancelha. O fato de eu não ter pensado nisso era alarmante, principalmente porque não tinha certeza de que isso poderia acontecer. — Isso é possível?

— Não sei. Você não é completamente humana — ele disse, voltando para a cama. Ele jogou a embalagem no edredom e, por algum motivo, tive vontade de rir. — Então é melhor estarmos prevenidos.

— Sim. — Assenti com a cabeça, porque, bem, não só um bebê seria uma péssima ideia neste momento, como havia uma boa chance de eu ser a pior mãe na história da humanidade.

Até eu era capaz de reconhecer isso.

Zayne sorriu e fez um movimento para tirar a calça. Pensei que talvez devesse desviar o olhar, mas não conseguia. Nem mesmo se um chupa-cabra aparecesse sapateando pelo quarto.

Quando a calça dele caiu no chão, tive a sensação de que eu também teria caído se estivesse de pé. Da primeira vez em que tínhamos nos beijado

— que tínhamos feito alguma coisa —, o quarto estava escuro e nenhum de nós estava de pé. Eu não tinha visto Zayne.

Eu o vi agora e a minha boca ficou meio seca. Senti um pouco de tontura e calor — calor *mesmo*.

— Se você continuar olhando pra mim assim — ele disse, apoiando um joelho na cama e depois uma mão no meu ombro. — Então isto vai ser muito decepcionante pra você.

— Não vejo como. — Eu arrastei meu olhar para o rosto dele. — Nem um pouquinho.

Ele riu enquanto se acomodava ao meu lado, colocando a mão na minha barriga.

— Porque iria acabar bem rápido.

— Tenha fé — eu brinquei. — Você consegue.

E ele conseguiu.

Começando de novo como se fosse a primeira vez que ele me tocara, ele se familiarizou com todas as reentrâncias e curvas do meu corpo com as mãos e os lábios. Não foi até que a minha respiração saísse curta e rasa que ele pegou aquela embalagem e, depois de um momento, mexeu-se de modo que ficasse em cima de mim, seu peso apoiado em um braço enquanto a parte inferior do seu corpo se alinhava com a minha.

Eu sabia que a hora era agora. Não havia mais como pisar no freio ou dar para trás, embora eu soubesse que, se eu fizesse isso, ele pararia. Mas não era isso o que eu queria.

Zayne olhou para mim, os olhos tão pálidos e ainda assim tão brilhantes. Seus lábios se separaram, e eu pensei... eu pensei que ele fosse dizer alguma coisa, mas então ele me beijou enquanto colocava uma mão entre os nossos corpos.

Senti uma pontada, uma sensação de pressão e plenitude. O sentimento roubou o meu fôlego e o de Zayne. Ele parou de se mexer, braços e corpo tremendo.

À espera.

Esperando até que eu lhe dissesse que estava tudo bem, e quando o fiz, ele se moveu novamente, e, em um piscar de olhos, não havia mais espaço entre os nossos corpos. Senti uma mordida aguda e ardente que me fez arregalar bastante os olhos.

— Desculpa — ele sussurrou, beijando meu rosto do lado esquerdo, depois o direito. Outro beijo caiu na ponta do meu nariz e, em seguida, tocou a minha testa úmida. — Desculpa.

Com as mãos tremendo, eu alisei as costas dele, sentindo seus músculos se retesarem.

— Tá tudo bem... Acontece.

— Queria que não acontecesse. — Ele pressionou a testa contra a minha. — Eu não quero que você sinta dor.

A dor fazia parte da vida. Às vezes, deixava cicatrizes físicas e mentais. Em outras, levava a algo pior, e, para além disso, como agora, pensei que podia ser um passo necessário em direção a algo incrível.

— Não é ruim — eu disse a ele, e realmente não era, estava mais para desconfortável, enquanto seu coração batia contra o meu.

E foi melhorando lentamente. Por alguns minutos, não pensei que isso fosse possível, mas foi, e, quando me movi, hesitante, a respiração aguda que escapou de Zayne soou como um tipo diferente de dor.

— Trinity — ele arfou enquanto eu inclinava meus quadris mais uma vez, e, entre o som do meu nome e o atrito interessante entre nós, aquilo estava se tornando mais do que apenas melhor. — Tô tentando te dar tempo.

— Já tive tempo suficiente.

— Tudo bem. — Seus olhos se abriram. — Tô tentando me dar tempo, pra que isto não acabe antes mesmo de começar.

Um sorriso puxou meus lábios e então uma risada selvagem borbulhou de mim. Eu me mexi, levantando meus braços e envolvendo-os em torno dos ombros dele. Beijei o rosto dele.

— Já te disse que você me deixa louco? — ele perguntou.

— Talvez. — Então, porque eu sentia uma euforia estranha em mim, mordisquei o lóbulo da orelha dele.

Zayne perdeu o controle, e acho que ele tinha se dado tempo suficiente. Ele estava se mexendo, e eu também. Mãos. Braços. Bocas. Quadris. Pernas. Embaralhados um no outro, parecia não haver fim ou começo entre nós, e tudo girava em torno da maneira como estávamos unidos e daquela inexplicável sensação profunda de algo se contraindo dentro de mim.

Quando ele perdeu todo o senso de ritmo, suas costas se curvando, aconteceu. Aquele momento. A onda de prazer bruto rugindo através do vínculo, vindo dele, vindo de mim, lavando-nos em ondas e ondas intermináveis. Não éramos dois. Éramos um.

Como se sempre fosse para ser assim.

Capítulo 33

O sexo mudou tudo e nada ao mesmo tempo.

Não era como se de repente eu fosse uma pessoa diferente, embora eu sentisse que havia mudado. Que uma parte pequena e escondida, que era só para mim, nunca mais seria a mesma. Era uma sensação boa. Também era uma sensação estranha, e eu não sabia bem o que estava acontecendo.

Era ainda mais estranho, pensei enquanto estava deitada na cama e Zayne ia para a cozinha, que, quando eu tinha acordado naquela manhã, eu não fazia ideia de que isto iria acontecer.

Um pedaço de mim ainda não conseguia acreditar que tinha acontecido. Que tínhamos feito aquilo, e que nenhum de nós tinha sido arrebatado ou queimado vivo. Meu pai não tinha aparecido — *Graças a Deus* — enquanto Zayne e eu ficávamos deitados depois, braços e pernas emaranhados, explorando um ao outro de uma maneira diferente, menos apressada, mas ainda mais intensa.

O sorriso no meu rosto aumentou enquanto eu me aconchegava sob o edredom. Havia um peso delicioso nos meus braços e pernas e, no momento em que fechei os olhos, senti-o, como se ainda estivesse comigo. Com o rosto queimando, eu rolei na cama, plantei meu rosto no travesseiro e permaneci assim, minha risada sufocada.

Depois de alguns minutos, ouvi Zayne perguntar:

— O que você tá fazendo?

— Meditando — eu disse, repetindo o que Minduim havia dito mais cedo.

Ele riu.

— Técnica interessante.

Levantando a cabeça, rolei de lado. Zayne tinha vestido uma calça de moletom, e era só isso, então tudo o que consegui ver no começo foi um peitoral exposto.

E isso era bom.

Mais do que bom.

Então vi o que ele tinha nas mãos.

Sentei-me tão depressa que quase me machuquei.

— Você trouxe biscoito — eu disse. — Biscoito e refrigerante.

— Sim. Eu tava com fome. Imaginei que você também estaria.

— Eu sempre tô com fome. — Levantei a mão, mexendo os dedos. — Mas *você* tá comendo biscoito e bebendo refrigerante?

— Achei que esta seria a noite perfeita para a gula. — Seus olhos tinham um brilho malicioso enquanto ele olhava para mim. — Desculpa, do que a gente tá falando? Eu tô tão distraído agora.

Olhando para baixo, percebi que o edredom havia caído em volta da minha cintura.

— Ah. — Cruzei o braço sobre o peito. — Desculpa. — Mexi os dedos outra vez. — De biscoito?

— Não tava falando disso. — Em vez de entregar um daqueles incríveis biscoitos de chocolate que eu tinha comprado, ele os colocou na mesa de cabeceira ao lado das duas latas de refrigerante. — Chega pra frente.

Fazendo o que ele pediu, puxei o cobertor enquanto me remexia, avançando. A cama afundou atrás de mim enquanto Zayne se acomodava, apoiado na cabeceira da cama. Comecei a me virar, mas ele passou um braço em volta da minha cintura e me puxou de volta entre as pernas dele. As minhas costas nuas pressionadas contra o peito dele, e enquanto ele pegava os biscoitos, fiquei impressionada com o quão infinitamente mais íntimo *isto* era em comparação a qualquer outra coisa que tínhamos compartilhado.

— Aqui. — Ele ofereceu o biscoito. — Me avisa quando quiser a bebida que eu pego pra você.

— Valeu — sussurrei, dando uma mordida no biscoito e depois outra. Ouvi o pacote sendo amassado enquanto Zayne pescava outro biscoito para ele. Depois de alguns minutos, relaxei contra ele.

— Pensei num negócio enquanto tava pegando o lanche — Zayne disse, e eu gostei de estar assim tão perto quando ele falou. Eu podia *sentir* as palavras. — Espero por Deus que Minduim não esteja por perto.

Eu ri, quase me engasgando.

— Se ele tava, eu não percebi.

— Essa não é a confirmação que eu tava precisando ouvir.

Sorrindo ao sentir os lábios dele roçarem no meu ombro, eu disse:

— Acho que ele não tava aqui. Não consigo imaginar que ele fosse ficar quieto, sem dizer nada, até agora.

— Tá com sede? — Quando afirmei com a cabeça, ele pegou o refrigerante, abriu a latinha e me entregou. Outro biscoito acabou chegando na minha outra mão. Ele se mexeu atrás de mim, encostado na cabeceira da cama. — Eu poderia dormir assim.

— Sério? — Eu alternava entre o biscoito e a Coca.

— Sim. — O braço dele apertou em volta da minha cintura.

Eu sorri.

— Eu acho que eu também.

— Só dispenso o biscoito e a Coca-Cola.

— Eu ficaria de conchinha com eles.

Ele riu, e a sensação que tive foi ainda melhor, mas então ele deixou cair a cabeça no meu pescoço, aninhando-se ali, enviando um pequeno arrepio perverso pelas minhas costas. Sem as regras, Zayne era *fofinho*, grudento e doce. Parte de mim não estava surpresa em descobrir isso. Afinal, aquele era *Zayne*, mas eu ainda estava um pouco surpresa — agradavelmente surpresa. Eu nunca pensei que eu seria do tipo que gostava dos toques ou beijos casuais, da maneira como ele estava me segurando tão perto, mas eu gostava. E eu não só gostava, eu am...

Uma pontada fria e afiada varreu meu estômago enquanto eu engolia o último pedaço de chocolate. Eu não apenas *gostava* daquilo tudo. Havia uma emoção muito mais forte que parecia ainda mais perigosa de admitir agora.

Não tinha acontecido nada ainda, mas isso não significava que não houvesse uma consequência esperando pacientemente por nós na próxima esquina. Não importava o quão certo ou bonito era o que tínhamos acabado de compartilhar: era proibido, e, por mais que eu esperasse que Zayne estivesse certo, que esta regra fosse apenas um método para nos controlar, eu temia que ele pudesse estar errado.

Além disso, as nossas vidas eram... bem, qualquer um de nós poderia bater as botas amanhã. Aquele Legítimo — o Augúrio — era fatal. Zayne poderia morrer, e eu...

— Ei — ele disse baixinho, acariciando meu braço com uma mão.

Fechei os olhos, tentando impedir o bombardeio de medos, mas era como se uma barragem tivesse sido aberta.

A Coca foi tirada da minha mão, acabando na mesa de cabeceira. Dedos frios e úmidos se fecharam em volta do meu queixo, virando a minha cabeça em direção à dele.

— O que foi?

— Nada. — Sorri, não querendo estragar tudo.

Seu olhar analisou meu rosto.

— Fale comigo, Trin.

Fale comigo.

Quantas vezes ele tinha me dito isso? Quantas vezes eu tinha menosprezado a oferta, porque falar significava dar voz e vida aos medos? Sempre foi mais fácil manter tudo isso bem escondidinho, mas nem sempre era melhor.

Nem sempre era a coisa certa a fazer.

— Tô com medo de que algo aconteça — admiti. — Que vai haver uma consequência pra isso.

— Pode ter, Trin.

Eu prendi a respiração.

— Você deveria dizer algo que me tranquilize. Não que me assuste mais.

— O que eu deveria dizer é a verdade. — Ele passou o polegar ao longo do meu lábio inferior. — Olhe pra mim.

Abrindo os olhos, fui imediatamente capturada por seu olhar pálido.

— Tô olhando.

— Aconteça o que acontecer, vamos enfrentar isso juntos. Não te beijei sem considerar que poderia haver um risco. Eu não compartilhei com você o que acabou de acontecer acreditando que nada poderia vir disso. — Os olhos dele estudaram os meus. — Eu sabia que havia um risco pra nós dois; e *existe* um nós dois. Também sei que vale o risco. Que *nós* valemos o risco.

Uma onda de prazer dançou ao redor do meu coração.

— Você sempre diz a coisa certa.

Zayne sorriu para mim.

— Você sabe que isso não é verdade.

— Você diz as coisas certas noventa e cinco por cento das vezes. — Levantei a mão e toquei na mandíbula dele. — Juntos — sussurrei. — Eu gosto disso. Muito.

Sua mão deslizou para cima, cobrindo um lado do meu rosto.

— Fico feliz em ouvir isso. Se não gostasse, as coisas ficariam muito mais estranhas e irritantes pra você.

— Como assim?

— Porque eu não tenho planos de deixar você ir tão cedo — ele disse, movendo-se perversamente rápido. Antes que eu me desse conta, eu estava de costas e ele estava em cima de mim, seus lábios roçando os meus enquanto dizia: — Então fico feliz em saber que estamos de acordo.

Então ele me beijou, e sim, nós estávamos *definitivamente* de acordo.

Zayne estava empoleirado no parapeito de um dos hotéis não muito longe do Triângulo Federal. Em sua forma de Guardião, com as asas fechadas para trás, ele era uma visão temível.

Passei o dia inteiro esperando que as coisas ficassem estranhas entre nós ou que um Alfa aparecesse aleatoriamente e distribuísse nossa punição.

Nenhuma das duas coisas aconteceu.

Bem, as coisas estavam um pouco... bobas quando eu acordara naquela manhã, toda entrelaçada com ele, e isso oscilou ao longo do dia. Eu não sabia o que deveria fazer. Acordá-lo, ou de alguma forma manobrar para fora da cama e deixar que ele dormisse? De repente, eu tinha ficado extremamente preocupada com meu hálito matinal. Zayne acordou antes que eu pudesse me decidir, beijando a minha bochecha antes de se levantar. Ele tinha sido mais rápido e tomara banho antes de mim. Mais tarde, quando passou por mim, deixando um beijo suave no meu pescoço em vez de puxar suavemente o meu cabelo ou de mexer com os meus óculos, senti que aquilo tinha sido uma mudança de comportamento agradável, mas ele tinha me deixado corada e gaguejando. O treino começara normalmente, mas, quando um de nós derrubou o outro no tatame, acabamos ficando por lá, aos beijos, trocando carícias, até que Minduim flutuou para dentro do cômodo e depois deu a ré, gritando algo sobre os olhos dele.

Quando tínhamos começado a patrulhar, eu me perguntara se seria estranho segurar a mão dele enquanto caminhávamos. Não tive coragem de fazer isso.

Mas não tínhamos passado o dia todo treinando ou se pegando. Estivemos planejando para enfrentar o Augúrio. Eu acabara por aceitar que Zayne tinha razão dias atrás, quando dissera que não encontraríamos a criatura até que ele quisesse ser encontrado. Quando ele voltasse a aparecer, precisávamos fazê-lo falar, porque, se o matássemos, não saberíamos o que estava acontecendo com Baal, o senador e os espíritos presos na escola. E se o Augúrio tinha sido a pessoa que ergueu as proteções angélicas, ele poderia ser o único capaz de quebrá-las. Por isso, precisávamos ficar disponíveis.

Precisávamos estar alertas.

E sermos pacientes.

Este último não fazia parte do meu conjunto de competências.

Sob os olhos atentos de Zayne, eu estava usando o parapeito estreito do edifício como se fosse uma trave de equilíbrio. Achava que talvez ele tivesse tido uns quatro infartos diferentes cada vez que eu pisava em falso.

— Você realmente precisa fazer isso? — ele perguntou.

— Sim.

— A resposta correta seria não.

Sorrindo, eu girei como uma bailarina, provocando um palavrão de Zayne.

— Praticando. É isso que eu tô fazendo.

— Praticando pra quê? Ganhar um novo recorde mundial por quantas vezes você consegue fazer meu coração parar?

— Além disso, me ajuda a trabalhar o meu equilíbrio quando não consigo enxergar.

— E você não pode fazer isso quando não tá a várias centenas de metros do chão?

— Não. Porque não posso errar quando tô aqui em cima. Lá embaixo, nada de mal aconteceria se eu caísse.

— Exatamente — ele respondeu com secura.

— Não seja tão nervosinho. Sei exatamente qual a largura deste negócio. Vinte e três centímetros. — Eu caminhei com cuidado até ele e parei a alguns metros de distância. Olhei para baixo, incapaz de ver a largura do parapeito ou o formato das minhas botas. — O parapeito é como o meu campo de visão. Bem, tirando o fato de que as bordas aqui são retas e não tipo um círculo manchado, onde as coisas às vezes são claras e às vezes borradas. Todo o resto... — Eu levantei os braços. — São sombras. É estranho, porque às vezes nem é preto. É como se fosse cinza. Não sei. Pode ser as cataratas.

— Você acha que é possível remover isso?

— Meus olhos?

— As cataratas. — Ele suspirou.

Sorri de novo.

— O último médico que eu consultei disse que, na verdade, elas estavam protegendo as minhas retinas de certa forma, e até que comecem a causar um problema real, eles não achavam necessário falar sobre cirurgia. Tem muito mais riscos envolvidos quando se opera pessoas que têm RP e mais possíveis efeitos colaterais.

— Odeio pensar no que pode ser classificado como um *problema real*.

Bufei, pensando que, embora tivesse me adaptado o melhor que podia à visão limitada, as cataratas muitas vezes me incomodavam para caramba.

— Acho que se elas causarem muita dor ou obstruírem totalmente a minha visão central.

— Mas você disse que seus olhos doíam antes.

— Sim, mas é tolerável. Mais uma sensação de incômodo e que provavelmente não tem nada a ver com as cataratas. Quer dizer, não diretamente. Mas acho que realmente preciso fazer uma consulta pra examinar os olhos.

— Inclinando a cabeça para trás, olhei para o céu. Levei um tempo para ver o brilho distante e fraco de uma estrela e depois de outra. — Eu tive uns edemas uma vez. Podem voltar a aparecer.

— Edemas maculares? O inchaço por trás das retinas? — ele perguntou, surpreendendo-me mais uma vez com a sua investigação independente no assunto. — Pode ser isso que tá causando dor nos olhos. Temos de marcar uma consulta. Ligue pra Thierry e veja se o médico que eles te levaram pode te indicar pra alguém mais próximo, como o Instituto dos Olhos Wilmer, em Baltimore. Fazem parte da Universidade Johns Hopkins.

Ele realmente tinha pesquisado direitinho.

— A gente precisa tomar cuidado — ele continuou. — Enquanto não houver testes genéticos...

— Eles não vão ter ideia de que eu não sou completamente humana. — Abaixei os braços, aproximando-me de Zayne. — Mas você consegue imaginar se eles testassem? A cara dos geneticistas quando vissem o meu DNA?

Ele riu.

— Eles provavelmente iriam pensar que você é um alienígena.

— Eu achava que você não acreditava nessas coisas.

— Eu nunca disse isso. Eu só disse que não era *provável* que aquelas estacas fossem de extraterrestres.

— E eu disse que aquelas estacas poderiam ser de anjos — observei. — Só pra lembrar, eu tava certa.

Ele bufou.

— Estive pensando sobre elas. Seriam mortais contra qualquer ser com sangue angelical. Com a sua *graça* e as estacas, estaríamos mais bem preparados.

— Boa ideia.

— Claro que foi uma boa ideia. Foi minha — ele respondeu, e revirei os olhos enquanto uma brisa quente acariciava a minha nuca. — A propósito, esqueci de te dizer que não cheguei nem perto de convencer Stacey a não voltar pra escola.

Esperei por uma onda de ciúmes, mas mal senti uma gota da emoção feiosa. Já que isso era uma melhora mais do que significativa, decidi não me punir mentalmente.

— Ela pode estar segura. Pelo que Sam disse, ela não parece estar em perigo imediato.

— É verdade.

Pulando do parapeito, quase rindo da onda de alívio que chegou em mim através do vínculo, caminhei até o outro lado de Zayne.

Por um triz não perdi um olho acertando a asa dele.

Felizmente, ele sentiu que eu estava perto e a levantou antes que eu acertasse de cara.

— Você tá preocupado com ela.

— Sim — ele admitiu, e por estar tão perto quanto eu estava agora, eu conseguia distinguir o seu perfil à luz da lua. — Ela já passou por muita coisa.

— É verdade — concordei. — Espero que a gente consiga avaliar bem a situação quando entrarmos na escola. Tem de haver uma maneira de tirar os espíritos e os fantasmas de lá.

Zayne olhou para a rua lá embaixo, e eu pensei que se alguém pudesse vê-lo, eles pensariam que uma gárgula de pedra tinha sido instalada ali.

— Eu sei que você quer ajudá-los.

Enrijeci.

— Eu vou.

— Mas você não pode ajudar todos eles a atravessarem com essas proteções que foram lançadas, Trin.

A raiva afugentou meu bom humor.

— Bem, você também não pode exorcizá-los com as proteções, então podemos chegar a um acordo. Derrubamos a magia angelical, e eu consigo atravessar os fantasmas que precisam ir e os espíritos que ficaram presos. Posso cuidar das Pessoas das Sombras no sábado à noite, e aposto que, assim que me livrar delas, os fantasmas e espíritos vão acabar se acalmando.

Ele assentiu.

— Eu tava pensando em alguns dos livros que o meu pai guardava na biblioteca. Tem um livro grande e antigo sobre anjos. Acho que é uma boa ideia a gente ir até lá hoje à noite e dar uma olhada. Gideon pode já ter pesquisado nele, mas...

— Mas não faria mal — concordei.

— Exato. E eu também acho que tem outro caminho que podemos tomar.

— Tipo... — Eu me sobressaltei quando um calafrio deslizou sobre a minha nuca e se acomodou entre as minhas omoplatas como se uma mão estivesse sendo pressionada contra a minha pele. — Ele tá aqui.

Zayne desceu do parapeito em um movimento fluido.

— Onde?

— Perto. A gente precisa atraí-lo. — Eu mantive minha voz baixa enquanto me virava para Zayne. Nas sombras, sua pele cinzenta se camuflava, mas seu olhar pálido se destacava e me trazia um alívio imenso. Um plano rapidamente se formou. — Precisamos nos separar.

— É, já não gosto dessa ideia — Zayne rosnou.

— Nem eu. — Coloquei uma mão no peito dele. O calor da sua pele era quente contra a minha. — Mas ele não se mostrou da última vez até que a gente estivesse separados, e precisamos que ele fale. Vou pro telhado ao lado. Você vai pra outro lugar, se esconda até ele aparecer.

— Trin...

— Eu sei me cuidar, e desta vez não vou deixar que ele tenha a vantagem — prometi. — Você sabe que eu consigo fazer isso.

Suas asas se contorceram de irritação, mas ele disse:

— Eu sei.

Encontrei o seu olhar e depois me estiquei, colocando a outra mão na superfície dura da sua mandíbula. Três palavras simples rolaram para a ponta da minha língua, mas não conseguiram se libertar. Fiz o que sabia que podia. Guiando a cabeça dele em direção à minha, eu o beijei com suavidade, rapidamente, e então plantei meus pés novamente no chão. Dei um passo para trás e me virei.

Zayne pegou meu braço, puxando-me de volta para o seu peito. Um arfar de surpresa saiu de mim, rapidamente engolido pela pressão de sua boca na minha. O toque de sua língua e a sensação quase proibida das pontas de suas presas contra os meus lábios quase me derreteram. Eu fui levantada até que apenas as pontas das minhas botas estivessem tocando a laje enquanto ele me beijava como um homem que despertava de um sono profundo, e não havia uma parte de mim que não sentisse aquilo.

Aquele tipo de beijo era definitivamente *algo mais*.

Quando ele afastou a boca da minha, tive de me lembrar que havia coisas a fazer. Coisas importantes.

— O fato de você conseguir me beijar quando eu tô nesta forma? — Sua voz era como uma lixa. — Isso... isso acaba comigo, Trin. De verdade.

Meu coração cresceu dentro do peito e depois apertou, dividido entre a beleza discreta de suas palavras e a descrença.

— Eu consigo te beijar porque você é lindo assim.

Um tremor passou por ele quando ele pressionou a testa contra a minha, segurando-me firmemente por mais um breve segundo, e então ele me colocou no chão, soltando-me com um deslizar suave da mão.

— Estarei observando.

Recuando, alisei as mãos nos meus flancos.

— *Stalker*.

— Tenha cuidado — ele rosnou, ignorando o meu comentário.

— Sempre. — Girando, fui embora o mais rápido que pude, admitindo que, se não fosse assim, tendo um dever predestinado ou não, eu faria algo incrivelmente irresponsável e completamente impulsivo. Eu ficaria e encontraria uma maneira de provar que ele era tão bonito para mim em sua verdadeira forma quanto em sua pele humana.

Sabendo com precisão onde ficava o parapeito e a distância entre os edifícios, saltei assim que meu pé tocou a meia baixa. Aqueles segundos breves e desprovidos de gravidade eram tão impressionantes quanto o beijo de Zayne. Aterrissei em um agachamento, examinando o telhado iluminado. Com os refletores e a lua cheia, eu tinha uma visão decente do lugar.

Levantei-me e caminhei em direção ao parapeito que dava para a rua abaixo, ainda sentindo a pressão fria na nuca. Saltando no parapeito, ajoelhei-me e esperei enquanto os carros percorriam a rua estreita e as risadas e gritos das pessoas lá embaixo se misturavam ao barulho ambiente.

— Onde você tá? — falei para a noite, sabendo lá no fundo que ele viria.

Não esperei muito.

Alguns minutos depois, senti a intensidade do frio aumentar. Minha *graça* ferveu e depois acendeu. Eu me mantive imóvel, prendendo a respiração até ouvir o barulho dele aterrissando no telhado.

Ele falou primeiro.

— A última vez em que te vi, você estava inconsciente.

— Caso você não saiba — eu disse, olhando para a frente —, é muita falta de educação nocautear uma garota e ir embora sem se despedir.

— Eu podia ter te matado, querida, mas você me deixou curioso.

Minha mandíbula travou com o termo carinhoso.

— Podia. Teria. Devia. — Levantei-me naquele momento, girando sobre o calcanhar, e caindo no telhado. Ele estava parado no centro, com o cabelo quase da cor da luz da lua. Vestido de preto como da última vez, ele parecia um ser de outro mundo. — Por que você tá curioso?

— Por que eu não estaria? — ele perguntou. — Você é como eu.

— Eu não sou nada como você. Eu não dou a impressão de que sou o Abominável Homem das Neves.

— Não, você é como um vulcão, sempre a segundos de entrar em erupção.

— Obrigada — respondi. — Por que você exala tanta frieza?

— Porque a minha alma é fria.

— Bem, isso foi lamentavelmente clichê. — Parando, eu me preparei para o caso de ele me atacar. — Você não é apenas grosseiro, também não é muito criativo.

— Eu sou um monte de coisas. — Ele inclinou a cabeça para um lado. — Nenhuma das quais você sabe.

— Você ficaria surpreso com o que eu sei.

— Questionável. — Ele soltou uma risada. — Porque se você *soubesse*, não estaria aí, me encantando com conversa fiada.

— Eu estaria te matando? — sugeri. — Porque fico mais do que feliz em chegar a isso, se você quiser.

— Não. Você estaria fugindo. — Ele deu um passo comedido para a frente, depois parou, virando a cabeça para a esquerda. — Eu estava me perguntando quando você iria aparecer.

Os graciosos arcos em formato de asas apareceram do outro lado dele enquanto Zayne se levantava, tendo surgido do nada.

— Eu não perderia esta festa por nada.

Havia a sombra de um sorriso quando ele falou:

— Protetores. Os fiéis cães de caça dos Legítimos.

Eu ri, zombeteira.

— Ele não é um cachorro.

— Leais eles não são — ele acrescentou, como se eu não tivesse falado. — Eu tive um Protetor uma vez. Ele tinha a minha idade e fomos criados juntos. Era o meu melhor amigo. Um irmão.

— Eu realmente não me importo — eu disse. — Só sendo sincera.

Ele virou a cabeça para mim enquanto Zayne mantinha uma distância entre eles.

— Eu o matei. Arranquei seu coração direto do peito. Eu não queria fazer aquilo. Precisei fazer.

— História legal, mano. — As asas de Zayne se dobraram para baixo.

— Desculpe se pareço repetitivo, mas também não me importo.

— Mas vocês não querem me conhecer? Saber como é possível que haja outro Legítimo? O meu nome? Ou há quanto tempo estou observando vocês? À espera? — Ele fez uma pausa. — Vocês dois têm sido muito travessos.

— Não sei que parte de *eu não me importo* você não entendeu, mas me deixe repetir. Não me interessa qual é o seu nome ou quem é o seu papai. — Senti a *graça* rugir através de mim. — Tudo o que quero saber é como quebrar as proteções que prendem os espíritos naquela escola...

— Você não quer saber sobre Misha? — ele interrompeu.

Meu coração vacilou.

— O que ele me disse sobre você... Eu não faria isso se fosse você — ele disse, sentindo o avanço silencioso de Zayne por trás dele. — Estou me sentindo bem caridoso, Protetor. Não me teste.

— Estou me sentindo bem assassino — Zayne rosnou. — Por favor, me teste.

— Se você me forçar a te matar, tenho a sensação de que as coisas irão por água abaixo bem rápido.

— O fato de você pensar que pode me matar só prova o quanto as coisas já foram por água abaixo — Zayne rebateu. — Você pode ser um Legítimo, mas você encostou em Trinity, e isso por si só me dá força mais do que suficiente para quebrar todos os ossos patéticos no seu corpo, um por um. Mas não vou te matar.

— Não. Você não vai.

— Vou só te forçar a ficar de joelhos sobre as suas patelas quebradas, para que ela possa desferir o golpe final.

Deus.

Eu queria beijar Zayne, aqui e agora.

— Falando em dar golpes finais — ele respondeu, concentrando-se em mim. — Interessante que você e eu podemos riscar "matar nossos Protetores" na nossa lista de experiências em comum.

— Eu não me importo com o que você tem a dizer sobre Misha — eu disse, e quase acreditei em mim mesma. — Quero saber como quebrar as proteções.

— O ciúme é uma coisa terrível — ele disse. — Esse foi o pecado de Misha. Inveja. Disseram-no que ele era especial, e ele estava morrendo de vontade de acreditar nisso. Literalmente.

Enrijeci.

— É uma emoção tão humana. — Ele deu de ombros. — Quero que saiba o meu nome.

— Eu quero que você apenas responda a minha maldita pergunta — eu retruquei.

— Meu nome é Almoado...

— É sério isso? — Zayne soltou. — *Amuado?* É o seu nome?

Ele suspirou.

— Não do jeito que você tá pensando que se escreve.

— Esse nome faz sentido — eu disse. — Você parece ser o tipo de cara que toca violão, mas só conhece alguns acordes e solta umas palavras poéticas sobre a garota que você amava, mas que nem sabia que você existia. Amuado e mal-humorado e frio. Realmente um estraga-prazeres. É por isso que você quer trazer o fim dos tempos? Porque tá encalhado com o nome Almoado?

— Na verdade, nunca amei ninguém. Nem mesmo o meu Protetor — respondeu Almoado. — E eu não estou trazendo o fim dos tempos. Estou aqui só pra curtir.

— Aham — Zayne murmurou. — Então, *Almoado*, onde Baal tem se escondido?

— Em um lugar seguro.

— Seguro contra o quê? — ele perguntou.

— Contra aqueles que desejam prejudicá-lo. Como você.

Levantei uma sobrancelha.

— Você tá protegendo um demônio?

Almoado riu.

— Engraçado que logo você, de todas as pessoas, pergunte isso, mas estou protegendo o plano.

— Que plano? — eu exigi.

— Aquele pelo qual Misha morreu.

O meu peito apertou.

— Falando de Misha, ele era exatamente como você acabou de me descrever, mas você nunca viu esse lado dele. Isso significaria que você realmente pensou nele em vez de si mesma.

Essa farpa foi um golpe direto.

— Tenho a sensação de que você não sabia nada sobre ele — ele continuou —, que ele realmente te amou em algum momento.

— Você precisa calar a boca — Zayne alertou.

— Mas então tudo se transformou em ódio — ele continuou —, foi por isso que você conseguiu matá-lo. Não vou ser assim tão fácil, porque eu não te odeio, Trinity. Não sinto nada em relação a você, mas você me odeia.

Os cantos da minha visão ficaram brancos enquanto a luz dourada descia pelo meu braço, a espada tomando forma rapidamente. Faíscas raivosas e sibilantes brotaram no ar.

— Tem razão. Eu te odeio, sim.

— Toda essa raiva... — Almoado suspirou como se isso o agradasse. — Será a sua ruína.

Zayne se lançou na direção dele, mas Almoado se abaixou e girou para longe. Eu avancei, mas ele era rápido, movendo-se como um raio. Em um momento, ele estava entre mim e Zayne, e então estava no parapeito.

— Eu não posso quebrar as proteções — ele disse. — Porque eu não as ergui.

— Conversa fiada. — Eu marchei para a frente, segurando a espada para o lado enquanto Zayne se erguia, asas se abrindo atrás dele. — Eu sei o que você é. Você é o Augúrio.

Almoado riu, o som como gelo deslizando.

— Eu sou a ferramenta da retribuição e você é a arma da destruição. Essas são as nossas categorias e os papéis que temos de desempenhar.

— Você sempre fala como se tivesse perdido todo o contato com a realidade? — Zayne perguntou. — Jesus Cristo. E eu achava que os demônios é que gostavam de ouvir a própria voz.

Ele bufou.

— Eu estava me sentindo caridoso. Você devia ter me perguntado por que juntei todas aquelas almas. Devia ter me perguntado por que não te matei, ou qual o papel final que *você* tem no jogo. Mas sei que voltarei a te ver, Trinity, e, quando isso acontecer, seria sensato que viesse sozinha.

Antes que eu pudesse fazer qualquer coisa — falar, ir atrás dele ou soltar uma respiração que fosse —, ele se inclinou para trás, caindo do parapeito, noite adentro.

Capítulo 34

Gritei enquanto Zayne voava para a frente e pousava no parapeito com as asas erguidas. Eu corri para a borda enquanto a minha *graça* se retraía.

Uma risada subiu da escuridão lá embaixo enquanto eu pulava ao lado de Zayne. Incapaz de ver Almoado, descobri que ele tinha pousado em uma varanda cerca de uns quatro metros abaixo. Ele pulou novamente, brincando de amarelinha de varanda em varanda até chegar ao chão. Meu olhar varreu a escuridão, avistando luzes nas varandas. Preparei-me para saltar.

O braço de Zayne me agarrou pela cintura.

— Não.

— Mas...

— Não podemos persegui-lo — Zayne argumentou. — Não agora. É isso que ele quer, e não vamos dar a ele o que ele quer.

— Mas é o que *eu* quero fazer — retruquei, segurando seu braço.

Zayne me afastou do parapeito e depois me soltou. Eu girei em direção a ele, meu instinto exigindo que eu o derrubasse e seguisse em frente. Ele deve ter sentido isso, porque as suas asas se abriram, formando um obstáculo eficaz.

— Foi exatamente o que você fez antes — ele disse. — E ele te levou até aquele túnel. Nós *não* vamos deixar que ele nos guie pra lugar nenhum de novo.

Frustrada porque ele estava certo e porque saber disso não diminuía meu instinto de perseguição, eu cerrei as mãos em punhos e engoli um grito.

— Ele tá brincando com a gente.

— Tem razão — ele rosnou. — E é por isso que não jogamos o jogo dele. Não é assim que vamos vencê-lo.

— E como vamos vencê-lo, Senhor Sabe-Tudo? Não sabemos onde ele tá ficando, nem temos nenhuma maneira de rastreá-lo se não pudermos ir atrás dele. — Eu me afastei e marchei pelo telhado. — Este tempo todo a gente só esteve à espera dele.

— Esse foi o plano que concordamos em seguir.

— Mas não estamos no comando aqui. — Parei, respirando profundamente o ar quente da noite. A presença do outro Legítimo desapareceu por completo. — Se isto fosse um livro, não estaríamos conduzindo o enredo, amigo.

— Isto não é um livro, e, mesmo que fosse, às vezes forçar as coisas a acontecer não é apenas fora da realidade, mas incrivelmente estúpido. Então quer saber? Vamos reescrever a história.

Hm.

Virei-me, vendo que ele tinha me seguido.

— Eu tô completamente perdida nesta conversa.

Suas asas se fecharam para trás.

— Lembra quando eu disse que tinha uma ideia? Antes de Almoado, o Babaca, aparecer?

Os meus lábios estremeceram.

— Você disse *babaca*. Minduim ficaria muito orgulhoso.

— Fico feliz em saber — ele respondeu. — Temos outra opção, se não conseguirmos derrubar aquelas proteções. Algo que definitivamente vai libertar os que estão presos lá e acabar com as barreiras.

— O quê? Um Desfazedor de Feitiços Angélicos?

— Não sabia que isso existia. Será que a gente pode encomendar pela Amazon?

— Rá. Rá. Essa foi a minha risada entusiasmada pra sua ideia genial, caso não tenha percebido.

A expressão de Zayne era indecifrável, mas senti seu divertimento intenso.

— Podemos encontrar uma maneira de derrubar aquelas proteções e, em seguida, encontrar uma maneira de acabar com os túneis e a escola, se necessário.

Pisquei uma vez e depois duas.

— Você, um Guardião, tá sugerindo que a gente exploda os túneis *e* a escola?

— É exatamente isso que tô sugerindo.

Explodir as coisas era, provavelmente — tudo bem, *definitivamente* — um crime, por isso deveria ser um último recurso, mas era uma ideia muito boa. Uma que agora parecia incrivelmente óbvia.

Passamos o resto da noite discutindo a logística de como fazer aquilo, e eu fiquei feliz por ter sido uma conversa em pessoa, e não por telefone — tinha quase certeza de que resultaria com o Departamento de Segurança Interna e o FBI aparecendo na porta de casa.

Não voltamos a encontrar Almoado, nem qualquer demônio que fosse, e, quando voltamos ao apartamento desprovido de sofá, já tínhamos decidido que provavelmente envolveríamos Roth. Fogo Infernal não derrubava proteções angelicais, então teríamos de seguir o bom e velho método humano de destruição total.

Materiais explosivos.

Surpreendentemente, os Guardiões não tinham nada do tipo guardado, por isso achamos que Roth seria a nossa melhor aposta fora do mercado oficial.

Quero dizer, eu ficaria decepcionada se ele não tivesse acesso a nenhum explosivo.

Aquela noite não foi como a noite anterior, mas também não foi como qualquer outra noite. Zayne e eu, bem, estávamos juntos. Nós éramos um casal, e, mesmo que parecesse que nos conhecíamos há anos em vez de meses, tudo ainda era muito recente. Eu não queria presumir que ele dormiria comigo, tanto no sentido literal quanto no metafórico.

Então, enquanto eu escovava os dentes e me preparava para dormir, revisei todas as maneiras possíveis de abordar o assunto de uma forma que não fosse constrangedora. Eu acabei me remoendo por dentro de nervoso enquanto Zayne também terminava de se arrumar para dormir.

Tudo isso a troco de nada.

Porque quando ele saiu do banheiro, com a calça do pijama baixa nos quadris magros e o cabelo úmido ao redor do rosto, ele perguntou:

— Você quer que eu durma com você?

Caindo sobre a cama, acenei com a cabeça enquanto me arrastava para um lado. Ele deslizou para a cama muito mais graciosamente do que eu, deixando a luminária de cabeceira acesa.

Deitei-me, sem saber o que fazer. Devia iniciar uma pegação? Esperava-se que eu fizesse isso? Ou ele? Eu não achava que estar junto com alguém significasse fazer sexo toda vez que se acabava em uma cama com o seu parceiro. Não que eu não quisesse, mas eu estava, bem, eu estava um pouco dolorida. Não super doída nem nada, mas... diferente.

Queria poder ligar para Jada e perguntar.

— Você se importa que eu apague a luz? — Zayne perguntou.

— Não — eu disse, esperando que não soasse tanto um guincho quanto aos meus próprios ouvidos.

A cama se mexeu e a luz foi apagada. Então houve outro movimento na superfície quando Zayne rolou em minha direção. Como tinha feito no telhado, ele me agarrou pela cintura, seu braço debaixo das minhas costas, e me acomodou contra o seu peito quente.

— Você tá confortável assim? — Foi a sua próxima pergunta.

— Sim. — Ele estava quente e cheirava a menta fresca, e eu gostei de como uma de suas mãos encontrou a minha no escuro. Os nossos dedos se entrelaçaram. — Você vai... dormir?

— Uma hora, sim. — Houve uma pausa. — Não dormimos muito ontem à noite.

Na escuridão, eu enrubesci.

— Não é minha culpa.

— Eu diria que a culpa não é de nenhum dos dois. Ou dos dois.

— Mas você trouxe os biscoitos, e isso me encheu de energia.

Ele riu e, alguns segundos depois, senti sua boca contra minha têmpora, pressionando um beijo rápido naquele ponto. Ele começou a me contar sobre a primeira vez em que encontrara com Roth, e como ele tinha lutado para manter sua forma humana em público. Eu escutei, rindo de quão óbvio Roth tinha sido sobre incitá-lo a se transformar. Ele me contou como Nicolai e Dez tinham relutantemente começado a gostar do príncipe demônio, senão a confiar plenamente nele, e sobre a relação dele com Danika. Como seu pai quisera que ele e Danika acasalassem, mas ele sempre a vira mais como uma irmã.

Finalmente, ele confirmou que Danika e Nicolai estavam, de fato, fazendo a coisa de ser um casal. Nós dois concordamos que Nicolai devia estar tendo mais dificuldade em lidar com ela do que com o clã, porque ela era diferente de qualquer outra Guardiã que eu conhecia. Ele me contou sobre a primeira esposa de Nicolai, que tinha morrido durante o parto, e Zayne admitiu que depois de ficar na presença dos gêmeos de Jasmine por uma hora, ele não tinha certeza de que iria querer ter filhos. Abriria uma exceção para a adoção, quando as crianças tivessem idade suficiente para se transformar, e eu ri, pensando em como eu tinha entreouvido Matthew dizendo uma vez que ele adotaria se a criança viesse de *um lar quebrado*. Eu quase morri, porque ensinar uma criança pequena a usar o penico tinha de ser um dos círculos do Inferno.

Conversamos até que nossos olhos ficaram pesados e os intervalos entre as respostas aumentaram. O tema do Augúrio não apareceu nem uma vez sequer, ou qualquer coisa relacionada com o nosso dever, e enquanto estávamos juntos, deitados no escuro, não havia um amanhã com o qual nos preocuparmos, nem pressões ou receios.

E isto foi melhor do que qualquer coisa que eu poderia ter esperado. Qualquer coisa que eu pudesse te desejado ou precisado. Apenas nós, as palavras e os nossos dedos, entrelaçados.

Os minutos que se estendiam eram simplesmente... *algo mais*.

Uma novidade que estivemos esperando veio inesperadamente, logo antes de sairmos do apartamento — estranhamente vazio — para patrulhar. A equipe da mudança tinha vindo naquela manhã, um pequeno exército que rapidamente arrumou a cozinha, os tatames e o saco de areia, e tudo que havia no quarto. Tínhamos planejado passar pelo novo apartamento antes de sairmos à noite, mas não daria para fazer isso agora. A primeira vez que eu veria o lugar seria naquela noite, e, felizmente, Minduim já sabia onde nos encontrar. Eu o lembrara esta manhã, e ele tinha respondido que as paredes não significavam nada para ele e que era um fantasma "criado solto".

Suspirei.

O celular de Zayne tocou enquanto eu estava parada onde o sofá costumava estar, enrolando três mechas do meu cabelo na trança mais sem graça já vista.

— E aí, Dez? — ele atendeu enquanto passava por mim, abaixando-se para pressionar um beijo rápido na minha testa. — O quê? Sério?

Zayne endureceu, e toda a minha atenção se concentrou ali enquanto ele se voltava para mim.

— Tá bem. Obrigado. — Uma pausa. — Sim, vou manter vocês atualizados. Mais uma vez, obrigado.

— O que foi? — perguntei no instante em que ele desligou a chamada. Zayne sorriu.

— O senador Fisher voltou pra cidade.

— Sério? — Não era isso que eu esperava. — Eu realmente tava começando a acreditar que o cara tava morto.

— Bem, ele tá vivo e fez check-in no Condor, numa das suítes presidenciais. — Zayne me informou qual o andar e o número do quarto. — Dez disse que tem seguranças com ele, provavelmente posicionados fora do quarto, no corredor privativo e dentro da suíte com ele.

— Então, podemos dar conta deles — eu disse. — Vamos agora.

— Sim, mas, se eles são só funcionários do governo fazendo um trabalho, não queremos... fazer muito mal a eles. Precisamos de reforços. — Zayne olhou os contatos na tela do celular. — Já que definitivamente vamos ter humanos lá.

— Roth? — Eu sabia que Roth era capaz de mexer com mentes humanas, apagando memórias de curto prazo ou as substituindo por algo diferente.

Zayne acenou com a cabeça enquanto levantava o aparelho para o ouvido. Enquanto ele falava com Roth, terminei rapidamente a trança com a qual eu estava tentando domar o meu cabelo. Estava super desigual, mas manteria o cabelo longe do meu rosto. Tentei não ficar muito animada com a notícia, porque sabe-se lá o que encontraríamos quando chegássemos lá, mas o senador poderia nos dizer onde estava o Augúrio. Ele poderia nos dizer o que diabos o Augúrio estava planejando e poderia me dizer o que Misha havia dito...

Não.

Não importava o que Misha tinha dito, ou por que ele tinha feito o que fez. Eu precisava deixar isso de lado, pois descobrir não era a prioridade aqui.

Soltei o ar grosseiramente, abaixando as mãos enquanto Zayne desligava.

— Roth não tá disponível, mas mandou Cayman. Ele vai nos encontrar lá.

— Excelente. — Eu me perguntei o que Cayman estaria vestindo hoje. — Qual o plano?

Zayne foi para a ilha da cozinha, onde havia uma pequena bolsa de chaves.

— Nós entramos e o fazemos falar, de um jeito ou de outro. Descobrimos onde o Augúrio tá ficando e o que tá acontecendo com a escola.

— E se ele não falar?

Zayne largou as chaves enquanto olhava por baixo dos cílios.

— Os humanos são... frágeis, Trin, e, pelo que aprendi, os que conspiram pra fazer o mal são sempre os mais fracos, porque é a fraqueza inerente que os levou a fazer o mal. Encontre a fraqueza e a explore. Eles vão abrir o bico mais rápido do que uma conta anônima no Twitter.

Eu levantei a cabeça.

— Você já teve experiência com isso, não é? Fazer humanos falarem?

— Já. Não gostei, mas já fiz e faço de novo sem hesitar.

A surpresa passou por mim enquanto eu tentava imaginar Zayne ameaçando um ser humano com violência e talvez até mesmo levando adiante a ameaça. Não conseguia vislumbrar a cena.

— Vejo que você tá surpresa. — Um sorriso torto apareceu no rosto dele. — Tem muita coisa que você não sabe, Trin. Já te disse isso antes.

Tinha, mesmo.

— Eu não pensei que você queria dizer que era secretamente um mestre em interrogatórios.

— Todos nós somos treinados pra obter as informações necessárias — ele explicou, e eu sabia disso, mas aquele era *Zayne*. — Por que você acha que eu não seria?

— Eu sei que você é treinado, mas fico meio surpresa que você... que você faria isso, porque você é... Eu não sei. Você é inerentemente bom.

O olhar pálido de Zayne foi penetrante.

— Ninguém é inerentemente bom, especialmente os Guardiões.

Meu estômago despencou.

— Thierry basicamente disse que eu era, e por isso ele acreditava que eu não acabaria como... como Almoado.

— Não sabemos o suficiente sobre esse cara pra saber por que ele é do jeito que é, e, embora eu concorde que você não tenha nada com que se preocupar, nem você, nem eu somos *inerentemente* bons.

— Tem razão — eu disse depois de um tempo.

Ele me observou.

— Incomoda você saber isso sobre mim?

Incomodava? Não. Essa era a verdade, independentemente de ser certo ou errado. Balancei a cabeça.

— Só fiquei surpresa.

Aquele meio sorriso estranho apareceu.

— É algo que tem de ser feito, mas é sempre bom saber as razões pelas quais um ser humano chegou ao ponto que chegou. Saber pode não mudar o resultado, mas a empatia torna as coisas mais fáceis.

Pensei em Faye e nos membros do *coven*. Eles tinham feito o que fizeram por ganância.

— É por isso que você não se importou que eu tenha matado Faye?

— Eu não iria tão longe a ponto de dizer que não me importei, mas era algo que precisava ser feito — ele respondeu. — E isso teria acontecido mais cedo ou mais tarde, mas pelo menos dessa forma danos maiores foram evitados.

Eu assenti lentamente.

— Matar é... não sei. É...

— Nunca é fácil — ele respondeu. — Não é pra ser fácil, não importa as circunstâncias.

— É. — Caminhei até onde ele estava, junto à ilha da cozinha. — E o senador? Quando ele finalmente falar, o que a gente vai fazer?

Zayne não respondeu de imediato.

— Vamos decidir quando chegarmos a essa encruzilhada.

Tinha a sensação de que eu sabia qual caminho tomaríamos.

Puxei o ar e então deixei a respiração sair lentamente. Isto fazia parte de quem eu era. Sempre faria. Eu sabia disso.

— Acho que é bom que eu me sinta estranha sobre este aspecto de quem somos.

Zayne tocou minha bochecha, atraindo meu olhar para o dele. Não disse uma palavra enquanto abaixava a cabeça, parando a meros centímetros da minha boca por um momento indelével. Então ele me beijou, um toque suave e demorado de seus lábios sobre os meus.

— Eu ficaria preocupado se você não se sentisse assim.

Eu sorri para isso enquanto ele se endireitava.

— Pronto?

— A pé? Com o Impala? Ou de moto? — ele perguntou, com as mãos pairando sobre as chaves.

— A essa altura, você já deveria saber que sempre vou escolher a opção que não envolva andar — eu disse, prendendo um laço de cabelo na ponta da trança grossa. Ele sorriu para mim e senti uma cambalhota feliz no estômago, o que pareceu estranho depois da nossa conversa. — Moto.

Seu sorriso se alargou enquanto ele fechava os dedos em torno da chave solitária.

— Eu sabia que tinha uma razão pra eu gostar de você.

Capítulo 35

Viajar de moto era muito mais fácil do que de carro, embora um pouco assustador, pois Zayne costurava pelo trânsito como se estivesse em uma corrida para bater seu próprio recorde pessoal de quantas vezes um carro poderia buzinar para nós.

Eu adorava aquilo — o ar na minha pele e o vento que puxava a minha trança, a forma como as minhas coxas se ajustavam às dele e como eu me sentia ao segurá-lo com tanta força; mas o mais importante era que eu adorava como, sempre que parávamos, ele abaixava uma mão e esfregava o meu joelho ou o apertava.

Além disso, o fato de não estarmos andando.

Também gostava muito disso.

Zayne conseguiu achar um lugar para estacionar no final da rua do enorme hotel, que ocupava quase um quarteirão inteiro e parecia ter sido transportado da França.

— O hotel é lindo — eu disse enquanto caminhávamos pela calçada.

— E é velho. Acho que foi originalmente construído em anos 1800. — Ele manteve a mão na parte inferior das minhas costas enquanto me guiava em torno de um grupo de turistas tirando fotos das pequenas gárgulas e bicas d'água que foram esculpidas sob muitas das janelas.

Suspirei.

— Este lugar vai estar super mal-assombrado.

Ele soltou uma risada.

— Apenas ignore os fantasmas até terminarmos.

— Fácil pra você dizer isso — eu murmurei.

— Ele tá aqui — Zayne disse quando nos aproximamos da entrada.

Sob um toldo azul estava Cayman, e eu não o teria reconhecido se não fosse por Zayne. Ele estava vestindo um terno preto — de aparência cara — e calçando mocassins. De couro legítimo. Seu cabelo escuro estava puxado para trás em um rabo de cavalo arrumado, e, quando nos viu, ele levantou sobrancelhas pretas.

— Você tá bonito — eu disse a ele.

— Achei que deveria me vestir de acordo com a ocasião. — Ele olhou para nós. — Obviamente, vocês dois não pensaram nisso.

Olhei para a minha calça legging preta e a camiseta cinza. Zayne vestia uma calça de couro, e acho que devíamos ter pensado em como seríamos percebidos naquele lugar. Ou não.

— Não estamos aqui pra andar numa passarela — Zayne comentou.

— Mas se você fosse desfilar, eu pagaria pra me sentar na primeira fila — Cayman brincou, e eu sorri. — Vocês dois estão prontos?

Quando Zayne acenou com a cabeça, Cayman se afastou e abriu uma das portas pesadas. O ar frio saiu, repelindo o calor. Lá dentro, eu soube imediatamente que precisaria manter os meus óculos de sol no rosto. Fui dominada pelas luzes fortes e deslumbrantes dos lustres de cristal e pela grandeza do saguão palaciano. Eu já tinha visto algumas obras de arte e *designs* caros — só Deus sabia quanto o Salão Nobre da comunidade tinha custado para ser feito —, mas isso era uma loucura. Tudo parecia ser feito de mármore ou ouro, e eu tive a súbita vontade de correr para fora e limpar os sapatos.

— Esperem aqui — Cayman disse. — Preciso conseguir uma chave pro andar.

Cayman caminhou até o balcão de *check-in* e se inclinou, chamando a atenção de um jovem. Eu não tinha ideia do que ele disse, mas dentro de um minuto, voltou para nós com um cartão-chave do hotel entre dois dedos.

— Foi rápido — comentei.

— Eu tenho a voz mágica. — Ele piscou para mim. — Sigam-me.

Passamos por um tanque de carpas e atravessamos um grande número de colunas, ladeadas por diversos vasos com plantas que pareciam palmeiras. Entre algumas das folhas verdes, notei uma mulher andando de um lado para o outro, com as mãos agarradas a volumosas saias violetas, que certamente era um fantasma.

Chegamos a um conjunto de elevadores. Cayman nos levou até o último, passou o cartão e entrou.

— Vamos, crianças — ele chamou. — Não há tempo a perder.

Levantei uma sobrancelha ao olhar para Zayne, mas ele apenas balançou a cabeça quando entramos no elevador surpreendentemente apertado. Um jazz leve flutuava dos alto-falantes ocultos.

Cayman apertou o botão para o trigésimo andar.

— Imagino que, assim que estas portas se abrirem, sejamos recebidos de um jeito não muito legal. Eu posso dar um jeito neles...

— Em outras palavras, matá-los? — Eu o interrompi.

Ele olhou para mim.

— Hã. Sim.

— Que tal Zayne e eu deixarmos os caras inconscientes ou incapacitá-los, e você faz algo com a memória deles — sugeri. — É disso que precisamos.

O demônio fez beicinho.

— Isso não é tão divertido.

— Você não tá aqui pra se divertir — Zayne disse.

— Quem disse?

— Deus. — Zayne suspirou, alongando o pescoço de um lado para o outro.

— Bem, Deus não é meu chefe. — Cayman revirou os olhos dourados. — Mas tanto faz. Vou fazer o que me pediram, mas não faço promessas sobre as memórias que vou deixar no lugar. Acho que vou dar a eles uma nova obsessão pelo BTS, que substituiu oficialmente o One Direction na minha lista de melhores coisas de todos os tempos.

Abri a boca, mas o elevador parou de maneira suave. Zayne se colocou na minha frente enquanto as portas se abriam.

— Três à direita, dois à esquerda. Quarto 3010. Vou pela direita.

— Com licença. — Uma voz masculina e grave chamou assim que Zayne deu um passo para o corredor. — Eu preciso ver... — Suas palavras terminaram em um baque quando Zayne o empurrou com força contra uma parede.

Eu corri para fora, focando minha visão limitada à esquerda, enquanto um homem vestindo um terno preto se afastava da parede, tentando pegar algo na cintura.

— Não. — Eu o peguei pelo ombro e o girei, depois agarrei a parte de trás de sua cabeça. Eu apresentei a testa do cara para a parede e deixei seu corpo cair enquanto me atirava para a frente. Ouvi outro corpo ceder atrás de mim, rapidamente seguido por um grito do que presumi ser Zayne acertando seu terceiro homem.

O cara à minha frente agarrou a arma, mas eu fui mais rápida. Girando, dei um chute e o acertei na parte interna do cotovelo. A arma voou enquanto o homem grunhia. Zayne a pegou enquanto eu segurava o segurança pelo ombro e usava seu peso contra ele para levá-lo ao chão. O estalo da sua cabeça me disse que ele teria uma dor de cabeça horrível quando acordasse.

— Legal — Zayne disse, lançando a arma para Cayman, que estava ajoelhado ao lado do segundo homem.

— Você não foi tão ruim tamb...

Outro homem apareceu, sua boca aberta como se estivesse preparado para gritar um alerta. Disparei para a frente e enfiei o cotovelo debaixo do queixo do cara, fechando-lhe a mandíbula e atirando sua cabeça para trás. Zayne o pegou quando caiu, colocando a mão sobre a boca do cara enquanto ele empurrava o queixo para a minha direita.

Olhei para cima, descobrindo que estávamos do lado de fora da porta do 3010. Virei-me, acenando com a mão para Cayman.

O demônio se apressou até nós, substituindo a mão de Zayne pela sua enquanto olhava nos olhos arregalados do homem.

— Olá. Você já encontrou Jesus Cristo, nosso Senhor e Salvador e mana bastante psicodélico?

Vagarosamente, olhei para o demônio. Ele sorriu amplamente, e eu levantei o olhar, murmurando, "mas que diabos?". Zayne apenas levantou uma sobrancelha e fez um sinal para que eu ficasse quieta enquanto carregava um dos homens inconscientes, içando-o por cima de um ombro.

Caramba.

Zayne era forte.

As feições do homem no chão haviam ficado relaxadas, como se ele estivesse em algum tipo de viagem. Ele não soltou um "ai" sequer enquanto Cayman o arrastava para fora da vista da porta, para dentro do que parecia ser uma lavanderia ou depósito. Em instantes, eles limparam o corredor e Zayne voltou para ficar do lado da porta que se abria enquanto Cayman ficava para trás. O olhar de Zayne encontrou o meu e eu acenei com a cabeça.

Ele bateu na porta, e um segundo depois, abriu-se uma fresta.

— Wilson? — Uma voz masculina perguntou.

Zayne empurrou a porta com os ombros, derrubando o homem para trás.

— O senador tá no sofá — ele disse, dando um mata-leão no homem, exercendo a pressão certa para apenas fazê-lo tirar um soninho.

Eu entrei no quarto, observando tudo ao redor enquanto Cayman deslizava para dentro, atrás de mim, e silenciosamente fechava a porta. O quarto era grande, quase do tamanho do apartamento de Zayne, e havia muito azul e dourado nas paredes e no tapete, fazendo-me piscar. Meu olhar varreu quadros emoldurados e passou por uma porta, por uma mesa de jantar posta um sofá azul-real e o homem velho que estava levantando-se dele.

O senador Fisher parecia o clichê de um velho congressista qualquer que já havia passado do prazo de validade para ser útil às pessoas que representava. Com cabelos brancos como a neve e bem aparados, pele pálida enrugada nos cantos da boca e dos olhos e vincos ao longo da testa. Suas roupas ostentavam as cores dos Estados Unidos, o terno azul-marinho, gravata de um vermelho brilhante e camisa de botões branca. Ele era uma propaganda ambulante de patriotismo e privilégio, empacotada em uma bolinha caótica de maldade muito bem dissimulada.

— O que significa isso? — ele exigiu, colocando uma mão no bolso e pegando um celular. — Eu não sei quem vocês são, mas estão cometendo um erro muito...

— Grande? Não tão grande quanto o que você cometeu. — Arranquei o telefone da mão dele. — Sente-se.

Aqueles olhos azuis lacrimosos se estreitaram em mim antes que seu olhar saltasse nervosamente para onde Cayman estava sussurrando ao homem que Zayne havia derrubado.

— Agora, preste bastante atenção, mocinha. Não sei o que pensam que estão fazendo, mas sou senador dos Estados Unidos e...

— E eu sou Olaf, o boneco de neve. Sente. Aí.

O senador me encarou de volta, suas bochechas salpicando de vermelho, e depois empalidecendo quando senti Zayne se aproximar.

— Verifique a cobertura — Zayne disse a Cayman. O demônio fez uma reverência e saiu praticamente correndo.

Impaciente, bati as mãos nos ombros do senador e o forcei a sentar-se no sofá. A surpresa que lhe arregalou os olhos me deu uma certa satisfação.

— Obrigada por se sentar. — Dei um sorriso cheio de dentes. — Temos perguntas e vocês têm respostas importantes. Então, vamos ter uma conversinha, e, se você for inteligente, não vai dificultar isso pra gente. Tá vendo o grandalhão loiro atrás de mim?

Os lábios do senador Fisher afinaram quando ele afirmou com a cabeça.

— Ele é tão gostoso quanto é forte, e sua gostosura é incalculável. — Sentei-me na beira da mesa de centro, de frente para o senador. — E hoje fiquei sabendo que ele é extremamente habilidoso quando se trata de quebrar ossos.

— Nível especialista — Zayne murmurou.

— Mas não queremos chegar a esse ponto. Tenha em mente que não querer que isso aconteça não significa que não vá acontecer. Entendeu?

Ele olhou de mim para Zayne.

— Vocês não vão se safar desta.

— Frase boa pra se colocar numa lápide. — Cayman voltou para a sala de estar e se jogou na cadeira ao lado do sofá. — A cobertura tá entediantemente vazia. Nada de equipes de segurança ou prostitutas, vivas ou mortas.

Franzi a testa para ele.

Cayman deu de ombros.

— Você deveria ver as coisas que já encontrei em quartos de hotel de alguns políticos. Eu poderia escrever um livro de memórias *best-seller*. Então tá.

— Quem são vocês? — Fisher exigiu, endireitando a lapela do terno.

— Só o seu amigável Guardião da vizinhança — Zayne respondeu. — Ah, e um demônio e uma Legítima.

A rapidez com que o sangue foi drenado do rosto do homem era prova suficiente de que ele sabia exatamente quem estava à sua frente. Seu olhar se concentrou em mim.

Eu sorri mais uma vez, levantando os meus óculos de sol de forma que ficassem empoleirados na minha cabeça enquanto eu despertava minha *graça*, apenas um pouco, deixando-a brilhar. Fisher puxou o ar enquanto seu peito subia e descia rapidamente.

Da cadeira, Cayman disse:

— Essa coisa de você brilhar é super assustadora.

Só um demônio pensaria que era assustador.

Eu controlei a minha *graça*, puxando-a de volta.

— Agora sabe quem somos? — Zayne perguntou. — Sabe?

— De fato, não sou Olaf, o boneco de neve — eu sugeri.

Fisher parecia prestes a ter um ataque cardíaco.

— Eu sei. — Ele engoliu em seco e limpou a garganta. — Então vocês também sabem quem eu conheço.

— Se você acha que estamos sequer remotamente com medo do Augúrio, tá muito equivocado — aconselhei, inclinando-me para trás. — Você vai nos ajudar.

— Não posso — ele disse colocando as mãos nos joelhos. — Você pode muito bem ir em frente e me matar, porque eu não posso te ajudar.

Suspirei, levantando-me da mesa de centro.

— Acho que vai ter de ser da maneira mais difícil.

Zayne não se sentou no meu lugar. Em vez disso, ele pegou uma cadeira da mesa de jantar e, em seguida, chutou a mesinha para trás, as pernas grossas fazendo sulcos profundos no piso de madeira.

— Que tesão — Cayman disse.

Foi mesmo.

Zayne colocou a cadeira na frente do senador e se sentou.

— Onde está o Augúrio?

Fisher balançou a cabeça enquanto eu me movia para ficar onde Zayne estivera.

— Onde o Augúrio está ficando? — Zayne inclinou-se para a frente, ao nível dos olhos com o senador.

Silêncio.

Zayne pegou a mão do senador. O homem tentou lutar contra ele, mas era como um coelho lutando contra um lobo.

— Você sabe quantos ossos tem na sua mão? Vinte e sete. No seu pulso? Oito. Três em cada um dos dedos. Dois no polegar. Cada mão tem três nervos e, como tenho certeza de que sabe, a mão de um ser humano é incrivelmente sensível. Agora, posso quebrar cada um desses ossos individualmente — ele continuou, com uma voz suave ao virar a mão do homem. — Ou posso fazer tudo de uma vez. Acho que sei o que tem de ser feito, e lamento que você não consiga tomar uma decisão melhor.

Eu ouvi um estalo de algo quebrando que fez eu me encolher interiormente enquanto o senador gritava, seu corpo curvando-se para dentro.

— Eu queria ter trazido pipoca — Cayman comentou.

Zayne inclinou a cabeça.

— Foi apenas um dedo. Três ossos. Temos muitos mais pela frente. Onde está o Augúrio?

Santo Deus, Zayne era como o Chuck Norris dos Guardiões.

Arfando o peito, Fisher gemeu enquanto apertava os olhos.

— Jesus Cristo.

— Eu realmente não acho que ele vá te ajudar — eu disse secamente.

Outro estalo fez com que minha cabeça se voltasse abruptamente para Zayne.

— Esse foi o seu polegar — ele disse. — Mais dois ossos.

— Eu não sei onde o Augúrio está hospedado. Meu Deus — ele engasgou. — Você realmente acha que ele me diria? *Ele?* O Augúrio não é nenhum tolo.

— Então como você entra em contato com ele? — perguntei.

— Eu não faço isso. — O homem tremia, balançando ligeiramente enquanto Zayne, lenta e metodicamente, virava a mão. Ele pegou o dedo médio do senador. — Juro. Não entro em contato com ele. Ele veio até mim apenas uma vez.

— Sério? Viu o Augúrio apenas uma vez? — Zayne balançou a cabeça. — Acho que não fui suficientemente claro...

— É Baal — Fisher gemeu. — Geralmente é com Baal que eu falo.

— Hmm. — Cruzei os braços. — Você tinha razão mais cedo.

— Eu te avisei — Zayne murmurou, sorrindo quase com simpatia para o senador.

— O que o bom e velho Baal bobão tem feito? — Cayman se mexeu, deixando cair as pernas sobre o braço de uma das cadeiras. — Não vejo esse safado há séculos. Ele tem esbanjado seu manto de invisibilidade ao melhor estilo Harry Potter? Espalhando a sua teia de mentiras? Imagino que sim, considerando que é o Rei da Fraude. Você trabalha pra um dos demônios mais antigos conhecidos nesta Terra, nascido dos poços do Inferno. Amizade interessante essa sua. Poderia se pensar que isso faria você parar e se perguntar se tá do lado certo de tudo o que eles estão planejando.

— Você é um demônio — ofegou o senador. — Você vai pregar para mim sobre estar do lado certo?

Cayman lhe deu um meio sorriso.

— Às vezes, o lado certo da história é composto daqueles que você menos espera.

— Onde está Baal? — perguntei.

— Não está nem perto daqui — o senador respondeu. — Ele está bastante longe, escondido. Posso dar a você um número que liguei no passado, mas isso não te servirá de nada. Não agora.

Bem como Almoado tinha dito. Frustrada, dei um passo à frente.

— Por que ele tá ficando longe?

— Não sei.

— Fisher — Zayne suspirou —, parece que você sabe muito pouco. Isso é decepcionante.

— Espera... — Um grito interrompeu suas palavras quando Zayne quebrou outro dedo.

E então o senador Josh Fisher se despedaçou.

Apenas oito ossos. Pequenos. Dolorosos, mas minúsculos em comparação com os maiores igualmente quebráveis.

— Eu amo minha esposa — ele gemeu, com o rosto amassado e o corpo curvado de lado, esticado o mais longe que conseguia com Zayne ainda segurando sua mão. — Eu amo minha esposa. Só isso. Eu a amo. Não posso ficar sem ela. Ela é tudo o que eu sempre quis. — Soluços que faziam seu corpo tremer surgiram do homem. — Eu a amei desde o dia em que ela entrou na minha aula de economia em Knoxville. Ela é tudo para mim, e eu faria qualquer coisa para vê-la de novo. Abraçá-la. Tê-la de volta. É tudo o que sempre quis.

Descruzei os braços, trocando um olhar com Zayne. Ele soltou a mão, e tudo o que o senador fez foi se encolher mais em si mesmo. Eu me mexi, desconfortável com a dor arrebatadora que estava visível. Aquele homem tinha conspirado com um demônio e com bruxas, matando humanos inocentes e Guardiões. Ele estava ligado ao Augúrio, que queria trazer o fim dos tempos, então ele era podre — e muito —, mas, a menos que ele fosse um ator célebre, ele estava desmoronando sob uma espécie de dor muito maior do que de dedos quebrados.

— O que ela tem a ver com Baal, Josh? — Zayne perguntou, usando o primeiro nome dele e com uma voz tão gentil que era fácil esquecer que ele tinha acabado de quebrar os dedos do homem.

Fisher não respondeu por vários minutos, apenas soluçou, até que, finalmente, ele rugiu:

— O Augúrio ouviu as minhas orações e veio até mim.

Eu me sobressaltei quando Cayman tirou as pernas da cadeira e se inclinou para a frente.

— Ele parecia um anjo. — Os olhos do homem se abriram, então, arregalados e sem realmente ver. — Ele falava como um anjo.

Eu entendia perfeitamente como ele poderia confundir Almoado com um anjo, mas pensar que ele e o seu sotaque texano soavam como um? Mas era aquela coisa, Fisher era do Tennessee. Talvez ele pensasse que todo o Céu falava como Matthew McConaughey em um comercial de automóveis.

— O que é que ele disse? — A voz de Zayne era tão suave.

O homem tremeu.

— Que ele... Que eu poderia ganhar a coisa que eu mais queria. Natashya. Meu Deus.

Eu tinha uma suspeita crescente de para onde isto estava indo.

— Ele me disse que um homem viria até mim e eu deveria ajudá-lo com o que ele precisava, e que este homem era uma ovelha em pele de lobo — ele sussurrava agora. — Eu pensei que era um sonho, mas então aquele homem apareceu. A ovelha em pele de lobo.

Ele quis dizer um demônio fingindo ser mal?

— Baal? — Zayne sugeriu. — Um homem que não era homem? — Quando Fisher assentiu com a cabeça, Zayne dobrou as mãos sob o queixo. — Você sabia o que ele era?

— No início, não, mas eventualmente... sim.

Eu quis perguntar se ele não achou que aquilo fosse, sei lá, um mega alerta vermelho, mas fiquei em silêncio.

— O que ele queria de você? — Zayne perguntou.

— Acesso à escola. Não sei por quê. Ele nunca me disse, e eu não perguntei. Não queria saber. — O homem ainda tremia. — Eu só queria minha Natashya.

A raiva eliminou qualquer simpatia que eu sentira.

— E não lhe ocorreu que poderia ser ruim que um *demônio* quisesse acesso a uma *escola*?

Zayne me lançou um olhar de advertência antes de voltar a se concentrar no senador, que não respondeu, apenas chorou mais.

— Você já entrou na escola alguma vez?

— Não. Nunca. Eu só fiz criar a empresa, fiz algumas ligações e consegui adquiri-la. Uma nova escola já estava sendo construída para substituí-la. Só isso.

Planos para uma escola destinada a crianças com deficiência, eu queria gritar, mas segurei minha língua.

— E quando ele me disse que eu precisava me encontrar com elas, com as bruxas, ele me falou o que dizer, e eu... eu fiz exatamente isso.

Precisei colocar uma mão sobre a boca para me impedir de falar.

— Baal me prometeu que traria Natashya de volta. Que assim que eles tivessem o que queriam, eu a teria — ele continuou, o corpo tremendo com a respiração. — E eu fiz isso. Fui contra tudo o que acreditava e fiz o que pediam. Eu sabia que era errado, que o encantamento era mortal, mas você tem que entender... Ela é tudo para mim.

— Espera aí — Cayman falou. — Baal disse que poderia trazer sua esposa de volta à vida?

— O Augúrio e Baal me prometeram.

— Ninguém tem esse poder — eu disse, balançando a cabeça. O olhar selvagem do senador se voltou para mim. Ele parou de tremer.

— Sua esposa tá morta. Deve ter atravessado pra luz. Ela não pode ser trazida de volta.

— Isso não é verdade. — Os lábios de Fisher recuaram, expondo seus dentes. — Não é verdade.

— Baal não pode te conceder esse favor. E não me interessa quem o Augúrio é, mas ele também não pode — Cayman disse, levantando-se. — Além do cara no comando lá em cima, há apenas um outro ser neste mundo que pode fazer tal coisa, e ele só fez isso uma vez. Acabou mal, por isso duvido que faça de novo. Especialmente pra um ser humano. Sem ofensa.

As peças finalmente se encaixaram para mim.

— Você tá falando do Ceifador? Mas ele não pode trazer alguém de volta dos mortos, especialmente... — Eu olhei para o senador. — Quando a sua mulher morreu?

O olhar do homem se deslocou para os dedos inchados.

— Há três anos, dez meses e dezenove dias.

Isso foi... preciso.

— Ela tá bem morta — eu disse. — Tipo, bem decomposta e morta.

— Isso não importa — Cayman respondeu, atordoando-me. E, aparentemente, até mesmo Zayne ficou surpreso, porque ele se virou para o demônio. — O Ceifador pode fazer qualquer coisa com uma alma e isso é tudo que se precisa pra reanimar um corpo.

Meus olhos se arregalaram.

— Você tá com... o corpo dela?

O senador não respondeu, mas o meu estômago se revirou. Eu não tinha certeza se queria saber onde o corpo não-tão-fresco dela estava sendo mantido se não estivesse dentro de um túmulo.

— Você não precisa do corpo — Cayman explicou —, você só precisa da alma.

Eu o encarei, boquiaberta.

— Isso é... isso não é possível. — Eu não podia acreditar. Depois de todas as pessoas mortas que eu vira, isso simplesmente não podia ser possível.

Cayman sorriu.

— Tudo é possível, especialmente quando você é Azrael, o Anjo da Morte.

Continuou:

— Mas, como eu disse, ele só fez isso uma vez antes, e, se você perguntar a ele se isso pode ser feito, ele vai mentir no início, mas Azrael é capaz de liberar uma alma, capaz de destruí-la e... — Ele fez uma pausa puramente dramática. — Ele pode trazer os mortos de volta à vida.

Eu não sabia o que dizer.

Cayman deu um passo em direção ao sofá e depois se ajoelhou para que o senador ficasse ao nível dos olhos com ele.

— Também posso dizer que Azrael *nunca* faria tal acordo. Não há literalmente nada que alguém possa lhe oferecer. Mentiram para você.

O homem não se mexeu.

Zayne abaixou as mãos.

— Ela era a sua fraqueza. Eles a encontraram — ele disse, repetindo o que havia me dito anteriormente. — E exploraram isso.

Meu olhar saltou sobre o homem.

— O mais triste é que você a teria visto de novo. Se ela tivesse sido boa e você também, poderia tê-la visto quando morresse. Teria se juntado a ela, ficado com ela por toda a eternidade. Mas agora? — Balancei a cabeça. — Você não vai.

Seus olhos se fecharam.

— Eles me prometeram — ele sussurrou. — Eles me *prometeram*.

Eu suspirei, meu peito pesado, oscilando entre odiar este cara e sentir pena dele. Como podia sentir as duas coisas? Ele não era uma pessoa boa. Talvez em algum momento ele tivesse sido, mas fechou os olhos para tudo que estava errado para conseguir o que queria, e eu...

Um frio se espalhou pela boca do meu estômago quando olhei para Zayne, pensando que nunca gostaria de saber como era chegar ao ponto em que o senador tinha chegado, em que faria qualquer coisa para trazer de volta o amor da minha vida.

Eu, que raramente rezava, então rezei para *nunca* descobrir como era sentir aquilo.

Nunca.

Capítulo 36

Deixamos o senador como um homem despedaçado, com mais dores mentais e emocionais do que físicas. Não havia mais nada para arrancar dele além de um coração partido.

Não tinha sido uma perda de tempo, apesar do que Cayman disse, porque agora sabíamos como um homem como o senador Fisher havia se envolvido nisto. Mas saber me deixava com o coração pesado e pensamentos distraídos enquanto patrulhávamos, na esperança de atrair o Augúrio para fora do esconderijo miserável em que ele ficava.

Era trágico o que o amor poderia levar uma pessoa a fazer.

Zayne encerrou a noite mais cedo do que o habitual, e, pela primeira vez, eu não reclamei ou me senti culpada por não vasculhar todos os recantos da cidade. Encontrar o Augúrio era fundamental, mas eu suspeitava que, no instante em que entrássemos na escola no sábado — em dois dias —, Almoado apareceria. E, assim que entrássemos, saberíamos exatamente com o que estávamos lidando.

Tive a sensação de que acabaríamos explodindo alguma coisa pouco depois.

Enquanto caminhávamos até onde a moto estava estacionada, eu disse:

— Estive pensando numa coisa. Por que você acha que Baal tá sendo mantido escondido? Estão o protegendo. Não é estranho?

— Se fossem demônios o protegendo, não. Mas o Augúrio, que é um Legítimo? É estranho, sim. — Quando chegamos à moto de Zayne, ele deslizou a mão para a minha lombar, e sentir aquele peso ali era ainda melhor do que dar as mãos. — Tenho tentado pensar em cenários diferentes, mas tudo o que sabemos é que precisam de Baal vivo pro que quer que seja este plano deles.

Suspirei olhando para o céu. Com toda a iluminação que vinha dos edifícios próximos, eu não conseguia ver se havia estrelas.

— Eu me pergunto o que fez Almoado ficar assim. Não sabemos o que ele tá planejando, a não ser ajudar a trazer o fim do mundo, mas obviamente deve ser algo super perverso. Ele disse que nunca amou ninguém, então a gente sabe que não é como o caso do senador.

Zayne passou uma perna sobre a moto, sentando-se.

— Estamos trabalhando com demônios — ele disse, olhando para mim. A luz de um poste próximo refletia no seu rosto, criando sombras sob suas bochechas —, não apenas porque vemos um lado diferente em alguns demônios, mas também porque achamos que o que estamos fazendo é para o bem maior.

Eu entendi onde ele estava querendo chegar com aquilo.

— E você acha que ele tá trabalhando com demônios porque ele imagina que tudo o que tá planejando seja pelo bem maior?

— É possível. Ao longo da história, as pessoas fizeram coisas horríveis porque acreditavam em algo. Porque acreditavam que estavam certas. Com os Guardiões não é diferente. Eu não acho que haja um ser que não tenha feito coisas ruins acreditando que era pelo motivo certo.

Eu assenti com a cabeça, pensando que, sempre que alguém acreditava que o que estava fazendo era certo, era quase impossível convencê-los do contrário.

Subi na moto e envolvi os braços em volta da cintura de Zayne. Ele abaixou uma mão, apertando meu joelho em troca, e lá fomos nós.

A viagem de volta ao apartamento foi rápida, mas aproveitei o tempo para meio que... me afastar do que aconteceu com o senador e de tudo o que tinha relação com o Augúrio. Pensei que talvez Zayne estivesse fazendo a mesma coisa. Precisávamos disso, para conseguir um pouco de tempo que pertencesse a nós, às nossas vidas, e, quando Zayne estacionou na garagem, ao lado do seu Impala, eu estava pronta para ser... normal. Por um tempinho.

— Pronta pra conferir o novo apartamento? — ele perguntou enquanto caminhávamos até as portas do elevador.

— Na verdade, tinha me esquecido disso — admiti, rindo quando entramos.

— Uau.

— Eu sei.

Ele sorriu enquanto o elevador subia.

— É muito parecido com o antigo. Mesma distribuição dos cômodos e tal. Só que tem dois quartos.

Encostei-me na parede oposta enquanto inclinava a cabeça para trás.

— Dois quartos são realmente necessários agora? — provoquei.

— Espero que não. — Ele andou até onde eu estava, colocando as mãos em ambos os lados da minha cabeça. — Mas dois banheiros vai ser incrível.

— Verdade.

— Porque tô cansado de você usando meu sabonete líquido.

— É sem querer.

— Aham. — Ele abaixou a cabeça. — Eu acho que você só gosta de ficar com o meu cheiro.

Continuei a sorrir.

— Ter um outro quarto deve ser uma boa ideia, porque tenho certeza de que vou ficar irritada e te chutar pra fora da cama em algum momento.

— Mais cedo ou mais tarde — ele concordou. — Só não me expulse completamente.

— Você não precisa se preocupar com isso. — O elevador parou e eu me estiquei para beijá-lo. Então mergulhei debaixo do braço dele e entrei no nosso novo apartamento. — Você vem?

Enquanto Zayne se afastava da parede do elevador e me seguia, eu me virei. O apartamento era praticamente o mesmo, exceto que espelhado. A cozinha ficava à esquerda e a sala, à direita. As janelas estavam viradas para uma rua diferente, mas o sofá e os móveis estavam dispostos como antes. Exceto... quando estreitei os olhos, percebi que havia um pequeno corredor onde a porta do quarto estava no outro apartamento.

Zayne caminhou, virando-se de modo que ficasse andando de costas.

— Posso fazer um *tour* com você?

— Claro.

Ele sorriu, tomando a minha mão.

— Eu acho que você consegue descobrir onde fica a cozinha e a sala de estar.

— Sim, isso eu já descobri.

Rindo enquanto se virava, ele me puxou para o corredor.

— As partes interessantes estão aqui. À direita temos um lavabo, e as portas duplas ao lado dele são lavanderia.

— Coisas realmente emocionantes — eu brinquei.

— Só espere. — Ele me levou mais adentro no corredor, abrindo a porta à esquerda. Estendendo um braço para dentro, ele acendeu a luz. — Este é o quarto número dois. Entrando naquela porta, temos um banheiro.

Olhei em volta.

— O quarto tá... completamente vazio.

— Atenta, você.

Lancei um olhar enviesado para ele.

— Só tenho uma cama — explicou. — Tive que pedir outra, mais uns móveis.

— Espera. — Puxei-lhe a mão. — Eu deveria estar encomendando os móveis... e pagando por eles.

— Mas este não é o seu quarto. É o meu, pra quando você ficar irritada comigo.

— Mas...

— *Este* é o seu quarto — ele disse, abrindo a outra porta.

Zayne não acendeu as luzes, mas havia um brilho branco suave vindo de alguma coisa. Não era do banheiro, que presumi estar em algum lugar nas sombras, ou de uma luminária de cabeceira. Era um brilho fraco demais para ser isso. Confusa, olhei para cima...

— Ah, meu Deus — sussurrei, sem acreditar no que estava vendo.

Soltando a minha mão da dele, entrei no quarto, minha cabeça se inclinando para trás ao máximo que podia enquanto eu olhava para o teto.

O teto que cintilava com um branco suave das estrelas que brilhavam no escuro, espalhadas por todo o lado.

Havia estrelas no teto.

Estrelas.

— Como? — sussurrei, levantando as mãos e depois fechando-as contra o peito. — Quando você fez isso, Zayne? — Eu não tinha ideia de onde ele havia tirado tempo para fazer isso.

— No dia em que você contou à Stacey sobre Sam — ele respondeu —, eu vim até aqui e colei as estrelas. Tentei colocá-las numa forma de constelação, mas isso foi mais difícil do que o previsto. Decidi inventar uma. Então essa é a Constelação Zayne.

A minha boca se abriu e não conseguia encontrar palavras enquanto olhava para elas. Começaram a ficar desfocadas, e percebi que era porque os meus olhos estavam úmidos.

— Você fez isso quando tava com raiva de mim? Antes de fazermos as pazes?

— Sim. Acho que sim. — Ele parecia confuso. — Isso é ruim?

Lentamente, virei-me para ele. Podia ver o contorno dele na porta. O meu coração batia forte e as minhas mãos tremiam.

— Você fez isso quando a gente não tava se falando? Quando pensei que você me odiava?

— Eu nunca te odiei, Trin. Com raiva? Claro. Mas eu nunca...

Correndo a toda velocidade, lancei-me sobre Zayne. Ele me pegou com um grunhido que se transformou em uma risada enquanto eu jogava os meus braços em volta do pescoço dele e envolvia as minhas pernas em sua cintura. Apertei-o com a mesma força que o meu peito apertava e coloquei o meu rosto contra o pescoço dele.

— Eu acho que você gostou, então. — Os braços dele me rodearam.

— Gostei? — Minha voz estava abafada contra seu pescoço. — *Gostei?* É perfeito e incrível. É lindo. Eu amei. É *algo mais.*

Zayne respondeu, mas eu não sei o que ele disse, porque alguma coisa aconteceu. Algo rachou dentro de mim, estilhaçou-se, e uma onda de emoção fluiu tão rápido e tão inesperadamente que eu não consegui impedir que tudo aquilo inflasse dentro de mim.

A emoção se libertou em um soluço que era, em parte, uma risada. Não havia muros. Nada de armário de arquivos estúpido. Nada entre mim e tudo o que eu sentia. Entre mim e tudo o que Zayne era.

Que era *algo mais.*

Tão intensamente *algo mais.*

— Opa. Opa. Trin. — Sua mão se fechou ao redor da minha nuca, enroscando-se na trança solta. — Tá tudo bem.

Estava.

Não estava.

Zayne me carregou para a cama e se sentou comigo em seu colo, ainda agarrada a ele como um macaco-aranha enlouquecido. Meus dedos se fecharam ao longo das pontas do seu cabelo, amassando os fios sedosos nas minhas mãos.

— Droga, Trin, eu não queria fazer você chorar — ele murmurou contra a lateral da minha cabeça. — Você só disse que sentia falta das estrelas do seu quarto, e eu queria... Eu queria te dar estrelas que você pudesse ver todas as noites.

Meu Deus. Meu Deus.

Isso me fez chorar mais, tanto que Zayne começou a nos balançar enquanto esfregava uma mão para cima e para baixo nas minhas costas, murmurando palavras sem sentido até que eu me controlei, mexendo-me de modo que minha testa repousasse em seu ombro.

— Eu sei. Sei que não quis me fazer chorar. Não é culpa sua. Amei as estrelas. Amei que você fez isto. É só que... — Era só que o que ele tinha feito era gentil, doce, atencioso, bonito e tão significativo quanto ele.

E era só que eu sabia que ele se importava comigo — que ele gostava de mim como mais do que apenas uma amiga —, e eu sabia que ele tinha começado a sentir tudo isso antes do vínculo. E eu sabia que me importava com ele, e que eu já estava me apaixonando por ele muito antes da noite passada... mas isto era muito *algo mais*.

— Trin? — Ele guiou minha cabeça para trás, deslizando o polegar ao longo do meu lábio inferior. — O que se passa nessa sua cabeça?

— Eu tô... tô com medo — admiti em um sussurro.

Seus olhos azuis pálidos se aguçaram.

— Medo do quê? De mim?

— Não. Nunca. — Respirei fundo. — Tenho medo de... Tenho medo de *nós*. Tenho medo do que isto significa. Tô com medo de que não deveríamos ser *isto*. Tenho medo de te perder. Tenho medo do quanto sinto por você. Tenho medo.

O peito de Zayne subiu com uma respiração profunda contra o meu e, em seguida, aqueles cílios grossos estavam abaixados, protegendo seus olhos. Seus dedos espalmados contra a minha bochecha.

— Eu também.

O meu corpo estremeceu.

— Sério?

A mão dele se fechou na parte de trás da minha cabeça, os dedos entrelaçados no meu cabelo.

— Você quer saber a verdade?

Sim? Não?

Ele tomou o meu silêncio como um sim.

— Isso me apavora. Em todos os aspectos, Trin. Sentir o que eu sinto por você, querer o que eu quero de você? — Sua voz era grave e áspera, e isso me arrepiou. — Houve momentos em que desejei me sentir assim por qualquer pessoa que não fosse você.

Espera.

Quê?

Pisquei.

— Certo. Por essa eu não esperava.

— Me escuta. — Seus dedos se apertaram em volta da minha trança. — O que eu sinto me apavora, porque eu não deveria me sentir assim e Deus sabe que eu já trilhei esse caminho. Não tava exatamente tentando repetir a história.

Fechei a boca.

— Mas é mais do que isso, Trin. Vai muito além do meu passado — ele prosseguiu, o olhar segurando o meu. — É por causa de quem você é. Você sai por aí todas as noites e põe a sua vida em risco. Você tá caçando o tipo de demônio que Guardiões habilidosos temem. Tá à procura de algo que pode matar demônios e Guardiões em segundos. Tenho pavor de que algo te aconteça, e isso não tem nada a ver com o que isso significa pra mim.

Certo. Eu super entendia isso.

— Você tá fazendo a mesma coisa, Zayne. Eu nem consigo pensar se algo acontecer... — Eu me cortei, não querendo seguir essa linha de pensamento. — Eu queria que você fosse um ser humano frequentando a faculdade e estudando pra ser um veterinário.

As sobrancelhas dele se ergueram.

— Certo, talvez eu não queira que você seja um humano. Os seres humanos são fáceis demais de se matar, mas você tá entendendo o que eu quero dizer.

Uma curva lenta subiu os cantos dos seus lábios.

— Sim. — A cabeça dele se inclinou para o lado. — Então, tô com medo, mas o que eu sinto, o que eu quero, ainda tá aqui. Tá sempre aqui, e quando não tô com você, tudo o que quero fazer é voltar pra perto de você. No começo eu pensei que era o vínculo, mas não é. É algo completamente diferente. — Sua boca roçou a maçã do meu rosto, aproximando-se dos meus lábios. — E sabendo disso... sabendo que sinto que você é... é *certa*... Nada neste mundo vai me fazer abrir mão disso, mesmo que me apavore.

Continuou:

— Eu preciso que você entenda uma coisa. — O seu olhar segurou o meu, hipnótico. — Eu sei que o que eu sinto por você não é nada parecido com o que eu sentia por Layla. *Nem um pouco.* E percebi uma coisa na noite em que conversei com Stacey.

Essa foi a noite em que ele e eu demos aquele próximo passo juntos. Tinha sido há apenas dois dias, mas parecia semanas.

— O quê? — sussurrei.

— Eu... não sei se alguma vez estive apaixonado por ela — ele disse. — Eu a amava. Sei disso, mas acho que estava apaixonado pela ideia dela e de nós dois juntos. E eu acho... Não, eu *sei* que a parte mais difícil, com o que tenho lidado desde então, é perceber que nunca teria funcionado entre a gente, e como eu não conseguia ver isso. — A mão ao redor da minha trança escorregou para a minha lombar. — Eu sempre vou amar aquela garota. Não vai haver um momento em que eu não a ame, mas não estou *apaixonado* por ela.

Meu coração batia forte e, quando respirei, parecia que o ar não ia a lugar algum.

— E a *Stacey* te ajudou a perceber tudo isto?

Aquele meio sorriso fofíssimo reapareceu.

— É, ela meio que jogou na minha cara. Disse algumas coisas que eu precisava ouvir. Coisas que já tava pensando.

Certo.

Havia um movimento de algo se inflando no meu peito, que ameaçava me erguer diretamente para o teto estrelado.

Talvez eu não devesse ficar tão zangada por ele ter ficado com ela até tarde.

Mas...

Sempre havia um *mas*.

Respirei fundo outra vez. Precisava dizer aquilo. Precisava colocar no mundo, porque podia sentir aquilo sendo construído entre nós. As regras não iriam nos impedir. Os perigos que cada um de nós enfrentava não seriam um obstáculo.

— Tenho medo de acabar com o coração partido.

Os seus olhos encontraram mais uma vez com os meus.

— Eu também.

Eu prendi a respiração.

— Eu não poderia... se algo acontecesse com você, porque estamos juntos, eu...

A mão na minha mandíbula manteve o meu olhar colado ao dele.

— Eu sei que minha vida tá ligada à sua, que, se algo acontecer com você, acontece comigo, mas isso não me impede de ter medo de que, de alguma forma, eu te perca. Farei qualquer coisa pra chegar até você se algo acontecer. Não há nada que me impeça — ele admitiu. — Uma parte de mim entende por que o senador fez o que fez. Cacete, não uma parte. Tudo em mim entende, e saber o que eu faria se te perdesse? Sim, isso também me assusta.

Um tremor rolou pelas minhas costas.

— Se minha vida não estivesse ligada à sua e algo acontecesse com você? Se você fosse tirada de mim, não haveria nada que me impedisse de te trazer de volta. Eu iria até aos confins da Terra. Eu barganharia com tudo o que tenho — ele disse. — Eu sei que isso tá errado. Sei o quanto isso poderia ser ruim, mas faria do mesmo jeito. E isso não se deve ao fato de que, se você morresse, eu também morreria. Na morte, nada manteria você longe de mim. Isso eu juro.

Era errado. Provavelmente terminaria mal, mas eu sussurrei:

— Eu faria o mesmo. — E essa era a verdade. — Se você fosse morto? — Até mesmo pensar naquilo doía. — Eu faria qualquer coisa pra te trazer de volta.

— Então, sabendo disso, não vou deixar que nenhuma regra nos separe. Nem o medo de te ver ferida, e definitivamente não o medo de eu me ferir. Sou muitas coisas, Trin, mas um covarde não é uma delas. — Os olhos dele buscaram os meus. — E você também não é covarde.

— Não — sussurrei. — Não sou, não.

Aquele sorrisinho se transformou em um sorriso aberto, do tipo que quebrava e consertava meu coração em questão de segundos. Era o tipo de sorriso cheio de promessas e possibilidades, e, caramba, eu não era uma covarde. Meus dedos se entrelaçaram no cabelo dele enquanto eu soltava o ar.

— Por que você tá falando disto agora e não dois dias atrás? — ele perguntou.

Porque naquele dia ainda havia muros. Eu não tinha percebido isso até agora, não até que essas barreiras tivessem desaparecido.

— Porque você me deu estrelas, e isso significa que isto é... isto é *algo mais*.

O polegar dele deslizou pela minha bochecha.

— Não sei o que *algo mais* significa pra você, mas significa que eu te amo, Trinity Lynn. Que eu tô apaixonado por você.

Eu não saberia dizer quem se mexeu primeiro, quem beijou quem. Estávamos separados e então não estávamos mais. Foi gentil e suave, como poderia ter sido o nosso primeiro beijo, e havia algo mais poderoso nesta troca, e talvez este tenha sido o nosso primeiro beijo de verdade. Eu deslizei minhas mãos para o seu rosto e abri a minha boca para a dele.

E então aquilo se tornou infinitamente *algo mais*.

Era amor o que eu sentia por ele, amor que me apertava em tantos nós minúsculos e retorcidos. Era amor o que me atravessava as veias, mesmo que as palavras nunca saíssem dos meus lábios.

Era amor o que alimentava a necessidade de lhe dar algo tão bonito quanto as estrelas que ele tinha me dado, e eu sabia de apenas uma coisa, algo de que Jada me contara uma vez.

Deslizando para fora de seu colo, agarrei sua camisa e a puxei. Ele não precisou de muita orientação, levantando os braços e me deixando tirar a peça, e, quando eu peguei em suas calças, ele se levantou, tirando as botas. Ele se despiu. Eu ajudei. Mais ou menos. Eu mais o distraía durante o processo, fazendo as suas pernas fortes tremerem. Na verdade, eu me distraí, aprendendo e explorando enquanto eu descia, pressionando beijos contra o quadril dele.

Então, somente quando ele me puxou para cima, eu tirei a minha calça e a chutei para o lado enquanto encontrava o olhar dele.

— Eu quero você.

— Isso eu consigo ver. — Seus olhos brilharam enquanto ele estendia os braços para mim.

— Eu quero que você fique como você realmente é — acrescentei, segurando a bainha da minha camisa. Zayne abriu a boca. Fechou-a. Não era exatamente a reação que estava esperando. — Você é meu Protetor. É um Guardião. Eu quero *você*.

Ele sentou pesadamente na beira da cama.

— Você sabe o que isso significa?

Eu sabia o que significava.

Era o que os Guardiões faziam quando acasalavam, de acordo com Jada, e era praticamente como os humanos faziam, mas só era compartilhado entre casais. Para um Guardião, era uma verdadeira expressão de amor e, embora eu não pudesse me transformar, eu sabia o que significava se *nós* fizéssemos.

Então me ocorreu que talvez isso estivesse fazendo as coisas ficarem um pouco sérias demais. Ele me amava. Eu poderia olhar para o teto todos os dias e ver o amor dele, mas isto poderia ser coisa demais e cedo demais. O constrangimento se espalhou pela minha pele.

— Você não precisa — eu disse com pressa. — Foi apenas... Não importa. É bobeira e cedo demais. Podemos esquecer disso?

— Não. — Suas pupilas se esticaram verticalmente. — Não é bobeira ou cedo demais. É só... — Um olhar maravilhado tomou conta do seu semblante enquanto ele balançava a cabeça. — Você tira o meu fôlego.

Um tipo diferente de rubor me varreu, mas então Zayne se levantou e me mostrou quem ele realmente era.

Posso ter parado de respirar quando ele estendeu a mão.

— Para sempre.

— Para sempre. — Coloquei a minha mão na dele e, enquanto seus dedos se entrelaçavam em volta dos meus, ele voltou para a cama, sentando-se. Eu senti como se não estivesse levando ar para os meus pulmões quando coloquei um joelho de cada lado de suas pernas.

Seus olhos estavam largos, pálidos e luminosos enquanto ele me encarava. Suas unhas afiadas agarraram o tecido da minha camisa enquanto ele a levantava. Eu estiquei os braços para trás, dedos tateando, confusos, sobre os ganchinhos no meu sutiã. Com cuidado, ele abaixou a cabeça, seus dedos seguindo as alças enquanto elas escorregavam pelos meus braços, pelos meus pulsos, até o sutiã cair no chão. Toquei suas bochechas, minhas palmas achatadas contra sua pele enquanto guiava o olhar dele de volta para o meu. Inclinando a cabeça, abaixei a minha boca e o beijei. O gosto dele marcou a minha pele, a sensação dele enquanto eu deslizava a mão pelo seu peito, sobre os músculos tensos de sua barriga e ainda mais abaixo; aquilo se tatuou em mim, e o som do gemido dele ecoou como uma oração.

Houve uma pausa para pegar proteção, e então eu levantei um pouco apenas para voltar a abaixar os quadris, a minha respiração se misturando com a dele. Zayne não me apressou nem moveu um músculo. Eu sabia que ele não iria fazer nada até que eu fizesse, sempre paciente enquanto eu me ajustava, e, quando eu me movi, foi diferente de tudo o que eu já tinha sentido.

— Trin — ele gemeu, as mãos nos meus quadris, as unhas suaves contra a minha pele. Seu braço abraçava minha cintura, cuidadoso com sua força enquanto me puxava para o peito dele. — Para sempre — ele repetiu.

Eu sussurrei as palavras contra seus lábios. Não eram simples palavras, mas uma promessa. Um tipo diferente de vínculo. Para sempre parecia muito tempo, especialmente na nossa idade, e para os humanos poderia até parecer tolo, mas os nossos para sempre não estavam garantidos, e o que *era garantido* era o que sentíamos um pelo outro. Não significava que as coisas seriam fáceis. Nem sequer significava que amanhã não iríamos irritar um ao outro até a exaustão. O que significava era que não importava o que acontecesse, nós éramos para sempre.

As suas asas nos rodearam, formando um casulo que bloqueava toda a luz. O medo da escuridão repentina não estava em lugar algum. Não quando as correntes que o prendiam pareciam ter se quebrado e o seu corpo se movia contra o meu. Não quando havia toda esta tensão em mim e nele. Agarrei-o pelos ombros, meus dedos cravando sua pele dura. Éramos como fios esticados, puxados o mais longe que podíamos ir e depois soltos em uma deliciosa euforia, acelerando em nós dois.

Era como esperar que uma tempestade passasse. Sua testa repousava contra a minha, sua respiração tão curta e rápida. Uma eternidade pareceu passar antes que eu sentisse a agitação do ar quando as asas dele se levantaram e a pele dele contra a minha se suavizou.

— Isso foi... eu não tava esperando por isso. Eu... — Ele respirou fundo, parecendo estar sem palavras. — Eu não acho que você sabe o que... isso significou pra mim. Eu sempre... Meu Deus, eu costumava me preocupar com a minha aparência verdadeira. Acho que uma parte de mim ainda se preocupa.

— Você não tem motivos pra isso. — Inclinei-me para trás para ver o rosto dele. Suas bochechas estavam coradas em um tom mais escuro. — Como eu disse antes, você é bonito em ambas as formas. E só pra soar ainda mais brega, é por causa do que tá aqui dentro. — Encostei uma mão em seu peito. — Você diz que eu tenho uma luz em mim, mas *você* é a minha luz.

Zayne eliminou o espaço entre nós, beijando-me.

— Você nunca vai se livrar de mim agora.

— Eu não iria querer isso.

— Vou lembrar que você disse isso. — Seu sorriso tinha um ar sonolento. — Sabe, você é perfeita pra mim.

Uma vertigem me varreu enquanto eu balançava para a frente, colocando as minhas mãos em seus ombros e...

Parei. Havia algo estranho nos ombros dele. Três sulcos pequenos em sua pele. Cintilantes e escorrendo gotículas vermelhas. Sangue.

A confusão substituiu o calor borbulhante.

— Eu acho... eu acho que arranhei você.

— Hm. — Ele olhou para baixo, seguindo o meu olhar. — É verdade.

Eram arranhões. Arranhões que eu tinha causado. Eu puxei as minhas mãos de volta para o peito.

— Meu Deus.

— Tá tudo bem. — Ele sorriu. — Mais do que bem.

Um ar frio jorrou no meu peito enquanto eu olhava para a pele dele — a pele que eu havia arranhado com as unhas, o que não fazia sentido. Nem um pouco. Meus olhos arregalados saltaram para o rosto dele.

O sorriso desapareceu de seu rosto.

— Trin, tá tudo bem...

— Não, não tá. — Eu me afastei dele, ficando de pé e recuando até que acertei a cômoda. — Eu não deveria ter sido capaz de fazer isso. Unhas não podem perfurar a sua pele, nem mesmo na sua forma humana, mas você não estava... isso não deveria ter acontecido.

— É... — A compreensão iluminou seu rosto. Seu olhar disparou para o meu. — Ah, Inferno.

Capítulo 37

A pele de Zayne não era mais dura como a de um Guardião, mesmo depois que ele voltou para a forma de Guardião e depois novamente para a humana. Sua pele era praticamente *humana*.

O que significava que ele era suscetível a armas. Facas. Adagas. Balas. Garras. Dentes. Sabíamos disso porque ele tinha pegado uma das minhas adagas e cortado a palma da mão antes que eu pudesse detê-lo.

Ele ainda era um Guardião, com a força e o poder de um, mas, para além disso, era basicamente humano. Era por isso que a pele de pedra deles era tão importante. Protegia muitas coisas importantes, tipo todas as veias e órgãos do corpo deles.

Eu sabia por que isto tinha acontecido. No fundo, Zayne também. *Esta* era a consequência que eu vinha temendo.

— Por que isso aconteceria agora e não antes? — Zayne perguntou, sentado no sofá. Fomos para a sala de estar algum tempo depois que ele tinha cortado e dilacerado a palma da mão. Não havia cicatrizado, mas o sangramento havia diminuído o suficiente para que ele pudesse remover o pano com o qual cobrira a mão. O corte era fino e pontilhado com sangue. Assim como os sulcos nos ombros ainda nus, arranhões deixados pelas minhas unhas praticamente humanas.

Forçando o olhar para longe das feridas, voltei a abrir um caminho no chão. Eu estava andando de um lado para o outro na frente dele, vestindo sua camisa, que quase virava um vestido em mim.

— Eu acho... que sei por quê. Sou eu.

— Trin... — Ele levantou a cabeça, fechando a mão. — A culpa não é só sua.

— Não tô dizendo que é. — Mastiguei a unha do polegar. — O que quero dizer é, eu acho... Não, eu sei que eu tava me segurando antes. Mesmo sabendo que eu tava... tava me apaixonando por você. Que eu já tinha me apaixonado, mas não tava me permitindo realmente sentir isso ou reconhecer o sentimento.

— E esta noite você fez isso?

Andando de um lado para o outro, eu assenti com a cabeça.

— Não sabemos se é por isso.

Parei e olhei para ele.

— Eu acho que é bem seguro presumir que é exatamente por isso. Talvez estivéssemos certos no início. Ou eu tava. Que sexo ou algo físico não era o que era proibido. Era a emoção.

— Amor — ele sugeriu no lugar da palavra *emoção*. — É amor, Trin.

Os meus pés voltaram a se mexer.

— Isso — eu sussurrei.

Ele ficou em silêncio e depois disse:

— Não é nada demais.

— *O quê?* — Eu quase gritei, meu ritmo aumentando. — É bastante coisa, Zayne. Podem te matar...

— Sempre puderam me matar. Isso não é novidade.

— Você pode ser morto com muito mais facilidade agora — eu apontei. — Não fale isso como se não fosse nada. É muito sério, Zayne. É por isso que devíamos ter lutado contra isto. É por isso que, só porque algo *parece* certo...

Zayne me pegou pela cintura quando passei por ele, puxando-me para o seu colo.

— Não — ele disse. — Isto não significa nada disso, Trin. Só significa que é o que é, e que temos de lidar com isso. Só isso.

Meu olhar se voltou para onde sua mão intacta segurava meu pulso. Sua pele parecia a mesma, impossivelmente quente.

— Como você pode achar que não é nada?

— Porque não muda nada. — Ele pressionou a testa contra a minha. — Isso não diminui o que eu sinto por você, e eu sei muito bem, depois do que você acabou de fazer por mim, que não diminui o que você sente por mim.

Ele tinha razão, e eu me odiava um pouco por isso.

— Isto pode ser temporário — ele continuou. — Não sabemos nada além do fato de que a gente vai precisar se adaptar a isso. Juntos. É tudo o que podemos fazer.

Balancei a cabeça contra a dele.

— Não entendo como você pode estar tão calmo.

— Não é como se eu não estivesse preocupado. Eu tô, mas já te disse. Eu conhecia os riscos inerentes a isto.

Nós sabíamos *sobre* os riscos, mas não o que eram e havia uma grande diferença. Afastei a cabeça, pensando em tudo o que tínhamos de fazer — que tínhamos planejado fazer.

— Eu não quero que você vá praquela escola comigo.

— Trin...

— Não até eu saber o que tem lá dentro. Você disse que a gente precisa se adaptar, e é assim que nos adaptamos. Você se afasta.

— Não foi isso que eu quis dizer.

— Eu não me importo! — Eu me virei em seus braços, meu coração batendo forte enquanto eu apertava o rosto dele entre as minhas mãos. — Eu não me importo com o que você acha que pode fazer, mas se esta é a nossa... nossa punição, então é assim que a gente se adapta. Precisamos ser ainda mais cuidadosos, e ter cuidado significa você se afastar até sabermos com o que estamos lidando.

— Você acha que eu vou só ficar aqui sentado, lendo um livro, enquanto você tá por aí lutando contra o Augúrio?

— Começar com o hábito de leitura não é uma coisa ruim. Você poderia começar um clube do livro.

— Trin. — Seus olhos pálidos cintilaram. — Eu sou um guerreiro treinado. Sei como evitar ser arranhado, mordido ou esfaqueado. Não sou fraco.

— Você é a pessoa mais forte que eu conheço, mas não é invencível.

— Eu nunca fui. E você também não é. Quando fiquei sabendo da sua visão, acha que não quase me matou de medo, imaginando todas as formas que isso poderia te afetar?

Fiquei em silêncio.

— Pois me matou. Continua me matando de medo. Você é meio humana, Trin. A sua pele é vulnerável a todo tipo de lesões, mas fico lembrando a mim mesmo que você é treinada. Você tem a sua *graça*. Você sabe como lutar e sair de uma situação se ela ficar feia. Tenho de me lembrar disso todos os dias. Eu tô lá pra te proteger, mas não tô lá pra te impedir. Você vai tentar me impedir?

Eu passei os dedos sobre as bochechas dele e depois soltei o ar com força.

— Eu não espero que você fique aqui sentado e não faça nada. Só espero que faça escolhas inteligentes. Como eu faço.

Ele arqueou as sobrancelhas.

— Como eu *tento* fazer. Você vai pra escola comigo, mas fica do lado de fora até sabermos o que tá acontecendo — sugeri, chegando a um meio-termo. — E você tem razão. Eu provavelmente ainda poderia me machucar mais rápido do que você, mesmo agora, mas eu tive toda a minha vida pra aceitar as minhas limitações. Você não teve nem sequer um minuto lutando com as suas.

Ele se inclinou, fechando a distância entre nós e beijando-me suavemente.

— Vamos descobrir isto, limitações e tudo o mais.

— Promete? — sussurrei, precisando da confirmação, precisando saber que isto não era o começo de algo terrível.

— Prometo. — Ele me segurou. — Lembre-se, Trin. Para sempre.

— Eu lembro. — E não esqueceria. Nunca.

Mais tarde, depois que Zayne tinha me persuadido de volta para a cama e adormecera, eu fiz algo que poderia contar em uma mão o número de vezes que eu tinha feito antes. Fechando os olhos, limpei a minha mente de qualquer coisa, exceto do meu pai. Chamei-o. Invoquei-o. Rezei para ele, esperando que ele aparecesse e desfizesse o que tínhamos feito. Implorei que ele devolvesse Zayne ao seu estado anterior. Eu até ofereci algo que quebraria o meu coração em pedacinhos estilhaçados que nunca poderiam ser reparados.

Eu vou desistir dele, implorei silenciosamente. *Vou fazê-lo desistir de mim. Vou desfazer o para sempre. Qualquer coisa. Farei qualquer coisa.*

Mas, como em todas as vezes anteriores, não houve resposta.

Capítulo 38

Eu estava enfrentando a maior montanha-russa mental do mundo quando Zayne e eu encontramos com Roth e o resto do pessoal no sábado à noite. Minha *graça* estava à flor da pele. Se alguém olhasse para Zayne da maneira errada, eu estava preparada para provocar danos físicos absolutos.

Em humanos e não humanos.

Exceto pelos animais. Era bom que Zayne fosse capaz de correr rápido se um cachorro tentasse mordê-lo ou algo assim.

Sua pele não tinha recuperado aquela qualidade rochosa, e precisei lutar contra todos os meus impulsos para não trancá-lo no armário ou algo assim. Ele se comportava como se este novo estado das coisas não mudasse completamente a vida dele. Ele parecia indiferente a isso, e eu não conseguia entender.

Imaginei que, quando ele fosse arranhado por um demônio pela primeira vez isso mudaria bem rápido.

Pensar sobre isso me aterrorizava, porque dependendo de onde ele fosse arranhado, poderia ser sério ou até mesmo fa...

— Trin — Zayne se afastou do muro de concreto. Estávamos esperando no mesmo lugar da última vez, na esquina da rua que levava à escola. — Você tá se deixando nervosa.

Franzi a testa na direção da voz dele, já que, sem iluminação, ele não passava de um borrão.

— Não tô, não.

— Eu consigo sentir. — Ele suspirou. — Por que parece que isso é algo que você tá sempre esquecendo?

— Talvez porque eu esteja tentando esquecer.

Ele riu, aproximando-se. Senti o cheiro de menta invernal, e então sua mão estava na parte inferior das minhas costas.

— Não se preocupe. Vou ficar bem.

Sim, ele ficaria bem aqui, a uma distância segura e bem-pensada.

— Lá vêm eles — Zayne anunciou. — Roth, Layla e... Cayman.

— Eu não sabia que ele vinha.

— Acho que sentiu a nossa falta.

Abri um sorriso quando vislumbrei as formas vagas de três pessoas vindo em nossa direção. Eles estavam vestidos como assaltantes, mas conforme se aproximaram, o cabelo de Layla se destacou como uma fatia de luar até que ficassem sob o poste da rua.

— Acho que vocês ainda não ficaram sabendo. — Roth foi o primeiro a falar.

— Sabendo do quê? — Zayne manteve a mão na minha lombar enquanto nos guiava para longe do muro pela calçada.

— Cerca de trinta minutos atrás, o senador Josh Fisher foi encontrado na calçada do lado de fora do Condor — Cayman disse. — E ele não tava apenas deitado. Ele caiu cerca de trinta andares.

Meus olhos se arregalaram.

— Caramba.

— Pois é. Agora toda a rua tá bloqueada— Layla disse. — Tem equipes de reportagem e carros de polícia a cada seis metros.

— Você acha que ele se matou? — perguntei. — Ou...

— ...O Augúrio fez uma visita ao senador? — Zayne concluiu. — As duas coisas são possíveis.

— Especialmente considerando que ele era um homem completamente perturbado — Cayman disse, e eu tive de concordar.

Era possível que o senador tivesse aceitado que o Augúrio e Baal haviam mentido e que ele nunca mais veria a esposa. Considerando as coisas em que ele se envolvera, era realmente possível que ele tivesse colocado um fim à própria vida, mas...

— O Augúrio poderia ter descoberto que a gente esteve lá. Pode der dado cabo do senador.

— É possível — Zayne concordou.

— Bem, quer dizer, mas quem se importa? — Cayman perguntou, e olhei para onde ele estava, atrás de Roth. — Ele era um cara ruim, e as coisas nunca iriam acabar bem pro lado dele.

— Tato — explicou Roth — não é algo que Cayman aprendeu a ter na vida.

— Principalmente porque ter tato é muitas vezes fingir que você se importa quando não se importa — ele respondeu. — Olha, tudo o que tô dizendo é que eu não jogaria um colete salva-vidas praquele cara se o nosso barco estivesse afundando.

Zayne esfregou a testa enquanto balançava a cabeça.

— Bem — eu disse. — Você é um demônio, então...

— Eu também mataria o Hitler bebê — anunciou Cayman. — Facilmente.

— Jesus Cristo — Zayne murmurou baixinho.

— Eu também mataria o Augúrio bebê — Cayman acrescentou.

— Sério? — Layla apertou os lábios. — Um bebê? Mas e se houvesse a possibilidade de que você pudesse mudá-lo?

Expirando pesadamente, Zayne deixou a mão cair, mas ainda parecia que estava prestes a ter um aneurisma.

— Algumas pessoas não podem ser mudadas — Roth interveio. — O mal é o destino delas.

— Mas um bebê? — Layla estremeceu. — Isso seria difícil.

— Na verdade, não — Cayman disse, dando de ombros quando os olhos dela se arregalaram.

— Esta é uma conversa necessária pra se ter agora? — Zayne perguntou.

— Não, eu concordo — acrescentei, e Zayne suspirou mais uma vez. — Sabendo o que o Augúrio tem feito, eu voltaria no tempo e acabaria com a raça dele.

Layla ficou quieta e então acenou positivamente com a cabeça.

— É, eu mataria o Augúrio bebê.

Roth cruzou os braços.

— Vocês sabem que eu mataria.

— Isso, sim, é um choque — Zayne murmurou.

— Eu mataria, mas, assim, não tenho problemas em matar alguns bebês, porque sou um demônio. — Cayman parou quando todos nós nos voltamos para ele novamente. — Ah, falei demais?

Levantei o dedo indicador e o polegar.

— Só um pouquinho.

— E você, Zayne? — Roth perguntou. — Você mataria o Augúrio bebê?

— Sim — ele disse, e imaginei que uma veia estava começando a pulsar na sua têmpora —, eu mataria. Agora que todos concordamos em matar o Augúrio bebê, podemos começar a nos mexer?

— Claro. — Cayman sorriu. — Eu não sei vocês, mas este momento de partilha e escuta me faz sentir como se fôssemos um time de verdade que consegue resolver as coisas. Tipo os Vingadores, mas mais perverso.

— Então, basicamente, como o Tony Stark? — Layla disse.

— Tony Stark não é mau! — Cayman gritou, fazendo-me saltar. — Por que você continua dizendo isso? Foi o único que tentou estabelecer limites. Ele só tem uma bússola moral ambígua, ok?

— Você sabe que ele não é real — eu disse. — Certo?

Cayman girou para mim.

— Como se atreve?

— Tá bem. De verdade. — Zayne fez um gesto para a calçada. — Falando sério.

O plano era entrar pela lateral do prédio, onde os caminhões de serviço estiveram estacionados.

— Acho que a gente precisa verificar a área dos vestiários do porão, já que temos certeza de que é pra onde os túneis levam — Roth sugeriu. — É onde o Lilin e os Rastejadores Noturnos estavam da última vez. Podemos chegar lá através da quadra.

— Parece um bom plano — Zayne disse e começou a andar pela calçada.

— O quê? — Agarrei o braço dele, parando-o. — O que você quer dizer com *parece um bom plano*?

Seu rosto estava sombreado pela luz do poste da rua.

— Exatamente o que falei.

— Zayne, a gente conversou sobre isso — eu disse, mantendo a minha voz baixa.

— Sim, conversamos. Eu vou ser cuidadoso e...

— Esse *não* foi o acordo!

— Qual foi exatamente o acordo? — Ele puxou o braço, soltando-se.

— O acordo era que você ficaria do lado de fora até a gente saber com o que estamos lidando.

— Não foi com isso que *eu* concordei.

— Você só pode estar brincando comigo. — Recuei, minhas mãos se abrindo e fechando ao lado do meu corpo. — Eu achava que a gente tinha concordado...

— Concordamos em resolver isto juntos. Isso não significa que concordei em ficar aqui do lado de fora.

— Então, você vai entrar lá, onde pode haver demônios, fantasmas irritados e Pessoas das Sombras, que são muito mais perigosas do que a maioria dos fantasmas? — Eu estava ciente de que estávamos ganhando uma audiência de três pessoas. — E se o Augúrio estiver lá?

— Você o sente?

— Não, mas isso não significa que ele não esteja lá ou não apareça...

— Enquanto eu estiver do lado de fora?

— Ou ele poderia estar naquela escola e eu simplesmente não o sinto ainda. Nenhum de nós consegue saber se tem mais demônios por perto, porque, alô, tem um monte deles aqui com a gente, ouvindo a nossa conversa!

— Eu sou só parte demônio — Layla murmurou. — Por que vocês estão discutindo sobre isto? Tô confusa.

— Eu tô encantado — Cayman rebateu.

Eu me afastei de Zayne, não querendo dizer o que estava acontecendo, mas eles precisavam saber.

— A pele de Zayne não é mais como a de um Guardião. É como a de um ser humano.

— Como a sua — Zayne falou atrás de mim.

Ignorei isso.

— E ele ainda não teve tempo pra descobrir o que isso significa e como lidar com isso.

Layla se aproximou de nós.

— Como isso é possível?

— É uma longa história — eu disse, não querendo realmente entrar nos nossos assuntos pra lá de pessoais. — Mas eu quero que ele fique longe até a gente saber o que tem lá dentro.

— Ainda posso lutar — Zayne disse.

— Sim, pode. Já discutimos isto, mas no momento em que perceberem que a sua pele é tão macia quanto a bunda de um bebê, eles vão explorar isso — racionalizei.

— Ela tem razão, cara. — O olhar de Roth se voltou para Zayne.

— Você ficaria de fora enquanto Layla entrasse lá? — Zayne exigiu.

— Bem, a minha pele nunca seria tão macia quanto a bunda de um bebê, então não.

Levantei as mãos, exasperada, enquanto olhava para Zayne.

— Você não pode entrar lá.

— Espere aí — Layla interveio, voltando-se para Roth. — Se algo acontecesse que te deixasse mais vulnerável, você realmente se colocaria em perigo por causa de uma necessidade primitiva de homem das cavernas pra me proteger? Mesmo quando eu claramente não preciso que me proteja?

Roth abriu a boca.

— Pense *bastante* sobre como você vai responder essa pergunta — ela advertiu, levantando a mão. — Porque nós dois vamos ter uma noite muito desconfortável se você disser que sim.

Roth fechou a boca.

— Eu entendo perfeitamente por que você não quer que ele entre lá — Layla disse para mim. — Eu também não iria querer que Roth entrasse se algo o tivesse deixado mais vulnerável. Você não tá errada aqui, mas *você*? — Ela apontou para Zayne. — Você tá errado.

— Como é que é? — Zayne respondeu enquanto eu sorria.

— Você ficaria de boa com Trinity entrando lá se os papéis estivessem trocados?

— Na verdade, os papéis...

— Não é a mesma coisa — interrompi, atravessando-o com um olhar enviesado. — Eu sei quais são as minhas limitações. Sei como contorná-las. Você ainda não conhece as suas.

Um nervo saltou ao longo de seu maxilar.

— Você não faria isso, Zayne. Você não ficaria de boa com ela fazendo isso. Não só isso, você ficaria tão distraído se preocupando com ela que também ficaria vulnerável — Layla continuou. — É assim que você quer que ela fique? Distraída enquanto lida com Pessoas das Sombras e sabe-se Deus o que mais?

Os lábios de Zayne se afinaram enquanto ele balançava a cabeça, seu olhar estreitado encarando-me.

— Não. Não quero que ela fique distraída.

— Então você não pode entrar lá — ela disse, suavizando a voz. — Eu sei que vai te matar ficar aqui fora, mas isso é melhor do que se ferir ou ser a razão pela qual ela fique ferida.

— Tudo bem — ele soltou, parecendo nem remotamente bem.

O alívio me atravessou com tanta força que quase comecei a chorar, e ele deve ter sentido isso através do vínculo, porque os seus olhos se arregalaram ligeiramente. Fui até ele, passando meus braços em volta de sua cintura enquanto o olhava.

— Obrigada.

Um suspiro estremeceu através de Zayne enquanto ele levantava as mãos para as minhas bochechas.

— Eu odeio isto — ele disse, a voz baixa. — Eu odeio a ideia de não estar lá dentro com você. Sou o seu Protetor. Isto parece... errado.

— Eu sei. — O meu olhar procurou o dele na escuridão. — Mas eu vou ficar bem. E você vai ficar bem. Só precisamos de tempo pra nos adaptarmos a isto. Patrulhar. Caçar. Ainda não tivemos tempo pra essas coisas.

— Não seja racional — ele disse, abaixando a cabeça. — Esse não é o seu trabalho. É o meu.

Antes que eu pudesse salientar que eu tinha o direito de ser racional de vez em quando, Zayne me beijou, e não foi um beijo rápido, casto. Ele persuadiu meus lábios a se abrirem com os dele, e no momento em que o beijo se aprofundou, o mundo ao nosso redor desapareceu. Inclinei-me mais para ele, e quando o som que ele fez retumbou através de mim, meus dedos dos pés se enrolaram.

— Bem, agora sabemos por que Zayne tá subitamente molenga e praticamente inútil — Cayman comentou secamente. — Olha só esses pombinhos.

— Eu ainda posso te matar. — Os lábios de Zayne roçaram os meus mais uma vez antes de ele levantar a cabeça, fixando o corretor demoníaco com um olhar sombrio. — Facilmente.

Cayman arquejou.

— Eu tô *ofendido*.

Olhei por cima do ombro, o meu olhar encontrando Layla. Eu não sabia o que esperava ver quando olhasse para ela, mas o que vi foi felicidade. Do tipo triste que eu reconhecia e já tinha sentido, muito tempo atrás, quando percebi que Misha estava interessado em alguém. Não era que eu o quisesse, ou que eu não o quisesse com outra pessoa, mas ele tinha sido meu de certa forma, e então ele não deixou de ser. Imaginei que fosse o mesmo para Layla.

Emoções eram uma coisa estranha.

— Essa foi a consequência? — Roth perguntou, xingando baixinho. — Você se apaixona e isso te *enfraquece*?

— Aparentemente. — As mãos de Zayne repousavam sobre os meus ombros. — Bizarro, né?

— Mais do que bizarro — Roth respondeu. — Isso é muito...

— Astuto? — Cayman disse, e eu estava começando a me perguntar se ele estava tentando ser assassinado hoje. — O que foi? Faz sentido. O amor pode ser uma fraqueza ou pode ser uma força, mas independente do que seja, o amor é sempre a prioridade. Vocês dois se colocariam em primeiro lugar, acima do seu dever, e quem tá no comando veria isso como uma fraqueza. Algo que gostariam de evitar.

— Bem, obrigado pela sua contribuição — Zayne disse, suspirando. — Isso faz com que a gente se sinta melhor com tudo isso.

De alguma forma, e eu não conseguia entender como, Roth decidiu que Layla deveria ficar do lado de fora também, o que fez com que Zayne anunciasse que não precisava de uma babá. Então Layla e Roth começaram a discutir, mas, no final, ela concordou em esperar com Zayne até que nós três — Roth, Cayman e eu — soubéssemos com o que estávamos lidando.

Finalmente, fomos para a escola e, quando nos aproximamos, pude ver que algumas janelas estavam acesas por dentro. À medida que contorná-vamos um lado, indo para onde os caminhões estiveram estacionados da última vez, o meu olhar saltou para o segundo andar. A sensação ainda estava lá, como se centenas de olhos invisíveis estivessem seguindo os nossos movimentos.

Contornando a cerca temporária, nós nos aproximamos da porta, e eu me virei para Zayne, admitindo para mim mesma que parecia errado deixá-lo aqui fora.

Às vezes, o que parece errado é certo. Foi o que pensei quando de repente eu quis dar para trás no que tinha dito. Ele estava mais seguro aqui fora. Isto era inteligente e racional.

Zayne pegou a minha mão enquanto Cayman mexia com o cadeado, quebrando-o.

— Se cuide.

— Pode deixar. — Apertei a mão dele em resposta, aquelas três palavrinhas que eu ainda não tinha dito dançando até à ponta da língua, mas sentia como se fossem perigosas demais para eu proferi-las. O que era burrice, já que o estrago já estava feito. Falar aquelas palavras em voz alta não lhes conferia mais poder do que a emoção que estava ligada a elas já tinha.

— Você também, se cuide — eu disse.

— Sempre — ele respondeu.

Capítulo 39

Para a minha surpresa, o amplo corredor do primeiro andar estava iluminado por lâmpadas irritantemente brilhantes, algo que não conseguíamos ver do lado de fora, já que a maioria das portas das salas de aulas estavam fechadas. A luz, porém, não ajudou muito a afastar as sombras que se agarravam aos armários e às portas fechadas. Deixei Cayman e Roth guiarem o caminho, já que aquela era a primeira vez que eu tinha entrado em uma escola pública.

Tinha um cheiro estranho, como bolor e traços de água-de-colônia e perfume, juntamente com o leve cheiro de serragem e construção.

Um lampejo de movimento me chamou a atenção. Uma forma cinzenta disparou para uma das salas de aula fechadas.

— Você acha que o que tá acontecendo com Zayne é permanente? — Roth perguntou, a voz baixa.

— Não sei — admiti. Uma sombra apareceu no final da fila de armários e rapidamente se dissipou de volta nos arredores. — Espero que seja temporário, mas...

— Mas você teria que parar de amá-lo — ele completou. — Ou ele teria que parar de amar você.

— Sim — sussurrei, olhando em volta. A cada metro, havia um vislumbre de algo que não parecia certo, porém desaparecia antes que pudesse me concentrar e decifrar o que estava vendo. Mas eu conseguia senti-los. Havia tantos fantasmas naquele prédio que era quase sufocante.

— Você acha que isso é possível?

Pensei em como tinha rezado para o meu pai, desesperada, prometendo fazer exatamente isso: deixar de amá-lo.

— Eu... Eu não sei nem como se apaixona, então não sei como me desapaixonar.

— Não tem como — ele disse. — Pelo menos, não tem como fazer isso por si só.

— Você tá falando como se já tivesse tentado.

— Eu tentei.

— Daria pra conseguir um feitiço. Tem alguns por aí, mas tenho certeza de que vêm com efeitos colaterais desagradáveis — Cayman respondeu, olhando por cima do ombro para mim. — Ou você poderia negociar, se soubesse onde encontrar um demônio com um certo conjunto de habilidades...

Levantei as sobrancelhas.

— Você tá se oferecendo pra negociar?

— Eu sou um homem de negócios sério, pequena Legítima. Bem, um demônio de negócios, mas seja o que for. — Ele olhou para a frente. — Você sabe onde me encontrar se chegar a esse ponto.

Roth franziu a testa para as costas de Cayman. Negociar a minha alma? Ou partes dela? Isso não era algo que eu tinha considerado.

— Você já viu algum fantasma? — Roth perguntou quando passamos por um expositor de vidro vazio.

— Tô captando muitos vislumbres rápidos de movimento. Pode não ser nada, ou podem ser fantasmas tímidos.

— Ou Pessoas das Sombras?

Assenti com a cabeça.

Cayman parou e percebi que estávamos na entrada do ginásio. As portas estavam abertas e um vácuo de escuridão nos esperava.

Ah, meu Deus.

Eu conseguia ver literalmente nada. Nem mesmo Cayman quando ele entrou e foi engolido pelo vazio. Pelos minúsculos se eriçaram por todo o meu corpo. A sensação que eu tinha sentido mais cedo ficou mais intensa enquanto eu olhava para a escuridão.

Os meus pés estavam plantados no ponto em que eu estava. Eu, que não tinha medo de fantasmas, estava um tiquinho só assustada pela ideia de entrar naquela quadra de esportes.

— O que é? — Roth perguntou.

— Fantasmas. Tem um monte deles lá dentro. Consigo senti-los — eu disse, olhando para ele. — Mas não consigo vê-los. Não consigo...

Roth entendeu, acenando com a cabeça.

— Segure a minha mão. Vou te levar aonde precisamos ir.

Olhei para a mão dele.

— Você disse a Zayne o que eu fiz com Faye depois que me disse pra não dizer nada.

— Eu tava me perguntando quando você iria trazer isso à tona — ele respondeu. — Eu mudei de ideia depois de te deixar. Erro meu.

Franzi a testa para ele.

— Vocês vêm? — Cayman chamou. — Porque é meio estranho aqui. Estranho tipo, eu não acho que tô sozinho.

— Talvez a gente possa falar sobre isto mais tarde? — Roth sugeriu.

— Definitivamente mais tarde. — Coloquei a minha mão na dele. Houve uma estranha explosão de energia de onde a pele dele tocou a minha, mas eu realmente não conseguia me concentrar nisso.

Roth me levou para o vazio, e foi como caminhar por um lamaçal. O ar estava espesso e se movia, como se estivesse rodopiando à nossa volta. As pernas da minha calça ficavam presas como se mãozinhas minúsculas as agarrassem. Continuei a andar. Dei mais alguns passos e os senti, pressionando-se contra nós, aglomerando-se ao nosso redor. O que parecia uma mão apalpou o meu quadril e depois o meu traseiro.

Eu estava começando a ter um mau pressentimento sobre o tipo de fantasmas que estavam aqui.

— Você realmente tá conseguindo enxergar? — perguntei, nervosa.

— O suficiente.

— Que reconfortante... — Um dedo deslizou pela minha bochecha.

— Não — retorqui para a escuridão à minha direita — encoste em mim.

— Não encostei — Roth respondeu.

— Não foi você.

— Ah. — O aperto dele ficou mais forte na minha mão. — Você me respeitaria menos se eu admitisse que tô meio apavorado?

— Sim.

— Uau.

— Tô brincando. — A ponta da minha trança foi levantada. Libertei-a com a outra mão. — Se mais algum fantasminha tarado encostar um dedo em mim, eu vou acabar com a existência de vocês.

— Eu quero saber o que tá acontecendo? — A voz de Cayman veio de algum lugar.

Uma risadinha estridente que não parecia nem masculina nem feminina respondeu, e então o ar ao redor de mim e Roth se mexeu novamente, como se estivesse se abrindo enquanto atravessávamos a quadra.

— Nenhum deles tá me pedindo ajuda — eu disse depois de um tempo. — O que eu acho que eles fariam se quisessem sair daqui.

— É de se pensar — Roth murmurou, parando. — Cayman?

— Dando um jeito na porta agora. Tá trancada... — O metal raspou e depois cedeu. — Agora sim, vamos.

Uma luz fraca se derramou, graças a todos os filhotinhos lhamas do mundo, em todos os lugares... *ah, não*. Isto tinha um grande alerta vermelho escrito *não*.

Uma beirada estreita e um conjunto de degraus estavam à nossa frente, mas não estavam desocupados.

Pessoas mortas.

Havia pessoas mortas ao longo dos degraus, pressionadas contra a parede. Dezenas delas. Eu nunca tinha visto nada parecido. Elas olhavam para nós enquanto passávamos, os rostos todos esquisitos. Alguns exibiam o que quer que os tivesse matado. Feridas de bala. Bochechas arrancadas. Crânios. Hematomas e inchaços. Deformidades. Outros não mostravam sinais visíveis de ferimentos, mas sorriram para nós, cheirando a pura maldade. Olhei para cima e o meu coração quase parou.

Eles enxameavam o teto como baratas, clamando e rastejando uns sobre os outros. Não havia um espaço vazio.

— Você consegue ver? — Roth perguntou.

— Infelizmente. — Soltei a mão dele. — Você não quer saber.

— Quero. — Cayman atravessou um fantasma que quase não tinha nada sobrando da cabeça. A aparição girou, sibilando para ele antes de subir ao teto, rastejando sobre os outros empilhados lá.

— Não. Você não quer. — Eu dei a volta em um fantasma que soprou um beijo na minha direção. — A gente deveria se apressar.

E foi isso que fizemos.

Correndo pelos degraus, tentei não olhar para eles, mas alguns se aproximavam, sussurrando muito baixo e rápido para que eu entendesse o que eles estavam dizendo. Outros esticavam as mãos para mim.

No meio do caminho, reconheci um dos fantasmas. Era a mulher de uniforme de serviço escuro, mas ela parecia... diferente. A cor tinha sido drenada de sua pele, as sombras em seu rosto fazendo seus olhos parecem órbitas vazias e pretas. Sua mandíbula se distendeu, abrindo-se em algo desumano e deturpado.

Ela uivou.

Roth se virou.

— Mas o que diabos foi isso?

— Você ouviu isso? — Eu passei mais devagar em torno da mulher, cujo rosto estava esticado além do que era humanamente possível.

— Tenho quase certeza de que todo mundo num raio de um quilômetro ouviu isso — Cayman comentou. — E devo confessar que tô sentindo más vibrações.

— Eu não tô entendendo. Eles estão todos... não sei. Eles são todos maus. — Meu coração bateu forte. — Sam disse que eles estavam presos, mas...

— Pessoas das Sombras. — Roth sacudiu a mão em volta do rosto como se tivesse dado de cara em uma teia de aranha. Não era isso. Era o cabelo de uma mulher jovem pendurada de cabeça para baixo no teto. — Elas podem ter tomado conta deles. Corromperam os fantasmas.

Aquilo... Meu Deus, aquilo era terrível, e devíamos ter chegado aqui antes, corrido o risco, porque estas pessoas...

Chegamos ao fim da escadaria, e o cheiro de ferrugem e podridão aumentou quando entramos em um cômodo. A luz cintilante fluorescente lançava sombras ao longo de fileiras de armários largos. As portas foram arrancadas, os bancos derrubados. Olhei em volta, percebendo que deveríamos estar no antigo vestiário, onde os Rastejadores Noturnos tinham... incubado.

Não havia fantasmas aqui.

Cayman atravessou uma passagem em arco para outra saída enquanto Roth se mantinha perto de mim.

Um pensamento cruzou a minha mente. Estendi a palma da mão contra a parede de tijolos aparentes.

Ela vibrou sob a minha mão, e, em um piscar de olhos, um brilho dourado varreu as paredes e o teto e depois desapareceu, revelando o que Roth tinha suspeitado que encontraríamos naquele dia no túnel.

A escola toda estava cheia de proteções angélicas.

— Isto os prendeu aqui. — Abaixei a mão. As proteções permaneceram visíveis. — Essas pessoas podem ter sido boas. Só precisavam de ajuda pra atravessar. Elas poderiam até ter sido espíritos, porque algumas não estavam em seus estados originais de morte, mas todas pareciam *erradas*.

Eu não tinha ideia se as Pessoas das Sombras eram capazes de fazer isso, mas, quando olhei de volta para a escadaria, aceitei o que soubera no instante em que vi os fantasmas e espíritos.

— Todos eles estão prestes a se tornarem espectros, e...

— É tarde demais — Roth disse o que eu não queria dizer. — Fantasmas e espíritos são a alma exposta. É mais vulnerável na morte, quando decisões e ações se tornam permanentes. É como se estivessem todos infectados, e não tem cura.

O peso se instalou em meu coração enquanto eu arrancava meu olhar da escadaria. Não restou alguém ali que eu pudesse salvar.

— Pessoal? — A voz de Cayman soou do outro lado da parede. — Vocês vão querer ver isto.

Roth e eu trocamos olhares antes de caminharmos em direção à saída.

— Foi aqui que o Lilin nasceu, meio que num ninho. São os chuveiros antigos.

Entramos em um cômodo vazio e pude ver Cayman ajoelhado.

— O que tá rolando? — Roth perguntou.

— Encontrei uma coisa. Um buraco. Tem uma luz lá embaixo. — Ele recuou. — Não tem como descer sem ser pulando, mas parece que tem cerca de três metros de profundidade. Isto estava aqui antes?

— Não. — Roth contornou a abertura que parecia ter dois metros por dois. — Isto é novo.

— Será que a gente dá uma olhada?

Levei um tempo para perceber que Cayman estava falando comigo. Assenti com a cabeça.

— Acho que precisamos.

— Tudo bem. — Cayman se ergueu. — Vejo vocês lá embaixo. — Ele saltou, e, depois de um instante, ele mandou um sinal de "ok".

Desci a seguir. A minha aterrissagem levantou uma onda de terra e poeira pelo ar. Tossindo, eu me afastei para que Roth não caíssem em cima de mim quando descesse pelo buraco alguns segundos depois. Quando a nuvem de poeira baixou, a minha visão se ajustou ao meu entorno.

Havia mais luz aqui embaixo, iluminado por várias lâmpadas de halogêneo espaçadas em tripés elevados e tochas que se projetavam das paredes de terra.

Era um grande risco de incêndio.

O lugar era uma espécie de caverna feita por mãos humanas, abrindo-se para uma área maior, onde o teto era muito mais alto do que o buraco pelo qual tínhamos saltado. Pilhas de pedras e montes de terra estavam empilhados e pressionados contra as paredes. Vários túneis se ramificavam dali, e eu suspeitava que pelo menos um deles devia levar aos túneis em que estivemos fora da escola. Mas a minha atenção estava presa pelo que estava situado no fundo da caverna.

Rochas branco pálido estavam empilhadas umas sobre as outras, formando um arco de quase dois metros de altura. A abertura não estava vazia. No início, parecia um espaço em branco, mas, quando olhei fixamente, percebi que a área não estava estagnada. Movia-se em um movimento lento de rotação, e, a cada poucos segundos, uma nesga de branco a atravessava como um raio.

— Isto é o que eu acho que é? — Cayman se aproximou do arco feito precariamente.

Roth caminhou pelo centro da caverna.

— Se você tá pensando que é um portal, então você estaria certo.

A minha respiração ficou presa quando o meu olhar saltou dele para o arco.

— Isso é um portal?

— Sim — ele respondeu.

Eu tinha ouvido falar deles, mas nunca vira um antes. Não imaginava que muitas pessoas tivessem visto.

— É calcário — Cayman deu a volta, aproximando-se de um dos túneis.

— E vocês descobriram que há Linhas de Ley por aqui?

Percebendo que Zayne devia ter passado a informação para ele, acenei com a cabeça.

— Na verdade, tem um polo de Linhas de Ley dentro ou ao redor desta área, onde várias delas se conectam.

— Caramba — Roth murmurou. — Com o calcário e a Linha de Ley, isso faz deste lugar um condutor de energia e tanto.

— O calcário é como uma esponja, absorvendo toda a energia à sua volta, tanto artificial quanto eletromagnética, até cinética e térmica. Sabe tudo o que aconteceu nesta escola? O Lilin nascendo? Todo drama adolescente? Aqueles fantasmas lá em cima? Tá tudo alimentando esta coisa. — Cayman se aproximou da lateral. — E acrescentando a isso a linha de energia onde ele tá colocado? Este portal pode ser algo que a gente nunca viu antes.

— Tipo... tipo um portal pra outra dimensão?

Roth sorriu para mim.

— É possível. Os portais que a gente usa não têm nada a ver com este.

— É isto que eles estão escondendo aqui. — Cayman inclinou a cabeça.

— Então precisamos destruí-lo — eu disse. — Certo? Porque, seja pra onde for que esse portal leve, provavelmente é algum lugar que vai acabar com o planeta Terra.

— Você não pode simplesmente destruir um portal — Cayman explicou, e pensei nos planos de Zayne. — Pelo menos não por meios convencionais. Acertar algo assim com explosivos pode fazê-lo detonar como uma bomba nuclear.

— Jesus Cristo — sussurrei. Lá se ia o plano de explodir a escola.

Cayman estendeu a mão como se fosse tocá-lo, e eu não tinha certeza de que aquilo era uma boa ideia. O meu olhar se voltou para o túnel diretamente atrás dele. As sombras pareciam diferentes lá, mais espessas.

Elas se mexiam.

Mas que Inferno!

— Cayman! — gritei. — Atrás...

Tarde demais.

Uma sombra se desprendeu do túnel, movendo-se rapidamente. Cayman se virou, mas já estava nele.

Uma Pessoa das Sombras.

Sem aviso, Cayman voou até o teto da caverna, que era muito mais alto no meio. Pelo menos sete ou nove metros de altura. Ele foi virado como uma pizza, os pés agarrados pela sombra.

— Uau. — A cabeça de Roth se inclinou para trás.

— Você consegue ver isso? — perguntei. — O que tá segurando Cayman... quer dizer, balançando ele?

— Aham.

Hm. Os demônios podiam ver Pessoas das Sombras. Isso me fez pensar se os Guardiões também podiam.

— Mas que diabos? — Cayman gritou enquanto a ps o balançava para lá e para cá. — Cara, vou vomitar. Vou vomitar aquela marsala.

Roth riu.

— Não é engraçado! — ele gritou enquanto balançava como um pêndulo.

Sacudindo a cabeça, dei um passo à frente.

— Largue-o agora!

A sombra apenas o balançou com mais força.

— Não acho que esse comando autoritário funcionou — Roth comentou.

— Não. — Suspirei. — Ponha-o no chão! Agora mesmo.

Cayman levantou as mãos.

— Espera...

A Pessoa das Sombras o soltou e Cayman caiu ao chão como uma pedra.

Ops.

O demônio girou no ar no último segundo e pousou sobre os pés, praguejando.

— Isso foi muito grosseiro.

A sombra desceu feito uma bola, abrindo-se em toda a sua altura em frente ao arco. A coisa parecia uma combinação de fumaça preta e sombra, com exceção dos olhos. Eles eram vermelho-sangue, como brasas em chamas.

Eu me foquei na minha *graça* e a libertei. Os cantos da minha visão tornaram-se brancos enquanto o fogo dourado esbranquiçado rodopiava pelo meu braço, fluindo para a minha mão. Contra a palma da mão, o cabo que se formou era um alento conhecido. A lâmina irrompeu entre faíscas e chamas.

A sombra voou na minha direção. Dei um passo à frente, cortando o que seria o abdômen da essência demoníaca. A sombra se dobrou sobre si mesma, desmanchando-se em nada além de fiapos de fumaça, aniquilada por toda a eternidade.

Um ruído de arranhado apressado, como garrinhas correndo sobre a pedra, atraiu o meu olhar de volta para o túnel. As sombras ali pulsavam e mudavam...

Criaturinhas semelhantes a ratos desembocaram no lugar. Dezenas delas, correndo em nossa direção sobre as patas traseiras, seus focinhos farejando o ar.

— DEFs! — Roth exclamou. — Estes são os DEFs.

Eu poderia ter passado a vida inteira sem precisar ver aquilo. Eles realmente pareciam demônios Torturadores em miniatura.

Então a escuridão do túnel se mexeu mais uma vez. Gavinhas grossas e pretas como nanquim se derramaram pelas paredes de terra e escorreram como óleo pelo chão cheio de barro. A massa se afastou e depois explodiu em uma horda de Pessoas das Sombras despejando-se na caverna.

— Cacetada. — Levantei a espada. — Vocês cuidam dos DEFs e eu vou atrás desses esquisitões.

— Feito. — Roth chutou um dos DEFs, enviando-o para a parede oposta.

Eu acertei a primeira sombra nos ombros e tinha girado e espetado a espada no meio de uma segunda antes que a primeira tivesse evaporado. Eu me endireitei, cravando a espada nos ombros de outra. O suor umedeceu a minha testa em segundos. Era como jogar *Whac a Mole*. Outra sombra substituía a que eu acertava.

— Droga — Roth rosnou enquanto jogava um DEF morto de lado. — Rastejadores Noturnos.

Dei uma olhada rápida no túnel de onde as sombras tinham vindo. Eram muitos, todos eles uma massa volumosa e monstruosa de pele rodopiante da cor de pedra da lua, chifres, dentes e garras que carregavam um veneno tóxico que poderia paralisar um elefante.

Uma sombra agarrou o meu braço esquerdo, seu toque me queimando. Engolindo um grito, eu saltei para trás e mirei a espada para baixo. Cercada, eu só podia esperar que Roth e Cayman conseguissem lidar com os Rastejadores até eu chegar até eles.

Cortei através das sombras, sabendo que, quanto mais cedo acabasse com a existência delas, melhor. O círculo diminuiu pela metade, e, para além delas, vi Roth e Cayman, agora em suas formas demoníacas, suas peles como ônix polido, suas asas tão largas quanto altas. Por um momento, fiquei atordoada pela notável semelhança na aparência entre Guardiões e demônios de Status Superior — ambos pareciam ter sido descendentes de anjos.

Virando-me, acabei com outra sombra com uma estocada rápida, justo quando um dos Rastejadores Noturnos atacou com uma garra, quase pegando Cayman nas costas enquanto ele se atracava com outro demônio.

Eu xinguei enquanto corria para a frente, saltando sobre um daqueles malditos DEFs. A minha abordagem não foi furtiva. O demônio girou na minha direção e tentou arranhar a minha cabeça. Eu me abaixei e, em seguida, surgi atrás do Rastejador, puxando a espada para cima comigo. O fogo cortou ossos e pele como se fossem papel. O demônio explodiu em chamas, deixando para trás nada além de cinzas.

— Valeu — Cayman ofegou, estalando o pescoço de outro Rastejador.

Eu acenei com a cabeça enquanto corria em direção a uma Pessoa das Sombras rastejando atrás de Roth. Quando levantei a espada, senti a frieza dançando ao longo do meu pescoço e assentando-se entre os meus ombros.

— Ele tá aqui! — gritei, eliminando a sombra.

E então lá estava ele, saindo do túnel como se estivesse dando um passeio no parque, seu cabelo branco-loiro um forte contraste com a escuridão.

— Bambi! — Roth gritou, chamando seu familiar. — Sai!

Não aconteceu nada.

Almoado riu enquanto caminhava para a frente.

— Você descobrirá que as proteções impedem que seus familiares apareçam.

Inferno.

Por essa eu não esperava, mas não tive tempo de me debruçar sobre aquela reviravolta. Abaixei a espada e fiquei parada com os pés afastados na largura dos ombros.

— Que bom que se juntou a nós.

— Gosto de fazer uma entrada dramática. — Sua *graça* rugiu, despertando, quando Cayman começou a ir em direção a ele, a lança mortal lançando fogo branco tingido de azul. Ele apontou para o peito de Cayman.

— Eu não daria mais um passo.

— Afaste-se, Cayman. — Comecei a avançar. — Deixe comigo.

Por um momento, não pensei que Cayman fosse obedecer, mas ele voou do chão, pegando um DEF e jogando-o como um saco de feijão em um Rastejador Noturno próximo.

— Tem certeza de que é pra deixarem com você, querida? — Almoado perguntou.

— O que eu disse sobre me chamar assim? E, sim — eu disse, recuando e cortando a Pessoa das Sombras que apareceu na minha visão central —, eles podem deixar comigo.

— Mas você tá exatamente onde eu queria — ele disse. — Parou pra pensar nisso?

A última Pessoa das Sombras evaporou em uma onda de fumaça.

— Você vai ficar aí parado? — perguntei a Almoado. — Tá com medo de lutar?

— Não. — Ele abaixou o queixo enquanto cruzava o peito com a lança. — Estou à espera.

Respirando fundo, fiz uma varredura rápida pela caverna. Eu não via mais Pessoas das Sombras nem Rastejadores. Ainda havia alguns DEFs correndo e tagarelando.

— À espera do...

Um trombeta soou, o som tão ensurdecedor e sobrenatural que eu sabia que poderia significar apenas uma coisa.

— Roth! Cayman! — gritei. — Saiam daqui. Agora!

Os dois demônios congelaram enquanto os DEFs restantes se espalhavam em direção aos túneis. Agulhadas de luz apareceram como estrelas brotando para a noite. Elas aumentaram e se espalharam com rapidez, conectando-se. Uma luz branca dourada brilhou no teto, carregando o ar com energia e momentaneamente me cegando. Eu cambaleei para trás enquanto ela pulsava e se afastava do teto. A luz iridescente pingava e faiscava, formando um funil de claridade deslumbrante. A minha *graça* latejava em resposta ao brilho celestial.

Cacete.

Um anjo estava chegando, e não importaria que Roth e Cayman estivessem no time Evitar o Fim do Mundo.

— Tarde demais — Almoado riu, sua lança desfazendo-se em cinzas. — A menos que queiram recriar o que acontece quando insetos voam pra dentro de armadilhas elétricas.

Voltando a me concentrar nele, ergui a espada.

— Você tá tão enrascado agora.

— Você acha? — ele perguntou, e levantou uma sobrancelha.

Meu passo vacilou enquanto eu me preparava para atacá-lo. As ações dele não faziam sentido. Ele tinha reprimido a sua *graça*, e por que faria isso quando um anjo estava vindo? Os anjos podiam ser uns babacas, mas eram bons, e Almoado era obviamente...

O chão sacudiu e as paredes vibraram. O mundo inteiro pareceu tremer. Pedras empilhadas caíram e atingiram a terra batida. Roth subiu, suas asas desviando-o das pedras. Ele pousou alguns metros atrás de mim enquanto Cayman permanecia agachado, olhos âmbar brilhando como brasas.

A trombeta soou mais uma vez, fazendo com que o meu cérebro parecesse que estava quicando dentro do crânio. Perdi o controle sobre a minha *graça* e a minha espada se desfez.

No centro da luz, a silhueta de um homem tomou forma. Ele era alto, quase dois metros de altura, e quando ele saiu da coluna de luz, vi que ele usava calças brancas ondulantes, seu peito nu e pele tão luminosa e sempre mudando; ele não era nem branco nem negro e, no entanto, de alguma forma, era todos os tons de pele existentes. Assim como o meu pai.

Mas este não era o meu pai.

Isso eu sabia.

Ele caminhou para a frente, as costas para o arco de pedra e do seu centro que redemoinhava cheio de estática. Julgando pela quantidade de poder que ele exalava, ele era definitivamente um arcanjo.

Almoado não se encolheu nem fugiu. Ele permaneceu onde estava.

À espera.

— Que entrada — Roth murmurou. — Fico pensando o que ele tá tentando compensar.

O arcanjo levantou a mão e sacudiu o pulso, e então Roth e Cayman foram suspensos como se uma mão invisível os tivesse arrebatado. Eles voaram pelo ar e colidiram com as rochas e pedregulhos. Ambos caíram, suas formas oscilando, aterrissando na confusão de rochas, os braços e pernas espalhados em ângulos estranhos.

Meu Deus, eles não se mexeram.

Girei a cabeça abruptamente em direção ao arcanjo enquanto ele se posicionava atrás de Almoado, colocando a mão no ombro do Legítimo.

— Meu filho — ele disse, com a voz suave e quente, como se estivesse cheia de luz do sol —, o que você me trouxe?

— O sangue de Miguel. — Almoado sorriu. — E dois demônios. Não os esperava.

Uma sensação de horror despertou dentro de mim quando o arcanjo virou a cabeça na minha direção, órbitas puras de branco. Ele foi para a frente do Legítimo — para a frente do seu *filho* —, o lábio curvando-se para cima em um lado enquanto me olhava de cima a baixo.

— A prole de Miguel — ele falou. — Eu esperava alguém mais...
impressionante.

Pisquei.

— Mas, bem, Miguel não demonstrara qualquer interesse real em você,
não é mesmo, criança? — ele continuou. — Eu não deveria surpreender-me.

Certo.

Isso foi muito grosseiro.

— Quem diabos é você? — eu exigi.

— Eu sou o Evangelho e a Verdade. Eu apareci para Daniel para explicar
as visões dele, e fiquei ao lado do seu pai e defendi as pessoas contra os
Caídos e outras nações. Eu sou o Santo que apareceu diante de Zacarias
e Maria, prevendo os nascimentos de João Batista e de Jesus. Eu sou o
arcanjo que entregou a verdade e o conhecimento a Maomé. — Suas asas
se ergueram e se estenderam atrás dele, e havia... havia algo de errado com
elas. Veias pretas como nanquim riscavam o branco, vertendo o que parecia
ser alcatrão. — Eu sou Gabriel, o Augúrio.

Capítulo 40

O choque me atravessou, fazendo-me sentir como se eu tivesse sido empurrada inesperadamente para dentro de águas geladas enquanto olhava para *o* arcanjo Gabriel.

— Você parece surpresa. — Seus lábios se curvaram em um sorriso.

O instinto exigia que eu recuasse, mas me mantive no lugar.

— Eu não tô entendendo. Você é Gabriel.

— Tenho certeza de que ele tá ciente de quem ele é, querida. — Almoado olhou para onde Roth e Cayman estavam.

Mal ouvi o que o Legítimo falou.

— Como pode ser você?

— Como poderia ser eu a matar Guardiões? Demônios? — Uma sobrancelha loira esbranquiçada subiu. — Porque fui eu. O meu filho ficou de olho nas coisas, de olho em você, mas fui eu.

Eu não podia acreditar no que estava ouvindo. Não tinha nada a ver com estar errada sobre Almoado, mas tudo a ver com o fato de o Augúrio ser *Gabriel*, um dos anjos mais poderosos, um dos primeiros a ser criado. Mas de repente fez muito sentido. As proteções e armas angélicas. Os as gravações de vídeo arruinados. Parecia tão óbvio que era quase doloroso, mas mesmo eu não conseguia entender como um arcanjo poderia trabalhar com bruxas e demônios e matar não apenas Guardiões, mas humanos inocentes.

— Pergunte-me — ele insistiu. — Pergunte-me por quê.

— Por quê?

Seu sorriso se alargou.

— Eu vou mudar o mundo. É disso que se trata, do que tudo isso se trata. — Ele gesticulou em direção ao arco. — As almas dos falecidos. Este portal. — Ele fez uma pausa. — Misha. Você. Eu vou mudar o mundo para melhor.

Tudo o que eu podia fazer era encará-lo.

Suas asas baixaram, as pontas quase tocando o chão.

— A humanidade nunca deveria ter recebido o dom que Deus lhe concedeu. Nunca mereceram uma bênção tal qual a eternidade. É isso que uma alma concede a um ser humano: uma eternidade de paz ou de terror, a escolha é deles, mas, ainda assim, uma eternidade. Mas uma alma... faz muito mais do que isso. É assim que se ama. É assim que se odeia. É a essência da humanidade, e o Homem nunca mereceu conhecer tal glória.

— Como... quem pode dizer que o Homem nunca poderia ser merecedor?

— Como poderia o Homem ser merecedor da capacidade de amar, de odiar e de *sentir* quando as primeiras criações dEle, nós, Seus sempre fiéis e mais merecedores, aqueles que defendem Sua glória e espalham Sua palavra, nunca foram?

— Porque... vocês são anjos? E não humanos? — Estava tão confusa. *Tão* confusa.

— Temos auras. Temos uma essência pura. — Ele olhou para mim, aqueles olhos brancos mais do que simplesmente assustadores. — Mas não temos almas.

Ele se virou ligeiramente, olhando para onde Almoado estava de olho nos demônios, e depois para o teto.

— Deus fizera tudo para proteger a humanidade. Deu-lhes vida, alegria e amor. Propósito. A capacidade de criar. Ergueu os Caídos para vigiá-los, e lhes dera almas como recompensa. Fizera tudo para garantir que, quando deixarem esta espiral mortal, encontrem a paz. Mesmo aqueles que pecam podem encontrar o perdão, e apenas os mais perversos e os mais imperdoáveis enfrentam julgamento. Isso vai mudar. A humanidade, como a conhecemos, está no fim. Muitos de nós advertimos a Deus que este dia chegaria. Não havia como impedir isto.

— Não tô entendendo onde é que você quer chegar. — Tentei ficar de olho em Almoado enquanto ele cutucava Cayman com a bota. — Deus...

— Deus acreditou no Homem e o Homem traiu a Deus. O que eles têm feito desde a criação? O que eles têm feito com o dom da vida e da eternidade? Fizeram guerra e criaram a fome e as doenças. Trouxeram a morte às suas próprias portas, acolhendo-a. Julgam como se fossem dignos de fazê-lo. Eles adoram a falsos ídolos que pregam o que eles querem ouvir, e não o evangelho. Eles usam o nome de Deus e do Filho como justificativa para o seu ódio e o seu medo. — Gabriel inclinou a cabeça, sua voz aveludada e suave. — Não houve um minuto no curso da história da humanidade em que ela não tenha feito guerra contra si mesma. Nem uma hora em que não tirem mais uma vida. Nem um dia em que não se magoem uns aos outros com palavras ou ações. Nem uma semana em que não despojem esta terra de tudo o que Deus a deu para oferecer. Nem um mês em que as armas criadas para destruir a vida não passem de mão em mão, deixando nada além de sangue e desespero para trás.

O sorriso de Gabriel desapareceu.

— Este mundo, que já foi uma dádiva, tornou-se uma maldição revoltante em que as pessoas são julgadas pela sua pele ou por quem amam, e não pelas suas ações. Os mais vulneráveis e necessitados são os mais ignorados ou difamados. Se o Filho estivesse vivo hoje, seria desprezado e temido, e *isso* é o que a humanidade tem feito. Crianças matam crianças. Mães e pais assassinam seus filhos. Estranhos matam estranhos às dezenas, e o pior pecado de todos muitas vezes é feito em nome de quem é Santo. Isso é o que o Homem tem feito desde a criação.

Certo. Ele meio que tinha razão aí. A humanidade podia ser muito terrível.

— Mas nem todo mundo é assim.

— Isso importa, quando é preciso apenas uma pequena parte de decadência para apodrecer e destruir toda a fundação?

— Sim. Importa. Porque, embora existam pessoas terríveis por aí, tem muitas outras que são boas.

— Mas será que são? Verdadeiramente? Ninguém pode atirar uma pedra, mas isso é tudo o que a humanidade faz.

— Não. — Balancei a cabeça. — Você tá errado.

— Você diz isso, com sua experiência limitada, quando eu tive milhares de anos assistindo à humanidade aspirar a nada? Assistindo à humanidade ficar tão obcecada pelo material e pela falácia do poder que venderia seus próprios filhos e trairia seus próprios países para obter lucro? Repetidas vezes testemunhei nações inteiras caírem e as que nasceram das suas cinzas seguirem pelo mesmo caminho das que as precederam. Acreditais que *vós* sabeis mais?

— Eu sei o suficiente pra saber que você tá fazendo generalizações enormes, tipo gigantes mesmo.

— Diga-me, o que apodrece nessa sua alma humana? A necessidade de tornar o mundo melhor? O desejo de proteger? Ou é consumida pelas necessidades carnais? Está repleta de raiva pela traição dele... a de Misha?

Eu puxei o ar e prendi a respiração.

— Fui eu quem foi até ele. Eu que fui capaz de influenciá-lo e de quem ele aprendeu a verdade. Ele sabia o que precisava ser feito para corrigir isso e, embora você possa ter acabado com a vida dele, causou mais danos a si mesma do que jamais poderia ter causado a ele. A dor no seu coração. A sua raiva. Foi a sua ruína. A sua alma humana está corrompida.

As mesmas palavras que Almoado tinha falado agora carregavam um peso diferente. Havia um peso da verdade, mas era mais do que isso.

— Os seres humanos são complicados. *Eu* sou complicada, capaz de me importar e de querer múltiplas coisas contraditórias. Essas coisas não necessariamente corrompem.

— Você matara sem culpa.

Ele tinha me encurralado com essa.

— Você quebrara regras. — Ele deu um passo à frente. — Você, assim como o seu lado humano, só é capaz de destruição. O Homem trata a vida como se ela não significasse algo além de carne e osso. Assim sendo, significará nada mais além disso.

Meu estômago despencou.

— Então, Deus quer isto? Quer o fim do mundo?

Gabriel sorriu.

— Deus não quer mais nada.

— O que isso significa?

— Significa que o infalível falhou, e eu não posso mais ficar parado e fazer nada. Eu não vou ficar parado. Haverá um novo Deus à medida em que esta Terra seja purificada e apenas os verdadeiramente justos permanecerão, até que eles também deixarão de existir, e nenhum terá restado quando tudo estiver terminado. Esta bela Terra voltará a ser como deveria.

Eu soltei o ar grosseiramente.

— E esse Deus é você?

— Não soe tão desdenhosa, criança. Se aprendi alguma coisa ao vigiar *humanos* — ele disse, zombando da palavra —, é que eles seguirão e acreditarão em qualquer coisa, desde que seja fácil.

Bem, mais uma vez, ele tinha razão.

— Não acho que acabar com o mundo seja fácil.

— É fácil quando não se sabe que está acontecendo até que seja tarde demais.

Congelei.

Gabriel soltou uma risada, e o som era lindo, como ondas rebentando.

— Eu vou desfazer o Céu e a Terra, e ninguém saberá até que seja tarde demais, até que nada possa ser feito. E então Deus saberá que as palavras do Mensageiro eram verdadeiras.

Ele parecia... maluco.

Tipo, se ele fosse uma pessoa aleatória na rua, alguém chamaria a polícia. Mas, como ele era um arcanjo, também parecia completamente assustador.

— Com este portal, abrirei uma fenda entre a Terra e o Céu, e um ser nascido do verdadeiro mal e as almas que pertencem ao Inferno entrarão lá — ele disse, um olhar sonhador em seu semblante. — O mal se espalhará como um câncer, infectando todos os reinos. Deus e as esferas de todas as classes serão forçados a fechar permanentemente as portas para proteger as almas lá. O Céu cairá durante a Transfiguração.

Meu Deus do Céu.

— Então, todo o ser humano que morrer não poderá mais entrar no Céu. — Seu sorriso voltou, uma expressão da mais pura alegria. — A vida na Terra se tornará inútil quando essas almas presas se tornarem espectros ou forem atraídas para o Inferno para serem torturadas e devoradas. Não haverá mais a necessidade de os demônios permanecerem escondidos, pois os anjos e Deus não poderão mais interferir. Com apenas Guardiões e seres humanos restando, o Inferno ceifará esta Terra.

O horror me inundou.

— Por quê? Por que você iria querer fazer isso? A milhares de milhões de pessoas. Por que faria isso ao Céu?

— Por quê? — ele gritou, fazendo um raio de medo perfurar meu peito. Almoado deu a volta. — *Por quê?* Não estava me ouvindo? A humanidade não merece o que lhes fora dado, o que lhes fora prometido! Deus falhara ao recusar-se a ouvir a verdade! Fui ostracizado porque ousei falar! Porque ousei *questionar*. Nunca mais eu fora enviado para espalhar o evangelho ou para liderar. Fui relegado às esferas mais baixas. Eu! A voz de Deus! O Seu mais fiel servo!

— Você quer acabar com a Terra e o Céu porque foi demitido da posição de máquina de propaganda de Deus? — Fiquei estupefata.

— Você nada sabe sobre lealdade. — Seu peito subiu e desceu com respirações profundas e pesadas.

Pensei em Thierry, Matthew e Jada. Pensei em Nicolai e Danika, e em todos os Guardiões em Washington. Pensei em Roth, o Príncipe da Coroa do Inferno, e em Layla e Cayman. Pensei em Zayne e balancei a cabeça.

— Eu sei o que é lealdade. É *você* quem não faz ideia.

— E será vós quem me ajudará a completar o meu plano. O que achais disso?

— Como você acha que eu vou te ajudar?

— Durante a Transfiguração, esta área será carregada de energia, do tipo que é capaz de criar a fenda. Com o meu sangue e o de Miguel, as portas de entrada para o Céu se abrirão — ele explicou. — Uma vez que Miguel não seja tolo de correr o risco de ser apanhado na Terra, o vosso sangue será suficiente.

Invocando minha *graça*, deixei que se apoderasse de mim, e, quando a espada de Miguel se formou, ele sorriu.

— Eu gosto do meu sangue, então, não, muito obrigada.

O arcanjo abaixou o queixo.

— Menininha boba. Não foi um pedido.

Capítulo 41

Gabriel veio para mim, o braço estendido enquanto uma luz dourada ofuscante descia por ele. Uma espada com uma lâmina semicircular foi formada.

Era muito, *muito* maior do que a minha.

Não tive tempo para pensar no fato de eu estar prestes a batalhar contra um arcanjo. Tudo o que eu podia fazer era lutar e esperar que Roth e Cayman ficassem quietos.

Bloqueei o golpe de Gabriel, abalada pelo impacto e despreparada para a sua força. Aquele único golpe quase me derrubou. Eu ergui a minha espada em direção ao peito dele. Ele a bloqueou com um golpe, forçando-me a recuar um passo. Ataquei, mirando nas pernas, mas ele antecipou o movimento. Girei, mas ele foi mais rápido. Nossas espadas se conectaram, cuspindo faíscas e assobiando. Eu empurrei e então tropecei para a frente quando o arcanjo desapareceu e reapareceu alguns metros à minha frente.

— Isso não é justo — eu disse.

— A vida nunca é.

Ataquei-o e ele enfrentou o meu ataque, atirando-me para trás como se eu não passasse de um saco de papel. Continuamos a circular e a atacar. Ele segurou cada golpe meu com sua força destruidora e se deslocava mais rápido do que eu. Cada vez que o bloqueava, sentia o golpe em cada átomo do meu corpo.

Mesmo com o vínculo, a exaustão estava começando a me esmigalhar, fazendo os meus braços parecerem mais pesados e meus golpes com a espada, mais lentos. As faíscas das espadas que se batiam cuspiam pelo ar enquanto o impacto repetido abalava os meus ossos. O suor escorria pelas minhas têmporas enquanto eu driblava para a direita, erguendo a espada. Gabriel me golpeou com a dele, jogando-me para trás.

— Pare — ele insistiu, não sem fôlego. Nem sequer remotamente cansado. — Você nunca treinara para isto. O seu pai lhe falhou.

Ele estava certo, e a verdade enviou a raiva pulsando pelas minhas veias. Eu tinha treinado com adagas e em combate corpo a corpo. Mas, quando se tratava de luta de espadas, tudo o que eu tinha era o instinto.

— Não é suficiente — ele disse, e o meu olhar assustado se fixou no dele. — Você é inteligente o suficiente para chegar a essa conclusão. — Bloqueei o seu próximo golpe brutal, mas isso quase fez minha espada desaparecer. — Você foi treinada para negar a sua natureza. Eu treinei o meu filho para abraçar a dele.

— Parece que isso funcionou bem. — Cerrei os dentes enquanto corria para a esquerda e chutava, acertando Gabriel na perna. Foi tão útil quanto chutar uma parede, com base na forma como ele arqueou a sobrancelha.

— Considerando que você está a poucos minutos de perder o controle da sua *graça* enquanto ele está ali lendo um livro ilustrado, eu diria que funcionou muito bem para ele.

Eu vacilei.

— Livro ilustrado?

— Instagram — Almoado corrigiu. — É o Instagram, Pai.

Pisquei.

— Seja o que for — Gabriel murmurou, seu pé descalço acertando-me no tronco, arrancando o ar dos meus pulmões.

— Você... você nem sabe o que é Instagram? — Arquejei com a dor. — E você acha que vai acabar com o mundo?

Seus lábios se abriram em um sorriso de escárnio.

Os meus braços tremiam enquanto eu nivelava a espada à minha frente, tentando manter distância entre nós.

— Aposto que você acha que o Snapchat se chama Imagem Falante.

Almoado bufou.

— Na verdade, ele achava que o Snapchat queria dizer estalar os dedos quando falava.

— Sério? — Lancei um breve olhar ao Legítimo.

— Sim. — Almoado colocou o telefone no bolso. — Mas você ainda tá levando uma surra.

— Pelo menos eu não chamo Instagram de livro ilustrado — retruquei.

Os olhos brancos de Gabriel pulsaram.

— Estou entediado com isto. Você não pode ganhar. Nunca será capaz. Renda-se.

— Ah, bem, quando você pede assim com tanta gentileza, é um saco ter que dizer não.

— Que assim seja.

Bloqueei o golpe dele, mas o arcanjo se deslocou para o meu lado antes que eu pudesse desvendar o que ele estava fazendo. Seu cotovelo acertou o meu queixo, arremessando a minha cabeça para trás. Tropecei, recuperei-me e golpeei com a espada, com os braços tremendo quando a lâmina de Gabriel encostou na minha. Ele voltou à minha visão periférica, mas desta vez eu esperava o ataque. Saltando para trás, virei-me...

Seu punho acertou a lateral do meu rosto, e dor explodiu ao longo das minhas costelas quando ele desferiu outro golpe. As minhas pernas se dobraram antes que eu pudesse detê-las. Perdi o controle sobre a minha *graça* quando me segurei antes que a minha cabeça acertasse a terra. O pânico desabrochou na boca do meu estômago enquanto eu lutava para me sentar. Empurrei o sentimento para o fundo, sabendo que não podia ceder a ele.

— Você não é nada além de uma humana inútil e egoísta quando perde o controle de sua *graça*. — Gabriel estava acima de mim. — Você é fraca. Corrompida. Profanada. Você é *nada*.

A pequena esfera de calor dentro de mim pulsou, e eu xinguei mentalmente, sabendo que Zayne devia ter sentido a explosão de pânico. Ele não podia vir aqui. Ele *não podia*. Eu precisava controlar a situação.

Urgentemente.

— Você não é digna do que Deus lhe concedeu. Assim como o resto dos seres humanos — Gabriel continuou enquanto eu deslizava uma mão para o quadril, meus dedos soltando a adaga embainhada ali. — Você tomou a pureza de uma alma e a honra do livre-arbítrio e os jogou fora.

Levantei-me, ficando de joelhos, erguendo a cabeça enquanto sentia o sangue escorrer pelo canto da minha boca.

— Não joguei nada fora.

— Você está errada. Nenhuma alma humana, nem mesmo a do meu filho, é limpa ou digna de ser salva.

— Uau. — Meus dedos apertaram o punho da adaga. — É o pai do ano.

— Pelo menos estarei presente quando ele morrer — ele disse. — Miguel será capaz de dizer o mesmo?

— Provavelmente não — admiti. — Mas eu não me importo.

A surpresa se espalhou pelo rosto de Gabriel, e vi a minha janela de oportunidade. A minha chance de ganhar vantagem e sair daqui, com Roth e Cayman, de alguma forma.

Ficando de pé rapidamente, enfiei a adaga no peito do arcanjo. Eu sabia que não o mataria, mas tinha de doer. Tinha que...

O arcanjo olhou para o peito.

— Isso doeu.

Puxei a adaga para fora, os meus olhos arregalando em descrença quando não vi sangue...

Não vi o golpe chegando.

Gabriel me estapeou, atirando-me para o chão. Estrelas brilharam na minha visão. Os meus ouvidos apitavam. Ele agarrou o meu pulso, arrancando a adaga da minha mão.

— Isso foi constrangedor — ele disse, jogando-a no chão. — Você não passa de um desperdício de *graça*, Trinity. Desista. Posso tornar as próximas semanas tranquilas para você, ou posso torná-las um pesadelo ininterrupto. A escolha é sua.

Quando ele soltou a minha mão, caí para trás. A minha visão se apagou por um instante.

Levante-se.

— No final, você não passa de nada além de carne e osso — ele disse. — Morrendo desde o dia em que nasceu.

Levante-se.

— É deveras revoltante como a raça humana auxilia sua própria decadência.

Levante-se.

— Sua raiva. Seu egoísmo. Suas emoções humanas primitivas. Tudo isso corrompe o que nunca deveria ter sido concedido aos seres humanos.

O vínculo no meu peito queimava e eu sabia que Zayne estava chegando. Ele estava perto. Muito perto.

Levante-se.

Levante-se antes que ele chegue.

— Tem razão. Eu sou de carne. Tenho falhas. Sou egoísta, mas também sou *graça*. — Cuspi um bocado de sangue e, da raiva e da ruína, eu me ergui. — Tenho fogo celestial nas minhas veias. Eu tenho uma *alma* humana, e isso é algo que você *nunca* vai ter.

O arcanjo recuou.

— É isso, não é? *Este é* o motivo pelo qual você odeia a Deus. É por isso que você quer destruir tudo. Não é pra melhorar. Não é pra acabar com o sofrimento, seu lunático. Tudo isto é porque você não tem alma. — Eu ri, cambaleando para trás, invocando a minha *graça*. Ela oscilou e então chegou, o cabo quase pesado demais para eu segurar. — Você é um clichê ambulante e se atreve a insultar as aspirações dos seres humanos?

— Você não sabe de nada. — Ele marchou para a frente, e vi Roth se sentar em sua forma humana. Almoado se afastou da parede em que se apoiava.

— Você esqueceu de acrescentar "Jon Snow" no final dessa frase.

Ele parou, com a cabeça inclinada.

— O quê?

Eu desferi o golpe, mirando no centro dele. A minha *graça* poderia e iria matá-lo. Eu acabaria com isto, porque era meu dever.

Gabriel agarrou o meu braço direito logo acima do cotovelo e o torceu. O som de ossos quebrando foi tão repentino, tão chocante, que houve um breve segundo em que senti nada. E depois gritei. O choque ardente da dor fritou os meus sentidos. Perdi a minha *graça*. A espada se desfez no ar enquanto eu tentava respirar através da dor.

O pé dele acertou a minha canela, quebrando o osso, e eu não conseguia nem gritar quando caí no chão com um joelho, não conseguia nem respirar através do fogo que parecia envolver toda a minha perna. Ele me agarrou pela nuca e me levantou. Agarrei-lhe o braço com a mão boa e chutei quando vi Almoado agarrar Roth.

Aconteceu em um piscar de olhos. Questão de segundos. Segundos brutais e intermináveis quando percebi que não poderia derrotar um arcanjo. Esta nunca foi uma batalha que eu poderia vencer, e, na parte distante da minha mente que funcionava através da dor, eu me perguntava se meu pai sabia disso e me enviou para o abate.

Roth morreria.

Cayman também.

Eu seria levada, e o mundo como o conhecíamos acabaria, e talvez meu pai e Deus não se importassem com o que aconteceria. Suas tentativas de salvar a humanidade eram muito malfeitas se eles achavam que eu poderia fazer isto, e talvez... talvez Deus tivesse lavado *Suas* mãos metafóricas de toda a confusão.

Se não, como achavam que eu poderia derrotar um arcanjo?

Gabriel me atirou no chão com a força de uma queda de um edifício.

Ossos estalaram *por toda parte*.

Pernas.

Braços.

Costelas.

Eu vi algo branco projetando-se de uma das minhas pernas enquanto a minha visão oscilava. A dor veio em um lampejo de luz ofuscante. Mil nervos tentaram disparar de uma só vez, tentando enviar respostas do meu cérebro para os meus braços e pernas, para a minha pélvis, costelas e coluna vertebral. O meu corpo sobressaltou quando alguma coisa se *soltou* dentro de mim. Eu não conseguia mexer as pernas. O terror que me atravessou encheu as minhas veias de lama gelada. Eu lutava para puxar ar até os meus pulmões, mas tinha alguma coisa errada com eles, como se não pudessem inflar.

— Eu preciso de você viva, pelo menos por mais algum tempo — ele disse.

Com certeza não parecia que ele precisava disso.

— É porque você me acha... cativante e adorável? —Soltei as palavras que soavam estranhas, como se eu não conseguisse pronunciar metade das letras.

Gabriel ajoelhou-se ao meu lado, o seu rosto cruelmente belo entrando e saindo de foco.

— Está mais para porque preciso de seu sangue quente quando ele for derramado. Disse-lhe que eu poderia tornar isto fácil e pacífico. Teria deixado que realizasses o desejo do seu coração. Terias aproveitado do tempo que lhe restava, mas você escolheu este destino. Sofrer. Tão estupidamente humano.

O sangue jorrava da minha boca enquanto eu tossia e a minha respiração ofegava.

— Você... fala muito.

— Eu era a voz de Deus. — A mão de Gabriel se fechou sobre a minha garganta. O ar foi imediatamente cortado. Ele me ergueu, os meus pés balançando vários metros acima do solo e o meu corpo frouxo como uma pilha de trapos. — O mensageiro de Sua fé e glória, mas agora eu sou o Augúrio e inaugurarei uma nova era. A retribuição será dor com o poder purificador do sangue e, à medida em que o Céu desmoronar, aqueles que permanecerem terão um novo Deus.

— Ela tem razão. Você realmente fala demais.

Gabriel se voltou para a direção da voz. Eu consegui virar a cabeça apenas alguns centímetros, se tanto, mas o suficiente para que eu pudesse ver Roth.

— E sabe o que mais? — Roth disse, sem Almoado. Seu braço pendia em um ângulo estranho, mas ele estava de pé. — Você fala de um jeito muito parecido com o de alguém que eu conheço. Isso soa familiar? "Subirei ao Céu, exaltarei o meu trono acima das estrelas de Deus; assentar-me-ei também sobre o monte da congregação, nas margens do Norte; ascenderei acima das alturas das nuvens; serei como o Altíssimo."

— Não me compare com *ele* — Gabriel rosnou.

— Não pensaria nisso — Roth respondeu —, seria um insulto ao *Brilhante*.

Várias coisas aconteceram ao mesmo tempo. Gabriel soltou um rugido que abalou o mundo quando ele jogou o braço para a frente. Algo deve ter deixado sua mão, porque ouvi Roth grunhir e cair no chão, rindo — ele estava *rindo*. O escárnio de Gabriel desapareceu.

— Idiota — Roth se engasgou. — Idiota egocêntrico. Espero que te acalme saber que tinha razão.

— Você estará aqui para ver a morte do seu filho.

O meu arquejo ao som da voz de Zayne foi engolido pelo grito de Gabriel enquanto ele se virava novamente.

Zayne estava atrás do arcanjo, com o braço em volta do pescoço de Almoado enquanto o Legítimo lutava, sua *graça* queimando de seu braço direito, formando uma lança que poderia matar Zayne ainda que ele não tivesse sido enfraquecido. Um tipo diferente de medo me encheu o peito.

Mas Zayne foi rápido, tão incrivelmente rápido quando agarrou a lateral da cabeça do Legítimo e torceu.

Gabriel gritou, sua raiva trovejando pela caverna como um terremoto enquanto Zayne largava o Legítimo e depois disparava para a frente, acertando o Arcanjo, soltando o aperto de Gabriel na minha garganta. Comecei a cair, mas Zayne me pegou. A explosão de dor por conta do seu abraço ameaçou me deixar inconsciente, e eu devo ter desmaiado, porque, quando dei por mim, estava deitada de costas e Zayne estava se levantando na minha frente, suas asas esticadas em ambos os lados dele.

E eu o vi.

Numerosos cortes e sulcos marcavam as costas dele, e suas asas não pareciam certas. Uma delas pendia em um ângulo estranho e, abaixo da asa esquerda, havia um corte profundo, expondo ossos e tecidos. Aquela ferida era...

Meu Deus.

Como é que isso tinha acontecido com ele? Como ele tinha sido ferido? Ele tinha acabado de chegar. Ele tinha acabado...

Invocando toda a força que me restava, consegui ficar de lado. Sentei-me, mas a dor gritava pelo meu corpo. A lateral do meu rosto bateu no chão. Consegui levantar o queixo, procurando Roth. Ele precisava tirar Zayne daqui. Precisava afastá-lo de Gabriel. Eu gritei pelo príncipe demônio, mas só um grasnado saiu de mim. Tinha algo errado com a minha garganta.

— Você não viverá para arrepender-se disso — Gabriel advertiu.

— Eu vou te rasgar membro por membro — Zayne rosnou —, e então eu vou queimar o seu corpo ao lado do dele.

— Eu estava esperando por este momento. — O tom de Gabriel era presunçoso. Presunçoso demais. Fiquei alarmada. — Eu sabia que você viria.

Houve um som ofegante, e Zayne deu um passo para trás, suas asas se levantando e depois caindo. Roth gritou.

— Você sabe agora por que os Legítimos e seus Protetores são proibidos de ficarem juntos? — A voz de Gabriel era um sussurro carregando o vento que começava a surgir dentro da câmara. — O amor obscurece o julgamento. É uma fraqueza que pode ser explorada.

Tentei ver o que estava acontecendo, mas eu já não conseguia levantar a cabeça.

— A amargura e o ódio apodrecerão e se espalharão dentro dela, assim como aconteceu com Almoado e com aqueles que vieram antes dela. De bom grado ela derramará o próprio sangue contra um Deus capaz de ser tão cruel. — A voz de Gabriel estava por toda a parte, por dentro e por fora, vibrando em minhas costelas quebradas. — Levaste o meu filho, mas me dera uma filha em troca.

Houve uma onda de luz dourada e calorosa e depois, silêncio.

— Zayne — Roth chamou. — Meu amigo...

Vi as pernas de Zayne falharem e se dobrarem. Ele caiu de joelhos, de costas para mim. Tentei dizer o nome dele. Sua mão se mexeu para a frente, para o peito. Ele grunhiu enquanto seu corpo tremia.

Uma adaga caiu no chão.

A minha adaga.

Então ele também caiu.

Zayne pousou ao meu lado, de costas e com a asa quebrada. Por que é que ele cairia assim? Eu não entendi o que estava acontecendo, por que Roth estava de repente ao lado de Zayne. O demônio estava gritando por alguém — por Cayman e depois por Layla, tentando segurar Zayne, mas o Guardião o empurrou e rolou para ficar de lado, de frente para mim.

Eu vi o peito dele — vi a ferida no seu coração e o sangue que jorrava a cada batimento cardíaco.

— Não — eu sussurrei, um grande horror cravando suas garras em mim. — Zayne...

— Tá tudo bem — ele disse, e o sangue escorreu do canto de sua boca.

Tentei levantar o braço, e tudo o que consegui foi uma contração que me fez sentir como se tivesse sido atropelada por um caminhão de lixo. O pânico aumentou como um ciclone enquanto eu tentava lançá-lo novamente. De repente, Roth estava atrás de mim. Ele me pegou e me deitou, e então eu estava bem ao lado de Zayne.

— Você não pode. Não. Por favor, meu Deus, não. *Zayne, por favor...*

Roth pegou a minha mão com cuidado, colocando-a no rosto de Zayne. O movimento doeu, mas não me importei. Sua pele de granito estava fria demais. Não era para ser assim. Os meus dedos se moveram, tentando esfregar o calor de volta para a sua pele. Aqueles olhos pálidos de lobo estavam abertos, mas eles... não havia luz neles. O peito não se mexia. Estava imóvel. Ele estava imóvel. Eu não entendia, não queria entender. Esfreguei a pele dele, continuei esfregando, mesmo quando sua textura deixou de parecer de verdade.

— Trinity — Roth começou, sua voz toda estranha. Ele balançou para trás, as mãos caindo aos joelhos, e então ele desviou o olhar, levantando-se. Ele deu um passo cambaleante, erguendo as mãos para o cabelo enquanto se inclinava —, ele tá...

— Não. *Não.* — Observei o rosto de Zayne. — Zayne?

A única resposta foi o vínculo que se rasgava profundamente dentro de mim, como se fosse um cordão esticado até seu limite. Arrebentou-se quando um lamento agudo rasgou o ar, arrancado da minha própria alma. Eu já não sentia o vínculo.

E então eu não sentia mais nada.

Capítulo 42

O Inferno não era apenas estar presa em um corpo quebrado. O Inferno era ser incapaz de fugir da dor tão profunda que chegava à alma enquanto estava presa. Pensei que tinha experimentado a pior perda possível com a minha mãe e depois com Misha, mas eu estava errada. Não que aquelas perdas tivessem sido menos devastadoras. Aquilo era... diferente, e demais.

Era como o purgatório.

Ao longo de várias horas que se transformaram em vários dias, aprendi que podia me curar de qualquer ferimento, desde que não fosse fatal. Ossos partidos voltaram a se juntar e a se encaixar nas juntas das quais tinham sido arrancados. Carne rasgada se costurava de volta sem o auxílio de agulha e linha, algo que eu não soubera que era possível e, aparentemente, nem Matthew, o qual suturara muitas das minhas feridas no passado. Agora eu entendia por que Jasmine tinha ficado tão surpresa com o ferimento na cabeça que ganhara naquela noite no túnel. Veias e nervos decepados se reconectaram, trazendo a sensibilidade de volta a lugares que há muito tinham ficaram dormentes.

O processo era doloroso.

Perdendo a consciência apenas quando a dor se tornava excessiva e eu precisava escapar das agulhadas ardentes ao longo dos meus membros enquanto o fluxo sanguíneo retornava, eu estava acordada durante a maior parte do processo de cura. Eu estava acordada quando Layla se sentou ao meu lado, com lágrimas escorrendo dos olhos, e me disse que Zayne havia partido.

Uma parte de mim já sabia disso, e ela não precisava entrar em detalhes. Já tinha se passado tempo demais. Quando os Guardiões morriam, seus corpos passavam pelo mesmo processo que o corpo humano, exceto que acontecia muito mais rápido. Dentro de um dia, restariam apenas ossos, e muitos dias já haviam passado. Zayne se foi. A sua risada e o sorriso que nunca deixaram de causar em meu estômago e meu coração coisas estranhas e maravilhosas. O seu senso de humor irônico e a sua bondade que o diferenciavam de todos que eu conhecia. A sua inteligência e lealdade sem fim. A sua proteção feroz, que tinha sido evidente antes mesmo de termos sido vinculados, algo que tinha me incomodado tanto quanto tinha me fortalecido. O seu corpo, os ossos e o rosto bonito... tudo isso havia desaparecido antes mesmo que eu tivesse recuperado a consciência.

Gritei.

Gritei quando olhei ao redor da sala e não vi seu espírito ou fantasma, presa em uma posição horrível de me sentir tanto aliviada quanto devastada.

Eu gritei até que a minha voz cedeu e a minha garganta estava pegando fogo. Gritei até não conseguir mais emitir um som. Gritei até pensar no senador e, finalmente, compreender verdadeiramente quão profundo era o corte que este tipo de dor podia causar. Como isso poderia levar uma pessoa a fazer qualquer coisa, absolutamente qualquer coisa, para trazer a pessoa amada de volta.

Gritei, percebendo que a minha decisão de contê-lo, de mantê-lo do lado de fora da escola, podia ter levado à sua morte tanto quanto o meu amor por ele, talvez até mais. Que pareceu errado, e eu devia saber, não deveria ter tentado me convencer de que o que era certo poderia parecer errado. Eu nunca saberia se o resultado teria sido diferente se ele tivesse entrado conosco, ou se isso teria resultado em uma morte mais prematura.

Gritei até que foi demais, até que houvesse uma picada aguda ao longo do meu braço, e então não havia nada além de escuridão até eu acordar novamente, apenas para perceber que o purgatório era estar presa à tristeza, ao luto e à raiva.

Gabriel estivera certo sobre um coisa. Eu *era* amargurada e vingativa. Eu queria retaliação contra o arcanjo e até mesmo Deus por criar uma regra que acabou enfraquecendo Zayne, mas eu queria Zayne de volta ainda mais, e tinha de haver uma maneira. Este não podia ser o fim. Eu me recusava a aceitar. Não conseguia. Não quando pensei em como ele dissera que iria até os confins da terra para me encontrar se eu me fosse. Como ele jurara que não pararia por nada para me trazer de volta, mesmo que das garras da morte.

A dor dos meus ossos e pele se restaurando se tornou um combustível. Trazer Zayne de volta era tudo em que eu conseguia pensar. Eu não falei com Roth nem com Layla quando vieram ver como eu estava, não depois de terem me dito que Zayne tinha morrido. Nem sequer falei com Minduim quando ele entrava e saía do cômodo.

Eu planejei.

Eu planejei enquanto o dia se transformava em noite mais uma vez e as estrelas que Zayne tinha tão carinhosamente colado no teto começavam a brilhar com suavidade. Constelação Zayne. O meu coração se partiu outra vez. As lágrimas brotaram, mas não caíram. Pensei que já não era mais possível chorar. O poço estava vazio. Assim como o meu peito, onde o vínculo havia residido, mas estava lentamente se enchendo com uma tempestade de emoções. Algumas delas quentes. Outras, geladas. Eu sabia, enquanto encarava aquelas estrelas, que eu já não era mais a mesma. A luta tinha me quebrado. A dor tinha me transformado. A morte de Zayne tinha me remodelado.

E os meus planos me deram vida. Eu só precisava que o meu corpo colaborasse.

Um empurrão de leve no meu braço chamou a minha atenção. Recebi uma língua rosada como resposta.

Eu não tinha ideia de por que Bambi estava na cama comigo, esticada e pressionada contra a minha lateral como um cachorro, mas, quando eu tinha acordado mais cedo e a encontrado lá, não me assustara.

Respirando fundo, levantei os dedos da mão esquerda. Eles estavam rígidos e doloridos. Tentei mexer o braço. Uma onda de dor dançou pelo meu ombro, mas nem se comparava a antes. Dobrei o braço na altura do cotovelo, estremecendo enquanto a articulação recém-curada se juntou, e coloquei a mão na cabeça em forma de diamante de Bambi. Sua língua me deu outro aceno e sua boca se abriu, como se estivesse sorrindo, enquanto deitava a cabeça na minha barriga.

Suas escamas eram lisas e, ao mesmo tempo, ásperas nas bordas. Eu as delineava sem pensar muito, e Bambi parecia amar a atenção. Sempre que meus dedos paravam de se mexer, ela batia na minha mão.

Depois de um tempo, pude mover a perna, dobrando a direita e depois a esquerda.

Algum tempo depois, a porta se abriu, e a cabeça de Layla apareceu.

— Você tá acordada.

— Eu... —Estremecendo, limpei a garganta. Minha voz ainda estava rouca. — Estou.

— Quer companhia?

Não em especial, mas precisávamos conversar. Havia a questão de Gabriel e seus planos malucos que alguém tinha de lidar. E depois havia os meus planos.

— Cadê... o Roth?

— Ele tá aqui. Vou chamá-lo e pegar algo pra você beber. — Ela desapareceu e voltou alguns minutos depois com um copo grande e o príncipe demônio a reboque.

Quando ele se aproximou, pensei que ele parecia diferente, como se tivesse envelhecido uma década. Eram os olhos dele. Havia um cansaço ali que não existia antes. Minduim seguiu, permanecendo ao pé da cama enquanto encarava a cobra.

— Não chego mais perto do que isso — ele disse.

Bambi inclinou a cabeça em direção a ele, balançando a língua em sua direção. Ela podia vê-lo. Interessante.

Layla se sentou ao meu lado.

— É refrigerante de gengibre. Achei que ia cair bem pro seu estômago.

— Valeu. — Levantei a cabeça e comecei a me sentar, mas Layla segurou o copo contra a minha boca, evitando que eu me mexesse demais. Bebi avidamente, embora queimasse a parte de trás da garganta.

— Vejo que alguém tem feito companhia pra você. — Roth encostou-se à parede, cruzando os tornozelos.

— Sim, ela tem feito mesmo. — Encostei a cabeça contra o travesseiro. — Cayman... tá bem?

— Ele tá bem — ele respondeu.

— Que bom. — Limpei a garganta. — A gente precisa... falar sobre Gabriel.

— Não tem pra quê. — Layla colocou o copo na mesa de cabeceira, ao lado do livro da minha mãe. — Não agora.

— Precisamos — eu disse. Bambi cutucou a minha mão e voltei a acariciar sua cabeça. — Aconteceu alguma coisa?

Layla negou com a cabeça quando começou a torcer as mechas pálidas de seu cabelo.

— Tenho... patrulhado. — Roth disse a última palavra como se fosse uma língua estrangeira. — Com tudo o que aconteceu, eu...

Ele não terminou a frase, mas imaginei que sabia o que ele ia dizer. Que ele precisava fazer alguma coisa.

— Gabriel não foi visto. Nenhum Guardião foi morto — Layla continuou, encarando Roth. — Conseguimos fechar a escola.

— Como?

— Voltei na noite seguinte, comecei um pequeno incêndio que pode ter causado alguns danos estruturais às salas de aula. — Roth sorriu.

Foi uma ideia inteligente, já que todos aqueles fantasmas eram perversos até o âmago. Nenhum ser humano deveria pisar naquela escola.

— E o diploma de Stacey?

— Eles estão terminando o resto das aulas de verão em outra escola. — Layla olhou para Bambi, que parecia estar ronronando. Como um gato. — Ela queria estar aqui, mas ela tá...

Layla não precisava terminar. Eu já sabia. Stacey estava sofrendo. Isso eu podia entender.

— Acho que eliminei a maioria das Pessoas das Sombras. — Cheguei ao objetivo daquela conversa enquanto observava Minduim olhar a serpente de esguelha. — Os fantasmas ainda estão lá, e acho que Gabriel vai levar mais Pessoas das Sombras. Não sei por que, mas Gabriel precisa de mim viva. Pelo menos até a Transfiguração.

— Temos pouco menos de um mês antes disso acontecer — Roth disse, cruzando os braços sobre o peito. — Algumas semanas até encontrarmos uma maneira de parar Gabriel ou do início do fim começar.

Fechei os olhos.

— Eu não consigo... detê-lo.

— Trinnie — Minduim disse. — Não diga isso. Você consegue, sim.

— Não consigo — respondi sem que Layla e Roth percebessem. — Ele é um arcanjo. Vocês viram do que ele é capaz. Mesmo com as estacas dos anjos, a gente precisaria se aproximar dele. *Eu* teria de me aproximar dele. É impossível vencê-lo. — Abrindo os olhos, olhei para as estrelas. Era difícil admitir isto, saber que eu já não estava no topo da cadeia alimentar, mas era a verdade. — Pelo menos sozinha, não consigo. Já não tenho mais vínculo nenhum, e duvido que o meu pai me vincule a outro Guardião. É um risco grande demais se Gabriel senti-lo e decidir usar o sangue dele em vez do meu. Não sou fraca, mas não sou tão forte como era quando tinha o vínculo. Mesmo antes, eu não consegui vencer um arcanjo sozinha.

— Então, precisamos encontrar uma maneira de enfraquecê-lo ou de prendê-lo — Layla sugeriu. — Deve existir algum jeito.

— Existe — Roth disse. — Eu sei de uma coisa que pode acabar com um arcanjo.

O meu olhar se voltou para ele.

— O que é? Outro arcanjo? Obviamente nenhum deles quer se envolver. Meu pai nem sequer... — Eu apertei os lábios, estremecendo enquanto a minha mandíbula doía. — Eles não vão intervir. Depende de mim.

— Não tô falando de nenhum daqueles cretinos hipócritas e completamente inúteis que criaram seu próprio terroristinha caseiro. — Seus olhos âmbar brilhavam. — Eu tô falando do ser que não iria querer outra coisa além de acabar com um de seus irmãos.

Layla se se virou na altura da cintura, a compreensão rastejando pelo seu rosto pálido.

— Você não pode estar pensando no que eu acho que você tá pensando.

— Não tô apenas pensando nisso — ele disse —, eu tô planejando, Baixinha.

— Lúcifer — sussurrei. — Você tá falando de Lúcifer.

— Santa pastilha de menta — Minduim sussurrou.

O sorriso de Roth era de pura violência.

— Não tô apenas falando de Lúcifer. Eu tô falando em libertá-lo. Tudo o que temos de fazer é convencê-lo, e acho que não vai ser difícil.

— Mas ele não pode andar na Terra em sua verdadeira forma —Layla raciocinou enquanto eu relaxava contra o travesseiro. — Se ele fizer isso, vai forçar o Apocalipse bíblico a começar. Deus nunca permitiria isso.

— Me chame de louco, mas duvido que Deus esteja de boa com Gabriel tentando transmitir uma ist pro Céu — Roth argumentou. — Se o Céu fechar os portões, nenhuma alma vai poder entrar. Quem morrer vai ficar preso na Terra. Eles vão se transformar em espectros ou, pior ainda, ser arrastados para o Inferno e corrompidos. Pra além disso, não haveria sentido em nada. A vida essencialmente cessaria com a morte. E a morte vai acontecer a um ritmo que nunca vimos antes, porque, com os anjos trancados, não há nada que impeça os demônios, exceto os Guardiões. A Terra se tornaria o Inferno.

Gabriel tinha dito isso.

— Mas por que Lúcifer iria querer impedir isso? — Layla exigiu. — Parece pura diversão pra ele.

— Porque não é ideia dele — Roth disse. — Sabe o que vai acontecer se Gabriel e Baal tiverem sucesso? O ego dele vai sofrer um golpe que eu não sei se ele sobreviveria. Só há espaço pra um Inferno e um governante do Inferno. Sua sala do trono tá alinhada com as cabeças de demônios que pensaram que poderiam depô-lo.

Era perturbador que eu meio que quisesse ver a sala do trono de Lúcifer? Provavelmente.

— Então, estamos entre um possível Armagedom e outro possível Armagedom? — Layla se reclinou.

— Praticamente. — Ele assentiu com a cabeça. — Ou nos sentamos e esperamos até que a Terra vá pro Inferno...

— Ou trazemos o Inferno pra Terra — ela finalizou por ele. — Você acha que pode convencê-lo?

— Tô bem confiante. — Ele esfregou os dedos sob o queixo. — Eu só preciso falar com ele e esperar que esteja de bom humor.

Layla riu, mas era aquele tipo de risada um pouco tresloucada.

— Faça isso — eu disse, endireitando a coluna, embora causasse uma dor imensa. Bambi ergueu a cabeça, olhando-me como se não achasse que sentar era uma boa ideia. — Fale com Lúcifer. Convença a ele. Mas tem outra coisa que eu quero.

— Qualquer coisa — Roth jurou, e eu duvidava que fosse algo que ele fizesse com muita frequência. Perfeito.

— Eu quero Zayne — eu disse.

— Trinity — Layla sussurrou. — Ele tá...

— Eu sei onde ele tá. Eu sei que ele se foi. Eu o quero de volta. — Meu coração começou a bater forte, a voz de Zayne tão dolorosamente real em meus pensamentos que eu respirei fundo e entrecortado. *Não haveria nada que me impedisse.* — Eu *vou* trazê-lo de volta.

Roth veio até a cama e se sentou. Sua familiar se mexeu do outro lado de mim.

— Trinity, se eu pudesse fazer isso, eu faria. Eu faria isso por vocês duas. Juro, mas não posso. Ninguém...

— Não é verdade. — Encontrei o seu olhar âmbar. — O Ceifador pode. E antes de fazer qualquer porcaria pelo meu pai ou pela raça humana, quero Zayne. Eu o quero de volta, vivo, e não me interessa o quanto isso me torne egoísta, mas ele merece estar aqui, comigo. — Minha voz falhou e Roth baixou o olhar. — Eu mereço isso, e o maldito Ceifador vai devolvê-lo pra mim. Me diga onde encontrá-lo ou como entrar em contato com ele.

Layla fechou os olhos por um longo tempo, e então perguntou:

— Você o viu desde que acordou?

— Não.

— Isso significa que ele atravessou? — ela perguntou.

— Pode significar isso — respondi. — Mas Zayne disse que nem mesmo a morte o impediria. Ele não teria atravessado.

Você sabe que nem sempre é verdade, sussurrou a voz idiota da razão.

Pessoas morriam inesperadamente o tempo todo — pessoas que ainda tinham planos e entes queridos. Enquanto vivas, as pessoas acreditavam plenamente que voltariam se pudessem, mas, na maioria das vezes elas *mudavam* quando entravam na luz. Seus desejos e necessidades permaneciam, mas elas cruzavam para o grande além, e o que quer que isso fosse, mudava-os.

Mas Zayne não tinha voltado, mesmo como um espírito, e eu acreditava plenamente que, se ele tivesse atravessado, ele teria vindo, mesmo que fosse pra ter certeza de que eu estava bem.

— Mas e se ele tiver atravessado — Layla disse com a voz baixa. — E se ele tiver encontrado a paz? Felicidade?

Meu olhar se estreitou nela enquanto meu peito se esvaziava.

— E se ele estiver realmente bem? E ele vai estar te esperando quando chegar a sua hora. — Lágrimas encheram seus olhos. — Tá certo tirá-lo disso?

Não.

Sim.

Um nó se alojou no fundo da minha garganta. E se ele estivesse no... *Não.* Não podia me deixar pensar nisso. Eu o queria de volta com muita força. Não conseguiria ficar sem ele. Eu simplesmente não conseguiria.

— Ele iria querer voltar pra mim — eu disse. — Eu não acho que ele tenha atravessado. — O nó se expandiu, empurrando palavras dolorosas. — Eu nunca pude dizer pra ele que o amava. Eu devia ter dito isso, mas não disse, e as suas últimas palavras pra mim foram que tava tudo bem... — A minha voz falhou quando fechei a boca. Demorei muitos segundos para conseguir voltar a falar. — Eu vou trazê-lo de volta.

— Trin — Minduim sussurrou, e eu olhei para ele. — Pense no que você tá dizendo. Sobre o que planeja fazer.

— Eu pensei sobre isso — disse a ele e depois olhei para Roth. — É *tudo* em que eu tenho pensado. Sei o que significa.

Não seria fácil.

Seria quase impossível, e eu não tinha ideia se Zayne voltaria para mim como Guardião ou como meu Protetor, mas seria uma questão que lidaríamos juntos.

Porque eu teria sucesso. Gabriel estava errado. A raiva e a ruína não tinham me corrompido. Elas me *alimentavam*. Eu faria qualquer coisa, desistiria de qualquer coisa, para que o retorno de Zayne acontecesse. *Qualquer coisa.* Porque tínhamos prometido um ao outro o para sempre, e teríamos isso, de uma forma ou de outra.

Lentamente, Roth ergueu o olhar para o meu e, depois de uma eternidade, acenou positivamente com a cabeça.

— Vou te dizer como encontrá-lo.

E foi o que ele fez.

Capítulo 43

Era um dia surpreendentemente frio para julho, enquanto eu caminhava pelo caminho de terra desgastada do Parque Rock Creek, nuvens espessas protegendo o brilho do sol da tarde. Os óculos de sol ainda estavam empoleirados no meu nariz, mas eu não precisaria deles por muito mais tempo. A noite estava prestes a cair.

Dois dias tinham se passado desde que eu acordara, e cada passo que eu dava ainda era doloroso e rígido, mas o fato de que eu era capaz de andar depois de ter quase todos os ossos do meu corpo quebrados apenas alguns dias atrás era simplesmente um milagre.

Assim como o fato de eu ter conseguido escapar de Layla e de Roth, que pareciam ter se mudado para o apartamento, e do interminável fluxo de Guardiões. Eles ficaram sabendo das coisas por Roth ou Layla, e, sempre que algum deles estava lá, a tristeza era tão pesada e sufocante quanto um cobertor grosso.

Todo mundo ainda estava em choque. Todos ainda estavam de luto pela perda de... Zayne. E acho que todos estavam preocupados que Gabriel fizesse uma investida contra mim. Enquanto eu estivesse me recuperando, seria tão fácil quanto entrar no apartamento e me pegar no colo.

Mas, mesmo que eu estivesse completamente curada, não seria muito mais difícil do que isso.

Engolindo um suspiro, segui meu caminho enquanto as pessoas passavam correndo, seus tênis chutando nuvens de poeira. A única razão pela qual eu tinha conseguido fugir foi porque Roth e Layla tinham saído para falar com Lúcifer, deixando Cayman encarregado de me vigiar.

Dentro de cinco minutos, o demônio tinha aparentemente desmaiado no sofá, mas, enquanto escapava, fiquei me perguntando se ele estava realmente dormindo, ou se estava me dando uma chance de fugir.

Eu precisava sair do apartamento, ir para longe do cheiro de menta invernal que permanecia no banheiro e nas fronhas que eu me recusava a trocar. Precisava ver as estrelas de verdade, e não as do meu teto — as que eram de Zayne. Precisava de ar fresco, e precisava colocar meus músculos e ossos doloridos para funcionar, porque, mais cedo ou mais tarde, Gabriel viria atrás de mim, e eu planejava lutar com ou sem a ajuda de um arcanjo perverso muito assustador e muito poderoso.

Então, eu tinha vestido a minha máscara de gente grande, pedido um Uber e quase entrado no carro errado, mas chegara ao parque sozinha. Eu consegui, e Deus, isso parecia um grande passo.

Continuei andando e me deparei com o banco no qual Zayne e eu tínhamos sentado no dia em que fora ao *coven* com Roth. Com o peito pesado e dolorido, eu fiz o caminho até ele e me sentei, estremecendo quando meu cóccix protestou a ação. Por alguma razão, esse ossinho desgraçado doía mais do que qualquer outra coisa.

As pessoas que passavam lançaram olhares preocupados na minha direção quando tirei meus óculos de sol e os enganchei na gola da camisa. Eu sabia que parecia ter sobrevivido a um acidente de carro ou a uma luta mortal com um gorila. E mal saído viva. Os ossos voltaram a se fundir. Os músculos rasgados tinham se remendado e a pele rasgada tinha se curado, mas eu estava coberta de azul-púrpura e de alguns hematomas vermelhos e raivosos que demoravam a desaparecer. A mão de Gabriel tinha deixado marcas no meu pescoço. A minha bochecha esquerda estava inchada e descolorida. Ambos os olhos estavam inchados e com manchas azul-esverdeadas escuras sob eles, e também estavam injetados de sangue.

Eu pensei que o motorista do Uber iria me levar ao hospital ou à polícia depois que ele olhou bem para mim.

As sombras aumentavam à minha volta, e as luzes do parque se acendiam à medida em que a noite chegava, vagarosamente. Cada vez menos pessoas passavam por mim, até que havia mais ninguém, e então — só então — olhei para o céu noturno.

Não havia estrelas.

Eu não sabia se o céu estava vazio porque ainda estava nublado, ou se algum dano que Gabriel tivesse feito ao meu corpo tinha, de alguma forma, acelerado a deterioração dos meus olhos. Sabendo da minha sorte, devia ser essa última opção.

Fechando os olhos, pensei em algo que havia evitado nos últimos dois dias, algo que Layla tinha dito. Zayne ainda não tinha vindo até mim como um fantasma ou um espírito, e eu não sabia se isso significava que ele tinha atravessado e estava se ajustando a... bem, ao *paraíso*, e fazendo o que Layla dissera — esperando por mim até que chegasse a minha hora.

Roth havia me dito o que eu precisava fazer para invocar o Anjo da Morte, já que eu não poderia ir ao Inferno ou ao Céu para falar com ele. Eu teria que obter a *Chave Menor*, que estava atualmente no complexo dos Guardiões. Eu duvidava que ele fosse simplesmente me entregar o livro, então eu deveria precisar de mais um dia antes de estar pronta para forçar Nicolai a fazer algo que ele provavelmente não gostaria de fazer. Eu invocaria o Ceifador e recuperaria Zayne, mas...

Lágrimas escorreram dos meus olhos, molhando as minhas bochechas. Como eu ainda conseguia chorar estava além da minha compreensão. Eu achava que o poço havia secado, mas estava errada. As lágrimas caíam, mesmo quando eu fechava os olhos. Chorar era uma fraqueza que eu não podia me permitir agora, especialmente porque eu sentia que estava tão perto de cair de um precipício.

Mas e se Zayne realmente estivesse em paz? E se ele estivesse seguro e feliz? E se ele tivesse a eternidade que tanto merecia? Como eu poderia... como poderia privá-lo disso? Mesmo que Gabriel conseguisse trazer o apocalipse, Zayne estaria a salvo. Os portões do Céu se fechariam, e talvez não desmoronassem sobre si como Gabriel afirmou. Eu não conseguia imaginar Deus permitindo que todas aquelas almas e os anjos perecessem. Deus *teria* de intervir antes disso, e, mesmo que eu nunca mais fosse vê-lo, Zayne estaria a salvo.

Será que eu poderia ser egoísta a esse ponto, para trazê-lo de volta para *isto*? Para um lugar onde ele poderia morrer mais uma vez lutando contra Gabriel, para proteger um mundo que nunca saberia tudo o que ele tinha sacrificado para tal? E se não conseguíssemos deter Gabriel, não haveria eternidade, nem paz, nem paraíso. Ficaríamos presos no plano humano, onde nos transformaríamos em espectros ou seríamos arrastados para o Inferno.

Abrindo os olhos, passei as mãos por baixo do rosto e olhei para o céu. Dois dias atrás eu teria dito que, sim, eu era egoísta a esse ponto. Há uma semana, eu teria dito a mesma coisa... mas agora?

Eu amava Zayne com cada fibra do meu ser, com cada respiração que eu tomava e com cada batida do meu coração. Eu não sabia se seria capaz de fazer isso com ele.

E eu não sabia como conseguiria passar por tudo isto sem ele.

Olhei para o céu noturno, desejando por algum sinal, algo que me dissesse o que fazer, o que era certo...

Um pontinho de luz apareceu, e eu pisquei, pensando que os meus olhos estavam me enganando. Mas o brilho permaneceu, ficando mais brilhante e mais intenso à medida em que cruzava o céu. Girando na altura da cintura, ignorei a dor enquanto observava a faixa branca de luz desaparecer além das árvores, mais longe do que meus olhos podiam seguir.

Era... uma estrela cadente?

Com o coração disparado, eu me virei. Eu tinha acabado de ver uma estrela cadente de verdade? Uma risada rouca me arranhou a garganta. Esse era o sinal que eu tinha pedido?

Caso fosse, o que diabos isso queria dizer?

Eu poderia interpretar que isso significava um sim, que eu deveria invocar o Ceifador e possivelmente arrancar Zayne da paz e da felicidade. Ou poderia significar que Zayne estava bem, como ele tinha me dito, e que estava olhando por mim. Ou poderia significar absolutamente nada. Balancei a cabeça. Não, tinha de significar alguma coisa. Respirei fundo e todos os músculos do meu corpo ficaram tensos.

Eu sentia o cheiro de... Sentia cheiro de neve e inverno, fresco e mentolado.

Eu sentia o cheiro de *menta invernal*.

A minha pulsação acelerou quando abaixei as mãos, agarrando a borda do banco. Virei a cabeça na direção em que Zayne tinha vindo da última vez em que estive aqui, mas o caminho estava vazio, até onde eu conseguia ver.

Eu estava sentindo o cheiro que queria sentir?

Aliviando meu aperto no banco, comecei a me levantar quando senti algo. Um calafrio estranho que dançava ao longo da minha nuca e entre os meus ombros. Uma brisa deslizou atrás de mim, levantando fios do meu cabelo, e eu estava cercada por menta invernal.

O calor se espalhou do meu pescoço pelas minhas costas, e senti que eu não estava mais sozinha. Alguém ou alguma coisa estava aqui, e eu sabia... eu sabia que o Céu cheirava como o que você mais desejava.

Os meus lábios se separaram enquanto eu me levantava lentamente, ossos e músculos protestando, e me virei, fechando os olhos porque eu estava com muito medo de olhar e descobrir que nada além de escuridão existia ali, e talvez, apenas talvez, eu estivesse perdendo um pouco o juízo. Tremendo, eu abri os olhos, e não conseguia respirar, não conseguia falar nem pensar para além do que eu via.

Zayne.

Era ele, seu cabelo loiro solto e caindo contra o rosto e roçando os ombros largos e nus. Eram seus lábios carnudos que eu tinha beijado e amado, e seu peito largo que subia e descia rapidamente... mas não eram os seus olhos que me encaravam de volta.

Aqueles olhos eram um tom de azul tão vibrante e tão claro que faziam com que olhos de Guardião parecessem pálidos e sem vida em comparação. Eram da cor do céu no crepúsculo.

E não era a pele dele.

Onde sua pele parecera ter sido beijada pelo sol, agora carregava um leve brilho dourado luminoso. Não como um espírito, porque ele era de sangue e osso, mas ele estava... ele estava *brilhando*, e o meu coração estava batendo forte.

— Trin — ele disse, e os calafrios se transformaram em tremores de corpo inteiro ao som da voz dele... da voz *dele*. Era ele, a forma como disse o meu nome, era *ele*, e ele estava vivo e respirando e eu não me importava como. Não me importava por quê. Ele estava vivo e...

Os ombros de Zayne se moveram, endireitando-se, e algo branco e dourado varreu o ar e se espalhou de cada lado dele, com quase três metros de envergadura.

O meu queixo caiu.

Asas.

Eram asas.

Não asas de Guardião.

Mesmo com meus olhos ruins, eu conseguia ver que estas tinham *penas*. Eram brancas e espessas com faixas de ouro rendilhadas por toda a parte, e aqueles veios de ouro brilhavam com fogo Celestial, com *graça*.

Eram asas angélicas.

Zayne era um *anjo*.

Agradecimentos

Quero agradecer à Natashya Wilson e à incrível equipe da Inkyard Press por estarem tão entusiasmados quanto eu em mergulhar de volta no mundo dos demônios, das gárgulas e dos anjos. Obrigada ao meu agente Kevan Lyon, que ajudou a tornar esta série possível; à minha publicitária Kristin Dwyer, por trabalhar além da sua obrigação; e à Stephanie Brown por garantir que eu esteja realmente escrevendo. Obrigada à Jen Fisher, que leu a versão original deste livro e não me matou. Obrigada a Malissa Coy, Hannah McBride, Val, Jessica, Krista, Katie, Happy, Sarah, Jessica Bird (que realmente ama o meu cachorrinho), Mike, KA, Liz, Jillian, Lesa, Drew, Wendy, Corrine, Tijan e muitos, muitos autores incríveis cujos livros eu lera e amara.

Um agradecimento especial a todos os *Stormies* que me surpreenderam com a campanha de sensibilização para a retinite pigmentosa intitulada "Você ainda pode ver as estrelas à noite?". Estou incrivelmente honrada por ter um grupo de leitoras e leitores tão atenciosos e inspiradores. Todos vocês me surpreenderam, e serei eternamente grata e honrada.

Obrigada aos *JLAnders* por serem pessoas divertidas e amantes de lhamas, e a todos os leitores que tenham pegado este livro para ler. Vocês são a razão pela qual sou capaz de escrever e contar estas histórias.